CARLO A. MARTIGLI

Das Vermächtnis des Ketzers

GOLDMANN
Lesen erleben

Buch

Italien 1497: Der Traum des Philosophen Pico della Mirandola, die drei großen Weltreligionen in Frieden zu vereinen, ist zerplatzt. Seine 999 Thesen wurden von der Kirche unter Verschluss gebracht und Mirandola ermordet. Während nun in der florentinischen Republik Girolamo Savonarola mit eiserner Faust herrscht, wacht in Rom der korrupte Papst Alexander VI. mit höchster Strenge über den wahren Glauben. In seiner Machtgier kennt er nur ein Ziel: Er will das christliche Papsttum in eine königliche Dynastie der Borgias verwandeln und seinen Sohn Cesare an die Macht bringen. Nur ein Mann hat den Mut, sich dem Papst entgegenzustellen – der junge Kardinal Giovanni aus dem Geschlecht der de' Medici. Und Giovanni weiß um etwas, das die Kirche in ihren Grundfesten erschüttern könnte. Aus dem fernen Tibet sind ein Mönch und eine junge Frau in der ewigen Stadt eingetroffen, die ein wohlgehütetes Geheimnis mit sich bringen: das Tagebuch von Jesus Christus. Der Gottessohn – ein Mensch aus Fleisch und Blut? Ein Kämpfer für den Weltfrieden und Vereiniger der großen Weltreligionen, statt Verfechter einer einzigen Wahrheit? Giovanni de' Medici zögert nicht lange und zwingt den Borgia-Papst zu einem teuflischen Pakt: Gemeinsam wollen sie Widersacher, Buch und dessen Überbringer vernichten, um die Vormachtstellung der Kirche zu sichern und die Macht der Medici auszubauen. Doch mit dem heimtückischen Plan nehmen unheilvolle Ereignisse ihren Lauf …

Weitere Informationen zu lieferbaren Titeln von Carlo A. Martigli finden Sie am Ende des Buches.

Carlo A. Martigli

Das Vermächtnis des Ketzers

Roman

Aus dem Italienischen
von Beate Kühn

GOLDMANN

Die italienische Originalausgabe erschien 2012 unter dem Titel
»L'eretico« bei Casa Editrice Longanesi S.p.A., Mailand.

Dieses Buch ist auch als E-Book erhältlich

MIX
Papier aus verantwortungsvollen Quellen
FSC® C014496

Verlagsgruppe Random House FSC® N001967
Das FSC®-zertifizierte Papier *München Super* für dieses Buch
liefert Arctic Paper Mochenwangen GmbH.

1. Auflage
Deutsche Erstveröffentlichung Dezember 2013

This edition is published in agreement with
PNLA/Piergiorgio Nicolazzini Literary Agency
Umschlaggestaltung: UNO Werbeagentur, München
Umschlagmotiv: Copyright © Getty Images/Ivan Bliznetsov;
Getty Images/Burke/Triolo Productions
Redaktion: Almut Werner
KS · Herstellung: Str.
Satz: DTP Service Apel, Hannover
Druck und Bindung: GGP Media GmbH, Pößneck
Printed in Germany
ISBN: 978-3-442-47511-7
www.goldmann-verlag.de

Besuchen Sie den Goldmann Verlag im Netz

Für Walter, meinen Vater,
der Johannes Paul II. bat,
den letzten Satz des Vaterunsers zu ändern –
denn es ist nicht Gott, der uns in Versuchung führt,
sondern das Böse.
Und dieser schickte ihm seinen Segen.

I

Florenz, 7. Februar 1497

Wie Peitschenhiebe zischten die Worte von Girolamo Savonarola durch San Marco.

»Geh mir aus den Augen, du feige Kirche! Ich habe dich in feine Gewänder gehüllt, und zum Dank dafür hast du ihnen wie Götzen gehuldigt, spricht der Herr! Aus dem Überfluss erwächst Hochmut, und aus den Sakramenten schlägst du Kapital – wie eine Hure, die mit der schamlosen Wollust handelt. Du bist schlimmer als die Bestie: ein verabscheuungswürdiges Scheusal! Einst schämtest du dich deiner Sünden, aber nun nicht mehr! Einst gaben deine Diener ihre Söhne als Neffen aus, nun schämen sie sich nicht mehr, sie offen ihre Söhne zu nennen. Du hast dich zu Markte getragen und ein Freudenhaus aus dir gemacht!«

Während der Predigt hatte der eisige Tramontanawind vor der Kirche die Wolken vertrieben. Wie Pinselstriche aus Eis auf blauem Grund waren am Himmel von Florenz nur noch vereinzelte Wolkenstreifen übrig geblieben. Eine fahle Sonne stand im Zenit, und die Schatten hatten sich zurückgezogen, aber ihre kalten Spuren aus Eiskristallen blieben an den nach Westen ausgerichteten Mauern hängen.

Die Menschen eilten hastig aneinander vorbei, um sich aufzuwärmen, und wer es sich leisten konnte, hüllte sich in einen eigenen Wollumhang. Allesamt zogen sie die Köpfe ein – um sich vor den eisigen Februarwinden zu schützen und um einen unglückbringenden Blick auf den mit schwarzen Rauchschwaden verhangenen Himmel zu vermeiden. An diesem Tag war beschlossen worden, dass die Eitelkeit verbrannt werden musste, und überall loderten die Scheiterhaufen. Die Flammen, die sich über der Erde erhoben, verwandelten sich mit zunehmender Höhe in dichte schwarze Rauchsäulen, die über die braunen Terrakottadächer bis zu den weißen Marmortürmen hinaufzogen. An manchen Stellen regnete der Rauch als schwarzer Staub auf die letzten Schneereste ab. Von der aufsteigenden Wärme angezogen, kreisten hoch oben am Himmel Scharen von paarungswilligen Tauben.

Wohin man auch blickte, überall erhoben sich Scheiterhaufen, überall Scheiterhaufen: von der engen Sant'Ambrogio-Kirche, wo die Nonnen – von ihrer wachsamen und beunruhigten Äbtissin überwacht – im Portikus vorsorglich Wasser ausgossen, bis hin zur marmornen Kirche Santa Croce, in der sich die Franziskanermönche betend im Kreuzgang verbarrikadiert hatten. Sie hatten mehr Angst vor dem Neid der *Piagnoni* von Savonarola als vor dem Zorn Gottes. Die Dominikanermönche hatten das reinigende Feuer auch vor der noch so kleinsten Kapelle gelegt, und so verbrannten afrikanische Schönheitsmittelchen, indische Glasperlen, bunte Federn exotischer Vögel, chinesische Lackmöbel, französische, mit flämischen Daunen gepolsterte Diwane, edle Damaststoffe und viele, sehr viele und sehr wertvolle Bücher.

Die Armen der Stadt hatten Äste und Zweige gesammelt, die nach der Beschneidung und Veredelung der Obstbäume zuhauf in jedem Garten zu finden waren, und standen ungläubig vor den Scheiterhaufen. Dort verbrannten Schätze, die sie sich niemals hätten leisten können – nicht einmal nach einem ganzen Leben harter Arbeit. Manche der Gaffer hielten das alles für einen Scherz, schließlich war es ja Dienstag vor Aschermittwoch: der erste von drei Tagen, an dem sich jedermann jeder Tollheit hingeben durfte – im Wissen, dass er an den darauffolgenden vierzig Tagen der Fastenzeit Buße tun würde. Und so gab es den ein oder anderen, der mit der Naivität des einfachen Mannes auf den Auftritt von Seiltänzern und Zwergenkompanien wartete.

Doch statt der Seiltänzer und der Zwergenkompanien traten hinter den Scheiterhaufen nur die strengen, hoch aufgerichteten Gestalten der Mönche hervor, mit verschränkten Armen wie Karyatiden gigantischer Kamine. Hinter ihnen pilgerten edle Damen und Herren zu den Scheiterhaufen und warfen mit ernster Miene feines Geschmeide und Zierrat in die knisternden und Funken schlagenden Flammen, die weder Fröhlichkeit noch Wärme aushauchten. Bald wich das anfängliche Erstaunen in den Gesichtern der Umherstehenden nackter Angst – keine Spur mehr von der leisen Schadenfreude und der Genugtuung, die sonst mitschwang, wenn Adlige und Reiche ihrer Eitelkeiten beraubt wurden. Wer in das Höllenfeuer geblickt hatte, ging mit gesenktem Blick von dannen und bekreuzigte sich.

Der größte Scheiterhaufen war auf einer quadratischen Piazza vor der erst kürzlich renovierten, dem Apostel Markus geweihten Kirche errichtet worden. In ihrem Inneren wütete Girolamo Savonarola von der hohen Kanzel aus und verschüchterte die Menge, die gekommen war, um ihn zu hören.

Die Predigt war mittlerweile zu ihrem Ende gekommen: Savonarola hatte mit einer minutiösen Beschreibung der menschlichen Todsünden, die Christus seine Wunden beigefügt hatten, die Seelen angeheizt und die Gemüter erregt. Die akribische Auflistung der zu erwartenden Bestrafungen durch den göttlichen Vater lösten Angst und Panik bei den Zuhörenden aus; einige fielen gar in Ohnmacht. Für Savonarolas Kritik an der Dekadenz und der Korruption am römischen Hofe war ihm bereits mehrfach die Exkommunizierung angedroht worden, was ihn jedoch nicht daran hinderte, weiter zu wettern – ganz im Gegenteil. Seine Stimme klang nun ernst und durchdringend und bohrte sich wie ein Schwert in die Herzen der Gläubigen, wo sie Verachtung und Empörung über die Frevel der Kirche säte. Die letzte Spitze hatte sich der Mönch mit der tief ins Gesicht gezogenen Kapuze jedoch für seinen größten Feind aufgehoben: Papst Alexander VI., der seit fünf Jahren auf dem Kirchenthron saß.

»Verflucht seiest du«, rief Savonarola, »der du dich mit den Sündern gemein machst und nicht nur jedem Rock hinterherrennst, sondern auch allen Knechten. Der du Gefallen daran findest, Reichtümer anzuhäufen und deine Feinde zu exkommunizieren – doch wisse, du Frevler: Vor Gott bist du der Exkommunizierte!«

Als der keifende Mönch zum Ende seiner Tirade gekommen war, kehrte im Kirchenschiff eine erwartungsvolle Ruhe ein. Als er weitersprach, blieb Savonarolas Stimme zwar eindringlich, klang jedoch ruhiger.

»Nun geht, meine Kinder, und eilt, denn die Gnade wartet nicht auf euch. Und denkt daran: Wer Eitelkeiten und Sünden der Welt nicht entsagt, wird auf ewig verdammt sein!«

Draußen, vor der Ziegelfassade, hatten Diener und Vasallen Savonarolas bereits Möbel, Spiegel, Bilder, bestickte Gewänder, Musikinstrumente, Spielkarten und Geschmeide aufgetürmt – in einer genau festgelegten Reihenfolge: Sieben verschiedene Schichten waren jeweils zu einer Pyramide aufgetürmt, und jede symbolisierte eine der sieben Todsünden. Der venezianische Kaufmann, der dreist 1.000 Goldflorinen zur Sühnung seiner Frevel bot, hätte für sein Ansinnen beinahe die Peitschen der *Piagnoni* zu spüren bekommen – Savonarolas eifrigste Anhänger – und war geschwind in der Menge verschwunden. Draußen vor der Kirche warteten unterdessen die Diener der Gottesdienstbesucher, um anzügliche und philosophische Bücher den Flammen zu übergeben. Der Scheiterhaufen war bereits höher als die Lünette des Kirchenportals. Noch vor drei Jahren hatten Adlige und reiche Kaufleute die heilige Messe zum Anlass genommen, um ihre Bibermäntel, die Zobelstolas und die edelsteinbesetzten Westen zur Schau zu stellen, während die Damen tiefe, mit Perlen ummantelte Ausschnitte und lange, gold- und silberbestickte Damastgewänder ausführten. Nach dem Gottesdienst war gelacht und gescherzt worden, waren unter heimlichen Blicken und Berührungen Intrigen gesponnen und Verlobungen ausgehandelt worden. Nichts davon war geblieben: Die Prozession der Gläubigen, die gemessenen Schrittes die Kirchenstufen herabstieg und sich um den großen Scheiterhaufen versammelte, war – entgegen der opulenten Mode – einfach und bescheiden in Schwarz gekleidet; die Frauen mit Schleiern verhüllt. Die Hitze, die sich über die eisige Luft legte, wärmte zwar die Körper, nicht jedoch die Herzen.

Savonarola erschien als Letzter. Obwohl er die Kapuze tief über sein Gesicht gezogen hatte, erkannte man seine hervorstehende Hakennase deutlich. Er streckte seine entblößten, dürren Arme dem Himmel entgegen, und sofort begannen die Diener mit Verve, die Symbole des Reichtums ihrer Herren in das reinigende Feuer zu werfen.

Von Weitem betrachteten ein Mann und eine Frau eng umschlungen die Szene. Der große, wohl proportionierte Mann trug sein Haar unmodisch kurz. Wie immer war er ganz in Schwarz gekleidet – einem mit feiner Seidenstickerei verzierten Wams und Beinlingen, die in einem Paar hoher geschnürter Stiefel aus dickem Leder steckten. Unter seinem schwarzen Umhang, den er über der rechten Schulter trug, lugte der Knauf eines leichten Schwertes hervor.

»Möchtest du, dass wir gehen?« fragte er.

Die Frau an seiner Seite schüttelte den Kopf, der halb von einem bestickten Schleier bedeckt war. Ihr langes, zu einem Zopf geflochtenes Haar, das darunter hervorblitzte, umrahmte ihr Haupt wie eine Krone, und ihre ebenmäßigen, beinahe kindlichen Gesichtszüge hoben den Glanz ihrer grünen Augen hervor. Ihr einfaches, in Falten gelegtes azurblaues Kleid wurde an der Taille von einer goldenen Herzbrosche gehalten, durch die ein Pfeil ging.

»Nein, Ferruccio, ich möchte es sehen«, antwortete sie.

Wenn sein Weib Leonora ihn beim Namen nannte, wusste er genau, dass sich ein Unwetter über ihm zusammenbraute. Meistens zog er es dann vor, sich fluchtartig zurückzuziehen und aus der Ferne abzuwarten, bis sie sich Luft gemacht hatte – in dieser Situation, das wusste er, konnte er das jedoch nicht tun; ja, er wollte es auch nicht einmal.

»Wie kann es geschehen, dass ein Mann Gottes ein verrückter Fanatiker und sogar zum Mörder wird? Erinnerst du dich? Als er uns verheiratete, sprach er von Liebe, wenn auch auf seine ganz eigene Art.«

Ferruccio seufzte.

»Die Menschen ändern sich. Und nun ist Lorenzo nicht mehr da, der sich ihm entgegengestellt hätte. Die Stadt gehört ihm.«

»Ich hätte gute Lust, mich wie eine Kurtisane zu kleiden, mir die Lippen rot zu färben, mir Goldketten und Perlen in die Haare zu flechten und mich ihm so zu präsentieren. Ich würde ihm in die Augen schauen und ihn zwingen, zu Boden zu blicken!«

»Dazu wärst du wohl fähig!« Er lächelte sie an. »Und ich würde gerne seinen Gesichtsausdruck sehen … Aber ich fürchte, dass er dich unverzüglich in Ketten legen ließe – und wie würdest du dich dann befreien, sag?«

»*Ich* wüsste nicht, wie – aber du schon«, erwiderte sie lächelnd. »Du kannst schließlich alles.«

Ferruccio genoss Leonoras Worte, in denen beides, Ernst und Spaß, mitschwangen und durch die er sich allmächtig fühlte. Er war sich nicht sicher, ob es ihr besser gefiel, beschützt zu werden, oder ihm, sie zu beschützen.

Er zog sie noch enger an sich, als eine gewaltige Explosion sie zusammenfahren ließ: Glühende Holzscheite stoben aus dem brennenden Scheiterhaufen, und verkohlende Buchseiten streckten sich gen Himmel. Einige der Umstehenden hatten die Flucht ergriffen, ein Diener Feuer gefangen. Er drehte sich schreiend wie ein verrückter Kreisel, um die Flammen auf seinem Kopf zu löschen.

Leonoras Nägel gruben sich in Ferruccios Arm. »Was war das?«

»Ich weiß es nicht«, antwortete Ferruccio. »Ich glaube nicht, dass es sich um chinesisches Feuerwerk handelt. Das wäre sogar unserem Bruder zu teuer, so groß wie das Feuer ist. Wahrscheinlich war es nur ein Fass Maraschino-Likör, den die Dominikanermönche vor dem Zeitalter der Verbote brauten. Aber schau: Alle laufen davon, nur Savonarola hat sich keinen Fingerbreit vom Fleck bewegt – gerade so, als würde er sich tatsächlich von einem schrecklichen und rächenden Gott beschützt fühlen.«

Savonarola schrie jetzt etwas, er war aber zu weit entfernt und das Prasseln des Feuers zu laut, als dass die beiden verstehen konnten, was er sagte. Wieder streckte er seine Arme gen Himmel, und sofort kehrte der Mob zum Scheiterhaufen zurück. Unwillig und wie bockende Esel zwar, doch die Menschen gehorchten und starrten folgsam auf die Flammen, die ihre Eitelkeiten und Sünden verbrannten.

Savonarolas Körper zitterte in höchster Erregung; er roch Feuer und Angst. Florenz gehörte ihm: Genau das hatte er

Lorenzo de' Medici prophezeit, genauso wie seinen Tod, damals, als Lorenzo noch sein Prächtiger Herr war. Und nur Spott für ihn übrig gehabt hatte. Aber den Allmächtigen konnte man nicht verhöhnen und verspotten! In ihm hatte der Herr sich manifestiert, um seinem Willen Ausdruck zu geben! Die Schwingungen, die durch seinen ganzen Körper strömten, waren so gewaltig, dass der Mönch beinahe den Eindruck hatte, sich in der Luft halten zu können. Savonarola schaute auf seine Füße, um zu sehen, ob es wirklich der Wille des Herrn war, dass er wie die heilige Katharina von Siena vom Erdboden abhob. Aber seine Füße waren fest mit dem porphyrnen Boden der Kirchenvorhalle verbunden. Savonarola schämte sich seines sündigen Hochmuts – und doch war er seines Triumphes auf Erden gewiss. Auch wenn Rom, die läufige Hündin, die Selbstgeißelung verbot – für ihn war sie ein direkter Weg zum Heil. Und je größer die Sünden, je strenger die Verbote, je höher die Scheiterhaufen, desto stärker entflammte der Glaube. In Florenz und der ganzen Christengemeinde.

Verzaubert starrte die Menge der Gläubigen auf das zerstörerische Feuer, als sich ein langsam anschwellender Klagegesang über die Stille legte. Gerade so, als hätten die Gedanken Savonarolas eine Stimme bekommen. Alle drehten sich in Richtung des Gesangs, und da kamen sie aus den seitlichen Gärten der Kirche: die Büßer in ihren Kapuzenumhängen. Die Prozession sah von Weitem aus wie der Kopf einer sich langsam dahinwindenden satten Schlange. Je näher die Singenden kamen, desto schauriger klangen ihre inbrünstigen Gebete.

Ihre nackten Oberkörper geißelten die Männer mit Peitschen aus Stacheldraht und geknoteten Seilen. Ihre Rümpfe waren blau und rot geschwollen, sie bluteten aus zahllosen Wunden, und ihre weißen Beinkleider waren blutgetränkt.

Leonora wandte sich ab und barg ihren Kopf an der Schulter ihres Gatten.

»Lass uns gehen«, sagte sie. »Ich bitte dich.«

Doch Ferruccio hielt sie zurück. Unter den Büßern hatte er einen Mann erspäht, der dort nicht hingehörte.

»Nur noch ein Moment, Liebste. Warte hier, ich bin gleich zurück«, sagte er, ließ Leonora zurück und hastete die Treppen hinauf. Sein Herz pumpte so kräftig, dass er die Kälte nicht mehr wahrnahm. Mit großen Schritten folgte Ferruccio den Blutlachen auf den Gassen, bis er die Büßergruppe eingeholt hatte. Zwischen dem Gewirr aus rudernden Armen und tanzenden Peitschen erkannte er Amos Gemignani wieder. Jetzt war er in Ketten gelegt und steckte in einem Sack; damals hatte der bescheidene jüdische Bankier unter dem Schutz des Prächtigen gestanden.

Um seinen Sold einzulösen, den ihm die De'-Medici-Familie bezahlte, war Ferruccio oft in Amos' Geschäft gewesen, das versteckt in einem Hinterhof des Bankenviertels lag. Ferruccio war erstaunt, ihn hier zu sehen, denn Amos war sofort nach Volterra geflohen, als Savonarola in der Republik Florenz das Verbot der Zinsgeschäfte durchgesetzt hatte. Dieses Verbot hatte die De'-Medici-Bank damals beinahe ruiniert, erinnerte er sich. Was also machte Amos in Florenz? Welche Sünden mochte der sanftmütige Mann begangen haben, dass er an den Pranger gestellt wurde? Amos' Bart war von seinem eigenen Blut durchtränkt und sein langes krauses Haar ausgerissen worden.

Ferruccio umfasste den Knauf seines Schwertes fester und bahnte sich entschlossen einen Weg durch die gemarterten Körper. Ein Büßer holte aus, und einen Moment lang glaubte Ferruccio, er würde ihn schlagen. Weil jedoch keiner seiner Glaubensbrüder es ihm gleichtun wollte, zog der Mann seine Hand zurück. Ferruccios Statur und seine Entschlossenheit brachten die Betenden aus dem Rhythmus. Die Litanei stockte, und als Ferruccio vor dem Juden die Knie beugte, legte sich Stille über die Piazza.

Instinktiv schützte der Alte seinen Kopf mit den Armen, die er wegen der schweren Ketten kaum heben konnte. Dann sah er ihn erstaunt an.

»Amos, ich bin es, Ferruccio de Mola, erinnerst du dich nicht mehr an mich? Ich möchte dir keinen Schmerz zufügen.«

»Ihr …«

Jetzt schien Amos ihn zu erkennen – als er antwortete, war seine Stimme jedoch nur noch ein Flüstern. Ferruccio näherte sich ihm und legte seinen Arm um Amos' Schultern.

Aus der Ferne beobachtete Leonora, wie sich zwei Soldaten ihrem Ehemann näherten.

»Warum bist du hier, Amos?«, fragte Ferruccio den Gefangenen, ohne darauf zu achten, was um ihn herum geschah.

»Ich musste … Kredite einfordern …«, flüsterte Amos, »… ich wusste nichts von dem Verbot, nach Florenz einzureisen.«

»Ich werde mit dem Mönch sprechen, ich kenne ihn gut und werde ihm erklären, dass …«

»Nein! Ich will nichts mehr von Euch Christen … Geht, mischt Euch nicht ein, ich bin aus freien Stücken hier. Wenn ich stillhalte und das hier durchstehe, werden sie mich gehen lassen.«

Die Wächter standen nun direkt hinter Ferruccio, doch er bemerkte sie erst, als er die Schreie seiner Frau hinter sich hörte.

»Er ist sein Freund«, schrie Leonora in Richtung Savonarolas, »und er bringt ihm Trost – wie es im Evangelium geschrieben steht. Er spendet ihm Trost, auch wenn er ein Sünder ist, damit er die Hölle besser ertragen kann! Oder ist das mittlerweile auch verboten?«

Sofort richteten sich alle Blicke auf sie, und der Mob glotzte Leonora überrascht an. Diese Leidenschaft, und dann auch noch aus dem Munde eines Weibes! Der Inkarnation der Versuchungen, dem Hort des Dämons. Denn ließ es sich durch die Löcher der Weiber nicht leicht kriechen – schließlich hatten sie ja auch mehr als die Männer!

Die Soldaten drehten sich fragend zu Savonarola um. Alle Blicke waren nun auf ihn gerichtet, auch Leonoras. Nur Ferruccio starrte seine Frau erstaunt an, wie sie hocherhobenen Hauptes in der Menge stand.

Als wolle er das rote Meer teilen, öffnete der Prediger die Arme und legte langsam die linke Hand auf sein Herz, mit seiner Rechten gebot er den Milizen erst Einhalt und segnete dann die Menge. Ferruccio drückte Amos' schwache Hand ein letztes Mal und richtete sich zu voller Größe auf. Als er auf Leonora zuschritt, teilte sich die Menge der Büßer und bildete eine Gasse. Ferruccio packte sie am Arm und zog seine Frau hastig von der Piazza, ohne sich noch einmal umzublicken.

Der Blick des Mönchs folgte ihm, bis seine Aufmerksamkeit abgelenkt wurde: Ein Büßer schrie in religiöser Ekstase unverständliche Sätze, und das gefiel Savonarola ganz und gar nicht: Gott liebt die Bescheidenen, dachte er. Der Mann wandte sich nun ihm zu und schwang die Geißel. Was sagte der Flegel? Savonarola schloss die Augen und zeigte mit dem Finger auf ihn. Endlich lächelte der Besessene, aber es war das Lächeln eines Wahnsinnigen. Der Mönch spürte, was gleich geschehen würde, und unwillkürlich öffneten sich seine Hände, um ihn aufzuhalten. Der Büßer entkleidete sich und lief zum Feuer.

»Nein!«, schrie Savonarola.

Doch es war zu spät: Mit einem Satz sprang der Mann auf den Scheiterhaufen, tauchte tief in den brennenden Holzhaufen, als wolle er sich bis auf den Grund des Feuers graben, und war nach wenigen Sekunden in der Funkenexplosion verschwunden. Einige Wächter stürzten zum Feuer, blieben jedoch abrupt stehen, als die Hitze ihre Gesichter rötete und sie sich zu verbrennen drohten. Der Geruch von verbranntem Fleisch, von Harz, Farben und Kohle trieb die gebannte Menschenmenge näher an den Scheiterhaufen heran.

In diesem Augenblick wurde Savonarola von einer Todesahnung erschüttert. Es war ein fast wollüstiger Schauer.

2

Ladakh-Tal, Tibet, 1476

»Das Mädchen lebt, aber ihre Mutter liegt im Sterben, Ada Ta.«

»Ein Leben für ein anderes Leben – der Zyklus ist vollendet, aber dies ist ein sehr trauriger Tag.«

»Der Vater wird nie wiederkommen, nicht wahr?«

»Wie die Bienen hat er sein Karma erfüllt, und sein Geist ist nun weit entfernt.«

Für einen Augenblick spürte Ada Ta die Bürde seiner Jahre und ließ den Blick aus dem Fenster schweifen. Eine weiße Wolke teilte sich, vom Wind getrieben, auf der Spitze des Chogori, des großen Berges, und trieb in entgegengesetzten Richtungen auseinander, der Sonne entgegen. Von Weitem hörte Ada Ta das hohe Kreischen einer Elster. Vielleicht war das kleine Nagetier mit den runden Ohren ein Wachposten und hatte sich dem Adler geopfert, um seinen Gefährten die Rettung in ihre schützenden Höhlen zu ermöglichen. Mit seinem Fleisch würden die Küken des Raubvogels bis zum nächsten Herbst überleben können. Ada Ta schüttelte den Kopf. Der junge Mönch spürte, wie die kleinen Finger des Mädchens nach seinem Zeigefinger griffen. Diese Berührung beruhigte ihn. Nachdem der Säugling gebadet und versorgt worden war, legte er ihn der Mutter auf die Brust. Nun konnte die Frau in Frieden gehen.

»Wie werden wir sie nennen?« Der junge Mönch versuchte

vergeblich, seine Tränen zu unterdrücken. »Sie ist sehr hübsch und verdient einen schönen Namen.«

»Das ist noch nicht ihr Verdienst«, erwiderte Ada Ta. »Aber Gua Li, der Name der Liebe und der Weisheit, erscheint mir angemessen.«

»Nach diesen Maßgaben wird der Alte sie also aufziehen«, dachte der junge Mönch. »Das Blut, das in ihren Adern fließt, macht dann den Rest. Und nun hör auf zu weinen.«

»Die Mutter atmet nicht mehr …«

»Dann gib mir das Mädchen. Sie ist zu klein, um den Odem des Todes einzuatmen. Es ist noch nicht die Zeit für sie, ihn kennenzulernen – der Lebenszyklus wird sich in ihr wiederholen. Merkst du, wie still sie ist? Sie weint nicht mehr, obwohl sie Hunger hat, das ist ein guter Beginn. Bring mir nun eine Ziege, deren Euter voll guter Milch ist. Und sobald du die Mutter in ein weißes Tuch gewickelt hast, bringen wir ihren Körper an einen Ort, wo nicht einmal die Geier ihn finden werden. Der Himmel wird ihren Geist anlächeln.«

Ladakh, Tibet, 20 Jahre später, im Jahr 1496

Zum Sonnenuntergang erschien der alte Hannas ben Seth. Sein Schritt war gemächlich, und im Gehen betete er mit gesenktem Haupt. Die stumme Menge beobachtete mit Sorge und Erstaunen, wie ihr einstiger Hohepriester näher kam, und fragte sich, weshalb er den schweren Aufstieg ganz alleine und zu Fuß auf sich genommen hatte: den Aufstieg zum Gipfel, auf dem die Missetäter gerichtet wurden. Golgatha – die Schädelstätte – so nannten die Menschen ihn. Vor dem Kreuz hob Hannas den Blick zu Īsā. Für einen Moment sah er in dem erwachsenen Antlitz den Knaben wieder, der sich einst so anmaßend an ihn gewandt hatte, als Hannas noch der Vorsitzende des Sanhedrins gewesen war. Ein

Schreiber half ihm, seinen Mantel und die wertvolle Mitznefet abzulegen, die mit weißen und schwarzen Edelsteinen verzierte Kopfbedeckung. Ein anderer reichte ihm einen Rammhammer, den der Alte kaum noch zu heben vermochte – Hannas knirschte vor Anstrengung mit den Zähnen. Er hielt kurz inne und vergewisserte sich, dass er beobachtet wurde. Als eine leichte Brise über sein Gesicht wehte, hob er den Hammer über seinen Kopf und ließ ihn dann mit ganzer Kraft auf die Gesetzestafeln krachen, die an den Füßen des Kreuzes lehnten. Die Steintafeln gingen zu Bruch, und der Schlag ließ das Holz erzittern: Īsā öffnete die Augen, und ein stechender Schmerz durchfuhr sein Rückgrat.

Er wusste, dass er seinen Körper verlassen musste, um die körperlichen Qualen zu ertragen und nicht dem Wahnsinn anheimzufallen – aber die Erschütterungen hatten seine Trance unterbrochen. Als sich ihre Blicke kreuzten, verspürte Īsā eine noch tiefere Erschütterung – auch nach zwanzig Jahren erkannte er Hannas sofort. In seinem Zustand ermüdete ihn jede Bewegung, und er musste sich auf eine ruhige Atmung konzentrieren, bei dem Anblick des Alten begann sein Herz jedoch unwillkürlich, schneller zu schlagen. Er wandte sein Gesicht zur Seite und erblickte durch den Nebel des Schmerzes seine Mutter, ruhig und stolz. Sie war von seinen Brüdern, von Maria Magdalena und anderen Weggefährten umringt, und das beruhigte ihn. Īsā schloss die Augen wieder, um seine Gedanken im weichen Schnee in den weißen Bergen zu versenken. Er hörte den Ruf des Adlers, das Klagen der zotteligen Yaks und versank im Einklang mit dem tiefsten Mantra, das er je vernommen hatte. Er erfreute sich an den Stimmen Gayas und seiner Kinder und an den ewigen Fragen seines Freundes Sayed. So kehrte er in jenen Zustand zurück, in dem die Sinne einschlafen, aber die Vernunft wachsam bleibt. Die Gedanken werden scharfsinniger und vermögen die Mauern, die das Wissen beschützen, zu durchdringen – um das zu offenbaren, was der Geist nicht verstehen kann oder will. Īsā ließ sich fallen, und während er in

Trance fiel, spürte er den Energiefluss, über den die Mönche so viel gesprochen hatten, zum ersten Mal am eigenen Leib. Als er bemerkte, dass er mit geschlossenen Augen, also mit dem sechsten Chakra oder dem dritten Auge, wie sie es nannten, sehen konnte, spürte er, wie sich sein Körper von der Erde erhob und sein Geist davonflog. Er ließ sich mittreiben – hin zu seinen im Kreis sitzenden Meditationsgefährten. Fröhlich gesellte er sich zu ihnen. Die Stimme des alten Hannas drang von weit her zu ihm durch wie ein dunkles Grollen aus der Erde.

»Dieser Mann hat sich gegen unsere Väter versündigt!« Hannas' harte Worte, die er wie Wurfgeschosse in die Menge schleuderte, ließen die Menschen zurückweichen. »Er hat sich versündigt an unserem Urvater Abraham und an seiner Erde! Er hat Unruhen heraufbeschworen und Anstoß erregt. Über Gesetze hat er gelacht, hat sie verletzt und gebrochen – seht nur, genauso wie sie hier vor euch liegen: zerschlagen. Aber wisset: Genauso wird er am Ende vor Gott liegen.«

Hannas wurde geholfen, seine Kopfbedeckung und die schwarze Wolltunika anzulegen. Seine Schulterstola ließ er jedoch auf den Tafeln liegen. Alle sollten sich daran erinnern, was er im Namen und im Auftrag Gottes getan hatte.

Als er gegangen war, nahm Judas die Stola unter den gleichgültigen Blicken zweier römischer Soldaten an sich und versteckte sie unter seinem Gewand. Zwischen dem Abend und dem darauffolgenden Morgen verließen die meisten Menschen den Ort, gefolgt von den Johannisbrot- und Gerstenbierhändlern, die ihre leeren Karren hinter sich herzogen. Die Sonne stand bereits hoch, als eine Soldatenabordnung des Tempels vor Caio Cassius trat, der gekommen war, um dem Wachwechsel beizuwohnen.

»Was wollt ihr?«, fuhr sie der römische Centurio an.

»Auf Befehl des Sanhedrins sollen wir den Tod der drei Verurteilten kontrollieren«, sagte der Mann, der die Herodes-Antipas-Lanze trug.

»Sie sind noch nicht tot.«

»Dann ist es unsere Aufgabe, uns darum zu kümmern.«

Die Lanze des Königs verlieh den Männern Autorität, und der Centurio war gezwungen, sie durchzulassen. Mit brutalen Knüppelschlägen beschleunigten die Soldaten den stummen Todeskampf von Gestas und Dismas, die neben Īsā gekreuzigt worden waren, indem sie ihre Beine zertrümmerten. Erst als von den Gekreuzigten nur noch eine undefinierbare Masse aus Fleisch und Blut übrig geblieben war, zertrümmerten ihnen die Boten der Gerechtigkeit die Schädel. Nun konnte der Vertreter des Sanhedrins sicher sein, dass sie tot waren. Auch bei den Steinigungen der Frauen, die sich des Ehebruchs schuldig gemacht hatten, wurde – so wie es sich gehörte – der Tod erst offiziell bestätigt, nachdem man ihnen die Schädel eingeschlagen hatte.

Caio Cassius zog es vor, nicht hinzusehen – das Geräusch der berstenden Knochen stieß ihn ab. Während seines Soldatenlebens hatte er alle vorstellbaren Gräueltaten gesehen oder sogar selbst begangen – aber wehrlose und sterbende Menschen so barbarisch zu massakrieren verstieß gegen den Ehrenkodex eines Soldaten. Nicht einmal bei der Enthauptung eines getöteten Gegners war er so brutal vorgegangen – was die Soldaten mit den Gekreuzigten gemacht hatten, war nicht einmal bei Tieren statthaft.

Īsā wurde aus seinem Nebel eher von dem Geräusch berstender Knochen als von den Schlägen selbst geweckt. Er wusste, dass er als Nächster an der Reihe sein würde und dass ihn dieses Mal nichts und niemand würde retten können. Īsā ließ also so viel Luft wie möglich aus sich herausströmen, um sich erneut zu betäuben, und bereitete sich darauf vor zu sterben.

Caio Cassius betrachtete seine Soldaten, die friedlich in einem Würfelspiel versunken waren, und dachte kurz über seine Situation nach. Wenn er sich weiterhin untadelig verhielt, würde er ein Stück Land in Byzanz erhalten oder, wenn er Glück hatte, gar in Kantabrien. Vielleicht würde er sogar genug Geld haben, um sich ein Eheweib zu kaufen – auch wenn er nicht viel mit ihr anfangen könnte – außer vielleicht in einer kalten Nacht. Genauso gut konnte ihn jede beliebige Dirne für ein paar Sesterzen befriedigen.

»Hier habe ich die Hoheit über die Rechtsprechung«, sagte er mit zornverzerrtem Gesicht und riss dem Judäer die Lanze aus der Hand. Er schaute den Mann am Kreuz an, der zu verstehen schien, was nun geschehen würde, denn er schloss seine Augen. Mit einer schnellen Bewegung stieß der römische Offizier Īsā die Lanze in die Brust und brach ihm dabei eine Rippe. Caio Cassius wusste, wo und wie er zustoßen musste.

»Er ist tot!«, rief er triumphierend. »Das Blut fließt nicht mehr.«

Er befahl zwei der Seinen, das Kreuz zu bewachen, und drückte dem Vertreter des Sanhedrins barsch die Lanze in die Hand. Dieser war sprachlos, hatte aber keine Einwände. Caio bedeutete ihm abzutreten. Er war sich sicher, dass der Soldat ihn denunzieren würde. Der Offizier ging auf seine würfelnden Leute zu und raunzte sie an, sie sollten es nicht wagen, beim Spiel zu betrügen – sollte er sie erwischen, würde er ihnen eigenhändig die Kehle durchschneiden. Dann befahl er ihnen, die fremden Soldaten durchzulassen, und griff nach den Würfeln. Er war äußerst zufrieden mit sich. Er würde zwar seinen Alterssold verlieren, und es stand zu befürchten, dass ihm weitere fünf Jahre Krieg in irgendeiner Provinz aufgebrummt würden – andererseits war es aber angenehmer, an irgendeinem Fieber zugrunde zu gehen, als aus Langeweile zu sterben.

Gua Li legte die Hände mit nach oben gerichteten Fingern aneinander, beendete ihre Erzählung und wartete auf eine Reaktion. Erwartungsvoll sah sie Ada Ta an, doch der alte Mönch strich sich lediglich mit der Hand über den glänzenden Schädel und schien dabei ein Mantra zu murmeln. Die junge Frau stand auf, hob die rechte Fußsohle bis zum linken Knie hoch und beugte die Arme.

Ada Ta nahm keine Notiz davon und meditierte weiter. So lange, bis die Sonne den gesamten Himmelsbogen durchwandert hatte. Langsam färbten sich die Gletscher rot und blau, und die vier Sterne gingen auf. Die Sterne, die zum ersten Mal am Todestag Buddhas am Firmament erschienen waren.

»Bist du es immer noch nicht leid, den Kranich zu machen?«, fragte Ada Ta.

»Der Kranich wird mit seinen Schwingen die Schlange besiegen«, erwiderte die junge Frau mit Nachdruck.

»Und wenn die Schlange nicht kämpfen will?«

Gua Li spürte die Taubheit in ihren Gliedern, biss aber tapfer die Zähne zusammen.

»Warum antwortest du mir nicht?« Gua Li gab nicht auf.

Mit einer elastischen Kniebeuge sprang Ada Ta direkt in den Lotussitz. »Wie war die Frage?«

Mittlerweile war die junge Frau an die Grenzen ihrer Ausdauer gelangt. Ihre Ellbogen zuckten.

»Einen Monat lang hast du mich ohne Unterlass geprüft, um sicherzugehen, dass ich die Geschichte Īsās auch wirklich auswendig kann. Einen Monat lang hast du mich über Einzelheiten ausgefragt, und ich glaube, dass ich meine Sache gut gemacht habe. Ich habe nichts vergessen und die Ereignisse genauso nacherzählt, wie du es mich gelehrt hast. Doch statt mich zu loben, hast du am Ende nichts gesagt.«

»Du solltest zufrieden sein. Oder hast du vergessen, dass die Stille des Meisters das größte Lob ist? Zu schweigen bedeutet, dass ich dir keinen Fehler vorzuwerfen habe.«

Gua Li ließ die Arme sinken und stellte den rechten Fuß auf den Boden. Ada Ta deutete mit geschlossenen Augen ein Lächeln an, doch als Gua Li ihn dafür umarmen wollte, war der Mönch bereits unter ihrem Sari hindurchgeschlüpft und stand nun hinter ihr.

»Wie hast du das geschafft?«, fragte die junge Frau erstaunt. »Du selbst hast mich gelehrt, dass die Schwingen des Kranichs Macht über die Schlange haben. Du hast mich getäuscht, mein alter Vater.«

»Habe ich das wirklich gesagt? Nun, es kann tatsächlich sein, dass der Kranich über die Schlange siegt – aber es hängt davon ab, um welche Sorte Kranich und welche Art von Schlange es sich handelt. Hatte ich das nicht auch gesagt?«

»Nein«, brummte Gua Li ohne Überzeugung. »Du bist in der Tat ein Schwindler.«

»Das ist die Natur der Schlange: Sie passt sich allen Umständen an und täuscht sogar ihren Tod vor. Ich könnte mich genauso gut mit geöffnetem Mund auf den Bauch drehen, einen ekelerregenden Geruch verströmen und die Überraschung des Jägers nutzen, um ihn genau in dem Moment zu beißen, wenn er sich hinabbeugt, um an mir zu riechen. Aber du bist meine Kranichtochter, und deshalb kann ich das nicht tun. Du würdest dich sorgen, weil du mich tot glaubtest, und zudem könnte ich es niemals über mich bringen, meine Zähne in dein Fleisch zu schlagen.«

Ada Ta küsste sie flüchtig auf die Stirn und seufzte. »In wie vielen Sprachen kannst du deine Seele sprechen lassen?«, fragte er sie dann.

»In denen, die du mir beigebracht hast, Vater, und ich kann so flink, wie eine Spinne in ihrem Netz krabbelt, auch in ihnen schreiben«, erwiderte Gua Li stolz.

»Bist du bereit aufzubrechen?«

Gua Li riss die Augen auf. Sie zögerte einen Moment, dann umarmte sie den alten Mönch stürmisch und lehnte den Kopf an seine Brust. Das genügte dem Mönch, um Maha, der Großen Mutter Natur, für diese empfangene Freude zu danken.

»Deine stille Antwort sagt mehr als tausend Worte. Geh nun und bereite das Notwendigste vor«, wies er Gua Li an.

»Leider kann die Schlange nicht fliegen wie der Kranich – uns erwartet eine Wanderschaft, die mehr als acht Monde dauern wird. Das bedeutet, du kannst mir mindestens sechsmal die Geschichte wiederholen.«

Die junge Frau löste sich von Ada Ta und sah ihn mit ihren schwarz funkelnden Augen an.

»Es wird also eine lange Reise werden, ja, Vater?«

Ada Ta streckte sich auf der Felsplatte aus, nahm Schwung und landete in einem Handstand. Die Frau schickte sich an zu gehen.

»Den Raum bewertet man in Relation zu der Zeit, die man benötigt, um die Abreise mit dem Ziel zu verbinden. Aber Zeit ist Geld, und wenn du hundert Münzen hast und eine ausgibst, ist es so, als würde dem Kissen eine Daune fehlen: Der Kopf wird es nicht einmal bemerken.«

Gua Li beobachtete neugierig, wie der alte Mönch das Gewicht seines Körpers verlagerte und nur noch auf dem rechten Arm balancierte. Wie ein Kranich auf kurzen Beinen.

»Wenn du aber nur noch zwei Münzen hast«, fuhr Ada Ta fort, »musst du dir genau überlegen, ob du dich von einer trennst.« Er lächelte. »Wir haben zwar keine Münzen, aber dafür viel Zeit.«

Gua Li wurde ernst. Sie legte sich auf den Boden, um dem Alten in die Augen sehen zu können.

»Ada Ta, warum müssen wir diese Reise tun?«

»Pflichten sind Teil des Lebens. So wie der Regen ganz selbstverständlich vom Himmel fällt, musstest du zahlreiche Bücher auswendig lernen. Es gibt keine Erklärung, warum das Wasser fließt und die Sonne die Erde erwärmt. Es ist ihr Schicksal.«

»Vielleicht ist das alles ja Teil eines großen Ganzen, von dem wir nur die Auswirkungen, aber nicht die Ursachen sehen.«

»Sehr gut, meine Tochter. Auch ich kenne das große Ganze nicht – ich müsste wie ein Adler fliegen, der die Wege der Hasen kennt, aber noch kann ich das nicht. In diesem Moment kann ich nur die Spuren auf der Erde lesen. Aber ich weiß, dass eine Linie von dem Mann ausgegangen ist, für den die Abschrift von Īsās Leben bestimmt ist. In diesem Moment wurde das große Ganze geboren.«

»Und nun haben wir die Pflicht, die Form zu verstehen, nicht wahr?«

»Derjenige, der seine Pflicht erfüllt, bringt den anderen Freude. Wenn alle nach diesem Grundsatz handeln würden, wäre die Welt ein glücklicher Ort. Der edle Giovanni Pico della Mirandola wollte uns sein Geheimnis verraten, bevor er starb. Und kleidete es in eine Aufgabe. Das macht aus uns ein Werkzeug der Glückseligkeit.«

»Bist du dir sicher? Was wir ihnen bringen wollen, könnte möglicherweise nicht erwünscht sein.«

»Das ist wahr, die Gefahr besteht. Aber in der Sprache unserer Vorfahren ist das Symbol für ›Hinterhalt‹ identisch mit dem Symbol für ›Gelegenheit‹. Als Khan Tamerlan mich fragte, ob er seine Eroberungen gen Okzident oder gen Orient richten sollte, habe ich …«

»Khan Tamerlan? Aber er ist doch bereits seit einem Zyklus tot… Ada Ta, das habe ich dich nie gefragt: Wie viele Jahre zählst du wirklich?«

Der Mönch hatte den Standarm gewechselt und drehte seinen Kopf zu Gua Li.

»Als mongolische Banditen meinen Eltern die Kehlen durchschnitten, fing ich an, sie zu zählen. Aber nach der Zahl hundert hörte ich auf.«

Wortlos entfernte sich Gua Li: Soweit sie sich erinnern konnte, hatte Ada Ta sie noch nie belogen.

3

Rom, März 1497

Lucrezia kam atemlos in den Raum gestürzt.

»Vater!«

»Meine Tochter, was bedrückt dich?«

Rodrigo Borgia erhob sich von seiner Gebetsbank und verärgerte damit den Hofmaler Bernardo di Betto, dem er Modell gestanden hatte. Dieser hütete sich jedoch, seinen aufbrausenden Auftraggeber zu ermahnen. Die ganzen Änderungen an seiner Arbeit, die er für vollkommen gehalten hatte, bereiteten dem Künstler nicht wenig Verdruss, aber er konnte sich dem Willen Borgias nicht verweigern.

In der ersten Fassung des Gemäldes war das kleine Mädchen vollkommen, das Giulia Farnese, die offizielle Geliebte des Papstes, diesem zum Segen darbot. Nach einem Streit mit seiner Mätresse hatte Alexander VI. sie aus seinem Bett verbannt und dem Maler befohlen, die Farnese in eine Madonna und ihre Tochter in das Jesuskind zu verwandeln. Außerdem sollte er den militärischen Borgia-Umhang in einen langen päpstlichen Chormantel ummalen.

Mit den Aureolen und dem Chormantel konnte er ja noch leben, aber den rechten Arm des Mädchens zu einer Segensgeste und sogar die Rassel der Infantin in einen goldenen *Globus Cruciger* zu verwandeln war wirklich zu viel des Guten für den Maler! Die Änderungen ruinierten das Gemälde, und zu allem Übel wusste er nicht einmal, ob sein Auftraggeber ihn je zu bezahlen gedachte. Auf einem wackeligen Schemel im Vorraum des Schlafgemachs balancierend, wartete der Maler geduldig ab. Als der Papst jedoch den Chormantel ablegte, war klar, dass seine Arbeit für heute beendet war.

»Pinturicchio!«

Er hasste diesen Spitznamen, den er seit seiner Jugend innehatte. Er war klein gewachsen, aber »kleines Malerchen« genannt zu werden beleidigte weniger seine Statur als seine Kunst.

»Eure Heiligkeit?«

»Du kannst gehen – Madonna Lucrezia verlangt nach Uns. Du wirst morgen hier erscheinen, zur selben Stunde. Oh, und noch etwas: Bringe es gefälligst rasch zu Ende.«

Bernardo di Betto sammelte seine Farben ein, steckte sich die Pinsel in seinen groben Leinenkittel und stieg vorsichtig vom Schemel. Umständlich räumte er ihn weg und ging dann rückwärts in den angrenzenden Saal, in dem seit den frühen Morgenstunden adlige Römer ausharrten, in der Hoffnung, Bittgesuche einreichen zu können oder Belobigungen zu erhalten. Aus Ärger über den Papst deutete er Kardinal Riario Sansoni della Rovere einen kurzen Gruß an. Der Kardinal war durch seine Verwandtschaft mit dem ihm sehr ergebenen Namensvetter Giuliano, den das Volk fröhlich den Sodomiten nannte, in Misskredit geraten. Natürlich war er nicht der Einzige, der sich am Hofe mit dieser Bezeichnung schmücken konnte. Fünf Jahre zuvor war es eigentlich sein wahres Vergehen gewesen, es zu wagen – in Opposition zu den Borgias –, nach dem Papstthron zu greifen.

Lucrezia liefen Tränen über die Wangen und verklebten ihr blondes Haar, das ihr ins Gesicht fiel. Ihr Vater betrachtete sie streng, dann hob er den Blick, um sicher sein zu können, dass sie niemand beobachtete oder belauschte. Er roch an ihr, um ein mögliches geheimes Abenteuer zu entdecken, aber seine Expertennase konnte keine Spuren körperlicher Liebe erschnuppern. Instinktiv bedeckte Lucrezia ihren großzügigen Ausschnitt mit einem fransigen Leinentüchlein und hielt das Haupt gesenkt.

»Mein Kind, was ist?«

Der Vater streichelte ihr über den Nacken. Dabei verhakte sich sein Rubinring im Perlennetz ihrer Haartracht. Um sich zu befreien, zog Rodrigo heftig an dem Verschluss, und Lucrezia fiepte erschrocken.

Sie hörte die Schritte ihres Bruders Cesare und versteckte sich hinter dem Vater.

»*Es una perra*!«, schrie Cesare. »Eine Hündin! Hörst du nicht, wie sie fiept?«

Cesare zog einen Handschuh aus und entblößte das von der gallischen Krankheit zerstörte Fleisch. Cesares Hand schien nur noch aus Blasen und offenen Wunden zu bestehen. Wütend holte er aus, doch Lucrezia wich dem Schlag gekonnt aus, indem sie hinter die massige Figur des Vaters floh.

»Cesare, wie sprichst du denn!«, fuhr ihn dieser an. »Wie kannst du es wagen, deine Schwester in diesem Ton zu beschimpfen? Und noch dazu in meiner Gegenwart?«

»Diese verdorbene Dirne verdiente es, ins schmutzigste Bordell von Rom verbannt zu werden. Und wahrscheinlich würde sie selbst dort nicht ihre Meisterin finden!«

»*Cállate, hijo*! Schluss jetzt, Sohn! Willst du mir nun endlich erklären, warum du so zornig auf sie bist? Was hat sie dir getan?«

»Mir? Nichts …«

Cesare lächelte vorsichtig, damit die Beulen unter seinem Bart nicht aufplatzten.

»Sag du es ihm, Schwester«, schimpfte er. »Wenn du nicht willst, dass ich unserem Vater erzähle, wie du es geschafft hast, unseren Namen zu beschmutzen.«

»Vater …«, Lucrezia wischte sich die Tränen ab. »Ich bin schwanger …«

Die Gesichtszüge des Papstes entgleisten. Er presste die Lippen zusammen, taumelte zu seinem vergoldeten Thron und klammerte sich mit letzter Kraft an die Löwenköpfe auf den Lehnen und setzte sich schwerfällig. Cesare schüttelte heftig den Kopf und fuchtelte mit den Händen in der Luft herum.

Der Papst holte tief Luft.

»Seit wann?«, fragte er.

»Ich glaube, seit drei oder vier Monaten, Vater.«

Rodrigo Borgia versuchte sich an die letzten Begegnungen mit seiner Tochter zu erinnern. War ihm da nichts aufgefallen? Hastig rechnete er nach. Seine Ausdauer war nicht mehr das, was sie einmal gewesen war; deshalb nahm sie sich andere, jüngere Liebhaber. Wie auch immer – die Schwangerschaft war ein Problem. Schließlich hatte Giovanni Sforza, Lucrezias Gatte, seine Impotenz erst vor Kurzem schriftlich bestätigt (zugegebenermaßen nicht ganz freiwillig – ihm war nahegelegt worden, dass der Tod durch Gift äußerst schmerzhaft sei und er die Mitgift in Höhe von 30.000 Dukaten selbstverständlich behalten dürfe). Mit diesem formalen Akt wären die Annullierung der Ehe und eine neue Hochzeit zwischen Lucrezia und Alfonso d'Aragona möglich gewesen.

»Ausgerechnet jetzt, wo dein Gatte bereit war zu erklären, dass er zur Zeugung und Penetration unfähig sei … *Mierda*!«, brummte der Papst und biss auf dem Nagel seines kleinen Fingers herum. »Wir haben Jahre gebraucht, bis wir ihn so weit hatten, und wenn nicht sein Onkel, Kardinal Sforza, gewesen wäre …«

»Ich glaube nicht, dass Ascanio Sforza aus purer Nächstenliebe gehandelt hat«, warf Cesare ein. »Er wird kommen und eine Belohnung von uns wollen, und, bei Gott, wir werden sie ihm geben müssen!«

»Nicht so voreilig, mein Sohn! Wir werden sehen, was er von uns verlangt, und dann überlegen, wie wir weiterverfahren«, schnaubte der Papst.

»*Primum ferire, deinde quaerere*, Vater. Erst schlagen – dann fragen. Das ist meine Philosophie. Ihr werdet zaghaft im Alter. Und seit die Farnese weg ist, wird auch Euer Geist schwach.«

»Ich erlaube dir nicht, so mit mir zu sprechen!«

»Was könntet Ihr mir denn anhaben? Das Kommende von Orvieto wegnehmen – für die wenigen Dukaten, die es mir abwirft? Ich bin nur ein Kardinal, und trüge ich nicht das hier an meiner Seite …«, Cesare schlug mit der flachen Hand an den Knauf seines Schwertes, das er an einer Lederschärpe über seiner grünen Damastjacke zur Schau trug, »… so hätte niemand Respekt vor mir! Meine *Espada Ropera* ist die einzige Freundin, die ich hier in Rom habe. Und sie ist auch Eure, obwohl Ihr das nicht anerkennen wollt. Solange Ihr meinen unfähigen Bruder Juan im Amt des Hauptmanns belasst, riskiert Ihr sehr viel. Unter seinem Schutz kann sich Euch jeder nähern, Euch den Hals durchschneiden und Euch dann in den Tiber werfen.«

»Juan ist Pedro Luis' Erbe, und als Herzog von Gandia steht ihm dieses Amt zu«, protestierte der Papst. »Außerdem … lieben ihn die Wachen.«

»Na und? Das heißt, sie werden viele Tränen vergießen, wenn sie seinen Kadaver finden.«

Dieser letzte Satz ließ Lucrezia aufhorchen, der es bislang egal gewesen zu sein schien, dass sie überhaupt nicht mehr beachtet wurde. »Was willst du damit sagen?«, schrie sie.

Cesare streckte seine behandschuhte Hand aus und versuchte, ihr Gesicht zu berühren – aber Lucrezia zuckte mit einer heftigen Bewegung zurück. Er zog eine Grimasse und begann, sich über den Bart zu streichen.

»Wer sich selbst nicht verteidigen kann, kann auch niemanden beschützen. Ganz besonders, wenn er der Vater der Fürsten und Könige ist. Der *Rector ecclesiae* der Welt. Kurz und gut …« Cesare lächelte. »… ein solcher Mann ist eine Gefahr für sich und andere.«

»Sollte ich erfahren, dass du Juan etwas angetan hast, verfolge ich dich bis in die Hölle«, platzte Lucrezia heraus.

»Oh, schau an, schau an … Wissen wir jetzt vielleicht, von wem der Bastard ist, den du in deinem Schoß trägst?«

Lucrezia zog aus ihrem linken Ärmel einen Dolch hervor und richtete ihn gegen den Bruder.

»Merke dir eines: Drohe nie, wenn du deine Drohung nicht wahrmachen kannst«, flüsterte er ihr zu. »Ich habe schon mehr als eine Hure zur Hölle fahren lassen. Also zwinge mich nicht, das auch mit dir zu tun. Trauerflore stehen mir nicht.«

»Vater, steht mir zur Seite!«, flehte Lucrezia den Papst an. »Ihr wisst, warum er so spricht: Er ist eifersüchtig und verdorben wie eine faulende Feige in der Sonne. Und Ihr wisst, dass ich die Wahrheit spreche, Vater – seit seinen Kindheitstagen plagt ihn die Eifersucht.«

»Schluss jetzt, bei Gott!« Alexander VI. stützte sich auf den Armlehnen seines Thrones ab und erhob sich schwerfällig. »Ihr habt euch nicht verändert, seit euch eure Mutter noch durch die Gänge der Rocca Subiaco scheuchte. Also, Lucrezia, kann ich nun erfahren, wer der Vater ist?«

»Nein, ich werde Euch nichts sagen. Ihr verdient es beide nicht, es zu erfahren.«

»Vielleicht weiß sie es selbst nicht …«, bemerkte Cesare bösartig.

Lucrezia biss sich auf die Lippen.

»Cesare ist nur eifersüchtig, weil er mit Sicherheit nicht der Vater sein kein, und darum verdächtigt er jeden, sogar Pedro Calderón …«

»Pedro? Meinen Sekretär?«

»Wie scharfsinnig, Heiliger Vater!«, höhnte Lucrezia und hielt sich den Bauch. »Sicher, warum nicht? Er hat sich in letzter Zeit mehr um mich gekümmert, als Ihr beide zusammen. Er war auch derjenige, der meinen Gatten überzeugte zu unterschreiben, und nicht etwa Euer untertänigster Kardinal Ascanio Sforza. Wie ihm das gelungen ist, wollt Ihr wissen? Nun, Pedro erzählte ihm die Wahrheit: dass ich bald Witwe würde, wenn er sich weigerte. Und dass weder Verwandte noch Festungsmauern ihn würden schützen können.«

»Schwester, das kannst du aufs Kreuz schwören. So oder so werden wir uns von ihm befreien.«

»Du gehst ins San-Sisto-Kloster.« Mit einer Geste bedeutete Alexander, dass das Gespräch zu Ende war. »Dort werden sie dich erziehen, und dort wirst du auch gebären.«

»Es wäre besser, sie nach Nepi zu den Dominikanerinnen zu schicken. Sie ist vor den Toren Roms sicherer.«

»Denk nicht einmal daran – nach Nepi will ich nicht gehen, eher werde ich …«

Bevor Lucrezia den Satz jedoch beenden konnte, hob Alexander den Arm, um sie zu schlagen, aber Cesare trat dazwischen und packte seinen Vater am Handgelenk. Lange starrten sich Vater und Sohn in die Augen, dann lockerte Cesare den Griff. Alexander unterbrach die Stille.

»Mein Kind, geh nun und beichte deiner Amme. Adriana Mila ist von edler Herkunft und ein Weib. Sie verfügt daher über die richtigen Eigenschaften, um dir zu raten. Dann werde ich mit ihr sprechen.«

Als Lucrezia sich erhob, gewährte sie den beiden Männern einen Einblick unter ihre Röcke: Sie trug blutrote Strümpfe und Damastschuhe in demselben Azurblau wie ihr Überkleid. Sie warf ihnen einen letzten verstohlenen Blick zu und verließ dann hocherhobenen Hauptes das Schlafgemach.

Das Gold des Weinkelches glänzte in Cesares' Hand. »Es gibt keinen besseren Wein in Italien als unseren *Jerez* – von unserem Regen benetzt und von unserer Sonne erwärmt.« Mit seinem Handschuh wischte er sich den Bart ab und füllte sich erneut den Kelch. »Ich wüsste nur zu gerne, von wem der Bastard ist.«

»Nimm dich in Acht, mein Sohn, und wähle deine Worte wohl. Es könnte dein Verwandter sein. Gleichwohl bezweifle ich, dass es Pedro war«, sagte Alexander.

»Lucrezia gehört mir!«

»Sie war immer Unser und wird es immer bleiben. Nun aber setz dich, Cesare, und höre dir die Sorgen deines Vaters an, die auch deine sein sollten. Mir wurde zugetragen, dass Giovanni de' Medici aus den deutschen Gefilden zurückgekehrt ist und sich bereits in Florenz aufhalten soll.«

»Bruder Girolamo wird sich um ihn kümmern ... wir informieren ihn umgehend.«

»Giovanni ist heimtückisch wie eine Natter, die den Dachs fürchtet – aber zubeißt, sobald seine Aufmerksamkeit nachlässt. Unser Mönch aber ist wie eine Kröte, die im Tümpel quakt.«

»Dann lassen wir doch die Natter die Kröte beißen.«

»Cesare, scherze nicht. Die Donnerschläge Savonarolas erschüttern auch die einfachsten Naturen und haben sogar unsere Feinde aufhorchen lassen. Spanien, Frankreich und Deutschland sind bereit, nach unserer Kehle zu schnappen. Und Neapel, Venedig, Mailand, Mantua, Ferrara, Modena und sogar die Vikariate Masse de Malaspina und die Appiano aus Piombino liegen auf der Lauer.« Alexander knirschte mit den Zähnen. »Hunde und Schakale allesamt. Sie zerfleischen sich gegenseitig, wenn es aber darum geht, das Pontifikat und seine Besitztümer unter sich aufzuteilen, raufen sie sich sofort zusammen: Im Moment ist unser Problem, dass wir weder die

Gejagten noch die Hunde noch die Jäger sind, sondern unter denen, die *in der Luft hängen*. Denk daran, dass die Franzosen zwischen unseren Hinterbacken hindurch sind, ohne dass wir einen Finger erheben durften. Wir müssen entscheiden, wer wir sein wollen, und rasch handeln.«

»Mit Euren Jagdszenen habt Ihr mich ganz wirr im Kopf gemacht. Vater, sagt mir, was Ihr vorhabt.«

»Cesare, Cesare … du weißt genau, was ich meine. Solange diese Krone …«, der Papst deutete auf die Tiara auf einem roten Kissen, »solange diese Krone ihrem König keine eigene Abstammungslinie zugesteht, haben wir keine Sicherheit. Genau das aber macht uns schwach, uns und die Kirche – und das müssen wir ändern. Das Reich Gottes wird den Borgias gehören. Auch aus diesem Grund bist du ein Kardinal: Du musst ein Wolf unter Wölfen sein, wenigstens so lange, wie uns das Vorteile verschafft!«

Cesares Augen leuchteten: Das war einer dieser Momente, in denen er sich wahrlich als Frucht der Lenden seines Vaters fühlte. Obgleich Juan mehr Macht zu haben schien, würde ihm der Erstgeborene nicht entkommen. Ihr Bruder Pedro Luis war keine Gefahr mehr – Gott hatte ihn bereits zu sich gerufen. Sein Vater hatte recht: Ironischerweise dauerte das ewige Reich Gottes nur bis zum Tode des Heiligen Vaters an. Hätte Jesus Christus Söhne gehabt, hätte er dann einen von ihnen statt Petrus auf den Heiligen Thron gesetzt? Die Gelegenheit war einmalig – während sein Vater den politischen Weg nutzen würde, würde er den des Feuers und des Schwertes gehen. Er trug seinen Namen Cesare nicht zufällig – nein, er würde ihm Ehre machen. Er war ein geborener König, in Wort und Tat. Und auch er würde, ohne zu zögern, den Rubikon überschreiten, wenn es notwendig wäre. Und trug sein Bruder Juan nicht den Namen des Täufers? Dessen Schicksal war es gewesen, auf die Seite zu treten und die Ankunft eines Wichtigeren zu verkünden. Das würde auch sein Schicksal werden.

Cesare war so in seine Tagträume versunken, dass er die letzten Sätze seines Vaters gar nicht mitbekommen hatte.

»… wir werden dieses Reich gründen, der richtige Moment ist gekommen. Ich habe fünf Päpsten gedient, bevor ich hier angekommen bin – mit dem klaren Ziel: die Tiara in eine Krone zu verwandeln. Bring mir diese Karte dort.«

Wortlos tat Cesare wie ihm geheißen und breitete die Karte auf einem Tisch am Fenster aus. Er beschwerte sie mit vier eisernen Kerzenleuchtern – wie eine an ihren Händen und Füßen in Ketten gelegte junge Frau, die Italia hieß, dachte er beinahe fröhlich.

»Im Süden müssen wir uns mit Neapel und Kalabrien verbünden und die Grenzen Richtung Norden, zur Toskana, festzurren. Mailand ist mittlerweile zu fest in französischer Hand – wenn die Zeit reif ist, werden wir uns auch darum kümmern. Die Tatsache, dass dein Bruder Jofré bereits der Schwager des Königs von Neapel ist, wird den Weg für die Hochzeit zwischen Lucrezia und Alfonso, dem Bruder des Königs, ebnen. Schau: Wir sichern uns erst den reichen, fruchtbaren Süden, und von Rom aus treten wir dann unseren Siegeszug gen Norden an. Genauso haben es Isabella und Fernando gemacht. Die Männer des Südens sind stark, aber ohne Biss, sie warten auf jemanden, der sie mit starker Hand führt.«

»Und die Frauen aus dem Süden?« Cesare verzog die Mundwinkel zu einem süffisanten Lächeln.

»Solltest du auf Jofrés Weib anspielen – lass die Finger von ihr, ich will keinen Ärger.«

»Ich habe nichts anderes getan, als den Spuren meines Vaters zu folgen, oder wollt Ihr vielleicht nur keine Rivalen bei Eurer Eroberung?«

»Sancha ist mannstoll. Es gibt keine Wache, die sich nicht damit brüstet, sie bestiegen zu haben. Das Weib ist keinen Heller wert. Die Frauen Neapels hingegen sind wie reife Pflaumen – bereit, Krieger oder Seemänner hervorzubringen. Und nun, geh – dein Bruder Juan ist auf dem Rückweg aus Ostia, das endlich wieder in unseren Besitz zurückgekehrt ist.«

Cesares Lächeln verwandelte sich in ein gemeines Grinsen.

»Alle wissen, dass es nicht sein Verdienst war – das Heer weiß es und Ihr auch. Ohne Gonsalvo hätte er auch diese Schlacht verloren. Oder habt Ihr schon die Botschaft der Orsini vergessen? Den Esel mit dem Schild am Arsch, den sie Euch letzten Monat schickten? Adressiert an den Herzog von Gandia! Das ist mein Bruder …«

»Die Orsini werden dafür bezahlen.«

»Und ich? Wann werde ich bezahlt, Vater? Und von wem? Die Legate der Orsini werden nur wenige Dukaten für mich abwerfen.«

»20.000 pro Jahr sind nicht wenig …«

»Das verdient Ihr mit zwei Kardinalstiteln.«

»Wir sind der Papst!«

»Und ich bin Euer ältester Sohn!«

»Und Kardinal.«

»Weil Ihr es so wolltet! Es sei denn – auch ich würde eines Tages Papst werden …«

Alexander VI. lächelte und bot ihm den Ring zum Kuss dar – die Hand hatte er jedoch zur Faust geballt.

»Das brauchst du nicht. Du wirst König sein, Cesare. Lass mich machen und vertraue auf deinen Vater.«

»So sei es, aber versucht nicht, mich zu täuschen, Vater. Ich bin nicht Juan und auch nicht Jofré – und ich bin nicht dumm.«

Als Cesare gegangen war, wurde aus dem Vater Alexander wieder Rodrigo. Eine Regung in den Lenden erinnerte ihn an Giulia Farnese. Keine Kurtisane und kein Stelldichein mit Lucrezia hatten die Erinnerung an das eine Weib ausgelöscht, das ihm die Tore zum Paradies geöffnet hatte. Ihre schwarzen Augen hatten sich in seine Erinnerungen eingebrannt – ihre schwarzen Augen und wie sie sich weiteten, wenn er in sie eindrang. Er nahm ein Blatt und schrieb ihr einen Brief.

> Den letzten Brief an Euch sandten Wir vor drei Jahren, um Euch die Exkommunizierung und die Ewige Verdammnis anzudrohen, falls Ihr Euch mit Eurem Gatten Orsini wiedervereinen solltet. Ihr bereutet zur rechten Zeit, und Unsere Freude ward umso größer, als Wir Euch erneut in Unsere väterlichen Arme schließen konnten. Die 3.000 Dukaten, die Wir als Auslöse bezahlten, gaben Wir gerne – sie waren Uns so süß wie eine Spende an die Heilige Mutter Gottes. Eure Grazie und Eure Tugenden erfreuen Uns noch immer von Herzen, und Wir wären erfreut, wenn Ihr Carbognano, und sei es nur für wenige Tage, zu verlassen gedächtet, um Unser unvergängliches Wohlwollen zu empfangen.
>
> Papst Alexander VI.

Er las seinen Brief mehrmals durch und verschloss ihn dann in einer Schublade. Nachdem er seine Tür verriegelt hatte, öffnete Alexander einen versteckten Durchgang, der in einen Geheimgang zur Engelsburg mündete. Dort stand allzeit eine Kutsche für ihn bereit. Rasch wechselte er die Kleider und verwandelte sich in einen der zahlreichen spanischen *Hidalgos*: ein enges Lederwams, braune Wollhosen und Jagdstiefel, wie sie ein wohlhabender Kaufmann trug. Die Tonsur versteckte er unter einer Samtkappe, die teilweise auch sein Gesicht verdeckte.

Von zwei Reitern gefolgt, ließ Alexander sich von einer Sänfte tragen, deren Vorhänge er halb geschlossen hielt. Es war zwar bereits tiefe Nacht, doch der vorzeitige Frühling hatte eine ganze Armee von Prostituierten auf die Straßen gelockt. Papst Innozenz hatte sie zählen lassen, vor ein paar Jahren: Neben den Kupplerinnen und Ausgehaltenen waren sie sechstausendachthundert: eine Prostituierte auf fünf Einwohner.

Er ließ sich von dem gemächlichen Wiegen der Sänfte einlullen und hing seinen Gedanken nach. Dass Rom tatsächlich die Höhle aller Laster war – so wie Savonarola immer behauptete –, gefiel ihm. Armer Mönch – er wusste ja gar nicht, was er alles verpasste. In gewisser Hinsicht war er sogar ein doppelter Dummkopf, denn wenn Savonarola nicht rechtzeitig mit seinem Gefasel aufhören würde, würde er den Krähen zum Fraß vorgeworfen. Die Bewegungen der Sänfte wurden langsamer, als sie das De'-Banchi-Viertel erreichten. Die Zuhälter grölten und würfelten, drosselten ihre Lautstärke jedoch und zogen die Hüte, als sie die Sänfte ihres Kunden erkannten. In den oberen Geschossen warteten die besten Kurtisanen, und für einen Scudo würde Alexander die drei Schönsten bekommen und seinen Leibwächtern auch noch ein paar abgeben.

4

Die Festung von Yoros, auf der anatolischen Halbinsel, März 1497

Mit einem einfachen roten Pali bekleidet, stieg der Mann die letzten Stufen des Westturms hinauf. Die junge Frau hinter ihm musste ihren Sari über die Knie heben, um die Stufen zu erklimmen. Er reichte ihr die Hand, aber sie lehnte sein Angebot lächelnd ab. Aus der Satteltasche, die er sich umgehängt hatte, holte der Mann ein Stück Käse und einen Kanten Brot und teilte beides mit der jungen Frau, die, nach Osten gerichtet, gedankenverloren den Horizont betrachtete. Im Wasser spiegelte sich das goldene Licht.

»Ada Ta, sag mir, ist das dort in der Ferne Konstantinopel?«

»Wenn du meinst, dass es dort liegt, dann wird es wohl so sein. Es sind die Gedanken, die befehlen – hast du das vielleicht vergessen, Gua Li?«

»Immer treibst du ein Spiel mit mir, aber ich will es wirklich wissen. Meine Gedanken befehlen dir, dass du mir antworten sollst.«

Sie legte die Handflächen mit nach oben gerichteten Fingern aneinander und deutete eine leichte Verbeugung an. Der Mönch lachte.

»Schon gut. Mir scheint, dass unsere Gespräche nicht wie Staub, sondern vielmehr wie Blütenpollen im Wind verwehen. So sage ich dir also nun, dass das, was du dort vor dir siehst, durchaus Konstantinopel sein könnte – muss es aber nicht.«

Gua Li runzelte die Stirn und strich sich über ihr schwarzes Haar – das machte sie seit ihrer Kindheit, wenn sie nachdachte.

»Aber du erzähltest mir, dass wir vom Turm in Yoros die Stadt des Sultans sehen können.«

»Ja, genau, diese Stadt ist Konstantinopel – sie ist aber auch Byzanz und Nova Roma. Heute ist ihr der Name Istanbul am liebsten. Und wie du weißt, ist es am besten, den Dingen einen schönen Namen zu geben – denn das ist der Weg der Harmonie.«

Gua Li schüttelte den Kopf und machte sich über das Brot und den Käse her. Eine sanfte Brise, die vom Schwarzen Meer herüberwehte, blies ihr das schwarze Haar vor die Augen. Sie kannte Ada Ta ihr Leben lang, er war ihr Vater, ihre Mutter, ihr Spielkamerad und Erzieher. Das alterslose Gesicht des Mönchs hatte sich in all den Jahren nie verändert, genauso wenig wie seine Stimme, die er von ganz hoch bis ganz tief modulieren konnte, um die Bedeutung der Worte zu unterstreichen. Ada Tas Stimme konnte sie auch noch aus der entferntesten Ecke des Klosters von allen anderen unterscheiden. Und ungeachtet dessen gelang es Ada Ta noch immer, sie mit seinen Worten und Taten zu überraschen.

Bevor sie trank, reichte Gua Li ihm eine mit Seidenbrokat ummantelte und mit Pfingstrosen bestickte Trinkflasche aus Ziegenleder – ein Geschenk Ada Tas zu ihrem 18. Geburtstag.

»Du hast mir noch nicht erzählt, wie du uns in diese Festung hineingebracht hast. Der Janitschare am Eingang erscheint mir nicht besonders entgegenkommend.«

»Der Mann ist ein Riese und im Inneren ein Kind geblieben. Du musst nur zu dem Kind sprechen, dann gehorcht dir auch der Riese.«

»Eines Tages musst du mir zeigen, wie du das machst.«

»Das wird an dem Tag geschehen, an dem du mich nicht mehr danach fragen und den Weg der Schildkröte einschlagen wirst, die mit Geduld das erreicht, was das Kaninchen nie erreichen wird.«

Blitzschnell holte sich Gua Li ihre Trinkflasche zurück, trank einen kleinen Schluck und steckte sie zwischen die Falten ihres Saris.

»Was hältst du davon, dass wir den Trott des Esels nutzen, um unser Ziel zu erreichen?«, fragte sie und holte einen Bambusstock mit zahlreichen Kerben hervor.

»Wir sind seit elf Monden und zehn Tagen auf der Reise«, fügte sie hinzu. »Wir haben zehn Paar Esel gewechselt. Mir würde es gefallen, wieder in einem echten Bett zu träumen.«

»Meine Tochter, hast du vielleicht vergessen, dass der Schlaf auf dem Boden die Energien fördert und Körper und Geist ertüchtigt? Die Träume, die aus der Erde kommen, sind wahrhaftig, die Weichheit des Bettes aber fördert Alpträume.«

Die junge Frau seufzte und warf einen letzten Blick auf den Bosporus, den der Sonnenuntergang in lila-blaues Licht tauchte, dann wandte sie sich zu Ada Ta um. In den Augen des alten Mönchs erkannte sie die reine Liebe. Ihre Gefühle, die sie für ihn empfand, waren so vielschichtig wie die Farben des Himmels – vor allem waren sie aber rot. Rot wie ein Sonnenuntergang, der Wärme spendet und von dem man sich wünscht, er möge ewig dauern; rot wie die Farbe ihres Zyklus und rot wie die nächtlichen Wallungen, die von Zeit zu Zeit ihren Unterleib wärmten und von denen sie niemandem erzählt hatte, nicht einmal Ada Ta. Sie schämte sich ihrer Gedanken und versteckte ihre Scham im Gesichtsschleier ihres Saris.

»Ich bin müde«, flüsterte Ada Ta, »darf ich mich an dich lehnen?«

»Das musst du mich nicht fragen, denn das habe ich bei dir mein ganzes Leben lang getan.«

Leicht berührte Ada Ta ihre Schulter, und Gua Li spürte das ganze Gewicht seiner Erfahrung.

»Ada Ta, bist du dir wirklich sicher, dass der Sultan uns empfangen wird?«

»Das einzig Sichere sind die Gefühle, die wir in dem Augenblick spüren, in dem sie in uns geboren werden.«

»Was willst du damit sagen?«

»Dass nur das vergängliche Jetzt uns Sicherheit gibt.« Ada Ta hielt inne. »In diesem Punkt sind Lao-Tzu und ich uns übrigens nicht einig. Erinnerst du dich, dass er sagt, man müsse den Weg des Vergangenen gehen, um das heutige Dasein lenken zu können? Ich glaube, dass nur ein Dummkopf andauernd zurückblickt – so wie ein Verrückter ausschließlich in die Zukunft schaut – der wahrhaft Weise lebt im Hier und Jetzt.«

»Bitte lass das, Ada Ta, ich habe dir nur eine einfache Frage gestellt. Ich will keine Lehrstunde in Philosophie.«

»Ich weiß, aber zu wissen, dass man nichts weiß, ist die höchste Weisheit und nicht wissen, dass man nichts weiß, ist ein Übel. Nun, das Übel einfach nur für ein Übel zu halten ist allerdings kein Übel.«

Gua Li runzelte die Stirn, zog die Schultern hoch und verschränkte die Arme vor der Brust.

»Das hast du schon als kleines Mädchen getan.« Der Mönch lächelte. »Und mitunter hattest du auch recht, wenn du schmolltest. Ich bin nur ein alter Mann, der immer noch große Lust hat zu spielen.«

»Aber ich spiele auch gerne«, protestierte Gua Li. »Ab und an brauche ich allerdings auch eine konkrete Antwort von dir.«

»Ja … die Antworten … Aber überlege doch einmal, wie schön Fragen sein können. Antworten setzen allem ein

Ende – Fragen öffnen den Himmel und erweitern die Seele. Ist es nicht schöner, eine Tür zu öffnen, als sie zuzuschlagen?«

»Ada Ta! Du lachst!«

Der Mönch hob den Kopf, atmete die frische Abendluft ein, und Gua Li sah seine Lachfalten hervortreten.

»Ich glaube«, sagte er dann, »um den gefräßigen Hecht zu fangen, muss man ihm eine wohlschmeckende Schleie vorführen. Nein, ich möchte nicht, dass du zornig wirst, und ja, ich weiß, dass es dir nie in den Sinn kommen würde, böse auf mich zu sein. Ich beantworte deine Frage gleich. Nur noch das: Die Schleie, die ich dem Sultan bot, war zu appetitlich, um sie abzulehnen. Sobald er unseren Brief erhalten hat, wird er uns nicht nur empfangen, sondern auch Gastfreundschaft, Schutz und Hilfe gewähren. Obwohl er seinen Vater umbrachte und dies auch mit seinem Bruder versucht hat, ist er ein aufgeklärter Mann.«

»Und ich serviere die Schleie. Von der langen Reise wird sie schon ganz verfault sein.«

»Du trägst den Kopf der Schleie in deinem Geiste, aber auch ich kann einen Leckerbissen anbieten. Zwar keinen so schmackhaften, aber immerhin einen gut erhaltenen, gepökelten.«

Gua Li schüttelte den Kopf.

»Welchen Leckerbissen denn? Ich habe Monate gebraucht, um die Geschichte Īsās in- und auswendig zu lernen …«

»Worte sind wie der Wind – sobald er verweht ist, springt der Bambus wieder in die Position zurück, die ihm die Natur gegeben hat. Ich trage eine Kopie von Īsās Tagebuch bei mir«, sagte er in einem ernsten Ton, »diejenige, die der italienische Graf erhalten sollte. Aber die Zeit war noch nicht reif. Er selbst teilte mir mit, dass er solange warten wolle, wie verbrannte Erde braucht, um wieder fruchtbar zu werden, und übergab seine Bücher den Flammen. Schließlich nannte er mir einen anderen Mann, dem ich den Samen der Erkenntnis übergeben soll. Wir gehen zu ihm, um ihm bei der Aussaat zu helfen und vielleicht andere Samen einzusammeln.«

»Was meinst du damit, Ada Ta? Ich wünschte so sehr, dass du einmal nicht in Rätseln sprächest.«

Der Mönch schloss die Augen, und Gua Li spürte, dass sein Geist durch Raum und Zeit reiste. Noch nie hatte sie ihn so traurig lächeln sehen. Sie vermied weitere Fragen und wartete, bis der Mönch in sich zurückkehrte und ihr wieder seine Aufmerksamkeit schenkte.

»Bayezid der Gerechte ist nur ein Instrument, aber auch die Musik braucht Saiten und Holz, um gehört zu werden.«

»Wird der Sultan sich als Instrument gebrauchen lassen?«

»Die Fragen meiner Tochter sind wie Hundeflöhe – sie müssen unbedingt abgeschüttelt werden, damit sie nicht mehr jucken.«

Gua Li grummelte missmutig, ließ sich jedoch von der liebevollen Berührung seiner Hand besänftigen.

»Wir sind genauso *sein* Instrument. Sein Plan unterscheidet sich zwar von dem unseren, aber ungeachtet dessen können unterschiedliche Wege zum gleichen Ziel führen.«

In der aufkommenden Dunkelheit erschienen die Festungstürme wie dunkle Riesen aus Stein. Der intensive Meergeruch mischte sich mit dem der viel zu früh erblühten Quittenbäume.

»Ada Ta, vor zehn Jahren, als ich noch ein Kind war, erzähltest du mir die Geschichte jenes italienischen Prinzen, der so edel wie Siddharta war. Sie klang wie ein Märchen. Mit offenem Mund lauschte ich dir und träumte schließlich Tag und Nacht von der Feuerkugel, die am Tag seiner Geburt über seinem Haupte erschienen war. Du erzähltest mir, dass er reich und schön war und den Weg der Erkenntnis und Entscheidung gehen wollte – als du mir jedoch sagtest, dass sein Wissen größer als seine Intelligenz gewesen sei, verstand ich das nicht. Ich habe seither unzählige Nächte von ihm geträumt: Er kam wie Prinz Siddharta – ganz in Gold gekleidet – auf einem weißen Ross dahergeritten. Es erschien mir wie ein Märchen – dass ich eines Tages Teil davon sein würde, hätte ich mir jedoch nie träumen lassen. Und nun sagst du mir, dass ich einen Mann, der ihn wirklich gekannt hat, kennenlernen werde, dass die Geschichte auf einmal kein Märchen mehr ist.«

»Das mag so sein – aber dann auch wieder nicht. Bereits die Entscheidung, sich zu entscheiden, ist eine Entscheidung. Es hängt von dir ab, meine Tochter, ob du deine Träume im Buch des Lebens niederschreiben willst. Dein Prinz war ein Häretiker – also einer von denen, der selbst entscheidet. Leider bringen aber nicht alle Entscheidungen nur Gutes, genauso wie auch das Gute nicht immer mit der Wahrheit übereinstimmt. Dieser Mann wollte sterben, weil er zu sehr von Leid durchdrungen war und sein Körper dies nicht mehr ertrug.«

»Du hast mir aber immer gesagt, dass der Weg des Weisen der Weg des Guten ist.«

»Das gilt für uns. Um die Grundlagen des Taijiquan zu erlernen, sind zwanzig Jahre täglichen Übens notwendig. Stell dir also vor, wie viele Jahrhunderte ein Barbar bräuchte – selbst wenn er erleuchtet wäre –, den Weg des Guten zu erkennen.«

Mit einer eleganten Bewegung zog Ada Ta mit der rechten Hand einen großen Kreis und streckte dann den linken Arm mit erhobener Handfläche vor sich aus. In schneller Reihenfolge reckte er seine gekreuzten Fäuste fünfmal – in die vier Himmelsrichtungen und zuletzt mit gekreuzten Fäusten gen Himmel.

»So, gerade konntest du Yang und Yin sehen«, sagte der alte Mönch, »ihre Vereinigung erzeugt Harmonie und Lebenskraft. Als die Liebste des Prinzen starb, schwächte dies sein Yin und verwandelte Wärme in Kälte und Leben in Tod.«

»Er verlor die Liebe? Und darum starb auch er?«

»Die Liebe leitet alle Dinge. Er zählte erst 31 Jahre und konnte nichts mehr tun, denn die Erkenntnis ist ein langer Weg. Schau mich an: Ich bin reich an Jahren, und doch habe ich erst wenige Meilen zurückgelegt. Außerdem musst du wissen, dass er aus dem Westen kam; ein Makel, für den er nichts konnte. Ein Teil von dir gehört ebenfalls dieser Spezies an. Und auch aus diesem Grund befindest du dich hier. Du musst sehen, beobachten und deinen Weg mit freiem Geist verfolgen. Nun ist es aber an der Zeit auszuruhen. Möchtest du dem Alten den Anfang der Geschichte erzählen? Nur den Anfang, dann ruhen wir, und einen Tag nach dem morgigen werden wir unsere Aufgabe in Angriff nehmen.«

Die Frau schien ganz in Gedanken versunken, und erst als sich Ada Tas Gesicht dem ihren näherte, reagierte sie: Sie zuckte zurück, als wolle sie eine Fliege vertreiben.

»Der Anfang ist aber der Teil, den du am besten kennst«, protestierte sie schwach. »Wird dir das nicht langweilig?«

»Ich verrate dir ein Geheimnis. Wenn ein Mann schön ist, erfreut sich die Frau immer, ihn zu betrachten, und wird nie müde, alle Einzelheiten an ihm zu erforschen. Ah, das Gleiche gilt auch für die Frauen.«

Gua Li errötete. Seit einiger Zeit hingen ihre Gedanken bei einem Mann, den sie zwar nicht kannte – für den sie aber eine Bewunderung verspürte, die bisweilen zu Liebe werden kann.

Bereit, ihr zuzuhören, nahm Ada Ta den Lotussitz ein.

Im Inneren des Tempels, im Saal der Quadersteine, wandte sich der Hohepriester Hannas ben Seth an seinen Sohn Eleazar. Nur noch die Schreiber und ein Rechtsgelehrter waren anwesend.

»Dieser Knabe, der den Namen Jesus trägt – wie kann es sein, dass er die Thora so gut kennt? Ich traue ihm nicht. Seine Mutter kommt aus einer ausgezeichneten Familie, aber sein Vater ist nur ein unwissender Handwerker.«

»Vielleicht verfügt er über magische Kräfte«, schlug Eleazar vor. »Das würde erklären, warum ihn die Eltern hier alleine in Jerusalem zurückließen, ohne sich um ihn zu sorgen.«

»Er ist erst zwölf Jahre alt«, entgegnete Hannas, »und er will sich bereits verheiraten. Wenn er achtzehn wäre, könnte ich ihn verstehen. Was hält Salomon davon? Was sollen wir tun?«

Salomon ben Gamaliel strich sich über seinen langen weißen Bart und warf sich den Zipfel seiner schneeweißen Tunika über die linke Schulter – dabei gab er den Blick auf zwölf wertvolle Edelsteine frei, die seine Bauchbinde verzierten. Der Erste Schreiber tat so, als würde er nachdenken.

»Es ist Gotteslästerung zu behaupten, dass man am Sabbat, nachdem der Schofar dreimal tönte, arbeiten dürfe – selbst das Füttern eines Kindes ist verboten. Es ist blasphemisch und gotteslästerlich, den HERRN mit unseren menschlichen Problemen zu belästigen. Es ist blasphemisch, gottlos und ein Sakrileg, über Gott wie über eine Mutter zu sprechen.«

»Gott, ich danke dir, nicht als Frau geboren worden zu sein«, scherzte Eleazar.

Mit einem bösen Seitenblick entließ ihn sein Vater, und Eleazar ben Hannas verließ zusammen mit zwei Schreibern den Sanhedrin.

»Jetzt sind wir alleine, Salomon. Sag mir, was du wirklich denkst«, wandte Hannas sich an Salomon.

»Das Gesetz spricht klare Worte: Auf Blasphemie steht die Steinigung.«

»Willst du einen zwölfjährigen Knaben steinigen lassen?«

Salomon schaute den alten Hannas ben Seth prüfend an. Er wollte sich vorher vergewissern, ob Hannas ihm eine etwaige Ver-

antwortung alleine anlasten oder – im Fall seiner Zustimmung – das Todesurteil befürworten würde. Letztendlich hatte zwar der Sanhedrin das letzte Wort – die Versammlung hatte sich jedoch noch nie gegen eine Empfehlung des Hohepriesters ausgesprochen.

»In dem Moment, in dem er es wagte, im Tempel das Wort zu ergreifen«, antwortete Salomon, »hat er dem Privileg der Kindheit entsagt und ist zum Mann geworden. So lautet das Gesetz. Damit muss er sich auch wie ein Mann verantworten für das, was er sagt.«

»Also gut«, schnitt ihm Hannas das Wort ab. »Ich halte es aber für besser, wenn er verschwindet, ohne Aufsehen zu erregen. Denn wie sagst du immer: Auch ein Skandal ist eine Sünde. Ich weiß, dass morgen eine Sklavenkarawane nach Ktesiphon aufbrechen wird. Knaben wie er sind gesucht: Er ist robust und aufgeweckt, und mit seiner Intelligenz wird er keine Schwierigkeiten haben, einen Herrn zu finden, der ihn gut behandelt und seine Qualitäten zu schätzen weiß. Mit der Zeit wird er sich mit seinem Los abfinden.«

»Er wird lernen müssen, seine Zunge zu zügeln, sonst wird er sie früher oder später verlieren.«

»Gott wird für ihn sorgen, und sein Wille geschehe.«

Noch in der gleichen Nacht wurde Jesus mit einem Gemisch aus Cannabisextrakt und Mohnpulver betäubt. Er hatte auf die Rückkehr seiner Eltern gewartet, die zornig auf ihn waren, da er sich geweigert hatte, ein den Bräuchen entsprechendes Hochzeitsversprechen einzugehen. Als er bewusstlos war, brachten sie ihn fort und verluden ihn in Cäsarea auf einen Karren. Er befand sich bereits mitten in der Wüste, als er erwachte, zusammen mit hundert anderen Sklaven – viele waren fast noch Kinder, genau wie er. Tagsüber, wenn die Karawane stillstand, schützte er sich vor der sengenden Sonne mit einer Wolldecke, die gleiche, mit der er sich nachts gegen die beißende Kälte bedeckte, wenn sich die Kara-

wane wieder in Marsch setzte. Die unbarmherzige Sonne erhitzte die Eisenketten so stark, dass sie den Sklaven die Haut versengten. Immer neue Brandblasen bedeckten seine Haut. Jesus sprach zwei Tage lang kein Wort, aber am dritten versuchte er, die anderen zu trösten. Sie saßen unter ihren Decken wie unter großen Zelten, da begann er mit ihnen zu sprechen. Und obwohl auch sein Herz, wie das der anderen, voller Trauer und Angst war, konnte er ihnen Trost spenden, sie ablenken und mit fantasievollen Geschichten über wundersame Tiere und Götter, die den Nachthimmel bevölkerten, unterhalten. Jede Nacht sprach er zu ihnen. Einmal zeigte Jesus ihnen einen weißen Streifen, der den Himmel durchzog. Er brachte sie zum Lachen, als er ihnen erzählte, dass dies Hera sei, die den Giganten Herakles stillte und dabei ihre Milch verlor. Als er ihnen den Giganten Orion zeigte und die sieben schönen Schwestern des Jupiters, die er bedrängt hatte und die ihr Bruder zum Schutz vor seinen Nachstellungen in sieben Sterne am Firmament verwandelt hatte, erröteten die Mädchen. Und alle staunten mit offenem Mund, als er ihnen am Horizont die Figur des mächtigen Zentauren zeigte, halb Mensch und halb Ross – der an einem vergifteten Pfeil starb, der in das Blut der neunköpfigen Schlange Hydra getaucht worden war.

»Das ist ein sehr schöner Teil der Geschichte«, sagte Ada Ta. »So menschlich …«

Er hielt die Augen geschlossen, und seine schläfrige Stimme verriet, dass der Schlaf nahte. Mit leiser Stimme fuhr Gua Li fort.

Ein dunkelhäutiger, arabischer Händler, Aban ibn Jamil genannt, begleitet von vier Dienern, reiste mit derselben Karawane. Sein Karren war reich beladen mit getrockneten Früchten, Amphoren mit Gerstenbier und Öl. In Ktesiphon würde er sie gegen Stoffe und Teppiche eintauschen und teuer an die reichen Römer in Jeru-

salem weiterverkaufen. Der Knabe hatte seine Neugier erweckt, und häufig lenkte er sein Kamel neben den Sklaventross, um seine Geschichten zu hören. Als sie an die Stelle gelangten, an der sich der Fluss Khabur mit dem Euphrat vereint, wurde die Karawane auf eine breite Galeere verladen, die flach im Wasser lag. Aban verlangte nach dem Kapitän der Galeere, und nach langen Verhandlungen und viel Dattellikör war der Handel perfekt: Der Händler zahlte 40 Silberschekel und löste den Knaben aus.

»Warum nimmst du mir die Ketten ab?«, fragte Jesus. »Hast du keine Angst, dass ich fliehen könnte?«

»Ich bin ein Händler und weiß, dass jedes Geschäft Risiken birgt. Solltest du fliehen, werde ich dich nicht verfolgen. Es bedeutet dann einfach, dass ich 40 Schekel verloren und mich in dir geirrt habe.«

»Dann verspreche ich dir, dass ich nicht fliehen werde. Meine Mutter hat mich gelehrt, dass man einen großen Mann nicht an seinen guten Taten erkennt, sondern daran, dass er das Richtige im richtigen Moment tut. Große Männer solle man ehren, lehrte sie mich auch – deshalb gelobe ich dir, nicht zu fliehen.«

»Hat dir deine Mutter all das beigebracht, was du weißt?«

»Ja, und sie hat mir auch Lesen und Schreiben beigebracht. Sie gab mir nicht nur Fisch, wenn ich Hunger hatte, sondern hat mich auch das Fischen gelehrt. Und auf Fragen zu antworten.«

Aban näherte sich dem Knaben, um ihm über das Gesicht zu streicheln, aber dieser zuckte heftig zurück. Der Mann hob die Handflächen vor die Brust.

»Es tut mir leid, ich hatte nicht vor, dich zu schlagen, noch wollte ich dir Angst einjagen. Weißt du, als ich klein war, verhielt ich mich auch so wie du. Aber mein Vater schlug mich häufig.«

»Mein Vater hat das noch nie getan. Und meine Mutter auch nicht.«

Der Knabe biss sich auf die Lippen und hob stolz den Kopf – trotzdem liefen ihm zwei Tränen über die Wangen. Aban hätte ihn gerne getröstet und in den Arm genommen, doch dann rief er sich in Erinnerung, weshalb er den Knaben gekauft hatte, und schämte sich dafür.

»Es genügt, wenn du mir viele Geschichten erzählst – solche, wie du sie bisher den anderen Sklaven erzählt hast. Du wirst Brot, Fleisch, Wasser und Kleidung erhalten. Und all das, worum du mich bittest, werde ich dir gewähren. Und nun geh und ruh dich aus, wir werden noch zwei Tage bis Ktesiphon brauchen.«

»Dann legt mich erneut in Ketten. Ich kann nicht bei meinen Mitbrüdern sein, ohne die Geschichten mit ihnen zu teilen.«

In den Augen des Knaben konnte Aban keinen Widerstand erkennen. Weder gegen ihn oder die herrschenden Machtverhältnisse – noch gegen die natürliche Rangordnung, die zwischen Herr und Sklave besteht. Der Kapitän war eine schlaue Elster gewesen – von wegen vierzig Schekel: Wenn er den Jungen nicht beizeiten verkauft hätte, hätte er ihn über kurz oder lang über Bord werfen müssen, um eine Revolte zu vermeiden. Als wäre es ihm egal, was der Jesus von ihm forderte, ließ Aban seinen Umhang zu dessen Füßen fallen.

»Das kann man teilen.«

Aban schaute sich um, in der Hoffnung, dass niemand diese Geste beobachtet hatte. Er wollte die Nacht in einer Hafenschenke am Fluss verbringen und gewiss nicht allein. Über den schwarzen Fluss wehte ein kalter Wind, und es war so feucht, dass es aussah, als hätte es auf Deck geregnet. Der Junge wickelte sich in den noch warmen Umhang ein.

»Eines Tages jedoch werde ich nach Hause zurückkehren«, sagte er.

Aban blieb kurz stehen, ballte die Fäuste und lief dann, ohne ihm zu antworten, eilig den Bootssteg hinunter.

Um sich vor dem Wind zu schützen, schmiegte Ada Ta sich an das kalte Vulkangestein hinter dem Wachturm, und einen Augenblick später hörte Gua Li bereits seine tiefen, ruhigen Atemzüge. Sie kuschelte sich an ihn und spürte, dass der schmächtige Körper des Mönchs bereits die Wärme des Schlafes ausstrahlte. Sie schloss die Augen, wohl wissend, dass sie keinen Schlaf finden würde. In ihrem Geiste versuchte sie, von einem beliebigen Wort ausgehend, weitere Episoden aus dem Leben Īsās – sie bevorzugte diesen Namen – zu rekapitulieren. Dieses Spiel langweilte sie jedoch schnell, und müde wurde sie davon auch nicht. Gua Li stand also auf und richtete ihren Blick auf die drei Sternbilder *Wohlstand*, *Glück* und *langes Leben* – im Okzident wurden sie *Oriongürtel* genannt. Und wie so oft, fragte sie sich, wer sie wirklich war.

Mehr als einmal hatte ihr Ada Ta zu verstehen gegeben, dass sie anders war. Sie betrachtete ihre feingliedrigen Hände mit den langen, schlanken Fingern, die sich so sehr von denen der anderen Frauen aus dem Kloster unterschieden. Auch ihre dunkle Hautfarbe war anders als die wesentlich hellere der Mönche, mit denen sie aufgewachsen war.

Ada Ta hatte ihr versprochen, dass er ihr am Ende der Reise alles über ihre Geburt und ihre Eltern erzählen würde. Sie hatte es akzeptiert zu warten, denn sie wusste, dass alles, was der Weisheit des Mönchs entsprang, nur zum Besten für sie war.

Am Himmel blitzte just in diesem Moment zwischen dem ersten und zweiten Sternbild des Gürtels eine kleine helle Sternschnuppe auf, die ihre Bahn schnell durch den Himmel zog und dann im Osten verschwand. Gua Li durchzuckte ein Schauer: Das bedeutete, dass sich die kosmische Energie vergrößerte. Und dies deutete meist auch eine Veränderung bei den Menschen an.

5

Careggi-Hügel, Florenz, zur gleichen Zeit

Das kalte Silber der Sternschnuppe am Himmel ließ sie aufschrecken. Das Pferd merkte ihre Unruhe und begann, nervös zu tänzeln. Leonora tätschelte ihrem Maremmano beruhigend den Hals. Der Hengst hob den Kopf, schüttelte seine Mähne, und ein Zittern lief durch seinen Körper. Leonora presste ihre Knie in seine Flanken, um ihn anzutreiben. Die anderen Pferde hatten die Nähe zu ihrem Stall bereits gewittert und trabten schneller. Ferruccio richtete sich aus den Steigbügeln auf, um die Beine ein wenig zu strecken. Als er Leonora neben sich auftauchen sah, reichte er ihr die Hand und drückte sie sanft. Sie hatten Villa de' Medici verlassen und einen langen Ritt hinter sich: Die länger werdenden Schatten des Abends verwischten mit ihren roten Streifen bereits die Farben der grauen Wolken am Himmel.

»Hast du die Sternschnuppe gesehen?«

»Nein, ich war ganz in Gedanken versunken. War sie schön?«

»Ja, aber kalt und nur eine einzige. Die zahlreichen an San Lorenzo sehen so ungleich fröhlicher aus. Sie sollen Wünsche erfüllen, sagt man.«

Die Frau hielt sich eine Hand an die Wange.

»Bist du müde?«

»Ein wenig. Aber die Selbstbeweihräucherung Ficinos hat mich mehr ermüdet als unser Ritt – es war todlangweilig.«

»Er ist alt, und mittlerweile hört er nur noch sich selbst zu.«

»Außerdem habe ich kein Wort von den Diskursen über die rationale Seele verstanden … ich glaube, er nannte sie *copula mundi.*«

»Diese Treffen in der Neoplatonischen Akademie haben ohne den Grafen Mirandola, Poliziano oder die anderen keinen Sinn mehr.«

»Savonarola wird sie bald schließen«, unterbrach sie Ferruccio. »Jetzt, da er bereits die materiellen Reichtümer der Florentiner dem Feuer übergeben hat, werden wir nicht mehr lange warten müssen, bis er auch noch die spirituellen verbrennen wird.«

Ferruccio gab seinem Schecken die Sporen; der reagierte unverzüglich. Leonora fühlte sich ihm nah, aber in diesem Moment trotzdem nicht nah genug. Innerhalb weniger Jahre waren ihm nicht nur seine besten Freunde genommen worden, sondern auch die Hoffnung auf ein besseres Leben und eine Existenz in Freiheit, ohne Angst. Girolamo Savonarola hatte Florenz zur Republik von Jesus Christus erklärt, und seine Anhänger zogen von Haus zu Haus, um Gaben für die Scheiterhaufen aufzutun, und spionierten in den Gasthäusern, um jede kritische Bemerkung über die Lehre ihres Meisters mit Peitschenhieben und Ketten zu bestrafen. Mit Knüppeln, Schwertern und Dolchen bewaffnet, streiften die Piagnoni zusammengerottet wie Wolfsrudel zu fünft oder sechst umher.

Leonora ließ ihn mit seinen Gedanken alleine.

Die Sonne war noch nicht ganz untergegangen; von den nahen Weiden kamen das Blöken und Muhen der Tiere, und im Hintergrund vernahm man das Stimmengewirr der Schäfer. Eingehüllt in ihre groben Wolltapperts, riefen sie ihren Hunden die letzten Befehle des Tages zu. In früherer Zeit waren in den fruchtbaren Niederungen Weizen und Gerste angebaut worden, und an den Hängen wuchsen die besten und widerstandsfähigsten Rebstöcke der gesamten Toskana. Seit einiger Zeit hatten die Pächter und Bauern die fruchtbare, aber anspruchsvolle Erde verlassen und ihr Glück in den Städten versucht, wo sie jedoch allzu oft nur Not und Erniedrigung erfahren hatten. Nun stritten sich Wölfe, Füchse und Bären um die verlassenen Häuser, die ohne schützende Zäune an den brachliegenden Feldern lagen und von ihren Besitzern der Gnade Gottes überlassen worden waren.

Von Weitem konnten die beiden Reisenden ein schwaches Leuchten erkennen: Zebeide, die Magd, hatte die Fackeln auf der Balustrade bereits entzündet. Als sie endlich ankamen, ging Leonora sofort ins Haus und überließ es Ferruccio, die Pferde in den Stall zu bringen. Sie hatten das Gehöft ganz bewusst ausgesucht, weil seine dicken Steinmauern so abweisend wirkten, dass es keine Reisenden anlockte. Dank des Erbes aus dem Nachlass des Freundes Giovanni Pico Graf von Mirandola hatten sie es kaufen und nach ihren Wünschen ausstatten können. Im Erdgeschoss kam man in eine große Küche mit einem Tisch aus Eichenholz, an dem 20 Personen Platz hatten. Ihr Reich lag im oberen Geschoss: Über eine Steintreppe gelangte man zu drei nebeneinanderliegenden Räumen; der mittlere war das gemeinsame Schlafgemach. An einer Wand hatte Leonora einen kleinen, mit einem Fensterchen versehenen Erker anbauen lassen, der gerade groß genug für einen Toilettensitz war, dessen Öffnung über einer eigens dafür ausgehobenen Kloakegrube lag. Dieser Luxus hatte sie mehr als 300 Florinen gekostet, und fast ein Drittel war in die Taschen des Architekten gewandert, der die Pläne für den Abwasserkanal gemacht hatte, ohne das Fundament zu gefährden. Ferruccio wusste, wie wichtig Sauberkeit für Leonora war – manchmal kam es ihm vor, als fühle sie sich noch immer beschmutzt von den Erinnerungen an ihre Zeit im Kloster und daran, wie die Nonnen sie damals davongejagt hatten. Deshalb war er sofort einverstanden gewesen, als sie ihn um den Anbau gebeten hatte.

Der große Raum links des Schlafgemaches diente Ferruccio als Studierzimmer. Dort bewahrte er Landkarten und ein paar Bücher auf, und neben dem Waffenschrank und einer lebensgroßen Gliederpuppe aus Leder und Holz, an der er täglich die Kunst des Schwertkampfes übte, befand sich noch ein bequemer Sessel im Raum. Rechts des Schlafzimmers befand sich Leonoras Reich. In einem abschließbaren Schrank lagerte sie wohl geordnet und vor Staub, Unwissenheit und Holzwürmern sicher beschützt ihre Bücher. Viele stammten aus Mirandolas Nachlass: seltene Ausgaben der Klassiker und philosophische Abhandlungen, einige so wertvoll wie Juwelen. Andere – bescheidenere – Folianten waren Geschenke ihres Ehegatten.

Leonora war nicht so wie andere Frauen. Obwohl sie es konnte, nähte sie nicht, noch stickte oder stopfte sie. Außerdem kochte sie nur, wenn es ihr genehm war. Sie verbrachte ihre Zeit lieber mit Lesen oder Töpfern. Sie saß meist mit geschlossenen Augen oder, besser noch, in der Dunkelheit an ihrer Töpferscheibe – so war es, als würde sie träumen, sagte sie. Und Ferruccio saß bei ihr und schaute ihren Händen zu, wie sie zart den Ton streichelten und ihm weiche Formen gaben, sie zu Vasen, Krügen, Tellern oder Schüsseln machten. Häufig half er ihr, ihre Arbeiten unten in der Küche zum Brennen in den Ofen zu stellen oder das Schlicker auszugießen, das dem Ton seine glasige Oberfläche verlieh. Leonora tadelte ihn oft für seine Ungeschicklichkeit, weil er immer Fingerabdrücke auf dem Ton hinterließ, die nach dem Brennen wie Schmutzflecke aussahen. Nur wenn sie ihre Arbeiten mit Blumenmalereien, Blättermotiven, mit Häuschen und

Feldern verzierte, schickte Leonora ihn aus dem Raum, denn sie wollte ihn erst die Ergebnisse bewundern lassen, wenn sie fertig waren.

Ferruccio tätschelte die Pferde und bereitete ihnen ein weiches Lager aus Heu und Holzspänen. In den Trog füllte er Hafer, Gerste und Ackerbohnen und stellte ein paar Eimer Wasser auf. Aus der Küche drang die schrille Stimme Zebeides, und er blieb stehen, um ihr zuzuhören, während drinnen die Magd wiederholte, dass das Brot salzlos gebacken werden müsse – und nicht mit Salz, wie die Herrin wünschte. Die Herrin – eine Anrede, die Leonora überhaupt nicht gefiel – läge nämlich falsch! Ferruccio hatte die beiden oft miteinander lachen oder zanken gehört, aber an diesem Abend lag etwas Eigenartiges in der Luft: Ihre Stimmen klangen nicht gerade fröhlich. Sie wurden immer leiser, und plötzlich vermeinte er, ein Schluchzen zu hören.

Ferruccio trat genau in dem Moment in die Küche, als Zebeides Ausbruch am heftigsten war – ihre Worte waren laut und heftig, und sie wischte sich mit der Schürze über die Augen.

Ihre Base, die in Figline, im Haus der edlen Serristori, diente, war erkrankt und aus diesem Grund sofort und unwiderruflich davongejagt worden.

»Es stimmt ja, sie hat ausgerechnet in der Küche angefangen zu husten und musste sich übergeben, bevor sie auf den Hof laufen konnte. Ein Knecht begleitete sie nach Hause, und da bemerkte sie – verzeiht meine Worte, Herrin –, dass ihr das Blut aus dem Anus lief. Aber, mein Herr, sie gleich zu entlassen – erscheint Euch das nicht ungerecht?«

»Morgen werde ich zu den Serristori reiten«, versuchte Ferruccio sie zu trösten. »Vor Jahren habe ich zu Gunsten des alten Averardo Zeugnis abgelegt, und er schuldet mir noch einen Gefallen. Ich werde sehen, was sich machen lässt. Sollte ich jedoch nichts erreichen, dann verspreche ich dir, dass wir deiner Base einen neuen Dienstherrn suchen, sobald sie wieder genesen ist. Wenn sie eine so gute Köchin ist wie du, wird sie keine Schwierigkeiten haben, eine Familie zu finden, die sie aufnimmt.«

Zebeide wollte ihm die Hände küssen, aber Ferruccio zog sie mit einem entschuldigenden Lächeln zurück. Diese Gesten der Unterwürfigkeit waren ihm unangenehm und gefielen ihm nicht, aber noch weniger gefiel ihm, was Zebeide berichtet hatte.

6

Auf dem Landgut von Figline, 10 Tage zuvor

Sie war zusammen mit den wertvollen Teppichen angekommen und hatte sofort Unterkunft in den Kellern von Villa Serristori gefunden: eine ganze Rattenfamilie.

Als die scheinbar akkurat versiegelten Transportkisten geöffnet wurden, waren ein paar von ihnen, die die weite Reise aus dem Orient überlebt hatten, entwischt, und sowohl die Dienerschaft als auch die schreiende Kinderschar und die Töchter des Hauses hatten vergeblich versucht, sie wieder einzufangen. Die Nagespuren auf den kostbaren, weichen Teppichen ließen darauf schließen, dass sie sich an der weichen Teppichwolle gütlich getan hatten. Andere hatten weniger Glück gehabt: Sie waren schwächer gewesen und ihren kräftigeren Artgenossen zum Opfer gefallen. Nun lagen sie tot und angefressen zwischen der Ware, und die Säure ihrer Exkremente hatte das zu Ende gebracht, was sie mit ihrem enormen Appetit begonnen hatten: Das feine Gewebe war zerfallen und die azurblauen Arabesken und gelbgrünen Blumenmuster unwiederbringlich zerstört.

Averardo Serristori war sehr erzürnt gewesen und hatte einen zornigen Brief an den Venezianer Marco Boscolo, den Händler seines Vertrauens, verfasst und von ihm die Erstattung des Vorschusses für die Teppiche in Höhe von 400 Florinen verlangt. Er könne gerne selbst in Augenschein nehmen, schrieb er, in welch unsäglichem Zustand die Waren angekommen seien – nur ein Exemplar aus Seide war unversehrt geblieben! Die anderen Teppiche – samt Rattenfamilie – habe er eingelagert; er könne sie jederzeit abholen! Der edle Serristori setzte schwungvoll seine Initialen unter die Missive und brachte mit dem Siegel das Wappen seines Hauses – den Steg mit drei Sternen – auf den roten Siegellack auf.

Was er nicht wusste: Der venezianische Händler Marco Boscolo würde seine Mahnung nie erhalten und ebenso wenig die Florinen zurückerstatten, denn er lag bereits seit Tagen mit einer schweren Eisenkette umwickelt und durchgeschnittener Kehle auf dem Grund des Canal Grande. Die Äschen und Aale, die in den schlammigen Gewässern hausten, hatten sich bereits an seinem Körper gütlich getan.

In den folgenden Tagen vergaß Averardo die Teppiche, die Florinen und den treulosen Händler ohnehin, denn sein Weib erkrankte und starb qualvoll und stöhnend in seinen Armen. Und kaum war sie dahingeschieden, da zeigte seine zweite Tochter ihm eine walnussgroße Schwellung zwischen der Achsel und ihrem gerade sprießenden Brüstchen. Zwei Tage später war auch sie tot – zum Glück hatte sie ihr Bewusstsein nicht wiedererlangt, nachdem ein willfähriger Medicus ihr, um die Schmerzen zu lindern, gegen gute Bezahlung ein Gebräu aus Stechapfel und Teufelskralle verabreicht hatte. Als Nächstes hatte der Sensenmann zwei Infanten geholt, deren Seelen unter unglaublichem Leid zu Gott emporgestiegen waren, und als ob das noch nicht genug wäre, fanden sie nach zweitägiger Suche den knapp zehn Jahre alten Küchenjungen im Stall mit blutigen, leeren Augenhöhlen; die Ratten hatten ihn bereits angefressen. Nach ein paar Tagen hörte die Epidemie auf, denn im Haus waren entweder alle tot oder aus dem vom Teufel besessenen Hause geflohen.

Schließlich irrte nur noch der alte Averardo Serristori allein in den Räumen umher und fragte sich, warum ihn die

Krankheit nicht ereilt hatte, damit er das Schicksal seiner geliebten Familie teilen durfte. Er konnte sich einfach nicht erklären, warum er nicht einmal von einem leichten Fieber ergriffen worden war – ganz im Gegenteil, er fühlte sich kerngesund. In seiner Trauer fragte sich der alte Serristori wieder und wieder, welche Sünden sein Weib und seine beiden Töchter begangen haben mochten, um so hart von Gottes Hand bestraft zu werden. Und dann verstand er in seinem Wahn, der üblicherweise dem Schmerz folgt: In Wirklichkeit hatte Gott *ihn* bestrafen wollen, indem er ihm das Liebste auf Erden nahm. Die Beichte hatte ihn zwar geläutert – doch seine fleischlichen Sünden in der Jugend mussten vor den Augen des Allmächtigen wohl zu schwerwiegend gewesen sein, als dass Gott ihm ganz vergeben konnte. Er hatte Gottes Sohn wohl zu sehr am Kreuz leiden lassen.

Bruder Girolamo hatte recht: Reue reichte nicht aus, man musste sich ganz und gar Jesus Christus hingeben. Nun, da er als Einziger überlebt hatte, würde er sein gesamtes Hab und Gut dem Kloster San Marco vermachen, beschloss der Alte, und lediglich erbitten, seine letzten Tage im Kloster verbringen zu dürfen. Wenigstens konnte er sich mit dem Gedanken trösten, dass er seine geliebten Töchter und sein Weib im Paradies antreffen würde, wenn er ihnen endlich würde folgen dürfen. Der vollständige Ablass, für den er fürwahr einen hohen Preis bezahlt hatte, würde ihm im Himmel den Trost spenden, der ihm auf Erden verwehrt worden war.

Ein letztes Mal noch ging Serristori durch die Räume. Am nächsten Tag würde er den Notar rufen und die Übereignungsurkunde unterzeichnen. Dann ging er in den Stall, aus dem ein unablässiges Miauen drang, denn alle Katzen des Hauses hatten sich dort auf der Suche nach Nahrungsresten versammelt. Sie waren durcheinander, nervös, und seine Hand, die die Öllampe hielt, begann zu zittern, als er sah, dass einige von ihnen um die Körper ihrer Artgenossen strichen. Sie schnupperten an ihnen, stupsten sie herum und begannen, das auslaufende Blut ihrer Gedärme aufzulecken.

»Weg, weg! Geht hinfort, Kreaturen der Hölle! Achtet die Toten!«

Wie mit einem Schwert fuchtelte er mit der Lampe umher, und eine Katze sprang ihm verängstigt zwischen die Füße. Averardo stolperte und fiel auf einen Heuhaufen, der sogleich Feuer fing. Er rappelte sich zwar sofort auf – aber das vergossene Öl auf seiner Kleidung hatte bereits Feuer gefangen. Die Flammen umarmten ihn, und für einen kurzen Augenblick glaubte er den Teufel zu spüren, der ihn an den Füßen in die Hölle zog. Nicht mehr auf das Paradies hoffend, stürzte er erneut, aber diesmal kam er nicht mehr hoch – die Stallwände brannten bereits lichterloh; kurz darauf fing die äußere Teerschicht des Daches Feuer, und eine gewaltige Stichflamme strebte mit einem lauten Knall gen Himmel. Das Dachgerüst stürzte nach innen ein und verwandelte sich bereits im Fall in glühende Holzscheite. Der Funkenschlag erreichte das Wohnhaus, aber sowohl die Terrakotta-Dachziegel als auch die mächtigen Steinmauern hielten dem Angriff des Feuers und der Hitze stand.

Als die ersten Bauern eintrafen, um zu sehen, was geschehen war, fanden sie das Haus intakt vor – die weißen Mauern waren nur leicht rußgeschwärzt, aus den verglühten Stallbalken stieg noch ein bisschen Rauch auf, und hier und da brannten noch vereinzelte kleinere Feuer, die der Regen während der Nacht nicht gelöscht hatte. In einem Loch lag eine verkohlte Mäusefamilie: Sie hatte dort Schutz gesucht, und nun lagen sie alle tot übereinander – als hätten sie sich alle ein letztes Mal umarmt, bevor sie ihr Leben aushauchten.

7

Von Careggi nach Figline und zurück

»Bei Tisch hast du heute Abend kein einziges Wort gesagt«, sagte Leonora, als sie zu Bett gingen.

Das war der schönste gemeinsame Moment, den sie hatten – wenn das Kerzenlicht erloschen war und Leonora sich an ihn kuschelte. Sie steckte ihre kalten Füße zwischen seine Beine – und Ferruccio durchfuhr ein wohliger Schauer, obwohl seine Gedanken ganz woanders waren. Draußen riefen die Waldkäuze und kündigten den Wühlmäusen ihre Jagdbereitschaft an.

Ferruccio starrte die Zimmerdecke an.

»Ich habe darüber nachgedacht, was Zebeide über ihre Base erzählt hat«, sagte er dann leise. »Husten und Speien können viele Ursachen haben, aber das Blut aus dem Anus ist ein schlimmes Zeichen.«

»Morgen werde ich sie besuchen.« Leonora strich ihm über die Stirn, »und ich werde ihr Eier mitbringen.«

Eine Zeit lang sagte Ferruccio keinen Ton, und Leonora dachte schon, er sei eingeschlafen. Dann nahm er jedoch ihre Hand.

»Tu es nicht«, flüsterte er mit tiefer Stimme.

»Was denn?«, murmelte sie schläfrig.

»Gehe Zebeides Base nicht besuchen.«

»Warum nicht? Ich bin mir sicher, dass sie sich darüber freuen würde – Zebeide übrigens auch.«

»Ich weiß. Aber die Symptome, die sie beschrieben hat, gefallen mir ganz und gar nicht.«

»Befürchtest du, dass eine ansteckende Seuche dahinterstecken könnte?«

Ferruccio gab keine Antwort. Und Leonora bohrte nicht weiter nach.

»Schon gut, mein Liebster, dann werde ich es nicht tun. Aber jetzt lass uns schlafen.«

Sie legte Ferruccio die Hand auf die Brust und spielte mit den Brusthaaren, die aus dem Ausschnitt seines Nachthemds hervorlugten. Als sie spürte, wie sein Atem ruhiger wurde, ließ sie ihre Hand nach unten gleiten und begann, sein bereits halb erigiertes Glied zu streicheln. Dann beugte sie sich über ihn und bedeckte Ferruccio mit leidenschaftlichen und sanften Küssen, hob dabei ihr Nachtgewand hoch und stieg auf ihn. Eine Welle der Erregung erfasste sie, als er in sie eindrang, und bereitwillig ließ Leonora sich von ihr erfassen und mitreißen; so lange, bis sie erschöpft und zufrieden von ihm glitt. Fast ohne es zu bemerken, versank sie unverzüglich in einen tiefen Schlaf.

Ferruccio hingegen konnte keinen Schlaf finden, so sehr er sich das wünschte und begnügte sich stattdessen damit, den gleichmäßigen Atemzügen Leonoras zu lauschen. Erst als die Morgenglocke des Eremiten der Iguvinischen Mönche ertönte – den Leonora häufig besuchte, um die Geheimnisse der Majolikakunst zu entdecken –, schlummerte er langsam ein.

Es war ein kurzer und unruhiger Schlaf gewesen, und als Ferruccio zu dem nur wenige Kilometer entfernten Anwesen der Serristori aufbrach, fühlte er sich immer noch müde. Er würde jedoch nicht lange brauchen, tröstete er sich. Und dann würden Leonora und er sich endlich auf die Reise begeben, über die sie schon seit einiger Zeit sprachen.

Die Luft war feucht, und die Wiesen waren noch von Raureif bedeckt. Ferruccio trug einen schweren Umhang, der seinen Kopf und seine Haare, die noch immer pechschwarz waren, bedeckte. Nur an den Schläfen kamen mittlerweile erste graue Stellen zum Vorschein, die ihm aber laut Leonora eine noch größere Autorität verliehen. Während Ferruccio ohne Eile dahinritt, vertrieb eine frische Brise die restliche Müdigkeit. Die mächtigen Muskeln des Pferdes hatten sich noch nicht einmal vollkommen erwärmt, als er bereits auf dem Anwesen der Serristori ankam; an jedem Wiesenstück und Wirtschaftsgebäude war das Familienwappen – drei goldene Sterne auf blauem Grund – angebracht.

Diesen Ländereien, die mit Weitblick und Sparsamkeit verwaltet worden waren, hatte die Krise in der Landwirtschaft nichts anhaben können. Die Bauern waren bereits an der Arbeit. Im Gegensatz zu den anderen Familien, deren Besitz dahinschwand, hatten die Serristori ihr bereits beträchtliches Vermögen durch die steigenden Preise für Weizen, Gemüse und Obst noch weiter vergrößert. In der Stadt bauten sie gerade auf einem Grundstück, das den Medici gehört hatte und das von der Republik Florenz konfisziert worden war, einen Palazzo, der dem der Tornabuoni in nichts nachstand. So wie viele andere auch hatten sich die Serristori auf den sterbenden Löwen gestürzt und seinen Körper verschlungen – obwohl er seine Ehre und seinen Reichtum mit ihnen geteilt hatte. Wenn die Medici zurückkehrten, um Florenz zu regieren, würden die Serristori nicht lange zaudern und ihr Fähnlein erneut nach dem Wind hängen – so funktionierte nun einmal die Welt.

Sein Pferd blieb stehen und holte Ferruccios Gedanken wieder zurück in die Realität. Vor dem Anwesen tummelten sich ungewöhnlich viele Menschen, und an den schwarzen Kitteln konnte er erkennen, dass gerade zwei Bader das

Haus betraten. Das Pferd begann nervös den Kopf zu heben und vorwärtszutänzeln. Ferruccio konnte das Tier kaum im Zaum halten.

Auf einmal sprang aus dem Abflussgraben ein halb nackter Mann vor ihm auf den Weg, der von oben bis unten mit Lehm beschmiert war. Wild mit den Armen um sich herumfuchtelnd torkelte er auf Ferruccio zu und versuchte, nach den Zügeln des Pferdes zu greifen, das sich verängstigt aufbäumte. Ferruccio kannte sein Tier gut. Er half ihm mit den Sporen, auf den Hinterläufen nach hinten zu entweichen. Dabei ließ er die Zügel locker, damit das Pferd sich beruhigen konnte. Als es ruhiger war, wandte Ferruccio sich an den Mann und befahl ihm, stehen zu bleiben. Ferruccio versuchte zu erahnen, was dieser vorhatte, aber die Schlammschicht auf seinem Gesicht war zu einer ausdruckslosen Maske erstarrt. Der Mann antwortete nicht und versuchte stattdessen, sich am Steigbügel und seinem Stiefel hochzuziehen. Rasch ließ Ferruccio sein Pferd ausweichen und zurücktänzeln. Er hatte keine Angst, aber jahrelange Erfahrung hatte ihn gelehrt, dass ein Wahnsinniger weitaus gefährlicher war als der geschickteste Feind.

Als wolle er ein Gespenst fangen, fuchtelte der Mann immer noch mit den Armen herum, im nächsten Augenblick drehte er sich blitzschnell zur Seite und hielt sich die Hände vor den Leib gepresst. Unvermittelt würgte er heftig eine giftgelbe Flüssigkeit hervor. Als hätte ihn ein Pfeil durchbohrt, bäumte er sich in einem letzten Krampfanfall auf und sackte schwerfällig zu Boden, wo er rücklings mit aufgerissenen Augen und obszön gespreizten Beinen liegen blieb.

Ferruccio war unschlüssig. Er sah, wie sich die Brust des Mannes unter den fliehenden und röchelnden Atemzügen hob und senkte. Sein Herz sagte ihm, dass er helfen müsse, doch sein Instinkt hielt Ferruccio zurück. Er stieg vom

Pferd, führte es ein paar Meter weg und beruhigte es mit einem kräftigen Klaps auf den Hals. Vorsichtshalber zückte er dann sein Schwert, um sich den infizierten Körper vom Leib halten zu können. Obwohl der Mann nur noch flach atmete, entwich seinem Mund ein unglaublicher Gestank – der Geruch verfaulenden Fleisches.

Ferruccio kannte diesen Gestank seit der Schlacht von Pietrasanta: Am Tag nach dem Gemetzel hatte es auf das Schlachtfeld geregnet, und der Regen hatte den beißenden Geruch des Todes noch verstärkt. Mit klopfendem Herzen näherte sich Ferruccio dem Mann und begann unwillkürlich zu beten – zu einem Gott, den er seit vielen Jahren nicht mehr anerkannte und der ihn wohl auch diesmal enttäuschen würde …

Sein Gebet wurde nicht erhört, und wie er es erwartet hatte, sah Ferruccio zwischen den Beinen des Mannes, nahe der Leiste, das Zeichen *Seines* Zorns: eine dick angeschwollene violette Beule. Ferruccio zuckte zurück: Auch dieses Zeichen hatte er schon gesehen. Panisch gab er seinem Pferd die Sporen und nahm Reißaus. Diesmal betete Ferruccio noch inbrünstiger und hoffte, dass Zebeide ihrer Base noch keinen Besuch abgestattet hatte – sollte diese überhaupt noch am Leben sein, was er allerdings bezweifelte.

8

Istanbul, April 1497, auf dem Grossen Bazar

Gua Li fand keinen Schlaf, und Ada Ta, der ihre Unruhe nicht mehr länger ertrug, berührte mit einer Bewegung so leicht wie ein Schmetterling ihren Hals. Sofort wurde ihr Atem gleichmäßig, und er zog sie näher an sich heran, um sie mit seinem Pali zuzudecken, so wie er es immer getan hatte, seitdem sie ein kleines Mädchen war. Dann schloss er die Augen und ließ nur das dritte Auge geöffnet, damit es über ihren Schlaf wachte.

Und tatsächlich warnte das dritte Auge Ada Ta vor den Schritten, die direkt auf ihn zukamen. Sie unterschieden sich von dem unregelmäßig und harmlos klingenden Gang der Kaufleute und Handwerker, die ihre Stände im Säulengang hinter dem neuen *Besistan,* dem Großen Bazar, errichtet hatten, der unweit des Serailpalastes lag. Diese Schritte hatten eine typisch militärische Kadenz: Es mussten vier sein – vier und noch einer, der, ohne den Rhythmus zu halten, voranging; wahrscheinlich ihr Hauptmann. Um keinen Verdacht zu erregen, erhob sich Ada Ta wie ein alter Mann und lehnte sich an seinen langen Stock.

Auf ein Zeichen des Janitscharen hielt der Trupp an. Die hohe Kopfbedeckung verlieh der Figur eine unverhältnismäßige Größe und ließ sie unförmig erscheinen. Sein glattes und rundes Gesicht war von einem Netz roter Äderchen bedeckt, und er schien eher ein Haremswächter zu sein, als zur Leibgarde des Sultans zu gehören. Ada Ta lächelte, bis der Hauptmann sich vor ihm aufbaute und ihn von oben bis unten musterte. Sein stolzer Blick und seine Körperhaltung – er stand breitbeinig und mit verschränkten Armen vor Ada Ta – sollten einschüchternd wirken, deshalb deutete Ada Ta eine Verbeugung an. Der Offizier brüllte in einem alten albanischen Dialekt – Ada Ta wusste, dass viele der zwangseingezogenen Wächter des Sultans aus dieser Region kamen. Die wenigen Worte, die der Mönch verstand, waren »Sultan« und »Palast«, aber das reichte ihm schon. Vorsichtig stupste er Gua Li mit dem Fuß an, die – als wäre es das Normalste auf der Welt, auf diese Art und Weise geweckt zu werden – gleichgültig aufstand, sich ihren Sari glatt strich und den Beutel, den sie als Kissen benutzt hatte, umhängte.

»Der Sultan erwartet uns«, flüsterte Ada Ta ihr zu, während er den Janitscharen anlächelte. »Wir sind aufgefallen, und die Spione haben sehr gute Arbeit geleistet.«

»Hätten wir uns verkleiden sollen?«

»Das zu glauben, was man erwartet, ist schon die Hälfte von dem, was man sich wünscht. Meine Tochter …«, ergänzte er noch leiser, »… genau das wollten wir doch. Nun sind wir keine Bittsteller, sondern Gäste.«

Gua Li seufzte und blickte nach vorn. Mit den Lanzen im Anschlag bahnten zwei Wächter für den Hauptmann eine Gasse durch die Menge, der wild mit einem Fliegenwedel fuchtelte.

Ihm folgten Gua Li und der immer noch lächelnde Ada Ta. Die Rückhut konnte die Menge der Neugierigen kaum zurückhalten. Zum Glück waren sie schnell am Ziel: Der Janitschare hielt vor einem von zwei Türmen flankierten Tor an und verschwand dahinter. Einen Moment später erschien auf der Schwelle ein Mann und lud sie mit einer ausladenden Handbewegung ein einzutreten. Die Wächter öffneten ihre verschränkten Krummschwerter, um sie vorbeizulassen. Der Mann, in einen grünen bodenlangen Kaftan gekleidet, trug eine mit einer Fasanenfeder dekorierte Kopfbedeckung und deutete eine Verbeugung an.

»Der Sultan ist erfreut, Euch seine segensreiche Gastfreundschaft zuteilwerden zu lassen«, deklamierte er.

Gua Li konnte ihren Blick nicht von den goldfarbenen Schnabelschuhen wenden, deren Spitzen nach oben gebogen waren.

»Und auch wir fühlen uns geehrt«, antwortete Ada Ta in perfektem Persisch.

Der Mann führte seine Hände zusammen und zeigte sich erfreut, die Sprache des Hofes aus dem Mund des Fremden zu vernehmen.

»Ich bin Ahmed und werde Euer Begleiter sein.« Sein Ton glich Gua Lis Stimmchen.

»Hab Dank, Ahmed, führe uns und wir folgen dir.«

Gua Li verstand zwar Persisch, aber – obwohl sie die zwölf Weltsprachen nicht so vortrefflich wie Ada Ta beherrschte – im Augenblick war sie viel zu sehr damit beschäftigt, die Düfte, die aus dem Garten strömten, wahrzunehmen. Diese Gerüche waren die außergewöhnlichste Erfahrung der ganzen Reise. In ihrer Jugend hatte Gua Li schnell den Spaß daran verloren, nur die Frauen und Männer aus Ladakh oder der anderen naheliegenden Klöster am Geruch zu unterscheiden, deshalb hatte sie das Spiel erweitert und erprobte ihre Nase an allen Kreaturen, denen sie begegnete, von den Yaks bis zu den Ziegen. Im Laufe der Jahre hatte sie diese Fähigkeit derartig perfektioniert, dass sie die Anwesenheit eines Fremden im Kloster bereits an der Luft riechen konnte, genauso wie eine Bedrohung: ein dunkler Wolf oder bewaffnete Banden am Fuße des Berges. Gua Li war sogar in der Lage, die unterschiedlichen Absichten der Menschen zu erriechen:

Grausamkeit und Gewalt verströmten einen speziellen Geruch. Ada Ta hatte ihre besondere Begabung schnell erkannt und Gua Li immer wieder ermutigt, ihren Geruchssinn weiter zu verfeinern.

»Du musst wie ein kleiner blinder Aal sein«, hielt er sie an, »der dank seiner Nase den Fluss hinaufschwimmt und auch unter Tausenden von Bächen den *einen* Ort wiedererkennt, an dem er geboren wurde.«

Alle Gerüche – widerwärtige und angenehme –, die Gua Li während ihrer Reise wahrgenommen hatte, waren hundertmal so intensiv und ungleich berauschender als diejenigen aus ihrem früheren Leben.

Sie war so tief in ihre Gedanken versunken gewesen, dass Gua Li gerade noch Ahmeds letzte Bemerkung vernahm:

»... wie die Zypressen, die im Koran die Ewigkeit und die weibliche Schönheit symbolisieren. Diese Zedern haben allerdings eine tiefere Bedeutung: Abu Musa überliefert uns die Worte des Propheten – sein Name sei für alle Zeiten gepriesen: Der Reine, der den Koran aufsagt, ist wie eine wohlriechende, köstliche Zeder. Der Reine, der ihn nicht aufsagen kann, ist wie eine wohlschmeckende Dattel, aber ohne Duft. Der Verdorbene jedoch, der den Koran zitiert, ähnelt dem Basilikum, duftend, aber bitter, während der Verdorbene, der ihn nicht zitiert, wie eine Koloquinte schmeckt, bitter und geruchlos.«

»Wenn Gua Li wieder unter uns weilt«, Ada Ta verbeugte sich leicht, »bin ich mir sicher, dass sie die Wunder dieses Gartens sehr wohl zu schätzen weiß. Sie wird den Anblick und die Gerüche miteinander verbinden und den feinen Duft der Magnolie, den herben der Wildorangenbäume, den erfrischenden der Myrtenbüsche und den bitteren der Buchsbäume genießen, die eine Quelle der Jugend sind – die mir über die Jahre abhandengekommen ist.«

Gua Li errötete, und Ahmed riss die Augen auf.

»Ihr seid der erste Besucher, der die Pflanzen und die Bedeutung der Wasserspiele unserer Gärten erkennt. Das ist gut. Der Sultan wird Eure Gesellschaft schätzen.«

»Einen Barbar erkennt man nicht an der Kleidung oder der Farbe seiner Haut, sondern an seinen Worten. Steht es so nicht in der Sure, die über die Frauen geschrieben ist?« Ada Ta legte die Hände als Zeichen des Friedens zusammen. »Nämlich, dass diejenigen, die geglaubt und Gutes getan haben, in die Gärten kommen, in denen die Bäche fließen? Vielleicht sind wir bereits unter ihnen, hier.«

Ahmed verneigte sich tief vor dem alten Mönch, und Gua Li konnte das Lachen kaum unterdrücken. Wortlos folgten die beiden ihrem Begleiter, der schließlich vor einer hölzernen Tür stehen blieb und sie bat einzutreten. Bevor der alte Mönch sie aufhalten konnte, war Gua Li der Einladung bereits gefolgt. Der Duft von Orangenhonig, der ihr entgegenströmte, war so betörend, dass sie die Augen schloss und den Duft tief einsog. Als sie ihre Augen öffnete, war sie sprachlos.

»Ada Ta, schau die vielen Kissen und diese Teppiche – fühl doch nur, wie weich sie sind.«

Gua Li streifte ihre Sandalen ab und lief über die Teppiche. In ihrer Begeisterung drehte sie Pirouetten. Durch das vergitterte Fenster drang ein Lichtstrahl, der Arabesken auf die gewebten Blumen und Vögelchen malte. Ada Ta betrachtete sie versonnen. Das erste Ziel hatten sie erreicht: Der Sultan hatte sie erhört. Der größte Teil ihrer Reise war damit beendet, die Reise der Ideen aber hatte gerade erst begonnen.

»Es ist wunderschön hier …«

»Dinge werden durch deine Gedanken schön. Hättest du Verstopfung, würdest du dich über die Bewegungen deiner Gedärme freuen. Solltest du hingegen unter dauernden Entleerungen leiden, wärst du darüber betrübt.«

»Ada Ta! Findest du wirklich, dass dies der richtige Moment ist, um über derlei Themen zu sprechen? Immer ruinierst du alles – hier ist alles so wunderschön und rein –, wie kannst du da über Verstopfung reden!«

Der Mönch antwortete ihr nicht, legte seine Tasche ab, bettete seinen Kopf darauf und legte seine Füße auf eines der Kissen.

»Bis jetzt haben die Füße mehr gelitten als der Geist; deshalb verdienen sie die größere Aufmerksamkeit, vor allen Dingen in einem gewissen Alter«, sagte er. »Meine Ohren würden sich jedoch freuen, wenn meine Tochter mir die Geschichte erzählt, in der der junge Īsā auf Sayed Nasir-du-Din trifft – auf denjenigen, der verstand, dass der Jüngling ganz besondere Eigenschaften hatte, die …«

»Ich weiß ganz genau, wer Sayed war! Du kannst deinen Ohren also sagen, dass sie zuhören sollen, und deinem Mund, dass er lernen sollte, ab und an still zu sein«, erwiderte die junge Frau und begann mit der Erzählung.

An den Ufern des Tigris, dort, wo der Fluss einen Halbkreis bildet, war die Stadt Ktesiphon entstanden, das Drehkreuz für den Handel in und aus dem Orient. Es gab keine Jahreszeit, in der auf dem Markt nicht ein babylonisches Sprachengewirr zu vernehmen war. Rund um den Platz hatten sich Handwerker – Sattelmacher, Schlosser, Töpfer und Wagenbauern – mit ihren Werkstätten niedergelassen.

Kaufmann Aban sprach gerade so viel Griechisch, Pali, Persisch und ein paar der chinesischen Dialekte, dass es ausreichte, um Handel zu betreiben. Ein Wort jedoch verstanden alle Handelnden auf Anhieb: Gold. Der junge Jesus hatte das Metier schnell erfasst und lief zwischen dem Marktstand und dem Lager hin und her, ohne auch nur eine Dattel oder Mandel oder gar einen Tropfen Öl zu verlieren. Aban war sehr zufrieden mit ihm, aber noch zufriedener waren die Kunden, die sich zahlreich um den Stand versammelten. Es hatte sich schnell herumgesprochen, dass der Junge die Ware immer korrekt abwog und die Amphoren bis zum Rand befüllte. Anfangs hatte sich Aban Sorgen gemacht, vor den anderen Händlern wie ein Anfänger dazustehen, hatte seine Befürchtungen jedoch schnell über Bord geworfen: Seitdem Jesus die Kunden bediente, kamen noch mehr, und Aban konnte durch eine geringe Erhöhung der Preise seinen Profit beträchtlich steigern.

Einem Stoffhändler fiel auf, dass der Junge nie lächelte, nicht einmal, wenn er das Geld kassierte. Er schien kein Sklave zu sein, aber auch nicht der Sohn oder Neffe Abans, den er gut kannte. Als sich der Junge die Ärmel hochkrempelte, sah der Stoffhändler die unverwechselbaren Narben der Ketten. Ihre Blicke trafen sich, und eine Welle des Mitleids erfasste den Händler. Nun war der Moment gekommen. Er beschloss, dass er etwas für andere tun wollte, denn das Leben hatte es bisher gut mit ihm gemeint: Mit seinen dreißig Jahren besaß er bereits ein Heim, zehn Pferde, eine Frau und drei Konkubinen – hatte aber noch keine Nachkommen gezeugt. Er wartete, bis der Syrer seinen Handel abgeschlossen hatte, und sprach ihn dann respektvoll an.

»Sei gegrüßt, Aban. Möge das Glück dir immer hold sein.«

»Sayed! Was für eine Freude, dich wiederzusehen, du siehst jedes Mal besser aus.«

»Auch du siehst nicht schlecht aus, und ich würde mich freuen, wenn du deinen Stand für einen Moment verlassen würdest, um mit mir etwas Erfrischendes zu trinken.«

Aban hob mit beiden Händen seinen fetten Bauch an.

»Ja, auch ich habe meine Freuden«, zwinkerte er, »auch wenn sie sich doch sehr von den deinen unterscheiden.«

Unter einem Zelt sprachen sie weniger über Geschäfte als über die schwierigen Zeiten: Armeen von Wegelagerern kontrollierten die Zugangsstraßen der Städte und verlangten von den umliegenden Dörfern Schutzgelder. In den letzten Jahren waren ganze Völ-

ker von einem bis zum anderen Ende Chinas oder Indiens gewandert, bis nach Mesopotamien. Sie waren vor dem Hunger und den Fehden der Kriegsherren geflohen, die eine Spur der Verwüstung hinter sich ließen. Aban spürte jedoch, dass Sayed die ganze Zeit um den heißen Brei herumredete. Schließlich nahm er all seinen Mut zusammen und fragte:

»Wie viel willst du für den Jungen?«

»Ah, das interessiert dich also wirklich: nicht meine Gerste, sondern Jesus.«

»So heißt er? Gut, wie viel willst du für Jesus?«

»Mein lieber Freund, ich habe, nun, … 80 Silberschekel für ihn bezahlt. Ich kann mir aber nicht vorstellen, dass du so weit gehen würdest und mir auch noch einen Profit zugestehst, so wie es eigentlich rechtens wäre.«

»Ich glaube, dass du nicht mehr als 40 bezahlt hast, doch ungeachtet dessen biete ich dir 100 Schekel für den Jungen.«

Aban kratzte sich am Bart und verpasste sich eine Ohrfeige, um eine imaginäre Fliege zu verjagen. Dann leerte er in einem Zug sein Glas.

»Er ist nicht verkäuflich.«

»Komm schon, Aban, für dich ist doch alles verkäuflich.«

»Nicht der Junge, außer den offensichtlichen, besitzt er nämlich auch verborgene Qualitäten …«

Sayed wusste um Abans Vorlieben, und der Gedanke daran stieß ihn ab.

»Nein, es ist nicht so, wie du denkst«, sagte Aban schnell. »So reizvoll es mir erschien – ich habe ihn nie angefasst. Doch es bleibt dabei: Er kann allen alles verkaufen, aber nicht sich selbst.« Aban haute das Glas auf den Tisch. »Und jetzt will ich gezuckerten Wein. Trinkst du mit mir?«

Der Kaufmann schüttelte den Kopf. Während eines Handels sollte man nie Alkohol trinken, und er wunderte sich über Aban, denn das passte so gar nicht zu ihm.

»Dieser Junge ist etwas Besonderes«, fuhr der Syrer fort. »Manchmal macht er mir Angst, aber ich kann nicht mehr ohne ihn sein. Zuweilen denke ich, er ist ein Dschinn, der mich mitten in der Nacht zerfleischen könnte, und zuweilen erscheint er mir wie ein Freund, der aus dem Himmel herabgestiegen ist, um mich zu beschützen. Er ist flink wie eine Manguste und still wie eine Schlange, und wenn er dich anblickt, kannst du deinen Blick nicht mehr von ihm wenden – dann ist er wie eine Kobra, bevor sie zuschnappt.«

»Aber sie hat dich nie gebissen.«

»Ja, genau das ist es. Er hat mir nie Böses angetan – Böses, so wie wir es verstehen, und ich bin mir sicher, dass er mir niemals etwas tun würde. Wenn ich ehrlich bin, sind es seine Blicke, seine wenigen Worte und seine Gesten, die mich Tag für Tag umbringen, denn ich schäme mich für das, was ich bin.«

Beim dritten Glas Zuckerwein hatte Aban ein tränenüberströmtes Gesicht.

»Sayed, ich habe dich immer beneidet. Du bist jung, schön und reich, und niemand musste sich dein Stillschweigen erkaufen oder hat dich je für das erpresst, was du bist. Nimm ihn dir und gehe fort mit ihm. Ich will keinen einzigen Schekel für ihn – aber ich hoffe, er wird deine Seele austrocknen, dir den Schlaf rauben und dein Essen fad machen – so wie er es mit mir gemacht hat. Nimm ihn und geh – Hauptsache, ich sehe ihn nie wieder. Vielleicht gelingt es mir dann, wieder der Alte zu werden, ohne irgendjemandem Rechenschaft ablegen zu müssen, nicht einmal meinem Gewissen. Und was deine Seide angeht – ich gebe dir nicht mehr als vier Goldstücke dafür.«

Mit seinen vier Dienern verließ Sayed Ktesiphon. Er setzte Jesus auf ein Pferd und sprach ihn während der Reise erfolglos in vielen Sprachen an. Erst als sie Hekatompylos erreichten, die Stadt der hundert Pforten im Reich der Parthen, lächelte Jesus ihn zum ersten Mal an. Sie folgten der Seidenstraße, die zwar Über-

fällen am stärksten ausgesetzt war, die zugleich aber auch die sicherste Route war, da sie von zahlreichen Karawanen gekreuzt wurde. So erreichten sie Merw. Jesus schlief neben ihm ein. Als sie endlich im reichen Samarkand ankamen, sprach Jesus zum ersten Mal zu ihm.

»Du bist ein guter Mensch, Sayed, aber du bist mit deinem Leben nicht zufrieden, weil du wie eine Mutter ohne Kinder bist.«

Da nahm Sayed seine Kette ab, die ihm am Tage seiner Geburt geschenkt worden war, hängte sie Jesus um und umarmte ihn.

»Das ist eine schöne Stelle, über die man meditieren kann«, sagte Ada Ta. »Eine Mutter ohne Kinder. Wenn du eines Tages ein Kind hast, wirst du dich daran erinnern und die wahre Bedeutung verstehen.«

»Wenn ich erst ein Kind habe, werde ich ja nicht ohne sein – warum sollte ich das also nicht schon jetzt verstehen können?«

»Weil man nur, wenn man etwas besitzt, weiß, wie es ist, es nicht zu haben. Sayed verstand nicht, aber der weibliche Part in ihm ahnte, was Īsā ihm sagen wollte, und dankte ihm dafür.«

Einen Augenblick später war Ada Ta in einen tiefen Schlaf versunken.

9

Florenz, April 1497

Die Pest.

Der *Gonfaloniere di Giustizia,* Bernardo del Nero, sprach dieses Wort mit größter Vorsicht und nur im Kreise der Prioren der Stadtbezirke aus. Der Saal der Fünfhundert war menschenleer, und das Echo der einsamen Stimme Bernardos hallte mächtig von den hohen getäfelten Decken zurück. In den Ohren der Prioren mussten seine Worte wie die Strafe Gottes klingen. Die Türen waren von innen verschlossen worden, damit niemand hörte, was nur für diesen engen Kreis bestimmt war.

»Es stimmt. Einige ehrenwerte Doktoren haben es mir zugetragen. Nun müssen wir die Ausbreitung aufhalten.«

Die geschockten Prioren rutschten nervös auf den knirschenden Holzbänken herum und hofften wider alle Hoffnung, dass irgendeiner unter ihnen es besser wüsste und sie beruhigte. Das Gemurmel wuchs und auch die Ungeduld, mehr zu erfahren. Pierantonio Carnesecchi, der das Amt des Gonfaloniere zu Lorenzos Zeiten bekleidet hatte, ergriff als Erster das Wort.

»Seit wann?«

Schon am Hofe der Sforza, im Hohen Gesundheitsrat, hatte er gelernt, dass nicht Tage, sondern Stunden zählten. Und was sie auch taten – sie durften das Volk nicht beunruhigen. Beides, die Ausbreitung des Übels und Panik, würde für Florenz das Ende bedeuten: Der Handel würde stagnieren; Bankkaufleute, Händler und jeder, der die Möglichkeit hätte, würde fliehen und das Banditentum die Stadt wie eine Hochwasserwelle überschwemmen. Die Erzählungen der Alten über die Pest, die im letzten Jahrhundert über Florenz hinweggefegt war und fast die gesamte Bevölkerung ausgelöscht hatte, riefen heute noch Angst und Schrecken hervor.

»Mir wurde zugetragen, dass der erste Fall vor einigen Wochen aufgetreten ist«, antwortete der Gonfaloniere verdrossen. »Sie ereilte einen Stallburschen und die Tochter des alten Serristori aus Careggi. Sie hielten es für das Dreitagefieber, aber um sicherzugehen, hatten sie für die Tochter den Medicus gerufen. Dieser hat einen Kollegen zu Rate gezogen, und die beiden waren sich einig: Es scheint, dass unter den Dienern noch weitere Infizierte sind.«

»Wie viele Tote?«

»Bis jetzt drei. Die junge Serristori, der Stallbursche und noch einer, den sie mausetot auf dem Feld vorfanden. Er war aus Angst vor der Untersuchung geflohen.«

»Man kann also noch nicht von einer Ausbreitung sprechen, und sollte es ein Einzelfall bleiben …«, flüsterte der edle Albizi hoffnungsvoll.

»Die Pestilenz weht durch die Luft wie der Schirokko«, antwortete Carnesecchi ernst, »und wenn du sein Eintreffen spürst, ist es bereits zu spät.«

»Was können wir also tun?« Die Stimme Albizis zitterte.

»Wir müssen Girolamo fragen«, schnitt ihm der Gonfaloniere das Wort ab, »auf dass er einen Beauftragten des Gesundheitsrates ernennt. Bis dahin darf kein Wort, das hier gesprochen wurde, nach draußen dringen.«

»Eigentlich, Bernardo, wäre es deine Aufgabe, ihn zu ernennen. Oder hast du einigen deiner Privilegien entsagt, um weitere im Himmel zu erlangen?«, warf Carnesecchi ein.

»Bruder Girolamo und der liebe Gott werden uns sagen, was zu tun ist. Ich glaube, niemand wird es wagen, ihre heiligen Entscheidungen in Frage zu stellen«, entgegnete Bernardo del Nero verächtlich.

Carnesecchi schüttelte den Kopf – mehr getraute er sich nicht: Er durfte sich nicht zu offensichtlich gegen ihn stellen, denn das würde bedeuten, dass er sich gegen den Mönch stellte. Was unweigerlich eine Anklage wegen Hochverrates nach sich ziehen könnte oder gar eine Verurteilung seiner gesamten Familie. Das wiederum bedeutete dann: Exil – wenn nicht sogar Schlimmeres. Der Gonfaloniere war einer der okkulten Köpfe der Piagnoni, einer Bande von Fanatikern, die ganz Florenz unsicher machten. Sie nutzten jede Gelegenheit, um den Willen Savonarolas gewaltsam durchzusetzen, und beriefen sich skrupellos auf ihn, wenn sie ihre Verbrechen begingen. Auch jemand in seiner Position konnte in diesen Zeiten ehe er sich's versah einen Strick um den Hals gelegt bekommen oder öffentlich zu Tode gegeißelt werden. Bevor er aufstand, schlug er sich mit den Händen auf die Schenkel.

»Das heißt also, dass wir uns mit unseren Pestbeulen einen Platz im Himmel sichern, Bernardo.«

»Es lebe Jesus, der König von Florenz, unser Herr und Retter!«, sagte Albizi und hob die Arme, nicht ohne Carnesecchis scharfe Ironie bemerkt zu haben. Gonfaloniere Bernardo del Nero zog es vor, die Provokation zu überhören, und beließ es bei einer zustimmenden Geste.

»Amen«, antworteten die Anwesenden.

Kaum hatte Carnesecchi den Palazzo della Signoria verlassen, spuckte er aus. In seinen Ohren klang das Flehen des alten bigotten Albizi noch nach. Mittlerweile sprach Savonarola im Namen des neuen Königs von Florenz auch bei weltlichen Verbrechen Recht, und seine Strafen waren drastisch: Auf Sodomie stand nun die Todesstrafe, während man wenige Jahre zuvor noch mit der Zahlung eines Bußgeldes davongekommen war. Wer Zinsgeschäfte betrieb, die neuerdings verboten waren, obwohl sie Florenz reich gemacht hatten – dem wurde der gesamte Besitz beschlagnahmt. Wer fluchte, dem wurde die Zunge abgeschnitten. Das waren die neuen Gesetze, die nicht auf der Stadtverfassung beruhten, sondern auf den Worten von Christus – interpretiert von Savonarola. Auch die unzähligen Gewerbe und Künste waren dem unterworfen. Ein Advokat, der zugunsten seines Mandanten log – eine jahrhundertealte Praxis –, erhielt die gleiche Strafe wie sein Mandant. Und die tüchtigsten Maler und Schriftsteller waren gezwungen worden, ihre Werke zu verbrennen – um nicht selbst auf dem Scheiterhaufen zu landen.

Carnesecchi hatte vor einiger Zeit für sage und schreibe 150 Scudi das Gemälde »Adam und Eva« des Malers Sandro Botticelli erstanden – und musste es dann öffentlich dem Feuer übergeben. Es reichte aus, einen Akt zu malen oder über die profane Liebe zu schreiben, um verfolgt, verurteilt und mit dem schlimmsten Abschaum in die modrigen Zellen des Stinche-Kerkers gepfercht zu werden, aus dem noch nie eine Flucht gelungen war. Man kam nur in Ketten gelegt wieder hinaus und wurde dann die Via Ghibellina entlang zum Torre della Zecca getrieben. Dort erwarteten den Gefangenen dann der Henker und ein Priester unter dunklen Kapuzenumhängen. Der eine trug ein Beil, der andere eine Bibel in der Hand.

Carnesecchi war so tief in seine Gedanken versunken, dass er beinahe gegen ein Werk von Meister Donatello gelaufen wäre: die imposante Judith-Bronzeskulptur, die Holofernes den Kopf abschlug – ein Symbol für den Sieg des Volkes über die Tyrannen. Savonarola hatte sie vor dem Haupttor aufstellen lassen – als deutliche Mahnung an die Florentiner und als Ausdruck seiner Verachtung für die Medici-Familie, von der er sie konfisziert hatte.

Obwohl er einen doppelten, mit Wolle gefütterten Filzumhang trug, spürte Carnesecchi die stechende Kälte. Das war ein gutes Omen – schadete die Kälte doch der Pestilenz. Um sicherzugehen, hatte er seine Familie bereits auf ihr Landgut geschickt. Villa di Cascia di Reggello galt als sicher – sie war nicht einmal von der Pest des vergangenen Jahrhunderts heimgesucht worden. Dann dachte er an seinen Gast, der sich seit Kurzem und inkognito in der Stadt befand: So konnte er sich freier bewegen und war in Sicherheit. Nicht einmal sein Weib wusste, wer er war. Gott segne den alten Papst Innozenz, dachte Carnesecchi, der seinen Gast seinerzeit zum Kardinal ernannt hatte, und verflucht sei Borgia, der neue, sein ganz besonderer Feind.

Bernardo del Nero, der Gonfaloniere, stand gut verborgen hinter dem Leinenvorhang im neuen Saal der Fünfhundert und beobachtete, wie Pierantonio Carnesecchi schnellen Schrittes von der Piazza in Richtung Mercato Vecchio ging. Instinktiv versteckte Bernardo sich hinter einer der beiden schmalen Marmorsäulen, die das Fenster einrahmten. Hinter der anderen Säule stand eine Figur, die eine Kapuze trug und die vor wenigen Augenblicken durch eine Geheimtür in den Saal getreten war.

»Carnesecchi ist ein gefährlicher Mann, Bruder Girolamo.«

»Die Männer, die uns offen widersprechen, brauchen wir nicht zu fürchten, nur diejenigen, die ihre Ränke im Verborgenen schmieden. Er wird einer der Unseren werden – der Ruf des Heilsbringers Christus ist zu mächtig; er wird nicht mehr lange widerstehen können. Lasse ihn trotzdem unauffällig beschatten.«

»Das werde ich tun, Pater. Und was die Pestilenz betrifft .... Ich könnte Albizi als ersten Offizier des Gesundheitsrates ernennen: Er ist ein sanfter Mann, und seitdem er sich aus dem Handel zurückgezogen hat, strebt er nur noch nach Ämtern.«

»Gut, gehe zu Albizi, aber erst nachdem ich dem Volk die Nachricht verkündet habe, in San Marco. Schau, Bernardo, die Pest ist eine Strafe Gottes, die gleiche, die durch Moses über die Ägypter kam. Und es liegt an uns, die schreckliche, zerstörerische Bestrafung durch Gebete abzuwenden.«

»Ich verstehe Euch nicht, Vater.«

»Gott hat zu mir gesprochen!«, antwortete er mit Vehemenz. »Nur wenn wir unsere Sünden bereuen und ohne Unterlass seine unendliche Barmherzigkeit erbitten, wird er darauf verzichten, die Menschheit zu zerstören!«

Bernardo machte einen Kniefall, um Savonarolas knochige Fingerknöchel zu küssen. Dabei fiel sein Blick zufällig auf die Füße des Mönchs, die vor Kälte bereits violett angelaufen waren. In Florenz erzählte man sich hinter vorgehaltener Hand, dass der heilige Bruder Girolamo unter seiner Kutte nur sein Cilicium sowie eine schwarze Bruche trug und dass er sich nur einmal die Woche vor der Messe wusch, um unnötige Berührungen der intimen Bereiche zu vermeiden.

Am nächsten Tag erreichte Florenz eine unerwartete Kältewelle, und es begann zu schneien. Donato Albizi war ganz außer sich vor Freude über seine Ernennung. Er erschien in einer einfachen Joppe und einer langen schwarzen Samtweste, die über seine Beinkleider bis zu den Knien reichte, im Palazzo della Signoria. Dazu trug er ein rotes Barett, um die dunklen Flecken, die seinen Schädel verunstalteten, zu kaschieren und sich vor der beißenden Kälte zu schützen. Allerdings hatte er es für angebracht gehalten, trotz des kirchlichen Bannfluchs gegen allen Luxus wenigstens die goldene Kette zu tragen, an der eine mit konzentrischen Ringen besetzte Halbkugel hing – das Wappen seiner Vorfahren, die es durch den Wollhandel zu Reichtum gebracht hatten.

Trotz seines Alters beugte Albizi die Knie vor dem Thron,

auf dem bereits Lorenzo de' Medici Platz genommen hatte, und huldigte Girolamo Savonarola. Zu seiner Sicherheit waren dem Mönch ausnahmsweise zwei Gardisten der Republik mit Hellebarden zugeteilt. Er selbst hatte keine eigenen Soldaten und war meistens alleine unterwegs oder nur von zwei, drei Mönchen begleitet. Er brauchte keinen Schutz – Gott war mit ihm.

»Als ersten offiziellen Akt als Offizier des Gesundheitsrates wirst du nach der Messe den Weg nach Careggi sperren lassen. Du wirst den Borgo mit zehn Pfeilschützentrupps umstellen und unter Androhung der Todesstrafe niemanden hinein- oder hinauslassen. Weiterhin stellen wir dir für die Dauer von vierzig Tagen Arkebusenschützen an die Seite. Sie werden dir zwar nichts nützen, aber das Geräusch der Waffen wird den Bauern mehr Angst einjagen als die Bedrohung durch die Bogenschützen. Nach Ablauf der Frist sehen wir weiter. Der barmherzige Herr wird mir dann sagen, was das Beste für uns Sünder ist.«

»Und was, wenn die Seuche den Sicherheitsgürtel durchdringt?«

Der Mönch lächelte, und der Gonfaloniere tat es ihm gleich.

»Schau, Donato, der allmächtige Gott nutzt den Donner, den Blitz und jedwede Katastrophe der Naturgewalten, einschließlich der Pest, um diejenigen zu plagen, die er erlösen will. Möchtest du erlöst werden?«

»Ich möchte nur, was Ihr und der Herr, mein Gott, wollen«, stotterte Donato Albizi.

10

Am folgenden Abend

Ein Mann, kaum zwanzig Jahre alt, saß in der Taverne zur Sonne, die nur ein paar Schritte vom Markt entfernt in einer der engen und dunklen Gassen von Florenz lag. Er trank in großen Schlucken aus dem Zinnbecher. Seine gelbe Gardistenuniform war bereits mit Weinspritzern beschmutzt. Er sah einen jungen Mann mit schulterlangen schwarzen Locken eintreten und unterdrückte einen Rülpser. Als der Jüngling zu ihm trat, packte er ihn am Hemd, zog ihn zu sich herunter und küsste ihn auf den Mund.

Niemand beachtete die beiden: Die Taverne, die Tag und Nacht voller Menschen war, galt als rechtsfreie Zone, und die Piagnoni hatten die Order erhalten, sich von ihr fernzuhalten. Bruder Girolamo hatte beschieden, dass ein solcher rechtsfreier Ort notwendig sei, denn auch eine Beule musste ab und an ausgedrückt werden, damit nicht der ganze Körper von der Pest verseucht wurde.

»Hast du Neuigkeiten?«, fragte der Neuankömmling.

»Hier steht alles geschrieben«, antwortete ihm der Gardist und händigte ihm eine Schriftrolle aus.

»Mein Herr dankt dir.«

Zwei silberne Florinen wechselten den Besitzer und verschwanden flink in einem Lederbeutelchen an den Beinkleidern.

»Und du dankst mir nicht?«

»Das habe ich bereits getan, meine ich.«

»So wenig?«, fragte der Gardist und legte dem anderen seine Hand auf den Schenkel. »Mit Verlaub – ich will beträchtlich mehr.«

»Nun denn, morgen Abend also. Du weißt, wo du mich findest. Ich werde die Tür offen lassen.«

»Meine steht für dich auch immer offen, mein Liebster.«

Später verließ der schwarze Lockenkopf die Taverne, spuckte mehrmals auf den Boden und wischte sich mit seinem Ärmel den Mund ab. Als er am Palazzo Carnesecchi anklopfte, läutete der Pagliuzza-Turm einen neuen Tag ein. Ein alter Diener öffnete ihm. Seitdem die Frau und die Kinder des Herrn abgereist waren und den größten Teil der Dienerschaft mitgenommen hatten, war das Haus nahezu verwaist. Ihre Schritte hallten durch den Treppenaufgang, der in den ersten Stock führte, wo Pierantonio Carnesecchi geduldig wartete. Der Jüngling gab ihm die Schriftrolle und wurde mit vier Florinen belohnt – genug, um ihn vergessen zu lassen, welche Rechnung er am nächsten Abend würde begleichen müssen.

»Ihr dürft hervortreten, Monsignore«, sagte Carnesecchi leise.

Der schwere Brokatvorhang wurde von einer behandschuhten Hand zur Seite geschoben, und Giovanni de' Medici trat hervor. Er hatte nicht das virile Erscheinungsbild und die Statur seines Vaters Lorenzo, des Prächtigen. Auch nicht die edlen Gesichtszüge seiner Mutter, Prinzessin Clarice degli Orsini. Sein einziger Stolz waren seine Hände, deren einzige Aufgabe es war, die Laute und ein wertvolles Klavichord zu spielen, das aus dem Nachlass von diesem Räuber Federico, dem Herren über Montefeltro, stammte. Wenn er auch kein Freund seines Vaters gewesen war, so waren die beiden doch Verbündete gewesen. Hände, die noch nicht daran gewöhnt waren zu segnen, obwohl er mit seinen 22 Jahren bereits seit neun Jahren Kardinal war. Nur seine wachen Augen, die rasch über seinen Gastgeber huschten und ihn fordernd ansahen, verrieten seine adlige Herkunft. Carnesecchi las die Schriftrolle und überreichte sie Giovanni.

»Albizi ist zum Ersten Offizier des Gesundheitsrates ernannt worden, aber noch darf niemand von der Pestilenz wissen. Der Mönch wird es verkünden, nächsten Sonntag in San Marco. Sollte sich das Übel ausbreiten, fürchte ich um Euer Leben, Monsignore.«

»Du bist ein guter Freund und treuer Verbündeter. Ein Medici vergisst nichts, im Guten wie im Schlechten. Aber es gibt einen Grund, warum ich hierher zurückgekehrt bin: Ich habe zahlreiche Schuldner, Pierantonio; das bedeutet einerseits, dass ich reich bin, andererseits jedoch, dass ich zahllose Feinde habe. Nach außen hin tun sie freundlich und wünschen dir ein langes Leben, und hinterrücks stoßen sie dir den Dolch in den Rücken.«

»Ich verstehe nicht, Monsignore.«

Giovanni faltete die Hände und senkte den Kopf. Dann blickte er auf und schaute seinem Gesprächspartner in die Augen. Er hatte sich entschieden, Carnesecchi zu trauen. Der hätte ihn bereits mehr als einmal verraten und dem Mönch ausliefern können, um sich Vorteile zu verschaffen, hatte es aber nie getan. Eines Tages würde Pierantonio seine Belohnung erhalten – er würde dieser Familie der Kräutermischer, Totengräber und Geldverleiher eine ewige Lilie für ihr Wappen spenden.

»Die Krone Frankreichs schuldet unserer Bank über hunderttausend Goldflorinen. Und König Carlo di Valois ist in Schwierigkeiten, nicht nur in finanzieller Hinsicht. Die Republik Venedig, Spanien, das Papsttum und das Königreich Neapel und selbst das Herzogtum Mailand sind gegen ihn. Und gegen mich. Ich war erst bei ihm und dann in Flandern.

In Deutschland ächzten zahlreiche Fürsten unter dem Joch von Kaiser Maximilian. Es weht ein neuer Wind in Europa. Und die Medici sind bereit zurückzukehren.«

»Monsignore, ich …«

»Lass es dir erklären, denn ich will, dass du weißt und verstehst. Du musst mir beistehen, wenn dieser Wind die alte Welt des Verrats und Neids, der Kriege und des Todes hinwegweht. Vor Jahren gab es den einen, der versuchte, die Welt unter einem einzigen Gott zu einen – dafür ist er ermordet worden: Er war ein Philosoph und ein sehr reicher Mann, Graf Giovanni Pico della Mirandola.«

»Ich kenne ihn nur vom Hörensagen.«

»Er hätte dich in seinen Bann gezogen. Und er wäre mir ein wertvoller Verbündeter gewesen, ganz besonders jetzt. Er wollte den christlichen, den jüdischen und den muselmanischen Glauben zu einer einzigen Religion zusammenfassen. Ich will seine Idee auf politischer Ebene nutzen.«

Carnesecchi legte seine Hände auf den Tisch und schob seinem Gast eine Schale mit getrockneten Früchten zu.

»Ihr wollt die Religionen vereinigen?«

»Das könnte sein …«

Giovanni de' Medici nahm eine in Honig eingelegte Feige und führte sie zum Mund, ohne dabei den geschockten Carnesecchi aus den Augen zu lassen.

»Jemand hat mir seine Hilfe angeboten – ein Ungläubiger. Nun, wenn wir es von seinem Standpunkt aus betrachten, sind wir die Ungläubigen.«

»Ihr wollt Euch einen Spaß mit mir machen?«

»Nein, ganz und gar nicht.«

Carnesecchi hoffte, in den Augen seines Beschützers Ironie zu lesen, konnte jedoch nur einen eisernen Willen erkennen, den diejenigen haben, die mit der Macht geboren sind und diesen Willen mit einer Selbstverständlichkeit ausüben, die dem Wahnsinn bisweilen sehr nahe kommt. Und obwohl Giovanni vielen als Hasenfuß galt, weil er das vergoldete Exil an den europäischen Höfen dem Kampf gegen seine Feinde vorzog, verfügte auch er über diesen eisernen Willen. Nicht zuletzt deshalb, weil er ein Medici war und weil er wusste, dass die Kunst des Politikmachens dem Schwert überlegen war.

»Ich stehe seit einiger Zeit mit dem Türken in Kontakt.«

»Ihr meint den Sultan von Konstantinopel?«

Giovanni nickte. Carnesecchi holte tief Luft und faltete die Hände.

»Ich glaubte, er sei Euer Feind.«

»Ein Feind ist derjenige, der uns beraubt, der uns die Freiheit nimmt, der versucht, uns zu ermorden. Ich sehe zahlreiche Feinde um uns herum, aber keinen mit einem langen Bart und einem weißen Turban auf dem Kopf.«

»Haltet ein, Monsignore, im Moment wäre ich nicht fähig, mehr zu verstehen. Aber zweifelt niemals an meiner Treue.«

Carnesecchi kniete vor ihm nieder und bat Giovanni de' Medici, seinen Kopf zu berühren. Der Kardinal lächelte über diese Bitte und Carnesecchis Akt der Unterwerfung.

»Dessen bin ich mir sicher, genauso wie ich mir sicher bin, dass du dir über meine Gesundheit Sorgen machst. Apropos, hab keine Angst, dass du dich anstecken könntest. Es sind weder die Ausdünstungen der Erde noch die Hand Gottes, die die Krankheit verbreiten, sondern die Hand der Menschen, und daher ist sie nicht so bedrohlich. Die Pestilenz sollte aber trotzdem nicht unterschätzt werden. Alles ist Teil eines großen Ganzen. Ich werde dich brauchen – dich und einen weiteren Mann, dessen Name mir genannt worden ist. Ich kenne seine Kraft, seine Ehrwürdigkeit und das Versprechen, das er jenem Grafen Mirandola gegeben hat und das er unbedingt einhalten wird. Gift kann zwar ein Leben auslöschen, Carnesecchi, aber nicht die Ideen.«

II

Ende April 1497, zwischen Careggi und Florenz

Nach den ersten Anzeichen von Schönwetter, dem reichlich Regen und kalter Wind gefolgt waren, schien der Frühling doch nicht kommen zu wollen. Auf den Hügeln von Careggi holten sich die Kinder die unreifen Mandeln mit ihren grünen und bitteren Schalen von den Bäumen und verzehrten ihre Beute fröhlich im Schutz einer Hecke oder eines Grabens. Zuweilen rissen sie auch ganze Äste ab und erzürnten so die Pächter, die schon genug Schäden in dieser Jahreszeit erlitten hatten. Eine schlechte Ernte bedeutete Hunger.

Über die Pestilenz wurde nicht geredet. Seit zwei Wochen waren Wachtrupps der Republik Florenz unterwegs, die gegen einen kleinen Obolus jeden nach Careggi durchließen, wo die Plage zuerst aufgetreten war. Regelmäßig wurde Donato Albizi, dem Ersten Offizier des Gesundheitsrates, Bericht von seinen Hauptmännern erstattet, die ihm garantierten, dass um ganz Careggi herum ein enger Sicherheitskordon gezogen worden sei, der weder Einlass noch Ausgang gewährte. Die Arkebusenschützen vertrieben sich die Zeit, indem sie auf Fasanen oder Hasen schossen, die ihren Urinstinkten folgten und sich in dieser Jahreszeit der Fortpflanzung widmeten. Wenn sie ein Huhn mit ihren Kugeln durchsiebten, musste der Hauptmann die Bauern aus eigener Tasche entschädigen, um einen Aufstand zu verhindern, und nach und nach wurde ein Schütze nach dem anderen aus der Truppe zurück in die Hauptstadt beordert. Und von seiner Kanzel in San Marco tönte Savonarola, dass die Gebete der Florentiner Gott erweicht hätten und die Pest sich durch seine Gnade ergeben habe. Aber, fügte er hinzu – das sei kein Grund, sich bereits in Sicherheit zu wiegen: Sobald die Summe der Sünden den Zorn Gottes erneut entfachen sollte, könnte die Pest jederzeit wieder ausbrechen.

Ferruccio de Mola hingegen hatte Gott, an den er nicht mehr glaubte, mehrmals gedankt. Leonora ging es gut und Zebeide, die ihre Base nicht mehr besucht hatte, ebenfalls. Um für Ruhe zu sorgen, hatte er seine Pächter von der Feldarbeit befreit, damit sie ihre eigenen Saatbeete und den noch harten, kalten Boden in Ruhe für die Aussaat vorbereiten konnten, um ihre Gemüsegärten umzugraben und die Bienenstöcke zu kontrollieren.

Einmal hatte er sich bis zum Besitz der Serristori vorgewagt und den Schaden in Augenschein genommen. Das Feuer hatte das Anwesen an mehreren Stellen beschädigt und Plünderer ganze Arbeit geleistet: Nur noch die nackten Steinmauern ragten gen Himmel. Es sah aus, als wäre eine Horde Schweizer Söldner vorbeigekommen, die mit Knüppeln und Feuerlanzen über das Haus hinweggefegt waren. Hier und da rauchte noch einer der mächtigen Dachbalken. Sobald das Gemäuer abgekühlt war, würden die Totengräber der Natur – Füchse und Hunde – das Regiment übernehmen, wusste Ferruccio.

Eben hatte die Glocke des Eremiten zur neunten Stunde geschlagen: Leonora trug Klatschmohn und Margeriten auf dem Arm. In einem Lederbeutel hatte sie duftende Veilchen gesammelt. Als Aufguss mit Orangenschalen und Honig gesüßt, würden sie im nächsten Winter ein hervorragendes Hustenmittel sein. Am Eingang des Hauses war Ferruccio stehen geblieben, um den frischen Duft der Zitronen zu genießen, die mit ihrem Gewicht bereits die Äste verbogen. Die Stimme Leonoras erklang im ersten Stock, und zwei Stufen auf einmal nehmend, stürmte Ferruccio die Treppe hinauf.

»Nun, mein Gatte, ist die Quarantäne beendet?«

»Es sieht so aus, als hätten wir nichts mehr zu befürchten«, antwortete er ihr. »Das Feuer hat alles zerstört … sogar die Soldaten sind abgezogen.«

Leonora nahm sein Gesicht zwischen ihre Hände und küsste Ferruccio auf den Mund.

»Und nun? Bist du zufrieden?«

»Natürlich bin ich das, aber ich denke auch an die Toten. Und dass es ausgerechnet die Gebete waren, die die Ansteckung aufgehalten haben sollen, kann ich nun wirklich nicht glauben.«

»Vorsicht, Ferruccio, wenn dich der Mönch hört …«

»Ah, natürlich. Für ihn hängt alles vom Willen Gottes ab, auch wenn die Kuh ein totes Kalb gebiert.«

Leonora holte einen schweren Folianten aus ihrem Schrank und schlug mit der flachen Hand darauf.

»Das ist ein Werk aus Giovanni Picos Nachlass. Es ist die Geschichte der Pestilenz in Granada und wurde von einem gewissen Ibn Al Khatub, einem arabischen Gelehrten, verfasst. Ich habe dieser Tage darin gelesen. Er erklärt in einfachen Worten, wie die Pestilenz ihren Anfang nimmt und wie die Ausbreitung vonstattengeht: Die Ratten verbreiten die Krankheit. Und sie vermehren sich dort, wo es unreinlich ist. Es ist wirklich nicht der Wille Gottes, dass die Pest umgeht, das glaube ich auch nicht.«

»Was? Du glaubst auch nicht an Gott?« Ferruccio lächelte sie an. In seinem Blick lagen Liebe und Stolz.

»Du weißt genau, was ich meine. Und da Giovanni mir das Buch überlassen hat, wollte er wohl, dass ich es auch lese.«

»Ich wünschte mir, er wäre noch unter uns.«

»Aber nicht in diesem Moment.«

Leonora stellte den Folianten zurück in den Schrank und näherte sich Ferruccio. Sein Geist war zwar noch besorgt, doch sein Körper zeigte sich offensichtlich unbeeindruckt davon. Und weil die Lust die mächtigste Medizin gegen jede Art von Schmerz ist, dirigierte Leonora ihn zu der Ottomane in seinem Studierzimmer und setzte sich rittlings auf ihn. Als sie seine Hand auf ihre Brust legte, schloss Ferruccio die Augen und beugte sich vor, um Leonora auf den Hals zu küssen. Leider blieb ihm nicht die Zeit, diesen Moment der Intimität zu genießen, denn ein Geräusch ließ ihn aufschrecken. Vor ihm stand eine zitternde Zebeide, die ihre Schürze zwischen den Händen zerknüllte. Sie keuchte wie ein Blasebalg und war ganz rot, weil sie so hastig die Treppe hinaufgeeilt war.

»Zebeide, sag mir …«

Mit einem Seufzer nahm er seine Hand von Leonoras Busen, während sie in einer Mischung aus Lachen und Scham ihr Gesicht auf seiner Brust verbarg.

»Mein Herr, eben kam ein bewaffneter Reiter an. Er gefällt mir übrigens ganz und gar nicht – er sieht mir wie ein Soldat aus. Ich habe unverzüglich die Tür geschlossen, aber er hat nicht angeklopft. Ich glaube, er ist immer noch unten, im Hof.«

Schweren Herzens stieg Leonora von ihrem Mann, damit er nachsehen konnte. Aus dem Fenster im ersten Stock sah Ferruccio eine robuste Person, die im Hof auf und ab schritt. In den Bewegungen des Mannes war keine Feindseligkeit zu erkennen, obwohl er an der Seite ein Schwert trug. Es war hervorragend gearbeitet, das erkannte Ferruccio auf den ersten Blick. Gedungene Mörder verstecken ihren Dolch unter ihrem Umhang, damit sie aus dem Hinterhalt zuschlagen können, überlegte Ferruccio. Wer sein Schwert hingegen offen zeigte, trug es hauptsächlich, um möglichen Angriffen vorzubeugen oder Missetäter abzuschrecken.

»Was wünscht Ihr, mein Herr?«, rief Ferruccio aus dem Fenster.

Der Fremde hob den Blick, drehte den Kopf nach rechts und links und schaute dann wieder zu ihm hoch. Er war aufmerksam und auf der Hut.

»Ich muss mit dem edlen Ferruccio de Mola sprechen. Ich nehme an, dass Ihr das seid, gehe ich recht?«

Um sich zu zeigen, nahm er die Kapuze seines Umhangs ab – die typische Geste eines Ritters.

»Wer seid Ihr?«

»Ich ziehe es vor, das nicht mit lauter Stimme zu sagen, mein Herr. Allerdings werde ich mich unverzüglich vorstellen, sobald Ihr mir die Gnade gewährt, eintreten zu dürfen.«

»Seid Ihr alleine?«, Ferruccio spähte über den Hof und ließ seinen Blick über die Felder schweifen.

»Wie alle Menschen auf Erden, guter Herr.«

»Warum wollt Ihr mit mir sprechen? Ich glaube nicht, Euch zu kennen.«

Der Mann hielt die Arme auf dem Rücken verschränkt und stand breitbeinig und selbstsicher da. Er schien ungeduldig zu sein, wusste sich aber zurückzuhalten. Er antwortete nicht und schaute Ferruccio direkt ins Gesicht – ohne Arroganz, aber auch ohne Furcht.

»Ich komme und öffne Euch«, rief Ferruccio und verschwand aus dem Fensterrahmen.

Seine Haltung verriet eine gewisse adlige Herkunft. Er war kein Soldat, überlegte Ferruccio, und wenn sein Pferd jemals gekämpft hatte, dann auf irgendwelchen Turnieren. Trotzdem durfte man ihn aber nicht unterschätzen. Das Leben hatte ihn gelehrt, dass es besser war, mit Bedacht vorzugehen, statt gleich das Schwert zu ziehen – für alle Fälle schnallte Ferruccio sich jedoch links ein leichtes Bohrschwert und rechts ein Stilett an den Gürtel. In engen Räumen waren solche Waffen besser als Schwerter. Er hätte sehr gut auf diesen Besuch verzichten können, genauso wie auf den verbalen Schlagabtausch, der sich ankündigte, denn sie erinnerten ihn an Zeiten, die er vergessen wollte.

Er öffnete dem Fremden die Tür, und beide Männer grüßten sich mit einem kurzen Kopfnicken. Ferruccio wies ihm den Treppenaufgang und hielt sich hinter dem Fremden – die Vorsicht warnte ihn, dem Mann nicht den Rücken zuzudrehen.

Leonora stand hinter dem Diwan und nahm die Verbeugung des Unbekannten mit kühlem Blick zur Kenntnis. Nun standen sie sich von Angesicht zu Angesicht gegenüber. Der Fremde legte seinen gefalteten Umhang über seinen linken Arm.

»Wenn ich Euch meinen Namen nenne, werdet Ihr wissen, dass Ihr mir vertrauen könnt. Gleichwohl wäre ich lieber mit Euch allein«, sagte er zu Ferruccio. Sein Ton war freundlich und ein wenig aufgeregt. Aber Ferruccio hatte keinerlei Absicht, Leonora aus dem Raum zu komplimentieren. Wenn sie den Raum verlassen wollte, dann nur aus freiem Willen.

»Meine Ehefrau ist meine engste Vertraute, und ich ziehe es vor, wenn sie aus Eurem Munde erfährt, was Ihr zu sagen habt, statt aus meinem, sobald Ihr wieder fort seid.«

Leonoras Augen verengten sich. Sie blieb zwischen den beiden Männern stehen, verschränkte die Arme auf der Brust und machte keinerlei Anstalten zu gehen. So sanft und friedlich sie war, so konnte sie sich doch plötzlich in eine stolze und entschlossene Frau verwandeln – genau wie Jaël, eine ihrer Lieblingsgestalten aus der Bibel: Die sanfte Ehefrau von Eber, dem Keniter, hatte in ihrem Zorn General Sisera ermordet, als dieser um Gastfreundschaft in ihrem Hause ersucht hatte.

»Nun, so sei es. Mein Name ist Pierantonio Carnesecchi.«

»Ich kenne Euch«, antwortete überrascht Ferruccio und zeigte mit dem Finger auf ihn. »Ihr seid Prior der Republik …«

»Ich riskiere meine Position und mein Leben, um hier zu sein. Und um Euch dies hier zu zeigen.«

Aus einem Säckchen, das er um den Hals trug, holte Carnesecchi ein kleines Schmuckstück hervor und überreichte es Ferruccio. Als er den goldenen Ring sah, erkannte er den kugelförmigen Karneol sofort. Ferruccio erbleichte, als die vergangenen Jahre in seiner Erinnerung an ihm vorbeizogen. Rom, Bologna, Urbino, all die anderen Städte und Länder. Gassen, Palazzi, Straßen. Männer, die er bekämpft und manchmal auch getötet hatte, andere, die er beschützt und verteidigt hatte. Er sah sich im Grimaldi-Kerker in Genua einsitzen und das Kentern seines Schiffes vor Neapel. Er sah den Petersdom, in dem er zum ersten Mal den einzigen Menschen getroffen hatte, den er je Bruder genannt hatte: Giovanni Pico, Graf von Mirandola. Schließlich tauchte Lorenzo der Prächtige vor seinem inneren Auge auf, dem er viele Jahre lang bis zu dessen Tod treu gedient hatte. Ein großzügiger Dienstherr und sein Erbe forderten heute eine Ehrenschuld ein, die seit Jahren tief in seinem Herzen verborgen war.

»Ich sehe, Ihr erkennt ihn und wisst folglich, wem er gehört.«

Ferruccio nickte. »Ich kannte den Besitzer. Und nur zwei seiner Erben können ihn besitzen. Ich glaube nicht, dass Euch Piero den Ring gab, also …«, Ferruccio erbebte. »Ist ihm etwas geschehen?«

»Dem Monsignore geht es bestens.« Carnesecchi legte den Akzent auf den Titel. »Und ich bringe Euch seine Botschaft.«

Ferruccio strich sich über den Bart und schaute Carnesecchi aufmerksam an.

»Ich glaubte ihn in deutschen Gefilden.«

»Monsignore de' Medici hat mir versichert, dass ich Euch wie mir selbst trauen kann. Er hält sich augenblicklich in Florenz auf, inkognito, und verlangt, Euch zu treffen.«

»Dem werde ich Folge leisten.«

Leonora erbleichte.

»Ferruccio …«

»Meine Liebste, ich bin es ihm schuldig«, sagte Ferruccio leise.

12

Erinnerungen und Erwachen

Er war zwar erst zwanzig Jahre alt, hatte aber schon einiges erlebt: Er war vor eifersüchtigen Ehemännern geflohen, hatte sich mit Falschspielern und Gaunern duelliert und wüste Schlägereien überlebt; er war gefährliche Wetten eingegangen und hatte mehr als einmal fliehen müssen. Nur um dann schließlich doch immer wieder nach Bibbona, zu seinem Großvater Paolo de Mola, zurückzukehren. Paolo de Mola war allen als Medicus und Kräutermischer bekannt. Auf den Hügeln vor der Stadt hatte er in einem Landgut ein Hospital eingerichtet, in dem Christen, Juden und Muselmanen, Häretiker und Andersdenkende ungeachtet ihres Glaubens Zuflucht finden konnten. Das Hospital war das einzige in der ganzen Toskana, das nicht auf klösterlichem Territorium lag und wo Verletzte und Kranke sich einfach nur dem Glück oder der profanen Wissenschaft anvertrauen oder zu ihrem ganz eigenen Gott um Rettung flehen konnten. Nach ihrer Genesung blieben viele von ihnen dort, um ihrerseits den Leidenden zu helfen.

Paolo war jedoch nicht nur ein hervorragender Medicus, sondern auch ein überaus fähiger Kämpfer. Von ihm hatte Ferruccio die anspruchsvolle Technik des schweren Anderthalbhänders erlernt, das er mit nur einer Hand führen konnte und das trotz der eleganten Bewegungen genauso mörderisch wie ein Seitschwert war. Auch den Gebrauch von Stöcken brachte Paolo seinem Enkel bei: Er lehrte ihn den Kampf mit dem langen Bettelstab und dem wirbelnden Kurzprügel; zeigte ihm die korrekte Anwendung eines Dolches – allein oder zusammen mit dem Schwert; aber auch Tritte, den Gebrauch der Ellbogen und besondere Griffe, die den Gegner bewegungsunfähig machten.

Weil Paolo de Mola aber in allen Dingen ein guter Lehrer war, hatte er in Ferruccio auch die Liebe zur Literatur erweckt, indem er ihm abwechselnd anzügliche Texte und religiöse Schriften der Christen, Juden und Muselmanen zum Lesen gab. Der Großvater sprach kaum über Ferruccios Eltern, und da er seine Eltern nie kennengelernt hatte, hatte Ferruccio schnell gelernt, dies auch zu respektieren.

Als Paolo de Mola spürte, dass sein Weg auf Erden zu Ende ging, brachte er Ferruccio zu einer kleinen quadratischen Kirche, die sich an der hinteren Stadtmauer des Städtchens befand. Ferruccio war erstaunt, denn soweit er wusste, war sie seit langer Zeit geschlossen, und die heilige Messe wurde in der anderen Kirche, in Sankt Ilario, gefeiert.

»Diese Kirche ist dem heiligen Jakob von Altopascio gewidmet, der die Bruderschaft des Hospitals gründete. Lies die Worte, die auf der Lünette eingemeißelt sind«, wies ihn sein Großvater an.

Ferruccio kniff die Augen zusammen und versuchte, die verwitterte Schrift zu entziffern.

»*Terribilis est locus iste* … dies ist ein schrecklicher Ort … eigenartig … und dann auch noch in einer Kirche.«

»Das ist nicht eigenartig. Es ist ein Satz aus der Bibel«, erklärte Paolo de Mola. »Aus der Geschichte vom Traum Jakobs. Du erinnerst dich: Im Traum erscheint ihm eine Engelstreppe, die von der Erde bis in den Himmel reicht, und er hört die Stimme Gottes. Als Jakob dann erwacht, errichtet er eine Stele und weiht sie mit den Worten: ›Dies ist ein schrecklicher Ort! Dies ist das Haus Gottes und die Pforte des Himmels.‹«

»Großvater, was willst du mir sagen?«

»Erst einmal, dass du dich erinnern sollst, dass ›schrecklich‹ nicht gleichbedeutend mit ›grausam‹ ist. Gott kann zwar schrecklich sein – genau wie seine Rache –, aber niemals grausam. Schau, die Treppenstufen, die wir nun hinaufsteigen: Sie sind wie die Treppe, die Jakob in seinem Traum emporstieg, an einen Ort, von dem es kein Zurück mehr gibt.«

Ferruccio wunderte sich, als sein Großvater unter seinem Leinenkittel einen großen Schlüssel hervorholte und ganz selbstverständlich das Portal aufschloss, geradeso, als wäre es seine eigene Kirche.

»Siehst du dieses Zeichen?«, fragte Paolo de Mola und zeigte seinem Enkel drei Schwerter, die keine Griffe hatten und deren Spitzen nach unten zeigten.

»Weißt du, was das bedeutet?«

Ferruccio schüttelte den Kopf.

»Es ist das Symbol der Bruderschaft des Hospitals, das dreifache Tau, das gleichzeitig auch der letzte Buchstabe des hebräischen Alphabets ist.«

»Nun weiß ich so viel wie vorher, Großvater …«

»Die drei T, oder drei Tau, weisen auf den Tempel in Jerusalem hin – den versteckten Schatz und den Ort, an dem das Wertvollste an sich verborgen ist.«

»Großvater …«, Ferruccio lächelte, »willst du mit mir scherzen?«

Paolo del Mola stemmte sich gegen das Portal, das quietschend nachgab.

»Tritt ein, mein Enkel. Und nein, ich mache keine Scherze. Nun schau dich um.«

Ferruccio sah sich um. Die Kirche hatte keinerlei Ausschmückung, die Wände waren weiß und freskenlos. Nur die Säulen waren verziert – mit floralen Symbolen und Muscheln – und auf einigen Steinplatten waren drei mysteriöse Buchstaben eingraviert: Ein »E«, ein »T« und ein »S«.

»Dies ist nun die Kirche der Tempelritter, Ferruccio, und ich bin einer der Ihren. Darum habe ich den Schlüssel.«

»Du bist ein ... Templer?« Ferruccio schaute seinen Großvater perplex an. »Aber ... die Templer sind seit langer Zeit ausgestorben!«

»Nein Ferruccio, seinerzeit sind unzählige von ihnen ermordet worden, aber nicht alle. Die Überlebenden haben sich zurückgezogen und den Orden in aller Stille am Leben erhalten. Heute würdest du sie vielleicht daran erkennen, dass sie den Weg der Gerechtigkeit und Redlichkeit, der Ehre und der Vergebung gehen. Aber es ist schwierig, sie zu erkennen, denn wir Templer wahren unser Geheimnis gut. Auch wir erkennen einander heutzutage erst nach einiger Zeit, und zwar durch das profunde Wissen, das wir alle haben. Auch die Initiation erfolgt nur in Gegenwart des Meisters und zweier Ritter, die von weither kommen und umgehend abreisen, um den Adepten allein sich selbst und seinem Gewissen zu überlassen. Ich lüfte nun ein Geheimnis, in der Hoffnung, dass du eines Tages meinen Platz einnehmen wirst.«

»Ich ... Großvater, ich weiß nicht.«

»Das hat keine Bedeutung, denn ob und wann der Moment kommen wird, hängt nicht von dir ab. Es werden deine Taten sein, die dich – vielleicht – mehr oder weniger dafür prädestinieren werden. Weißt du, die drei Buchstaben *ETS* bedeuten *Ecce Templari Sumus*: Hier sind wir Ritter des Tempels, an diesem Ort existieren wir immer noch. Nun setz dich, Ferruccio. Bevor ich an den Ort gehe, von dem ich nie wieder zurückkommen werde, ist es wichtig, dass du alles weißt.«

An diesem Tag sollte Ferruccio erfahren, wer er war, und an diesem Tag sollte sein neues Leben beginnen: Sein Großvater erzählte ihm alles über seine französischen Wurzeln, die direkte Abstammung von dem letzten Großmeister des Ordens der Tempelritter, Jayques de Molay, der auf dem Scheiterhaufen verbrannt worden war; die Flucht der Hinterbliebenen nach Italien; die Italienisierung des Nachnamens in de Mola; die Erhaltung der Templertraditionen in dem verlassenen Ort in der Toskana. Und weiter: Die Verfolgungen, die nie aufhörten, bis zur Ermordung seiner Eltern durch unbekannte Meuchelmörder – Männer, denen es egal war, ob das Geld vom König Frankreichs, dem Papst oder Mohammed II. kam – so zahlreich waren die Feinde der Tempelritter. Und schließlich noch die Lebensgeschichte des Großvaters selbst, dem Meister des Ordens. An diesem Tag und mit diesem Wissen verlor Ferruccio seine jugendliche Unbekümmertheit. Paolo de Mola sollte mit fortschreitender Krankheit noch zwei weitere Jahre leben, und Ferruccio begann, sich schwarz zu kleiden und seine Gefühle ebenso zu verbergen wie seinen Namen, obwohl der Ruhm seines Schwertes ihm von Ort zu Ort vorauseilte. Als der Moment gekommen war, dem Herrn seine Seele zu übergeben, gab ihm sein Großvater einen Ring, verbunden mit der Bitte, ihn dem Prächtigen zu überbringen. Dieser hatte den Orden der Templer unter Missachtung der päpstlichen und königlichen Regeln und Gesetze beschützt und den Rittern nicht nur erlaubt, das Hospital zu gründen, sondern es sogar finanziert. Ferruccio beugte sich dem letzten Willen seines Großvaters und vollzog den letzten Schritt: die Reise an den florentinischen Hof, die Übergabe des Rings und die freiwillige Unterwerfung dem einzigen Menschen gegenüber, in dessen Schuld er stand und dem er sich verpflichtet fühlte.

In einem Lidschlag zog sein Leben an ihm vorbei, und als Ferruccio wieder bei sich war, hatte er seine Entscheidung bereits getroffen. Als er die Blicke Leonoras sah, die das Kinn reckte und ihre Tränen herunterschluckte, schienen die Steinmauern ihres Hauses in Staub zu zerfallen.

»Wo und wann?«, fragte Ferruccio Carnesecchi.

»An einem sicheren Ort«, antwortete dieser. »Und er weist Euch an, die Messe zu besuchen, die der Mönch in Santa Maria degli Angeli halten wird. Er wird die Kutte der Dominikanermönche tragen und sich im hinteren Teil der Kirche bei der neuen Statue des heiligen Markus aufhalten. Die Kirche ist klein, und es wird ein dichtes Gedränge herrschen: Niemand wird Euch also beachten, weder ihn noch Euch. Und nun werde ich mit Eurem Einverständnis nach Florenz zurückkehren und dem Monsignore Bericht erstatten. Natürlich nur, wenn es Eurer Magd beliebt, mich nun ziehen zu lassen – wenn sie mir schon keinen Einlass gewährte.«

Leonora ließ Ferruccio alleine in seinem Studierzimmer zurück und schloss die Tür hinter sich. Dieser Mann, der ihre Idylle gestört hatte, hatte etwas Beunruhigendes an sich. Einerseits fühlte sie sich in ihre Vergangenheit zurückkatapultiert, in der sie ihre Seele von ihrem Körper abgetrennt hatte und Tag für Tag ein Stück von ihm verkaufen musste, um zu überleben. Andererseits fühlte sie sich von einem schrecklichen Sturm, dem sie nie hätte standhalten können, an einen tiefen Abgrund gedrängt.

Verrücktheiten einer Frau, hätte ihr alter Beichtvater dazu gesagt. Aber konnte es nicht auch anders sein? Immerhin besaß sie ein Bewusstsein, das ihr erlaubte, hinter die Realität zu blicken, Dinge zu spüren und zu verstehen, die ein Mann nur sah, wenn er sie direkt vor sich hatte. Giovanni Pico hätte gesagt: Das, was da in dir wirkt, ist die schöpferische Mutter, das Wesen, das allem seinen Ursprung gab und von dem du als Frau noch einen Funken in dir trägst. Es ist das antike Wissen, ein Zeichen *ihrer* Anwesenheit, eine Gabe, die es dir ermöglicht, in die menschliche Natur hineinzublicken. In diesem Moment hörte sie die Stimme von Giovanni Pico, die sie beruhigte, aber gleichzeitig auch ermahnte. Zu einem späteren Zeitpunkt würde sie sich Ferruccio anvertrauen – aber nicht jetzt, denn hierfür – wie für alles – gab es einen richtigen Moment. Jetzt aber war der Moment gekommen, erst einmal für sich alleine zu bleiben.

13

Istanbul, Serailpalast, Thronsaal, 1. Mai 1497

Bayezid II., der Sohn von Mohammed dem Eroberer, hatte in seinem Thronsaal die Botschafter der verschiedenen Länder um sich geschart. Während sein Vater sich den kämpferischen Islam auf die Fahne geschrieben hatte, würde man sich an ihn jedoch als Friedens- und Wohlstandsbringer erinnern. Er liebte es, den heiligen Pentateuch mit dem Satz zu umschreiben: So, wie es den richtigen Moment zum Sterben und den richtigen Augenblick zum Leben gibt, so gibt es für jeden Menschen auch die rechte Zeit zum Kämpfen und die Stunden, die den Künsten gewidmet sind. Der heutige Tag würde der sakralen Musik und seinen Geburtstagsfeierlichkeiten gewidmet sein, die in diesem Jahr mit dem ersten Tag des Ramadan zusammenfielen. Die Zeremonie hatte noch nicht begonnen, und eine buntgemischte Menschenmenge, wie sie unterschiedlicher nicht hätte sein können, bevölkerte den Saal. Ada Ta und Gua Li traten in farbenprächtiger Bekleidung ein und wurden von neugierigen Blicken begrüßt. Als Ada Ta sich von ihr entfernte, kam Gua Li sich verloren vor – aber Männer und Frauen mussten voneinander getrennt sein, so schrieb es das Protokoll vor. Sie fand sich in einer Ecke neben einer hochgewachsenen, würdevollen Frau wieder, deren Augen mit einem kleinen schwarzen Schleier bedeckt waren. Sie trug einen mit roten Halbmonden verzierten Damast-Hidschab, der von ihrem Kopf bis zu den Schultern reichte.

Ada Ta hatte nicht so viel Glück – er musste in die erste Reihe und stand schließlich direkt vor dem Thron. Dieselbe Ehre war auch den schärfsten Widersachern des Sultans zuteil geworden, den Venezianern, die mit ihrem lauten Geplapper gegen die Hofetikette verstießen.

Antonio Grimani, der Gesandte der Serenissima, wandte sich zum hundertsten Mal an seinen Nachbarn.

»Wann endet die Zeremonie?«, erkundigte er sich ungeduldig.

»Exzellenz«, flüsterte ihm Sebastiano Barbarigo geduldig zu, »wir sind erst am Anfang. Der Muezzin des Sultans hat gerade die zehn Verse aus dem Koran deklamiert.«

»Und diese Trommeln, was bedeuten sie? Sie werden doch etwa keine Verurteilten aufhängen, oder? Ich sehe keine Galgen.«

Sebastianos Onkel, der Doge Agostino, hatte ihn gebeten, freundlich zu dem alten, bornierten Mann zu sein, der einer der wenigen gewesen war, welche die gefährliche Position eines Legaten der Republik in Istanbul bekleideten. Die Beziehungen des Sultanats zu Venedig hatten sich in den letzten Jahren verschlechtert. Sultan Bayezid II. war über das Verhalten seines Vorgängers ungehalten, denn seine chiffrierten Depeschen, in denen Komplotte gegen den Sultan geschmiedet wurden, waren regelmäßig abgefangen worden. Deshalb hatte der Herrscher den venezianischen Gesandten vor einiger Zeit ausgewiesen. Um den Handel zu fördern und einen Krieg mit ungewissem Ausgang zu vermeiden, wäre es jedoch von Vorteil für ihn, die guten Beziehungen so weit wie möglich zu erhalten. Die Gebiete um Bulgarien, Thrakien und Mazedonien, welche durch die jüngsten Eroberungen seines Vaters direkt an die christliche Welt grenzten, waren alles andere als sicher.

»Wir befinden uns nicht in Venedig, Eure Exzellenz«, antwortete ihm Barbarigo. »Im Serailpalast wird niemand gehängt. Die Trommeln kündigen nur den Einzug der Tänzer an. Schaut nur, jetzt treten sie ein.«

Ada Ta hörte dem Gespräch der beiden Männer nicht mehr länger zu, sondern richtete seine gesamte Aufmerksamkeit auf den Einzug der Tänzer. Aus einer Ney, einer langen Hornflöte, ertönte eine weiche Melodie. Grimani schnaubte ungeduldig, und Barbarigo war erneut gezwungen, ihn zu tadeln.

»Verzeiht, Exzellenz, aber es handelt sich hier um eine heilige Zeremonie. Der Klang der Ney symbolisiert den göttlichen Odem, der allen menschlichen Kreaturen ihr Leben einhaucht.«

»Und die da, tanzen die jetzt endlich? Mit dem Umhang?«

Ohne die Blicke von den Tänzern zu wenden, wandte sich Ada Ta an den adligen Venezianer.

»Nein, Eure Exzellenz. Der schwarze Umhang steht für die Ignoranz der Materie. Darunter tragen die Tänzer ein weißes Hemd – das einem Leichentuch gleich – das Symbol des Lichtes und des Todes darstellt.«

Grimani sah den Fremden überrascht an und fasste sich ans Gemächt – so wie immer, wenn er zur Messe ging und das Wort *Tod* ausgesprochen wurde. Barbarigo warf dem unbekannten Gast mit den orientalischen Gesichtszügen einen verschwörerischen Blick zu. Endlich beendete der Musiker sein Spiel, und der Meister, den man an seinem grünen Turban erkennen konnte, breitete seine Arme aus, als wollte er alle Anwesenden umarmen.

»Komm«, rief er und hob seinen Blick gen Himmel. »Wer du auch sein magst, komm! Bist du ein Ungläubiger, ein Götzendiener oder ein Heide? Komm – unser Ort ist kein Ort der Verzweiflung, auch wenn du hundertmal ein Versprechen gebrochen hast, komm nur in unsere Mitte!«

»Und jetzt«, fuhr Ada Ta in seinen Ausführungen fort, »wird er den braunen Filzhut der Tänzer küssen, der den Grabstein symbolisiert.«

Grimani fasste sich erneut in den Schritt und erbleichte. Während der Meister auf einem roten Ziegenfell Platz nahm und mit den Händen auf den grünen Marmorboden klatschte, liefen die Tänzer an die Längsseite des Saales, warfen ihre Umhänge ab und klatschten ebenfalls mit den Händen auf den Boden. Der Tanz begann.

Wie die Planeten um die Sonne, so kreisten die Tänzer wie ein Kreisel auf ihrem linken Fuß herum, ohne ihn vom Boden zu heben. Sie breiteten ihre Arme aus, und die rechte Handfläche zeigte gen Himmel, auf dass die Himmelskräfte durch sie hindurchfahren konnten, um sich dann durch die linke, dem Boden zugewandte Handfläche in die Erde zu entladen. Gott war in ihnen, das spürte man, und durch den wirbelnden Tanz gerieten die Derwische in eine mystische Ekstase. Das rhythmische und unerbittliche Schlagen der Davul, der Trommel aus Ziegenhaut, wurde so lange von der weichen und harmonischen Melodie der Ney versüßt, bis die jüngsten Derwische zu Boden fielen. Als der letzte Tänzer stürzte, erhob sich Bayezid II. und lächelte. Er trug die Farben des Islam: einen bodenlangen grünen, mit Goldfäden durchwebten Kaftan und eine schwarze Soutane, die mit wertvollem Hermelin ummantelt war. Auf dem weißen ausladenden Dulbend wiegte sich ein Aufsatz aus feinstem schwarzem Pferdehaar, der von einer Schnalle gehalten wurde, auf der ein riesiger Rubin saß.

»*Bismillak ar rahmani ar rahim*, im Namen Gottes, dem Gnädigen und Barmherzigen«, betete Bayezid. »Friede und Segen allen Anwesenden und dem Propheten Mohammed, gepriesen sei Sein Name. Es ist mir eine Freude, denen zu verkünden, die noch nicht das Glück hatten, den Glauben erfahren zu dürfen, dass der Islam nicht nur Gehorsam und Unterwerfung unter den Herrn, unseren Gott, bedeutet, sondern auch für Frieden steht. Der Gesandte Gottes, Mohammed – Frieden und Segen sei mit ihm –, befahl uns, den Friedensgruß zu verbreiten und die Gäste zu ehren: Männer, verbreitet den Frieden, sprach er, gebt Nahrung, besucht die Verwandten und betet bei Nacht, wenn die Menschen schlafen. So werdet ihr Frieden finden und in das Paradies eintreten.«

Bayezid berührte flüchtig mit der rechten Hand sein Herz und die Lippen und neigte leicht den Kopf. Damit war die Zeremonie offiziell beendet, und der Sultan bereitete sich darauf vor, von den Anwesenden seine Geburtstagsgeschenke entgegenzunehmen. Schon bildeten sich die ersten Grüppchen, und die Vertreter der Regierungen und Handelsgilden nutzten die Gelegenheit, um über Geschäfte zu plaudern: So mussten sie sich nicht die Blöße geben und um separate Audienzen bitten. Gua Li konnte sich zwischen den Männern zu Ada Ta durchschlängeln.

»Ich glaube nicht, dass der Sultan heute Zeit haben wird, mich anzuhören.«

»Der Fisch entscheidet, wann er anbeißt – und erst dann ist es am Fischer, an der Leine zu ziehen. Beobachte gut, meine Tochter, wie schwach die Macht ist und wie sie immer wieder erneuert und ausgeübt werden muss. Die Kuh schreit, wenn ihr niemand das Euter leert.«

Als Erste näherte sich dem Sultan die Frau mit dem schwarzen Schleier und den roten Halbmonden. Während Gua Li neben ihr stand, hatte sie die ganze Zeit einen unangenehmen Geruch, verfaulten Pilzen gleich, wahrgenommen.

»Das ist Faiza Valide, Bayezids Ehefrau«, flüsterte ihr Ada Ta zu. »Sie ist eine tscherkessische Prinzessin.«

Als sie sich vor ihrem Gatten verbeugte, klimperten die vielen Goldringe ihres Hidschabs. Die öffentliche Ehrerbietung gehörte zu ihren religiösen Pflichten als Ehefrau. Sie war im Serail als die gläubigste Muselmanin bekannt und befand sich immer in Begleitung eines riesigen Eunuchen, der auf Schritt und Tritt eine Miniaturausgabe des Korans bei sich trug. Eine kleine Handbewegung von ihr – und er las eine der hundertfünfzig Suren, die er nach dem Zufallsprinzip aussuchte, damit sich der Wille Allahs – wie er an jenem Tag oder zu jener Stunde auch immer sein mochte – manifestiere.

Vor aller Augen deutete Bayezid eine Geste an, um ihr Gesicht zu berühren, doch Faiza wich zurück.

»Warum verhält sie sich so?«, flüsterte Gua Li Ada Ta zu.

Dieser hielt seine Hand vor den Mund, damit niemand ihre Worte hören konnte.

»Bayezid, der Gerechte, hat ihren Vater umgebracht, dessen Lieblingstochter sie gewesen war. Und so hat er sich den Thron geholt.«

»Woher weißt du diese Dinge?«

»Ich stelle Fragen, so wie du.«

Faiza spürte, dass alle Blicke auf sie gerichtet waren – umso stolzer war sie auf ihre Geste. Es war ihr heiliges Recht und vom Propheten gestattet, sich nicht von ihm berühren lassen zu müssen. Durch den Mord an ihrem Vater war ihr Gatte zu einem Kafir, einem Ungläubigen, geworden.

Als sie zurückwich, gelang es dem Großwesir Abdel el-Hashim, sich dem Herrscher zu nähern. Der Wesir kniete zu Bayezids Füßen und küsste den Saum seines Gewandes. Dann waren die Söhne des Sultans an der Reihe, die sich vor ihrem Vater auf den Boden warfen, der jedoch nur einige von ihnen erkannte. Von der endlosen Prozession müde und gelangweilt, setzte sich Bayezid auf den imposanten Baldachinthron, der mit wertvollen Edelsteinen und Gold- und Perlmuttintarsien bedeckt war. Über seinem Haupt hing an einer Seidenkordel ein riesiger grüner Smaragd, der durch die

Luftbewegung sanft hin und her pendelte, um den Sultan von oben mit göttlichen Strahlen zu segnen.

»Das ist das Symbol des Islam.« Ada Ta deutete mit einer Kopfbewegung in Richtung Baldachin. »Jeder, der es wagt, sich dem Stein zu nähern, riskiert seinen Kopf.«

Seine Worte veranlassten Gua Li, sich zu einem Janitscharen umzudrehen, der nervös am Knauf seines Krummsäbels herumspielte. Die Eleganz seiner Kleidung – die prächtigen Pluderhosen und die breite Bauchbinde aus Seide – wies ihn als Hauptmann der Solak aus, der persönlichen Leibgarde des Sultans.

»Ich rieche den Geruch des Todes.«

Gua Li klammerte sich an seinen Arm, und Ada Ta schloss für einen Moment die Augen. Vor ihnen deutete Antonio Grimani eine unbeholfene Verbeugung an. Die gesamte christliche Delegation tat es ihm gleich. Die violetten Beinlinge aus Samt waren schon an diversen Stellen abgewetzt, bemerkte Bayezid und sah, als er den Blick weiter nach oben schweifen ließ, die goldene Kette des San-Giovanni-Ritterordens, die Grimani über dem einfachen, kurzen Mäntelchen trug – das Symbol seiner grimmigsten Feinde. Ohne dieses Ornament um den Hals wäre ihm der adelige Venezianer wie ein ganz normaler Bittsteller erschienen, dem er den Zakat, ein freiwilliges Almosen und dritte Säule des Islams, gewährt hätte. Der Sultan ließ sich einen frischen Orangensaft bringen, an dem er ohne Eile nippte. Ergeben wartete der Diener zu seinen Füßen. Auf ein Zeichen des Sultans würde er den Rest des Getränks zurück in die Küche bringen und den Rest heimlich austrinken. Und ansetzen würde er genau an der Stelle, die von den Lippen des großen Vaters berührt worden war.

Am Schluss trat die jüdische Delegation vor. Seitdem Bayezid den aus Spanien verjagten Sepharden Gastfreundschaft und Arbeit in seinem Land gewährt hatte, waren in Istanbul mehr als einhunderttausend Juden gelandet. Sie lebten streng unter sich in eigenen Stadtteilen, kleideten sich eigenartig, trugen eine seltsame Haartracht und sahen, bis auf wenige Ausnahmen, wie Lumpensammler aus. Vielleicht wollten sie nicht auffallen, ein Verhalten, das nach ihrer Diaspora nur allzu verständlich war. Die strengen Katholiken Fernando und Isabella von Spanien hatten sie damals all ihrer Besitztümer beraubt, und die Juden waren seinerzeit arm und hungrig in Istanbul gestrandet. Aber sie waren auch Handwerker, und das Finanzwesen und der Handel hatten sich dank ihrer Fähigkeiten wirklich gut entwickelt. Ihr Status als Schutzbefohlene des Sultans erlaubte ihnen, in Frieden zu leben, solange sie den Dschizya, den gerechten Tribut, zahlten, keine Waffen trugen und nicht gegen Muselmanen Zeugnis ablegten. Ansonsten war ihnen gestattet, nach ihren eigenen religiösen Bräuchen zu leben. Wer diesen Pakt verletzte, »werde nicht einmal den Duft des Paradieses wittern«, hatte der Große Prophet gesagt – und genauso stand es im alten Hadith geschrieben.

Bayezid betrachtete Jehudà Caro, den Vorsitzenden der jüdischen Gemeinschaft. Trüge er nicht diese Haartracht und das weiße Käppchen, so würde der alte Rabbi auch als weiser Ulama durchgehen, dachte er und hoffte inständig, dass Caros Redefluss wenigstens heute ein wenig gebremst wäre – er war nämlich auf einen Neuzugang im geheimsten Teil seines Harems neugierig.

»Großer Sultan *Baiazet*, unser Gott sendet dir alle guten Wünsche und seinen Segen für den heutigen glückseligen Tag deiner Geburt.«

Obwohl Jehudà Caro die heilige Sprache des Propheten – gepriesen sei Sein Name – ohne Kadenz sprach, hatte er noch immer nicht gelernt, den Namen seines Herrschers korrekt auszusprechen.

»Auch unsere Gemeinschaft, die du bewahrst und beschützt, möchte dir ihre Verehrung bekunden und durch mich, ihren bescheidenen Diener, ein Geschenk überbringen. Es wurde von unseren besten Goldschmieden gearbeitet, und wir bitten dich, uns die Ehre zu erweisen, es anzunehmen.«

Bayezid vergaß umgehend die falsche Aussprache seines Namens, denn was er sah, war überwältigend. Das, was der Jude in der Hand hielt und ihm unterwürfigst darbot, war eine perfekte Miniatur der christlichen Hagia-Sophia-Basilika. Sie war zu schön gewesen, und man hatte sie nicht abgerissen. Nun wurde sie Große Moschee genannt – größer war nur noch die in Mekka. Auf einer Basis aus Smaragden umschlossen vier kleine, aus feinstem Alabaster gearbeitete Minarette ein Mosaik aus Granatsteinen, die den roten Steinen des Originals nachempfunden waren. Über dem Ganzen thronte ein Dach mit Ziegeln aus Obsidianen. Sogar die bunten Glasfenster der Moschee mit den Bleivoluten waren mit filigranem Gold imitiert worden. Die jüdischen Goldschmiede hatten dem türkischen Sultan, der sie so großmütig aufgenommen hatte, in monatelanger Arbeit ihre Kunstfertigkeit und Dankbarkeit beweisen wollen.

Jehudà Caro schwitzte unter dem Gewicht der wertvollen Gabe und atmete erleichtert auf, als Bayezid seine Arme ausstreckte, um das Geschenk entgegenzunehmen. In diesem Moment sprang der Hauptmann der Janitscharen, Ibn Said, über die Körper der Derwische und riss den alten Jehudà Caro brutal zu Boden. Zugleich zog er einen Krummdolch aus seinem Ärmel und stürzte sich auf den Sultan. Sein Schrei hallte durch den ganzen Saal.

»Tod dem Kafir! *Allah Akbar*! Allah ist groß!«

Wortlos ging Ada Ta in die Knie und stieß geschickt seinen Stock zwischen die Füße des Janitscharen, sodass dieser das Gleichgewicht verlor und in seine eigene Klinge stürzte.

Bayezid hatte der Szene regungslos beigewohnt und war über die Beleidigung seines Königreiches eher überrascht als verärgert. Entsetzt starrte er auf die Miniatur. Eines der Minarette war zerbrochen, und ein paar der zierlichen Obsidianziegel waren vom Dach gefallen und auf der Maserung des Marmorbodens nicht mehr aufzufinden. Ada Ta war flink auf seinen Platz zurückgekehrt und überließ es den Wachen der Garde, sich um den verletzten Attentäter zu kümmern. In manchen Situationen riskierte auch der, der im Recht war, mit dem Bösewicht verwechselt zu werden. Gua Lis Herz begann wieder zu schlagen. Im ersten Moment hatte sie schon Ada Ta vor sich gesehen – mit dem Attentäter verwechselt und erschlagen.

Es schmerzte den Sultan, als er sich bewusst wurde, dass der Attentäter sein treuer Ibn Said war, und zugleich verblüffte es ihn, dass Ibn Said just diesen Moment ausgesucht hatte, um ihn umzubringen – er hatte so viele Gelegenheiten gehabt. Offenbar war es ihm aber darauf angekommen, Aufsehen zu erregen und für Aufruhr zu sorgen. Hätte dieser fremde Mönch nicht interveniert, wäre er heute mit seinem toten Vater wiedervereint worden. Und es stünde nicht zu erwarten, dass der Alte sich friedfertig zeigte und nicht noch immer auf Rache sann – trotz der zweiundsiebzig Jungfrauen, an denen er sich in den letzten Jahren im Paradies hatte erfreuen dürfen.

Bayezid näherte sich seinem Angreifer und kam Ibn Said so nah, dass er dessen schweren Atem spüren konnte, als einer der Soldaten dessen Kopf an den Haaren hochriss. Ibn Saids Blick war voller Hass, ohne den Hauch eines Bedauerns oder der Bitte um Gnade. Bayezid drehte ihm den Rücken zu. Ibn Said war bereits ein toter Mann, das wusste er selbst am besten. Seine eigenen Männer würden ihn mit den raffiniertesten Foltermethoden, die sie meisterhaft beherrschten, zwingen, den Namen seiner Auftraggeber zu verraten. Über dem Saal lag Totenstille, die nur durch die holprige Stimme des Großwesirs unterbrochen wurde.

»*Subhana Rabby al-'alaa*!«, schrie er. »Der Herr sei verherrlicht, unser Höchster! Unser Sultan ist in Sicherheit!«

»*Amin! Allahu Akbar!* Allah ist groß!«, riefen alle aus, einschließlich der Juden und Italiener.

Umgehend befahl der Großwesir den Wachen, den Attentäter mit ausgestreckten Armen auf die Knie zu zwingen. Er griff nach einem Krummsäbel und stellte sich neben ihn. Die Klinge erhob sich und – einen Augenblick im Licht glänzend – sauste sie auf den Hals des Attentäters nieder: Der Kopf Ibn Saids rollte vor Ada Tas Füße. Es war der Großwesir, der den noch bluttriefenden Kopfe ergriff und demonstrativ in die Höhe hielt.

Bayezid warf dem Großwesir einen erstaunten Blick zu, der zu fragen schien: Warum hast du das getan?

»Das ist die *Shari'a,* mein Sultan.« Abdel el-Hashim senkte den Blick und überreichte den Wachen den Kopf. »Er hat es gewagt, die Hand gegen Euch zu erheben, und dafür hat er den Tod verdient. Vor Allah und allen hier anwesenden Ungläubigen durfte er nicht am Leben bleiben. Sollte Euch meine Geste betrübt haben, so bitte ich um Verzeihung, mein mächtiger Herr.«

Der Legat Grimani wandte sich schadenfroh an Barbarigo. »Ihr hattet recht, sie hängen hier wirklich niemanden – sie schlagen ihnen nur die Köpfe ab.«

Während Barbarigo nach Worten suchte, um dieses ironische Grinsen von Grimanis Mund zu vertreiben, begann Faiza Valide, die Frau des Sultans, einen *Zaghareet* anzustimmen: den Schrei der Freude und gleichzeitig eine Aufforderung an alle muselmanischen Frauen und Mädchen, es ihr gleichzutun. Sobald der durchdringende Ton des vielstimmigen *Zaghareet* aus dem Saal drang, stimmten die Frauen in den Gärten, Küchen und Frauengemächern mit ein, und in kürzester Zeit wurde der gesamte Serailpalast davon erfasst. Das *Zaghareet* durchdrang die Mauern, erklang in den Straßen und Häusern, und jede Frau, auch ohne den Grund zu kennen, schnalzte schnell mit ihrer Zunge gegen den Gaumen und wiederholte ihn ohne Unterlass, bis ganz Istanbul von dem Echo der Rufe erfüllt war.

14

Istanbul, 5. Mai 1497, Serailpalast, im Harem

Der Janitschare pikte seinem Kameraden, der es geschafft hatte, im Stehen einzunicken, mit der Lanzenspitze in den Bauch. Dieser ging unverzüglich in Habachtstellung und – nachdem er nach rechts und links geschaut hatte – warf seinem kichernden Kameraden einen bösen Blick zu. Als er jedoch begriff, was dieser ihm bedeuten wollte, verstand er, warum ihn sein Gefährte geweckt hatte: Im zarten Licht des Morgengrauens war der verrückte Fremde wieder in Aktion.

»Schau, Kamil, gerade hat er Blumen und Kräuter verzehrt. Vielleicht hält er sich für eine Ziege?«

»Für mich ist er ein Dämon, ein Drakul.«

Kamil spuckte sich dreimal über die linke Schulter.

»*Audu billah mina schaitani ar rajim*. Auf dass die Barmherzigkeit mich beschützen möge!«

»Wenn der Imam dich hört, was du da für Zeugs betest, wird er dir die Eier abschneiden. Denk daran, dass die Christen und Juden von ihrem Aberglauben befreit werden, wenn der Prophet Jesus zurückkommt. Die muselmanische und die christliche Welt werden sich zu einem einzigen Glauben vereinigen; und es wird eine Zeit des Friedens, der Sicherheit, der Glückseligkeit und des Wohlstands anbrechen. Doch wenn du dich weiterhin so benimmst, wirst du in die Hölle gestürzt werden – so, wie es der Prophet Jesus sagt.«

»Ja, ja, du hast immer recht, Yasar, aber zur Zeit König Basarabs trug mein Großvater den Kopf des großen Drakul auf seiner Lanze aufgespießt, und als er nach Hause kam, waren alle Kühe tot und ...«

»Und deine Großmutter war mit dem einzigen Esel geflohen. Das hast du mir schon hundertmal erzählt, Kamil.«

»Es war die Macht Drakuls.«

»Vielleicht war es ja deine Großmutter, die sich mit dem Esel verlobte ...«

»Nimm dich in Acht, Yasar, fordere mich nicht heraus!«

»Warte, schau nur, was er jetzt macht – von wegen Drakul!«

Ada Ta hatte seine Arme über seinem Kopf kreisen lassen und dann die Handflächen im Gebet vor der Brust zusammengeführt. Mit dem letzten Armkreisen war er bis auf den Boden gekommen und machte auf jeweils drei Fingern seiner rechten und linken Hand einen Handstand. Doch damit nicht genug: Er vollführte in atemberaubendem Tempo drei Handstandüberschläge und landete schließlich im Kopfstand. Die beiden Soldaten sahen ihm mit offenstehenden Mündern zu, wie er wieder auf die Füße sprang, seine Arme eng an den Körper presste und wie ein Frosch zu hüpfen und dazu seinen Stab zu schwingen begann. Er wirbelte ihn so schnell von einer Hand zur anderen, dass Kamil und Yasir nur noch einen magisch wirbelnden Luftkreisel sahen.

Als er seine Übungen beendet hatte, ging Ada Ta auf die beiden Wachen zu, die ihn, obwohl mit einem Stab bewaffnet, entgegen jeder Vorschrift näher kommen ließen.

»Yasar ist sehr weise«, sagte Ada Ta zu Kamil. »Ich glaube jedoch, dass es erst den wahren Frieden geben wird, wenn alle Menschen aufhören zu glauben, dass ihr Gott der Einzige ist. Das würde bedeuten, dass der Hecht erst alle anderen Fische im Teich fressen müsste, um Frieden zu haben. Die Vielfalt der Arten ist besser als nur ein einziger Gewinner und mit ihr das Gleichgewicht. Gerade das Gleichgewicht ist wichtig.«

Vor ihren Augen begab sich der Mönch mit extremer Langsamkeit in einen Kopfstand, zuerst auf zwei Händen, dann auf einer Hand, und schließlich balancierte er nur noch auf einem Daumen. Kamil traute seinen Augen nicht.

»Das ist Magie. Schwarze Magie.«

Ada Ta stand auf.

»Die Magie ist das, was wir nicht für möglich halten, solange wir es nicht ausprobiert haben. Wenn du es selbst versuchst, wirst du schnell merken, dass dies hier keine Magie ist. In den Bergen, aus denen wir kommen, tun viele solche Dinge.«

»Wie ist das möglich?«, fragte Yasar.

»Hast du noch nie einen Esel fliegen sehen?«

»Nein, niemals. Esel fliegen nicht.«

»Ganz richtig. Du kennst Esel, und manchmal bist du mit ihnen zusammen.« Ada Ta lächelte. »Aber stell dir vor, du hättest noch nie einen Esel zu Gesicht bekommen, und man würde dir erzählen, dass Esel fliegen können – du würdest nicht mit Sicherheit wissen können, dass die Aussage falsch ist.«

Der Mönch legte die Handflächen aneinander und entfernte sich. Er ging zu den beiden Zimmern, die ihnen der Sultan im Palast zugewiesen hatte, obwohl er sich noch nicht dazu bequemt hatte, sie zu empfangen.

Gua Li saß am Tisch, vor sich Platten mit Bergen von Süßspeisen. Neben ihr stand ein befriedigter Ahmed. Die junge Frau nahm ein Konfekt, das wie eine Rose aussah, und steckte es sich in den Mund. Eine Explosion aus Walnüssen, Haselnüssen, Pistazien und Zitrone erfüllte ihren Gaumen. Gua Li seufzte glücklich und griff nach einem zweiten Konfekt, das die Form einer Pyramide hatte: Ein intensiver Duft nach Sesam stieg ihr in die Nase, und sie schnitt eine kleine Grimasse, als sie probierte.

»Ihr habt recht, das *Halva* ist zu süß.« Der Mann nahm es

ihr vorsichtig aus der Hand. »Das *Baklava* mag der Sultan am liebsten. Man sagt, es habe aphrodisierende Kräfte.«

Ada Ta trat zu den beiden.

»Auch der Wurm in einem Apfel kann aphrodisierend sein, wenn der Verstand sich dies einredet. Aber diese Süßspeise sieht zugegebenerweise weitaus appetitanregender aus als ein Wurm.«

»Der Prachtvolle verlangt nach Euch.« Ahmed verschränkte die Arme vor der Brust. »Und er wollte, dass ich Euch diese Süßspeisen bringe, als Entschuldigung für die lange Wartezeit.«

»Das Warten erscheint lang, wenn es unangenehm ist«, antwortete Ada Ta, »während die Zeit nur allzu schnell vergeht, wenn sie angenehm ist.«

»Wollt Ihr mich bitte begleiten?«

Gehorsam folgten Ada Ta und Gua Li Ahmed und verließen den Garten. Über ihren Köpfen schrie ein Falke. Gua Li beobachtete, wie das Tier seine Kreise zog, um eine Beute auszumachen, auf die es sich stürzen könnte. Ahmed ging voraus bis zu einer Gittertür, die mit Blumen und schwarzem Stacheldraht aus Eisen verziert war und von zwei Eunuchen bewacht wurde.

»Ich darf den Harem nicht betreten«, sagte Ahmed.

Er zeigte auf Ada Ta, und Gua Li erschauerte.

»Euch hingegen hält der Sultan nicht für eine Bedrohung. Er erwartet deshalb Euch beide in seinen Privatgemächern, wo Ihr vor neugierigen Augen und Ohren geschützt seid.«

»Das Vertrauen des Beschützers von Mekka und Medina wird nicht enttäuscht werden.« Der Mönch legte seine Hände zusammen.

Der Sekretär des Sultans lächelte und befahl den Wachen, die Gittertür zu öffnen. Eine Frau in nachtfarbener Burka geleitete sie stumm durch ein Labyrinth aus weißen Gängen. Vor einer Flügeltür, in deren Holz Verse des Korans geschnitzt waren, blieb sie stehen, verneigte sich und öffnete die Flügel. Ada Tas und Gua Lis Blick fiel als Erstes auf Würdenträger des Hofes, die sich gerade verneigten und mit raschelnden Seidenstoffen an ihnen vorbeihuschten und sie dabei streiften. Zwei junge Frauen in seidenen Pluderhosen saßen auf großen Kissen zu Füßen des Sultans. Ein dünner Schleier verhüllte ihre Nasen und Münder, ließ aber ihre grün geschminkten Augen frei. An ihren Füßen glitzerten goldene Fußkettchen mit Glöckchen. Bayezid lächelte.

»Wenn ein Gast freiwillig der Sunna folgt, wird das Lächeln Allahs an diesem Tag besonders strahlend sein.«

Gua Li verneigte sich leicht.

»Und an diesem Tage«, antwortete Ada Ta, »wird jeder das bekommen, was er verdient: An diesem Tag wird es keine Ungerechtigkeit geben. Allah rechnet geschwind ab.«

Der Sultan öffnete die Arme und hob sie gen Himmel. Die Ärmel seiner langen weißen Brokattunika bewegten sich dabei wie die Schwingen eines Schwans hin und her.

»Unser Gast kennt nicht nur unsere Sprache, sondern auch die vierzigste Sure, Al-Ghafir – die des Vergebenden. Schade, dass ich sie während unseres letzten Treffens nicht anwenden konnte.« Bayezid seufzte. »Aber darüber möchte ich heute gar nicht mit Euch sprechen. Ich stehe in Eurer Schuld, und ich werde sie, so wie ich es immer tue, begleichen. Nachdem Ihr verhindert habt, dass ich in ein weißes Tuch gehüllt werde, ist heute ein vollkommener Tag, um die Geschichte des zweiten Propheten zu erfahren. Ist es wahr, dass er fast noch ein Knabe war, als er nach Indien kam?«

»So erzählen es einige Zeugnisse.« Ada Ta warf Gua Li einen aufmunternden Blick zu. »Und unseres ist von der Hauptperson selbst bestätigt. Er hat uns einen lebenden Beweis hinterlassen.«

»Was kann denn noch leben«, wandte der Sultan ein, »wenn er vor fünfzehn Jahrhunderten gestorben ist?«

»Dieser Einwand ist richtig«, antwortete Ada Ta und setzte sich auf den Boden.

Gua Li schüttelte den Kopf und lächelte Bayezid an, der es erwiderte. Dann nahm sie ein großes Kissen, setzte sich mit gekreuzten Beinen darauf und führte ihre Handflächen zusammen. Mit geschlossenen Augen holte sie tief Luft und begann ihre Erzählung vor dem höchsten Würdenträger des Islam.

In Samarkand wurde Sayeds Stand von den Gesandten der mongolischen Stämme belagert. Die Preise für Öl, getrocknete Früchte, Gerste und Sämereien aller Art schossen in die Höhe, und es wechselten zahlreiche Goldstücke, Silberlinge und Edelsteine den Besitzer. Innerhalb weniger Tage war die gesamte Ware ausverkauft, und der indische Kaufmann musste zu seinem Bedauern einige seiner Stammkunden, die zu spät gekommen waren, wieder wegschicken. Da er nichts mehr zu tun hatte, tauschte Sayed ein paar Edelsteine gegen wunderschöne Amulette aus schwarzem Achatstein ein. In die kostbaren Glücksbringer waren stilisierte Dzos, die von beschützenden Augen umrahmt waren, eingraviert.

»Nimm«, sagte er zu Jesus und reichte ihm das wertvollste Amulett mit einundzwanzig Augen, »dies ist ein mächtiger Talisman, der die Vereinigung des Menschen mit dem Geist darstellt. Er wird dir helfen, das zu vollbringen, was du dir im Geiste wünschst.«

Von einem Bön-Mönch hatte Sayed sich außerdem überzeugen lassen, ein fast fünf Spannen langes Horn zu kaufen. Er hatte das Glänzen in Jesu Augen gesehen, als der Verkäufer ihm versicherte, dass er mit diesem Instrument sogar Steine zum Schweben bringen könnte. Sayed kaufte außerdem eine teure Buddha-Statue aus Elfenbein, das Schönste, was er je gesehen hatte. Es stamme von riesigen behaarten Elefanten, die in der Wüste Gobi erfroren wären, berichtete der chinesische Händler.

Sayed und Jesus lachten über dieses Geflunker, aber die Statue war so gut geschnitzt, dass Sayed den schlafenden Elfenbeinbuddha schließlich erwarb.

»Dieser Mann lächelt im Schlaf«, sagte Jesus gedankenvoll. »Das bedeutet, dass er im Reinen mit seiner Seele ist. Du hingegen schneidest im Schlaf Grimassen und beschwerst dich – warum sprichst du nicht mit mir? Meine Mutter hat mir immer gesagt, dass im Schlaf Freude und Trauer wie junge zügellose Kamelstuten frei umherspringen.«

»Und wenn ich dir sagte, dass diese Kamelstuten glücklicher sind als ich?«

»Das Wort befreit den Geist und die Herzen der Menschen. Es ist der Odem, den ihnen die ewige Mutter einhauchte, damit sie sich von den Tieren unterscheiden mögen.«

»Aber gehörte deine Mutter nicht zu den hebräischen Stämmen, und ist euer Gott nicht grausam?«

Jesus antwortete Sayed nicht. Von diesem Moment an hüllte er sich wieder in Schweigen. Sayed verstand nicht, bedrängte ihn jedoch nicht weiter, da er annahm, dass er den Jungen irgendwie verletzt hatte. Der Marsch nach Dschidda am großen Meer entlang würde viele Wochen dauern. Obwohl es bereits Sommer war, lag auf den Pässen noch Schnee, und eine Lawine riss ein paar Männer und Pferde mit sich. Als sie ihr Nachtlager in Bagram aufschlugen, wurden sie von einer Horde berittener mongolischer Reiter überfallen. All die Jahre zuvor hatte Sayed Schutz bei den Paschtunen gesucht, die während des Sommers das schwarze Gift des blühenden Mohns sammelten, und war den Angriffen so entgangen. Doch dieses Jahr war die Karawane spät dran, und ihre nächtlichen Lagerfeuer, mit denen sie die wilden Tiere fernhielten, hatten dafür die Banditen angelockt.

Als am Berghang die unzähligen kleinen Flämmchen auftauch-

ten, versuchte noch ein Diener, der die Nachtwache übernommen hatte, zu schreien, aber sein Schrei blieb ihm in der Kehle stecken, die ohne Vorwarnung von einem brennenden Pfeil durchbohrt wurde. Die Erde bebte bereits, noch bevor das Geräusch der trampelnden Hufe ertönte und die Reiterhorde das Lager überrannte. Die Karawanenführer hatten gerade noch Zeit, aufzuspringen und nach ihren Waffen zu greifen. Die ersten Karren fingen Feuer, und die Reiter rissen ihre Pferde herum, um mit gezückten Schwertern erneut anzugreifen. Sayed kannte ihre Taktik und befahl den Grüppchen, sich zu zerstreuen, weil sie den Angreifern so die geringste Angriffsfläche boten. Die beste Verteidigung war, sie zu zwingen, um die Karren herumzureiten. Die Banditen versuchten mit ihren Pferden, die Menschen zu überrennen, aber die Tiere weigerten sich und scheuten. Die Luft war von Pferdewiehern und wütenden Schlachtrufen erfüllt, und eine feine Staubwolke erhob sich. Es folgten erst kleine Steinchen, dann größere, schließlich eiergroße. Sayed und die Seinen sahen sich plötzlich bis zum Gürtel in einem See aus Steinen versunken, der um sie herum floss. Ohne zu verstehen, senkten sie ihre Schwerter. Auch die Banditen waren irritiert und hielten verunsichert ein. Diese fließende Steinbarriere jagte nicht nur ihnen Angst ein: Mit weit aufgerissenen Augen scheuten die Pferde und versuchten verzweifelt, einen Fluchtweg zu finden. Der Anführer der Banditen schrie und ließ sein Schwert über seinem Haupt kreisen. So schnell wie sie gekommen waren, verschwanden die Mongolen wieder in der dunklen Nacht. Kurz darauf fielen die Steine wieder zu Boden. Zwischen ihnen saß Jesus – mit dem Horn im Anschlag. Seine Augen wanderten zwischen ihnen und dem Instrument hin und her, und er lächelte. Sayed verstand und trat zu ihm.

»Es funktioniert also. Dein Glaube hat uns gerettet.«

»Meine Mutter sagte mir immer, dass man nicht an fliegende Esel glauben solle. Wenn man aber noch nie einen Esel gesehen habe, sei Zweifeln erlaubt.«

Sie überquerten noch eine Bergkette und kamen schließlich im breiten Tal des Indusflusses an. An seinen Ufern hielten sie in Mankera, wo Sayed Karren und schnellere Pferde für die Durchquerung der Ebene kaufte. Mittlerweile befanden sie sich in Reichweite von Dschidda, wo Sayeds Haus stand. Dieser, erfüllt von Vorfreude und Sorge zugleich, schaute prüfend in den Dunst und hielt sich dabei schützend die Hand vor Augen. Es war lange her, seit er zuletzt zu Hause war, und in der langen Zeit seiner Abwesenheit konnten Piraten oder Rajas viel Schaden angerichtet haben. Er war so vertieft in seine Gedanken, dass Sayed den Blick von Jesus, der auf ihm ruhte, erst nach einer Weile bemerkte.

»Es ist nicht wahr, dass der Gott der Juden grausam und bedrohlich ist. Wenn du dich aber in Gefahr befindest und eine höhere Macht anflehst, dir beizustehen – welcher Name kommt dir dann als Erstes über die Lippen? Ist es nicht ›Mutter‹?«

Sayed strich sich über den Kopf und lächelte.

»Verzeih, aber ich hatte nicht die Absicht, dich oder deine Religion zu beleidigen. Und wenn ich es bedenke, so hast du recht. Aber sag mir, wie kommst du darauf?«

»Unser Gott wird in unserer Sprache der Unaussprechliche genannt, JHWE, oder Imma – Mutter. Aus dieser Wurzel leitet sich aber auch das Verb ›sich schenken‹ ab. Und ist es nicht so, dass die Liebe das größte Geschenk ist? Wenn Gott Liebe ist, dann ist er also auch unsere Mutter, und eine Mutter ist nie grausam.«

Sayed zog die Zügel an, und der Karren blieb stehen. Er verschränkte seine Arme, runzelte die Stirn und saß einen Augenblick nachdenklich schweigend da.

»Du machst dir einen Spaß mit mir«, sagte er dann.

»Vielleicht«, antwortete Jesus, ohne ihn anzuschauen. »Aber es ist etwas Wahres in dem, was ich dir gesagt habe. Übrigens möchte ich gerne mehr über euren Gott erfahren, um vergleichen zu können, welcher der bessere ist.«

Für einen Augenblick sahen sie einander an, und Jesus begann zum ersten Mal, seitdem er von seinen Eltern getrennt worden war, zu lachen. Sayed fiel ein, und sie lachten Tränen. Dies war der Beginn ihrer Freundschaft. Als sie sich wieder beruhigt hatten, nahm Sayed die Zügel wieder in die Hand, schnalzte mit der Zunge, und die Pferde nahmen gehorsam ihren Trott wieder auf. Es war, als röchen sie den Heimatstall, den sie nie gehabt hatten.

»Ob du es glaubst oder nicht, ich habe keinen Gott, aber ich versuche den Gesetzen eines Prinzen zu folgen, den wir den ›Wiedererwachten‹ nennen. Er wurde in den höchsten Bergen, dem Sitz des ewigen Schnees, geboren. Ein paar Tage nach dem Überfall der Banditen konntest du diese Berge am Horizont sehen.«

»Bevor ich nach Hause zurückkehre, werde ich dort hinaufsteigen«, sagte Jesus. »Aber erst, wenn ich alles über diesen Prinzen weiß. Du hilfst mir doch zu lernen, nicht wahr, Sayed?«

Sayed erschauerte und verstand, dass sein Leben nicht mehr so sein würde wie bisher, wenn er Jesu Bitte erfüllte. Wer weiß, vielleicht hatte Aban ja recht gehabt, schoss es ihm durch den Kopf. Vielleicht würde dieser Jüngling ihm tatsächlich die Seele austrocknen – oder aber seiner Existenz einen völlig neuen Sinn geben.

Gua Li war mit ihrer Geschichte zu Ende. Bayezid schien eingeschlafen zu sein. Sie sprang leichtfüßig auf, Ada Ta öffnete leise die Flügel der Tür, und vorsichtig schlüpften sie hinaus, schlossen das Portal achtsam hinter sich zu und huschten lautlos den langen Gang entlang.

15

Florenz, 15. Mai 1497

»Macht Platz!«

Ein Mann mit einer Narbe, die das halbe Gesicht samt Auge durchschnitt, hatte einen Dolch gezückt. Ein anderer mit einem großen Buckel zog sein Beil. Leonora und Ferruccio blieben in sicherer Entfernung stehen. Keiner der beiden Männer schien nachgeben zu wollen. Sie standen auf einem Holzsteg, unter dem Abfälle schwammen. Eine Ratte wollte sich gerade an einer toten Taube gütlich tun, fühlte sich aber von den Streitenden gestört und hüpfte in die dreckige Brühe. Der ungewöhnlich heiße Mai verstärkte den unerträglichen Gestank dieser Kloake, und beide Kontrahenten hielten sich angewidert einen dreckigen Stofffetzen vor die Nasen. Die Gasse war eng, und die geduckten Häuser mit ihren hervorstehenden Giebeln verhinderten, dass auch nur ein einziger Sonnenstrahl eindrang. Obwohl es Mittag war, lag die Gasse im Halbdunkel.

Der Entstellte atmete die beißenden Gerüche von Fett und gekochtem Kohl ein, die den Fensterchen der halb unter der Erde liegenden Küchen entwichen und sich mit der stehenden Schwüle vermischten. Für einen Augenblick schloss er sein gesundes Auge. Der Buckelige spürte, wie ihm Schleim aus seiner Lunge in die Kehle stieg, und spuckte so heftig aus, dass er beinah das Gleichgewicht verlor. Aus einem der oberen Fenster erklang ein Warnruf, dann ergoss sich der Inhalt zweier Nachttöpfe auf die Gasse. Das rettete die Streithähne, weil sie auf ihre Worte keine Taten folgen zu lassen brauchten. Beide sprangen zurück und nutzten die Gelegenheit, ihrer Wege zu gehen. Ferruccio machte dem Buckligen Platz, nahm Leonora am Arm, eilte mit ihr durch die Gasse und bog rechts in Richtung Santa Maria degli Angeli ab. Wie aus dem Nichts erschien nun eine Möwe und stürzte sich auf die tote Taube.

Ferruccio und Leonora sahen nicht anders als all die anderen Paare aus, die in die kleine Kirche der Frati gaudenti strömten. Sie traten ein, und nach dem Ritus der Waschung im Taufbecken bekreuzigten sie sich mit Weihwasser. Das kleine Kirchenschiff der Santa Maria degli Angeli war bereits voller Menschen, die alle in die Mitte drängten, um möglichst nah an der Kanzel zu sein: Von der hölzernen Brüstung würde bald Girolamo Savonarola – der Geweihte Gottes – sprechen. Seitdem dieser vor einigen Monaten gegen ihr Adelsprivileg gewettert hatte, das Zölibat nicht ablegen zu müssen, hielten die Frati Gaudenti nicht mehr besonders viel von ihm. Weil jedoch alle die Wut des Dominikaners fürchteten und ihn nicht noch mehr verärgern wollten, hatten sie zugestimmt, dass er in ihrer Kirche predigte.

Das Paar ließ sich nicht von dem Mob mitziehen, sondern wandte sich zum rechten Vestibül, in dem eine imposante Statue des heiligen Markus aus grauem Marmor stand. Er stand über einem geflügelten Löwen, der so groß wie ein Hund war, und schien aus dem Evangelium zu lesen.

Leonora trug einen weißen Schleier auf dem Haupt und hielt einen Rosenkranz in den Händen, den sie nervös durch die Finger gleiten ließ. Ein Detail der Fresken des Jüngsten Gerichts erregte ihre besondere Aufmerksamkeit: Die zahllosen Seelen der Verdammten brannten in tiefen Erdspalten, während die Auserwählten nur eine kleine Schar waren, die sich mit anmutigen Engeln in den Himmel erhob. Doch welcher Gott war so grausam, dass er den größten Teil seiner Kinder bestrafte und nur wenige errettete?, fragte Leonora sich.

Die Menschen drängten sich immer enger aneinander, und die Taschendiebe waren bereits flink am Werk und trennten mit ihren Messerchen die Geldbörsen von den Gürteln. Obwohl das Kirchenportal offen stand, war die Luft bereits schwül und stickig. Ein immer stärker anschwellendes Raunen begleitete den Aufstieg eines Mannes auf die Kanzel. Er trug eine schwarze, speckige Kapuze, die ihm bis über die Augen reichte. Als er oben ankam, hob er seinen prüfenden Blick zum Gewölbe des Kirchenschiffs – vielleicht um direkt die Worte des Allmächtigen zu empfangen, die er den Gläubigen verkünden würde. Viele taten es ihm gleich und schauten nach oben. Einige zeigten mit ihren Fingern zwischen die Balken – als materialisiere sich der Herr dort jeden Moment. Dann hob der Mönch anklagend seinen rechten Zeigefinger und ließ ihn von oben über die Menge kreisen, während er sich mit seiner linken Hand an die hölzerne Brüstung krallte, als wolle er sie hinabschleudern – so groß war die göttliche Wut, die durch seine Glieder strömte.

»Bereut!«, schrie er. »*Die Hand Gottes wird auf euch niederkommen. Bestreicht eure Häuser mit dem Blut der Lämmer, damit der Todesengel, der kommen wird, nicht eure Erstgeborenen ermordet*. Das hat Gott zu Moses gesagt! Und ich sage euch, dass das Blut eure Sünden nicht ungeschehen macht! Ihr seid verdammt – genau wie die Söhne Ägyptens!«

»Das ist nicht Girolamo«, flüsterte Ferruccio. »Das ist nicht seine Stimme. Und schau dir seine Arme an: Diese sind muskulös, die von Girolamo sind nur Haut und Knochen. Das verstehe ich nicht, und was ich da sehe, gefällt mir ganz und gar nicht. Folge mir. Wenn es jemand bemerkt und anfängt zu schreien, wird die Masse wie ein wildes Tier im Käfig toben.«

Ohne ein Wort zu verlieren, folgte Leonora ihrem Mann: Aufmerksam und entschieden bahnte sich Ferruccio den Weg durch das Gedränge. In jenem Moment erfasste er die Situation und ging in die richtige Richtung, denn nie hatte er den Instinkt des Kriegers verloren. Nach wie vor war er der schweigende, zuverlässige Mann des Schwertes. Aus den Augenwinkeln bemerkte Leonora einen Schatten hinter ihnen.

»Jemand folgt uns. Er sieht wie ein Mönch aus; vielleicht ist es aber auch der Kardinal.«

Mit zwei geschickten Bewegungen überholte sie eine aschgraue Kutte, die Ferruccios Militärwams streifte.

»Mein Sohn, wann habt Ihr das letzte Mal gebeichtet?«

»Monsignore?«

»Das ist nicht wichtig.«

Ferruccio sah, wie sich die Lippen unter der Kapuze bewegten. Der Mann fuhr fort: »Ich denke, dass Ihr in der Tat beichten müsst.«

Nein, er war es nicht – zu groß und stämmig. Er hatte Giovanni de' Medici als einen blassen und trägen Jüngling in Erinnerung, dicklich und mit fleischigem Gesicht, ganz wie seine Mutter.

»Ich habe just vor drei Tagen Beichte abgelegt«, log Ferruccio, »und soweit ich mich erinnern kann, hatte ich seither keine Gelegenheit, eine Sünde zu begehen.«

»Und diese schöne Dame neben Euch?«

»Das ist mein Weib, Bruder«, flüsterte er. »Unsere Verbindung ist von Gott geweiht.«

»Die Ehe schützt vor Sünden nicht, im Gegenteil, mitunter fördert sie die Fleischeslust umso mehr. Ich glaube daher, dass Ihr gut daran tätet, auch die Sünden zu beichten, die Ihr noch gar nicht begangen habt, denn das Fleisch kann nun einmal nicht von seinem Tun befreit werden. Im Kreuzgang des Klosters wartet ein besserer Pater als meine Wenigkeit auf Euch. Geht nur, ich biete mich als Euer Stellvertreter an, diese sanfte Madonna an Eurer Seite zu beschützen.«

An einem anderen Ort hätte Ferruccio schon längst sein Bohrschwert gezückt oder wenigstens diesen widerwärtigen Mönch den Staub küssen lassen.

»Geh nur, Ferruccio. Geh beichten«, sagte Leonora leise und drückte seinen Arm.

»Das ist ein sehr guter Rat, Ferruccio«, wiederholte der Unbekannte. »Aber nur im Kreuzgang werdet Ihr Erlösung finden.«

Ferruccio gab sich einen Ruck und holte tief Luft. Die Anspielung des Mönchs auf Leonora als Madonna hatte ihn kurz aus der Fassung gebracht, und er fühlte sich plötzlich wie ein Dummkopf. Mit abfälligem Lächeln begab er sich zum Kirchenausgang.

Als Ferruccio sich entfernt hatte, neigte der Mann Gottes seinen Kopf und zog sich die Kapuze herunter, unter der sein dichtes schwarzes Haar – ohne die übliche Tonsur, wie Leonora bemerkte – zum Vorschein kam. Ein schwarzer Bart umrahmte sein Gesicht. Er sah eher wie ein Mann des Schwertes als ein Diener der Kirche aus.

»Ich weiß, dass Ihr eine ehrliche und intelligente Frau seid«, flüsterte er, »und Eure Schönheit spricht für sich selbst.«

»Wirklich? Wer seid Ihr? Gewiss ein echter Mönch«, höhnte Leonora, »da Ihr es wagt, an diesem heiligen Ort solche Wertschätzungen zu äußern.«

Leonora bekreuzigte sich und starrte auf die Kanzel, von der aus die Predigt des falschen Girolamo immer apokalyptischere Töne annahm.

»Ach, da es nicht aufgrund meiner Kleider war, unter denen sich in der Tat ein jeder verstecken könnte, glaube ich, dass es – mehr als meine Worte – meine Stimme und meine Haltung waren, die Euch Glauben machten, ich sei ein Mönch, was im Übrigen der Wahrheit entspricht. Das beweist meine fehlende Vertrautheit mit den Menschen und dem Weibe, das – obwohl so kostbar vor den Augen Gottes – kein leichtes Los für den Mann ist.«

»Und vielleicht seid Ihr sogar ein Prediger.«

Der Mönch drehte sich zu Leonora um.

»Erneut habt Ihr ins Schwarze getroffen. Vielleicht werdet Ihr mir sogar meinen Namen nennen.«

Leonora drehte sich weg und gab ihm keine Antwort.

»Ich glaube allerdings nicht, dass Ihr so weit kommt«, fuhr der Mann fort. »Ich werde es Euch sagen, Madonna Leonora, und es erscheint mir nur richtig, da ich den Euren bereits kenne. Ich heiße Marcello und ja, ich predige – allerdings nicht wie der wahnsinnige Dominikaner, den Ihr kennt. Ich bin nur ein einfacher Diener des heiligen Augustinus und ein guter Freund des Monsignore, wie mich Euer Gatte so unvorsichtig nannte. Der Kardinal beehrt mich mit seiner Wertschätzung, und ich biete ihm dafür bereitwillig meine Dienste dar – so wie Ferruccio auch: Er und ich haben zahlreiche Gemeinsamkeiten.«

Die Art und Weise und der Ton, wie er die letzten Worte aussprach, gefielen Leonora gar nicht. Sie ließ sich ihr Unbehagen jedoch nicht anmerken und tat so, als wäre sie ganz in die Predigt versunken.

»Sollte ich Euch beleidigt haben, so bitte ich um Verzeihung. Die Erziehung, die ich in meiner Heimat Genazzano genossen habe, ist mit der Euren nicht vergleichbar. Ab und an drücke ich mich eher wie ein Kutscher als wie ein Mann Gottes aus.«

»Was wisst Ihr von meiner Erziehung, Bruder Marcello –

oder wie auch immer Euer Name sein mag. Im Übrigen ist es mir auch gleichgültig, ob Ihr wahrhaftig ein Mönch seid oder nicht.«

»Treibt es nicht zu weit mit mir, Leonora. Obwohl mir der heilige Augustinus Demut auferlegte, bedeutet das nicht, dass ich ein Dummkopf oder ein Abenteurer bin. Ich bin hier, um Rom und demjenigen zu dienen, bei dem Euer Gatte gerade die Beichte ablegt. Über Eure Erziehung wissen wir, dass Euch die Nonnen des Santa-Chiara-Klosters in Rom umfassende Empfehlungen und Ermahnungen erteilten, denen Ihr jedoch in der darauffolgenden Zeit, und ohne Schuld daran zu haben, nicht Folge leisten konntet ...«

Leonora errötete vor Scham, und ihre Beine begannen unwillkürlich zu zittern, als sie an jene schreckliche Zeit in Rom zurückdachte. Plötzlich war alles wieder präsent: die Schande, als sie aus dem Kloster geworfen wurde, ihr täglicher Kampf, den Hunger zu stillen, und wie sie schließlich sogar ihre Ehre verkaufte – in der Hoffnung, durch die Gnade eines Gottes, an den sie schon lange nicht mehr glaubte, endlich sterben zu dürfen. Nun war ihr Geheimnis, das eigentlich nur Ferruccio kennen durfte, allgemein bekannt geworden. Die Schreckgespenster der Vergangenheit waren zurückgekehrt und schienen nun erneut von ihr und ihrem Ehemann Gehorsam und Stillschweigen einzufordern. Die Stimme des Predigers wurde immer lauter; der Mönch grinste sie zweideutig an, und der Mob, der wie eine einzige monströse Kreatur schwitzte, keuchte und schwankte, bedrängte sie von allen Seiten. Leonora hatte Angst, es nicht weiter zu ertragen, aber sie musste durchhalten – für Ferruccio und für sie beide. Ihre Nägel krallten sich in ihre Unterarme, und Leonora warf dem Mönch einen verächtlichen Blick zu. Weinen würde sie erst zu Hause, wenn sie endlich allein war.

Draußen vor der Kirche strömte die Luft wie eine lang ersehnte Gnade in Ferruccios Lungen. Mit wenigen Schritten erreichte er den Kreuzgang des Klosters. Der doppelte Säulengang versperrte den Blick auf den freien Himmel und spendete angenehme Kühle. Ferruccio schaute sich um. Gegenüber, in der Nähe des zentralen Brunnens, sah er drei Kapuzen tragende Mönche, die rhythmisch betend hintereinander durch den Kreuzgang gingen. Ferruccio wandte sich nach links, um ihnen entgegenzugehen, damit er sie nicht von hinten überraschte. Er bewegte sich mit Bedacht, damit die Mönche genug Zeit hatten, ihn zu erkennen. Wenn einer dieser drei wirklich der Monsignore war, würde er ihm ein Zeichen geben.

Ferruccio fragte sich, ob er Giovanni Medici wiedererkennen würde. Seine Stimme war ihm jedenfalls gänzlich unbekannt. Er nahm sich vor, genau aufzupassen, was er sagen und auf seine Fragen antworten würde. Auch die Vorsicht war eine Kardinaltugend, sagte sich Ferruccio, genau wie die Gerechtigkeit, die Stärke und die Mäßigung. Er hatte den Eindruck, dass die Mönche nun langsamer gingen, und zügelte ebenfalls seinen Schritt. Ab und an blieb Ferruccio stehen, um die gedrechselten Säulen mit ihren beunruhigenden Kapitellen zu betrachten, die Teufelsfratzen, auf dem Kopf stehende menschliche Antlitze, aber auch Greife, Drachen, Löwen, Gorgonen oder Sirenen mit entblößter Brust darstellten. Der erste Mönch, hochgewachsen und von kräftiger Statur, blieb jedoch nicht vor Ferruccio stehen, sondern ging an ihm vorbei. Die blasse Hand des zweiten griff jedoch nach seinem Arm.

»Komm, mein Sohn, setzen wir uns.«

Stillschweigend kam Ferruccio der Aufforderung nach. In einer Ecke des Kreuzgangs nahmen die beiden auf einer Marmorbank Platz, während sich die anderen beiden Mönche rechts und links von ihnen im Gebet sammelten.

»*In nomine Patris, Filii et Spiritu sancti.*«

Die Stimme unter der Kapuze gehörte einem jungen Mann. Wie alt mochte Giovanni nunmehr sein? Kaum älter als zwanzig, rechnete er nach und erinnerte sich an ihn, wie er als Kind in Careggi mit seinen Gouvernanten Fangen gespielt und sich lachend hinter den Obstbäumen versteckt hatte. Auch die gestrengen Ermahnungen von Lorenzo, Giovannis Vater, kamen ihm wieder in den Sinn. Dieser war stets von den berühmtesten Malern, Schriftstellern und Philosophen umgeben gewesen und hatte Giovanni immer ermahnt, dass er sich nicht zu weit in den Wald hineinwagen dürfte, weil er dort auf den schrecklichen Monoceros treffen könnte. Daraufhin hatte Giovanni sich von seinem Vater die Geschichte dieser Kreatur erzählen lassen, die den Körper eines Pferdes, die Füße eines Elefanten, den Schwanz eines Warzenschweins und den Kopf eines Hirsches hatte, auf dem jedoch nur ein einzelnes Horn aus wertvollstem Elfenbein thronte. Und wenn die Gelehrten, die bei ihnen saßen, über diese Fantastereien lachten, hatte Lorenzo sie gewarnt, nicht zu sehr auf ihre philosophischen und wissenschaftlichen Überzeugungen zu bauen, um ihnen dann ein drei Spannen langes, spiralförmiges Horn zu präsentieren, das er in einem Schaukasten aufbewahrte. Careggi war ein Ort voller Erinnerungen – auch deshalb hatte ihn Ferruccio als Zufluchtsort für sich und Leonora ausgesucht.

»*Et cum spiritu tuo*«, antwortete Ferruccio.

»Nach so langer Zeit freue ich mich, etwas von dir zu hören, Ferruccio de Mola, du treuester unter den Freunden meines Vaters.«

Ferruccio hatte Lorenzo den Prächtigen nie als seinen Freund betrachtet – und auch der Herrscher von Florenz hatte ihm nie zu verstehen gegeben, dass er ihn für einen hielt. Ferruccio fühlte sich eher als Vertrauter oder Berater, aber eine Freundschaft war etwas ganz anderes.

»Monsignore«, antwortete er, »ich freue mich, Ihrem Vater dienstbar gewesen zu sein, und ich empfinde eine große Dankbarkeit für die Person, an die Ihr mich erinnert habt.«

»Du hast immer noch kein Vertrauen«, sagte die Stimme, »weil du mich nicht siehst – obwohl du mich vermutlich gar nicht wiedererkennen würdest. Wir sollten einen Vertrauenspakt schließen. Am besten hier und jetzt.«

»Verzeiht, Monsignore, aber abgesehen von diesem Ort sind es die unsicheren Zeiten, die nach Vorsicht verlangen.«

»Wohl erkenne ich dich nun durch diese Worte, Ferruccio. Nun weiß ich, dass du es wahrhaftig bist. Und damit du mir trauen kannst, frage ich dich, ob du den Ring gesehen hast. Erkanntest du ihn wieder?«

Ferruccio horchte auf. Von diesem Ring wussten tatsächlich nur er selbst, Leonora, Carnesecchi und sein Auftraggeber. Bei dem Fremden musste es sich also um Giovanni handeln – außer der Ring wäre den Medici entwendet worden. Doch wenn dem so wäre, hätte Ferruccio das mit Sicherheit zeitnah herausgefunden.

»Ja, das habe ich, Monsignore.« Seine Stimme war nun entschlossen. »Aus diesem Grund bin ich hier.«

»Immer dieses ›Monsignore‹…« Giovanni klang jetzt ungeduldig. »Ich habe auf deinen Knien gesessen, und du hast mir die ersten Kunstgriffe mit dem Schwert beigebracht, bevor mich das Schicksal in diese Kleider hier steckte. Erinnerst du dich nicht?«

»Verzeiht mir erneut«, antwortete Ferruccio, »aber das Leben verändert sich und verändert uns, *Monsignore.* Deshalb bitte ich darum, Euch mit dem Respekt ansprechen zu dürfen, den ich dem Gewand zolle. Dies wird keinerlei Einfluss auf meine Ergebenheit und Zuneigung haben, die ich für Euch empfinde.«

»So sei es, Ferruccio, wie du möchtest. Nun komme ich

umgehend zu dem Grunde unseres Treffens. Wie seinerzeit mein Vater bin ich heute derjenige, der deine Dienste braucht.«

So – nun waren die Fronten geklärt. Ferruccio de Mola, ein Mann des Schwertes, war aufgrund seiner Verbundenheit mit den de' Medici erneut gezwungen, einem Vertreter der Familie zuzuhören – ob er wollte oder nicht. Betende Mönche gingen an ihnen vorbei und Damen, deren Schuhe im Kreuzgang klapperten und die von edlen Herren, die glänzende Rüstungen trugen, am Arm geführt wurden. Jünglinge mit bunt gestreiften Beinlingen, die lachend Gedichte deklamierten sowie Kaufleute, die von ihren voll beladenen Dienern begleitet wurden und Messgewänder, Stolen, Tücher und andere religiöse Ornate zum Verkauf herbeitrugen. Erst als die ersten Schatten der Säulen des Bogengangs auf seine Stiefel fielen, wurde Ferruccio gewahr, wie viele Stunden vergangen waren. Die eindringliche Stimme Giovannis hatte ihn in die Vergangenheit entführt und vergessene Gefühle heraufbeschworen.

Und während sich ihm die Geschichte, die erzählt wurde, wie eine Schlinge um seinen Hals legte, schnürten ihm die verratenen Geheimnisse den Hals mit einem Knoten zu, der immer enger wurde. Der kleinere der beiden Mönche, die sie bewacht hatten, brachte zwei Sorbets und servierte sie den beiden Männern respektvoll, nachdem er sie vor ihren Augen mit einer Löffelspitze vorgekostet hatte. Erst als Ferruccio sah, wie Giovanni aus dem Glas trank, nahm auch er einen Schluck und genoss den kurzen Augenblick, in dem die Erfrischung seinen ausgetrockneten Hals erfreute.

»Sodann seid es nicht Ihr, sondern gar der Sultan selbst, der nach meinen Diensten verlangt.« Ferruccio schüttelte den Kopf. »Mir dreht sich alles, Monsignore, und ich bin mir nicht ganz sicher, ob ich verstanden habe, was Ihr wirklich von mir wollt.«

»Obwohl die Geduld nicht zu meinen größten Tugenden zählt, will ich es dir näher erklären. Und dies in einer Deutlichkeit, dass ein nochmaliges Nichtverstehen einer Weigerung gleichkommt. Bayezid und ich wünschen, den Frieden zwischen der christlichen und der muselmanischen Welt wiederherzustellen. Es stellen sich uns jedoch zwei Hindernisse in den Weg: Hier die Dominanz der Kirche und dort, in der Türkei, die Sekte der Charidschiten, die den Thron Mohammeds unrechtmäßig besetzen will. Sie werden Angst und Schrecken in Italien und ganz Europa verbreiten, indem sie die Pest ins Land bringen. Wie sie das zu tun gedenken, wirst du bald erfahren, aber das ist nicht der entscheidende Punkt. Um die Welt zu ändern, bedarf es nicht nur Waffen, sondern auch Ideen. Du weißt, was ich damit meine. Unser Giovanni Pico hat es versucht – und ist besiegt worden. Ich habe vor, den Schleier, der über seinen Ideen liegt, zu lüften und die Kirche zu erneuern, sobald ich zum Papst gewählt worden bin. So ruiniert, wie sie jetzt ist, findet sogar ein Savonarola fruchtbaren Boden für seine wirren Ideen! Aber er ist nur ein Schmierenkomödiant, der nach seinem Tod in Vergessenheit geraten wird.«

»Der Graf wollte in der Welt nur das Bewusstsein erwecken, dass …«

»Sei still, Ferruccio! Hör mir zu. Bald wird sich jemand in Europa erheben, der viel stärker und umsichtiger ist als der Mönch. Er wird rebellieren, und die Menschen werden ihm folgen. Von den Skandalen ihrer Vikare auf Erden erschüttert wird sogar die Natur Gottes in Frage gestellt werden. In Deutschland, in der Schweiz und in Böhmen rebellieren die Gläubigen schon gegen Rom, und das in einem Ausmaß, wie du es dir nicht im Entferntesten vorstellen kannst. Es reicht ihnen nicht mehr aus, auf ihren Scheiterhaufen Hussiten, Lollarden, Mährer oder Heiden zu verbrennen. Die

Macht der Inquisition wird auch uns erreichen und über die Vernunft triumphieren. Merke dir meine Worte: Nach den Juden und den Frauen wird die Kirche keinen Widerspruch mehr zulassen und die Aufwiegler gnadenlos eliminieren. Mein Vater hat mir immer gesagt, dass ein Feind, der mit dem Rücken zur Wand steht, zu den verzweifeltsten und schrecklichsten Taten fähig ist. Denn wer alle Hoffnung verloren hat, dem zählt weder das eigene Leben noch das Leben der anderen.«

Die blauen Augen Giovannis funkelten wie wertvolle Edelsteine und strahlten in alle Richtungen. Seine eindringliche Stimme hatte einen prophetischen Ton angenommen, und unwillkürlich fasste Ferruccio an sein Schwert. Diese Geste entging dem Kardinal nicht.

»Gut, ich sehe, dass meine Worte Eindruck auf dich gemacht haben – oder wenigstens sind sie dir nicht gleichgültig. Stelle dir eine reformierte Kirche vor, in der Gerechtigkeit praktiziert wird, in der die Liebe einer Mutter sowohl Ziel als auch Bedingung ist. Denke an einen Sohn, der nicht mehr länger göttlichen, sondern menschlichen Ursprungs ist! Wie kann man so vermessen sein und glauben, dass wir Menschen einem Gott ähnlich seien? Und wie sollte man in seiner Allmachtsfantasie dann nicht auch mit den Taten eines Gottes hadern, wenn einem das Ergebnis nicht gefällt? Wenn diese Taten aber nicht mehr länger göttlichen Ursprungs wären, sondern Menschenwerk, fiele es leichter, sie zu akzeptieren. Letztendlich war Mohammed auch nur ein Mensch. Wir werden kämpfen müssen, ich weiß, aber am Ende wird die Kirche triumphieren – denn sie hat immer triumphiert.«

Ferruccio nahm die Hand vom Schwertknauf und strich sich über seinen Bart.

»Das ist Politik, Monsignore. Die Thesen des Grafen waren nur religiöse Hypothesen, die er mit Philosophen diskutieren wollte.«

»Ja, in der Tat.« Der Kardinal hob den rechten Zeigefinger ein wenig an. »Und wenn … Beweise existieren würden?«

»Welche Beweise?«

»Wir werden sie sehen, alles über sie erfahren und sie dann beurteilen. Jemand wird sie mit sich führen. Und je wahrhaftiger sie sein werden, desto mächtiger wird der Beweis der Existenz und des Wohlwollens des Allmächtigen für mich sein – wer auch immer dieser Allmächtige sein mag. Du musst dich nur bis zu meiner Ankunft um die Sicherheit derjenigen kümmern, die diese Beweise aufbewahren. Mir wurde berichtet, dass es sich um zwei Orientalen handelt, so unschuldig wie Quellwasser.«

»Warum ausgerechnet ich? Ich habe mich bereits vor Jahren aus den Diensten zurückgezogen, Monsignore, und ich glaube, dass es Jüngere gibt, die in jeder Hinsicht besser geeignet sind, diese Aufgabe zu erfüllen. Wenn es Euch beliebt … ich kenne mindestens zwei, die …«

Giovanni de' Medici winkte ab und verschränkte die Hände. Er tat sich schwer, die richtigen Worte zu finden, die gerade so viel verraten sollten, dass sie Ferruccio überzeugten.

»Mein lieber Ferruccio, es sieht so aus, als würde dich diesseits des Ozeans jemand kennen, denn dein Name wurde mir explizit genannt.«

»Ich verstehe, dass Ihr nicht mehr offenbaren könnt oder wollt. Es sind Eure und nicht meine Gründe. Aber, Monsignore, ich kenne niemanden – weder unter den Christen noch unter den Türken.«

»Du wirst zum rechten Zeitpunkt alles erfahren. Und nun geh, Ferruccio. Rom erwartet dich. Du wirst beim Fürsten Fabrizio Colonna vorstellig, denn dort bist du vor den Spionen und Häschern Alexanders VI. sicher.«

»Ich werde darüber mit meiner Ehefrau sprechen, Monsignore.«

Giovanni räusperte sich laut. Einer der Mönche stellte sich zwischen sie, der andere blieb hinter Ferruccio stehen.

»Du wirst die Gelegenheit haben, den Traum deines besten Freundes zu verwirklichen, und dabei auch noch reich werden. Was willst du mehr, de Mola? Ich würde diese Aufgabe selbst übernehmen, wenn ich es könnte, aber zwischenzeitlich bin ich aus Florenz und Rom verbannt worden! Ich muss herausfinden, ob die Gabe des Sultans wirklich so verheißungsvoll ist oder ob sich dahinter Gift verbirgt. Und nicht einmal Legionen werden die Orientalen beschützen können. In dieser schwierigen Lage wiegt ein unbekannter und verschwiegener Mann mehr als hundert Söldner. Im Übrigen ist Colonna auch nur deshalb mein Verbündeter, weil wir einen gemeinsamen Feind haben.«

In der Stimme des Kardinals schwang, kaum merklich, Angst mit, die er mit Arroganz zu überspielen suchte. Dieser plötzliche Umschwung und die Positionierung der Mönche – wenn sie überhaupt Mönche waren – hatten Ferruccio beunruhigt, doch er bewahrte einen kühlen Kopf und sprach mit betont tiefer Stimme.

»Ich habe Euch um nichts gebeten. Wir haben noch nicht einmal über meinen Sold gesprochen, Monsignore. Alles, was ich gesagt habe, ist, dass ich mit meiner Ehefrau sprechen werde, bevor ich eine Entscheidung treffe.«

»Eines Tages wird Frieden im Mittelmeer herrschen, und der Handel wird wieder blühen. Diejenigen, die heute zu unseren Feinden zählen, werden von dieser Situation ebenfalls profitieren. Ferruccio, du wirst großzügig belohnt werden und dir Dinge leisten können, von denen du bisher nicht zu träumen wagtest. Erhalte die Überbringer der Beweise am Leben, dann wirst du auch erfahren, warum sie ausgerechnet dich erwählt haben. Du siehst, ich will dich nicht hintergehen – denn ich rate dir sogar ausdrücklich, nach den Gründen zu forschen. Aber ich toleriere keinen Ungehorsam.«

Als Ferruccio erneut zum Schwert griff, wurde er von dem eisernen Griff des gedungenen Mönchs blockiert und spürte eine robuste Klinge zwischen den Rippen.

»Wenn Ihr ruhig bleibt, Ritter«, flüsterte ihm der andere von hinten zu, »wird es auch mein Vaterunser sein. Sonst werden sich die Perlen meines Rosenkranzes mit Eurem Blute rot färben, und ich hätte Schwierigkeiten, mich von Monsignore absolvieren zu lassen.«

Dieser sogenannte Mönch war eher vertraut mit Waffen als mit Litaneien und Stoßgebeten. Der grobe Dolch drückte genau zwischen zwei Rippen, merkte Ferruccio. Mit dem richtigen Druck, und ohne ihm einen Schlag versetzen zu müssen, würde er Ferruccio genau ins Herz treffen. Es war jedoch nicht an ihm, die Entscheidung für den tödlichen Stich zu treffen – er war nur der Vollstrecker. Ferruccio musste den Befehl in den Augen Giovannis de' Medici suchen. Und in diesen Augen suchte er auch die Antwort auf seine stumme Frage.

»Ihre Ergebenheit übertrifft zuweilen die Grenzen des Anstandes, Ferruccio«, sagte Giovanni milde und lächelte seinen Schergen zu. »Aber sie kennen deinen Ruf. Vertrau mir einfach – alles wird gut: Ich werde Papst sein, die Welt wird Frieden finden, und du und deine schöne Leonora, ihr werdet reich sein. Vorsorglich wird sie jedoch – bis alles vollbracht ist – unser Gast sein. Wir werden uns, wenn alles überstanden ist, in Rom wiedersehen. Heute ist die Wölfin Roms nicht halb so gefährlich wie die Lilie von Florenz – und ich werde sicherstellen, sei dir dessen gewiss, dass man mich nach Rom gehen lässt. Alles wird am Ende genau so sein, wie es der Herr entschieden hat.«

Während der Kardinal die Segensgeste andeutete, drückte der Mönch die Klinge so tief zwischen Ferruccios Rippen, dass er gezwungen war, sich vor Giovanni zu verbeugen. Er war so zornig und gleichzeitig so verzweifelt, dass ihm der Atem stockte. Sie konnten ihm alles nehmen – aber nicht seine Leonora. Sie war die einzig verwundbare Stelle seiner Rüstung, der Sinn seines Lebens, seine Zukunft. Nein, nicht Leonora! Die Hitze, der Hass und die Anstrengung stürmten auf ihn ein, während sein Hirn verzweifelt nach einem Ausweg suchte.

»Ja, ich weiß, wenn du es könntest, würdest du mich jetzt am liebsten umbringen«, spottete Giovanni. »Und so leid es mir auch tut – aber ich kann kein Risiko eingehen. Natürlich darfst du mit niemandem darüber sprechen. Angenommen, man schenkte dir Glauben oder man versuchte sogar, dir zu helfen, dann würde Leonora beim ersten Anzeichen im Nichts verschwinden – aus reiner Vorsicht selbstverständlich. Sie ist unser Pfand. Du weißt, wovon ich rede, und verstehst mich, dessen bin ich mir sicher. Als du meinem Vater noch treu ergeben warst, hast du unzählige solcher Situationen erlebt. Ich garantiere dir bei meiner Ehre, dass ihr niemand auch nur ein Haar krümmen wird.«

»Ehre? Welche Ehre? Das schlimmste Verbrechen …«

Die Worte erstickten in seinem Mund, denn Ferruccios Körper zitterte so sehr, dass er nicht mehr sprechen konnte. Schmerz und Ungläubigkeit mischten sich mit Hass, Wut und Ohnmacht. Gefühl und Verstand bekämpften sich unerbittlich und flüsterten ihm ohne Unterlass ihre Botschaften zu.

Das Delirium seiner Gedanken wurde von Schreien und den Geräuschen trampelnder Füße unterbrochen, die von der Straße herkamen. Einen Augenblick später erschien ein Mann im Kreuzgang.

»Sie haben den Mönch erschlagen!«, schrie er. »Ganz Florenz hat sich erhoben! Seid wachsam!«

Mit gebieterischer Geste befahl der Kardinal ihm näher zu kommen. Und tatsächlich war die Freude des Fremden, eine solche Neuigkeit zu überbringen, größer als die Vorsicht. Als der Mann in Reichweite war, packte ihn der gedungene Mönch am Hals und zwang ihn in die Knie.

»Hab keine Angst, mein Sohn, und sage mir, was du gesehen und gehört hast«, befahl der Kardinal, und seine Stimme klang so autoritär, dass der Gefangene sofort zu berichten begann.

»Vater Girolamo hielt seine Predigt in San Marco, die wie immer voller Volk war. Plötzlich rief eine Gruppe der *Arrabbiati* und *Compagnacci* – Spinis Leute, Ihr kennt ihn, ein schlechter Mann – zum Angriff auf die Kanzel. Sie schwangen Eselsknochen und Knüppel und stürmten los, doch Gott hielt sie nicht mit seinen Blitzen auf …« Der Mann redete wie ein Wasserfall.

»Er musste an Wichtigeres denken«, kommentierte Giovanni.

»Sicher, Exzellenz. Sie schlugen um sich wie Bestien, und zahllose Mönche fielen tot zu Boden und verspritzten Blut wie aufgeschlitzte Schweine.«

»Was du nicht sagst!«

»Dann gab es die, die durch die Tür hinaus-, und die, die durch sie hineinwollten – so wie die Mitbrüder des Bruders. Also, am Ende sind sie alle vor der Kirche gelandet und zu fünft oder zu fünfzigst haben sie sich wie die Hunde totgemacht.«

»Und sag, mein Sohn, hast du unseren guten Savonarola tot gesehen?«

Der Mann zögerte einen Augenblick, während sich die Hand des Mönchs enger um seinen Hals schloss.

»Nein, Exzellenz, ob er wirklich unter den Toten war, kann ich nicht auf die Madonna schwören – aber es *hat* Tote gegeben, das kann ich auf das Kreuz schwören.«

Auf eine Geste Giovannis hin ließ der Mönch von ihm ab. Sofort taumelte der Mann nach hinten und verlor dabei seine Kappe. Als er sie aufheben wollte, stolperte er und fiel der Länge nach hin. Eilig rappelte er sich auf und flüchtete durch den Kreuzgang. Dort stieß er mit den in den Gang hineindrängenden Menschen zusammen.

»Es ist besser zu gehen, Monsignore«, sagte der Mönch.

»Nein!«, schäumte Ferruccio. »Leonora! Sagt mir, wo sie ist. Ich bitte Euch.«

Als Antwort durchfuhr ihn ein schneidender Schmerz im Nacken, und seine Sinne vernebelten sich. Im Fallen versuchte er noch, sich an Giovannis Kutte festzuklammern. Aber um sich Ferruccios zu entledigen, brauchte Giovanni seine Kutte nur noch leicht zur Seite zu ziehen. Dann wurde Ferruccio auch schon schwarz vor Augen.

Als er wieder zu sich kam, war der Kreuzgang voller Menschen – Eindringlinge und Mönche liefen durcheinander, und ihre Schreie dröhnten wie Kanonenschläge in Ferruccios Kopf. Ohne sich um die Rempeleien und Beleidigungen zu kümmern, stand er auf und schwankte zum Ausgang. Mehrmals haute er mit der Hand und seinem Schwert gegen das verrammelte Portal der Kirche. Dann begann er wütend gegen das Tor zu treten, bis er von einer mit Knüppeln bewaffneten Gruppe von Jünglingen umzingelt wurde. Als die Schläge und ihr Gelächter auf ihn niederprasselten, verteidigte Ferruccio sich nicht einmal, sondern versuchte nur noch zu fliehen.

Erstaunt spürte er seine Tränen, als er davonlief; zuletzt hatte er beim Anblick von Giovanni Picos Körper geweint, als er die von Arsen geschwärzte Zunge und die verfärbten

Nägel gesehen hatte. In einer Gasse hinter dem Palazzo Tornabuoni blieb er vor dem Schild einer Osteria stehen. Ferruccio hob die Tür beinahe aus den Angeln, als er eintrat, und setzte sich an einen der hinteren Tische, auf den er laut sein Schwert knallte. Nach dem vierten Krug Wein blickte er auf und meinte, Leonora unter den Anwesenden zu erkennen. Er sprach ihren Namen aus, bis er gewahr wurde, dass diese Fratze und die bemalten Lippen, auf die er gestarrt hatte, nicht zu ihr gehören konnten. Er schnauzte die Unbekannte mit einer Wut an, die so gar nicht zu ihm passte, sondern zu seinem früheren Leben, bevor er Leonora oder Giovanni Pico kannte: Damals war er einer Pinte Wein nie abgeneigt, sonntags ging er nur deshalb in die Kirche, um die Frauen zu begaffen, und im Vorzimmer des Prächtigen las er Bücher, die sich reimten, und wartete auf sein Kommando.

Wenn er seine Ehefrau retten wollte, dann musste er wieder die schwarzen Kleider eines Dieners des Schwertes anlegen, die er damals ausschließlich getragen hatte. Und er musste ein Adler und ein Löwe, ein Fuchs und eine Schlange sein – von allem etwas. Einer gegen alle.

Die Frau kreischte, als der lachende Mann sie zwinkernd mit sich zog. Die belustigte Menschenmenge machte Witze über die beiden und kommentierte das Geschehen mit Anzüglichkeiten. Er schimpfte mit ihr. Sie sei eine Hure, und wenn er sie erst ins Kloster zurückgebracht hätte, aus dem sie geflohen war, würde sie genügend Zeit haben, ihr Tun zu bereuen. Alle Umstehenden lachten, einige bekreuzigten sich – aber die meisten grüßten den Mönch fröhlich und schrien ihm hinterher, dass er genau das Richtige täte und dass er ihr ruhig tüchtig die Leviten lesen sollte, denn so seien sie alle, die Weiber – man müsste eben einfach mit ihnen Geduld haben.

Als er sie über seine Schulter warf, wurde ihre Welt auf den Kopf gestellt – genau wie ihr Leben. Die Füße ohne Gesichter, die Erde anstelle des Himmels – sie ließen einen schweren und dumpfen Schmerz an die Stelle einer rabiaten und heftigen Verzweiflung treten. Genau aus dieser Welt der Schande und der Gewalt hatten Graf Mirandola und Ferruccio sie vor zehn Jahren befreit. Nun war sie erneut hineingestoßen worden. Es war also alles nur eine Illusion gewesen, ein süßer und absurder Traum von Freiheit und einem neuen Leben. In diesem Moment tröstete sie nur der Gedanke, dass wenigstens keine Kinder da waren, die sich beide so sehr gewünscht hatten. Es war ein Zeichen des Schicksals. Nun aber war Mirandola tot und Ferruccio, der seinen Pflichten nachkam und seine Ehre rettete, weit weg.

Leonora widersetzte sich nicht mehr länger. Mittlerweile begegneten sie nur noch wenigen Passanten. Trotzdem hielt sie dieser Mann, Bruder Marcello, wie er sich nannte, fest wie ein Schraubstock und hastete eilig voran. Leonora sah nur Schlamm, Dreck, Pfützen und Staub; die quadratischen Steine der Häuserecken, hier und da eine Katze und ein paar Ratten. Sie schloss die Augen. Jegliches Zeitempfinden ging ihr verloren.

Der Geruch von reifem Weizen, der durch ihre grobe Kapuze drang, ließ sie wieder zu sich kommen. Leonora erinnerte sich nicht einmal daran, wann der Mönch sie ihr übergestülpt hatte. Sie wurde mit gefesselten Händen abgelegt und ohne unnötige Grobheit über den Boden geschleift. Ihre Seele war gebrochen, aber ihre Sinne dafür umso wacher. Sie hörte das Quietschen einer Tür, ein kurzes Murmeln und, als sie ein paar Meter über einen Steinboden geführt worden war, das Stöhnen einer zweiten Person. Ein frischer Luftzug wehte um ihren Hals. Man legte sie ab – sie roch und spürte Heu. Ihr wurden die Handfesseln abgenommen, und sie vernahm, nachdem die quietschende Tür geschlossen wurde, das Geräusch eines Türriegels. Dann war Ruhe. Ohne sich die Kapuze vom Kopf zu ziehen, verkroch sich Leonora in eine Ecke und schloss die Augen.

16

Rom, 16. Juni, in der Engelsburg

Im privaten Studierzimmer Papst Alexanders VI. brannten auf vier ionischen Marmorsäulen ebenso viele siebenarmige Kerzenleuchter – ein Geschenk von Königin Isabella von Kastilien. Das erste Paar war aus der Synagoge von Granada entwendet worden, und das zweite entsprang der Plünderung des angrenzenden Palazzo Salviati. Zusammen mit römischen Statuen, deutschen Geldschränken, Kommoden und Kabinettschränkchen aus Genua und venezianischen Lüstern trugen sie zum eklektischen Stil der neuen Gemächer des spanischen Papstes bei, die er sich in der Engelsburg eingerichtet hatte. Im Nebenraum begleitete ein Lautenspieler ein Trio, das Bauernlieder anstimmte.

»*Zwei süße, nackte Brüstchen / erschienen, Mairöschen gleich / im frischen Morgenlüftchen …*«

Wie es ihnen der Zeremonienmeister seiner Heiligkeit befohlen hatte, sangen sie im Hintergrund, und die Frau versuchte möglichst leise, die Melodien zu trällern. Der Bariton hingegen verlor sich in einem tiefen Murmeln und erreichte die Ohren des Papstes wie ein fernes Donnern.

Als laute und heftige Schritte zu vernehmen waren, hörte der Lautenspieler kurz vor dem Finale auf. Auch die Frau hielt mitten in der Strophe inne. Nur der Bariton sang unbeeindruckt und im Crescendo weiter: »*… doch meine Liebe bleibet / bis dass der Tod uns scheidet.*«

Genau in diesem Moment tauchte Cesare Borgia mit seinem pockennarbigen Gesicht kurz in der Tür auf und verschwand ebenso schnell, wie er gekommen war. Nur sein Parfüm stand noch etwas länger in der Luft. Der Zeremonienmeister hastete hinter ihm her und bedeutete den dreien zu verschwinden. Er schloss die Tür des Studierzimmers hinter sich, setzte sich in den kleinen Vorraum und holte sein Notizbüchlein hervor. Er würde nur das aufschreiben, was er selbst gehört hatte – so wie er es in den letzten 14 Jahren immer getan hatte. Wenn die Welt nicht gerade morgen unterging, durfte er auf Reichtum hoffen. Denn bereits jetzt waren seine Notizen für mehr als nur einen Monarchen bares Gold wert. Alexander VI. war schon der dritte Papst, dem er diente. Er musste sich nur vor der giftigen Cantarella in Acht nehmen und durfte sich nachts nicht herumtreiben – dann würde er möglicherweise sogar noch einem vierten dienen.

»Du riechst nach Braten.«

Papst Alexander hob nicht einmal den Kopf, denn er war gerade dabei, die Kostennote des Malers Pinturicchio zu kontrollieren, die der Künstler seiner Heiligkeit nach vollbrachter Übermalung seines Porträts präsentiert hatte.

»Das ist Duftwasser aus Ungarn, Vater«, antwortete Cesare ungehalten. »Der Kräutermischer verkauft davon einen Flakon für zehn Dukaten.«

»Es ist Lammsoße, ich rieche den Rosmarin heraus, der mehr schlecht als recht den Geruch des Weibes überdeckt, mit dem du gerade zusammen warst. Aber es ist nicht Sancha – an den erinnere ich mich nämlich nur zu gut.«

Cesare ignorierte die Anspielung auf seine Schwägerin und schnupperte misstrauisch an seinen Spitzenmanschetten und Fingern. Der Geruchssinn seines Vaters hatte in beiden Fällen ins Schwarze getroffen.

»Ich werde von dem Kräutermischer verlangen, sein Duftwasser zurückzunehmen und mir wieder das mit Moschus zu geben.«

»Wenigstens riechst du dann wie ein ganzer Kerl.«

Rodrigo Borgia legte seine Schwanenfeder auf den Tisch und wischte den Federkiel sorgsam mit einem Leinentüchlein ab.

»Wenn er weich wird, taugt er nicht mehr.«

»Ich sehe, Ihr seid unruhig – gibt es heute keine Mägde oder edlen Damen, die Euch zu Diensten sein könnten?«

»Später, Cesare, später. Ich habe gestern mit deinem Bruder Juan gesprochen.« Alexander stützte sich mit den Ellbogen auf den Tisch. »Ich weiß nicht, was mit ihm los ist. Als ich ihm andeutete, dass wir uns vollkommen auf ihn und seine Milizen verlassen müssten, wenn wir das Königreich ausrufen wollen, hat er mir zu verstehen gegeben, dass er dafür nicht garantieren kann. Verstehst du, was das bedeutet?«

Cesare setzte sich vor seinen Vater an den Tisch und begann, an den dürren Daunen des Federkiels herumzuspielen.

»Er hat mir gesagt«, fuhr der Papst immer ungehaltener fort, »dass er sich zuerst mit seinem Bruder Jofré und seinem königlichen Schwiegervater besprechen müsse – um dann das Plazet seitens Kastiliens zu erhalten, erst dann könne er die Allianz mit dem Königreich Neapel im Süden sichern.«

»Das ist unmöglich!« Unter dem verärgerten Blick seines Vaters zerbrach der Federkiel zwischen Cesars Fingern. »Innerhalb weniger Tage stünde halb Europa gegen uns. Maximilian als Erster und dann Valois, der auch noch die Möglichkeit hätte zurückzukehren. Er könnte es gar wagen, ein Konzil für ein neues Konklave einzuberufen. Juan ist des Wahnsinns!«

»Wir müssen unsere inneren Grenzen so festigen, dass Spoleto und Rimini uns fürchten. Mit den Herzogtümern Ferrara, Mantua und Modena und der Republik Siena kriegen wir das Großherzogtum an den Hals. Die Medici sind dann aus dem Spiel, und um Savonarola werden sich die Florentiner kümmern, die uns wie Befreier feiern werden!« Der Papst biss die Zähne zusammen, und seine Stimme wurde rau: »Aber Juan ist sich nicht sicher. Er zweifelt, nein, mehr noch: Er hat sich ausdrücklich gegen mich gestellt.«

Ein paar Minuten lang blieben beide still, bis der Papst seinen Sohn ansah. Cesares Blick sagte, dass er verstanden habe. Er suchte ein letztes Mal die endgültige Zustimmung seines Vaters, und als er vermeinte, sie zu haben, erhob er sich.

»Warte!«, sagte sein Vater und hielt Cesare am Arm fest. »Er ist mein Fleisch und Blut, genau wie du. Ihr seid meine beiden Arme.«

Cesare betrachtete die tiefliegenden Augenhöhlen seines Vaters, die von Fett umgeben waren, das feiste Gesicht, das direkt auf dem Körper zu sitzen schien, und vor allen Dingen die mit rotbraunen Altersflecken übersäte Hand. Sein Vater war nicht wirklich alt, aber eindeutig zu alt für seine Vorlieben: Was er bisher immer mit Gier und Energie getan hatte, vollbrachte er mittlerweile nur noch mit einem Keuchen. Und er, Cesare, würde König! *Aut Caesar aut nihil.* Imperator oder nichts.

»Vater, wenn ein Arm fault, muss er abgetrennt werden, sonst stirbt der ganze Körper.«

17

Rom, 14. Juni 1497, Palazzo Borgia, San Pietro in Vincoli

Befriedigt verließ Vannozza den Prinzen von Anhalt, den Botschafter Kaiser Maximilians. Als er der Gastgeberin bei seinem Antrittsbesuch zugeflüstert hatte, dass seine Fleischeslust für sie entbrannt sei, hatte sie zögerlich reagiert. Mit fünfundfünfzig Jahren war sie immer noch eine attraktive Frau, und nur zu gerne hätte sie sich diesem jungen Krieger hingegeben, doch sie hatte Angst, sich damit Rodrigo zum Feind zu machen. Nun aber, da Giulia Farnese mit ihrem Gatten in Carbognano weilte, weit weg vom Papst, würde Vannozza die eine oder andere Gelegenheit haben, das Feuer der alten Leidenschaft neu zu entfachen, das weder in ihr noch in ihm je ganz verloschen war. Allein die Erinnerung an seine Manneskraft löste immer noch eine Gänsehaut bei ihr aus.

Zwischen den Weinreben flanierten gutgelaunte Kardinäle und Botschafter. Aus dem fröhlichen Kichern der Frauen wurde Gelächter, das ab und an für ein Kompliment verstummte, um dann umso heftiger wieder auszubrechen. Die Kaninchenställe waren geöffnet worden, und mehr als ein Tierchen wurde an den Ohren hochgehoben, jedoch sogleich wieder abgesetzt, wenn die Damen so taten, als würden sie deswegen Tränen vergießen. Vannozza wich einer jungen Wachtel aus, die aufgeregt pickend umherlief. Ein Gast warf seinen Hut nach ihr, der jedoch unter allgemeinem Gelächter in einer Pfütze landete. Vor den Küchen konnte Vannozza ein Purpurgewand hinter den Büschen erahnen – das Keuchen aus eben dieser Richtung veranlasste sie jedoch, schnell weiterzugehen. Sie fand Burcardo und befahl ihm, das Sorbet vorzubereiten und es unverzüglich bei der Ankunft des Papstes zu servieren. Der Zeremonienmeister versicherte ihr, dass alles bereit sei, und notierte die Anweisung eilig in seiner Kladde.

Vannozza begab sich im ersten Stock in ein Gemach, das nur ihr und Cesare vorbehalten war. Sie fand ihn mit nacktem Oberkörper vor, während er in einen heißen Kupferkessel urinierte, der über dem schwachen Kaminfeuer hing. Unbeeindruckt machte Cesare weiter. Als er fertig war, rührte er den Inhalt mit einem Holzlöffel um. Er nahm den Kessel vom Feuer, stellte ihn auf den Tisch und kühlte ihn mit einem Fächer ab. Mit einer Hasenpfote kratzte er das zusammen, was übrig geblieben war. Es sah aus wie ein grünlicher Schimmelpilz. Cesare zermahlte es in einem Mörser aus Marmor, bis er ein feines Pulver daraus gewonnen hatte.

»Reich mir das Manna.«

Vannozza erbleichte, holte ein blaues Fläschchen und reichte es ihm. Das Arsen floss Tropfen für Tropfen langsam in das Pulver, bis es komplett absorbiert war. Mit einem Elfenbeinlöffelchen nahm Cesare alles auf und füllte damit die Ausbuchtung seines Rubinrings bis zum Rand. Den Rest warf er ins Feuer.

»Wenn Gott sagt, ›Es werde Licht!‹, und es ward tatsächlich Licht, dann können wir Borgia sagen, ›Es werde Nacht‹, und es wird tatsächlich Nacht!«

Vannozza drehte ihm den Rücken zu.

»Für wen ist es diesmal?«

»Sag du es mir. Wenn es nach dir ginge, wäre es vielleicht

für die schöne Giulia? Oder würdest du dich lieber von deinem Carlo befreien? Nach elf Jahren ehelicher Treue?«, sagte er und grinste seine Mutter schamlos an. »Du hättest alles Recht der Welt, endlich Witwe zu werden …«

In diesem Moment ertönte im ganzen Palazzo das *Benedicite,* um das Festmahl anzukündigen. Burcardo ließ es dreimal erklingen, damit niemand nach dem Eintreffen des Papstes erscheinen würde. Vannozza saß zwischen dem französischen und dem spanischen Botschafter an der Mitte der Tafel und genoss ihren Triumph. Ihr gegenüber saß auf einem vergoldeten Stuhl der Papst, der vier Lustra lang ihr Liebhaber gewesen war. Sie war von allen Gespielinnen am längsten seine Geliebte gewesen. Und die Farnese, die sie damals entthront hatte, war nicht da, stellte Vannozza zufrieden fest. Ab und zu warf sie Cesare, der zwischen seiner Schwägerin Sancha und Kardinal Orsini saß, einen besorgten Blick zu. Vielleicht würde der reiche Prälat in ein paar Tagen sein Leben gegen seine Besitztümer eintauschen und diese den Borgia übertragen. Juan und Lucrezia schienen sich nicht für die Konversationen um sie herum zu interessieren, sondern warfen einander verschwörerische Blicke zu, wie sie es seit ihrer Kindheit zu tun pflegten. Als Herzog von Gandia und ältester Sohn hätte Juan ein anderer Sitzplatz zugestanden, aber so war es besser. Besser, sie waren nur Zuschauer in einer Komödie als die Hauptfiguren einer Tragödie, die die Borgia überaus geschickt zu inszenieren wussten.

Erleichtert, dass die beiden Brüder weit voneinander getrennt saßen, ließ Vannozza ihren Blick über die Tafel schweifen. Zwei ihr unbekannte Edelmänner, die in einiger Entfernung von ihr an der Tafel saßen, erweckten ihre Neugierde. Einer der beiden war hochgewachsen und nicht sonderlich elegant gekleidet. Sein Spitzbart war grau meliert, und er lächelte freundlich – aber mit einem stolzen und durchdringenden Blick, der unter all den Lakaien und Günstlingen deplatziert wirkte. Jedenfalls gehörte er nicht zu ihrem Dunstkreis, so viel war sicher. Also musste er entweder zu der einen oder der anderen Gruppe gehören. Wirklich schade. Später würde sie sich Informationen über ihn beschaffen, aber nun war der Zeremonienmeister zu beschäftigt, damit alles so ablief, wie sie es befohlen hatte.

Nachdem ihm von der Gastgeberin das Plazet signalisiert wurde, klatschte Giovanni Burcardo in die Hände, worauf fünfzehn Diener in kurzen Leinentuniken, goldenen Stirnbändern und blond gelockten Perücken den Saal betraten. Das Motto des Abends war »Römisches Gelage«, und der Zeremonienmeister hatte sein Bestes getan, um den Gästen das denkwürdige Gastmahl des Trimalchio erneut zu kredenzen: Ein ganzes, mit Wachteln, Tauben und Drosseln gespicktes Schwein wurde von vier Dienern einmal um die Tafel herumgetragen. Vannozza erhob sich und eröffnete das Festmahl, indem sie dem Schwein den Bauch aufschlitzte. Von den Schreien der Frauen und dem Applaus der Männer begleitet, flogen zwei Tauben aus dem Schweinebauch – aber eine fiel sogleich sterbend zurück auf die Tafel. Schnell griff ein Diener ein und schaffte den unangenehmen Anblick weg.

Cesare erhob das Glas.

»Derjenige, der den Heiligen Geist getötet hat«, rief er, »soll nicht mehr die nächste Morgenröte erleben.«

Auch das anschließende schallende Gelächter überspielte nicht die entstandene Verlegenheit. So lange nicht, bis der Papst selbst den Kelch erhob.

»Amen«, sprach er ohne Nachdruck. Alle Anwesenden fielen ohne großen Enthusiasmus ein.

Juan sprach noch immer ausschließlich mit seiner Schwester. Er küsste ihre Hand und streichelte ihr das Handgelenk: Ihre

Gleichgültigkeit gegenüber den anderen Tischnachbarn, die mit schlüpfrigen Fragen oder bissigen Kommentaren versucht hatten, sie ins Gespräch zu ziehen, hatte sich in arrogante Herablassung verwandelt.

Vannozza ließ ihre Blicke zwischen ihren beiden Söhnen hin und her schweifen. Die Entfernung zwischen den beiden würde es Cesare erschweren, die todbringende Giftmischung aus seinem Ring in das Glas oder auf den Teller seines Bruders zu leeren – sollte er wirklich die Absicht haben, ihn zu töten. Vieles sprach dafür – er benahm sich vollkommen anders als sonst – sprach mit lauter, nervöser Stimme und scherzte unbeholfen mit Sancha, die über sein Benehmen sichtlich verwundert schien.

Vannozzas Aufmerksamkeit wurde jedoch von drei jungen Frauen abgelenkt, die sich vollkommen nackt auf die Tafel legten. Sie waren von oben bis unten mit der mysteriösen spanischen Mahón-Creme bestrichen worden, Alexanders Lieblingsspeise. Die Creme war auf seinen ausdrücklichen Wunsch von Lucrezia höchstpersönlich für ihn zubereitet worden. Man sagte, nur Lucrezia wüsste, wie das Öl und der Zitronensaft, Tropfen für Tropfen unter die Gänse-Eigelbe geschlagen werden mussten, die ein kräftiger Koch so lange rühren musste, bis die Masse stockte. Dafür war es ihr sogar erlaubt worden, sich für einen Tag aus dem San-Sisto-Kloster zu entfernen, wohin sie verbannt worden war, um ihre Schwangerschaft zu Ende zu bringen. Unter dieser gelben Creme sahen die jungen Frauen wie drei Kadaver aus, die dem Gelbfieber anheimgefallen waren. Auf ihren Körpern waren außerdem Zackenbarschkaviar im Blätterteigmantel, Meeresfrüchte und lebende Krebse verteilt, die hilflos auf den jungen Frauen umherkrabbelten. Wenn sie von den glitschigen Körpern rutschten, wurden sie geschnappt, zerquetscht und von den belustigten Gästen ausgelutscht.

Die unglückseligen Jungfrauen, die den Befehl hatten, sich nicht zu rühren, zitterten unter den Krebsen und den Messern, die die Creme von ihren Körpern kratzten und erbebten unter grabschenden Händen und Fingern, die sich in jede Ritze vorwagten.

Auch die zwei Scudi, die sie für diesen Dienst erhalten würden, waren kein Trost, und sie wären liebend gerne in Ohnmacht gefallen – aber auch das war verboten. Als alles Getier vertilgt war, durften sie sich auf ein flinkes Handzeichen hin endlich erheben, und glitschig, wie sie waren, konnten sie den aufdringlichen Händen unauffällig entgleiten.

»Wer möchte von den Aalen aus Comacchio kosten?«, fragte Vannozza mit lauter Stimme. »Sie sind ein Geschenk der Serenissima, die uns überaus wohlgesonnen ist.«

Einige wussten Bescheid, andere nicht. Die Letzteren begannen, die Aale zu kosten, die unter der dicken Schicht von Mehl und Essig kaum noch zu erkennen waren. Es wurde kräftig gekaut, aber sie waren so trocken und hart, dass es nicht möglich war, ein Stück abzubeißen. Man bemühte sich redlich, denn am Tisch des Papstes durfte man sich keine Blöße geben, bis ihr Gemurmel von dem Gelächter der Eingeweihten übertönt wurde.

»Meine Herren«, rief Vannozza aus, »haltet ein mit Eurem Tun. Glaubt Ihr in der Tat, dass der Doge uns ein Geschenk zukommen ließ? Das, was Ihr da zu verspeisen versucht, ist kein Aal, sondern ein Hanfseil, an dem alle hängen sollen, die Feinde der Kirche sind.«

Gute Miene zum bösen Spiel machen – das ist die Essenz der Diplomatie, und unter den Botschaftern und Kirchenfürsten gab es keinen, der sich nicht überaus belustigt über den Scherz zeigte. Cesare war nach wie vor sehr nervös und trank unmäßig. Das passte gar nicht zu ihm, und Vannozza befürchtete schon, dass das Festmahl, das so fröhlich begonnen hatte, blutig enden könnte. Auch, weil Rodrigo anders als sonst, nämlich schweigsam und schlecht gelaunt war. Zwischen den sich abwechselnden Fleisch- und Fischgängen wurden kleine Tonkrüge in Schädelform gereicht. Jeder Gast durfte einen davon mit einem Eisenklöppel kaputt schlagen und dabei laut den Namen seines Feindes aussprechen. Im Innern der Schädelkrüge lag ein kleiner zusammengerollter Siebenschläfer, der aussah, als würde er in der Schale einer Walnuss schlafen. Das in Honig glasierte und mit Mohnsamenpuder bestäubte Tierchen sollte den Gästen Kraft, Gesundheit und Fruchtbarkeit spenden.

Hinter einem Paravent ertönten nun die sanften Melodien einer Panflöte und Harfenklänge, während Schlag auf Schlag immer weitere Gänge aufgetragen wurden. Die Völlerei schien gar kein Ende mehr zu nehmen: Einem Schwein wurde die Kehle durchgeschnitten, um den Gästen das gesammelte, kurz erhitzte und gestockte Blut zu servieren. Ein Fischer tat so, als erlegte er einen frisch gefangenen Thunfisch mit zwei scharfen Messern und kredenzte den Gästen dann die in *Garum* eingelegten Filetstücke. Einige der älteren Gäste waren bereits auf ihren Stühlen eingenickt, als eine hölzerne Priapos-Figur an die Tafel gefahren wurde, aus dessen enormem Phallus sich getrocknete und kandierte Früchte ergossen.

Nachdem die meisten Nestelbänder bereits von den Beinlingen gelöst waren, gingen die fachmännischen Frauenhände mittlerweile unter den Tuniken der Diener auf Wanderschaft. Als Giovanni Burcardo sich Vannozza näherte und ihr etwas ins Ohr flüsterte, erteilte sie ihm sofort den Befehl. Einige Minuten später wurden drei Mönche in den Saal gezerrt und vor dem Papst zu Boden gestoßen, der bis zu diesem Moment abseits und ungewöhnlich still dagesessen hatte. Sie sah den Papst mit fragendem Blick an, und als sie Zustimmung aus dem seinen las, stand Vannozza auf und flüsterte Cesare etwas ins Ohr. Dieser lächelte triumphierend.

»Schämt euch!«, schrie er die drei Mönche an. »Mit eurer Wollust habt ihr dieses Haus vergiftet – in Anwesenheit unseres Heiligen Vaters!«

Stühle wurden gerückt, und die Gespräche verstummten, als Cesare Borgia seine *Espada Ropera* zückte und auf die Unglückseligen zuging.

»Als Strafe und einziger Weg zur Absolution«, schrie er mit der Stimme eines Betrunkenen, »wiederholt ihr hier und jetzt, was ihr im Weinberg getrieben habt!«

Die bebenden Mönche küssten die päpstlichen Füße und baten mit Tränen in den Augen um Vergebung. Alexander versetzte ihnen ein paar Tritte und streckte seine Beine unter dem Tisch aus. Die unschuldigen Gesichter der Mönche und ihre dünnen, flehend erhobenen Ärmchen stachelten Cesares Lust noch zusätzlich an. Er befahl dem Zeremonienmeister, die Diener hinauszuschicken, die Türen zu schließen und alle Kerzen zu löschen. Dann sollte er auf einen Befehl von Madonna Vannozza warten.

»Jetzt seid ihr in der Dunkelheit, wie in einem Beichtstuhl«, rief er fröhlich. »Nur Gott kann euch sehen und nur, wenn ihr *Ihm* eure Sünden zeigt, kann euch sein Stellvertreter auf Erden Absolution erteilen.«

Die lautlose Orgie begann – von erregtem Geflüster und anzüglichem Kichern der Anwesenden umrahmt. Das Keuchen der drei wurde immer eindeutiger, die Stille der Gäste ebenso, bis ein erregtes Stöhnen das Ende bezeugte. An diesem Punkt öffnete Vannozza einen schweren dunklen Vorhang, hinter dem eine vergoldete Figur der Jungfrau Maria in einem gläsernen Schaukasten glänzte, der von zwanzig Kerzen erleuchtet war. Die jungen Mönche lagen auf dem Boden, mit aufgeschlitzten Bäuchen und blutüberströmt. Das unerwartete Ende im vermeintlich schönsten Moment hatte ihre Gesichter zu grotesken Totenmasken verzerrt. Mit dem blutigen Schwert in der Hand stellte Cesare einen Fuß auf sie.

»Sie haben gesündigt und sind bestraft worden, Gott hat triumphiert.«

Tosender Applaus empfing seine Worte, und die Vision des Infernos entfesselte eine wilde und unkontrollierbare Leidenschaft. Vannozza zog die Vorhänge wieder zu und tauchte den Saal in absolute Dunkelheit.

Ein Mann stand vom Tisch auf, nachdem er sich von einer Kurtisane befreit hatte, die ihm unbedingt die Beinkleider öffnen wollte und erfolglos versucht hatte, an seinen Lippen zu saugen. Der gleiche Mann machte die Tür auf, und dabei fiel – unter einem Chor von Schmähungen – für einen Augenblick ein Lichtstrahl in den Saal. Sofort schloss er die Tür hinter sich. Unverzüglich stellte sich ihm Giovanni Burcardo in den Weg.

»Warum habt Ihr den Saal verlassen? Alle haben es bemerkt und werden sich fragen, wer Ihr seid!«

»Sagt ihnen, dass mich ein Bischof in seinem Alkoven erwartet.«

»Fluchet nicht! Wenn sie mich über Euch befragten, wüsste ich nicht, was ich antworten soll.«

»Ihr habt mich als Günstling von Paolo Fregoso eingetragen und mir den Namen Ferruccio de' Fieschi gegeben. Das habt Ihr auf fünf Dukaten geschworen, und selbst wenn Ihr das Gold vergesst, so wird sich das Schwert an Euch erinnern.«

»Aus welchem Grund seid Ihr also nicht geblieben?«, flüsterte Burcardo. »Es war eine einmalige Gelegenheit, das Vertrauen des Papstes zu gewinnen.«

»Ich habe einmal einen Eid abgelegt, bei Gott! Und ich habe vor, ihn nicht zu brechen, koste es auch mein Leben! Es wird schon eine weitere Gelegenheit geben, um mit ihm zu konferieren. Ihr werdet eine andere Lösung für mich finden, bei dem, was ich Euch gab. Ihr habt mich mehr gekostet als ein vollständiger Ablass für meine Sünden – die vergangenen und die kommenden! Und solltet Ihr mir nicht helfen, so hätte ich noch eine Sünde in petto!«

Die Tonsur des Zeremonienmeisters war mit Schweißperlen bedeckt, die im Kerzenlicht glänzten. Seine Augen eilten zwischen dem Ritter und der geschlossenen Tür des Speisesaals hin und her, in dem bald das Lieblingsspiel seiner Heiligkeit beginnen würde – *Descubre y toma*: In vollkommener Dunkelheit mussten die Spieler einander nur durch Berührungen und Abtasten erkennen – ein aphrodisierender, die Sinne berauschender Spaß. Damit die Belustigung jedoch kein allzu vorschnelles Ende hatte, durften die Frauen die Gesichter der Männer nicht berühren. So dehnte sich der Spaß bis in die Morgenstunden aus, und viele Damen gaben sich nicht nur mit einem Ratepartner zufrieden und stellten mit ihrer Leidenschaft sogar die Kurtisanen in den Schatten.

Burcardo löschte die Lichter und komplimentierte den Ritter hinaus.

»Ihr sagtet, Ihr brächtet Kunde von Kardinal de' Medici? Das wird Seine Heiligkeit gewiss interessieren. Ich richte es ihm aus, und der Rest geht mich nichts an. Weg, nun geht, oder es wird für keinen von uns ein Morgen geben.«

18

15. Juni 1497, Serailpalast, Istanbul

Es gab keinen Tag, an dem Bayezid II. nicht Gua Lis Erzählungen über das Leben Īsās lauschte. Nach dem *Al-Maghrib*, dem Gebet bei Sonnenuntergang, waren ihre Besuche in den Privatgemächern des Sultans zu einer festen Gewohnheit geworden. Gua Li machte es sich auf einem mit Silberfäden durchwobenen Seidenkissen bequem, das groß genug für ihren Lotussitz war. Unverzüglich servierte ihr eine verschleierte Dienerin auf einem Messingtablett eine Karaffe mit Orangensaft und ein Glas, um sich dann stillschweigend zu entfernen. Obwohl Ada Ta die Erlaubnis hatte, den Treffen beizuwohnen, zog er es vor, von einem Eunuchen begleitet frei und wissbegierig durch die Palastgärten zu streifen.

Staunend beobachtete der Eunuch, wie Ada Ta mit einem melodischen Pfeifen Schmetterlinge verzauberte und so lange mit ihnen sprach, bis sie sich auf seinen Fingerspitzen niederließen. Er lernte von Ada Ta Eidechsen zu fangen und sie in die Hand zu nehmen. Ada Ta ließ die Eidechsen mit ihren Zünglein seine Hände erkundschaften, bis sie sich entspannten und ihren Herzschlag so weit verlangsamten, dass Ada Ta sie sich auf seinen glänzenden Schädel setzen konnte und seinen Spaß daran hatte, wenn sie darauf herumkrochen. Der Eunuch konnte nicht verstehen, wie Ada Ta es fertigbrachte, in der Position einer Vogelscheuche Meisen, Finken, Mönchsgrasmücken und Kanarienvögel anzulocken, die sich

– ohne zu streiten – auf seinen Armen niederließen. Nur der Stieglitz kam erst, wenn alle anderen bereits wieder weggeflogen waren. Er setzte sich dann auf die Schultern des Mönchs und trällerte ihm etwas ins Ohr, als wolle er Ada Ta unter vier Augen seine Geheimnisse verraten.

Der einzige Bereich im Sultanspalast, den Ada Ta nicht betreten durfte, waren die Privatgemächer der zahlreichen Konkubinen, von denen der Eunuch behauptete, es seien mehr als vierhundert.

Alles in allem ließ Ada Ta Gua Li und den Sultan nie länger als eine Stunde allein; das war genug Zeit, damit Gua Li in Ruhe erzählen konnte – aber nicht lang genug für den Sultan, um sie zu verführen. Denn Ada Ta wusste von Gua Li um die Bedeutung der körperlichen Liebe für den Sultan – einige Male hatte Gua Li den Geruch der Lust an der Haut des Sultans riechen können. Ein Duft, der unter all den anderen Gerüchen am einfachsten zu erkennen war: eine Mischung aus süß und salzig, durchdringend wie Pferdeschweiß. Und Ada Ta wusste auch, dass Gua Li mit ihrer makellosen Haut, dem perfekten Oval ihres Gesichts, den dunklen Augen, die wie Obsidiane schimmerten, und mit ihrem geschmeidigen Körper sich mit den schönsten jungen Frauen des Harems messen konnte. Mehr als ihre körperliche Schönheit begeisterten den Sultan jedoch Gua Lis Intelligenz und ihre Lebhaftigkeit. Um zu verhindern, dass Bayezid amouröse Vertraulichkeiten einfädeln konnte, war es also kein Zufall, dass Ada Ta scheinbar zufällig im richtigen Moment abwesend oder anwesend war. Natürlich hätte sich der Sultan jederzeit mit Gewalt nehmen können, was er wollte. Doch Ada Ta vertraute auf die Wissbegier des Herrschers, die Geschichte fertig anzuhören und zu erfahren, wie es dem vorletzten Propheten am Ende ergangen war.

Niemand hatte in den letzten fünfzehn Jahrhunderten darüber nachgedacht, was wirklich mit Jesus in der Zeit zwischen seiner Kindheit und dem Erwachsenenalter geschehen war – nicht die Christen, nicht die Juden und auch nicht die Muselmanen. Die einzige Ausnahme war ein italienischer Graf, der seine Wissbegierde jedoch mit dem Leben bezahlt hatte. Ada Ta hatte die mündlich weitervererbte Offenbarung zusammengetragen und schriftlich fixiert. Er wusste, dass Bayezid etwas im Schilde führte, denn seine Wissbegierde ging über ein rein religiöses Interesse hinaus. Noch ein paar Tage des Wartens, und die Feige würde sich öffnen und ihr saftiges und süßes Fruchtfleisch offenbaren. Ada Ta würde den Ratschlägen des Stieglitzes folgen – er würde die Frucht verspeisen und damit die notwendigen Kräfte sammeln, um seinen Plan voranzutreiben.

An diesem Frühlingsabend fiel ein warmer, dichter Regen. Die Gerüche der Erde stiegen auf und verwirrten die Sinne. Früher als gewöhnlich kehrte Ada Ta von seinem Spaziergang zurück – gerade noch rechtzeitig, um das Ende einer der seltenen Episoden zu hören, in der Jesus, nachdem er nach Palästina zurückgekehrt war, von einem schrecklichen Heimweh erfasst wurde. Ada Ta nahm in einer Ecke Platz und lauschte der Geschichte.

»… und er ging, ohne ein Wort zu sagen. Er versprach seinem Bruder Judas, ihn zu begleiten. Nach einem Tag erreichten sie das östliche Ufer des Toten Meeres.«

»Ich habe noch nie etwas von diesem See gehört«, unterbrach Bayezid Gua Li. Seine Aufmerksamkeit für jedes Detail der Erzählung grenzte schon fast an Besessenheit. Denn einerseits befürchtete er, getäuscht zu werden, andererseits wünschte er sich natürlich das Gegenteil. Er ahnte, was für ihn auf dem Spiel stand, wenn er einer Fälschung aufsäße, und in seiner Position konnte er sich nicht den leisesten Fehltritt erlauben. Alles musste zusammenpassen in Gua Lis Erzählung; es durfte keine Stolpersteine geben – weder geschichtliche noch religiöse. Nur so würde der wahnsinnige Plan, der in seinem Kopf bereits Gestalt angenommen hatte, aufgehen – nämlich die Schaffung eines dauerhaften Friedens durch eine umfassende Revolution. Mittlerweile war er sich mit seinem christlichen Verbündeten jedoch einig, dass der Schlag, den sie der Welt versetzen wollten, nicht den geringsten Spielraum für etwaige Fehler zuließe.

Die inneren Bedrohungen bereiteten dem Sultan kein Kopfzerbrechen. Seine Spione hielten ihn über die Entwicklungen bei den Charidschiten konstant auf dem Laufenden – sowohl über ihre Bestrebungen, in Europa Angst und Schrecken zu verbreiten, als auch über die Tatsache, dass sie an seinem Thron sägten. Ihm fehlte nur noch ein kleiner, aber wesentlicher Mosaikstein, bevor er seinen Plan umsetzen konnte: Er musste herausfinden, wer die Frau war, die »Die Wächterin des Berges« genannt wurde. Sie war die geheimnisvolle Führerin der Charidschiten; während – laut Gua Lia – eine andere die Mutter der Schöpfung war. Es gab so viel zu wissen, dachte Bayezid. Eigentlich müsste man sich mit weisen Eremiten auf einen Meteor zurückziehen, um bis an das Ende dieser Tage über den Sinn des Lebens nachzudenken! Aber vorher musste er erfahren, wer sein Leben bedrohte. Wenn er erfuhr, wer die Verräter waren, würde er keine Gnade walten und einige Köpfe rollen lassen. Wenn er jedoch scheiterte, würden seine Feinde von seiner Allianz mit den Christen profitieren, die von vielen für Blasphemie gehalten werden würde. Dann würde *sein* Kopf rollen …

»Heute wird es das Tote Meer genannt, Exzellenz«, antwortete Gua Li. »Aber zur Zeit von Jesus wurde es wegen seines Reichtums an Bitumen *Asphaltsee* genannt.«

Befriedigt lächelte Bayezid und nickte bestätigend in Ada Tas Richtung, der leicht den Kopf neigte. Gua Li fuhr mit ihrer Erzählung fort.

... Am folgenden Morgen kamen sie am Fuße des Berges Nebo an. Mit Brot und Ziegenkäse stillten sie ihren Hunger, und am Nachmittag machten sie sich an den Aufstieg. Für Jesus waren die eintausenddreihundert Ellen Aufstieg bis zur Bergspitze wie ein Spaziergang im Vergleich zu den unwegsameren und steileren Wegen, die sie im Norden Indiens gegangen waren. Judas hingegen, der normalerweise mit den Ziegen auf den Weiden umherstreifte, erreichte die Spitze deutlich später als sein Bruder. Er schnaufte und schimpfte vor sich hin.

»Kannst du mir erklären, warum du einfach davongelaufen bist?«

»Ich habe Angst zu scheitern, Judas. Die Menschen scheinen nicht zu verstehen, was ich sage. Sie hören mir zu und gehen verwirrter von dannen, als sie gekommen waren. Ich sehe es ihnen an. Ich wünschte mir, sie würden verstehen, wie es ist, unterdrückt zu werden und sich verstecken zu müssen, ohne rebellieren zu können. Auch der Sanhedrin ist Opfer und Täter zugleich. Er trifft Abkommen mit Rom und will dann im Nachhinein auch noch die Zustimmung des Volkes. Mir wurde beigebracht, dass man nur auf einer Seite stehen kann: entweder auf der Seite des Volkes oder der des Königs; es gibt keinen Mittelweg. Ich weiß aber auch, dass Friede und Verstehen nicht mit Waffengewalt erlangt werden können, sondern nur durch eine Revolution des Bewusstseins. Ansonsten übte man Rache, aber nicht Gerechtigkeit. Das ist eines der wichtigsten Prinzipien Buddhas.«

»Also, von diesem Gott da ...«

»Nein Judas, vergiss Buddha, vergiss Gott. Das sind meine Worte, allein: Ich werde nicht verstanden. Die Essenz des Geistes findet sich nicht in Gott, so wie die Menschen ihn sehen – als

himmlisches Lebewesen, das über den Wolken wohnt! Der Geist wohnt in jedem Menschen. Der Geist ist etwas, das den Menschen durchdringt. Er ist Energie; er ist Natur. Und er äußert sich durch die guten Taten und das richtige Verhalten des Menschen.«

»Willst du damit sagen, dass Gott in jedem Einzelnen von uns wohnt?«

Jesus seufzte, setzte sich auf einen Felsen und begann ihn mit einem Stein zu bearbeiten. Eine Schlange mit einem dreieckigen Kopf und zwei vorstehenden Hornwülsten über den Augen kroch unter dem Fels hervor und schlängelte sich davon.

»Eine Giftschlange!«

Jesus lächelte.

»Du bist ein sehr guter Beobachter …«

»Hattest du sie bereits vor mir gesehen?«

»Nein, aber du kannst eine Sache kennen, auch wenn du sie nicht siehst – solange du weißt, wo sie sich befindet.«

»Was willst du mir damit sagen? Du hast immer eine so eigenartige Art, dich auszudrücken.«

»Ich benutze Beispiele, um den Menschen verständlich zu machen, was ich ihnen sagen möchte, aber wie man an dir sieht, reicht das wohl nicht. Ich will sagen, dass es etwas in unserem Inneren gibt, das über unsere körperliche Hülle hinausgeht, auch wenn es noch nie jemand zu Gesicht bekommen hat. Wir haben immer wieder den Fehler begangen, Gott oder etwas Höheres außerhalb unserer körperlichen Hülle zu suchen. Darum schaffte sich unser Volk einen Gott nach unserem Ebenbild – und die anderen Völker machten es genauso.«

Judas zog die Augenbrauen hoch und kreuzte die Arme vor der Brust.

»Die Thora behauptet genau das Gegenteil …«

»Ja, in der Tat, das tut sie. Und genau das will ich den Menschen verständlich machen: Wir müssen unsere Gedanken auf den Kopf stellen. Nur so können die Menschen anerkennen, dass sie alle

gleich sind. Sonst sucht jeder in seinem Gott die alleinige Wahrheit und denkt von den anderen, dass sie falsch liegen.«

Jesus warf einen Stein nach der Schlange, worauf sie zurückgekrochen kam. Er bückte sich, griff nach ihr, und vor den Augen eines bestürzten Judas verwandelte sie sich in einen Stock, auf dem sich Jesus abstützte, als er sich erhob.

»Du … aber … wie hast du das gemacht?«

»Das ist ein einfaches Kunststück.« Jesus lächelte. »Ich kenne Hunderte davon. Das haben mir die Mönche in den Bergen beigebracht. Stell dir vor: Sie bringen mit dem Klang ihrer Hörner sogar die Steine zum Schweben.«

»Können sie Wunder vollbringen?«

»Nein, Judas, das sind keine Wunder. Alles ist Teil dieser Welt, der Mensch muss nur lernen, sich selbst zu erkennen. Sobald ihm das gelungen ist, wird er in seinem Innern viele Erklärungen finden. Daran ist keine Zauberei. Erinnerst du dich an die Geschichte aus der Thora, in der die Priester des Pharaos das sogenannte Wunder vollbringen und ihre Stäbe in Schlangen verwandeln? Und die Geschichte von Aaron, dem Bruder des Moses, der das Gleiche tut? Die Schlange, in die sich sein Stab verwandelte, fraß alle auf.«

»J…aa«, stammelte Judas.

»Gut, und auch wenn sie das genaue Gegenteil von dem getan haben, was du gerade gesehen hast, so sind das doch keine Wunder. Meinst du nicht? Denk nach. In diesem Fall können wir nur zwei Dinge glauben. Entweder es gibt einen grausamen Gott, der sich einen üblen Scherz erlaubt und sich je nach Laune manchmal auf die eine und manchmal auf die andere Seite stellt. Oder es gibt zwei Götter, die miteinander kämpfen. Einer für die Ägypter und einer für unser Volk. Und jetzt höre, was die Thora sagt – und nicht ich: Sie sagt, dass das keine Wunder waren, sondern die Mächte des Wissens zweier Priesterkasten, der ägyptischen und der jüdischen – Männer, die einfach das Bewusstsein ihres Seins erlangt hatten.«

Judas lief auf und ab. Er ballte die Hände zu Fäusten und biss sich auf einen Finger, mit dem er dann auf seinen Bruder zeigte und stehen blieb.

»Das ist der Schlüssel.« Seine Halsadern traten wie ein Flussdelta hervor. »Und genau das fehlt dir, ein Schlüssel, damit die Menschen dich verstehen können! Du … du musst sprechen, aber du musst auch zeigen, was du kannst!« Er ballte erneut die Hände. »Das, was du ein Kunststück nennst, nennt das Volk Wunder. Wenn du derlei Kunststücke mit deinen Worten vermischst, werden dich alle verstehen und dir folgen!«

»Aber das wäre doch eine Täuschung!«

»Nein! Du täuschst sie nicht, du sagst ihnen ja nicht, dass es ein Wunder oder Magie ist, was du da tust. Du zeigst dich ihnen einfach so, wie du bist. Und dann werden sie dir glauben. Damit wird deine Rückkehr zu deinem Volk Frucht tragen und die Reise, die du machtest, zu etwas gut gewesen sein. Deine Opfer, die du bereits brachtest und in Zukunft bringen musst, werden dann nicht umsonst gewesen sein, das schwöre ich bei meinen Söhnen.«

»Du hast gar keine Söhne …«

Jesus senkte seinen Kopf und schüttelte ihn, aber der Bruder sah, wie er dabei schmunzelte.

»Was hat das damit zu tun? Noch *habe ich keine, aber ich werde Kinder haben, so sicher, wie es Sand in der Wüste gibt! Und nun bleiben wir so lange hier, bis du mir all das gezeigt hast, was du kannst. Ich aber werde dir überallhin folgen und dir helfen. Ich kenne diese Leute besser als du, lieber Bruder, denn ich habe seit meiner Geburt jeden Tag mit ihnen verbracht, ihre Ängste mit ihnen geteilt, ihre Empfindungen und – da ich ein guter Schäfer bin – auch ihren Gestank!«*

So blieben sie also vierzig Tage und vierzig Nächte auf dem Berg Nebo. Tagsüber schützten sie sich unter einem Zelt vor der Sonne, und am Nachmittag gingen sie auf die Suche nach essbaren Wurzeln. Und Judas lernte, den Hunger und den Durst mit

Kräutern und Knollen zu stillen und auf Fleisch zu verzichten. Nachts saßen sie um das Feuer, das die von der Wüste heraufwehende Kälte fernhalten sollte, und Jesus zeigte Judas, wie er die Kräfte des Geistes und des Körpers einsetzte, so wie er es von den Mönchen in den Bergen gelernt hatte. Und der Sternenhimmel schaute zu und lächelte …

Bayezid hob abwehrend seine Hände, und zum ersten Mal nahm Gua Li einen anderen Geruch des Sultans wahr, der ihr unbewusst Angst machte, obwohl er nicht unangenehm war: Gua Li roch Meer und Luft, Flucht und ferne Länder.

»Mittlerweile höre ich dir schon wochenlang zu, und ich könnte noch monate- oder gar jahrelang so weitermachen. Du hast gerade von dem Sternenhimmel der Nacht erzählt. Das gefällt mir: Unsere Dichter sagen, dass Sterne Löcher in der Himmelsdecke sind, durch die Allah uns das Licht des Paradieses zeigt. Gleichwohl ist der Moment gekommen, in dem sich unsere Schicksale erfüllen.«

Gua Li sog die Luft ein – nun roch der Sultan nach blauem Mohn, süß wie die Berührung eines kleinen Mädchens.

»Deine Worte sind wie in Honig getauchte Pfeile«, sagte der Sultan, »aber sie verursachen keine neuen Wunden; vielmehr wirken sie wie eine Salbe, die die Narben der alten verheilen lässt. Ich bin aber nicht nur der Herrscher dieses Imperiums – ich bin die Hand Allahs, der höchste Würdenträger des Islam, der Erbe Mohammeds, Er sei gepriesen. Und wenn Er der letzte Prophet ist, so ist Jesus der zweitwichtigste. Ich habe bereits verstanden, wo seine Worte hinführen – aber ich kann mir keine Zweifel über die Natur Gottes erlauben. Wenn ich den Zweifeln erlaubte, heimlich in mein Herz zu schlüpfen, und sie es früher oder später in Besitz nähmen, dann wären sie auch für meine Feinde sichtbar, die davon gewiss profitieren würden. Und damit beende ich heute, wenn auch mit einem weinenden Auge, unsere gemeinsamen Stunden.«

Bayezid blieb sitzen, denn es gab noch etwas, das er sagen wollte. Ada Tas Augen verengten sich zu zwei Schlitzen, als er zu erahnen versuchte, was der Sultan als Nächstes sagen würde. Der Sultan war ein intelligenter Mann mit scharfem Verstand. Er hatte seinem Land, das durch den Krieg seines Vaters von Feinden erobert worden war, Ruhe und Frieden gebracht. Und so, wie sein Vater »der Eroberer« genannt wurde, wurde er »der Gerechte« genannt. Gerechtigkeit aber kann bisweilen grausam sein, wusste Ada Ta.

»In einer Woche werdet ihr abreisen«, befahl der Sultan. »Ihr geht nach Rom, wo ihr einen Mann treffen werdet, der sich weiter um euch kümmert. Ihr werdet das Tagebuch, das ihr so eifersüchtig bewacht habt, mit euch nehmen. Auch das Haar von Gua Li, das ihr so umsichtig zwischen die Seiten legtet, ist wieder an seinem Platz. Ihr habt doch nicht wirklich geglaubt, dass ich das Buch nicht finden würde, nicht wahr? Aber seid unbesorgt, ich habe es wie eine Reliquie des Propheten behandelt. *Seine Worte* lautet der Titel – wie ihr seht, bin ich bestens unterrichtet. Mein treuester Vorleser, einer der wenigen, der dieser sonderbaren Schrift aus Zeichen und Bildern mächtig ist, hat mir einige Passagen vorgelesen. Die Geschichte in dem Buch stimmt mit der süßen Erzählung der jungen Frau hier überein.«

Seine Stimme zitterte kaum merklich, und Bayezid senkte das Haupt. Dann holte er tief Luft, denn das, was er zu sagen hatte, kam aus den Tiefen seiner Seele.

»Ich hätte Gua Li zu einer Königin gemacht, wenn ich gespürt hätte, dass sie mich angenommen hätte. Sie wäre meine Scheherazade gewesen und ich ihr König Schahrayâr. Wir hätten Tausendundeine Nacht erneuert, wenn sie nur gewollt hätte.«

Die letzten Worte hatte der Herrscher mit fast versiegender Stimme gesprochen. Er machte eine Geste, woraufhin sich seine jungen Dienerinnen zurückzogen. Als ihre Fußglöckchen nicht mehr zu hören waren, ergriff der Sultan erneut das Wort.

»Es ist überaus seltsam: Sie gibt sich, als sei sie bereits eine Königin und ich ihrer nicht würdig. Vielleicht wollte mir Allah ein Zeichen senden und mich erinnern, wie vergänglich ich bin und worin meine Aufgabe liegt. Daher ist es nun an der Zeit, dass wir uns trennen. Ihr werdet von einem Mann meines Vertrauens begleitet, der auch euer Mittelsmann in dem Land sein wird, das der Mann im weißen Gewand regiert.«

Bewegungslos hatte Ada Ta zugehört, die fragenden Blicke Gua Lis ignoriert. Die Feige hatte sich geöffnet, aber noch nicht ihre Frucht im Innern preisgegeben. Im Gegensatz zu Bayezid hatte der Mönch nur einen Vorteil: Er konnte warten – eine Tugend, die den Mächtigen zumeist fehlt –, und so wartete er ab.

»Ihr seid die fleißigen Bienen, die von weit her kamen und die Tulpen meines Reiches befruchteten. Ihr aber habt von unseren Blütenständen den Pollen gesammelt, den ihr bis in die Christenheit tragen werdet. Ihr werdet die Boten einer neuen Allianz sein. Mir wird sie Frieden und Macht geben und euch die Möglichkeit, eure Mission zu vollenden. Ihr werdet den weißen Papst treffen und die Möglichkeit haben, seine schwarze Seele zu verwandeln.«

Ada Tas Stab klopfte auf den Boden, und gehorsam erhob sich Gua Li. Mit gebeugtem Haupt trippelte sie in ihrem engen grünen Sari auf ihn zu, während sie abwechselnd zwischen den beiden Männern, die sich schweigend gegenüberstanden, hin und her blickte.

Ada Ta brach als Erster das Schweigen.

»Eine Jungfrau gebar Drillinge. Ein weißes Kind mit blauen Augen, ein schwarzes mit dunklen und ein safranfarbenes mit Augen wie zwei Mandeln. Glücklich wuchsen die drei Brüder bei ihrer Mutter auf. Als sie spürte, dass der Tod nahte, holte sie jeden einzeln zu sich und gab einem jeden ein Stück Löwenfell. ›Ein Stück allein ist nichts wert‹, sagte sie, ›aber wenn ihr die drei Teile zusammenfügt, ist es eine Karte, die euch zu einem Schatz führen wird.‹ Als sie die Seele ihrer Mutter geehrt hatten, zog das Misstrauen bei den Söhnen ein, und obwohl sie im selben Haus lebten, versteckten sie ihre Karten vor den anderen. Als auch der letzte der drei Brüder gestorben war, ging der Dorfvorsteher mit den Ältesten in ihr Haus. Dort fanden sie die drei Karten, die allesamt gleich waren. Neugierig geworden wählten sie aufs Geratewohl eine beliebige Karte aus und fanden unter einem Felsen einen Schmuckkasten, der randvoll mit wertvollen Edelsteinen war, mit denen das Dorf für lange Zeit in Wohlstand gedieh. Was lehrt uns das, Gua Li?«

Die junge Frau kannte die Geschichte. Soweit sie sie verstanden hatte, führte die Geschichte zu der Erkenntnis, dass man zwar seinem Schicksal nicht entrinnen kann – aber zugleich sein Herz und seinen Geist öffnen muss, damit man keine Gelegenheiten, die das Leben bietet und die es verändern könnten, versäumt.

»Dass der Dumme, auch wenn er nach hinten kippt, sich die Nase brechen kann.«

Das war das Erste, was ihr nach kurzem Nachdenken in den Sinn kam. Sie schaute Bayezid an. Er applaudierte lächelnd, und Gua Li erwiderte sein Lächeln.

»Sehr gut«, rief Ada Ta aus. »Nun weiß ich, was unser wundervoller Gastgeber weiß. Und ich sage bewusst: was er *weiß*, und nicht, was er *glaubt*. Denn Glauben bedeutet Nichtwissen. Wenn du mich also fragst, ob es gerade regnet, dann kann ich dir hier in diesem geschlossenen Raum nur antworten, ich *glaube* es, ja – demnach bin ich mir also beileibe nicht sicher.«

»Ich hätte euch hier niemals empfangen«, antwortete der Sultan, »wenn ich mir nicht vorher Bericht über eure Ziele hätte erstatten lassen. Der Mann, der euch nach Rom begleiten wird, war mir selbst von großem Nutzen. Durch ihn habe ich Giovanni Pico della Mirandola kennengelernt. Alles wird sich fügen.«

Gua Li riss die Augen auf und hob den Kopf, senkte ihn aber unverzüglich wieder und starrte zu Boden. Ada Ta klopfte nochmals mit seinem Stab, dann hob er mit zarter Hand Gua Lis Kinn an.

»Das Wissen«, sagte er, »ist wie der Vogel, der ohne Unterlass fliegt und sich nur auf den höchsten Baumwipfeln niederlässt – auf den Baumwipfeln und auf den Türmen der Minarette. Der Sultan weiß, und das wollte er uns wissen lassen. Das Wissen hat also erneut seinen Flug aufgenommen, und wir werden ihm folgen.«

Ein Sonnenstrahl drang durch das Gitter in den Raum und zeichnete auf dem Marmorboden eine Arabeske. Der Sultan legte die Hände aneinander.

»Allah, wer auch immer er sein mag, hat uns mit einem Funken seiner Weisheit erleuchten wollen. Möglicherweise«, ergänzte er mit einem Lächeln zum Abschied, »war es aber seine Mutter, die uns alle vereint. Geht nun. Ich glaube … nein, ich *weiß*, dass ihr an dem Mann, der euch in euren Gemächern erwartet, Gefallen finden werdet. In seinen Adern fließt das Blut beider Völker – das Blut desjenigen Volkes, das ihr gerade hinter euch lasst, und das Blut des Volkes, das ihr bald kennenlernen werdet. Vielleicht war die Mutter gerade aus diesem Grunde so großzügig mit ihm.«

Als sich das vergitterte Tor des Harems hinter ihnen schloss, wusste Gua Li, dass sie nie wieder hierher zurückkehren würde. Sie war dem Sultan dankbar, dass er ihr mit der Aufmerksamkeit und Bewunderung zugehört hatte, die häufig am Anfang einer Liebe stehen. Sie drückte Ada Tas Arm, der ihr die Tore zur Welt öffnete. Fast erschien es ihr, als wäre die ganze Reise nur ihr gewidmet. Als hätten sie diese Reise in Wahrheit unternommen, um nach ihrer Herkunft zu suchen – und nicht, um der Menschheit die Geheimnisse dieses außergewöhnlichen Mannes zu offenbaren, der im Abendland als Sohn Gottes verehrt wurde.

Als sie ihr kleines Gemach betraten, sahen sie den Mann des Sultans, der mit dem Rücken zu ihnen auf einem Stuhl saß. Er hatte einen Skizzenblock in der Hand und fertigte linkshändig mit einem Stift, der die gleiche braunrote Farbe wie sein Bart hatte, ein paar schnelle Skizzen an. Ada Ta und Gua Li sahen ihm zu, während der Mann sein Spiegelbild in einem Fenster betrachtete und mal mit heftigen, mal mit zarten Strichen sein Selbstporträt zeichnete. Mit der rechten Hand, die den Rötel hielt, machte er eine entschiedene, aber nicht abweisende Geste und bedeutete Gua Li und Ada Ta, kurz innezuhalten. Noch ein paar konzentrierte Bewegungen über das Blatt – und er rollte sein Werk zusammen und steckte es in eine zylindrische Rolle. Dann, endlich, wandte er sich zu ihnen um.

»Leonardo di ser Piero, aus Vinci, einem kleinen Dorfe der Republik Florenz – ein Mann ohne Wissen und zuweilen ohne Manieren. Ich bitte um Verzeihung.«

19

Istanbul, 20. Juni 1497

Der Sonnenuntergang über den gekräuselten Wellen des Marmarameers war ein dünner roter Streifen, der die Felsen des Serailpalastes in goldenes Licht tauchte. Weiter oben, in den hängenden Gärten hinter dem Südturm, stand ein hochgewachsener Mann, der in einen nachtfarbenen Umhang gehüllt war. Prüfend ließ er seinen Blick über den Horizont schweifen. Als er die Schritte hörte, drehte er sich nicht einmal um; es waren die Schritte eines hinkenden Mannes. Vertraulich wandte sich der Hinkende an ihn – aber mit der Ehrerbietung, die seinem Rang zustand.

»Euch ein langes Leben, Großwesir. Seit Wochen versuche ich, mit Euch Kontakt aufzunehmen.«

»Wir müssen große Vorsicht walten lassen. Der Sultan ist kein Dummkopf. Er hat die Sicherheitsvorkehrungen erhöht und die Anzahl seiner Spione vervielfacht.«

»Heute könnten wir auf sein Grab spucken, wenn der Fremde mit dem Stock nicht gewesen wäre. Ich verstehe nicht, wie Allah es zulassen konnte, dass der Sultan verschont blieb.«

»Die Wege Allahs sind unergründlich, und es steht uns nicht zu, sein Handeln zu verurteilen. Darüber reden wir später. Lass uns niederknien, der Adhan beginnt.«

Kurz darauf erhellte ein grüner Blitz den Himmel und zeigte den Sonnenuntergang an. Aus den Minaretten erklangen die salbungsvollen Rufe der Muezzin, die sich zu einem vielstimmigen Aufruf zum Abendgebet vereinten. Die beiden Männer knieten sich auf ihren Gebetsteppichen nieder, folgten murmelnd den Aufrufen der Vorbeter und verneigten sich gen Mekka. Als die Stimmen versiegten, wandte sich der Mann mit dem schwarzen Umhang dem Hinkenden zu.

»Jetzt können wir uns an Gott wenden und seine Hilfe und sein Zutun erbitten, Osman.«

»Was sollen wir denn von Gott erbitten?«, fragte der Hinkende mit einem Lächeln auf den Lippen.

»Dass das gesamte Abendland vor ihm erzittern möge und dass seine gerechte Strafe bald den Kafir, den großen Ungläubigen, ereilen wird. Die Stunde der Zerstörung naht. Allah hat bereits vor hundert Jahren den rechten Weg gezeigt und Tod und Zerstörung über die Ungläubigen gebracht. Damals sollte ganz Europa verseucht werden, aber sein Volk war noch nicht bereit, zum letzten Schlage auszuholen.«

»Wenn wir fähig sind, seinen Willen zu erkennen, wird er uns den Weg weisen.«

»Sein Wille geschehe.«

»Amen«, erwiderte der Hinkende.

»Bayezid hat Glück gehabt. Doch der Teufel, der ihn beschützt, wird nicht mehr lange leben – wie alle Ungläubigen, die sich nicht zu unserem Glauben bekennen werden. Über der großen Kirche der Christen wird ein grünes Banner wehen, auf dem achtundzwanzigtausendneunhundertmal der Name Allahs in goldenen Lettern stehen wird, und der Mann im weißen Gewand wird Allah als einzig wahren Gott anerkennen.«

»Wenn er überlebt ... Wesir. Er könnte sterben, wenn Rom durch die Strafe Gottes gesegnet wird.«

»Durch die Ansteckung werden Millionen sterben, und am Ende wird alles zerstört sein. Er aber wird Zeuge unseres Sieges sein und bleiben. Wie eine Mutter, die vor ihrem eigenen Tod gezwungen ist, mit anzusehen, wie ein Sohn nach dem anderen umgebracht wird. Das ist der Wille des Propheten – gepriesen sei Sein Name.«

»Ich fürchte, dass der Zorn Gottes am Ende auch uns erreichen wird. Die Ratten sind schnell, Wesir.«

»Die Ratten sind die Überbringer seiner Rache; er aber hat uns das Feuerschild gegeben. Oder bist du dir nicht sicher?«

»Zwei meiner Männer sind angesteckt worden …«

Abdel el-Hashim packte den Hinkenden am Hals. »Idiot! Und? Was hast du gemacht, du Sohn eines stinkenden Kamels?«

Osman knickte auf seinen verkrüppelten Knien ein und versuchte, sich aus dem Griff zu befreien.

»Ich habe sie verbrennen lassen und die Wachen um die verseuchten Häuser verdoppelt. Ihr tut mir weh, Wesir …«

»Du weißt, was es bedeutet, wenn auch nur eine der verseuchten Bestien entkommt, nicht wahr?«

»Die Mauern sind acht Ellen hoch, glatt wie Mädchenhaut, und auf den Zinnen brennen Feuer. Ich ersti…hicke, Wesir. Weder ein Sklave noch eine Ratte können entkommen …«

»Das hoffe ich für dich. Halt, was war das?«

»Wesir, mein Hals. Ihr habt mir große Schmerzen bereitet.«

»Das war nicht dein Hals, du Sohn einer Hündin.«

Er zückte seinen Krummdolch, den *Handschar* mit Elfenbeingriff, und lauschte. Zwei kleine schwarze Äuglein verengten sich, als wollten sie noch unauffälliger werden. Der Wesir ging auf ein paar Schornsteine zu, die sich gut als Versteck eigneten. Flink sprangen ein paar nackte Füße zur Seite, und geschickt wurde ein Steinchen auf die gegenüberliegende Seite geworfen. Mit einem Ruck drehte sich der Wesir um und lief zu den Stufen, die auf das Dach führten. Ein zerfetztes

Tuch, das im Wind wehte, berührte ein paar lose Ziegel. Der Wesir steckte seinen Dolch weg.

»Die Sache gefällt mir nicht …«

»Vielleicht war es ein Paar, das Trost und Ruhe suchte«, sagte Osman, als er ihn erreichte, »oder ein Wächter, der seine Runde dreht.«

»Oder ein Dschinn, der auf Ziegenfüßchen seinen Bruder besucht«, feixte der Wesir zurück. »Sag mir, was mit der letzten Kiste geschah.«

»Ich habe sie auf das Schiff der Fremden bringen lassen: Der Tod reist mit ihnen. Als ich ihm sagte, dass es der Wunsch der Wächterin des Berges sei, hat der Kapitän keine weiteren Fragen gestellt – vor allen Dingen, als ich ihm sein Säckchen mit einem Haufen silberner Akçe füllte.«

»Gut gemacht.«

»Ich bin ein Muselmane, Wesir.«

»Du bist ein Schlitzohr, Osman, und ich glaube nicht, dass du ihm mehr als zwei, drei Akçe gabst.«

»Ihr beleidigt mich. Wenn der Moment gekommen ist, möchte ich die Gewähr haben, dass Allah mir die zweiundsiebzig Jungfrauen schenkt.«

»Bete du lieber, dass die Ratten dem Willen Allahs folgen und ihren Akt der Zerstörung vollbringen. Für den Rest solltest du dich mit den Überbleibseln des Sultans zufriedengeben, die zwar keine Jungfrauen mehr sind, aber gleichwohl zu den schönsten Frauen des Reiches zählen. Wer reist mit den Teppichkisten?«

»Ich selbst. Ein verkrüppelter Händler fällt nicht weiter auf, und meine dunkle Haut erweckt ebenfalls kein Misstrauen.«

»Sollte sich die Kiste während der Reise öffnen, dann verbrenne alles – auch das Schiff –, dann wirst du über kurz oder lang auch auf die zweiundsiebzig Jungfrauen treffen.«

Jungfrauen oder Kurtisanen – was machte das schon für einen Unterschied! Die Frau war für zwei Dinge geschaffen worden – um dem Manne Freude zu bereiten und um ihm Söhne zu gebären. Seine Mutter hatte ihr ganzes Leben lang nichts anderes getan und dafür das Lob seiner vielen Väter bekommen. Die Verwendung von Frauen sowie die Kunst des Einschmeichelns und der Unterwürfigkeit – und wie man daraus Profit zieht – hatte er von ihnen gelernt. Im Schatten der Mächtigen war er vom verhöhnten und getretenen Krüppel zum Vertrauten der Wächterin aufgestiegen, obwohl er sie noch nie zu Gesicht bekommen hatte.

Im richtigen Moment würde er – und nicht dieser unfähige Abdel el-Hashim – der einzig wahre Großwesir werden. Und wer weiß, vielleicht würde er sie eines Tages sogar ins Bett bekommen und endlich ihr allzeit verborgenes Antlitz sehen dürfen. Tausende Male schon hatte er sie sich wie eine Königin vorgestellt: nicht mehr ganz jung, aber mit feurigen Augen, einer feinen Nase und verführerischen Lippen.

Osman machte eine unbeholfene Verbeugung und humpelte von dannen.

Wie ein Rabe mit gebrochenem Flügel, dachte sich der Großwesir. Mit einer schwungvollen Geste warf er sich seinen Umhang über die Schultern, sah sich rasch nach allen Seiten um und stieg dann den Turm hinauf, um seinen Kontrollgang zu machen.

Mittlerweile war das Meer nicht mehr von dem dunkelblauen Himmel zu unterscheiden, und auf dem Bosporus wehte eine frische Brise. Der kühle Wind ließ die Frau ein wenig erschauern, aber sie wartete, bis sich die zwei Männer entfernt hatten. Leise und flink wie eine Katze schlich sie die Wendeltreppe hinab, die sie ins Serail, direkt in die Gemächer von Bayezid dem Gerechten führte. Die Janitscharen am Eingang hatten den Befehl, sie immer durchzulassen – außer der Sultan war gerade mit einer anderen Konkubine beschäftigt. Sie kniete vor ihrem Herrn, der sie anlächelte und ihr bedeutete, sich zu erheben.

»Vater«, sagte sie, »der Wesir und der Hinkende haben über das Attentat auf Eure Person gesprochen und über einen verseuchten Ort. Ich konnte aber nicht alles verstehen, denn ich wäre Gefahr gelaufen, entdeckt zu werden.«

Ihr Bericht wurde genauer, und Bayezid hörte ihr aufmerksam zu. Dieses Mädchen, das noch nicht einmal sechzehn Jahre alt war, war ihm teurer als jede andere: Sie war ihm nicht nur zutiefst ergeben, sondern auch noch schön und intelligent. Darum hatte er ihren Namen in Amina geändert, was so viel wie »die Getreue« bedeutete. Obwohl es eine angemessene Bezeichnung war, gefiel es ihm jedoch nicht, dass sie ihn »Vater« nannte. Er hoffte, dass sie sich bald mit einer anderen Anrede an ihn wenden würde – darum hatte er sie noch nicht angefasst.

»Du warst ein braves Mädchen, Amina. Du bist das Licht meiner Augen. Sie haben dich doch nicht gesehen, oder?«

Niemand durfte auch nur im Entferntesten auf die Idee kommen, dass er etwas von den Intrigen gegen seine Person wusste – aber die Gefahr, in die sie sich für ihn begab, beunruhigte Bayezid zutiefst. Amina lächelte ihn an, und zwischen ihren schwarz umrahmten Lippen erschienen ihre Zähne weißer als Perlen. Sie deutete auf ihre schwarzen Pluderhosen und die leichte Tunika, die ebenfalls schwarz war.

»Die schwarze Farbe hat mich vor ihren Blicken beschützt, und mein Odem war lautlos. Nein, Vater, sie haben mich weder gesehen noch gehört. Aber das, was ich hörte, bereitet mir immer größere Sorgen um Euer Leben, und ich bete jeden Tag zu Gott, dass er Euch beschützen möge.«

»Solange ich dich an meiner Seite habe, wird mir nichts

geschehen. Und nun geh, mein Kind, und ruhe dich aus, im Namen Allahs.«

Ja, er würde noch ein langes Leben haben – aber gegen das, was seine Feinde vorhatten, würden Gebete nicht helfen. Vielleicht würde ja nicht einmal die Macht Gottes ausreichen, um ihn zu schützen. Denn Gott stellte ihn vor die schwerste Prüfung seines Lebens – und in seiner Unergründlichkeit war er unberechenbar: Er hatte ihm einen Verbündeten aus der Reihe seiner Feinde gegeben – dafür aber einen Feind in seinem Haus versteckt. Es war wie ein Schachspiel, das auf verschiedenen Spieltischen ausgetragen wurde. Eine Partie mit unsicherem Ausgang und einem parteiischen Schiedsrichter: Gott, der den Herrscher zweifeln ließ.

20

Rom, 16. Juni 1497

Im zweiten Stock des Gasthauses *Zur Feisten Kuh* war Ferruccio in einen unruhigen Schlaf gefallen. Das Gegröle in den Gassen hatte ihn jedoch geweckt, und er erhob sich mit schmerzenden Gliedern von seinem Heulager. Vier Scudi für ein dreckiges Zimmer, das er auch noch mit zwei anderen teilen musste, waren eine Schande – aber man zahlte bekanntlich für das Privileg, in einem Haus von Madonna Vannozza nächtigen zu dürfen. Vielleicht würde es einem Glückspilz, der ein anständiges Zimmer ergattert hatte, sogar gelingen, eine Bittschrift zu überreichen, und der eine oder andere würde sogar prahlen, dass er im selben Bett genächtigt hätte, in dem die Hausherrin mit dem Papst Unzucht getrieben hatte. Ferruccio musste mit diesem Nachtlager vorliebnehmen, da er in diesem Stadtviertel bleiben musste, um nicht erkannt zu werden: Mit Sicherheit würden es die Soldaten des Papstes nicht wagen, das Gasthaus *Zur Feisten Kuh* zu betreten. Er öffnete die Fensterläden, sah aber nur die tanzenden Lichter der Fackeln und Laternen, mit denen die torkelnden Betrunkenen herumfuchtelten. Wie immer war aus ihrem Geschrei kein Sinn herauszuhören. Auf die grundlose Störung der Nachtruhe der armen Römer standen zwar Kerker und Auspeitschung, aber diese harten Strafen ereilten üblicherweise eher das einfache Volk – nie die edlen Herren. Ferruccio leerte den Inhalt seines Nachttopfes über einer Fackel aus, die allerdings nicht ausging, sondern fröhlich weiter vor sich hin zischte.

»Du Hund, du!«, fluchte ein Schatten.

»Auf dass dich die Räude heimsuche!«, schrie Ferruccio zurück. »Du hast die Gäste der Vannozza de' Gandia de Cattanei in ihrer Nachtruhe gestört. Was geschieht da unten? Sprich, du Spitzbube!«

Der Schatten zögerte, als er den Namen vernahm, der zweifellos auch noch von einem Edelmann ausgesprochen worden war. Er wischte sich eilig den Urin aus dem Gesicht – als wolle er seinen Anblick dadurch erträglicher machen.

»Der Herzog von Gandia, der Sohn des Papstes! Sie haben ihn im Tiber gefunden. Aufgeschlitzt wie eine Sau! Ich werde bei den Savelli und den Colonna anheuern, die nehmen jeden und zahlen auch gut. Aber mit diesem Pissegestank habt Ihr mir alles ruiniert, mein Herr.«

Ferruccio fuhr sich durchs Haar.

»Bist du dir sicher, dass das stimmt, was du da sagst?«

»Sicher ist nur der Tod, aber Ihr könnt Euch selbst davon überzeugen. Geht zum Ripetta-Hafen. Aber seid auf der Hut: Dort sind die Mannen des Grafen mit Peitschen und Lanzen. Sie legen jedem, der auch nur halbwegs verdächtig aussieht, die Halsgeige an.«

»Warte, du Spitzbube. Ich gebe dir einen halben Scudo, wenn du mich dorthin begleitest.«

Der Mann machte eine unbeholfene Verbeugung.

»Für einen werde ich Eure Amme sein – und seid versichert: Mein Spieß hat nicht nur Hähnchen aufgespießt!«

»So sei es also ein ganzer Scudo, aber wenn du zu scherzen wagst, wirst du ein Bad im Tiber nehmen.«

»Über Geld scherze ich nie, mein Herr. Ich werde hier unten auf Euch warten.«

Ferruccio entschied sich für sein Bohrschwert, das nicht so

auffällig war wie sein Zweihänder und in den engen Gassen im Zweikampf einfacher zu handhaben war. Gewissenhaft kontrollierte er die Riemen, mit denen er außerdem noch einen Dolch auf seinen rechten Unterarm gebunden hatte. Dort steckte er unauffällig unter dem weiten Hemdsärmel. Und dort musste er auch unter allen Umständen bleiben, solange er ihn nicht ziehen musste: Denn wenn ihm diese Waffe aus Versehen zu Boden fiele, wüsste jeder, dass er kein Edelmann war, sondern ein Diener der Waffen. Oder schlimmer: Man könnte ihn für einen gedungenen Mörder halten. In Rom war dies zwar kein unübliches Metier, aber die meisten Mörder landeten früher oder später in den Käfigen vor der Engelsburg – wo sie von den Krähen gefressen wurden. Ferruccio stieg über die beiden Freudenmädchen, die vor seiner Tür schliefen, und ging lautlos die Treppe hinunter.

Er durfte und konnte sich keinen Fehler erlauben – er wusste nur zu gut, dass das Leben Leonoras in seinen Händen lag. Durch die Hand dieses ruhmlosen Bastards, der sich rühmte, ein Fürst der Kirche zu sein und der von seinem Vater Lorenzo de' Medici nur den Namen geerbt hatte, hatten sich nun die Sterne, der Himmel und das Fatum, die sie einst zusammengeführt hatten, gegen sie beide verschworen. Dieser Bastard sprach mit gespaltener Zunge, denn er wollte ihn glauben machen, dass er mit dieser Mission den Zielen Giovanni Picos näher käme und seinen Teil zum Gelingen beisteuern könnte. Dass er für diese Lüge den Namen des treuesten Freundes seines Vaters missbrauchte, war schändlich. Wenn einer von Medicis Schergen oder gar er selbst Leonora auch nur ein Haar krümmen würde, schwor sich Ferruccio – würde er ihm seinen Dolch ins Herz stoßen, und koste es auch sein eigenes Leben!

»Was sagt Ihr, Exzellenz? Wem wollt Ihr einen Dolch ins Herz stoßen?!«

»Nichts. Ich habe nur laut gedacht. Sag mir lieber, wie du heißt.«

»Gabriel. Als ich auf die Welt kam, war ich blond und hatte Locken wie eine Putte, und so nannten mich die Mönche nach einem Engel … Es erfreut mich, Euch ein Lächeln entrungen zu haben, Exzellenz.«

»Du weißt also nicht, wer deine Eltern waren.«

»Nein, mein Herr. Auf dem Linnenband an meinem Ärmchen stand geschrieben *filius ignotae*, mit einem ›M‹ dazwischen, für ›Mutter‹. Mehr nicht. Aber nennt mich nicht Hurensohn, vielleicht gebar mich ja eine Nonne. Und über meinen Vater wollen wir lieber kein Wort verlieren. Vielleicht war es ein feiner Herr, so wie Ihr? Ihr könnt es allerdings nicht sein, Ihr seid zu jung dafür.«

Vom Gasthaus *Zur Feisten Kuh* aus wählten sie die kleinen Gässchen, auf denen nicht viel los war, in Richtung Pantheon; von dort aus gingen sie zur Piazza Agone.

»Wir machen zwar einen Umweg, mein Herr, aber so vermeiden wir die Häuser der Aldobrandini und der Caetani, die immer für eine Rauferei zu haben sind. Und wo Raufereien sind, sind auch die Soldaten nicht weit weg – beiden sollten wir allerdings lieber aus dem Weg gehen.«

Ferruccio und Gabriel erreichten den Gasthof *Zum Löwen*, der auch der Vannozza de Cattanei gehörte und in dem Ferruccio keinen Platz gefunden hatte. Sie gingen weiter am Nona-Kerker vorbei und gelangten schließlich an die Ufer des Tibers. Es war nicht notwendig, dass Gabriel ihm den Fundort des blaublütigen Kadavers wies, denn man konnte die vielen Feuer bereits von Weitem sehen. Es sah wie in einem Militärlager aus.

»Kommt, die Schiffer kennen mich gut. Öffnet aber Euer Hemd, damit Ihr nicht gar zu hochwohlgeboren ausseht – das gefällt ihnen nämlich ganz und gar nicht.«

Der Körper des Mannes lag auf dem Boden. Um ihn herum waren vier Laternen aufgestellt. Der Leichnam war auf unnatürliche Weise aufgedunsen, das Gesicht von Äschen zerfressen und von Flusskrebsen zerkratzt. Seine fein glänzenden Kleider konnten nicht das viele Blut verbergen, mit dem sie durchtränkt waren, und der Hals – grau wie das Gesicht – war von den vielen Stichen durchlöchert.

»Das ist der Herzog von Gandia«, flüsterte ein Schiffer. »Von Dolchstößen ermordet. Sie haben ihn gerade herausgefischt, zusammen mit dem Kadaver eines Unbekannten.« Er zeigte auf einen Mann, der ganz in der Nähe lag.

»Die arme Seele da, die vermutlich den Mörder sah, ist bereits in Ketten, seht Ihr?«

»Nie einmischen«, raunte Gabriel Ferruccio zu und wandte sich dann wieder an den Schiffer. »Weiß man schon, wer es war?«

»Der Herzog trug am Körper ein Säcklein mit dreißig Golddukaten. Viel wichtiger ist jedoch die Frage: Wer ist der Dieb, der es sich erlauben kann, auf solch einen Reichtum zu spucken?«

»Du willst also sagen, dass es der …«

»Sicher, und zwar mit eigener Hand – ich verwette einen Wildschweinschinken darauf, dass es Selbstmord war. Nicht einmal sein Vertrauter Micheletto hätte ihm das Gold gelassen, denn so hätte er wenigstens den Verdacht auf so einen wie dich gelenkt.«

»Der eine Sohn ermordet, der andere der Mörder des Toten. Was denkt der Papst eigentlich, wer er ist? Adam aus der Bibel?«

Die zwei stießen ihre Ellbogen aneinander und lachten hämisch, aber Ferruccio stimmte nicht ein, sondern biss sich auf die Lippen. Das Treffen mit dem Papst war geplatzt, so viel war sicher. Nun würde ein Sicherheitskordon um den

Papst gezogen werden, den nicht einmal der Erzengel Michael durchtrennen könnte. Und es war egal, ob das, was sich die beiden Männer gerade erzählten, der Wahrheit entsprach, oder ob es sich um den Racheakt einer rivalisierenden Familie handelte. Und nun? Aus seinem Geldbeutel, den er am Gürtel trug, nahm Ferruccio zwei Dukaten und winkte Gabriel zu sich her.

»Das ist für dich; du hast mir gut gedient. Wenn du mich in der Taverne aufsuchst und mir Neuigkeiten überbringst, wird ab jetzt täglich einer für dich herausspringen. Und zwar jeden Morgen, kurz vor der zwölften Stunde.«

Ferruccio fasste sich an sein Herz, denn dort fühlte er sich getroffen, und er wusste nicht, wohin er gehen sollte. Dann machte er sich zur Basilika auf. Vielleicht würde sich ja ein Engel geneigt zeigen, ihm zu helfen und ihm einen Ausweg zu weisen.

»Ich weiß wirklich nicht, wer es war, edler Ritter. Ich schwöre es auf die Heilige Jungfrau!«

In seiner Zelle im Nona-Kerker flehte der Schiffer seinen Kerkermeister auf Knien an. Mittlerweile verfluchte er seinen natürlichen Drang, gleich zu reden, wenn ihm die Mächtigen die Zunge lockerten – hätte er sich doch bloß auf selbige gebissen!

Carlo Canale verpasste ihm erneut einen brutalen Schlag ins Gesicht, und die lederne Armkachel riss dem Schiffer das linke Jochbein auf. Das Blut floss ihm direkt in den beinahe zahnlosen Mund – die Schneidezähne waren ihm bereits beim ersten Schlag aus dem Mund geflogen. Giorgio, genannt *der Slawe*, versuchte auszuspucken, aber die blutige Spucke rann ihm nur das Kinn herunter.

»Ich bin alt und taub«, sagte der Kerkermeister ruhig, »deshalb wiederhole, was du tatest, wie, wo und wann. Und lass dabei die Madonna aus dem Spiel. Die hat mit ihren ganz eigenen Schwierigkeiten zu kämpfen. Die Jungfrau hier bin ich, und die edlen Herren dort sind es auch – und alle warten sie auf ein Zeichen von mir, um mit dir ihre Unschuld zu verlieren.«

Einige der Wachen fassten sich demonstrativ ans Gemächt, andere streckten ihm obszön die Zungen heraus. Carlo Canale schüttete ihm einen Eimer Wasser ins Gesicht und wandte sich an den anderen Mann, der sich vor lauter Angst bereits in die Hosen gemacht hatte.

»Ich tat nichts weiter als das, was mir befohlen wurde, mein Herr: Ich warf die Netze aus, die besten und stärksten. Die für den Stör, und ich habe sie noch nicht ganz bezahlt. Ich nahm Korken und das Lot, damit es sich weit öffnet und gut über den Grund schleppt.«

»Wann?«

»Es schlug zum Komplet, Herr, und ich hörte den Aufruf, den Mann zu suchen.«

»Und als du ihn schließlich aus dem Wasser zogst?«

»Ich habe ihn aus dem Wasser gezogen, just als die Glocken des San-Girolamo-Hospitals zur Morgenmette riefen. Er war schwer, und so barg ich ihn kurz vor der sechsten Stunde.«

»Und woher wusstest du, dass der Körper genau dort zu finden war?«

»Ich wusste es nur von dem Mann, der beobachtet hatte, wie ein edler Herr in das Wasser geworfen wurde, Hauptmann. Und nachdem ich den Aufruf gehört hatte, zählte ich eins und eins zusammen und …«

»Schluss jetzt. Dann bist du also des Zählens mächtig, Battistino di Taglia.«

»Ja, mein Herr, und ich kann auch meinen Namen schreiben.«

»Dann zähle diese zehn Dukaten und erzähle allen, dass unser Heiliger Vater großzügig mit dem Volk ist.«

Canale warf ihm ein Stoffsäckchen hin, das der Mann nicht fangen konnte, weil er noch am ganzen Körper unkontrolliert zitterte. Die Münzen fielen zu Boden. Eilig kniete Battistino nieder und begann, sie hastig unter den neidischen Blicken der Wächter einzusammeln.

»Beeil dich!«

»Ja, mein Herr. Fertig, Herr. Darf ich nun gehen, Herr?«

»Du kannst es wohl kaum erwarten, sie mit irgendeiner Hure auszugeben, oder? Aber ja doch, geh und genieße dein Leben. Du siehst, wie kurz es selbst für diejenigen sein kann, denen der Herr gewogen ist. Und nun: Hau ab!«

Überglücklich stolperte Battistini von dannen, und der Hauptmann wandte sich erneut dem Mann in Ketten zu.

»Du hast ihn also in den Fluss gestürzt, du Hundesohn, du!«

»Nein, Herr!« Der Slawe flehte und weinte. Blut und Tränen mischten sich auf seinem Gesicht. »Ich schwöre es bei allen Heiligen!«

Carlo Canale versetzte ihm einen gezielten Tritt in die Magengrube, worauf der Mann ohnmächtig vornüberkippte. Einer seiner Schergen beeilte sich, einen Eimer mit Urin über ihm auszuleeren, aber der Mann rührte sich nicht. Einen Augenblick befürchtete Carlo, dass er ihn umgebracht hätte. Aber dann sah er, dass er noch atmete, schwach zwar, aber immerhin. Auch er atmete schwer. Die stickige Hitze in der Zelle war unerträglich, deshalb zapfte er sich aus seinem Fässchen einige Krüge Bier. Während die gewaltigen Rülpser die verbleibende Luft nun ganz und gar verpesteten, fragte er sich in seinem bereits benebelten Hirn, was wohl sein Weib Vannozza in solch einer Situation getan hätte oder was sie ihm jetzt riete. Im Geiste erschien sie ihm, und er stellte sich vor, wie sie, mit einem Glas Falerno in der Hand, auf dem Hexenstuhl saß – aber auf schön gepolsterten Kissen, damit sie nicht von den Nägeln durchbohrt würde.

»Warum schaust du mich so an?«

»Du bist ein Idiot, wie immer. Anstatt eine gute Figur vor Alexander zu machen, vergnügst du dich lieber hier und folterst diesen armen Tropf.«

»Ich bin der Hauptmann der Wachen!«

»Du bist *einer* der Hauptmänner der Wachen, und das nur durch mich. Ich habe dich meine Macht kosten lassen, weil ich eine barmherzige Seele bin.«

»Und du bist eine feiste Kuh, wie dein Gasthaus.«

»Und ich bete zu Gott, dass er einen Hengst aus dir macht, aber darum bin ich nicht hier. Nimm den Mann, bevor er das Zeitliche segnet, und bringe ihn vor Alexander zum Reden. Egal, was er sagt – ob es nun Cesare oder er war: Tue einfach gleichgültig und warte auf Befehle. Nimm aber nur die vom Papst oder seinem Sohn selbst entgegen.«

»Vom Papst. Oder seinem Sohn. Oder vom Heiligen Geist!«

»Im Grunde genommen bin ich froh, dass ich dich zum Mann genommen habe, Carlo Canale, denn du bringst mich ab und an zum Lachen.«

Carlo Canale zeigte mit dem Finger auf sie und schloss die Augen, um sich eine Antwort zu überlegen. Als er sie wieder öffnete, saß statt ihrer nur sein Vize vor ihm, der ihn verdutzt und mit einem schiefen Grinsen ansah. Er haute auf den Tisch und warf dabei den vollen Bierkrug um. Bevor Carlo Canale seine Meinung über den Rat seines Weibes ändern konnte, hatte er sich bereits auf sein Ross geschwungen und sich mit zehn Waffenträgern und dem armen Gefangenen – der aussah, als käme er auf die Schlachtbank – auf den Weg zur Basilika gemacht. Der Mob rottete sich eng um das

Grüppchen zusammen, und das Stimmengewirr wurde immer lauter und konfuser. Die öffentliche Erregung ging sogar so weit, dass der eine oder andere beim Anblick des blutüberströmten Gesichts glaubte, in dieser Fratze das Ebenbild des Mörders zu erkennen, dessen Name – Cesare Borgia – bereits in aller Munde war. Der Mob wurde immer langsamer und darum umso gefährlicher, denn so zog er mehr Bettler, Neugierige und Taschendiebe an. Canale hielt sein Pferd an und näherte sich dem Gefangenen. Er beugte sich aus den Steigbügeln, verpasste dem armen Teufel mit der flachen Seite seiner Schwertklinge eine Breitseite und brach ihm dabei beide Knöchel. Dann riss er einem seiner Wachen die Ketten aus der Hand, hievte den Gefangenen hoch, legte ihn quer vor sich über sein Pferd und ritt zielstrebig durch die Menge in Richtung Sankt Peter.

Ferruccio beobachtete ihn, wie er sich mit dem Opfer entfernte. Er verstand, wie glaubwürdig die Versprechen derjenigen waren, die alles im Leben als käuflich betrachteten und die ihr Königreich unter der vermeintlichen Ägide eines Mannes errichten wollten, der von seinen eigenen Jüngern verraten und gekreuzigt worden war. Er für seinen Teil würde jedenfalls keine Ruhe geben, bis er wieder mit Leonora vereint wäre – egal wie, und sei es mit Hilfe der Medici, der Borgia, des Sultans oder des Teufels höchstpersönlich!

Die Kardinäle Sforza und Orsini sowie der Bischof von Monreale saßen auf den hölzernen Gebetsbänken entlang der Wand; gegenüber auf der anderen Seite des Saals saßen Cesare und Giovanni Burcardo auf zwei Stühlen, und in der Mitte thronte Alexander auf einem kleineren Exemplar der *Sedia gestatoria*. Neben ihm stand der Großmeister des Hospitalordens, Kardinal d'Aubusson, in kompletter Kampfrüstung, mit Beinschienen und Handschuhen aus Eisen. Aus dem mit Gold verzierten Brustpanzer ragten die kräftigen Arme wie zwei Eichenstämme heraus, und in den Händen hielt er seinen Helm.

Kniend und mit gebrochenen Knöcheln starrte Giorgio, der Slawe, diesen Racheengel an, der neben dem höchsten Richter stand. Carlo Canale hatte ihn von seinen Ketten befreit, stand aber hinter ihm – und wartete nur auf ein Zeichen seines Herrn, um ihm mit seinem mächtigen Schwert erneut eine Breitseite zu verpassen.

»Kopf hoch, mein Schiffer.«

Die honigsüße Stimme des Papstes war wie Salbe auf seinen Wunden. »Erzähle uns, was du weißt, und niemand wird dir ein Leid zufügen. Aber achte darauf, dass du die Wahrheit sprichst. Die nackte Wahrheit – nackt wie unser Herr am Kreuz. Und wisse, dass er alles sieht und alles weiß. Und derjenige, der ihn verriet, starb erhängt von Gottes eigener Hand.«

Der Slawe schluckte und holte mehrmals Luft. Doch als er den bärtigen Engel in Rüstung sah, der da breitbeinig vor ihm stand und die Fäuste ballte, lockerte sich seine Zunge wie durch ein Wunder.

»Es war gestern. Die Stunde vor Mitternacht. Ich ruhte auf meinem Kahn, als ich vor dem San-Girolamo-Hospital zwei Ritter erblickte. Einer der beiden hatte quer über seinem Sattel einen Körper liegen. Dessen Beine und Armen hingen schlaff herunter. Dort, wo der Unrat weggeworfen wird, blieben sie stehen, mein Vater. Sie stiegen ab, nahmen den Körper, beschwerten ihn mit einem großen Stein und warfen ihn schnell ins Wasser. Um nicht gesehen zu werden, duckte ich mich. Dann hörte ich das Platschen und dann, wie sie sich auf ihren Pferden entfernten. In verschiedene Richtungen.«

»Warum hast du nicht die Wachen verständigt?« Die Stimme des Engels war tief und mahnend. »Der Nona-Kerker ist nur ein paar Schritte entfernt.«

»Mein guter Herr, ich habe in meinem Leben bereits über hundert dieser Geschäfte gesehen, und noch nie hat sich jemand für diese Körper interessiert. Darum habe ich, meinem Glauben nach, für diese Seele gebetet und dann weitergeruht.«

»Hast du gehört, ob die Ritter miteinander sprachen?«

»Ja, Herr, einer sagte: ›Micheletto, bist du sicher?‹ Und der andere antwortete: ›Bei Gott, wenn neun Dolchstöße nicht reichen…‹«

Alexander legte die Hand vor seine Augen, während d'Aubusson unbeeindruckt stehen blieb. Der alte Bischof von Monreale tat so, als hätte er nichts gehört. Sforza und Orsini wechselten vielsagende Blicke, und Burcardo wollte bereits sein Notizbüchlein hervorholen, ließ es dann aber bleiben. Der Einzige, der unbeweglich dasaß, war Cesare. In der Pause, die auf die Enthüllung hinführte, dass er an der Ermordung des Herzogs von Gandia beteiligt gewesen war, sprang er auf. Er riss den Slawen an seinen Haaren hoch, steckte ihm ein Goldstück in die Tasche und zwang ihn, seine Zunge herauszustrecken. Mit seiner Misérecordia, die er in seinem Ärmel trug, trennte er sie mit einem schnellen Schnitt ab, spießte sie auf und rammte die Klinge seines Dolches samt Zunge in den Tisch.

»Er wusste nichts über die Tugend des Schweigens«, flüsterte Sforza Orsini zu. »Nun ist er gezwungen, sie zu schätzen.«

Alexander bedeutete Carlo Canale, den Schiffer fortzuschaffen, damit auch er verschwände. Er neigte seinen Kopf zur Seite und verschränkte die Arme unter seinem Pluviale.

»Die Hand unseres Sohnes Cesare«, urteilte er, »war hurtiger als die der Kirche. Die Verleumdungen eines verkauften Schiffers schmerzen uns zwar, aber sie werden uns nicht von unserer Pflicht ablenken, diese schreckliche Missetat aufzuklären, die nicht nur unsere Familienehre, sondern auch die

Heiligkeit der Kirche Roms verletzt. Deshalb bestellen wir umgehend eine Kommission zur Untersuchung des Vorfalls ein und rufen eine dreitägige Trauer aus. So, und nun holt mir den Canale; ich möchte alleine mit ihm sprechen. Auch du, Cesare, ja, auch du gehst.«

Ohne Unterlass wanderten die glasigen Augen Carlo Canales prüfend durch den Saal. Hinter jeder Bewegung der Vorhänge, ja hinter jeder sich öffnenden Tür vermutete er zwei oder drei Meuchelmörder. Er würde keinen Finger gegen sie erheben und sich wie ein Lamm abführen lassen – denn ein Fuchs im Wolfsbau hat keine Chance. Um sich Leid zu ersparen, würde er ihnen sogar gleich seine Kehle darbieten. Nun wusste er und hätte doch nicht wissen dürfen. Verfluchte Vannozza und ihre Ratschläge!

Der Papst strich sich über seinen Nasenhöcker. Eine Geste, die Canale nur allzu gut kannte. Alexander VI. tat dies häufig, wenn er nachdenken musste. Vielleicht gab es ja noch ein wenig Hoffnung, dachte er müde.

»Ich brauche dir wohl nicht zu sagen …« – der Papst betonte jedes Wort – »dass das, was du gesehen und gehört hast, nie geschehen ist. Wir vertrauen auf dich, Carlo.«

Der Hauptmann riss die Augen auf und bekam eine Gänsehaut. Der Papst vertraute ihm! Er zweifelte also nicht daran, dass sein Geheimnis bei ihm gut aufgehoben war! Sein Leben war gerettet! Und nicht nur das: Nun verband sie etwas miteinander, Alexander und ihn. Carlo lächelte unter Tränen und warf sich vor die Füße des Papstes, um ihm auf Knien die roten Füßlinge zu küssen.

»Was hast du, Canale? *Alto, por Dios*! Hör auf damit!«

»Habt Dank! Danke, guter Vater! Ja, verzeiht, ich bitte Euch, mein Vater, aber ich bin gar zu glückselig.«

Alexander befreite sich aus der Umklammerung seines Hauptmanns und bereute, mit ihm alleine geblieben zu sein.

»Und aus welchem Grunde?«

»Ich hatte Angst, mein Vater, ich befürchtete, dass Ihr mir nicht genug vertrauen könntet – obwohl es dazu selbstredend keinen Grund gab. Und ich fürchtete, dass Ihr mich ob der Beziehung zu Madonna Vannozza … also … die uns gewissermaßen eint … dass Ihr mich für alle Zeiten aus Eurem Kreise verbannen wolltet. Aber Euer Wunsch gibt mir zu verstehen, dass Ihr nicht auf mich zornig seid und dass Ihr wisst, wie sehr Ihr auf meine ewigliche Ergebenheit zählen könnt, die ich Euch nie verweigern würde.«

»Geh, Carlo, und überbringe Vannozza Unseren Segen. Gib ihr in Unserem gemeinsamen Schmerz den Trost, dessen jedes Weib bedarf, wenn ihr ein Sohn stirbt.«

Der Hauptmann stand auf, trocknete sich die Tränen und faltete die Hände zum Gebet vor der Stirn, als wolle er die Kraft auf die aussichtslose Gewährung einer Gnade erflehen. Er hob die Augen gen Himmel und schloss sie in stummer Dankbarkeit, holte tief Luft und verließ katzbuckelnd den Saal.

Immer noch strich sich Alexander ohne Unterlass über seinen Nasenhöcker. Canale hatte gedacht, und das war bereits ein Malheur. Die Gedanken eines Idioten sind gefährlich, weil man nie weiß, welche Richtung sie einschlagen werden. Ferner hatte Canale mehr oder weniger zugegeben, dass man ihn zu Recht verdächtigte, indem er fest mit seiner Hinrichtung rechnete. War es nicht der heilige Augustinus, der sagte: »Der, der den anderen nicht traut, traut sich selbst nicht«? Oder war es der Aquinat? Unwichtig. Jedenfalls musste das Problem Canale schnellstmöglich aus der Welt geschaffen werden. Die größte Schwierigkeit dabei war Vannozza, die nicht so einfach akzeptieren würde, ein drittes Mal Witwe zu werden. Und es würde auch nicht einfach werden, das Ganze wie einen tragischen Unglücksfall aussehen zu lassen. In diesem Fall erschienen Bilsenkraut oder Arsen, deren Geheimnisse er nur zu gut kannte, wohl geeigneter zu sein.

Daher wäre es die beste Lösung, wenn Canale der Rache eines Verwandten oder besser noch, eines eifersüchtigen Ehemanns, zum Opfer fallen würde – dann müsste Vannozza schweigen. Dieser Frau hatte er bereits zu viel zugestanden, aber sie war die Einzige, die ihn je wirklich geliebt hatte, und das zu einer Zeit, als der Purpur und die Tiara noch in weiter Ferne lagen. Und sie war die Einzige, die ihn immer angespornt hatte, für seine Träume zu kämpfen – alles und jedem zum Trotze – und sie niemals aufzugeben – auch in Momenten, in denen alles verloren schien. Wenn eines Tages das Königreich Italien und die Dynastie der Borgia ausgerufen werden würden, dann, überlegte Alexander, gewährte er ihr vielleicht sogar die Befriedigung, sein Eheweib zu werden.

Ein weiterer Grund, sie schnellstmöglich zur Witwe zu machen.

21

Anatolische Halbinsel, Ende Juni 1497

Am Unterlauf des Sakarya-Flusses versammelten sich seit mehreren Tagen Pilgerströme aus Pontus, Galatien und Phrygien. Es waren vorwiegend Männer, aber es reisten auch Frauen unter ihnen. Sie trugen den Niqab, einen weiten schwarzen Schleier, der nur die Augen freiließ. Niemand wagte es, den Frauen zu nahe zu treten, auch wenn sie alleine und ohne jeden Schutz unterwegs waren – denn war der erste Gläubige nicht Chadischa gewesen, das erste Weib des Propheten? Und waren es nicht die Frauen gewesen, die dem Aufruf der Wächterin des Berges als Erste gefolgt waren? Es war also weniger das Geschlecht, das den Muselmanen von einem Ungläubigen unterschied – sondern das blasphemische Verhalten derjenigen, die außerhalb der *Umma*, der islamischen Gemeinschaft, standen.

Die geordnet und schweigsam auftretenden Charidschiten betrachteten sich selbst als Gottes auserwähltes Volk und hatten sich deshalb geweigert, den vier Kalifen und selbst Ali, dem Cousin und Schwiegersohn des Propheten – gepriesen sei Sein Name –, zu folgen. Schiiten und Sunniten hatten sich vom wahren Glauben abgewandt. Die Ungläubigen konnten auf Vergebung hoffen – immerhin hatten sie den wahren Gott nie kennengelernt –, diejenigen aber, die Gott kennengelernt und sich von ihm entfernt hatten, waren *Fasiq, Kafir, Munafiq und Murtadd*: frevelhafte Sünder, Ungläubige,

Heuchler und Abtrünnige – und sie alle verdienten den Tod, ohne Gnade.

In dem kleinen Örtchen Ukbali verdichtete sich der Strom der Gläubigen. Das Minarett diente ihnen als Orientierung und Sammelpunkt: Hier strömten alle Pilger gemeinsam in die kleine Moschee mit der schwarzen Kuppel. Die Wächter, die mit nackten Oberkörpern und dicken Bäuchen den Eingang bewachten, schauten den Gläubigen prüfend in die Gesichter und ließen sie dann, Mann für Mann, einen nach dem anderen passieren. Nur ab und an hielten sie einen Pilger an, dessen Gesichtsausdruck und Benehmen ihnen nicht devot genug erschien, und rissen ihn zu Boden. Hatte der Verdächtige Glück, wurde er nur mit Peitschenhieben davongejagt; erregte er weiter Verdacht, wurde er mit zwei schnellen Hieben des Krummsäbels enthauptet und sein Kopf als Mahnung auf einer Lanze am Eingang der Moschee aufgespießt.

In der Moschee führte eine Treppe in die Tiefen der Erde, zu einer unterirdischen Höhlenstadt, hinab. In den vergangenen Jahrhunderten hatten ihre unzähligen natürlichen Höhlen der Bevölkerung Schutz vor Verfolgungen und Plünderungen durch Eindringlinge und Eroberer gewährt. Diese unterirdischen Höhlen, die mit Luftschächten, Getreidespeichern, Wasserzisternen, Ställen, Küchen und Schlafräumen ausgestattet waren, waren auch nach wie vor bewohnbar.

Mit einer kleinen, in Eisenstaub getauchten Fackel stiegen die Gläubigen stillschweigend zwischen den Kalkwänden, die nur von ein paar Öllampen beleuchtet wurden, hinab und gelangten so in die große Grotte. Ob von Menschenhand oder geradewegs von Gott selbst erschaffen – sie war ein Beispiel natürlicher Perfektion, sechshundert Fuß lang und sechzig hoch. Die wahren Gläubigen wussten, dass die Zahl 6 die sechste Säule des Islam darstellte, den Dschihad. In der Tat:

Der Heilige Krieg verband sie alle, und in der Grotte symbolisierte ihn ein gigantischer Stalagmit, der wie das mächtige Schwert Allahs in der Erde steckte und dessen Klinge bis in den Mittelpunkt der Erde zu reichen schien. Am Tag des Jüngsten Gerichts würde Allah das Schwert aus der Erde ziehen und furchtbare Erdbeben und schreckliche Kataklysmen auslösen. Die ganze Welt würde zerstört werden an jenem Tag und die Charidschiten in den Garten Eden kommen, während alle anderen in die *Dschahannam*, die infernalische Hinnomschlucht, gestürzt würden.

Bei Sonnenuntergang, der Stunde des Abendgebets *Maghrib*, wurden die Türen geschlossen. In der Grotte leuchteten Hunderte von Fackeln. Auf einem Felsvorsprung am Ende der Grotte stimmten einige Männer in schwarzen Turbanen, die ihr Gesicht beinahe komplett verdeckten, ein Mantra an, und bereits nach kurzer Zeit hallte das sich immer wiederholende Credo der liebsten Kinder Allahs, einer einzigen Stimme gleich, von den Wänden wider.

»Subhana rabbiya-l-a'la! Wa bi-hamdih! – Preis sei meinem Herrn, dem Allerhöchsten, ich lobe ihn!«

Der Klang schwoll immer weiter an, bis er die Mauern der Grotte und den Boden erbeben ließ und weißer Staub von der Decke herabrieselte. Als das Gewölbe durch die Kraft der Schallwellen einzustürzen drohte, erhob sich ein Mann in weißem Kaftan und breitete seine Arme aus. Augenblicklich verstummte die Menge. Die Menschen streckten ihre Hälse, um einen Blick auf *die Große Mutter* werfen zu können. Wie durch Magie war *sie* plötzlich hinter den Männern mit den schwarzen Turbanen erschienen. Ihr Niqab leuchtete rot wie das Feuer der Fackeln, und ein dünner schwarzer Schleier verdeckte ihr Antlitz. Ihre warme und kräftige Stimme erfüllte die Grotte wie die Posaunen des Jüngsten Gerichts.

»*Bismil-lahir-rahmanir-rahim*! Im Namen des barmherzigen und gnädigen Gottes! Der Tag des Jüngsten Gerichtes ist nah! Die Sonne und der Mond werden nicht mehr strahlen, die Berge zerbersten, die Meere austrocknen und die Erde und der Himmel vergehen; die Toten werden auferstehen und für ihre Taten, die sie in ihrem irdischen Leben begingen, Rechenschaft ablegen müssen! Die Ungläubigen und all jene, die unverzeihliche Sünden begangen haben, werden in der Hölle schmoren, während die redlichen Gläubigen ins Paradies einziehen werden. Es gibt jedoch nur einen einzigen Weg, sich das Leben im Paradies zu verdienen – nämlich den Willen Gottes auf Erden zu erfüllen!«

Sie hob den rechten Arm und zeigte mit dem Zeigefinger nach oben. Die Menge, die ihr atemlos zugehört hatte, explodierte in einem einzigen Schrei, der das Gewölbe und die Wände der Grotte heftig erzittern ließ.

»*Allahu Akbar!* Allah ist groß!«

Die Gläubigen schrien es immer wieder, bis *die Wächterin* ihre Arme senkte. Die Menge verstummte. Ihre Stimme wurde zu einem leisen Flüstern, das trotz des natürlichen Echos in der Grotte kaum noch zu verstehen war.

»Seid bereit, ihr Auserwählten!«, rief *die Große Mutter* der Menge zu. »Bald werdet ihr aufgerufen sein, gegen den großen Ungläubigen zu marschieren. Aber wisset: Sein Herr, der Mann im weißen Gewand, wird noch vor seinem Tod den wahren Glauben kennenlernen und bereuen. Aber es wird zu spät sein – um ihn herum wird die Stadt des Lasters wie ein Kartenhaus in sich zusammenfallen. Warten wir also mit geöffneten Händen unter dem Baum der Erkenntnis, dem Feigenbaum, und warten wir, dass die verfaulte Frucht ihres falschen Glaubens endlich abfällt. Allah ist groß! Allah ist barmherzig! Allah ist gerecht!«

Die Menge antwortete mit einem zustimmenden Aufschrei, und tausend Fackeln erhoben sich zu einer kollektiven

Flamme. Erneut hob *die Große Mutter* ihre Arme, und wieder verstummte die Menge augenblicklich.

»Der Tod ereilt all diejenigen, die sich nicht dem richtigen Glauben zuwenden, allen voran den Mann im weißen Gewand, der sich *Papst* nennt oder *Heiliger Vater* – der aber nichts als Bastarde zeugt. Eine weitaus schlimmere Strafe ereilt jedoch den, der die Botschaft des Propheten, gepriesen sei Sein Name, kennt, sie aber gleichwohl missachtet und mit Füßen tritt. Ich spreche über unseren gottlosen Sultan, dem nur Gott vergeben kann. Wir jedoch nicht, wir müssen die Scharia, *seine Gesetze*, respektieren. Das wird das Ende sein, das die Schuldigen erwartet!«

Zwei Männer bahnten sich eine Gasse zwischen den Priestern hindurch, die sich um *sie* versammelt hatten. Sie schleiften einen jungen Mann mit nacktem Oberkörper hinter sich her. Sein Körper war von Peitschenhieben und Schnitten übersät und sein geschwollenes Gesicht grün und blau geschlagen. Um seinen Hals war ein Strick gebunden, dessen Ende ein dritter Mann – ein Riese mit einer Henkerskapuze über dem Kopf – fest in den Händen hielt. Die beiden Männer schleppten den Gefangenen bis zum Rand des Felsenvorsprungs, der über die Menschenmenge ragte, und warteten auf das Zeichen. Ungeduldig auf das Opferritual wartend begannen ein paar Gläubige rhythmisch mit den Füßen auf den Boden zu stampfen und steckten alle anderen Gläubigen an. Bald klang es, als habe die Grotte einen eigenen, immer schneller pulsierenden Herzschlag.

»Dieser Mann hat sich der Gotteslästerung schuldig gemacht.« *Sie*, *die Große Mutter*, breitete die Arme aus. »Dieser Mann hat gesündigt, dieser Mann hat Allah hintergangen. Was verdient dieser Mann?«

»Al Mawt! Al Mawt!« Tausende Stimmen riefen kollektiv: »Den Tod!«

Die Große Mutter hob den Kopf, und der Gefangene wurde über den Rand des Felsvorsprungs gestoßen. Der Riese stand mit beiden Beinen fest auf dem Boden und hielt das Strickende fest. Die Füße des Erhängten baumelten nur ein paar Zentimeter über dem Boden, und seine Beine zappelten unkontrolliert, während er verzweifelt versuchte, sich mit den Händen den Strick vom Hals zu reißen. Noch ein paar Atemzüge und ein letzter Seufzer – dann pendelte der leblose Körper wie eine Stoffpuppe am Strick hin und her. Der Riese riss noch einmal am Strick, um sicherzugehen, dass der Gefangene auch wirklich tot war. Dann ließ er ihn fallen und warf den Strick hinterher.

»*Allahu Akbar*!«, schrie die Menge – und eilig begannen die Wachen, die Menge zum Ausgang zu schieben. Dabei setzten sie dünne Stöcke ein, die sie auf die Rücken der Gläubigen niedersausen ließen. Manch einer fiel hin und wurde niedergetrampelt, aber niemand kümmerte sich weiter darum. *Sie* zog sich mit ihren Priestern und einer Gruppe von Imamen und Ulamas zurück, während der Körper des Verurteilten weggeschleift und in einen tiefen Brunnen geworfen wurde.

Die Wächterin saß mit den Männern in einem Kreis; hinter ihr standen zwei mit Krummsäbeln bewaffnete Wachen und der Riese. Ohne die Kapuze eines Henkers sah er ganz friedlich aus – seine weichen Gesichtszüge und die glatte Haut bezeugten, dass er ein Eunuch war. Die anwesenden Männer wagten nicht, in ihr Antlitz zu blicken, obwohl es verschleiert war. Ihre schneidende Stimme war sicher und klar und legte Zeugnis ab von ihrer unangefochtenen Autorität.

»Derjenige, der Fehler beging, ist bereits bestraft worden, aber der große Kafir, der Ungläubige, ist noch am Leben, und das wiegt schwer. Nun wird es lange Zeit keine Gelegenheit mehr geben, ihn zu richten. Osman, an welchem Punkt ist das Frachtgut?«

»Große Mutter, der Übereinkunft mit dem Wesir entsprechend, haben wir weitere Kisten mit Teppichen nach Venedig zu einem anderen Kaufmann verschifft. Sein Vorgänger büßt bereits in der Hölle für seine Sünden. Wir haben auch mehr Nahrung und Wasser für unsere kleinen Verbündeten in die Kisten getan, damit sie länger überleben.«

»Und die Kiste, die den Glauben zum Papst bringen soll?«

»Sie wird mit mir auf dem Schiff der Fremden reisen. Auch sie fahren nach Rom – wir werden die Reise gemeinsam antreten.« Osman verneigte sich und bedeckte dabei sein Gesicht mit seinen Händen, als wolle er beten.

»Wenn die Kiste mit den wertvollen Teppichen als Gabe des Sultans in seinem Beisein geöffnet wird, werden sich unsere Freunde im Palast wie der Morgennebel ausbreiten.«

»Ich bin stolz auf dich, Osman – der Islam ist stolz auf dich. Halte dich nahe bei den Fremden auf und versuche zu erfahren, was es mit ihrer Mission auf sich hat. Es gehört nicht zu den Gepflogenheiten des verfluchten Kafirs, eine junge Frau unberührt zu lassen«, sagte sie abfällig, »und darum muss es einen anderen Grund geben. Finde ihn heraus.«

»Das werde ich tun. Mit ihnen reist übrigens auch ein italienischer Baumeister …«

»Dieser schamlose Träumer, der die beiden Ufer des Goldenen Horns durch eine sechshundert Klafter lange Brücke miteinander verbinden will! Wäre es der Wunsch Allahs gewesen, dass sich die beiden Ufer berühren, hätte er es in einer Nacht vollbracht. Steht in der Sure über die Dichter nicht: *Baut ihr denn auf jeder Anhöhe ein Wahrzeichen und treibt ein sinnloses Spiel?* Sie sind Ungläubige. Und du? Hast du mit ihm Unzucht betrieben, Osman?«

»Niemals, *Große Mutter*.«

Die Ulamas lächelten und nickten einander zustimmend zu. Die Weisheit und der Geist Allahs waren bei ihr.

»Du bist von Allah gezeichnet worden, Osman«, fuhr *die Wächterin* fort. »Er hat dir ein Zeichen seines Wohlwollens gesandt. Osman, der Hinkende«, und sie wandte sich an die versammelten Männer, »wird an meiner Seite sitzen, wenn die Gerechtigkeit triumphieren wird.«

»Amen«, antworteten alle im Chor.

Osman sah, wie sich die Türen zum Paradies für ihn öffneten. Die Wächterin hatte es öffentlich verkündet, und niemand hatte Einspruch erhoben. In Anwesenheit der Ulamas, der religiösen Führer, war er von der höchsten Würdenträgerin persönlich ernannt worden. Er, Osman, der Krüppel, der Sohn einer Hure und eines unbekannten Vaters, würde Wesir werden. Wahrlich – Allah war gerecht.

»Und nun geh, liebster Sohn, überbringe die Rache Gottes und kehre alsbald in Unsere Arme zurück.«

Während er zum Ausgang ging, wiederholte sich Osman mehrmals den letzten Satz und wurde ganz rot bei dem Gedanken, was sich hinter diesen Worten wohl verbergen könnte.

»Er wird nicht überleben können«, sagte der Ulama. »Wenn er am Hofe des Mannes im weißen Gewand vorstellig wird und sie dann sehen, was geschieht, werden sie ihn foltern, aufhängen und verbrennen.«

»Seine Rückkehr ist auch nicht vorgesehen«, antwortete die Wächterin. »Das Opfer eines Einzelnen wird vielen nutzen. Das Paradies ist nicht so groß wie die Gehenna. Für jeden, der aufsteigt, werden mindestens hundert hinabstürzen. Der Wesir wird für den Misserfolg seines Attentäters bezahlen. Aber ich will, das Bayezid vor dem Winter zu seinem Vater geht.«

Die Sichel des Mondes und die Sterne tauchten den Sand in ein schimmerndes Licht. Die Nacht ließ aus der Erde Gerüche aufsteigen, und Osman vermeinte, den seltenen Duft von Tulpen und getrockneten Datteln zu riechen. Im nahegelegenen Palmenhain, nahe der Moschee, erwartete ihn sein Pferd, ein Vollblut, klein und leicht wie er selbst, mit dunklen Augen, die wie Obsidiane glänzten. Er nahm mit der einen Hand die Zügel auf und legte die andere auf die Nüstern des Tieres, und als er an dem Eisentor einer ehemaligen persischen Festung, die von einer hohen Mauer umgeben war, vorbeikam, erschauerte er. Das war das Tor zum Hinnom, dem Tal der Hölle. Dort züchteten sie die Ratten für den Jüngsten Tag. Von dort aus hatte der Krieg gegen den Okzident begonnen, und dort hatte man die Ungläubigen hineingestoßen, damit sie verseucht würden. Wer durch den Willen Allahs überlebte, würde die Wahl haben: entweder dort als Wache zu dienen oder zu sterben. Wer dort hineinging, würde nie wieder lebend herauskommen.

»Nun, Qalam«, sagte er, als er auf sein Pferd stieg, »flieg, flieg leicht dahin.«

Qalam bedeutete Feder, und während der schwarze Araber leicht dahingaloppierte, als flöge er über den Erdboden, wischte die kühle und trockene Luft alles hinfort: die Vision der Gehenna, die Feuchtigkeit der Grotte und die Angstlust, die er als die höchste Waffe Allahs empfand. Viele Male hatte er sich gefragt, wer diese Frau, die eine so große Macht besaß, in Wirklichkeit war. Einige erzählten, sie sei ganz alleine in der Wüste aufgewachsen, andere, sie sei die Reinkarnation Fatimas, der vierten Tochter des Propheten, gepriesen sei Er. Wieder andere sagten, sie sei ein Engel in Frauengestalt und direkt von Gott gesandt, um die islamische Nation, die *Dar al-Islam,* zu vereinen. Und sie war geschickt worden, um in die Länder des Krieges einzudringen, um ihnen das Wort Gottes mit dem Schwert zu bringen. Damit wollte sie das genaue Gegenteil von dem, was sich der Sultan zum Ziel gesetzt hatte. Er war immerzu nur damit beschäftigt, mit den Ungläubigen, Juden und Christen, über den Frieden zu verhandeln, und hatte darüber die Scharia, das Gesetz des Propheten, gepriesen sei Sein Name, vergessen.

»Lauf, Qalam, flieg dahin!«

Die beginnende Morgenröte ließ schemenhaft die Minarette Istanbuls erahnen. Von Müdigkeit übermannt, fragte sich Osman plötzlich, ob Gott auf der Seite Bayezids oder auf der Seite der *Großen Mutter* stand. Und vielleicht – da ihre Visionen so weit auseinanderlagen – existierte ja noch ein anderer Gott? Aber diese frevlerischen Gedanken verschwanden so schnell wieder aus seinem Hirn, wie sich die Fühler einer Schnecke zurückziehen. Er presste seine Fersen an die Flanken seines Pferdes, das ohne Anstrengung noch schneller dahinflog, denn es roch bereits den Geruch der Heimat, den großen Stall des Serailpalastes. Auch Osmans Heim befand sich innerhalb der Palastmauern – ein armseliges Zimmerchen, direkt neben den Ställen. Wenn alles gut gegangen wäre, *Alhamdulillah*, Allah sei Dank, dann würde er eines Tages schöne Gemächer und Sklaven haben und eine Terrasse, auf der er die Sterne würde beobachten können: die Löcher in der himmlischen Decke, durch die das Licht des Paradieses fällt. Und vielleicht die Liebe *der Wächterin*.

22

Die Adria, 4. Juli 1497

Der Bug der Galeere flog über die leicht gekräuselten Wellen des Meeres dahin, und ihr flacher Rumpf ließ die Spur des Kielwassers am Heck nur erahnen. Wären die Ruder nicht gewesen, hätte man sie nachts mit eingeholten Segeln und ohne Licht an Bord für den Schatten eines behäbigen Wales halten können und das Licht des Leuchtturms von Korfu mit dem tiefsten Stern des Firmaments verwechseln. Doch Khayr al-Din ließ sich nicht in die Irre führen. Er gab Befehl, den Rhythmus zu verlangsamen, um jedes unnötige Geräusch zu vermeiden. Wenn sie auch nur eine einzige der venezianischen Galeeren – besonders die wendigen Trieren – kreuzten, die vor der Insel patrouillierten, würden sie versenkt oder noch schlimmer: Das Schiff würde geentert. Wenn dann auch noch jemand ihn oder einen seiner beiden Brüder erkannte, würden sie ausgepeitscht, gevierteilt und ihre Reste aufgehängt. Jeder Pirat, der etwas auf sich hielt, kannte die Gesetze des Meeres und war bereit, die Zeche dafür zu zahlen – am liebsten jedoch erst nach einem langen Leben. Wenn sie es geschafft hatten, diese verdammte Festung ungesehen zu umschiffen, würden sie am nächsten Morgen die Gewässer des Sandschak erreichen, die seit über dreißig Jahren als sicher galten. Und irgendwann würden sie in der roten Moschee beten und dem Herrn danken. Er für seinen Teil würde nicht so sehr dafür Dank sagen, dass er die Reise voller Gefahren überstanden hatte, sondern dafür, dass er sich endlich von dieser Frau an Bord befreit hatte.

Nicht weil sie Unglück brachte – er hatte nie an die Gerüchte geglaubt, dass Frauen an Bord Unglück bringen sollen. Vielmehr lag das Problem darin, dass das Verlangen nach ihr die Matrosen ablenkte und sie aggressiv machte – nicht selten artete ihre Rivalität in wüste Messerstechereien aus.

In diesem Fall war es jedoch anders: Die Frau stellte eine Gefahr dar: Sie war eine Hexe. Vielleicht eine dieser schrecklichen schlitzäugigen Hexen, die einen in den Wahnsinn treiben konnten: Genau darüber hatte er nämlich Reisende aus dem Land der hohen Berge sprechen hören. Osman hatte nur von drei Fremden gesprochen, aber kein Geschlecht erwähnt. Dieser verfluchte Krüppel stand gut bei Hofe, und Khayr al-Din brauchte die Unterstützung des Sultans, sollte er verfolgt werden. Hätte er jedoch vorher gewusst, dass unter den Fremden auch eine Frau war und über welch magische Kräfte sie verfügte … ihre Stimme, ihre königliche Haltung, ihre exotische Schönheit und diese Augen, die vor nichts Angst zu haben schienen. Sie war eine Sirene, die einen mit Worten verzauberte, die klar wie Wasser, gewichtig wie Eisen und so wertvoll wie Gold waren. Und es war nur zu offensichtlich, dass sie ein als Engel verkleideter Dämon war: Wer außer einem Dämon wäre sonst fähig, mit nach unten hängendem Kopf zu schlafen oder wie ein Frosch sechs Spannen weit zu springen? Oder gar die fliegenden Messer der Matrosen mit ihrem Stock abzuwehren und dabei mit dem Rest ihres Körpers vollkommen regungslos zu bleiben?

»Übernimm das Ruder, Elias!«, sagte Khayr al-Din. »Ich drehe eine Runde.«

»Du gehst wieder, um dieser Frau zuzuhören, Bruder, nicht wahr? Aber sei wachsam. Nimm meine *Hand Fatimas* und gib sie mir zurück, wenn du dich ruhiger fühlst.«

Khayr al-Din nahm das antike Amulett seines Bruders und hielt es fest in seiner geschlossenen Faust. Entschlossen näherte er sich der Frau, die sich gerade zu den beiden Fremden und dem Krüppel gesetzt hatte. Der Einzige, der ihn jetzt verstehen würde, wäre sein Vater, dieser Halunke. Sein Vater wusste, dass der Raki Gift für ihn war – es reichten wenige Schlucke, und schon verlor er sich in einem Nebel, der ihn dazu brachte, Frau und Kinder zu schlagen. Doch wie sehr er sich auch bemühte – sobald er auch nur einen vagen Anisgeruch wahrnahm, konnte er nicht widerstehen: Die Unterwelt ist verführerischer als das Paradies, pflegte sein Vater dann immer lächelnd zu sagen – und zwar einen Augenblick, bevor er anfing zu trinken und die Bestie, die in ihm hauste, von der Leine ließ. Und genauso wirkten die Worte dieser Frau auf Khayr al-Din: Auch in dieser Nacht würde er sich wieder an ihnen berauschen.

Die Sonne war noch nicht aufgegangen, doch durch das prunkvolle Domizil von Al Sayed schwirrten bereits Stimmen und Befehle. Es hatte die ganze Nacht geregnet; der Monsunregen war wegen der großen Hitze der letzten Monate früher eingetroffen als erwartet. Jeder sog die Luft tief durch die Nase ein und beobachtete die sich schnell auftürmenden dicken Regenwolken. Solange der Wind blies, würde es allerdings keinen Regen geben. Die großen Zelte wurden vorsorglich mit robusten Haken im Boden verankert, damit sie nicht wegfliegen konnten. Sayed erwachte und befreite sich aus der Umarmung der jungen Shudra, mit der er seit ein paar Wochen seine Bettstatt teilte. Leise stand er auf und setzte sich an seinen Schreibtisch vor dem Fenster, das zum Park hinausging. Er zog die Vorhänge zur Seite und beobachtete die Vorbereitungen für das Parashuramafest. Am dritten Tag des zunehmenden Mondes würden ihre guten Taten einen bleibenden Einfluss auf das Karma der Gläubigen haben.

Sayed fröstelte ein wenig, und er rieb sich die Arme. In Wirklichkeit interessierten ihn die Feierlichkeiten der Sechsten Verkörperung Vishnus, die in Anwesenheit der Brahmanen und ihrer Rituale zelebriert wurden, überhaupt nicht mehr: weder die Prozession, die frischen Blumen, die den jahrhundertealten Pilgerweg schmückten, noch der Weihrauch und die – ebenfalls seit Jahrhunderten unveränderten – rezitierten Formeln. Als ob der Geist formelle Regeln brauchte, um sich über die menschliche Hülle zu erheben und in die Herzen der Menschen einzutauchen! Das aber wiederholte ihm Īsā seit einiger Zeit immer wieder – es war schon fast zu einer fixen Idee geworden. Mittlerweile konnte Sayed ihm seine Fragen nicht mehr beantworten – beide wussten dies und lachten darüber –, nunmehr war er derjenige, der Īsā Fragen stellte und ihm zuhörte. Sayed lächelte. Er stellte sich die Gesichter der Brahmanen vor, wenn Īsā ihnen seine Gedanken über den Sinn des Lebens vorlegen würde. Shudra seufzte im Halbschlaf.

»Sayed, komm wieder ins Bett«, flüsterte sie. »Es ist noch früh. Worüber sorgst du dich?«

Das war genau das Problem: Er hatte sich nie um etwas Sorgen machen müssen. Sayed war immer wohlhabend gewesen, und er hatte seinen Reichtum mit den Jahren sogar noch vergrößert. Nie war er krank gewesen, nie hatte er geheiratet.

Aber seit zwei Jahren hatte sich etwas verändert: Er hatte Debal nicht mehr verlassen, und zwar nur deshalb, weil er Jesus nahe sein und ihm beistehen wollte. Noch war ihm allerdings nicht klar, warum er das wollte. Sayed wusste nur, dass er es als süße Pflicht empfand, bei dem Jungen zu sein, und dass er sich in dessen Nähe rein und geläutert fühlte. Von Monat zu Monat fühlte er sich kräftiger, freier und glücklicher.

Für sie beide war ein wichtiger Tag angebrochen. Jesus oder Īsā, wie ihn mittlerweile alle im Haus nannten, hatte Tag und Nacht über den Büchern verbracht, hatte meditiert oder war im Tem-

pel gewesen, um den Priestern zuzuhören. Beim Parashuramafest würde er ihm nicht helfen können, aber er war sich sicher, dass Īsā die Brahmanen eines schönen Tages mit seinen Fragen in Bedrängnis bringen würde und dass er als Herr des Hauses dann keine Ruhe mehr haben würde. Vielleicht würde er sogar angeklagt oder aus seiner Kaste verstoßen werden und seinen Reichtum verlieren. Aber all das bereitete ihm so großen Spaß wie noch nichts zuvor in seinem Leben.

Die Sonne stand schon fast im Zenit, als drei heilige Feuer auf den großen Feuerstellen angezündet wurden. Der Wind trieb die Flammen gen Orient und wirbelte die Blüten der Blumen, die im gesamten Park verteilt worden waren, durch die Luft.

»Das ist ein gutes Zeichen«, sagte der erste Brahmane Kaladdah und breitete die Arme aus. »Der Kosmos ist im Orient geboren, und von dort kommt die Weisheit der Erde.«

Alle lächelten zustimmend. Der Brahmane warf mehrmals Schwarzpulver ins Feuer, worauf eine Kaskade kleiner Funken gen Himmel sprang. Dann begann der zweite der vier Brahmanen einige Passagen aus dem Rigveda vorzulesen.

»Aus dem Nichts wurde das Wesen geboren, das das Eine ist, auch wenn es viele Götternamen annimmt. So wie Aditi Vater, Mutter und Sohn, der Himmel und alle Götter ist. Aditi ist das, was bereits geboren ist und das, was noch geboren wird …«

Die Sonne hatte das letzte Viertel ihres Laufs erreicht. Nach den Versen des Rigveda hatten die Brahmanen das Yajurveda, die Melodie des Samaveda und die Formeln des Atharvaveda rezitiert. Gelangweilt spazierten die Gäste im Innenhof des Hauses und im Garten umher; ein Diener, der in absoluter Bewegungslosigkeit zu verharren hatte, war bereits in Ohnmacht gefallen. Das gehörte zur Tradition, genauso wie die Wetten zwischen den Gästen, welcher Diener als Erster umfallen würde. Neben den Feuerstellen lagen die Reste einiger Ziegen und junger Schweine. Ihr Blut hatte die Blüten beschwert, die nun rot und schwer am Bo-

den lagen, und auf dem Feuer brannten noch die wertvollen Statuen, welche die Gäste als Opfergaben mitgebracht hatten. Daneben glühten vom Feuer geschwärzte, verbeulte Silberspiegel und Dolche mit Griffen aus Horn oder Elfenbein. Mittlerweile waren auch die Brahmanen ganz erschöpft, setzten sich an die Feuerstellen und bereiteten sich auf die Fragen der Gläubigen vor. Der erste Fragende war ein Jüngling mit ein bisschen Flaum um die lächelnden Lippen. Er hatte ein Mädchen an der Hand. In einen Sari gekleidet, trippelte sie verängstigt und mit gesenktem Blick auf sie zu. Sayed verschränkte die Arme und holte tief Luft.

»Mein Name ist Īsā, und ich bin sehr an Euren Gepflogenheiten interessiert«, sagte der Jüngling an Kaladdah gewandt, der beim Wort »Gepflogenheiten« eine Augenbraue hochzog, »aber ich habe ein paar Zweifel.«

»Sprich, mein Junge. Zaudere nicht.«

»Warum habt Ihr eben Tiere und andere Dinge geopfert?«

Kaladdah schaute zu den anderen Brahmanen hinüber; sie wechselten verschwörerische Blicke miteinander.

»Das zu opfern, was am wertvollsten ist, dient dazu, um Dankbarkeit und Wohlwollen von denen zu empfangen, die sich nicht mit diesen Dingen umgeben.«

»Warum werden also nicht die Erstgeborenen geopfert?«, wandte Jesus ein. »Es gibt nichts Wertvolleres, und die Götter wären erfreut.«

Die drei Brahmanen wandten sich mit einem stupiden Lächeln an Kaladdah, der den Jüngling anstarrte. Auf einmal wurde es ganz still.

»Weil es verboten ist«, antwortete Kaladdah nach einer langen Pause. »Man darf nicht töten, weißt du das nicht?«

»In allen heiligen Schriften«, fuhr Īsā fort, »in den Gebeten, den Lobliedern, den Formeln, Riten und den Samaveda, steht kein einziges Wort, das dies verbietet. Ich bin Eurer Meinung, dass man nicht töten soll. Vielleicht kommt diese Regel aus einem in-

neren Prinzip des Menschen, das so stark wirkt, dass es die Götter nicht für angebracht hielten, es zu verschlüsseln.«

»Ja, das mag so sein«, fiel ihm Kaladdah ungeduldig ins Wort und schaute zu den Anderen. »Noch eine Frage?«

»Wenn es dem Menschen inne ist, nicht zu töten«, hakte Īsā nach, »warum tut er es dann trotzdem? Auf der Straße, im Krieg und sogar in seinen eigenen vier Wänden? Und warum habt Ihr heute Ziegen und junge Schweine getötet? Wo liegt der Unterschied? Manche Tiere töten, um zu fressen – aber lange nicht alle. Wem wollen wir ähneln? Dem wilden Tiger oder dem edlen Pferd? Der hinterlistigen Spinne oder dem sanftmütigen Hirsch? Auf den Tischen sehe ich Eierkuchen, Brot mit feinem Öl, Kichererbsenfladen mit Kräutern, delikate Kartoffeln, saure Sahne mit Ingwer und alle Sorten von Mandelspeisen. Überfluss und Vielfalt an Nahrung, für die kein Tropfen Blut vergossen wurde!«

»Wenn du dich in diesem Ton an den ersten Brahmanen wendest, bist du allzu anmaßend«, tadelte ihn ein Brahmane, der zu Jesu Rechten saß. »Studiere noch zwanzig Jahre, und du wirst die Antworten auf deine Fragen erhalten!«

»Nein!«, unterbrach ihn Kaladdah. »Der Jüngling hat recht. Er weiß allerdings nicht, dass unsere Riten dazu dienen, die Gemeinschaft zusammenzuhalten. Ohne sie würde alles im Chaos versinken. Die menschliche Rasse verginge – nur die Stärksten würden überleben, und wir fielen in die Dunkelheit des Anbeginns der Erde zurück.«

»Danke, Brahmane«, antwortete Īsā. »Nun habe ich die Wichtigkeit des Ritus verstanden. Wie du sagtest, diente er dem Zusammenhalt der Menschen, der Schärfung des Bewusstseins dafür, dass wir die auserwählte Spezies sind. Alle müssen sich dem Ritus anschließen, um das Weltgefüge zu bewahren. Ich bitte dich daher, dieses Mädchen in unsere Mitte aufzunehmen, es mit unseren Sitten und Gebräuchen vertraut zu machen, auf dass sie von ihnen beschützt und bewacht werde.«

Kaladdah blinzelte misstrauisch und versuchte, in die Seele dieses Jünglings zu schauen. Er hatte das Gefühl, dass dieser Īsā ihm eine Falle stellte, denn er hatte darauf verzichtet, seine Argumente zu widerlegen, und ihn damit aus der Ruhe gebracht. Der erste Brahmane betrachtete die junge Frau, die fast noch ein Mädchen war: Sie trug einen rotgrünen Sari von vortrefflicher Qualität; ihre eingeölten schwarzen Haare waren zu einem langen Zopf geflochten, der im Feuerschein glänzte. Ihre Augen waren zart in Schwarz und Beige geschminkt, und ihre zierlichen, wohlgeformten Füße steckten in Sandalen. Der Brahmane blickte zu seinen Mitbrüdern, aber aus ihren Gesichtern war nichts herauszulesen, weder Sorge noch Zustimmung – nur eine gleichgültige und stumpfsinnige Leere. Vielleicht bekäme er endlich einen würdigen Schüler, wenn er diesen Jüngling unter seine Fittiche nähme; einen, der eines Tages seinen Platz einnehmen könnte. Kaladdah breitete die Arme aus.

»Sei willkommen, meine Tochter.«

Die junge Frau zitterte. Īsā schob sie sanft in seine Richtung, und so ließ sie sich von Kaladdah die Hände auf den Kopf legen. Der Brahmane nahm eines seiner Medaillons ab, warf Īsā einen fragenden Blick zu und hängte es dem Mädchen dann um den Hals.

»Das Gold, aus dem Feuer geboren, wurde den Sterblichen als etwas Unvergängliches gegeben; sein Träger wird erst in hohem Alter sterben. Ich lege es dir um«, sagte Kaladdah leise, »für ein langes Leben, für die Herrlichkeit, für Kraft und Ausdauer. Wie heißt du, mein Kind?«

Die junge Frau wich zurück, ohne ihm eine Antwort zu geben, während Īsā einen Schritt vortrat. Das war der Moment, auf den Sayed gewartet hatte. Es war der, der sein Leben entzweien würde.

»Sie wird den Namen tragen, den du ihr geben wirst, Kaladdah. Du bist der edelste der Brahmanen und von höchster Weis-

heit. Gib dieser Blume, die, wie du siehst, schön, aber namenlos ist, ihre Würde zurück. Aber lass sie nicht für Fehler bezahlen, die sie nicht begangen hat.«

Der Brahmane sprang auf, und ein Windstoß wirbelte sein rotes Gewand hoch. Der Jüngling hatte ihn hintergangen – vor aller Augen! Sie war eine Paria ohne Namen, und ausgerechnet er hatte sie freiwillig berührt und gesegnet!

»Der Schein trügt nicht«, fuhr Īsā weiter fort. »Du hast ihre Reinheit gesehen, so wie alle sie gesehen haben. Nenne sie Gaya wie die Freude. Sie wird dir freundlich gesonnen sein, Kaladdah, denn wir sind alle ihre Kinder – und vor ihrer Liebe und Weisheit alle gleich. Ich bitte dich Kaladdah, zerreiße ihre Ketten durch die Liebe – die gleiche Liebe, der auch wir entspringen. Denn es existiert nichts außer der Liebe, und nicht einmal das Wissen der Veda kann es auffangen.«

Als die Brahmanen sahen, dass der erste Brahmane die Fäuste ballte und seinen Mund zusammenpresste, standen sie auf und taten es ihm gleich. Der vierte jedoch starrte Īsā weiterhin mit leicht geöffneten Lippen an. Gefolgt von den anderen eilte Kaladdah mit großen Schritten davon, aber als er an Sayed vorbeikam, blieb er stehen.

»Du hast dein Haus entehrt und dein Dharma verletzt. Einundzwanzig Leben werden nicht reichen, um all das wiedergutzumachen. Du hast dem Dämon erlaubt, deinen Geist zu verwirren und öffentlich Schande zu begehen. Alles hier ...«, Kaladdah öffnete seine Arme und drehte sich einmal um sich selbst, »... ist unrein. Ebenso unrein wie diejenigen, die sich dir nähern werden!«

Sayed hob die Hände vor sein Gesicht, legte die Handflächen aufeinander und verneigte sich mit der rituellen Formel.

»Sawasdee, Kaladdah.«

Während der Brahmane sich abwandte, vermeinte er aus dem Augenwinkel eine Grimasse auf Sayeds Gesicht zu erhaschen –

möglicherweise ein Lächeln. Er zog es allerdings vor zu glauben, dass Sayed sein Gesicht vor Schmerz verzog.

»Und dann?«

Alle drehten sich zu Osman um.

»Den Rest kennt der Tejo und der Ganges und vielleicht sogar die Pole der Erde«, sagte Ada Ta, »jedenfalls sagte mir das ein Weiser, der sich nicht dafür hielt und es daher umso mehr war.«

Gua Li verdrehte ihre Augen, so wie immer, wenn sie etwas sagen wollte und nicht wusste, ob es auch wirklich angebracht war. Ada Ta lächelte sie an und schüttelte den Kopf. Auch sie kannte diesen Satz und seinen Ursprung aus der Feder des edlen Italieners, mit dem alles begonnen hatte. Sie neigte den Kopf, um ihre Gefühlsregung zu verbergen. Sie und Ada Ta wussten um die geheime Bedeutung dieses Satzes.

»Mein lieber Osman, morgen werde ich mit meiner Geschichte fortfahren. Ich habe die vielsagenden Blicke des Kapitäns bemerkt. Vielleicht beunruhige ich ihn ja mit meinen Worten, aber …«, flüsterte sie, »… ich kann euch bereits so viel verraten, dass Sayed seinen gesamten Besitz verkaufte und auf einem Karren mit Īsā gen Norden aufbrach. Zu den Bergen, die mit dem ewigen Schnee bedeckt sind.«

Der Krüppel drehte sich zum Kapitän um, der hinter ihm am Mast lehnte.

»Khayr al-Din! Anstatt das Schiff zu lenken, spionierst du uns hinterher. Wie kann dich eine Frau stören, die so leise spricht? Du abtrünniger Grieche, du! Ja, geh nur, schleich dich davon, du Viper.«

Als er auf seinem gesunden Bein herumwirbelte, schenkte er Gua Li ein breites Lächeln. Das tat er nie und wunderte sich über sich selbst.

»Die Zähne der Manguste haben einen Biss wie eine

Kobra«, bemerkte Ada Ta und zeigte auf Osman, dem die Schneidezähne fehlten, sodass er an ein kleines Nagetier erinnerte. Reflexartig fasste sich dieser an seine Eckzähne und wurde von einer Sekunde auf die andere puterrot vor Wut. Es beschämte ihn, dass Gua Li ihn so freundlich anblickte, und schnell wandelte sich sein Groll in herzhaftes Gelächter, in das der Italiener und der alte Mönch fröhlich einstimmten.

»Ruhe!«, rief ihnen der Pirat von der Brücke aus zu. »Oder willst du etwa sterben, Osman?«

Dieser beachtete ihn gar nicht: Osman zuckte mit den Schultern, machte seinen Mund auf und tat so, als würde er mit seinen Mäusezähnchen am Hals des Kapitäns nagen. Nun musste sich sogar Gua Li mit beiden Händen den Mund zuhalten, denn sie wollte mit ihrem Gelächter nicht noch mehr Aufsehen erregen.

»Ich bilde mir ein, etwas von den Wissenschaften zu verstehen, allen voran von der Waffenkunst und Konstruktion. Und ich habe des Öfteren äußerst lehrreiche antike Schriften studiert – von dieser Geschichte habe ich allerdings noch nie etwas gehört.«

»Als Mann der Wissenschaften seid Ihr recht sonderbar, Leonardo. Habt Ihr je eine Kuh mit langem Fell gesehen, das bis zum Boden reicht?«

»Nein, noch niemals, Ihr habt mein Wort«, antwortete dieser lachend, »und in Vinci gibt es gar alle möglichen Rassen und ebenso in Frankreich und Mailand!«

»Bei uns hingegen laufen die Kinder den schwarzfelligen Kühen hinterher, als seien sie die Wunder dieser Erde.«

»Ich verstehe, was Ihr meint.« Leonardo strich sich über den Bart. »Ihr habt recht. Allerdings habt Ihr mich über eine Tatsache zum Nachdenken gebracht, die ich mein ganzes Leben vor Augen hatte und über die unsere Kirche kein einziges Wort verloren hat, was mir unverständlich ist und recht absonderlich vorkommt. Seht: Wir wissen alles über Alexander, die Cäsaren und Imperatoren. Wir kennen ihre Leben, fast jeden einzelnen Tag, aber wir wissen nichts über unseren Heiland. Wo er war und was er just in den wichtigsten Jahren seines Lebens getan hat. Ich kenne das Alte und das Neue Testament – und darin ist nicht ein einziger Hinweis zu finden, wie er die Jahre zwischen seinem dreizehnten und seinem dreißigsten Lebensjahr verbrachte – geradeso, als sei ein schwarzer Schleier über das Gedächtnis der Menschen gebreitet worden, ohne dass irgendjemand dies überhaupt bemerkt hätte. Liebe Freunde, ich glaube nicht, dass ich ein überaus begabter Mann bin, aber ich nehme wahr, wie um mich herum die Ignoranz prächtig gedeiht. Vielleicht wirke ich darum ja auch sensibler als andere, weil ich so vieles wahrnehme. In der Tat gibt es aber sehr wohl einen Grund, warum die Dinge auf dieser Welt so sind, wie sie sind. Es könnte sehr gefährlich sein, dieses Gleichgewicht zu stören. Es ist, als nähme man Weidenkohle, Salpeter, Branntwein und Sulfur aus Pergola und mischte es mit Weihrauch, Kampfer und Gelbwurz aus Äthiopien. Das Feuer, das daraus entspringt, brennt gar im Wasser weiter, und es gibt nichts, was es zu löschen vermag.«

Während ihn die anderen verdutzt ansahen, holte Leonardo kopfschüttelnd aus seinem Umhang einen Zeichenblock hervor, der dicht mit Notizen und Zeichnungen bedeckt war. Er zeigte dem Mönch die Zeichnung eines menschlichen, der Länge nach durchgeschnittenen Schädels, dessen Windungen im Inneren detailliert dargestellt waren. Und er zeigte ihm noch eine zweite Zeichnung, in der der porträtierte Schädel horizontal geöffnet war. Daneben befand sich die Skizze einer Zwiebel.

»Das Gehirn ist tatsächlich wie eine Zwiebel, und es gibt seine Geheimnisse nur Schicht für Schicht preis. Ich versuche, den Geheimnissen innerhalb des menschlichen Körpers und Geistes auf die Spur zu kommen. Der menschliche Geist ist für mich der Sitz der Seele, die oftmals den irdischen und himmlischen Gesetzen die Stirn bietet. Gleichwohl ist mir nun klar geworden, dass ich all diese Jahre blind und taub gewesen bin und eines der größten Geheimnisse vernachlässigt habe – und das, obwohl es vor aller Augen sichtbar ist. Aber es ist auch wahr, dass niemand, auch keiner der Philosophen, je darüber sprach. Die Furcht davor kann zuweilen völliger Unwissenheit, zuweilen größter Vorsicht entspringen.«

»Die Furcht ist eine sehr ansteckende Krankheit«, sagte Ada Ta, »schlimmer noch als die Pest …«

Osman versuchte etwas zu sagen, aber seine Worte blieben ihm im Halse stecken. Er räusperte sich und musste dann husten.

»*… der heiser mir, von langem Schweigen däuchte …*«, sagte der Poet.

»Alighieri«, kommentierte Leonardo. »Vielleicht wollte unser Freund etwas erzählen, das ihm schon seit langer Zeit im Halse steckt.«

Sichtbar erschüttert erhob sich der Türke und berührte hastig Herz, Lippen und Stirn.

»*Salam alaikum.*«

»*Alaikum salam*«, entgegnete Leonardo.

Nach ein paar Schritten blieb Osman stehen.

»Wie endet die Geschichte Īsās?«

»Wenn wir wieder festen Boden unter den Füßen haben, werde ich mit meiner Erzählung fortfahren. Ich würde mich freuen, wenn auch du da sein würdest, so oft, wie du es willst.«

Die Stimme Gua Lis drang in ihn hinein wie ein Dolchstoß in seinen Leib, aber ohne Schmerzen zu bereiten. Osman musste erst einmal Luft holen, bevor er fähig war zu antworten.

»Ich werde da sein und meine Schritte, wenn auch hinkend, werden von Allah gelenkt sein.«

Er vergewisserte sich, dass ihm niemand folgte, und ging unter Deck. Zwischen Tauen und Jutesäcken bahnte er sich einen Weg und blieb vor der Kiste stehen, in der die Teppiche lagerten. Er legte seine Ohren an sie, in der Hoffnung, nur das Knirschen des Holzes zu hören. Stattdessen waren jedoch die deutlichen Geräusche der Nager zu vernehmen. Der Tod lebte, und er, der sein Überbringer war, weinte.

23

ROM, 15. JULI 1497, PETERSBASILIKA

Manchmal geschieht es, dass man keinen Schlaf mehr findet, weil die Müdigkeit zu groß ist. Und die Sorge, keine Erholung zu finden, vergrößert die Qual der Schlaflosigkeit nur noch weiter. So fühlte sich Pierantonio Carnesecchi, als er die Petersbasilika vor sich auftauchen sah. Er verspürte dabei keinerlei Erleichterung, obwohl er so lange darauf gewartet hatte. Carnesecchi stieg ab und übergab sein Ross dem Knappen, mit dem er auf der langen Reise von Florenz nach Rom nur ein paar Worte gewechselt hatte. Carnesecchi wusste lediglich seinen Namen, Ulrich, und dass er aus der Schweiz kam. Mit seinem dichten Bart, der die beiden tiefen Narben in seinem Gesicht verdeckte, ähnelte dieser Ulrich allerdings so gar nicht einem Knappen.

Wahrscheinlich war er ein gedungener Mörder, den Kardinal de' Medici ihm zur Seite gestellt hatte, um ihn zu beschützen. Oder um ihm an die Gurgel zu gehen, wenn er in dieser Mission Schwäche zeigen würde. In den vier Nächten, die er mit Ulrich verbracht hatte, hatte er mehr um sein Leben gefürchtet als in den ganzen letzten Monaten, in denen er sich vor den Piagnoni oder seinem Bruder hatte in Acht nehmen müssen, die nun in den Diensten Savonarolas standen.

»Warte hier auf mich!«, befahl er.

Ulrich grunzte zustimmend – mehr als das war aus ihm nicht herauszuholen. Carnesecchi stieg die Stufen zur Basilika empor, schritt durch das zentrale Portal und betrat das große Atrium, das voller Pilger war. Morgens hatten die Mönche aus Anguillara ihm zwar ein sauberes Hemd gegeben, aber der Schweiß und der Staub der Via Clodia ließen ihn nun wie einen verschwitzten Bettler aussehen, der an den kühlen Marmorsäulen ein wenig Erfrischung suchte. Er labte sich an dem Wasser, das aus der enormen Bronzepinie sprudelte, die in der Mitte des Atriums stand, und ging in Richtung Guidoniaportal, an dem zwei erhitzte Soldaten lehnten, die die durchströmenden Pilger mit geringschätzigen Blicken bedachten.

Im Inneren der Basilika war die Luft kühler, und als Carnesecchi beobachtete, dass viele Mönche barfuß unterwegs waren, verspürte er den Drang, es ihnen gleichzutun und den kühlenden Porphyr und Schlangenstein unter den Fußsohlen zu spüren. Er blieb vor der marmornen Ädikula stehen, in deren Mitte ein goldener Lüster hing, der einer Krone nachempfunden war. Carnesecchi lehnte sich an eine der vier Säulen und zog, wie es ihm der Kardinal befohlen hatte, ein blaues Tüchlein hervor. Er holte tief Luft: Nun hing es nicht mehr von ihm ab, ob der Papst ihn empfangen würde oder nicht. Von Weitem konnte er eine tiefe Stimme hören, die von einem Knabenchor begleitet wurde. Er drehte sich zum Eingang um, konnte jedoch nichts ausmachen; eine Säulenreihe verbarg die Sänger. Der Stimmenkanon hallte von den Wänden wider und breitete sich, mal anschwellend, mal abschwellend, im gesamten Kirchenraum aus. Carnesecchi hörte dem Gesang versunken zu, als ein unsicher wirkender Jüngling in Begleitung zweier Hellebardenträger zu ihm trat.

»Ihr habt ein blaues Tüchlein.«

»Ich trage es zu Ehren der Heiligen Jungfrau.«

Das war die vereinbarte Antwort.

»Nun denn, folgt mir«, sagte der Jüngling. »Seine Heiligkeit erwartet Euch. Übergebt mir zuvor jedoch Euer Schwert.«

Carnesecchi tat, wie ihm geheißen.

»Tragt Ihr noch weitere Waffen bei Euch?«

»Nein, mein Herr.«

Der Jüngling führte Carnesecchi ans andere Ende des Querschiffs und von dort über eine breite Treppe in einen Nebentrakt des Kirchengebäudes hinauf. Sie durchquerten mehrere Räume, bis sie vor einem unscheinbaren Türchen standen, das durch einen langen, dunklen, stollenähnlich engen Gang zu einer weiteren Treppe führte. Wie Blitze drangen das gleißende Tageslicht und der Straßenlärm durch die engen Luftschlitze bis zu ihnen hinein. Dann ging es die feuchten, im Fackelschein glänzenden Steinstufen hinab, die wiederum vor einer verschlossenen Tür endeten. Als der Jüngling sie öffnete, musste Carnesecchi für einen Moment die Augen schließen, so sehr blendete ihn das gleißend helle Tageslicht. Er hörte das trockene Klappern von Übungsschwertern und sah dann die Waffenträger auf dem gepflasterten Innenhof der Festung, die sich mit Schwert und Stock an Strohpuppen übten. Im Gehen sah Carnesecchi sich um: Die Festungsmauern waren so hoch wie der Glockenturm. Hier würde ihm nicht einmal Ulrich helfen können.

»Willkommen in der Engelsburg.«

Der Jüngling deutete eine leichte Verbeugung an – mit der Eleganz desjenigen, der Routine im Katzbuckeln hat.

»Ich bin Jofré Borgia. Mein Vater erwartet Euch in seinem Studierzimmer.«

Sie würden nicht zögern, ihn umzubringen, sollten sie die Absicht haben, das wusste Carnesecchi. Und verneigte sich ehrerbietig vor Seiner Heiligkeit.

Papst Alexander VI. nahm die Pergamentrolle entgegen und zerbrach den Siegellack, der das Wappen der Medici trug. Dem Überbringer schien es schlecht zu gehen, stellte er aus dem Augenwinkel fest. Offensichtlich befand er sich unter größter Anspannung, denn er trat ohne Unterlass von einem Fuß auf den anderen. Dass die Botschafter nicht für die Fehler ihrer Auftraggeber zur Rechenschaft gezogen werden konnten, war ein Mythos, an den mittlerweile niemand mehr glaubte – und am allerwenigsten die Botschafter selbst. Dieser Bote war eine dumme Fliege, die gerade bemerkt hatte, dass sie sich nicht mehr aus dem Spinnennetz würde befreien können, in das sie sich verstrickt hatte. Und tatsächlich rührte sich in Carnesecchi jener Urinstinkt, der allen Lebewesen innewohnt: diese dunkle Vorahnung, dass hier und jetzt das eigene Leben auf dem Spiel steht. Ab jetzt würde er sich immer tiefer und unrettbar in sein Unheil verstricken, was umso tragischer war, als Alexander VI. sich sicher war, dass er nicht einmal den Inhalt des Sendschreibens kannte, das er überbracht hatte.

»Geht«, befahl Seine Heiligkeit. »Ich werde Euch rufen lassen.«

Und die Fliege flog davon.

Im Gasthaus zur Feisten Kuh, Rom

Jeden Morgen erwachte er schweißgebadet und mit einem furchtbaren Druck auf seinem Herzen. Diese Unfähigkeit, weder schreien noch fliehen zu können, war das Schlimmste in seinen nächtlichen Alpträumen. Noch schmerzlicher jedoch waren das Erwachen und die Abwesenheit Leonoras – eine Qual ohne Ende. Seine Zimmergenossen wechselten ständig. Ferruccio nahm ihre Anwesenheit überhaupt nicht wahr, und sie hielten sich geflissentlich von ihm fern. Nicht einmal so sehr wegen seines bedrohlich-düsteren Aussehens, das durch seine schwarze Kleidung noch verstärkt wurde, sondern weil er Sorgen und Verzweiflung verströmte, die nach

Tod und Trauer rochen. Sogar die Huren hatten es aufgegeben, ihre Preise noch weiter für ihn zu senken – zuletzt hatte eine ihm für fünf Heller die ganze Nacht angeboten. Mittlerweile hatten sie Angst vor ihm wie vor einer ansteckenden Krankheit oder einem Fluch, und wenn er an ihnen vorbeikam, traten sie rasch zur Seite, damit er nicht einmal ihre Kleider berührte.

Mittlerweile war sein Wunsch nach Rache schwächer geworden und sein Stolz verschwunden. Ferruccio wollte nur noch eines: Leonora wieder bei sich haben. Er hatte sogar eine Bittschrift an Kardinal de' Medici gesandt, woraufhin dieser ihm nur kurz und bündig befohlen hatte, sich unverzüglich im Palazzo der Familie Colonna einzufinden. Eine offenere Bedrohung für Leonoras Leben gab es nicht, las Ferruccio aus dieser Antwort.

Als die Glocke des Slawenhospitals zwölfmal schlug, erwartete Gabriel ihn bereits auf der Straße. Er hatte einen Beutel voller Pfirsiche und Haselnüsse bei sich.

»Nimm die hier, Ferruccio, die sind am besten und so süß, dass sie garantiert gegen Sauertöpfigkeit wirken.«

Die Anwesenheit dieses Burschen war in den letzten Wochen zu einer tröstlichen Abwechslung für ihn geworden, die einzige, die Ferruccio ein wenig von seiner Melancholie ablenkte. Er hatte Gabriels gute Laune und seine Zurückhaltung zu schätzen gelernt, die ihn im richtigen Moment schweigen oder sprechen hieß. Ferruccio probierte den angebotenen Pfirsich und genoss das saftige und süße Fruchtfleisch. Er wollte den Kern gerade wegwerfen, als Gabriel ihn ihm aus der Hand nahm.

»Warte, das hier kennst du nicht.«

Mit seinem Messer öffnete Gabriel den Kern wie eine Auster, nahm die darin enthaltene Mandel heraus, entfernte die Haut und bot sie Ferruccio an.

»Probiere sie. Sie ist giftig und hilft gerade deshalb gegen Gift. Hier in Rom wissen alle, dass die Jünglinge sie sammeln und jede Mandel für einen Heller verkaufen. Ich habe schon drei Stück geschafft, aber es ist besser, du beginnst mit einer.«

Mit seinen Schneidezähnen knabberte Ferruccio ein Stückchen ab und probierte das Innere des Pfirsichkerns: Es schmeckte nach Mandel, aber bitterer.

»Dein Gift werde ich nicht *kaufen*, aber wenn es *gratis* ist, dann nehme ich es jeden Tag«, sagte Ferruccio.

Gabriel grinste. »Auf keinen Fall. Du stopfst schon genug in dich hinein, ich werde dir keine mehr geben. Eher schenke ich sie unserem Heiligen Vater.«

»Ich habe meine Sachen gepackt«, antwortete ihm Ferruccio brüsk, »aber wenn du möchtest, kannst du in meinen Diensten bleiben.«

»Aber bitte zwingt mich nicht aus Rom wegzugehen, Exzellenz; ich könnte daran sterben.«

»Wolltest du nicht zu den Colonna, als wir uns kennenlernten? Damals, am Tage der Ermordung des Herzogs?«

»Ich erinnere mich eher an die Pisse, die du über mir ausleertest, als an den Mord.«

Gabriel sah, wie sich der ernste Gesichtsausdruck Ferruccios in ein entschuldigendes Grinsen verwandelte.

»Es gibt verschiedene Wege sich kennenzulernen – und ich habe den schlechtest möglichen gewählt.«

»Daran zweifle ich nicht, wenn ich den schwarzen Zwirn sehe, in den du dich kleidest. Aber ich werde auch gar nicht weiter in dich dringen. Du willst also wirklich beim Fürsten Colonna vorstellig werden? Dem größten Widersacher der Borgias? Weißt du, er genießt kein besonders hohes Ansehen. Und wenn du einmal dort hingehst, bist du für immer als Feind des Papstes gebrandmarkt – außer sie jagen dich mit einem Dolch im Rücken davon.«

»Gabriel, dein Sold bleibt der gleiche.«

»Dann, mein Herr, nehme ich an, und ich spreche auch für meinen Spieß.«

Sie standen vor dem hohen Säulengang des Colonna-Palazzos. Dahinter türmten sich die antiken Reste des Serapis-Tempels wie Riesen auf. Vor einem sechs Spannen hohen Eisentor lungerten Banden herum, die auf den ersten Blick allerdings eher wie Halunken als wie Soldaten aussahen. Um im Falle eines Falles einen schnellen Rückzug zu ermöglichen, stand das Tor immer halb offen. Einige der Männer trugen schwere Schwerter auf ihren Rücken; andere waren mit großen zweischneidigen Streitäxten bewaffnet. Wieder andere zogen Kurzschwerter und Lanzen vor, aber jeder hatte das Krummschwert an seiner Seite, wie es die Türken zu tun pflegten, und sie alle trugen ein rotes, im Nacken verknotetes Kopftuch.

»Im Kampf ist das ihr Erkennungszeichen«, bemerkte Gabriel.

Als sie näher kamen, baute sich ein Mann vor ihnen auf, der ein Wehrgehänge aus dickem Leder trug, auf dem das silberne Wappen der Colonna – die Säule – glänzte. Dicht hinter ihm standen zwei weitere Männer. Sie traten entschieden, aber nicht feindselig auf.

»Fürst Fabrizio erwartet mich.« Die rechte Hand rutschte von der Parierstange. »Mein Name lautet de Mola.«

Der Mann sah Ferruccio von oben bis unten an. »Der Fürst erwartet Euch seit Tagen. Morgen hätten wir begonnen, Euch zu suchen. Und wer ist das?«

»Gabriel, mein treuer Knappe.«

»Ihr seid für ihn verantwortlich.« Der Mann machte eine Geste, um sie durchzulassen. »Eure Waffen werdet Ihr beim Wachposten hinter dem Tor lassen. Dann werdet Ihr zum Fürsten begleitet. Aber seht Euch vor: Der Fürst toleriert kein respektloses Benehmen, und Ihr seid es mit dem Euren gerade gewesen.«

Die Wälder bei Cintoia, am selben Tag

Zikaden. Ohne Unterlass, quälend und ohrenbetäubend. Ab und an wurde das vieltausendstimmige Konzert von einem Wiehern oder dem Trampeln von Pferdehufen unterbrochen – nur, um dann sofort wieder einzusetzen und unverdrossen bis zum Abend weiterzuerklingen. So lange, bis die Grillen mit ihrem monotonen Zirpen das Regiment übernahmen. Leonora wartete, bis das Licht, das mittlerweile nur noch ein schmaler Streifen auf dem Felsen war, gänzlich verschwand, und ritzte dann eine weitere Kerbe in den Stein. Fast sieben Wochen waren vergangen, seit sie entführt worden war. Ihre neue kleine Welt bestand aus einem Bett, das in einer Nische eingemauert war, einem Tisch mit Tintenfass samt Federkiel, einem Armstuhl und dem Betbänkchen vor einem Kreuz an der Wand. Man hatte ihr gesagt, dass alles mit Sorgfalt für sie vorbereitet worden sei und dass ihr Zwangsaufenthalt an diesem Ort nicht allzu lange dauern würde.

In den ersten Tagen hatten sich Wut und Trauer die Waage gehalten, dann hatte sie eine unendliche Müdigkeit übermannt. Die Nahrungsaufnahme hatte Leonora vom ersten Moment ihrer Ankunft an verweigert. Anschließend hatte sie sich zur Flucht entschlossen. Ihr erfolgloser Angriff auf Bruder Marcello hatte ihr allerdings eine saftige Ohrfeige eingebracht, die sie zu Boden geschleudert hatte. In den darauffolgenden Tagen hatte sie der Mönch – so er denn wirklich einer war – mehrmals um Verzeihung gebeten, aber die Demütigung schmerzte mehr als die Ohrfeige. In der zweiten Woche starb ihre Hoffnung, und langsam und unaufhaltsam keimte der Wunsch in Leonora auf, ihrem Leid ein Ende zu setzen. Alles schien so sinnlos – es fühlte sich an, als hätte Ferruccio nie existiert.

Doch nun lächelte Leonora. Das tat sie bereits seit zwei Wochen. Es war alles in der einen Nacht geschehen, als sie von einem plötzlichen Unwohlsein gequält wurde. Sie fühlte sich, als hätte sie einen Wackerstein auf dem Magen, und ihr war so schlecht, dass sie schon befürchtete, vergiftet worden zu sein. Der Mönch hatte ihr kein Wort über den Grund ihrer Gefangenschaft erzählt, aber sie war sich sicher, dass ihre Gefangenschaft mit einem Treffen Ferruccios und dem Kardinal zusammenhing und dass sie als Pfand benutzt wurde, damit Ferruccio welche Mission auch immer zu Ende brächte. Aber er musste bereits tot sein, und genau aus diesem Grund wollte auch sie gehen. Sie übergab sich in einen Kübel. Schade um das gute Gift, dachte sie beinahe mit Bedauern. Und in diesem Augenblick erschien ihr die *Große Mutter* und sprach zu ihr. Leonora verstand.

Nicht nur ihr Körper veränderte sich – wenn auch noch kaum sichtbar –, sondern auch Leonoras Seele: Sie fing wieder an zu essen und zu schlafen; sie pflegte sogar ihr Äußeres und kämmte sich morgens und abends ihr langes Haar. Sie hatte sich entschlossen, ihrem Gefängniswärter vorerst nichts zu offenbaren. Sie würde es ihm zu gegebener Zeit sagen, dann, wenn es nicht mehr zu verbergen wäre.

Bruder Marcello war erstaunt über diese Verwandlung, schrieb sie jedoch der üblichen weiblichen Launenhaftigkeit zu, die ihm so wandelbar wie bizarr erschien. Als Leonora ihn bat, ab und an nach draußen gehen zu dürfen, damit sie sich ein wenig bewegen könne, wurde er misstrauisch; doch als sie ohne Murren akzeptierte, dass sie eine Kette um den Hals und ein Glöckchen tragen musste, wischte er jeden Zweifel vom Tisch und freute sich sogar.

Als Leonora das erste Mal ihr Gemach verließ, konnte sie nicht umhin, die Schönheit der Einsiedelei zu bewundern und die Schläue, mit der dieser Ort als ihr Gefängnis ausgesucht worden war.

Drei Steinhäuser, an einem Hang mitten in einem Wald gelegen, der überall sein konnte; über ihnen nur der Himmel. Weder ein Berg noch ein Turm konnten als Orientierung dienen. Angesichts ihrer kurzen Reise mussten sie sich allerdings noch in der Nähe von Florenz befinden, schloss Leonora. Denn manchmal, wenn der Wind günstig stand, konnte sie den Klang einer einfachen Glocke vernehmen. Es musste sich bei ihrem Versteck also um einen kleinen, bedeutungslosen Borgo in der Nähe der Stadt handeln. Das war zwar ein vager, aber wenigstens überhaupt ein Hinweis.

Ihr Gemach mit mehreren Fenstern befand sich im ersten Stock des größten der drei Gebäude. In den kleinen Nebengebäuden waren der Hühnerstall und ein Lagerschuppen mit Kaninchenställen untergebracht. Sie konnte ein Gutteil des Areals durchmessen, denn die Eisenkette, an die sie gekettet war, reichte bis zum Hühnerstall; Leonora konnte sogar den Gemüsegarten begutachten. Bruder Marcello hatte den Eisenring um ihren Hals mit Kaninchenfell ausgekleidet, das sie zwar kitzelte, aber wenigstens ihren Hals vor dem harten Metall schützte. Dieser Halsschmuck würde eigentlich besser zu einem Hund als zu einer Dame passen, pflegte Bruder Marcello mit einem Lächeln auf den Lippen zu sagen. Diese ungewohnte Freundlichkeit, die der Mönch in letzter Zeit an den Tag legte, machte Leonora Sorgen – größere Sorgen als das ungeborene Leben, das sie unter dem Herzen trug und das sie mit allen Mitteln verteidigen musste. An diesem Ort wohnten nur sie beide. Ab und an kam ein mysteriöser Reiter vorbei, dessen flüchtige Besuche Leonora nur an den Geräuschen seines Pferdes ausmachen konnte, da sie weder seine

Stimme hörte noch ihn je zu Gesicht bekam. Das einfache Volk besaß zwar eine instinktive Ehrfurcht vor Gott, und da es sich vor ewiger Verdammnis fürchtete, beachtete es die Gebote genau – auf dass die Heilige Jungfrau keine Tränen vergießen oder Christus keine neuen Wunden erleiden müsste. Dass diese Ehrfurcht vor Gott allerdings auch bei dem vermeintlichen Mönch ausgeprägt war – darauf wollte sich Leonora ganz und gar nicht verlassen.

Sie hoffte deshalb darauf, dass er seinem Auftraggeber gehorchte und dass er den üblichen Befehl, die Geisel nicht anzurühren, befolgte. Sogar der Bruder des Sultans, der gute Cem, war über Jahre hinweg mit Respekt behandelt worden, und wie alle wussten, hatte er schließlich sogar eine Dame aus dem italienischen Adel geheiratet. Er führte das Leben eines christlichen Fürsten und hatte alle europäischen Höfe besucht, obwohl er ein lebendes Pfand war – bis zu seinem Tode, flüsterte man sich hinter vorgehaltener Hand zu. Oder wenigstens so lange, wie er seinem Geiselnehmer nützlich war, hätte Ferruccio hinzugefügt. Wo immer Ferruccio sich auch befinden mochte, und sei es in der Hölle – er würde seine Aufgabe erfüllen. Und wenn er etwas wollte, das wusste Leonora, dann konnte er alles erreichen. In ihren Tagträumen empfing sie ihn mit ihrem Kind auf dem Arm und brachte ihn davon ab, Bruder Marcello zu töten … so würde es sein, wenn alles liefe wie geplant. Andernfalls würde sie dem Mönch höchstpersönlich die Kehle durchschneiden. Zu gegebener Zeit.

24

Rom, am Abend des 29. Juli 1497

Fürst Colonna drehte ihnen den Rücken zu, denn er war gerade dabei, eine Landkarte auf dem Tisch zu studieren. Dunkle Schweißflecke zeichneten sich auf seinem ärmellosen Umhang aus Leder ab.

»Ich habe ein Abkommen mit dem König von Neapel getroffen, jährlich drei Dutzend Soldaten zu unterhalten, aber ich befürchte, das wird mich weit mehr als die sechstausend Scudi kosten, die ich aus den neuen Ländereien gewinne.«

Gabriel machte eine Grimasse, um Ferruccio zu bedeuten, dass er nichts verstanden habe. Der Fürst drehte sich zu ihnen um.

»Ihr seid also Ferruccio de Mola. In Anbetracht Eurer Unternehmungen hielt ich Euch für älter.«

Schweigend hielt Ferruccio den Blicken des Fürsten stand. Die braunen Locken, die ihm bis zu den Schultern reichten, ließen den edlen Römer freundlich aussehen. Sein bärtiges, von der Sonne gegerbtes Gesicht mit dem Spitzbart verlieh ihm eine Autorität, die nach vielen gewonnenen und verlorenen Schlachten uneingeschränkt auch von seinen Soldaten anerkannt wurde.

»Gut, Ihr seid ein Mann weniger Worte, nein, eigentlich gar keiner Worte. Worte sind in diesem Fall auch gar nicht notwendig. Ich hoffe, dass ich mich sobald wie möglich von der Anwesenheit der anderen Gäste und der Euren befreien kann. Sie sind gestern eingetroffen, und ich hatte ihnen schlichtweg nichts zu sagen. Doch solange Ihr innerhalb dieser Mauern weilt, werdet Ihr mit dem Respekt behandelt, den ich Eurem Herrn schulde. Wenn Ihr aber geht, kann ich weder für Euer Leben noch für das der anderen garantieren. Es sind harte Zeiten, de Mola, und Euer Leben hängt an einem seidenen Faden.«

»Habt Dank, Monsignore, aber ich ziehe es vor, auf mein Schwert zu vertrauen.«

Fabrizio Colonna warf ihm einen scharfen Blick zu, und Gabriel begann innerlich, alle ihm bekannten Heiligen anzuflehen. Dann zeigte der Fürst mit dem Finger auf Ferruccio, und Gabriel senkte den Blick.

»Ihr seid ein mutiger Mann, de Mola, und Ihr gefallt mir. Wenn der Kardinal Eure Dienste einmal nicht mehr brauchen sollte, dann kommt zu mir. Das Wort ist wie der Stoß eines Degens – man muss sich nicht duellieren: Im rechten Moment richtig platziert, reicht es vollkommen aus. Wendet Euch jedoch niemals gegen mich, meine Eisen sind härter als mein Aussehen. Und nun geht zu den Gästen und nehmt sie mit, allen voran diesen Mönch, der viel zu viel redet.«

Der Fürst wies auf eine Tür. Die erneuten Gebete Gabriels wurden erhört: Ferruccio erwiderte nichts, und er verabschiedete sich mit einer kurzen, militärischen Verbeugung.

Gua Li saß am Ende eines langen, aus Stein gemeißelten Tisches und betrachtete eine Skizze, die ihr gerade von Maestro Leonardo vorgelegt worden war. Die junge Frau lachte leise und hielt sich unter den amüsierten Blicken des Maestros die Hand vor den Mund.

»Glaubt mir, es ist kein Trick und auch keine Magie. Schaut, verschiedene Mechanismen bewegen die Arme und den Kopf und lassen die Maschine lebendig erscheinen.«

»Dann ist es also ein Spielzeug für Kinder.«

»Eigentlich nicht. Ich dachte eher an einen militärischen Gebrauch. Stellt Euch vor, man stellte auf dem Felsen einer Festung, auf dem üblicherweise nur ein paar Soldaten Dienst tun, mehrere Hundert dieser Maschinen auf. Die Angreifer würden sich von ihrer Erscheinung täuschen lassen und die Belagerung aufgeben.«

»Dann interessiert es mich nicht.« Gua Li schob das Blatt zur Seite. »Ich bin der Meinung, dass Kriege den Höhepunkt menschlicher Idiotie darstellen.«

»Ihr habt recht«, seufzte Leonardo. »Ich sollte mich vor dem Studium der Dinge scheuen, die für den Menschen schädlich sein könnten. Aber mein Talent allein bringt mir kein Brot, und an der Hand, die es mir reicht, klebt allzu oft Blut.«

Ada Ta hing an der Eisenstange, an der die Fenstervorhänge angebracht waren, und machte zum x-ten Mal, und scheinbar ohne Anstrengung, einen einarmigen Klimmzug.

»Alles hängt vom Menschen ab, der das Maß aller Dinge ist, die das sind, was sie sind. Kuhmist beschmutzt die Straßen, lässt aber den Kohl wunderbar gedeihen. Allerdings, glaube ich – da ich über zwei Ohren, aber nur einen Mund verfüge –, dass nun der Moment gekommen ist zuzuhören.«

»Ada Ta, was willst du damit sagen?«

Jemand hatte sich geräuspert, und alle blickten zur Tür. Im Gegenlicht konnte Gua Li nur zwei Männer erkennen, die dunkle Beinkleider und weiße Hemden trugen. Der größere der beiden machte einen Schritt auf sie zu. Gua Li nahm einen eigenartigen, bittersüßen Geruch wahr, der sie wachsam werden ließ. Sie roch den süßen Geruch des Blutes und den bitteren des Weißdorns, denen sie zwei gegensätzliche Bedeutungen, nämlich grausam und freundlich, zuordnete. Sie schaute zu Ada Ta, konnte aber seinen Blick nicht erhaschen.

»Ferruccio de Mola, zu Euren Diensten. Und das ist mein …«

»Knappe«, unterbrach ihn Gabriel, »Diener, Beschützer, Führer, Hufschmied, Waffenmeister und Beichtvater, je nach Bedarf. Ich verfüge über so viele Fertigkeiten, wie Ihr braucht. Und auch Euch stehe ich zu Diensten.«

Bei diesem stolzen kleinen Mann roch Gua Li den Geruch von regenfeuchter Erde. Leonardo ging auf de Mola zu und reichte ihm die Hand zum Gruße.

»Leonardo di ser Piero. Ich komme aus Vinci, edler Ritter. Ich hoffe, ich kann bei Euch meine Schulden begleichen, die ich bei dem Grafen von Mirandola machte. Er war der Hauptmann und ich der Soldat, so wie es sich zwischen Wissenschaft und deren Anwendung verhält. Er stand für die griechische Welt des Denkens und ich für die römische des Tuns.«

»Ihr seid zu freundlich, Leonardo, aber Ihr schuldet mir nichts. Ich bin hierher abkommandiert worden – aber glaubt mir, auch wenn mein Gesichtsausdruck etwas anderes sagt, so bin ich doch erfreut und überrascht, Euch die Hand reichen zu können.«

»Die Worte edler Herren sind wie die Perlen einer Kette – eines reiht sich an das nächste. Die Überraschungen auf dieser langen Reise sind noch nicht zu Ende.«

Ada Ta näherte sich Ferruccio und stützte sich dabei wie ein alter Mann auf seinen Stock. »Es werden noch weitere Überraschungen folgen, aber sie sind so geheimnisvoll wie der Flug der Bienen, der vermeintlich ziellos, in Wirklichkeit jedoch Frucht einer bestimmten Logik ist. Man muss nur eine Biene sein, um sie zu verstehen.«

»Ich glaube, ich muss ausführlich mit Euch konferieren«, antwortete Ferruccio. »Ich habe die Aufgabe, Euch zu beschützen.«

»Ich hingegen befürchte, wenn Ihr lange mit mir konferiert, wird es Euch bald lästig werden. Außer Ihr erfreut Euch an dem Gefasel eines alten Mannes – der Euch sehr zu Dank verpflichtet ist, wenn Ihr uns tatsächlich beschützen werdet. Ihr werdet unser Schirm sein, der das Heiligste für Hongzhi war. Er war der Weiseste unter den Kaisern, weil er nur ein einziges Weib zur Frau nahm, während im Buch der Könige geschrieben steht, dass Salomon siebenhundert Frauen hatte. Das zeugt nicht eben von seiner Weisheit. Was denkt Ihr darüber?«

»Ich befürchte, ich verstehe Euch nicht, mein Herr, mein Schutz …«

»Wenn Ihr uns vor der menschlichen Unwissenheit, der Bosheit und der Anmaßung beschützt, werden wir Euch dankbar sein wie der Bauer, dem für seine Aussaat Schutz vor dem Unwetter gegeben wird.«

»Nach wie vor verstehe ich Euch nicht«, erwiderte Ferruccio, dessen Halsschlagadern jetzt vor Anspannung hervortraten. »Ich wäre Euch überaus verbunden, wenn Ihr klare Worte für mich finden würdet.«

»Ich sehe, Ihr werdet ungehalten. Ich hatte Euch jedoch gewarnt, mit einem Alten konferieren zu wollen. Ich rate Euch daher, Eure Aufmerksamkeit dieser schönen Bergblume zu widmen. Euer Geist, Eure Ohren und Eure Augen werden Euch dankbar für diesen Rat sein, und bei ihr werdet Ihr keine Erklärungen mehr brauchen.«

»Obwohl niemand mir sagte, dass Euch eine Frau begleitet, werde ich das gerne tun.«

»Das ist nicht ganz richtig. Ich bin es, der sie begleitet.«

Ferruccio blieben vor Ärger die Worte im Hals stecken. Er ballte die Fäuste und biss die Zähne zusammen. Er musste ruhig Blut bewahren, denn er hatte eine Aufgabe, von deren Erfüllung das Leben Leonoras abhing. Also holte er tief Luft und beschloss, der Ironie des Alten, dem es Spaß zu machen schien, ihn zu ärgern, ganz ruhig zu begegnen, als die junge Frau ihm zuvorkam.

»Verstört Euch die Tatsache, dass ich eine Frau bin?« Gua Lis Tonfall war freundlich, aber bestimmt. »Haltet Ihr es für verachtenswert, oder bin ich für Euch ein minderes Wesen ohne Seele? Oder habt Ihr womöglich einen anderen, vielleicht sogar einen bestimmten Grund, mich zu hassen?«

»Meine Dame, wenn es auf der Welt etwas Edles gibt, dann ist es das weibliche Wesen, und wenn Ihr meinen Glauben daran kennen würdet, wärt Ihr überrascht.«

»Gua Li, der edle Ritter spielt auf die *Große Mutter* an«, warf Ada Ta ein, »deren Existenz Mirandola vermutete.«

Ferruccio lief ein Schauer über den Rücken, und er warf dem Mönch einen scharfen Blick zu. Instinktiv legte er seine Hand an die Seite, an der normalerweise sein Schwert hing, das er jedoch vorher dem Wachposten übergeben hatte. Dieser Mönch kannte die Thesen von Giovanni Pico, obwohl sie nie verbreitet worden waren. Nur wenige kannten deren Inhalt. Und viele waren, wie der Prächtige oder Innozenz VIII. und leider auch der Verfasser selbst, auf natürliche oder unnatürliche Weise ums Leben gekommen. Wenn der Kardinal de' Medici und Alexander VI. jeweils ein Exemplar besaßen und Ferruccio das Original hütete, wer konnte dem Orientalen dann den Inhalt des Buches verraten haben? An dieser Frage glaubte Ferruccio fast zu ersticken.

»Was wisst Ihr über die *Große Mutter*?«, fragte er mit gepresster Stimme.

»Nun, das war die erste Überraschung, die sich in unserem Verstand ihren Weg bahnte«, sagte Ada Ta. »Unser aller Mutter hat so viele Namen wie Kinder. *Anna Purna*, Göttin des Überflusses oder *Maha Kali*, *Gayatri*, *Mammitum* oder dort, wo die Menschen mit der dunklen Haut leben: *Nut*. Dort, wo das Meer gefriert, wird sie *Nidhogg* genannt – ich weiß nicht, ob ich ihren Namen richtig aussprach, und hoffe, sie damit nicht beleidigt zu haben.«

»Ich bin mir sicher, dass sie es nicht ist«, antwortete Ferruccio kurz angebunden. »Wie ich sehe, kennt Ihr mich gut, ganz im Gegensatz zu mir, der ich nichts über Euch weiß. Außerdem habt Ihr mir immer noch nicht geantwortet.«

Von draußen drang ein unterdrückter Schrei zu ihnen herein. Gabriel eilte zum Fenster, um zu sehen, was geschehen war. Dann klirrten die Waffen, und es erklangen Schreie und Beschimpfungen auf Spanisch, Deutsch und Italienisch.

»Sie haben den Palazzo angegriffen«, sagte Gabriel gleichgültig. »Nichts Besonderes – den Halstüchern nach zu urteilen, waren es die Orsinis.«

Hinter den schweren grünen Samtvorhängen versteckt spähte Gabriel vorsichtig aus dem Fenster. Obwohl das Fenster durch massive Gitter geschützt war, wusste er doch nur allzu gut, dass ihn aus dieser Entfernung jederzeit der Pfeil einer Armbrust in den Hals treffen konnte.

»Sie haben das Tor geschlossen«, fuhr er fort. »Der Fürst wird erfreut sein, denn nun kommt niemand mehr rein oder raus. Damit bleibt uns nichts weiter zu tun, als Schach zu spielen oder zu würfeln – doch seid gewarnt, damit habe ich mir schon den ein oder anderen Krug Wein bezahlt.«

Niemand schenkte seinen Worten Beachtung, nicht einmal, als er aus seinem Säckchen drei Würfel hervorholte und sie geschickt in seiner Hand tanzen ließ.

»Ich meinte ja nur …, um sich die Zeit zu vertreiben.«

»Die Zeit sollte man sich nicht vertreiben. Jeder Tag, dem wir mit Faulheit begegnen, erscheint uns sehr lange. Doch wenn wir ihn mit Aufgaben füllen, die uns Freude bereiten, dann springt der Morgen behände zum Abend wie der Frosch, der auf eine Lotusblüte in seinem Teich springt. Zeit kann sehr fruchtbar sein wie ein wohl bestelltes Feld, das uns dann mit süßen und manchmal unbekannten Früchten belohnt. Ich glaube, dass meine geistige Tochter gut säen wird.«

Ferruccio wusste, dass er sich beruhigen musste. Er setzte sich und begann langsam und ruhig ein- und auszuatmen. Das half ihm, Ordnung in seine Gedanken zu bringen. Diese beiden Orientalen waren der Schlüssel, um Leonora wiederzubekommen, und es wäre dumm, sie sich zu Feinden zu machen. Zugunsten der Sorge um Leonora waren sogar die Thesen in den Hintergrund gerückt. Wenn dieser Alte also von ihm wollte, dass er dieser Frau zuhörte, dann würde Ferruccio das eben tun.

»Dann sei es so, wie Ihr sagt. Helft mir zu verstehen und habt Geduld mit mir. Ich war ein Diener der Waffen und bin es nach wie vor, leider, und nicht an Wortgefechte gewöhnt. Verzeiht. Und Ihr, Gua Li, wenn ich Euren Namen richtig verstanden habe, fahrt fort, ich bitte Euch.«

Vielleicht würde diese junge Frau ihm ja dabei helfen zu verstehen, warum ausgerechnet er für diese Mission ausgesucht worden war. Und vielleicht würde ihn diese Erkenntnis Leonora ein Stückchen näher bringen. Zweimal verlor er die Konzentration. Er hörte die junge Frau über einen Jüngling sprechen, dessen Menschlichkeit und Intelligenz größer waren als die derer, die auf Augenhöhe mit den mächtigen Priestern disputiert hatten. Und seine Gedanken verweilten bei den Worten des Kardinals über die Vision einer neuen Welt des Friedens und über einen neuen Messias – eine Rolle, die vielleicht Giovanni de' Medici für sich selbst erträumte.

Ferruccio konzentrierte sich auf die beruhigenden Worte der jungen Frau, die über die Schwierigkeiten des Jünglings sprach und seinen Kampf gegen die Scheinheiligkeit. Die Einfachheit seiner Gedankengänge hob die alten Traditionen, die seit Jahrhunderten dazu dienten, Ungerechtigkeiten zu verschleiern und Privilegien zu untermauern, aus den Angeln. Plötzlich tauchten die vehementen Predigten Savonarolas in seinem Geiste auf, der die Kirche als schlimmsten Ort der Laster, der Doppelzüngigkeit und Hinterlist beschrieb. Früher oder später würden die Mächtigen diesen Wahnsinnigen, der in seinem Wahnsinn allzu oft die Wahrheit sagte, eliminieren – wie einen Hofnarren, der seinen Herrn mit den immer gleichen Späßen langweilt.

Die Kirche würde sich nie ändern – ihre Souveräne schon. Gerade darin aber lag ihre wahre Stärke. Der Kardinal hingegen wollte ihn Glauben machen, dass dieser Mönch und seine Schülerin der Schlüssel für eine radikale Veränderung sein würden. Wie konnte er annehmen, dass Ferruccio so naiv sei, ihm zu glauben?

Der Kardinal hätte ihm doch einfach nur zu befehlen brauchen, diese beiden zu beschützen, und ihm drohen, im Falle seines Nichtgehorsams Leonora töten zu lassen. Leonora war auch der einzige Grund, in dieser Farce mitzuspielen, in der alle beteiligten Schauspieler bereits tot waren und die Bühne nur noch von Schmierenkomödianten, Gauklern und Seiltänzern bevölkert wurde. So wie von diesen zwei Hanswursten hier. Sobald er ihr Spiel aber durchschaut hätte, würde er das Notwendige tun – allerdings mit Sicherheit nicht im Namen der Wahrheit, sondern ausschließlich, um seine eigenen Interessen verfolgen zu können. Er würde alles dafür tun, um Leonora wiederzubekommen: falsches Zeugnis ablegen, betrügen und sogar töten.

Er hob den Blick und bemerkte, dass Gua Li ihn anstarrte. Die junge Frau hatte ihre Erzählung unterbrochen, und er hatte es nicht einmal bemerkt. Sie roch den Hass mit einem bitteren, unguten Nachgeschmack in seinem Blut. Und dennoch – Ritter de Mola hatte Giovanni Pico della Mirandola, diesem Fürsten, der sie seit ihren Kindertagen zum Träumen gebracht hatte, so nahegestanden und hatte mit ihm so viel Zeit und Wissen geteilt. Das Gift, das durch seine Venen floss, kam nicht aus den Tiefen seiner Seele, sondern entsprang unendlichem Leid. Sanft berührte sie seinen Handrücken. Ferruccio zuckte wie von einer Tarantel gestochen zurück. Gua Li tat so, als hätte sie es nicht bemerkt, und fuhr mit ihrer Erzählung fort.

Es waren zwei Jahre vergangen, seitdem Sayed das Haus in Debal verlassen hatte. Seine Besitztümer hatte er in Gold, Silber und Edelsteine verwandelt, die er sorgfältig auf dem Boden des Karrens versteckt hatte. Er lenkte den Wagen, während Īsā las und meditierte und Gaya sich den täglichen Aufgaben widmete, die von den Männern nur allzu gerne vernachlässigt wurden.

»Der Mann ist von Natur aus ranghöher, das wissen alle«, unterbrach sie Gabriel, »und die Frau hat zu folgen.«

Grinsend wandte er sich an die anderen drei Männer, erntete aber nur strenge Blicke. Er entschied, dass es besser war, weiter mit seinen Würfeln herumzujonglieren, statt sich einzumischen.

Oft hielt das Mädchen inne und hörte Īsā zu, vor allen Dingen, wenn er Sayed diese vielschichtigen Fragen stellte, die keiner Antwort bedurften und denen der Händler oftmals nur mit einem zustimmenden Nicken begegnete. Mit der Zeit wurde sie immer mutiger, bis sie ihm ihre erste wirkliche Frage stellte.

»Glaubst du tatsächlich, dass alle Menschen gleich sind und dass ihr Schicksal nicht durch die Geburt, sondern von ihren Erfahrungen und Entscheidungen bestimmt wird?«

»Du hast dir deine Frage gerade selbst beantwortet, Gaya. Sie haben dich glauben gemacht, dass die Dunkelheit, in der du geboren wurdest, dein Leben sei – das der Unberührbaren. Und heu-

te sprichst du wie ein Priester«, sagte Īsā lächelnd, »und schämtest dich auch nicht vor dem Brahmanen. Außerdem sind wir nur noch deshalb am Leben, weil Sayed und ich uns deiner weisen Tatkraft untergeordnet haben.«

»Aber ihr habt mir erst die Möglichkeit dazu gegeben, indem ihr mich mitnahmt. Wäre ich in Debal geblieben, hätten sie mir nicht einmal erlaubt, auf den Straßen den Kuhmist zu fegen, und ich hätte mich glücklich schätzen können, mich von den Abfällen der Armen ernähren zu dürfen.«

»Meine Mutter sagte einmal zu mir: Was du nicht willst, das man dir tu, das füg auch keinem andern zu. *Ohne diesen Mann«, sagte Īsā und gab Sayed einen Stoß, »wäre ich schon tot oder du die Konkubine eines feisten Kaufmanns.«*

»Und Ihr habt mich noch nicht einmal berührt. Gefalle ich Euch vielleicht nicht?«

Īsā holte tief Luft. Viele Nächte hatte er von ihr geträumt, und er erschauerte jedes Mal, wenn er ihr nahe war und ihren Atem spürte. Niemandem hatte er sich anvertraut, nicht einmal Sayed, der ihn immer damit aufzog, mit welchen Blicken er sie bedachte, wenn sie alleine waren. Dass so etwas ganz normal sei, fügte er dann immer noch hinzu, weil sie ein sehr hübsches Mädchen sei, und dass Īsā es ihm nicht gleichtun solle und den Freuden der Ehe entsagen. Gaya war wirklich die richtige Frau, um ein ganzes Leben mit ihr zu verbringen. Īsā dachte an seine Eltern und daran, wie er sich ihren Hochzeitsplänen verweigert hatte. Ihm wurde auch gewahr, dass die Erinnerungen an die Erlebnisse und Orte seiner Kindheit langsam zu verblassen begannen und sich mit seinem jetzigen Dasein vermischten.

»Du bist sehr schön«, sagte er zu Gaya, ohne sie anzuschauen, »und wenn du willst, dann bringe ich dich eines Tages an die Ufer des Jordans, und dort werden wir gemeinsam eintauchen, um uns zu waschen und zu reinigen. Wir werden weiße Kleider tragen, und

ich werde dir einen goldenen Ring an den Finger stecken. Nachdem wir siebenmal gesegnet wurden, werde ich ein Glas mit meinen Füßen zertreten. Du wirst meine Mutter, meinen Vater und meine Brüder kennenlernen und sie dich als Eheweib ihres Sohnes Jesus …«

»Einen Augenblick. Wovon sprecht Ihr da?«

Ferruccio war aufgesprungen und zeigte mit dem Finger auf Gua Li. Als er aus dem Mund dieser Frau, die eine Zauberin sein musste, den Namen desjenigen vernommen hatte, den er mehr als alles andere bewunderte – mehr als die Kirche und sogar noch mehr als die *Große Mutter*, war ihm das Blut in den Kopf geschossen. Er atmete heftig. Sie wagte es, über Jesus zu sprechen? Außerdem verwirrte sie den Verstand und sein Herz.

Leonardo berührte Ferruccios Arm.

»Als ich ihre Worte zum ersten Mal vernahm, reagierte auch ich auf ähnliche Weise, de Mola. Doch wenn Ihr Euch in Geduld übt und zuhört, dann werdet Ihr von dieser Geschichte verblüfft sein, in der sich alles fügt, wie der Lauf der Planeten um die Sonne und nicht andersherum.«

»Ich weiß nicht, wovon Ihr sprecht, aber Ihr erstaunt mich – Ihr, der sich rühmt, ein Mann der Wissenschaften zu sein. Was will sie mich glauben machen? Dass Schweine fliegen können?«

»Eines Tages sah ein Mann, der alles, was fliegt, gerne beobachtete, ein Schwein von einem Felsen stürzen …« Ada Ta klopfte mit seinem Stock auf den Boden, um auf sich aufmerksam zu machen. »Er dachte, dass es sich bei dem fallenden Schwein um einen sehr feisten Vogel handele. Der Mann war deshalb auch sehr enttäuscht, als er seinen Irrtum bemerkte. Voll Wut zertrat er eine Raupe unter seinen Füßen, weil er dachte, dass sie nie fliegen würde. Wenn er jedoch

Geduld gehabt und gewartet hätte, dann hätte er beobachten können, wie ihr Flügel gewachsen wären.«

»Glaubt Ihr, mich mit diesen Wortspielereien beeindrucken zu können?«

Die dunklen Augen Gua Lis ruhten auf Ferruccios nervösen Händen mit den blauen Adern und den haarigen Handrücken. Er erinnerte sie an einen Hütehund aus den Bergen – gnadenlos gegen Angreifer, stark wie ein Bär, ein unbestechlicher Wächter und treuer Freund.

»Lasst mich wenigstens diesen Teil meiner Erzählung beenden. Tut so, als wäre es eine jener Geschichten, die man sich am Lagerfeuer erzählt, unter freiem Sternenhimmel und umgeben von Bergen. Dann sprechen wir über Euch, uns und das, was uns trennt oder vereint.«

Ferruccio verfluchte die Stimme dieser jungen Frau, die an die Stimme einer Mutter erinnerte, die mit ihrem noch ungeborenen Kind spricht und den sich entwickelnden Geist mit den richtigen Gedanken beruhigt. Ferruccio nahm wieder Platz.

Gaya war sehr stolz auf Īsā. Wenn sie auf einem Markt Halt machten, um Proviant und Kochgeschirr zu kaufen, dann verlor sie nie eine Gelegenheit, den Händlern zu erzählen, wie weise ihr Gefährte sei. Diejenigen Händler, die sich die Mühe machten, ihn kennenlernen zu wollen, waren erstaunt ob seiner Jugend. Und diejenigen von ihnen, die schließlich blieben, um Īsā zuzuhören, machten zunächst ihre Scherze mit ihm und hatten dann ihren Spaß an seiner Scharfsinnigkeit. Und wenn es Nacht wurde und die Gespräche ernster und die Einsamkeit der Händler größer, dann fand Īsā immer Worte des Zuspruches und des Trostes. Er rief ihnen die schönen und guten Seiten ihres Lebens ins Bewusstsein. Er machte ihnen verständlich, dass ihnen ein ehrenwertes Verhalten anderen gegenüber eine größere Glückseligkeit versprach als die Suche nach schnellem Gewinn. Und er zeigte ihnen, dass sie sich an jeder Offenbarung der Natur, sei es eine Blume, ein Wasserfall oder eine Wolke, erfreuen sollten. Auch furchterregende Tiere wie der Skorpion, der Tiger und die Brillenschlange seien zwar schreckliches, wenngleich einzigartiges Zeugnis der Herrlichkeit, mit der die Natur sich den Menschen offenbarte. Und wenn die Händler Īsā fragten, welchem Gott er huldigte, dann lächelte er und breitete die Arme aus.

»Er ist allgegenwärtig, in jeder Kreatur, in jeder unserer Gesten und in uns selbst. Diesen Gott verehre ich.«

Während die drei Wanderer dem Verlauf des Ganges folgten, eilte Īsā sein Ruf von Dorf zu Dorf voraus. Sobald er erkannt wurde, bildeten sich sofort Menschentrauben um seinen Karren. Die Aufdringlichkeit der Leute ging sogar so weit, dass Sayed sich gezwungen sah, auf einen Teil seiner Gespräche mit ihm zu verzichten. Eines Tages erwartete ihn ein Trupp Soldaten, die Īsā noch nie gesehen hatte: Sie hatten eine helle Haut, Mandelaugen und langes Haar. Respektvoll, aber bestimmt wandte sich ihr Hauptmann an sie.

»König Heraios wünscht Euch kennenzulernen. Sein Lager ist nicht weit von hier. Folgt uns.«

Die königliche Jurte übertraf an Höhe jedes andere Gebäude, das Īsā je zu Gesicht bekommen hatte – ihre Kuppel thronte über Tausenden von Zelten. Man erzählte, dass das königliche Heer aus über zehntausend Reitern und dreißigtausend Bogenschützen bestehe, dass es noch einmal doppelt so viele Lanzenträger und Schwertkämpfer gebe und dass Heraios' Reich größer als das des Kaisers von China sei. Der Wind hatte ihre Gesichter mit grauem Staub bedeckt, und das Geräusch der flatternden Zelte erinnerte an den Flug von Abertausenden Kranichen. Im Inneren der großen Jurte verstummten auf einen Schlag der Lärm und die Geräusche des Windes, und es war nur noch das getragene, unablässige Schlagen der Trommeln zu vernehmen. Als die drei Wan-

derer eintraten, erhob sich eine Figur, die ein mit Goldarabesken besticktes Gewand trug, und bedeutete ihnen sich zu nähern. Īsā, gefolgt von Gaya und Sayed, näherte sich dem mächtigen Herrscher der Kuschana.

»Mir wurde berichtet, dass Eure Weisheit groß und Euer Alter gering ist. Beides bewundere ich. Und da ich nicht über die zweite Tugend verfüge, bemühe ich mich, wenigstens die Erstere zu erlangen.«

Īsā sprach nicht, denn er starrte immer noch auf den Kopf des Herrschers, der in einem Metallring eingequetscht war und der ihm so die Stirn deformiert hatte, dass sie hoch wie ein Festungsturm emporragte.

Mit Schrecken betrachtete Sayed den großen Bogen, der neben Heraios stand. Als dieser nach ihm griff, sah Sayed schon, wie sich die ganze Weisheit Īsās durch diese eine Beleidigung in Luft auflöste. Er sah sich schon bis zum Halse in Sand eingegraben, das Gesicht mit Honig bestrichen, damit sich Ströme von Ameisen, Wespen und Skorpionen gütlich daran täten.

Aber Heraios legte den Bogen in Īsās Hände.

»Das ist meine wertvollste Gabe. Nur derjenige, dessen Herz voller Weisheit ist, betrachtet das Unbekannte mit Neugier und ohne jedwede Furcht.«

Īsā nahm den Bogen und bewunderte dessen Größe und seine hervorragende Manufaktur, bevor er ihn an Sayed weiterreichte, der sich übertrieben untertänig bis fast auf den Boden verbeugte.

»Ich danke dir, Heraios, und unabhängig von dem Grund der Verformung deines Kopfes zählen die Ideen, die sich in seinem Inneren befinden. Die Milch der Kokosnuss ist süß und erfrischend«, bemerkte der Jüngling.

Heraios lachte herzlich.

»Über deine Ironie haben sie mir nichts berichtet. Ich befürchtete schon, einen Jüngling mit dem Geiste eines Alten anzutreffen, der neunmalkluge Urteile fällt und mich über das redliche Stre-

ben nach dem Guten und Wahren belehrt. Wenn dich mein Schädel nicht zu sehr erschreckt, dann setz dich zu mir und leiste mir Gesellschaft.«

An diesem Abend sprachen der Jüngling und der König lange miteinander. Der Vollmond hatte sich beinahe wieder in einen Halbmond verwandelt, als der Herrscher entschied, sich von ihnen zu verabschieden. Heraios überschüttete sie zum Abschied mit reichen Gaben. Doch bevor sich ihre Wege endgültig trennten, wollte er allein mit Īsā sprechen.

»Du kennst die Veda und den Glauben der Brahmanen; du kennst Buddha und Mahavira und allen voran Samsara, den Lebensfluss der Erde, der sie vereint. Und du stehst weder auf der einen noch auf der anderen Seite, denn du weißt, dass alles Teil eines einzigen großen Plans ist. Ich würde dich zu meinem Sohn machen wollen, wenn du nicht bereits wüsstest, dass du zu weit Höherem bestimmt bist. Und da ich mir wie jeder Vater nur das Beste für meinen Sohn wünsche und ihn nicht besitzen will, bitte ich dich nicht, bei mir zu bleiben. Geh dorthin, wo die Welt geboren wurde, dorthin, wo die Spitzen der Berge den Himmel berühren. Dort wirst du Männer treffen, die deiner Seele und deines Herzens würdig sind. Der Ring aus Eisen verhinderte, dass ich meine Studien mit denjenigen fortsetzen konnte, die die ersten Zeugnisse der Menschheit aufbewahren – in denen noch niemand bestimmte, wer wen anbeten oder welche Rituale er befolgen solle. Diese ersten Zeugnisse stammen aus einer Zeit, in der es noch keine Priester gab, um den göttlichen Hauch von Tara *oder* Maha, *die nur einige der vielen Namen für die* Große Mutter *sind, empfangen zu dürfen. Ich hätte mir für mich ein anderes Schicksal gewünscht; aber nun wirst du es an meiner statt leben. Und anders als ich, der sich vom Leben entfernt und den Krieg bringt, wirst du dort oben deinen Frieden finden, den, den du heute mir spendest.«*

In diesen Worten konnte Īsā den Schmerz erahnen, wie er sich in manchen Menschen den Weg zur Aufrichtigkeit bahnt, und er bat Sayed, ihn zu diesen Bergen zu führen.

Und so machten sie sich auf zu einer Reise, die ihr Leben für immer verändern würde. Ihres und unseres.

»Das ergibt alles keinen Sinn!«, unterbrach Ferruccio Gua Li erneut.

»Indien, China, der Ganges ... Was hat das alles mit Jesus zu tun, den Ihr – warum auch immer – Īsā nennt. Und ich frage mich, warum Ihr ausgerechnet mir diese Dinge erzählt.«

»Die Nacht naht«, antwortete Ada Ta an Gua Lis statt, »und mit ihr der Schlaf, der dem Geist erlaubt zu atmen und der Seele, sich vom Unrat des Tages zu reinigen. Mein feiner Scharfsinn und die Düfte, die die Luft schwängern, verraten mir, dass der bärtige Ritter, der die Ehre hat, uns seine Gastfreundschaft zu gewähren, ein großzügiges Abendmahl zubereiten ließ. Gemüse, Braten, Käse und Obst harren unserer – lasst uns gehen und essen.«

»Ihr habt eine feine Witterung«, erwiderte Gabriel und rieb sich die Hände. »Doch wie konntet Ihr diese Wohlgerüche alle unterscheiden?«

»Das ist nicht einfach. Die Nase muss sich in perfektem Einklang mit dem Geist befinden, und dieser muss sich in einem mystischen Reigen verlieren und zulassen, dass die Gerüche in den Körper eindringen. Vor allem aber habe ich während Gua Lis Erzählung einen kurzen Blick in die Küchen geworfen.«

Das Abendmahl war bereits halb verzehrt, als Gabriel endlich verstand und laut lachte.

25

Rom, 5. August 1497

Dunkles Blut floss aus ihrer Vagina. Bleich und schweißüberströmt vernahm Lucrezia Borgia Worte, die in ihren Ohren wie wüste Flüche klangen. Unablässig wurden Jesus, die Heilige Jungfrau und ein barmherziger Gott angefleht, den sie nie kennengelernt hatte. Auch dem heiligen Dominikus, dem Ordensgründer, der bemüht wurde, war sie bisher noch nicht begegnet. Vielleicht hatte sie, ohne es zu bemerken, ein Gemisch aus Petersilie, Mutterkorn, Weidenblättern, Klee und was sonst noch geschluckt. Sie kannten alle Methoden, um abzutreiben, doch diesmal traf sie keine Schuld. Vielleicht war es Fatum – aber es war eher wahrscheinlicher, dass es die gleiche, von bestimmten Interessen geführte Hand war, die auch für den Tod Juans verantwortlich zeichnete.

Sie wollte dieses Kind, denn egal von wem es war, es würde nach ihrem Vater und ihrem Bruder König werden. Sie würde Cesare sagen, dass es sein Kind sei, und das Gleiche ihrem Vater – es konnte aber gleichwohl auch von Pedro abstammen. Früher oder später würde sie jedenfalls die Königinmutter sein.

Mittlerweile war dies alles jedoch nicht mehr wichtig. Ihre Zukunft war irgendwo – verloren, sinnlos. Nun musste sie nur noch eines: überleben. Sie würde es schaffen, das wusste sie, und wenn es nur deshalb wäre, um dem Himmel einen Streich zu spielen und die hemmungslosen Klageweiber, die ihren Dienst bereits begonnen hatten, um ihren Obolus zu bringen.

Wie eine der Erinnyen trat die Äbtissin ein und schlug die Tür hinter sich zu.

»Was ist geschehen?«

Die Schwester, die für die Kräutermischungen zuständig war, wies auf ein blutiges Leinenbündel und schüttelte den Kopf.

»Was hast du ihr gegeben?«

»Eine Mischung aus warmem Wein, Mutter, so wie es …«

»Du bist unfähig!«, zischte ihr die Äbtissin ins Ohr. »Damit erhöhst du nur den Blutfluss, mehr nicht. Nimm nasse Tücher und wechsele sie häufig. Und gib ihr einen Aufguss aus Fenchelsamen.«

»Aber es ist noch zu früh, Mutter.«

»Zu früh wofür? Um sie sterben zu sehen?«

»Ich meinte die Jahreszeit …«

»Red kein dummes Zeug. Schick jemanden auf den Markt; für Geld findet man dort alles.«

Die Kräuterfrau verbeugte sich unterwürfig, doch die Äbtissin beachtete sie bereits nicht mehr. Sie hatte die Ärmel hochgekrempelt und sich Lucrezia zugewandt. Sie zog das Laken in dem Augenblick beiseite, als sich ein weiterer Blutschwall auf die Rosshaarmatratze ergoss. Einige der anwesenden Schwestern hielten sich die Hand vor den Mund oder drehten das Gesicht zur Wand, als die Äbtissin drei Finger auf Lucrezias Schamhügel legte und entschlossen zudrückte. Die Äbtissin verharrte bewegungslos in dieser Position und starrte ohne Unterlass zwischen Lucrezias Beine. Als sie sah, dass Lucrezias Zungenspitze über ihre Lippen glitt und ihre Wangen wieder Farbe bekamen, lockerte sie leicht den Druck.

»Komm, halte durch, mein Mädchen«, flüsterte sie ihr zu, »beiß die Zähne zusammen.«

»Mutter Candida … ich war es nicht …«

»Das weiß ich, und ich verspreche dir: Ich werde herausfinden, wer es war.«

»Es war Gott oder jemand, der ihm sehr nahesteht.«

Mit einem sauberen Tuch wischte die Äbtissin ihr den Mund ab. Dann holte sie ein Fläschchen hervor und tropfte Lucrezia ein paar Tropfen der darin enthaltenen Flüssigkeit auf die Lippen. Instinktiv presste die Patientin ihre Lippen zusammen.

»Vertrau mir und trink; es wird dich wieder zu Kräften bringen. Es ist Essigbalsam. Meine Cousine Beatrice aus Mantua hat es mir geschickt. Ich nehme jeden Tag drei Tropfen zu mir. Spürst du den süßsauren Wohlgeschmack? Der Balsam wird dir guttun. Du wirst noch mehr Kinder haben als dieses – das hat mir die Heilige Jungfrau gesagt. Vertraue auf Gott, meine Tochter.«

Lucrezia probierte von dem dargebotenen Göttertrank, der ihr sanft den Hals hinunterfloss und von dort bis in die Nase stieg. Sie schloss die Augen, als ihr die Äbtissin die Hand auf die Stirn legte. Sie glühte immer noch, und Mutter Candida biss sich auf die Lippen. Sie war sich sicher, dass die Ikone des heiligen Lukas zu ihr gesprochen hatte, befürchtete aber, ihre Worte missverstanden zu haben. Als sie sah, dass ihre Schutzbefohlene eingeschlafen war, befahl sie leise, ihr weiterhin nasse Leintücher auf Stirn und Unterleib zu legen. Dann nahm sie ihren Umhang und machte sich zur nahe gelegenen Basilika auf. Es war an ihr, demjenigen Bescheid zu geben, der vielleicht schon alles wusste oder diese Nachricht vielmehr mit Ungeduld erwartete.

Alexander VI. schwitzte. Vermutlich aufgrund der Hitze, aber höchstwahrscheinlich mehr noch aufgrund der beiden Depeschen, die auf seinem Schreibtisch lagen.

»Das ist nur der Schwanz des Teufels«, versicherte Cesare unruhig. »Es hat nichts zu bedeuten. Es wird ausreichen, wenn wir uns von diesen Festungen fernhalten.«

»Die Pestilenz ist ein heimtückischer Feind, den man nicht unter Kontrolle halten kann, Cesare. Es ist der Wind, der die Ausdünstungen der Erde durch die Luft weht. Und wenn du seinen Atem auf deinem Rücken spürst, ist es bereits zu spät, und du bist verfaultes Fleisch.«

»Hier sind wir in Sicherheit – soll sie sich doch ihren Weg durch das Volk bahnen. Wir geben ihnen Brot und Gebete zu einem guten Preis. Sie werden uns lieben und fürchten, Vater, und es wird einfacher sein, unsere Krone zu ernten.«

»Du verstehst gar nichts. Du kennst nicht die Geschichte – du weißt nur, wie man kämpft. Das aber kannst du, Gott sei Dank, wirklich gut. Du weißt vielleicht nicht, dass im letzten Jahrhundert in Istanbul nur einer von zehn überlebte; in Rom und Florenz war es nicht anders. An den Höfen in ganz Europa, in den Städten und auf dem Land kam die Pestilenz über die Menschen wie die Sense des Bauern über das reife Korn. Sie ist schlimmer als der blutigste aller Kriege. Sie ist die Geißel Gottes. Sie zerstört jedes menschliche Handeln, zerreißt die Ketten der Bestien, die in den Menschen hausen, und öffnet die Tore zur Hölle, deren Schrecken und grausame Gesetze Einlass auf Erden finden werden.«

»Vater, du sprichst beinahe wie ein Mann Gottes«, scherzte Cesare. »Du könntest dich mit Savonarola messen, doch mir brauchst du keine Angst einzujagen.«

»Ich bin derjenige, der Angst hat. Wenn die Pest ausbricht, werden sich die Menschen in zwei Lager teilen: in Wölfe und Lämmer. Die Lämmer werden ihren Gott um Gnade anflehen oder sich im Wahn über unbekannte Klippen stürzen. Die Wölfe hingegen werden auf die Jagd gehen und versuchen, die Gunst der Stunde zu nutzen.«

»Und wir haben einen Stier in unserem Heer, dessen Hörner gefährlicher als die Zähne der Wölfe sind.«

Das Gebälk des Papstsitzes knirschte wie Menschenknochen, als Alexander mit gestrecktem Arm und geballter Faust aufsprang. Verblüfft wich Cesare ob der heftigen Reaktion seines Vaters zurück. Dessen Worte waren vor Anstrengung kaum noch zu verstehen.

»Es ist eine Kettenreaktion, Cesare: Wenn die Bauern sterben, bestellt niemand mehr die Felder. Dann gibt es weniger Arbeitskräfte, und darum wird Arbeit teurer. Die sich selbst überlassenen Herden werden Opfer der streunenden Hunde, die ihrerseits immer zahlreicher und immer hungriger werden. Es wird an Nahrung mangeln, das Geld wird jeden Tag an Wert verlieren, und diejenigen, die noch etwas feilzubieten haben, werden niemanden finden, der noch über Geld verfügt, um es kaufen zu können. Die Macht wird wanken, doch es wird keine Wachen mehr geben, um sie zu sichern. Und in den unbewachten Kerkern werden die Gefangenen sich zuerst gegenseitig aufessen, um zu überleben. Es werden sich Horden zusammenrotten, um zu stehlen und zu vergewaltigen – wohl wissend, dass niemand da ist, um sie zu bestrafen, und dass jeder Tag ihres jämmerlichen Lebens der letzte sein könnte. Und auch wir werden jeden Tag erwachen und uns wundern, dass wir noch am Leben sind. Das Reich der Pestilenz ist das Reich der Gesetzlosigkeit und des Schreckens.«

Langsam klatschte Cesare viermal in die Hände und tat mit seinem Zeigefinger so, als würde er sich die Kehle durchschneiden.

»Amen! Wirst du das den Kardinälen auch so sagen, Vater?«

»Manchmal tut es mir von ganzem Herzen leid, dass Juan gehen musste und nicht du.«

»Und mir tut es leid, dass nicht du es warst, der gehen musste, Vater.«

Die Männer starrten sich an. Cesare senkte als erster den Blick und setzte ein breites Lächeln auf.

»Komm schon! Lass uns mit diesen Dummheiten aufhören! Sag mir lieber, was jetzt weiter geschehen soll. Ich brauche kein Bader oder Geschichtsgelehrter zu sein, um zu verstehen, dass ein kleines Aufflackern der Krankheit nicht gleich eine ganze Epidemie bedeutet.«

»Cesare, du hast immer noch nicht verstanden: Die Pestilenz ist wie eine Welle, die immer größer wird, langsam und unerbittlich. Nichts und niemand wird sie aufhalten können, nicht einmal Gott, wenn er sie erst einmal auf den Weg gebracht hat. Sie fällt nicht hier und da wie ein leichter Regen. In unserem Fall …«, Alexander zeigte mit dem Finger nach oben, als wolle er eine Erklärung des Allmächtigen, »erreichen mich plötzlich Nachrichten über zwei Tote hier, drei dort, eine ganze Familie an einem weiteren Ort. Alle weit voneinander entfernt. Das ist nicht normal, verstehst du? Die erste Aufgabe eines Königs ist zu verstehen, was in seinem Reich und in den angrenzenden Territorien vor sich geht. Zuerst verstehen, dann handeln: Das hast du immer noch nicht gelernt. Aber sei vorsichtig, du bist der Einzige, den ich jetzt noch habe.«

»Mich und Jofré …«

»Erst, wenn ich mir sicher sein kann, dass er wahrlich mein Sohn ist.«

»Mater semper certa est, pater numquam, etiam si pater sanctum est. Wer die Mutter ist, weiß man immer sicher, wer der Vater ist aber nicht, selbst wenn er ein Heiliger ist.«

»*Sanctus*, du Esel. Es muss *sanctus* heißen. Jedenfalls hast du recht, selbst Heiligkeit schützt vor Kuckuckskindern nicht. Der heilige Josef ist das beste Beispiel.«

Giovanni Burcardo klopfte an die Tür. Er hatte der Äbtissin von San Sisto kein einziges Wort aus der Nase ziehen können.

»Eure Heiligkeit, Madonna Virginia d'Este, bittet um …«

»Schwester Candida, Burcardo, Schwester Candida.« Die Äbtissin schubste ihn zur Seite. »Verzeiht, Eure Heiligkeit. Kardinal, ich verneige mich auch vor Euch.«

Der eifrige Zeremonienmeister konnte seine Ohren spitzen, so viel er wollte, es drangen nur ein paar wenige Wortfetzen zu ihm durch. Also steckte er sein Büchlein wieder ein – nur einen Augenblick, bevor die Äbtissin wieder herauskam. Sie zog von dannen und hielt es nicht einmal für notwendig, sich von ihm zu verabschieden. Cesare war wie versteinert, und die Furunkel in seinem Gesicht waren rotglänzend angelaufen. Gedankenverloren schaute er aus dem Fenster. Die Gedanken um das zukünftige Königreich der Borgia, das sich in Gefahr befand, überschlugen sich, und jede Nacht hörte er die Stimme seines Bruders Juan. Er dachte an die Pestfälle, die von seinen Mannen aus Rimini, Norcia und Ferentillo gemeldet worden waren, und sah sich bereits unter den Verdammten in den infernalischen Malereien der Santa-Francesca-Kirche. Einmal hatte er seine Mutter zur Beichte dorthin begleitet. An den Wänden hatte er die Teufel abgebildet gesehen, die die Heilige mit toten Schlangen auspeitschten; einer von ihnen hatte sich gar in ihrem Schoß verbissen. Seitdem löste das Gefühl der Angst Wollust in ihm aus.

»Cesare!«

Die Stimme seines Vaters katapultierte ihn wieder ins Hier und Jetzt.

»Sie wird schon noch welche auf die Welt bringen – immerhin ist sie eine Borgia. Es gibt noch eine Geißel hier. Ich möchte, dass du diesen Brief von dem Medici liest.«

»Ich schneide ihm die Kehle durch.«

»Wem? Dem Medici? Sei kein Idiot.«

»Nein, dem, der Lucrezias Sohn ermordet hat.«

Alexander fasste sich an seinen Nasenhöcker, dann ans Kinn. Seine Hand glitt weiter an den Hals, den er sanft berührte und dabei feststellte, dass dieser leider schlaff und schwammig war.

»Alles zu seiner Zeit. Und entweder du hörst mir zu, oder du trollst dich jetzt!«

Cesare wandte sich zu seinem Vater um. In seiner Hand hielt er ein spitz zulaufendes Stilett und begann damit, sich den Dreck unter seinen Fingernägeln herauszupulen.

»Ich verstehe nicht, was dieser Bastard im Schilde führt«, fuhr der Papst fort. »Auf der einen Seite bittet er Uns um Verzeihung. Auf der anderen verliert er sich in obskuren Drohungen. Er bietet Uns seine Dienste an. Er schmeichelt Uns und beendet dann das Schreiben mit …«

»Gib mir den Brief, Vater.«

Unter dem Siegellack war eine gelbe Schleife mit roten Kügelchen aufgebracht: höchst offiziell also, aber ohne Absender. Ein zweideutiges Zeichen – arrogant und doch respektvoll.

Der untertänigste Diener Eurer Heiligkeit und des Allerhöchsten erfleht Euren Segen. Sollten in der Vergangenheit mangelnden Respekt bezeugende Worte oder Taten Eure Güte und Großmut befleckt haben, so erbitten Wir Eure Vergebung – und als Zeichen unseres Bereuens erbitten Wir mit geringster Hoffnung, dass Ihr uns erhören möget und uns die Erlaubnis erteiltet, Unsere untertänigste Abbitte an Eurem Hofe leisten zu dürfen mit einem von Euch unterzeichneten Geleitbrief. Selbigen mögt Ihr unserem Botschafter anvertrauen, auf dass Wir Euer Reich unversehrt betreten und verlassen können, um Euch die Uns anvertrauten Schriften vorzulegen, welche von größtem Interesse für Euch sein müssen. *Cum di favore responsum expextamus. Johannes Cardinalis Medici Familiae.*

»Er erscheint mir dem Wahnsinn anheimgefallen und des Schreibens nicht mächtig«, war alles, was Cesare dazu zu sagen hatte.

»Er ist der Sohn seines Vaters und Kardinal, seitdem er dreizehn Jahre zählt. Und nach neun Jahren Lehrzeit hat er sich sehr wohl Fähigkeiten angeeignet. Er wird erhalten, was er wünscht. Ich werde seinen Springer matt setzen, damit der König selbst sich heranwagen muss.«

»Am besten in den Nona-Kerker«, grinste Cesare. »Oder wir setzen ihn hier in der Engelsburg schachmatt.«

»Das wird nicht notwendig sein. Erinnere dich immer daran, dass ich die Königin bin.«

»Und ich dein Läufer.«

Mit einer schwungvollen Bewegung seines Baretts beendete Cesare seine Verbeugung und schritt von dannen.

Als er in den Burghof trat, unterbrachen die Soldaten ihre Übungen und salutierten. Auf sein Kommando folgten ihm die Hauptmänner unverzüglich und erstatteten Bericht; bis vor einem Monat hatten sie dies seinem Bruder gegenüber getan. Cesares offizielle Ernennung zum Gonfaloniere, hatte ihn sein Vater getröstet, werde schon noch zur rechten Zeit kommen – die Macht tatsächlich auszuüben sei wichtiger als die Ernennung selbst. Der Alte hatte wahrscheinlich recht – so war es ja auch bei Cäsar gewesen, der nie Kaiser geworden war. Er befahl den Hauptmännern, in jeden Ort, wo auch nur der Verdacht bestand, dass die Pestilenz Einzug gehalten haben könnte, einen Trupp Soldaten mit einem Bader zu entsenden. Und er wies sie an, innerhalb der nächsten zwei Monate, spätestens jedoch bis zu seinem Geburtstag am 13. September, ihm, und nur ihm allein, Bericht zu erstatten. Bei Missachtung dieses Befehls, fügte Cesare drohend hinzu, erwarteten sie die hängenden Käfige vor der Festungsmauer.

Es war kühler geworden, und ein Ausflug ans Tiberufer würde Ordnung in seine Gedanken bringen.

Behände schwang er sich auf seinen Andalusier und tätschelte ihm den Hals. Ein kurzer Wink, und auch Micheletto stieg auf seinen kleinen Maremmano, um ihn zu begleiten. Der Tag war noch jung, und bevor die Sonne unterging, würde er Lucrezias Stirn geküsst und ihr den Namen des Erzeugers des getöteten Bastards entrissen haben. Er hatte sich gut verstellt, sein Vater würde unter keinen Umständen Verdacht schöpfen, und auch Lucrezia würden ihre Schmeicheleien, ihre Tränen und ihre Liebesschwüre nichts nützen.

Micheletto musste das Werk zu Ende bringen, und bald, bald, würde er einer anderen Schwester, einer Schwester Jesu, die rechtmäßige Belohnung zuteilwerden lassen: erst mit seinem Schwengel, den er in seinem Unterkleid trug, und dann mit seinem scharfen Dolch, den er dahinter verbarg.

26

ROM, 20. AUGUST 1497

Eine Woche zuvor hatte ihnen Fürst Colonna seinen ersten und einzigen Besuch abgestattet – um ihnen zu sagen, dass er abreisen würde. Seine Gäste, die unter dem Schutz des Kardinals de' Medici standen, disputierten so erbittert über jede Angelegenheit, dass er es vorgezogen hatte, ihnen gar nicht erst mitzuteilen, dass de' Medici gerade in Rom angekommen und Gast der Familie Sforza war. Colonna war nicht wenig überrascht gewesen, dass er dies über seine Spione erfahren musste und dass der Kardinal nicht direkt zu ihm gekommen war. Besser so – er hatte anderes zu tun und würde sich nach seiner Rückkehr damit beschäftigen.

Die Krönung Friedrichs von Aragon stand vor der Tür. Er und sein Cousin Prospero würden ihn in die Kathedrale begleiten und das Ehrenschild und das Banner als Zeichen ihrer ewiglichen Allianz tragen. Ewiglich – oder zumindest so lange, bis sie sich einigen könnten, wer von den Mailändern, Franzosen und Venezianern der Stärkste und Großzügigste sei. Vor seiner Abreise hatte er jedoch den Befehl gegeben, die Gäste mit Respekt zu behandeln – wenigstens solange sie sich an das Verbot hielten, den Palazzo nicht zu verlassen. Denn so hatte es der Kardinal mit ihm vereinbart. Diese Anordnung galt für alle, außer für Maestro Leonardo und den Knappen von Ritter de Mola – Gabriel hieß er wohl. Klein von Statur, aber hell im Kopf wie er war, würde er einen hervorragenden

Fahnenträger in seinen Diensten abgeben. Seine Männer hatten ihm erzählt, dass Gabriel sich oft in der Nähe von Sankt Peter herumtrieb und sich mit albernen Galanterien vor den Küchenmägden aufspielte. Eine Aufgabe, die ihm zuzusagen schien. So gelangte er nämlich an Neuigkeiten über die Aktivitäten bei Hofe mit all den Festen und Banketten und den zahlreichen Gästen. Manchmal entdeckte er auch versteckte Qualitäten bei den Küchenmädchen mit ihren prosperierenden Alkoven und den geschickten Fingern, die immer ein wenig nach Zwiebeln rochen. Wie dem auch sei, es trug immer Früchte, wenn man Spione spionieren ließ.

Die Schatten über dem Palazzo wurden länger. Erneut hatte Ferruccio einen Tag damit verbracht herauszufinden, wie viel Lüge und wie viel Wahrheit sich hinter den Erzählungen Gua Lis verbargen. Seit über zwei Wochen hörte er ihr zu, aber es war, als jage man einen weißen Hasen im Schnee: Man sieht die frischen Spuren, und gerade, wenn man glaubt, der Beute nahe zu sein, lösen sie sich in Luft auf, und der Himmel schickt Blitz und Donner, um einen zu verwirren und schließlich zum Aufgeben zu zwingen. Es gab Momente, da erinnerte er sich an die Zeiten, in denen er Giovanni Pico ungläubig, aber voller Vertrauen zugehört hatte. An Zeiten, in denen das Bildnis der *Großen Mutter* sich mit dem Antlitz Leonoras vermischt hatte.

Glückseligkeit lässt alles glaubhaft erscheinen. Doch wenn er damals unglücklich gewesen wäre, hätte er auch dann Giovanni Pico geglaubt? Hätte er auch dann Picos Thesen logisch und jeden Gedankengang für schlüssig befunden? Oder hätte er die gleichen Zweifel gehabt, die ihn heute quälten? Wäre ihm auch dann Gua Li hinterlistig erschienen, die danach zu trachten schien, ihn wie weiches Wachs in ihren Händen zu formen? Sein Geist versuchte Ferruccio zu bewegen, ihr zu glauben – sein müder Körper hingegen ließ ihn zweifeln. Und nach jedem nutzlos verbrachten Tag verlor er ein Quäntchen Hoffnung, Leonora je wiedersehen zu dürfen. Es war wie ein böses Geschwür, das immer weiter in ihm heranwuchs. Er hatte die letzten Worte Gua Lis gar nicht mitbekommen, trotzdem schüttelte er den Kopf.

»Du erzähltest, wie Īsā die Berge des ewigen Eises erreichte und von den Bön-Mönchen mit Freuden empfangen wurde. Du erzähltest aber auch, wie sie ihn Tag und Nacht quälten. Und dass sie ihn bestraften, ihn tagelang hungern ließen und ihn der Kälte aussetzten, nur mit einem Leintuch bedeckt. Ich glaube, wenn ein Pilger zu mir käme, dann schickte ich ihn entweder weg oder nähme ihn auf – aber sicherlich würde ich ihn nicht quälen; das wäre nicht richtig. Und außerdem: Warum ging Jesus nicht fort? War er vielleicht nicht frei?«

»Das war sein Karma«, antwortete ihm Gua Li. »Dem konnte er nicht entkommen.«

»Schon wieder dieses Karma«, nörgelte Ferruccio. »Ich verstehe es nicht.«

Ada Ta machte seine täglichen Übungen. Ohne den Boden zu berühren, vollführte er eine Dreifachdrehung um seinen Stock und landete knapp neben Ferruccio, der sich keinen Zentimeter zur Seite bewegte.

»Wenn man den Mund nicht aufmacht, kann man dem Magen keine Mandel geben, selbst wenn er hungrig ist. Die Zähne sind das Gatter der Seele.«

»Und leere Worte sind wie der Wind, der nur die Blätter aufwirbelt und sie durcheinanderbringt«, antwortete Ferruccio verärgert.

»Unser junger Freund hier versteckt den Samen des Philosophen unter der Rüstung eines Kriegers. Ich verstehe immer besser, warum er dem Grafen Mirandola so nahestand, dessen Geist sich hier, mitten unter uns, befindet. Wenn sich auch sein Körper hier befände, dann würde er dir sagen, dass das Karma nichts anderes ist als die notwendige Reaktion auf eine Aktion. So wie das hier.«

Ohne Vorwarnung schlug er Ferruccio mit der Stockspitze auf den Kopf.

»Hör auf, Ada Ta. Ich habe keine Lust auf Spielchen.«

Der Mönch schlug ihn ein zweites Mal. Gua Lis Lippen begannen zu zittern.

»Ich habe gesagt: genug, du alter Wirrkopf!«

Noch einmal traf Ferruccio der Stock auf den Kopf: Er hatte den Schlag kommen sehen, konnte ihm aber nicht ausweichen. Wütend zeigte er mit dem Finger auf Ada Ta, doch dieser nutzte die Gelegenheit, um ihm einen schmerzhaften Schlag auf den Knöchel zu verpassen. Der schneidende Schmerz zerriss etwas in Ferruccio, und wie eine in Öl getauchte Fackel spürte er ein brennendes Feuer in sich auflodern. Mit einem erstickten Schrei und vollkommen außer sich sprang er auf, um sich auf Ada Ta zu stürzen. Dabei warf er seinen Stuhl um. Die Worte sprudelten nur so aus seinem Mund heraus.

»Ihr! Euretwegen haben sie mein Weib entführt! Und Euretwegen weiß ich nicht, ob ich sie je wiedersehen werde!«

Er zielte mit der Spitze seines Schwertes auf Ada Ta, doch seine Hand zitterte. Er wusste, dass er nichts preisgeben durfte; das war eine der Bedingungen gewesen, die ihm der Kardinal auferlegt hatte, doch nun war der Damm gebrochen.

»Ihr seid ein Fluch, alle beide. Ihr sprecht über Mirandola, als ob Ihr seine Vertrauten gewesen wärt! Er war aber *mein* Freund und nicht der Eure! Was wisst Ihr schon über ihn? Nichts, gar nichts! Und Ihr sprecht über Jesus, als hättet Ihr ihn leibhaftig kennengelernt, und erzählt mir Märchen, die allzu schön klingen, um wahr zu sein. Und Ihr verleitet mich dazu zu glauben, dass die Pläne von de' Medici sich tatsächlich verwirklichen könnten. Ihr seid doch nur Marionetten –

Marionetten aus einer anderen Welt, die mich und die anderen täuschen wollen. Ihr seid Teufel, die sich daran ergötzen, mich zu quälen. Nun ist aber endgültig Schluss damit, es reicht!«

Ohne mit der Wimper zu zucken, hatte Ada Ta bis zum Schluss zugehört. Dann begann er, seinen Stock vor Ferruccios Nase rotieren zu lassen. Ferruccio war immer noch außer sich und stieß nach ihm. Der Mönch wich ihm aus. Geschickt vollführte er auf seinem linken Fuß eine Drehung, schlug dabei mit seinem Stock auf Ferruccios rechtes Schlüsselbein und landete dann hinter ihm. Ohne sich umzudrehen, führte Ferruccio einen Hieb nach hinten aus, mit dem er schon mehr als einmal die Milz seines Gegners erwischt hatte. Der Schlag ging jedoch ins Leere, und als er seinen Kopf hob, erwischte ihn ein Schlag in den Nacken: Ada Ta befand sich noch immer hinter ihm. Instinktiv drehte sich Ferruccio um, damit er den Schädel des Alten treffen konnte – eine gefährliche Aktion, aber oft kampfentscheidend. Ada Ta klemmte ihm mit seinem Stock Hals und Arme ab und zwang ihn in die Knie. Es genügte ein leichter Druck mit dem Daumen, und Ferruccio ergab sich.

Schwer atmend lag Ferruccio schließlich rücklings auf dem Boden, und als Gua Li ihre Hand auf seine heiße Stirn legte, begannen ihm die Tränen über das Gesicht zu laufen. Die junge Frau hob ihren Blick zu Ada Ta, der seine Augen schloss und den Kopf senkte. Gua Li beugte sich über Ferruccio und nahm seinen Kopf in ihre Arme. Er klammerte sich an sie und begann, seinen Tränen freien Lauf zu lassen. Ada Ta wartete, bis der Tränenfluss verebbte und Ferruccio sich wieder beruhigt hatte.

»Der weise Lao-Tzu sagte einmal: *Das, was für eine Raupe das Ende bedeutet, nennt die Welt einen Schmetterling.*«

Als Gua Li bemerkte, dass Ferruccio sich seine Tränen

weggewischt hatte, legte sie ihm ein Kissen unter den Kopf, gab ihm etwas zu trinken und hielt dabei seinen Kopf.

»Es tut mir leid. Verzeiht!«, entschuldigte sich Ferruccio. »Seit Jahren ist mir nichts mehr dergleichen passiert. Normalerweise lege ich ein anderes Benehmen an den Tag.«

»Derjenige, der stärker als die anderen ist, vermag ein Bezwinger zu sein, doch nur, wer sich selbst besiegt, ist wirklich stark.«

Ada Ta reichte Ferruccio die Hand und half ihm auf die Beine.

»Der Alte«, fuhr Ada Ta fort, »bittet dich inständig um Verzeihung. Aber er musste deine Mauer aus Schmerz einreißen, die es deinem Herzen nicht ermöglichte, unvoreingenommen und heiter zuzuhören. Vielleicht ist es aber ja auch meine Tochter, die die Geschichten gar zu eintönig erzählt.«

Gua Li war empört. »Ada Ta!«, rief sie zornig. »Zuerst willst du, dass ich alles auswendig lerne, und dann sagst du mir, ich sei eintönig!«

»Nein«, ergriff Ferruccio das Wort. »Gua Li hat mich nie gelangweilt, und du hast recht, was meinen Schmerz angeht. Mit deinem Stock hast du mir die Augen geöffnet. Aber ich für meinen Teil habe auch zahlreiche Fragen, die ich Euch stellen möchte. Mittlerweile glaube ich zu verstehen, nein, ich glaube zu *wissen*, warum Ihr ausgerechnet mich auserwählt habt. Ich verstehe nur nicht, welche Gründe denjenigen bewogen, der uns zusammentreffen ließ.«

Er ging zum Fenster und öffnete es. Die Blätter der Platanen und Kastanien waren von ein paar Windböen aufgewirbelt worden, und der darauffolgende Regen hatte sie wieder zu Boden gedrückt. Nahe dem Abfluss bewegte sich unauffällig zwischen den vielen anderen Blättern ein Blatt. Gelb und grün – wie alle anderen. Langsam, aber unaufhaltsam wurde es fortgetragen, als wehte eine Brise nur für dieses eine Blatt.

Darum schien es auch einzigartig zu sein. Erstaunlich, wie ein Ereignis, das keinerlei Bedeutung hat, manchmal die tiefgründigsten Gedankengänge abzulenken vermag.

Ferruccio wollte sich gerade abwenden, als er bemerkte, wie das Blatt einen kleinen Hüpfer machte, und er sah, dass es ein Frosch war. *Nichts ist so, wie es scheint*, hatte ihm immer sein Großvater Paolo wiederholt. *Hüte dich vor dem Schein, und wenn du wissen willst, wann dein Gegner zuschlägt, dann schaue ihm in die Augen und niemals auf seine Hand.*

»Ich bin es leid, hier zu sein«, sagte Ferruccio und ballte die Fäuste. »Die Gastfreundschaft des Fürsten Colonna gleicht einem Gefängnis. Ich muss jedoch auf die Ankunft des Kardinal de' Medici warten. Ihr wisst nichts darüber, und das ist auch besser so, doch wenn er kommt, muss ich Euch verlassen.«

»Manchmal muss man nicht verstehen, um zu begreifen.«

Ada Ta starrte ihn an, und Ferruccio erwiderte fragend seinen Blick.

»Es waren einmal zwei Reisende …«, fuhr der Mönch fort, »… die an eine Wegkreuzung gelangten. Der eine wollte nach links, einen Karren und ein Pferd auf dem Markt in Samarkand kaufen und der andere nach rechts, um wertvollen Bernsteinschmuck in Bukhara feilzubieten. Obwohl es beiden leid tat, entschieden sie, sich zu trennen. Da hatte einer der beiden eine Idee: Zuerst werde er seinen Freund auf den Markt nach Samarkand begleiten, schlug er vor, und dann würden sie beide, bequem auf dem Karren sitzend, nach Buchara fahren und dort sogar früher ankommen, weil sie nicht zu Fuß gehen müssten.«

»Ich glaube, ich weiß, was du meinst«, antwortete Ferruccio, »aber Ihr habt Eure Mission, die Ihr erfüllen müsst, und ich die meine.«

»Wenn wir das Pferd haben, dann gehen wir alle gemeinsam nach Buchara.« Ada Ta klopfte zweimal mit seinem Stock auf den Boden und sog die Luft ein. »Riecht Ihr das auch? Der Geruch, der durch das Fenster hereinströmt, kündigt einen frühen Wechsel der Jahreszeiten an. Was meinst du, Gua Li? Unser Freund tut gut daran zu denken, dass an diesem gastfreundlichen Ort nicht mehr süße Früchte zu finden sind, sondern nur noch giftige Schlangen. Ein Schlangennest mag der sicherste Ort auf der Welt sein – allerdings nur für eine Schlange.«

»Ich rieche an ihm nicht mehr den Geruch des Todes – er ist weg«, sagte die junge Frau. »Jetzt vertraue ich ihm.«

»Eine Frau traut einem Mann erst, wenn sie erreicht hat, dass er das denkt, was sie schon lange entschieden hat. Ich erinnere mich, wie zwei Lämmer den Wolf überstimmten bei der Frage, was sie an diesem Abend essen sollten. Ich erinnere mich aber nicht mehr, wie es ausging.«

»Du bist kein Wolf«, lächelte ihn Gua Li an. »Du bist ein altes Kind. Du bist in der Tat ein Lao-Tzu.«

»Und du das junge sprechende Äffchen, das die Dämonen vertreibt. Und angesichts der Tatsache, dass du die Gabe des Wortes hast und einen beispiellosen Reichtum an Zeit: Warum erfreust du unseren Ritter nicht mit der Geschichte, wie Īsā das Spiel mit den Steinen lernte? Dann sehen wir weiter. Aber auch ich vertraue ihm nun.«

Ada Ta setzte sich auf den Boden, schloss die Augen und dankte der Energie der Erde, die es ihm ermöglicht hatte, den ersten Teil seiner Mission zu Ende zu bringen. Noch zufriedener war er, als er Gua Lis Stimme hörte, die dem Klang der sanften Gling-Bu-Flöte glich, die beim Meditieren hilft und den Fluss der Gedanken anregt.

In der Nacht hatten die Nordwinde alle Wolken vertrieben. Die Luft war rein und klar, und als wolle das Universum zeigen, dass sein Licht dunkel war, wechselte im Laufe des Tages die hellblaue Farbe des Himmels in ein dunkles Indigo. Als sich die ersten Sonnenstrahlen an der Bergspitze des Großen Berges widerspiegelten und in die Kammer von Tenzin Ong Pa fielen, dem Ersten Mönch des Lek-Klosters, hatten sie sich auf den Weg gemacht. Die Mönche lachten und scherzten, als sie die klaren Bergbäche überquerten, und gaben Acht, nicht auf den weißen Rhododendron zu treten, der hier blühte. Sie erzählten sich von ihren Kämpfen mit den Dämonen der Nacht, und jeder machte sich über die Ängste des anderen lustig und war zugleich froh, die eigenen mit den Gefährten teilen zu können. Viele hatten Trommeln und Trompeten dabei. Ab und zu mussten sie auf Nachzügler warten, die angehalten hatten, um ihre negativen Energien auf einen Stein zu übertragen, den sie in den mächtigsten Strudel des Bachs warfen.

Īsā war zum ersten Mal mit den Mönchen unterwegs. Er genoss ihre Freude und lachte über ihre Selbstironie. Er strahlte und fühlte sich voller Leben, und es gab keinen Duft, keinen Anblick, kein Geräusch und keine Empfindung, die ihn nicht innerlich vor Freude vibrieren ließen. Am Ufer des Samtzo hielten sie an: Das Gewässer war gerade mal ein Tümpel, aber es hatte den Ruf, aus den Tränen der Reue eines bösen Teufels entstanden zu sein, der sich bekehrt hatte.

»Alles nur Geschichten«, zwinkerte Ong Pa Īsā zu. »Ohne den Gletscher wäre die Erde auch durch ein noch so verzweifeltes Weinen des Dämons nicht einmal feucht geworden. Doch diese Geschichten sind der spielerische Part des Lebens, ohne die es, anstatt kurz und fröhlich, lange und eintönig wäre.«

»Also, dann bin ich sehr fröhlich.« Īsā legte die Hände aneinander. »Habt Dank, Meister Tenzin Ong Pa. Durch Euch lernte ich viele Dinge verstehen.«

»Dann sind wir also alle fröhlich. Nun denn …«

Er machte eine Armbewegung, und alle setzten sich auf einen Felsen, auch Īsā.

»Nenn mich nur Ong Pa wie die anderen auch. Seit heute bist du Teil unserer Gemeinschaft, und das wollen wir mit dir feiern. Doch zuvor möchte ich dir ein paar Fragen stellen. Erlaubst du?«

»Ich fühle mich geehrt.«

»Gut. Die Frage, die ich dir gerade stellte, war bereits die erste!«

Ong Pa begann zu lachen, und alle anderen Mönche stimmten ein. Auch Īsā lachte, verstand dann den Witz und lachte erneut.

»Īsā, seit zwei Jahren hast du studiert und meditiert. Was konntest du für dich daraus lernen?«

»Dass man seine aufkeimenden Gedanken beobachten und ihnen freien Lauf lassen muss, um das höhere Bewusstsein zu erlangen.«

»Sehr gut«, lächelte der Mönch. »Und mit welchen Schwierigkeiten hattest du zu kämpfen?«

»In bestimmten Momenten überkam mich Müdigkeit und in anderen Unruhe.«

»Das ist sehr interessant, meint ihr nicht auch, meine Freunde? Das Gleiche geschieht mit uns beim Einschlafen: Manchmal sinken wir in den Schlaf, ohne es zu bemerken, und ein anderes Mal suchen wir ihn ohne einen offensichtlichen Grund vergeblich. Und was sollte man also in diesen Momenten tun?«

»Alles in einen einzigen Gedanken zusammenführen, so wie es der Schäfer tut, wenn er jedes einzelne Tier seiner Herde durch ein Nadelöhr schiebt.«

»Du machst mich sehr stolz, Īsā, ich bin wirklich erfreut. Du hast recht: Die Energie, die durch einen einzigen Gedanken entsteht, würde einem Haar deines jungen Bartes erlauben, Gletscher und Felsen zu durchdringen. Wenn meine Freunde einverstanden sind, dann würde ich sagen, dass der Moment gekommen ist, dass Īsā die zweite von den neun Stufen des Wissens erklimmt.«

Die Mönche sahen einander an und nickten ihrem Ersten Mönch zu. Sie setzten sich mit dem Rücken zum See und wandten ihre Blicke dem Gletscher zu. Einige begannen, mit lederumman-

telten Holzstöcken auf die Trommeln zu schlagen, andere bliesen in die Trompeten. Dann ließen sie den Klang zusammenströmen und richteten ihn auf einen Felsblock auf dem Gletscher. Īsā spürte eine Vibration, als würde eine unbekannte Kraft seinen Körper durchdringen – unsichtbar und doch real. Plötzlich begann der Felsblock zu schweben. Der stete, tiefe, rhythmische Klang ließ ihn zunächst leicht schwanken, dann begann er emporzusteigen. Als die Mönche den Trompeten zwei verschiedene Töne entlockten, vollführte der Felsblock einen Bogen am Himmel und kam in ihre Richtung geschwebt. Als er sich über dem Tümpel befand, hörten auf einen Wink Ong Pas alle unisono auf zu spielen. Der Felsblock stand bewegungslos in der Luft, einen Augenblick lang; dann stürzte er ins Wasser. Eine Welle klatschte ans Ufer und durchnässte Īsā bis auf die Haut. Atemlos stand er da. Auf seinem Gesicht lag noch das ungläubige Staunen über das eben Erlebte. Die Mönche und Īsā lachten, bis ihnen die Tränen kamen. Ong Pa trat zu ihm und gab ihm ein trockenes Gewand.

»Die Erfrischung schärft den Verstand, aber das Eis kann den Tod bringen. Zieh dich um, und wenn du und deine Mitbrüder nicht mehr das Bedürfnis habt zu lachen, dann komm zu mir – dort an den Vorsprung, ich muss mit dir sprechen.«

Widerwillig nickte Īsā; zuerst wollte er aber unbedingt die Trommeln schlagen und in die Trompeten blasen. Und er hörte nicht auf, bis er es endlich schaffte, ein kleines Steinchen zum Schweben zu bringen. Einmal war es ihm ja schon gelungen, per Zufall oder durch seinen Glauben. Mittlerweile verstand er auch die Wissenschaft der Wunder. Sein Eifer reichte allerdings nicht aus, um ihn nach der eisigen Dusche zu erwärmen. Die Mönche trockneten ihn also ab und rieben ihn kräftig mit Schafswolle ab, die mit rosafarbenem Salz und Hirschmoschus versetzt war und die seine Haut ganz ungewohnt intensiv duften ließ. Īsā protestierte, doch die anderen lachten nur. Endlich gelang es ihm, sein Gewand bis zu den Knien hochzuziehen und ihrer Zuwendung *zu entfliehen. Er näherte sich dem Meister und setzte sich zu ihm. Wie üblich sog Ong Pa mehrmals die Luft ein, bevor er sich an Īsā wandte.*

»Du hast zwei Wege zur Auswahl vor dir, mein Sohn. Den des Eises und den des Feuers. Welchem willst du folgen?«

»Dem dritten Weg, Ong Pa. Dem des Eises, welches das Feuer zum Schmelzen bringt – dem Weg des Wassers, Meister.«

»Das ist der schwerste, denn du wirst dich immer wieder aufs Neue mit den täglichen Problemen messen müssen, während dir die geistigen sehr wohl bewusst sein werden. Es ist sehr gefährlich, die Erde und den Himmel zusammenzuführen, weil dir Dämonen begegnen werden – in Form von Gedanken und Menschen –, gegen die du kämpfen musst.«

»Ich habe sie kennengelernt, als ich noch bei den Zedern lebte, als ich mit meinen Brüdern Stock und Stein spielte und meiner Mutter zuhörte. Auf der anderen Seite der Straße sah ich Brüste ohne Milch, ermordete Kinder, höhnische Soldaten und Priester, die stark mit den Schwachen und schwach zu Starken waren. All das erfüllte meinen Verstand mit Angst und Schrecken. Deshalb will ich meine Hände in die Erde stecken und lernen, meine Hände nicht zu beschmutzen; ich will den Schmerz des Leidenden spüren und eins mit ihm sein; ich will versuchen, nicht zu hassen, wenn man mir alles, was ich liebe und besitze, nimmt; ich will die Dunkelheit der Ignoranz kennenlernen, um sie zum Licht des Verstandes zu führen und Anmaßung mit Gerechtigkeit bekämpfen. Und …«

»Und was, Īsā?«

»Und ich will heiraten, Ong Pa.«

Īsās Lippen zitterten, als ihn der Mönch ernst betrachtete und den Kopf schüttelte.

»Haltet Ihr es für unrecht«, flüsterte Īsā kaum hörbar, »oder denkt Ihr, dass sie noch zu jung ist?«

»Ich denke nur, dass ich längst wusste, was du mir gerade an-

vertrautest. Alle wissen, dass du es kaum erwarten kannst, mit der süßen Gaya in die Tiefen hinabzusteigen. Auch deine Mitbrüder wissen es, und darum haben sie dich mit dem Moschus der Hirschdrüse eingerieben, in der Hoffnung, deine Männlichkeit zu verstärken und dich die Entscheidung treffen zu lassen, auf die alle warten.«

»Dann hast du also nichts dagegen einzuwenden!«

»Sayed weiß es und Gaya, die Sterne wissen es, der Mond und die Sonne – denn dein Wehklagen hallt in den Bergen und Tälern wider wie die Rufe des einsamen Greifes. Du hast den Weg des Wassers gewählt, aber das Schiff kann nicht von einem Einzelnen gelenkt werden. Wenn es dir gelingt, bis morgen zu warten, würde ich mich glücklich schätzen, Euch zu vereinen. Und nun geh. Geh zu Gaya und sag ihr, dass sie sich vorbereiten soll.«

Īsā stand auf, um zum Dorf zu eilen, doch er hielt inne. Er drehte sich um und umarmte Ong Pa, der sich seinen Umarmungen sonst immer entzog. Diesmal ließ er es jedoch zu.

Īsā lief bereits den Weg hinunter, als ihm Ong Pa mit lauter Stimme etwas hinterherrief.

»Und mach es nicht so wie der einsame Greif, der nur ein Ei legt!« Doch Īsā war bereits auf und davon und konnte ihn nicht mehr hören.

Gua Lis letzte Worte hatten Ferruccio de Mola eine tiefe Wunde zugefügt, obwohl er während der Erzählung sogar mit ihr gelacht hatte. Er hielt sich die Hand vor den Leib und war überzeugt davon, dass seine Empfindung von einem langsamen Auslaufen seines Blutes herrührte. Es schmerzte nicht, und allein die Gewissheit, dass das Leben aus ihm zu weichen schien, gab ihm endlich Frieden.

27

Rom, 30. August 1497

Während der Nacht hatte ein heftiges Gewitter die Erde weggespült, Straßen überschwemmt, jahrhundertealte Bäume entwurzelt und die Mauern Roms erzittern lassen. Cesare Borgia war die ganze Nacht wach geblieben. Die Furcht vor den Blitzen verfolgte ihn seit seiner Kindheit – in dem plötzlich aufflackernden grellen Licht meinte er als kleiner Junge, überall furchterregende Gespenster zu sehen. Und als Erwachsener plagte ihn die Angst, dass ein Blitz genau in sein Gesicht einschlagen könnte. Die unfreiwillige Nachtwache hatte ihn zum Nachdenken bewogen: Die Errichtung eines Königreiches nach der Abschaffung des Pontifikats war seit dem Tode seines Bruders Juan in greifbare Nähe gerückt. Dass Cesare ihn mit der Zustimmung seines Vaters aus dem Weg geräumt hatte, machte ihn nun erpressbar. Andererseits hatte er seinem Vater gegenüber auch ein Druckmittel – wenn auch kein so wirksames: Der Alte hatte aufgrund seines fortgeschrittenen Alters seine Macht bereits festigen können – er wartete hingegen immer noch auf seine Einsetzung. Der zweite wichtige Schritt für seine Karriere war die Vernichtung von Lucrezias Kind gewesen. Das hartnäckige Schweigen seiner Schwester hatte in ihm den Verdacht bestätigt, dass das Kind den Lenden seines Vaters entsprang, und Cesare wusste, wie glücklich der Papst darüber gewesen wäre. Doch der Alte hatte sich verrechnet: Es würde niemals einen Borgia-Sohn von einer Borgia-Mutter geben – und schon gar keinen mit Thronansprüchen! Wie auch immer die Wahrheit aussehen mochte – der Infant war kein Hindernis mehr, und sein Vater würde ihn nur schwerlich beschuldigen können, einen Bastard ermordet zu haben, der Frucht eines bestialischen Inzests war.

Vor seinem geistigen Auge erschienen Cesare mehrmals sein Bruder und sein Neffe. Er schloss die Augen. Wenn sich alles so fügte, wie er es geplant hatte, würde er seinen Vater bald zur ewigen Ruhe geleiten und dessen Amt übernehmen. Und herrschen wie der letzte Caesar vor eintausendfünfhundert Jahren. Cesare seufzte genießerisch. Als Nächstes würde er Jofrés Ehe annullieren und diese Hündin Sancha heiraten. Gemeinsam mit ihr würde er dann die Königreiche Rom und Neapel vereinigen. Was Florenz betraf, so hatte sein Vater recht: Über kurz oder lang würde das Volk Savonarolas überdrüssig; es würde sich gegen die gestrengen Gesetze auflehnen und Savonarola davonjagen. Die Borgia-Könige bräuchten dann nur noch ihre Hand auszustrecken und sich gegen die Franzosen zu erheben, um die Herrschaft über Florenz und damit das gesamte Herrschaftsgebiet zu beanspruchen. Möglicherweise würde sein Vater ihm sogar gestatten, Medici den Kiefer herauszureißen, nachdem sie ihm das Maul geöffnet und erfahren hatten, was ihn dazu bewogen hatte, seinen Kopf in den Rachen der Borgia zu stecken. Niemand würde auch nur einen Finger rühren, um Medici zu helfen – er hatte zu viele Schuldner.

Obwohl Cesare immer noch wütend war, dass sein Vater ihn von dem Gespräch mit dem Kardinal ausgeschlossen hatte, fand er schließlich Schlaf; allerdings erst im Morgengrauen, als der Regen noch auf die Dächer prasselte und der Wind durch Fenster und Kamine pfiff.

Die Uhr im neuen Glockenturm schlug einen Hauch früher zur neunten Stunde als die der nahe gelegenen Petersbasilika – genau wie Borgia es gewünscht hatte. Giovanni de' Medici saß auf einer massiven, mit mythologischen Figuren verzierten Eichenbank, deren Füße den Hufen eines Satyrs nachempfunden waren. Ohne eine Miene zu verziehen, lief Zeremonienmeister Giovanni Burcardo auf und ab. Seit der förmlichen Begrüßung hatte er kein Wort mehr mit ihm gewechselt. Ab und an notierte er etwas mit seiner Feder aus Rötel, die in einem Stück Schilfrohr steckte. De' Medici wechselte ab und an seine Position. Sein Hinterteil schmerzte bereits, denn die Bank war härter als der Rücken des Esels, auf dem er von Castel di Guido nach Rom geritten war. In Castel di Guido war er unfreiwilliger Gast der Bruderschaft des Hospitals von Kardinal d'Aubusson gewesen. Die Seide seines Kardinalsgewandes hatte ihn vor dem Staub der Straße geschützt und vielleicht auch vor dem ein oder anderen Briganten. Ob es letztendlich tatsächlich sein Habit war, der de' Medici vor Angriffen geschützt hatte, oder aber doch seine beiden Begleiter – zwei berittene und mit Streitäxten bewaffnete Mönche –, ließ er dahingestellt. Sie hatten ihm gute Dienste erwiesen. Im Moment warteten sie vor dem Palast auf ihn und hatten Befehl, Zuflucht bei den Colonna zu suchen, falls er nicht bis zum nächsten Morgen wieder aufgetaucht war.

Seit über zwei Stunden wartete Giovanni nun schon auf die versprochene Audienz bei Alexander VI., und seine Ungeduld wuchs von Minute zu Minute. Er musste sich beherrschen, dass er sie nicht zeigte. Giovanni hatte teures Lehrgeld bezahlt, um die Kunst des geduldigen und ruhigen Wartens zu erlernen: Sein Vater hatte ihn und Piero bereits als Kinder dazu gezwungen, stundenlang bewegungslos auszuharren, indem er seine schärfsten Mastinos, die normalerweise für die

Wildschweinjagd benutzt wurden, vor sie setzte. Um nicht einen ganzen Tag im Dunkeln bei Wasser und Brot ausharren oder die Schande des väterlichen Tadels ertragen zu müssen, saßen die beiden Brüder also zitternd auf der harten Bank, schluckten ihre Tränen hinunter und warteten, bis die Diener kamen, um die Hunde wieder zu holen. Piero reagierte sich ab, indem er nach den Möbeln und den Dienern trat, und er flüchtete sich zitternd in die Arme seiner Mutter, die ihn mit ihren leisen, sanften Worten beruhigte und seine Tränen trocknete.

Giovanni biss sich auf die Lippen, als er an das Leid seiner Mutter dachte, die sich jedes Mal zum Gebet zurückzog, wenn sein Vater nebenan mit Lucrezia Donati schlief. Lucrezia. Ein Name, der Wollust und Verrat in sich trug. Hinter diesen Mauern mit ihren wertvollen Wandteppichen verbargen sich eine weitere Lucrezia und ein Mastino, der noch blutrünstiger war als diejenigen seines Vaters. Ihm blieb also nur, dem Rat seiner Mutter zu folgen: *Wenn du etwas nicht mit Mut bekämpfen kannst*, hatte sie ihn gelehrt, *dann musst du mit Schläue und Geduld vorgehen*. Genau deshalb hatte er auch die zweiundvierzig Stufen des neuen Turms erklommen, die zu den neuen Gemächern des Papstes führten: zweiundvierzig enge Stufen ohne Handlauf. Man erzählte sich, dass der Bau mehr als einhunderttausend Dukaten gekostet hatte.

Zum wiederholten Male stand Giovanni auf und schaute zum Deckengewölbe hoch, das mit ein paar Öllampen erleuchtet war, die zart nach Lavendel dufteten. Im flackernden Licht betrachtete er ein paar Details von Gemälden, die wahrlich nichts Heiliges an sich hatten: groteske Teufel, ägyptische Hieroglyphen, astrologische und alchemistische Symbole, die sich mit historischen und mythologischen Figuren vermischten. Zwischen dem nackten Apoll und einem lachenden Bachus saß ein orientalisch gekleideter Satrap:

Giovanni schaute genauer hin und musste grinsen, als er erkannte, dass die Figur die Gesichtszüge Rodrigo Borgias trug, nur zwanzig Jahre jünger. In der Deckenmitte thronte das Familienwappen: ein roter Stier mit geschwungenen Hörnern und gut sichtbaren Genitalien.

»Monsignore, guten Tag. Hattet Ihr eine angenehme Reise?«

Giovanni fuhr herum. Durch eine versteckte Seitentür hinter einem Vorhang war eine junge Frau zu ihm getreten. Sie starrte ihn mit ihren schwarzen Augen, die aus reinstem Obsidian gemeißelt schienen, an. Ihr weizenblondes Haar bildete einen reizvollen Kontrast. Sie war ein Ausbund an Anmut: Das perfekte Oval ihres Antlitzes, ihre angenehme Stimme und die eleganten Bewegungen unterstrichen die natürliche Grazie der Unbekannten. Sie musste es sein: *die Braut Christi*, wie Giulia Farnese, die Favoritin des Papstes und Ehefrau Orsino Orsinis, genannt wurde.

»Ja, durchaus, Madonna, und ich hoffe, Ihr hattet trotz des Unwetters eine angenehme Nacht.«

»Kniend und ins Gebet versunken, Monsignore. Das ist das Beste, um ganz andere Unwetter zu besänftigen.«

Mit ihrem Ton und dem geheimnisvollen Lächeln ließ sie Giovanni ihre doppeldeutige Ironie spüren.

»Dann hattet Ihr wohl eine bessere Nacht als ich, Verehrte, und das erfreut mich, denn ich verbrachte sie auf dem Rücken eines Maulesels.«

Giulia Farnese deutete eine leichte Verbeugung an. Sie wandte sich zu einer anderen Tür und gestattete ihm einen Blick auf die offenen Schnürbänder ihres Kleides. Mit nach oben verdrehten Augen folgte Burcardo ihr und wies Giovanni an, das Gemach zu betreten, aus dem sie gerade gekommen war.

Eine massige, untersetzte Figur in einem bodenlangen gelben Brokatrock stand vor dem großen Fenster und wandte ihm den Rücken zu. Als er eintrat, drehte sie sich um und bot ihm die Hand zum Kuss. Giovanni unterdrückte eine Geste des Ekels, denn er roch an den Fingern des Alten noch den Geruch des Weibes.

»Setzt Euch, Giovanni, und trinkt mit Uns, heute haben Wir etwas zu feiern.«

»Vor einem halben Jahrzehnt hat Spanien sich von den Juden befreit, Eure Heiligkeit. Ist das der Anlass, den Ihr zu feiern wünscht?«

»Wir meinten Eure Verbundenheit mit der sanften Isabella von Kastilien und ihrem Gatten Ferdinand. Ihr verfügt über einen wachen Geist, de' Medici. Schade, dass Ihr zu Unseren Feinden zählt. Wir feiern heute Unsere Wiedervereinigung mit einer lieblichen Schutzbefohlenen – mehr braucht Ihr nicht zu wissen. Wir kennen Eure Neigungen, für die Savonarola Euch auf den Scheiterhaufen brächte, ahnte er nur etwas davon. Euch zu Ehren würde er das Feuer wahrscheinlich noch mit einer Essenz aus Ölen anreichern. Stimmt es nicht, dass Kräuter, die an Eurem Namenstag gesammelt werden, die Sinne trunken machen?«

»Heiligkeit, die Dinge, die ich um mich herum sehe, betrachte ich mit ausreichender Klarheit, auch ohne Wunderessenzen. Und was die Gerüchte angeht, so berühren sie mich nicht. Doch sollten Gerüchte auf der Waage des heiligen Michael als Wahrheiten in die Waagschale geworfen werden, so wäre die Eure weitaus schwerer als meine.«

»Eure Arroganz gleicht der Eures Vaters, und trotz alledem seid Ihr mit dem Büßerhemd erschienen. Ihr seid doch nicht etwa vom Wahn des Märtyrers angesteckt worden? Nun, in diesem Fall hättet Ihr die Qual der Wahl zwischen dem Nona-Kerker und der Engelsburg.«

»Man kann nie wissen. Einer Ansteckung bin ich bereits entkommen, und für eine zweite ist meine Seele noch nicht bereit.«

»Was meint Ihr?«

»Hat man Euch nicht informiert? Vor einigen Monaten haben sie in Florenz einen Pestherd bekämpft …«

»*Chingada su madre, aya la peste!*«

»Eure Heiligkeit, bei meinem Glauben, ich war mir sicher, Ihr wüsstet es.«

Alexander VI. sprang von seinem Sessel auf und begann, sich nervös über den Höcker zu streichen.

»Offensichtlich ist Florenz also kein Einzelfall«, fuhr Giovanni fort.

»Wenn ich Euch trauen könnte, dann würde ich Euch erzählen, dass Florenz kein Einzelfall ist, und wenn ich Euer Verbündeter wäre, würde ich Euch sogar anvertrauen, dass kürzlich weitere Fälle aufgetreten sind – willkürlich über unsere ganzen Territorien verteilt.«

»Die Pestilenz ist wie das Wort Gottes, das von der Kanzel ausgeht und sich wie ein Netz über die Menschen legt.«

»Nicht in den Fällen, die uns zugetragen wurden.«

»Und auch nicht in Florenz. Sie ist angekommen, hat getötet und verschwand dann wieder wie ein stiller Meuchelmörder.«

»Gott sendet keine Meuchelmörder aus, und seine Engel benutzen die Schwerter und nicht den Hauch des Todes.«

»Dann war es also der Teufel. Er ist allgegenwärtig und hat viele Anhänger, allen voran die Frauen.«

»Ihr zitiert recht, vergesst nicht, dass Wir es waren, die den *Malleus Maleficarum* drucken ließen. Schwarze Magie? *Quod ubique, quod semper, quod ad omnibus creditum est. Wir halten fest an dem, was immer, überall und von allen geglaubt worden ist?* Nein, Wir glauben eher an die menschliche Bosheit, und

Wir haben Unseren Sohn Cesare geschickt, um Nachforschungen anzustellen.«

»*Perfectus ad perfecta, si licet, sancte pater – der Vollkommene für das Vollkommene, wenn es möglich ist, Heiliger Vater.*«

Alexander VI. schüttelte mehrmals den Kopf, doch dem Kardinal erschien es, als suchte er ein vages Lächeln zu verbergen. Alexander erhob sich und ging zu einem Schränkchen, schloss es auf und nahm eine Glaskaraffe und zwei wertvolle Gläser aus venezianischem Kristall heraus.

»Wir kennen noch nicht den Grund, warum Ihr Uns treffen wollt, schätzen aber Eure Bemühungen. Bevor Ihr Uns jedoch den Grund Eures Besuches nennt, möchten Wir, dass Ihr mit uns trinkt, Medici. Dieses süße Getränk verscheucht die schlechten Gedanken – solltet Ihr denn welche haben – und unterstreicht die guten.«

»Eure Heiligkeit – ich werde mit Euch trinken, aber nur unter der Bedingung, dass ich das Glas wähle, nachdem Ihr den edlen Tropfen verdünnt habt.«

»Wir würden es nie mit Tropfen aus einer Quelle ruinieren, schon gar nicht mit Wasser aus Neapel und Perugia. Kostet und fürchtet Euch nicht.«

Giovanni zögerte einen Augenblick. Der verbale Schlagabtausch war von seinem Gastgeber für beendet erklärt worden, und es gab keinen Sieger. Trotzdem durfte er sich nicht in Sicherheit wähnen – jetzt nicht und schon gar nicht, nachdem er den Papst von seinen Plänen unterrichtet haben würde. So gesehen, konnte er also auch trinken. Vorsichtig benetzte Giovanni seine Lippen mit der roten Flüssigkeit, die ihm sofort auf der Zunge brannte. Dann, nach dem ersten Atemzug stieg ihm ein durchdringender Duft in die Nase, und seine Sinne wurden von einer heißen Umarmung erfasst.

»So etwas habe ich noch nie gekostet«, stotterte er. »Was ist in diesem Wein?«

»Dem Wein wurden Myrrhe und Weihrauch zugesetzt und dann Kardamom, Zimt, Nelken, Thymian und Rhabarberwurzel zugefügt.« Der Papst hielt den Kelch zwischen seinen Händen und sog den Duft mit geschlossenen Augen tief ein. »Aus dem Orient haben Wir Ingwer, Kurkuma und Galgant kommen lassen – sie haben aus dem süßen Wein dann einen Göttertrank gemacht. Was Ihr da trinkt, ist ein Nektar, der den Geist und das Fleisch anfeuert. Ein einziger Tropfen reicht aus, damit dir die Sonne aufgeht. Und ein einziger Strahl von ihr genügt, um dich zu erwärmen und Licht in dein Dunkel zu bringen. Dieser Nektar ist eine heilige Hure, eine Mittlerin zwischen dem Menschlichen und dem Göttlichen. Habt jedoch Acht, de' Medici, trinkt nicht zu viel, sonst wird seine Hitze das Wachs von Ikarus' Flügeln zum Schmelzen bringen. Denn der Glanz der Sonne kann auch blind machen, kann einen verbrennen – und töten.«

Der Kardinal stellte das Glas ab. Aber nicht aus Angst um sein Leben, sondern weil sich der Effekt des Getränkes im Gesicht seines Gegners widerspiegelte: Alexander fiel in eine Art mystische Ekstase. Doch das war nicht wichtig. Wichtig war nur, dass er einen Alexander erlebte, wie er ihn vorher nie gesehen oder vernommen hatte. Jetzt war der richtige Moment, um ihm das Geheimnis zu verraten, spürte Giovanni. Und je länger der Papst bei Sinnen sein würde, desto leichter würde er ihn auf seine Seite ziehen können. Oder aber das Gegenteil geschah: Durch sein Geständnis könnte er genauso gut die Ketten der inneren Bestie sprengen – ein Risiko, das Giovanni kalkulieren musste. Die Medici und die Borgia – letztlich waren sie aus dem gleichen Holz geschnitzt: zwei Löwen inmitten einer Herde Lämmer. Es wäre äußerst dumm, sich gegenseitig zu zerfleischen. Und auch wenn einer der beiden Löwen wie ein Stier aussah und größer war als der andere – die Lämmer um sie herum waren so zahlreich, dass es auch noch genügend Fleisch für Hunderte Generationen nach ihnen geben würde.

»Eure Heiligkeit, darf ich nun zu Euch sprechen?«

Der Papst lehrte die letzten Tropfen, die noch in seinem Glas waren, und schenkte sich nach, ohne seinem Gast etwas anzubieten. Immerhin schob er Giovanni die Karaffe zu.

»Fühlt Ihr Euch in Castel di Guido nicht wohl? Behandelt Euch d'Aubusson nicht mit dem gebührenden Respekt? Sollte es so sein, so sagt es mir, denn Wir wünschen nicht, dass Euer Aufenthalt in Rom Euch gar zu schwerfällt. Es gibt Ministranten und Novizen, die Euch Euren Aufenthalt diskret zu versüßen wissen, ganz nach Eurem persönlichen Geschmack.«

Während seiner letzten Worte hatte Alexander sich dem Gesicht des Kardinals genähert. Ein Schwall fauligen Gestanks ergoss sich über Giovanni, sein Magen krümmte sich, und er konnte seine Abscheu nicht verbergen. Alexander machte eine Grimasse.

»Auch Giulia klagt darüber, obwohl Wir uns den Mund mit Gänsefett bestreichen und ihn mit Gerstenwasser spülen. Es scheint jedoch, als könne man nichts dagegen tun. Was meint Ihr, Kardinal? Sind es Unsere Sünden, die aus Unseren Gedärmen emporsteigen, oder die Reste der Gifte, vor denen Wir uns fürchten und die Wir ab und an doch hinunterschlucken müssen?«

Ein Augenlid und der Mund blieben offen stehen, nachdem er gesprochen hatte. Giovanni verstand, dass der Moment zu sprechen vorbei war. An diesem Tag würde er nichts mehr erreichen. Und er fragte sich, ob diese lallende Stimme und die Indiskretion des Pontifex nicht erste Anzeichen für eine ernsthafte Krankheit waren. In diesem Falle wäre es an der Zeit, ihm unauffällig zu entrinnen. Der nächste Papst würde vielleicht ein Mann Gottes sein.

»Wir werden Euch rufen lassen, Kardinal de' Medici.« Der Papst machte eine schlaffe Geste. »Und nun genießt die letzten Sonnenstrahlen. Der Herbst kommt bald.«

Schweigend erhob sich Giovanni. Der Papst verschränkte seine Arme auf dem Tisch und bettete sein Haupt auf ihnen.

28

Cintoia, Republik Florenz,
10. September 1497

Es regnete in Strömen, und über das Dach aus Schiefer schien ein ganzer Bach zu fließen. Mit durchnässter Kutte und regennassen Haaren hielt Bruder Marcello sein Ohr an die Tür.

Ist es Juni und reif das Heu,
lächelt das Weib ganz und gar nicht scheu,
Ist im Juli, wenn's ruht, das Heu,
der Jüngling gar gewogen und treu,
so hält sie doch zum Liebesgeleit
den Dolch immerdar bereit.

Der August mit seiner prallen Sonne
Ist ein Monat voll Freud und Wonne,
und nächstes Jahr im Mai,
sind ihrer gar drei.
eins zwei drei, eins zwei drei, eins zwei drei,
freust dich wie ein König – dudeldei,
eins zwei drei, eins zwei drei, eins zwei drei,
Liebster frag nicht nach – dudeldei
eins zwei drei, eins zwei …

Leonora hielt ein, als sie das laute Geräusch des Schlüssels vernahm, mit dem die Tür ungestüm geöffnet wurde.

»Schon wieder diese Lieder!« Bruder Marcello atmete schwer. »Wollt Ihr mich in den Wahnsinn treiben?«

Instinktiv legten sich ihre Hände auf den Leib.

»Warum singt Ihr nur den lieben langen Tag? Habt Ihr nicht irgendwann genug davon? Ich gab Euch Pergament, Feder und Tinte, und Gott allein weiß, was Ihr damit anfangt. Ihr könnt schlafen, wann es Euch beliebt, Ihr werdet wie eine Gans gemästet, und ich reinige Euren Kübel. Ja, ich erlaube Euch sogar, zweimal am Tag die Kammer zu verlassen.«

»An der Kette wie ein Hund.«

»Eher wie eine Hündin.« Der Speichel rann ihm aus dem Mundwinkel. »Und haltet Euch nicht immer die Hände vor den Leib, sobald ich eintrete. Ihr wollt mir doch nicht etwa den Weg des Verderbens aufzeigen?«

»Ihr beleidigt mich, und das, obwohl ich Euch nichts getan habe. Ihr hingegen habt mir Böses angetan.«

»Ihr … Ihr wisst nichts über mich. Ich bin ein Gefangener wie Ihr und gezwungen, Euch zu bewachen. Ich habe nicht einmal ein Schaf zur Ablenkung.« Plötzlich sah Bruder Marcello sie misstrauisch an. »Und jetzt nehmt endlich die Hände weg! Oder verbergt Ihr etwas vor mir? Zeigt her!«

Die Stimme des Mönchs war immer heiserer geworden, als er sich ihr näherte. Instinktiv wich Leonora zurück, die Hände immer noch schützend vor dem Leib haltend. Er drückte sie mit seinem Körpergewicht gegen die Wand; sie wand den Kopf zur Seite und schloss die Augen. Der Geruch von Wein stieg ihr in die Nase, und ihr wurde übel. Er war kräftig. Mit der linken Hand blockierte er ihre beiden Hände und mit der anderen begann er, ihr das Kleid hochzuschieben.

»Ich bitte Euch …«, stotterte Leonora, »fügt mir keinen Schaden zu, ich kann nicht.«

»Was könnt Ihr nicht? Oder meint Ihr etwa, dass die Novizinnen, wenn sie Christus ehelichen, nicht zuerst die Bedürfnisse des Abtes befriedigen müssen?«

»Ich kann nicht«, flüsterte Leonora. »Schaut auf meinen Leib mit den Augen eines Beichtvaters und sagt mir, dass ich recht habe.«

»Was habt Ihr? Die Räude, Tollwut, Lepra oder die Venuskrankheit? Auch ich bin nicht ohne Fehler, aber glaubt Ihr nicht, dass ... Heilige Jungfrau Maria! Euer Leib, Ihr seid in anderen Umständen!«

Bruder Marcello ließ sie los und taumelte zurück. Er starrte ihren Körper an, als hätte er gerade eine Gotteslästerung begangen, indem er sie berührte.

»Und wir, geboren aus unseren Ausscheidungen«, begann er zu beten, »und in Schande von der Mutter gezeugt ...«

»Ihr wisst nur allzu gut, dass ich verheiratet bin. Und ja, ich erwarte ein Kind, ein Kind von meinem Mann, von Ritter de Mola.«

»Warum habt Ihr mir nichts gesagt, ich ... ich bin nicht so, wie Ihr denkt.«

»Ich denke gar nichts über Euch. Ich denke nur noch an das Kind. Den Rest habt Ihr und der, der Euch befehligt, mir genommen. Und ich singe, weil das die einzige Freude ist, die ich diesem Kindlein, das in mir heranwächst, bereiten kann, auf dass es wenigstens vor seiner Geburt Eintracht erfahren möge. Und sollte es nicht geschehen, sollte es nie geboren werden, dann hat es zumindest das bisschen Frieden erfahren dürfen, das ich ihm bis dahin gab.«

»Also dann gebt Eurem Gatten Nachricht. Eigentlich bin ich nämlich gekommen, um Euch zu sagen, dass Ihr ihm eine Botschaft senden dürft, damit er weiß, dass Ihr noch am Leben seid. Doch fordert das Schicksal nicht heraus, das bis zum heutigen Tage gut zu Euch war ... mein Gott ... ein Kind ...«

Als Bruder Marcello ihre Kammer verlassen hatte, verspürte Leonora das dringende Bedürfnis zu urinieren. Sie hockte sich über ihren Kübel, aber sie bekam nur mit Not ein paar Tropfen, gemischt mit etwas Blut, heraus. Sie legte sich auf ihr Bett und tastete ihren Bauch ab. Obwohl sie von den Santa-Chiara-Nonnen davongejagt worden war, als ihr Wohltäter das Schulgeld nicht mehr bezahlen konnte, so hatten sie ihr doch beigebracht, ihren Körper zu verstehen, allerdings weniger im Intimen. Diese Symptome hier durften nicht unterschätzt werden, das spürte sie instinktiv. Und sie wusste auch, was zu tun war. Es würde allerdings nicht einfach sein, den Mönch davon zu überzeugen, dass er ihr Erdbeerblüten suchen müsse. Doch sie wollte es wagen; sie würde ihr Leben geben, um dieses Kind auf die Welt zu bringen.

29

Rom, 12. September 1497, Palazzo des Fürsten Colonna

Jeden Tag stieg Īsā aus dem Dörfchen Serdung zum Kloster hinauf. Er musste mehrere Bäche durchqueren, Felsen und Eisflächen überwinden und durch einen engen Pass gehen, der fast unsichtbar zwischen den Felsen lag, immer auf der Hut vor dem wilden Bären. Es seien eindrucksvolle Tiere, erzählten die Mönche, größer als ein ausgewachsener Mann und verantwortlich dafür, dass einige der Ihren in den letzten Jahren verschwunden waren. Das einzige Fell, das die Existenz der Bären bezeugte, wurde sorgfältig im Gönpa des Klosters aufbewahrt.

Īsā gab Acht, war aber zu glücklich, um Angst zu haben. Die Mühen des Weges schreckten ihn nicht, sondern erfrischten ihn, ja, er fühlte sich von Tag zu Tag stärker und gesünder. Auch die quälenden Erinnerungen an seine Jugend verblassten langsam. Vielleicht war es ja aus diesem Grunde so einfach gewesen, den Bauch Gayas zum Wachsen zu bringen – so behauptete es jedenfalls Sayed. Dieser ging zum Markt, kümmerte sich mit der Hilfe einer Magd aus dem Dorf um das Haus und hielt die Pilger, denen es gelungen war, bis ins Dorf vorzudringen, davon ab, Īsā auf seinem Weg zu Ong Pa aufzuhalten.

Wenn er abends nach Hause kam, berichtete Īsā den beiden Daheimgebliebenen die Geschehnisse des Tages. Dabei überwältigte er sie mehr durch seine ansteckende Begeisterung als mit den Berichten über die Wunder, die er gesehen hatte. Īsā war glücklich, den Weg des Wassers gefunden zu haben: Er liebte eine Frau, und mit ihr vollendete er das, was er den ewigen Kreislauf des Lebens nannte. Das bedeutete für ihn, dass er nicht umsonst geboren wurde. Und er liebte es, diese heitere Weisheit zu lernen und zu verstehen, von der Ong Pa sagte, sie könne nur im Frieden wachsen. Jedes Mal, wenn er in das kleine Gönpa kam, das sich eng an die Felsen hinter dem Berg schmiegte, kehrte Īsā ein, um vor der Tara-Statue zu beten. Sie hatte alles erschaffen, und diese Berge, die den Himmel berührten, waren ihr erstes Werk gewesen.

»Wer ist Tara?«, unterbrach Ferruccio Gua Lis Erzählung.

»Sie ist das weibliche Prinzip, die Perfektion, die sich im Inneren der Weisheit befindet. Alles wird aus ihr geboren. Tara verkörpert die weibliche Macht, die gebiert und aufzieht, beschützt und verändert und die das Wissen der Schöpferin in sich trägt.«

»Sie ist wie die *Große Mutter*, von der Giovanni Pico sprach …«

»Verstehst du nun, warum wir dich suchten?«

»Ich fühle mich wie in einem Sog.« Ferruccio hielt seinen Kopf zwischen den Händen. »Du kommst von so weit her und sprichst über Dinge, die mir doch so nahe sind. Er hat nie über euch gesprochen.«

»Über dich allerdings schon: Er nannte Ada Ta deinen Namen und erzählte ihm, dass du der Wächter seiest, dass er dich lieben und dir vertrauen würde. Er bat Ada Ta auch, dich zu suchen, falls er zu früh zur *Großen Mutter* gerufen würde, um dir das zweite Geheimnis zu offenbaren, für das die Welt damals noch nicht bereit war. Jenes Geheimnis, das verborgen in einem Buch liegt und sich in meinen Worten offenbart.«

»Eines der Bücher hüte ich.«

»Es gibt noch ein weiteres Buch – möglicherweise hat er es unter den zahlreichen Büchern, die er wohl besaß, versteckt.«

»Das ist wahr. Er besaß Tausende, aber er gab vor seinem Tode Anweisungen, dass wir den größten Teil von ihnen verbrennen sollten. Vielleicht war das Buch, von dem du sprichst, darunter. Doch wie kannst du all diese Dinge wissen? Hat er mit dir darüber gesprochen?«

»Ich war noch ein Kind zu jener Zeit, aber Ada Ta weiß noch alles. Er weiß viele Dinge, und er wird mit dir darüber sprechen, hab Vertrauen.«

»Das Buch, das mir Giovanni Pico anvertraute, behandelt die Essenz Gottes und seine Natur. Es erklärt, warum der Mensch sich am Anfang seiner Geschichte, als ihm noch niemand vorschrieb, wie und wen er anbeten solle, an die weibliche Natur wandte. Das weiß auch die Kirche, und das ist auch der wahre Grund, warum mein Freund sterben musste.«

»Siehst du, alles kehrt wie in einem Kreislauf zurück. Nahe bei Giovanni Pico war die Wahrheit, so klar wie das Wasser. Und du bist ihm am nächsten gewesen. Und aufgrund der Liebe und des Glaubens, die du für ihn hattest, wirst du damit belohnt, zu den Konklusionen zu gelangen, die er nicht mehr weitergeben konnte. Deshalb sind wir hier. Der Kreis schließt sich nun. So wie die Nabelschnur unabdingbar für das Leben ist, das Mutter und Kind verbindet, so existiert eine Verbindung, die die *Große Mutter* mit einem Sohn verbindet, der ihre Weisheit versteht.«

»Wie meinst du das? Nein, Gua Li, warte«, unterbrach sie Ferruccio. »Īsā war Jude, und trotzdem betete er die schöpferische Göttin an? Hat er seinen Gott also verleugnet?«

»Nicht verleugnet, Ferruccio. Es ist nur so, wie du sagtest: Er hat die Essenz anerkannt.«

Gabriel stand auf. Ihm gefielen Gua Lis Geschichten. Sie erinnerten ihn an eine alte Frau, die nächtens um ein improvisiertes Feuer auf dem Campo de' Fiori Jungen wie ihn um sich versammelte und zu ihnen von Engeln und Teufeln sprach, von edlen Rittern und Huren. Diese Piazza war sein Zuhause. Dieser jungen Orientalin zuzuhören, wie sie über die Lehrzeit von Jesus bei diesen geheimnisvollen Mönchen sprach, hatten ihn wieder zu jenem begeisterten Jungen werden lassen, der er einst war, als er zu Füßen der Alten saß. Er hatte die Geschichte, wie Īsā die Kunst der Verlangsamung des Herzschlags lernte, zunächst nicht geglaubt, doch kurz darauf wiederholte Ada Ta dieses Experiment an sich selbst. Gabriel stand der Mund offen, als er mit dem Finger die Halsader des alten Mönchs abtastete und keinen Lebensschlag mehr spüren konnte. Maestro Leonardo hatte ihm daraufhin erklärt, dass der menschliche Körper wie ein großer Fluss sei und dass das Blut zusammen mit der Luft durch die einzelnen Fluss- und Nebenarme flösse; dass der Mensch in seiner Lunge über einen Luftvorrat verfüge und es daher lange aushalten könne, nicht zu atmen. Das brachte Gabriel nun wirklich zum Lachen, doch auch dieses Mal bewies Ada Ta ihm, dass alles der Wahrheit entsprach. Erst als Ada Ta sich weigerte, in der Luft zu schweben – so wie es Gua Li über Īsā und seine Gefährten erzählt hatte –, kamen Gabriel Zweifel. Er vertraute sich Leonardo an, der ihm wiederum freundlich erklärte, wie es doch möglich sein könne, dass ein menschlicher Körper schwebe.

»Schwere und Schweben sind gleich große Kräfte. Schwer ist der Körper, der sich zum Zentrum der Erde bewegt, da er den kürzesten Weg sucht. Schwebend ist der Körper, der, wenn er frei ist, dem Zentrum der Erde entflieht. Beide, die Schwere und das Schweben, sind Kinder der Bewegung, die wiederum ein Kind der Welle ist. Und wenn man fliegen wollte, so müsste man nur die erste Welle überwinden – jede weitere trüge einen von selbst.«

Gabriel dachte lange über diese Erklärungen nach, von denen er kein Wort verstand. Aber er wagte nicht weiterzufragen, als er Leonardos tiefe Überzeugung und seinen zufriedenen Gesichtsausdruck sah.

Gerne hätte er noch weiter mit ihnen gesprochen, aber Gua Li und Ferruccio sprachen nun über Gott, seine Mutter, den Geist der Seele und die Seele des Geistes. Und über Freiheit und Gerechtigkeit, die mit Sicherheit nicht von dieser Welt waren und ihn daher zu Tode langweilten. Gemäß ihrer Vereinbarung bezahlte Ferruccio ihn nach wie vor für das Nichtstun – denn außer Neuigkeiten in Erfahrung zu bringen, indem er mit Mägden und Huren plauderte, hatte Gabriel keine Aufgaben. Obwohl er in dem Palazzo ein und aus gehen konnte wie er wollte, begann Gabriel unter diesem erzwungenen Nichtstun zu leiden. Seit Wochen hatte er keine Rauferei mehr gehabt oder mit seinen Gefährten die Schwerter gekreuzt, doch er verspürte die Pflicht, die Befehle zu respektieren, unauffällig zu bleiben und keine Dummheiten zu begehen.

So verließ er die beiden, die in ihren Disput vertieft waren, ging an Ada Ta vorbei, der kopfunter meditierend an der Wand hing, und stieg in den ersten Stock hinauf. Er klopfte an Leonardos Tür, aber niemand antwortete ihm. Leise schlüpfte Gabriel in den Raum. Ihn empfing ein Geruch von Kleber, Holz und Papier. Der Florentiner saß auf seinem Stuhl am Arbeitstisch, der mit Blättern bedeckt war, die im Sonnenlicht glänzten. In wenigen Wochen hatte es der Gelehrte geschafft, sich in einer kleinen Kemenate sein ganz eigenes Reich zu erschaffen. Er verbrachte Tag und Nacht darin und stieg nur ab und an zu seinen Reisegefährten hinab. Ganz besonders interessierte er sich für Ferruccio: Leonardo befragte ihn über den Gebrauch von Schlagwaffen und wollte von ihm erfahren, in welchen Schlachten er bereits gekämpft und welche Militärstrategien er dort aufgenommen habe. Aber das größte Interesse zeigte der Florentiner für den menschlichen Körper und seine Grenzen, die wiederum Ada Ta sehr genau zu kennen schien.

»Schließ die Tür.«

Gabriel tat, wie ihm geheißen, und schaute Leonardo schweigend über die Schultern. Dieser zeichnete an einer Staffelei das Bildnis eines weiblichen Oberkörpers. Die Frau auf der Leinwand lächelte erhaben, und die Hände, die gefaltet auf ihrem Schoß ruhten, waren beinahe vollendet. Die Landschaft, der Fluss, der See und die Berge im Hintergrund waren noch nicht mehr als eine Skizze. Gabriel schaute genauer hin und erkannte das Antlitz.

»Aber das ist ja Gua Li!«

»Meinst du?«, erwiderte Leonardo, ohne sich zu ihm umzudrehen, und ließ den Pinsel kreisen, den er zwischen Mittel- und Ringfinger geklemmt hatte. »Ja, in der Tat, das ist sie. Das Bild ist aber noch nicht fertig.«

»Es ist wunderschön, Leonardo. Und diese Augen, die dir überallhin zu folgen scheinen und sich in deine Seele eingraben, hast du gut getroffen. Sie sind genau wie ihre Geschichten, die mir manchmal nachts durch den Kopf gehen und mich nicht schlafen lassen.«

»Ja, die Frauen haben diese Macht über uns.«

»Wenn ich Euch störe, gehe ich. Ich bin nur deshalb hier, weil mich ihre Diskurse da unten langweilten.«

»Das war richtig von dir, dass du gekommen bist. Sie reden immerzu über die Seele. Aber sei ehrlich, Gabriel, hast du je die Seele gesehen?«

»Ich schwöre auf die meine – nein. Außer sie ist der Hauch, der mir ab und an aus dem Hintern entweicht.«

Leonardo tauchte seinen Pinsel in ein Töpfchen Essig, das über dem Feuer hing. Er nahm die Pinsel, die auf dem Tisch lagen, und säuberte sie sorgfältig mit einem Lappen, der bereits voller schwarzblauer Tintenflecke war.

»Du beliebst immer zu scherzen, doch in diesem Fall könntest du der Wahrheit ziemlich nahe sein. Ich glaube, dass die Seele etwas Organisches ist und sich wünscht, in ihrem Körper bleiben zu dürfen – denn ohne ihn kann sie nichts tun und nichts verspüren. Was meinst du?«

Gabriel kratzte sich am Kopf. An seinem Fingernagel blieb eine tote Zecke hängen.

»Ich weiß gar nichts, lieber Leonardo. Ich weiß nur, wie die Brägen von Kälbern und Lämmern aussehen – zumindest, wenn ich die Taschen voller Geld habe und einen Blick riskieren kann.«

»Richtig. Die Erklärung, wie die Seele aussieht, sollten wir dem Verstand der Priester überlassen, die durch die göttliche Eingebung immer alles wissen.«

»Ihr scherzt mit mir, nicht wahr?«

»Niemals. So wie die gekrönten Schriften die vollkommene Wahrheit sind.«

»Welche Schriften?«

»Die gekrönten, Gabriel, die Heiligen Schriften; du wirst doch wenigstens die Bibel kennen, oder?«

»Ich hab schon verstanden: Ihr wollt mich zum Narren halten. Deshalb überlasse ich Euch Euren Papieren.«

Plötzlich packte ihn Leonardo am Arm und zog ihn zu sich her. Sein Zögern wurde Gabriel zum Verhängnis: Als ihre Kleidung sich berührte, spürte er die freie Hand des Florentiners, die nach seinen Hoden tastete. Leonardo blickte ihm dabei tief in die Augen, als wolle er seine Seele ergründen, von der Gabriel nicht einmal wusste, ob er sie überhaupt besaß. Bewegungslos harrte er aus, bis die Hand sein Glied erreichte, das nichtsdestotrotz auf diese zarte und doch leidenschaftliche Berührung reagierte. Gabriel versuchte, ihn wegzustoßen, doch Leonardo ließ nicht locker.

»Leonardo! Ihr seid ein Sodomit!«

»Meine Mutter war eine arabische Sklavin, die sich mit ihrem Herrn vereinte.« Leonardo ließ los. »Und ich, der ich nie darum gebeten hatte, auf diese Welt zu kommen, habe mir geschworen, diese Schande niemals bei meinen Nachkommen zu wiederholen.«

Gabriel wich vor dem stechenden und anklagenden Blick dieses stolzen und lüsternen Florentiners zurück, und unweigerlich überkam ihn die Angst, ihm zu verfallen. Schwer atmend und puterrot im Gesicht stürmte er die Treppe hinunter und an Ferruccio und Gua Li vorbei, die nach wie vor disputierten und ihn gar nicht beachteten.

Diese edlen Herren – sie waren doch alle gleich! Die Alte hatte in der Tat recht, wenn sie sagte, dass in den Palästen, in denen man aus silbernen Kelchen trank und von goldenen Tellern aß, den Hunden und den Armen die gleiche Behandlung zuteilwürde. Und wenn der Graf oder die Gräfin Fleisch haben wollten, ob gekocht oder roh, so gebe es kein Entrinnen. Es sei nicht falsch, die Reichen zu bestehlen, sagte die Alte, und man dürfe nicht auf die Priester hören, weil die mit ihnen unter einer Decke steckten. Und so tönte denn auch von den Kanzeln, dass nur derjenige, der sein Haupt beuge und in Bescheidenheit und Gehorsam litte und lebte, sich einen Platz im Himmel verdienen würde. Alles Lügen. Lügen mit dem einzigen Ziel, Aufruhr zu vermeiden. Auch das Paradies, sollte es tatsächlich existieren, konnte man Stück für Stück vom Papst höchstpersönlich erwerben wie einen Morgen Land; Hauptsache, man hatte Geld. Und derjenige, der die schlimmsten Sünden begangen hatte oder noch begehen würde, konnte sich den Sündenerlass erkaufen. Nein, wenn man arm geboren wurde, hatte man das Recht zu stehlen, zu betrügen und zu töten und das Leben zu genießen, bevor man ins ewige Nichts gestürzt oder, gar schlimmer noch, auf ewig versklavt würde. Auch Gua Li schien mittlerweile Teil dieser Bande von Predigern zu sein, und diesem kämpfenden Mönch hatte er sowieso noch nie über den Weg getraut.

Aus Gewohnheit und widerwillig lauschte Gabriel jedoch erneut den Worten dieser jungen Frau.

Eines Tages erschien der Dorfrichter bei Ong Pa und bat ihn um Hilfe in einem Streit zwischen einem Pächter und seinem Grundbesitzer, den er nicht zu schlichten wusste. Īsā wurde herbeigerufen, um dem Prozess beizuwohnen. Nach einer schlimmen Dürre war die Ernte sehr schlecht ausgefallen, und der Pächter wollte dem Grundbesitzer anstelle der wie üblich vereinbarten Hälfte nur ein Viertel geben. Wenn er die Hälfte abgäbe, behauptete er, würden er und seine Familie verhungern. Der Grundbesitzer war ein guter Mann, und anstatt die Angelegenheit mit Gewalt zu lösen, hatte er dem Pächter einen Gegenvorschlag gemacht: Er würde den ältesten Sohn des Pächters so lange als Diener in seinem Haus beschäftigen, bis sie ihre Schulden beglichen hätten. Aber der Pächter wehrte sich: Ohne die Hilfe seines Sohnes, sagte er, würde er nur die Hälfte der Felder bestellen können und im nächsten Jahr trotzdem verhungern. In diesem komplizierten Fall reichten also die Gesetze zur Rechtsprechung nicht aus, und daher hatte der Richter sich den Mönchen anvertraut, die mit ihrer Weisheit die Einzigen waren, um demjenigen, der im Recht war, Gerechtigkeit widerfahren zu lassen. Die Mönche begannen also untereinander zu disputieren. Der ein oder andere gab tatsächlich dem Pächter recht, aber die Mehrheit war auf der Seite des Grundbesitzers, der ihrer Meinung nach schon allzu großzügig gewesen war.

»Und was denkst du, Īsā?«, fragte Ong Pa. »Du hast viele Götter kennengelernt, und die Lehren der Meister haben deinen Geist genährt. Wenn du zu entscheiden hättest, für wen würdest du dich aussprechen?«

Īsā bat erst antworten zu müssen, wenn der erste Sonnenstrahl die Spitze des Qomolangma erreicht haben würde. Nachdem er die

Erlaubnis erhalten hatte, zog er sich in die Meditation zurück. In jener Nacht kehrte er nicht heim. Gaya befürchtete schon, ein Bär hätte ihren Ehemann getötet. Um Gewissheit zu erlangen, schickte Sayed eine Taube zu Ong Pa, der sofort eine Taube mit einem Stückchen Stoff, auf dem ein Kreuz gestickt war, zurücksandte. Da wussten Sayed und Gaya, dass es Īsā gut ging. Am nächsten Morgen fand sich Īsā pünktlich am Treffpunkt ein – wie alle anderen.

»Der Grundbesitzer ist vor dem Gesetz im Recht. Vor dem Gesetz, das von den Menschen als Spiegel der Gerechtigkeit gemacht wurde, die wiederum die Tochter des Verstandes und der Freiheit ist – den Grundbedingungen für das Leben. Darüber sind sich alle Mönche einig. Wenn man sich jedoch verbiegen muss, um den Gesetzen zu folgen, und wenn dabei das Leben nicht respektiert wird, sind alle Gesetze außer Kraft gesetzt. Wenn es also wahr ist, dass der Bauer sein Leben verlieren könnte, wenn er den Grundbesitzer bezahlte oder ihm seinen Sohn übergäbe, dann muss das Gesetz die Gerechtigkeit respektieren, und es ist richtig, dass er ihm das Geschuldete erst zahlt, wenn er nicht mehr Gefahr läuft, vor Hunger zu sterben. Derjenige, der reich ist, hat bereits mehr, als ihm zusteht, wenn es jemanden gibt, der zu wenig zum Leben hat.«

Ohne ein Wort des Grußes ging Gabriel. Nun brauchte er etwas zu trinken und vielleicht eine Magd mit einem großzügigen Gemüt. Gua Li hatte wahrlich recht, aber es waren nur Worte. Wenn der Grundbesitzer Īsā heimlich ein paar Scudi zugesteckt hätte, dessen war Gabriel sich sicher, dann hätte Īsā *ihm* recht gegeben, und der Bauer wäre gestorben. So einfach war das. So funktionierte es im wahren Leben.

30

Rom, 20. September 1497

Innerhalb eines Monats waren plötzlich Rittertrupps unter dem Kommando von Cesare Borgia in einigen Grafschaften aufgetaucht, die er offensichtlich bereits als die Seinigen betrachtete. In Ferentillo stellte sich der Gonfaloniere, der dem Grafen Fränzchen Cibo treu ergeben war, gegen ihn. Cesare durchbohrte ihn mit seinem Schwert, noch bevor der Gonfaloniere Zeit hatte, das seinige zu zücken, und die Garnison öffnete ihm freiwillig die Tore der Festung. Eilig leerte Cesare die Geldschränke und dachte mit Häme an den Moment, in dem die Späher des Grafen ihren Sold einfordern würden. Graf Cibo hatte es seit dem Tod seines Vaters Innozenz VIII. nicht mehr gewagt, in Rom aufzutauchen. Beide waren gleichaltrig und Papstsöhne, doch Frauengeschichten und der Neid auf Macht und Reichtum des Konkurrenten hatten sie immer getrennt. Schade, er wäre ein vortrefflicher Ministeriale gewesen.

Über die Pest wusste niemand Bescheid; allein der Bischof schien etwas Vertrauliches von einem Kapitän erfahren zu haben. Daraufhin hatte er sich umgehend zum Beten in die Santo-Stefano-Kirche zurückgezogen. Cesare war mit seinem Trupp am Precetto-Felsen vorbeigeritten und hatte gerade den Nera-Fluss überquert, als er bemerkte, wie das schwere Eisengitter der Festung wieder heruntergelassen wurde. Dann traf ihn ein Pfeil in den rechten Arm. Er schaute sich um, konnte aber im Gegenlicht nur den dunklen Umriss des Wehrturms erkennen. Wenn er endlich die Krone hätte, würde er die gesamte Garnison aufmarschieren lassen und einen nach dem anderen mit seiner Armbrust durchbohren. So lange, bis sie den Namen desjenigen herausrückten, der es gewagt hatte, den einzigen wahren Herrn dieser Ländereien hinterrücks anzugreifen. Wie sagte doch der große römische Caesar: *Ich liebe den Verrat, aber ich hasse Verräter*. Wenigstens entschädigten ihn die vollen Geldtruhen. Und die Entschädigung hatte er auch bitter nötig. Deshalb kam Cesare auch erst in dem nahe gelegenen Örtchen Norcia an, als er sie in angenehmer Gesellschaft geleert hatte.

Der päpstliche Präfekt empfing sie mit größter Dankbarkeit, fast als würden sie einen Segen überbringen. Ja, die Pestilenz griffe um sich, gab er zu, zweifellos. Ein Bader habe ihm Notiz gebracht, woraufhin er höchstpersönlich zum Haus der edlen Brancaleoni gegangen sei und wo er mit eigenen Augen die violetten Beulen und das aufgedunsene Fleisch der Toten gesehen habe. Die Gesichter der Kadaver hätten ihn über alle Maßen beeindruckt, berichtete der Präfekt weiter: In den starren Augen habe noch die Überraschung geschrieben gestanden, wie schnell der Tod seine Sense schwingen konnte. Ansonsten habe er nichts Außergewöhnliches bemerkt, außer dass sich die Pest dank der Gebete nicht weiter im Dorf verbreitet habe. Was aber ja nichts Besonderes war. Eigenartig sei nur, dass sie von einem Tag zum nächsten wie vom Erdboden verschwunden wäre. Erklären könne er sich diesen Umstand nur damit, dass die Brancaleonis ja nicht im Dorf lebten und deshalb Tage vergangen seien, bis zufällig ein Gemüsehändler auf die Toten gestoßen sei.

Cesare schrieb alles auf, ohne es zu verstehen. Daraufhin verbrachten sie drei Tage in der Sakristei, in der der heilige Benedikt auf die Welt gekommen war, und ergötzten sich an den verschiedensten Mahlzeiten: Sie aßen Reh, Eichhörnchen und Marder, die der Präfekt besonders zu mögen schien. Am liebsten hatte er es, wenn er das Tier noch lebend vorgelegt bekam und ihm selbst die Gurgel aufschlitzen konnte. Dann trank er, wohlig erschaudernd, das frisch aus dem Hals sprudelnde Blut.

Cesares weitere Reise führte ihn und seine Ritter gen Osten durch die Buchenwälder. Stillschweigend warfen sie ab und an einen flüchtigen Blick auf die Hügel, von denen man sich erzählte, dass dort in einer Höhle die unsterbliche Sibylle hauste. Dann erreichten sie das Kloster San Lorenzo bei Doliolo.

Die Benediktinermönche gehorchten ihrem Abt und gewährten ihnen Gastfreundschaft – so, wie es die heilige Pflicht gebot. Sie teilten ihre Nahrung mit Cesare und seinen Männern und respektierten stumm die Zügellosigkeit ihrer Gäste. Einsilbig bestätigte der Abt, von kleineren Pestherden gehört zu haben, und setzte für sie ein Schreiben an Julius Caesar Varano, den Herzog von Camerino, auf. Borgia schwor sich, dass er diesen Mann und seine Nachkommen bei nächster Gelegenheit eigenhändig umbringen würde. Nicht nur, dass er seinen Reichtum unverhohlen zur Schau stellte, er zahlte auch unter fadenscheinigen Ausreden keine Abgaben und machte sich über die Ermahnungen des Papstes, seines Vaters, lustig. Außerdem trug er, als wolle er Cesare verspotten, den Namen Julius – den eigentlich nur ihm zustehenden Namen Caesars des Großen.

Das Zusammentreffen Cesares mit dem Herzog war kurz und unterkühlt. Julius Caesar wunderte sich über diesen Besuch und wiederholte mehrmals das, was er dem Heiligen Vater bereits geschrieben hatte. Die Pest habe die Familie eines

Notars, die Smeducci, angegriffen. Alle seien sie gestorben – bis auf die jüngste Tochter. Sie sei nun sein Gast, und es wäre nicht angebracht, sie nochmals mit unnötigen Zeugnissen über die Tragödie zu belasten. Die Wundärzte hätten erklärt, dass die Ansteckung gebannt und das Haus verbrannt worden sei, um den todbringenden Schwaden Einhalt zu gebieten. Außerdem, beeilte der Herzog sich hervorzuheben, handele es sich bei den Smeducci um einen Einzelfall, so einzigartig und unaufhaltsam, wie es die Stärke der linken Hand Gottes war. Im Übrigen sei es ihm leider nicht möglich, ihnen Gastfreundschaft zu gewähren, da am heutigen Abend ein Fest stattfände und die Anwesenheit des päpstlichen Erstgeborenen nach dem schrecklichen Ende des anderen Sohnes kein gutes Omen und für die Seelenruhe abträglich sei.

Als sie über die Hängebrücke davonritten – von Schützen mit Armbrust im Anschlag flankiert –, neigte sich Micheletto, ohne abzusteigen, vom Pferd, sammelte Kuhdung auf und schleuderte ihn wütend gegen die Festungsmauern.

»Bevor er trocken ist«, wandte er sich an seinen Herrn, »werden sie Eure Gnade erflehen, Cesare.«

Erst als sie am Fuße des Titano-Berges ankamen, war ihre Wut verflogen. Cesare und seine Männer machten halt und bewunderten den Felsen über ihnen mit dem dünnen Turm, der wie ein gen Himmel ausgestreckter Arm aussah.

»Auch wenn der heilige Marino sie seit Jahrhunderten vor den Abgaben bewahrt hat – König Cesare wird nicht so großmütig sein. Jesus hat gesagt: *Gebt Gott, was Gottes ist, und Cesare, was Cesares ist.* Nicht wahr, Micheletto?«

»Und wenn Ihr König seid und mich zum Ministerialen macht«, grinste dieser hämisch, »dann werde ich Euch eine Statue auf dem Kapitol errichten, mein Herr, und alle Verlobten werden zu ihr gehen und ihr Glied berühren, damit sie heiraten und mit Kindern gesegnet werden.«

»Das reicht. So sei es – du bekommst dein Lehen, und die besten Weiber, die durch mein Bett wandern, werde ich zu Ministerialinnen ernennen.«

Cesare und Micheletto gaben ihren Pferden die Sporen. Die anderen folgten ihnen.

»Auf dass Euer Wille geschehe!«, schrie Micheletto. »Und auf dass die Verräter verrecken mögen!«

In der Nähe von Rimini überquerten sie die Brücke, die über das fast ausgetrocknete Flussbett des Aussas führte, als sie von einem Kapitän und zwei Reitern eingeholt wurden, die das Wappen von Pandolfo Malatesta trugen.

»Mein Herr bittet Euch, zu ihm in die Kapelle zu kommen – Burg Sismondo steht unter Quarantäne.«

Der Kapitän ritt im Trab voran, und seine Truppe folgte ihm. Cesare ließ die anderen vor. Diesmal hatte die Pest auf ihn gewartet. Er betrat als Letzter die Burgkapelle und achtete peinlich darauf, nichts – nicht einmal die Wände – zu berühren. Es gab keinen Christus und keine Madonna an diesem Ort, an die man sich mit einem Gebet wenden konnte, nur Tierfiguren, verstorbene Vorfahren, Gräber ohne Kreuze, Sternzeichen, heidnische Symbole und in Stein gemeißelte Monster überall. Kurz darauf erschien Pandolfo in Begleitung eines Jünglings. Ihre Schritte hallten durch die ganze Kapelle.

»Sie schreiten voran wie Kranke«, flüsterte Micheletto. »Hütet Euch vor ihnen!«

Pandolfo lächelte, als er sah, dass Cesare ihm den Handschlag verweigerte.

»Ihr seid vorsichtig, Monsignore, und ich bin es auch. Es ist wahr, dass das Übel unsere Burg heimsuchte – aber es hat sich nicht ausgebreitet. Drei Tote – zwei Diener und eine Magd – haben wir zu verzeichnen. Zwei Infizierte sind auf dem Weg der Besserung. Als ich Eurem Vater schrieb, fürchtete ich die Ansteckung, aber nun nicht mehr.«

»Was ist das nur für eine Plage«, fragte Cesare, »die anlandet, tötet, die sich dann aber nicht festsetzt?«

»Wenn ich es wüsste, wäre ich kein Mann der Waffen wie Ihr«, entgegnete Pandolfo. »Auf Anraten eines venezianischen Baders haben wir uns weder mit einem Auszug aus Vipterngift noch mit Skorpionöl oder mit Gebeten in der Kirche geschützt. Das hier ist übrigens sein Schüler.«

»Wer seid Ihr?«, fragt Cesare den Jüngling brüsk.

»Girolamo Fracastoro, Monsignore.«

»Dann sagt mir, was Ihr wisst.«

»Ich weiß, dass ich nichts weiß, Monsignore, so wie es uns die Apologie Platons lehrt. Nichtsdestotrotz konnte ich einige Krankheiten beobachten, die durch Ansteckung ausbrechen. Und ich glaube, dass sie nicht durch böswillige Verbindungen der Sterne oder infernalische Ausdünstungen entstehen. Und sie verbreiten sich auch nicht durch den Willen Gottes oder seines Feindes.«

»Ihr wisst, wer ich bin?«

»Ja, Monsignore. Der Edle Malatesta hat es mir gesagt.«

»Dann wisst Ihr auch, dass mein Vater Euch auf der Stelle exkommunizierte, würde er Euch auf diese Weise Gott lästern hören.«

»Verzeiht, ich antwortete nur auf Eure Frage. Erlaubt mir zu bemerken, dass die Wissenschaft nicht die Feindin Gottes ist, sondern die Feindin der Unwissenheit.«

»Nun geht. Aber denkt nicht, dass Ihr mich mit Euren Sprüchen verzaubern könnt. Wir haben schon eine gar zu große Menge Scharlatane in Rom, und ich kenne sie alle.«

»Wir – der Maestro und meine Wenigkeit – meinen, dass die Krankheiten, die sich durch Ansteckung manifestieren, durch winzige Wesen übertragen werden; wie kleine Samen, die der Wind befördert.«

»Ausdünstungen also.«

»Nein, Monsignore, es ist organische Materie, die sich im menschlichen Körper verteilt und vermehrt wie die Ameisen in einem Baumstamm, bevor er abstirbt. In unserem Fall haben diese Wesen die Fähigkeit, sich zu übertragen. Entweder durch direkten Kontakt, über die Atemluft oder durch einen Überträger.«

»Und wer oder was soll dieser sogenannte Überträger sein?«

»Ein Gehilfe, Monsignore, ein Mittler. Ein Tier zum Beispiel. Eine Ratte oder ein Vogel, um die Naheliegendsten zu erwähnen.«

»Und wie es der Zufall so will«, warf Pandolfo ein, »erreichte vor einigen Wochen eine Kiste die Burg, die ein paar angefressene Teppiche und Ratten barg. Einige waren bereits tot, als die Kiste geöffnet wurde, einige noch am Leben. Sie wurden gefangen und getötet von denen, die dann starben.«

Cesare Borgia schaute zu Boden, und Micheletto zückte sein Schwert. Wenn der Tiber anstieg, entwichen den Verliesen der Engelsburg Tausende von Ratten. Und für die Garnison war es ein lustiger Zeitvertreib, sie herumzuscheuchen, mit den Armbrüsten oder mit Pfeil und Bogen nach ihnen zu jagen, um sie dann in den Tiber zu werfen oder ihnen die Köpfe abzuschneiden. Oft hatte er Ratten unter seinem Bett gehört, wie sie das Holz annagten, und am Morgen ihre Hinterlassenschaften gefunden.

»Fracastoro, seid Ihr Euch sicher in dem, was Ihr da sagt?«

»Nein, Monsignore, aber es ist die wahrscheinlichste Annahme.«

»Pandolfo, woher kam die Kiste?«

»Ich nahm an, dass es das Geschenk eines Kaufmannes war, doch die Teppiche stammen aus dem Orient. Die Kiste möglicherweise auch.«

»Ihr müsstet noch Folgendes wissen«, merkte Fracastoro

an. »Im letzten Jahrhundert hatte der Schwarze Tod Städte wie Brüssel, Brügge und Mailand fast gänzlich verschont. Möglicherweise retteten die Einwohner ihre Gebete – viel wahrscheinlicher aber die Ärzte. Diese folgten nämlich den Ratschlägen des berühmten Chirurgen Chauliac, der bei Pestepidemien überall Feuer hatte anzünden lassen, damit die Hitze die Luft reinigte. Zweifellos hielten sich durch die Feuer auch Ratten und Vögel fern. Dies zu Ihrer Kenntnis, Monsignore.«

Cesare wusste, worauf Pandolfo hinauswollte. Er kannte die eigenen Ängste und Grenzen – so wie jeder Eroberer die Stärken und Schwächen seiner Soldaten kennen muss, wenn er den Sieg erringen will. Bislang war er sich sicher gewesen, dass die Pest nur eine fixe Idee seines Vaters war, etwas, das der Vergangenheit angehörte und den Ängsten der Alten entsprang. Und dass sie sich damit wichtigmachten, indem sie Ereignisse aus der Vergangenheit in ihren Erzählungen aufblähten, um die Jungen einzuschüchtern und ihnen Respekt abzuringen. Er hatte seinen Vater sogar verdächtigt, ihn loshaben zu wollen, um Lucrezia auf seine Art über den Verlust des Bastards hinwegzutrösten. Abenteuerlustig war er aufgebrochen und hatte mit seinen Kumpanen großen Spaß gehabt. Sie hatten die Karren auf den Märkten umgeworfen und waren dann lachend davongeritten, die Verwünschungen der Händler ignorierend. Doch das, was wie eine kurzweilige Ablenkung von den Angelegenheiten der Kurie und den eigenen Interessen erschien, hatte sich wie eine sich häutende Schlange verändert mit der Wahrheit, die Cesare langsam begriff: Die Pest machte aus dem Jüngling einen Mann.

Er warf Fracastoro einen letzten Blick zu, der ihn ohne Hochmut und Angst erwiderte. Ein flüchtiger Gruß für Pandolfo, ohne ihn zu berühren, und ein eiliger Befehl an die Seinen, unverzüglich aufzubrechen. Feuer also. Er würde es Tag und Nacht am Leben erhalten, sommers wie winters. Ganz Rom würde brennen, falls nötig.

Die Pferde. Glänzend vor Schweiß, mit aufgerissenen Augen und Nüstern stürmten sie dem vertrauten Stall entgegen. Die schmerzenden Sporenwunden schienen vergessen. Als Michelettos Maremmano die Engelsburg sah, gab es kein Halten mehr, und wie von einem Bienenschwarm verfolgt, stürzte das Tier über die Brücke des Tibers. Die Bemühungen seines Reiters, ihn zu zügeln, waren nutzlos. Selbst als die Kandare sein Maul verletzte, wollte es nicht anhalten. Als die bewaffneten Hellebardenträger das wild gewordene Pferd auf sich zustürmen sahen, kreuzten sie ihre Lanzen. Das Pferd samt Reiter überrannte sie einfach, während Micheletto die schlimmsten Verfluchungen gen Himmel und sein Pferd ausstieß. Im Hof wurden beide sofort umzingelt, woraufhin das Pferd scheute und seinen Reiter abwarf. Irgendjemand bekam die Zügel zu fassen, und alle waren damit beschäftigt, den Hinterhufen auszuweichen. Als sich das Tier beruhigt hatte, näherte sich ihm ein wütender Micheletto, der von oben bis unten mit Staub bedeckt war. Dann kniete das Pferd zu Boden, blickte seinen Herrn ein letztes Mal an und brach mit zerrissenem Herzen tot zusammen.

Hoch oben auf dem Turm in der Via Leccosa betrachtete Osman im Schatten einer Loggia die aus dem Osten herannahende Staubwolke. Erst hörte er das dröhnende Getrampel der Hufe, dann sah er die Ritterschar, die im gestreckten Galopp auf die Engelsburg zustürmte. Dort oben konnte er frische Luft einatmen, die Luft in den ersten Stockwerken hingegen war vom Todesgestank der kleinen verfaulenden Kadaver verpestet, die sich noch in der Kiste befanden. Seit Wochen waren trocken Brot, Käse und Regenwasser die einzigen Nahrungsmittel für ihn gewesen. Eines Morgens war er mit einem stechenden Schmerz in der Leistengegend erwacht und hatte sich das Hemd hochgezogen. Über den Schamhaaren hatte sich eine mandelgroße violette Beule manifestiert. Obwohl die Kiste nicht geöffnet worden war, hatte er es sofort gewusst …

Nach zwei Tagen mit hohem Fieber und Brechreiz war er bis auf die Knochen abgemagert und die Beule groß wie ein Hühnerei geworden. Nachdem er die Tür verriegelt hatte, legte er sich auf das Bett, betete zu Allah, dass es schnell geschehen möge, und wartete auf den Tod. Am fünften Tag hatte ihn ein starker Regenguss geweckt, und er hatte das von der Decke tropfende Wasser getrunken. Nach zwei weiteren Tagen konnte er wieder aufstehen. Er war zwar unendlich schwach, aber verblüfft, dass er noch am Leben war. Noch verblüffter war er allerdings über die Gedanken, die ihm im Delirium in den Sinn gekommen waren. Oder waren es Träume gewesen? In ihnen gab es weder *die Wächterin des Berges* noch die geheimen Treffen mit dem Wesir, keine Jungfrauen, die ihn im Paradies erwarteten, oder Erinnerungen an seine ehrgeizigen Ziele. Es gab nur sie: diese junge Frau mit ihren Geschichten über Jesus, den vorletzten Propheten, der in ihren Erzählungen nicht einmal der Gott war, für den ihn die Christen hielten.

In seinem Fieberwahn hatte er sich vor allem an die letzte Geschichte erinnert, die er gehört hatte, die Geschichte über einen Jesus, der als Junge entführt und gedemütigt wurde, der es aber geschafft hatte, sich zu befreien und ein besseres Leben für sich aufzubauen – durch Gleichmut. In seinem Unterbewusstsein und mit dem Verstand, der sich mittlerweile fast vollkommen von den Leiden des Körpers befreit hatte, konnte sich Osman glasklar an Gua Lis Erzählung über die Rebellion des jungen Jesu gegen den mächtigen Brahmanen erinnern und die Entscheidung Sayeds, alles aufzugeben, um sich

Jesus zu widmen. Tief in seinem Schmerz, den er fast nicht mehr spürte, waren ihm die Passagen in den Sinn gekommen, in denen Īsā gegen die Nomaden kämpfte, die ihn berauben wollten. Nachdem er ihre Lebensumstände und ihr Leid kennengelernt hatte, mussten Sayed und er zugeben, dass sie im Gegensatz zu den Dieben mehr besaßen und dass es daher nur gerecht wäre, ihren Besitz mit den Nomaden zu teilen, damit alle in Frieden leben konnten. Zuerst hatte Sayed nicht verstanden: Er hatte alles für Īsā aufgegeben und wollte ihm durch den Verkauf all seines Besitzes eine sichere Zukunft ermöglichen.

»Du hast mir die Freiheit gegeben, die das Leben ist. Du bist wie ein Vater zu mir«, hatte ihm Īsā geantwortet. »Du hast es mir ermöglicht, mein Wissen zu vertiefen und meinen Verstand zu schärfen. Das aber ist meine Zukunft. Nun kann ich den Sinn von Gut und Böse besser verstehen, den Sinn von gerecht und innerem Gleichgewicht, die Leidenschaft, das Loslassen und das Schenken; und ich begreife die Liebe, Sayed. Sie ist die Möglichkeit zu geben und zu empfangen. Und nur durch die Liebe kann der Mensch glücklich sein, auch der Unwissende.« Sayed hatte die Arme erhoben und die Nomaden zu seinem Karren gewunken und jedem das gegeben, was er brauchte.

Ach, der Jesus von Gua Li, der seinem Gegenüber den Weg des Lebens wies, ohne jede Anmaßung, demütig und sich selbst treu! So hatte er den Gott der Christen nicht kennengelernt. Jesus schien sich an den gleichen Prinzipien zu orientieren wie der Prophet Allah, gepriesen sei Sein Name. Doch es waren nicht die gleichen Prinzipien, die der Wesir und die *Große Mutter* verfolgten: Sie kannten nur den Tod. Jesus aber brauchte keine Waffen und keine Soldaten – und selbst ein Krüppel wie er konnte an seiner Seite stehen, auf Augenhöhe. Andererseits: Wer sagte, dass die Geschichte von Jesus nicht ein Trug dieser Frau war, die Schönheit mit Herz und Wissen mit Sanftmut vereinte …

Nein, das war unmöglich, denn wer Lug und Trug kennt, weiß Aufrichtigkeit in Worten und Blicken zu erkennen. Und Osman lächelte den Tod an. Er lächelte die gefälschten Empfehlungsschreiben an, die ihn als Gesandten auswiesen, und er lächelte der Pest zu, die ihn verschont hatte. Und schließlich lächelte er dem Leben zu, das nicht mehr dasselbe sein würde wie zuvor – denn das Geld reichte nur noch für wenige Tage. Er würde nie wieder heimkehren, weder zur *Großen Wächterin* noch zum Sultan. Seine Verkrüppelung hatte ihn die verschlungenen Wege des Herzens entdecken lassen – während er früher der Überzeugung gewesen war, dass der Weg über das Herz ihn am Leben hindere! Nun hatte er nur noch ein Ziel: Gua Li finden, ihr die Wahrheit zu erzählen und für alle Zeiten ihren Geschichten zu lauschen. Auf dem Schiff hatte er ein Versprechen gegeben – und er würde es halten.

31

ROM, 29. SEPTEMBER 1497

Das prächtige purpurfarbene Gewand machte keinerlei Eindruck auf die Wachen am Eingang des Palazzos. Diese Männer waren es gewöhnt, dass Abgesandte, Kardinäle, Bittsteller, Meuchelmörder und sonstiges Gesindel an die Pforte von Fürst Colonna klopften. Der Fürst wusste sie alle gleich zu behandeln – wenn auch mit unterschiedlichem Respekt. Breitbeinig standen die Wachen da und kreuzten ihre Hellebarden, während draußen vor dem Tor heimatlose Halunken um den vermeintlichen Kardinal und seine beiden Begleiter herumschlichen und auf den rechten Moment für einen Überfall warteten.

Giovanni war ein Schwächling und hätte nie im Leben daran gedacht, sich einem Gegner mit der Faust oder einer Waffe entgegenzustellen. Wie auch – mit seinen feingliedrigen Händen und den kindlichen Ärmchen würde er höchstens ausgelacht, aber niemals ernst genommen werden. Hinter ihm stand Carnesecchi – nicht mehr ganz in der Blüte seiner Jahre –, doch seine Haltung hoch zu Ross und das tief hängende, für jeden gut sichtbare Bohrschwert verrieten, dass er mit dem Gebrauch von Waffen noch überaus vertraut war. Der dritte Mann im Bunde schien der gefährlichste unter ihnen. Seine zarten Gesichtszüge und die langen blonden Haare standen in augenscheinlichem Kontrast zu seinem muskulösen Körper und der schweren Streitaxt, die er in einem Futteral auf seinem Rücken trug. Dass sich hinter diesem stolzen und selbstbewussten Blick ein Novize der Franziskanermönche verbarg, der sich des Nachts gar in einen zärtlichen und leidenschaftlichen Liebhaber verwandeln konnte und bereit war, seinem Beschützer alle Wünsche zu erfüllen, ahnte niemand, der ihm begegnete.

Auf einen Wink des Kardinals schrie der blonde Jüngling den Wachen etwas zu. Mit seiner hohen Stimme übertönte er mit Leichtigkeit das Stimmengewirr.

»Ich bin Silvio Passerini, und dies ist der hochwohlgeborene Fürst Kardinal de' Medici. Möge der Hauptmann hervortreten!«, befahl er. »Ohne zu zaudern!«

Ein älterer Mann mit langem weißem Haar, das im Nacken von einem Lederband zusammengehalten wurde, kam langsamen, aber festen Schrittes auf sie zu und baute sich vor ihnen auf. Er schaute den dreien ins Gesicht, einem nach dem anderen. Dann gab er das Zeichen, sie durchzulassen. Ein wohlgesetzter Huftritt von Carnesecchis Ross nach hinten katapultierte einen der herumlungernden Bettler kopfüber in den Staub, was von den anderen mit Hohn und Spott quittiert wurde. Ein strenger Blick des alten Hauptmanns reichte jedoch aus, um dem Treiben umgehend ein Ende zu setzen.

Wenige Minuten später stiegen die drei eine breite Nebentreppe zu den Gemächern des Fürsten Colonna hinauf. Noch bevor sie die Schritte hörte, nahm Gua Li einen säuerlichen und penetranten Geruch wahr. Sie schloss die Augen und sah die grünen und stacheligen Blätter des Stechapfels, das Kraut des Todes. Nur Hexen und Schamanen wussten, wie man sein Gift dosieren musste, um schwarze Magie zu treiben oder einen Blick in die Zukunft wagen zu können. Giovanni de' Medici ließ sich von Passerini die Tür öffnen. Ferruccio erstarrte, und Gua Li sah, wie seine Halsadern anschwollen und sich seine Lippen und Hände verkrampften.

»Ego benedico vos in nomine Patris, Filii et Spiritus Sancti, ich segne Euch im Namen des Vaters, des Sohnes und des Heiligen Geistes.«

Meister Leonardo näherte sich, kniete vor dem Kardinal nieder und küsste seinen Ring.

»Monsignore, seit langer Zeit wünsche ich mit Euch zu sprechen. Ich habe Pläne, die ich Eurer Aufmerksamkeit unterbreiten möchte. Ich plane eine gigantische Armbrust, welche die stärksten Tore durchdringen und die dicksten Mauern zerstören kann. Und einen Karren mit einem Dach, der sich ganz ohne Pferde fortbewegt und mit mächtigen Schusswaffen in seinem Inneren ausgestattet ist.«

»Von allen Seiten werden mir Gerüchte über Eure Teufeleien zugetragen, doch dieser Waffenkarren, der sich von selbst bewegt, ist nun wirklich gar zu abenteuerlich!«

»Nicht nur das, Monsignore. Ich schwöre bei Gott, dass er auch wunderbar funktioniert. Weiterhin habe ich Bombarden aus Eisen erfunden, deren Kugeln, wenn sie auf dem Boden landen, explodieren und strahlenförmig kleine Kügelchen verstreuen. Sie zerschlagen jeden Feind, der sich gerade in der Nähe befindet.«

»Welch großer Eifer!« Der Kardinal zwickte ihm väterlich in die Wangen. »Bewahre ihn dir für andere Gelegenheiten – über die wir vielleicht in vertraulichem Rahmen sprechen sollten. Und was sagt Sforza über Eure militärischen Erfindungen?«

Leonardo schüttelte den Kopf.

Ferruccio wollte sich von seinem Stuhl erheben, doch Ada Ta gebot ihm mit seinem Stock Einhalt. Gua Li machte zwei Schritte auf den Kardinal zu und legte als Geste des Friedens ihre Hände aneinander.

»Der Mann des Friedens sei gelobt«, sagte sie. »Denn nur dort, wo Frieden herrscht, kann es auch Liebe geben.«

Giovanni musterte sie, während Silvio, der Ferruccios reflexartige Bewegung bemerkt hatte, sich neben dem Kardinal positionierte. Neugierig betrachtete der Kardinal die junge Frau, doch der alte und schmächtige Mann, der lächelnd hinter ihr stand, beeindruckte ihn noch mehr. Der enttäuschte florentinische Gelehrte hatte sich schon entfernt und lehnte vor dem großen Marmorkamin. Mit gesenktem Haupt betrachtete er die beiden in Pyramiden auslaufenden Karyatiden, auf denen die schwere Kaminkonsole ruhte. Wie üblich stellte er das Bild geistig auf den Kopf und malte sich aus, wie die Pyramiden den Menschen stützen könnten. Er fragte sich, ob es wohl eine Kraft gäbe, die von unten anstelle von oben wirkte. Während er vor sich hin starrte, sah er aus den Augenwinkeln eines seiner Notizblätter, das von einem Luftzug sanft hochgewirbelt wurde und dann langsam kreisend wieder zu Boden segelte.

»Die Kraft der Luft gegen das Ding ist gleich dem Ding gegen die Luft. Das ist der Widerstand, meine Herren, der Widerstand.«

Er hatte sich an niemand Bestimmtes gewandt, und doch hörten ihm alle perplex zu.

»Archimedes hat so über das Wasser gedacht, und ich werde es mit der Luft tun. Versteht Ihr?«, Leonardo kratzte sich am Bart. »Man blähe eine auf dem Kopf stehende Pyramide aus Linnen mit Luft auf, und je größer sie ist, desto größer ist das Gewicht, das sie zu halten vermag. Ein Mensch könnte sich sogar aus großer Höhe hinabstürzen, ohne dabei Schaden zu nehmen!«

Brummelnd eilte der florentinische Gelehrte zwischen dem Kardinal und Ada Ta hindurch und stieg schnurstracks in seine Kammer hinauf. Der Mönch klopfte zweimal mit seinem Stock auf den Boden.

»Der Mächtige spricht zu jedem, der Intelligente mit dem,

der ihn verstehen kann, und der Weise spricht allein mit dem Herzen.«

»Wohl denn, so versuche ich alle drei in mir zu vereinen«, sagte Giovanni de' Medici und rieb sich die Hände. »Zuerst möchte ich aber mit unserem alten Freund Ferruccio de Mola sprechen, der mir wie ein Bruder ist, da ihn mein Vater wie einen Sohn liebte.«

Ruhigen Schrittes ging Ferruccio auf ihn zu, und Silvio folgte ihm wie ein Schatten. Er ging an Carnesecchi vorbei, der einen Gruß andeutete, den Ferruccio jedoch nicht erwiderte. Sie standen am Fenster, und während sich Ferruccio dem Kardinal näherte, verspürte er den Drang, ihm sein Ohrläppchen abzubeißen. In einer Schlacht hatte er auf diese Weise einmal einen Gegner verwirrt, der ihn im Nahkampf zu Boden geworfen hatte. Als Ferruccio ihm ins Ohr gebissen hatte, konnte er sich aus seinem Griff befreien und dem Schreienden einen Dolch in den Leib rammen.

»Was ist mit Leonora? Sagt es mir«, flüsterte er, »oder – und ich schwöre es bei Gott – ich werde Euch und die beiden Bastarde, die Euch hier begleiten, töten.«

»Ihr geht es gut, und bald wirst du sie wiedersehen – sofern du Wort hältst.«

»Ich habe das getan, was Ihr von mir verlangtet. Die Gefangenen sind hier, bei Gesundheit und in Sicherheit. Sie gehören Euch. Und nun sagt mir, wo Leonora ist.«

Ferruccios Stimme klang entschlossen, obwohl er in gewissen Momenten ein leichtes Zittern nicht unterdrücken konnte.

»Habt Vertrauen, Ferruccio, und vertraut auf Gott. Bald wird alles zu Ende sein.« Der Blick des Kardinals wanderte zu Silvio. »Und bis es so weit ist, überbringe ich Euch den Beweis, dass es ihr gut geht und sie bei bester Gesundheit ist.«

Flink legte der Kardinal ein gefaltetes Brieflein in Ferruccios Hand. Hastig öffnete Ferruccio es, und er erkannte die Schrift seiner Frau.

> Mein Liebster, sei ruhigen Mutes und lies sorgfältig. Erinnere dich und meditiere über jeden Satz, vertraulich und gläubig, und mache unsere Liebe nicht sprachlos und lösche sie nicht aus. Verzeih mir, geh nicht fort von mir. Solange die Hoffnung währt, gedeiht das Wohlergehen. Für immer dein, Leonora

Er erkannte auch die Unterschrift wieder, ohne Schnörkel und mit einem kleinen Kringel am »L«, das einem griechischen Alpha ähnelte. Die Worte jedoch waren eigenartig, sie schienen nicht aus ihr zu kommen – vielleicht waren sie ihr ja diktiert worden. Jedenfalls war sie am Leben, und das war das Einzige, was zählte. Nun musste auch er sie wissen lassen, dass es ihm gut ging. Ferruccio zog seinen Ring vom Finger.

»Überbringt ihr diesen Ring – das ist das Einzige, was ich von Euch erbitte. Im Namen des Kreuzes, das Ihr um den Hals tragt.«

»Gut gemacht, Ferruccio. Ihr werdet sie wiedersehen.«

Als der Kardinal mit Silvio an jenem Abend davonritt, schaute er sich den Ring genauer an. Er wog und bewertete ihn und befand ihn für mangelhaft. Am Schluss gab er ihn Silvio, der sich von seinen Steigbügeln erhob und ihn mit einem kräftigen Wurf schwungvoll in den Tiber beförderte. Giovanni applaudierte anerkennend dazu.

Über drei Wochen lang kam der Kardinal zu ihnen, stets von seinem getreuen Silvio begleitet, mit dem er oft tuschelte und so tat, als würde er nicht zuhören. Dann stellte er plötzlich Fragen an Gua Li, um mögliche Unstimmigkeiten oder Widersprüche in ihrer Geschichte aufzudecken. Die Antworten der jungen Frau waren jedoch stets freundlich und gut durchdacht, und so konnte er nur immer wieder schweigend zustimmen. Oft war der Kardinal überaus nervös, kaute an seinen Fingernägeln und fragte ohne Unterlass nach Wasser. In einem wertvollen Amethystkelch, der aus der Sammlung seines Vaters stammte, wurde dem Kardinal dann das Wasser gereicht, das von Silvio persönlich vorgekostet wurde.

Noch nie hatte die Grazie einer Frau seine Aufmerksamkeit erregt. Aber Gua Lis ruhiger, milder Tonfall ließ ihn ab und an in die glücklichen Tage seiner Kindheit abschweifen, wenn er abends nach Beendigung seiner Studien zu seiner Mutter Clarice gehen durfte. Und sogar in der Blasphemie der Geschichte, die diese junge Frau erzählte und für die sie – wenn sie erst einmal den Palazzo Colonna verlassen haben würde – mit einem grausamen Tode bestraft werden würde, fand er doch die mütterliche Botschaft der reinen Liebe wieder. Er stellte sich vor, wie er immer wieder die Beine des Inquisitors umklammerte, um Gnade für diese Frau zu erflehen, die seiner Mutter so ähnlich war; genauso wie er es bei seinem Vater Lorenzo getan hatte, der seine Frau als römische Hexe bezeichnet hatte. Die Antwort auf seine kindlichen Gebete war eine schallende Ohrfeige gewesen, die ihn noch heute schmerzte. Je länger er den Worten lauschte, die Gua Lis Mund entströmten, desto weniger hielt er sie für erfunden und desto inniger fühlte er sich ihr verbunden. Und doch wartete er auf nichts so sehr wie darauf, sich im richtigen Moment von ihr befreien zu können. Diese Trennung aber war zugleich das Schlimmste, was er sich vorstellen konnte.

Gua Li nahm die Geruchsschwankungen des Kardinals wahr, doch sie waren nicht eindeutig. Als wäre die Mandel im Kern unsicher, ob sie zur Reife keimen oder am Baum verfaulen solle. Sie spürte Ferruccios Groll gegen Giovanni de' Medici und wünschte sich, eine Brücke zwischen den beiden bauen zu können. So wie das geplante Bauwerk über die Wasser des goldenen Horns, das ihr Leonardo am Hofe des Sultans gezeigt hatte. Doch die Kluft zwischen den beiden Männern war noch größer als die Kluft zwischen den Ufern.

Es war September, und den ganzen Tag lang hatten dicke weiße Wolken hinter den Bergspitzen miteinander Fangen gespielt und mal die Form eines Bären, eines Affen oder eines Pferdes angenommen. Hoch oben in den Lüften wurden sie wissend von den majestätischen Kranichen betrachtet, die mit ihren eleganten Schwingen davonschwebten wie die Samen der Pusteblume, die durch die Lüfte der Winde getragen werden. Am Abend war von den wirbelnden Winden nur noch eine leichte, kühle Brise übrig geblieben, und so hatten sich die Menschen wieder in großer Zahl vor dem Hause Īsās versammelt und Feuer entzündet.

»Sie erwarten dich«, sagte Gaya. »Ich frage mich, was du ihnen heute Nacht erzählen wirst.«

»Nichts, was du nicht schon kennst«, antwortete Īsā lächelnd.

»Dann werde ich dich unter der Bettdecke erwarten und mich bis zu deiner Rückkehr von Yuehan und Gua Pa wärmen lassen.«

»Ich werde über etwas sprechen, das ich dir noch nie erzählt habe, und ich überlasse es deiner Neugierde, ob du kommen willst oder nicht.«

Liebevoll betrachtete ihn Gaya. Sie fasste sich an ihren Leib, denn sie glaubte, dass in ihr ein drittes Kind ruhte, denn der Zyklus ließ auf sich warten.

»Das ist Erpressung«, sagte sie und trat zu Īsā, »und was bleibt mir anderes übrig, als dir nachzugeben?«

Īsā fasste seine Frau an den Hüften und zog sie an sich. Er schloss die Augen und roch an ihrem Haar, das nach Azaleen duftete.

»Ich werde dein Lächeln aufspüren, wie es die Klapperschlange mit dem Murmeltier macht, und du wirst mir verzeihen. Zuerst werde ich mit dem Schwanz rasseln, und wenn du dich neugierig näherst, wird sich mein Körper um dich winden.«

»Dein Körper, der sich um mich windet, gefällt mir – aber jetzt ist nicht der richtige Moment dafür.« Gaya befreite sich aus der sanften Umarmung ihres Mannes. »Gehen wir – sonst lassen sie uns die ganze Nacht lang nicht in Ruhe.«

Als die beiden vor das Haus traten, ging ein freudiges Raunen durch die Menge, und zahlreiche Menschen riefen Īsās Namen. Suchend hielt er in der Menge nach seinem Meister Ong Pa Ausschau, in der Hoffnung, von ihm einen Hinweis für das Thema seines heutigen Diskurses zu erhalten. Als er gewahr wurde, dass der Meister nicht da war, hob er seine Arme, um die Menschen zu begrüßen.

»Früher oder später werden sie dich zum Dorfvorsitzenden machen«, flüsterte ihm Gaya zu, die Yuehan an der Hand hielt und auch die kleine Gua Pa auf dem Arm trug. »Ob du es willst oder nicht. Du bist bereits jetzt ihr Meister; du trägst das Zeichen der Götter in dir, und das haben sie verstanden – wenn es auch deine Frau war, die es als Erste wusste.«

Īsā beschleunigte seine Schritte. Er wusste, dass seine Frau recht hatte, aber wie sollte er diese Aufgaben erfüllen und gleichzeitig genug Zeit haben, um mit seinen Kindern zu spielen? Genau. Darüber würde er jetzt sprechen. Er setzte sich auf einen Felsen und nickte jedem Einzelnen in der Runde zu.

»Wie viel Freude unsere Kinder haben, wenn sie mit Stock und Stein spielen, nicht wahr?« Alle nickten zustimmend. »Und ihr vergesst eure Sorgen, wenn ihr weiße und schwarze Spielfiguren auf einem Brett hin und her schiebt und so tut, als würdet ihr Völker und Länder erobern.«

»Du hast recht«, unterbrach ihn ein alter Mann. »Das Schachspiel ist in der Tat eine große Erfindung. Ich spiele es jeden Abend

mit meiner Frau, auch wenn sie nur noch ein zahnloses altes Weib ist.«

Viele lachten, aber noch viel mehr, als sich sein Weib erhob und ihm mit einem Holzstock auf seine Hände schlug, mit denen er seinen Kopf zu schützen suchte.

»Ja, lacht nur, das ist richtig, das ist das Leben«, lachte Īsā. »Denn das Spiel ist nichts anderes als der Schmelztiegel, aus dem das Öl der Glückseligkeit gewonnen wird. Es ist wie das Entsalzen des Meerwassers, damit es rein wird und unseren Durst stillt. Das sagte ein Meister, der sich Aristoteles nannte.«

»Ein Meister wie du und Ong Pa?«, fragte ihn ein Jüngling, der sich bereits den Kopf rasiert hatte, um seine Lehrzeit bei den Mönchen anzutreten.

»Er ist ein noch viel größerer Meister.«

Alle wurden ernst, als sie diese Worte vernahmen.

»Unser Verstand«, fuhr Īsā fort, »der uns von den Tieren unterscheidet, erinnert uns immer wieder daran, dass wir geboren wurden, um zu lächeln. Das ist etwas, das die Tiere besser können als wir. Wenn ihr ein Wollknäuel vor eurer Katze hin und her schwenkt – wer hat mehr Spaß an diesem Spiel? Ihr oder die Katze? Der Makake lacht, und der Esel auch. In den Büchern meiner Vorfahren steht geschrieben, dass auf der Erde zu Anbeginn der Welt ein Gott einen Garten der Freuden schuf, und das war der Hort, an dem er mit den Menschen und den Tieren spielte.«

»Und warum gibt es ihn nicht mehr?«, fragte eine Frau. »Was für ein grausamer Gott!«

»Diesen Garten gibt es sehr wohl noch. Und unsere Kinder kennen ihn. Aber wenn wir erwachsen werden, verlieren wir ihn aus den Augen.«

»Ich kenne diesen Garten«, sagte ein Händler, der mit Yakfellen handelte. »Kaiser Han besitzt ihn. Dort soll es alles geben, was das Herz begehrt: Überall wird gelacht, es gibt schöne Frauen, schöne Pferde, Nahrung und zahlreiche Freunde.«

Ein zustimmendes Gemurmel erhob sich, und jeder gab zu, dass nur der Überfluss Fröhlichkeit und Glück fördern könne.

»In den letzten hundert Sonnenzyklen sind über tausend Eltern, Kinder, Ehefrauen, Ehemänner und Verwandte am Hofe unserer Kaiser getötet worden«, erwiderte Īsā. »Keiner von ihnen hat je gelacht oder wenn, dann nur in einigen wenigen Momenten seines Lebens. Du hast zahlreiche Freunde, sagst du, aber woher weißt du, ob du ihnen trauen kannst? Wenn du plötzlich mit Gold überhäuft würdest und reich wärst, wie könntest du wissen, ob sie dir nur nahe sein wollen, weil es sich für sie lohnt? Oder ob sie gar vorhaben, dich zu bestehlen? Vielleicht verbergen sie hinter ihrem Lächeln ja sogar einen Dolch?«

Der Mann gab keine Antwort. Ein Jüngling nahm eine Schale und schenkte ihnen allen gesalzenen Tee mit Gerstenmehl und Yakbutter ein, der in einem Kupferkessel über dem Feuer kochte. Īsā pustete, um den Tee ein wenig abzukühlen, und nahm dann einen Schluck. Er spürte, wie sich das Getränk bis tief in seine Lenden ausbreitete und sein inneres Feuer besänftigte.

»Lege als Zeichen des Friedens deine Hände in den Schoß deines Feindes«, fuhr Īsā fort. »Vielleicht wirst du sein Freund werden und gemeinsam mit ihm lachen. Andernfalls wird sich nichts ändern. Unser Meister Ong Pa sagt, dass er lieber über zwei Feinde richte als zwei Freunde habe.« Īsā lachte. »Denn wenn er das Urteil gesprochen hat, wird einer der beiden mit Sicherheit sein Freund werden.«

Langsam wanderte Gua Lis Blick zwischen Ferruccio und dem Kardinal hin und her, und sie verzog ihre Lippen zu diesem geheimnisvollen Lächeln, das Meister Leonardo so sehr beeindruckt hatte, dass er es in einem weiblichen Porträt verewigt hatte. Doch Giovanni drehte nur wortlos seinen Kopf zu Silvio Passerini und fragte ihn stumm, ob er ihn wirklich liebe oder ob es nur um Interessen ging. Der Novize verstand, kniete vor ihm nieder und küsste leidenschaftlich seinen Ring.

Am fünften Sonntag im Oktober hatte de' Medicis Unruhe ihren Höhepunkt erreicht. Sein Mittagsschlaf wurde durch einen lauten Knall geweckt. Ärgerlich warf er Silvio aus dem Bett, damit er nachsähe, woher der Lärm kam.

Als Silvio in de' Medicis Schlafgemach zurückkehrte, berichtete er, dass der Engel des Herrn, also der, der auf der Engelsburg stand, Flügel bekommen habe, zu Boden gestürzt sei und dabei alles zerschlagen habe. So jedenfalls erzählten es die Augenzeugen. Als sein Beschützer ihn ungläubig anstarrte, entgegnete der junge Novize beleidigt, dass de' Medici es sich auch gerne selbst ansehen könne, sollte er ihm keinen Glauben schenken. Silvio erzählte auch, dass sich bereits viele auf den Weg gemacht hätten, um ein Stück des gefallenen Engels zu ergattern – einige wollten die Teile für ihre eigene Sammlung, andere, um die Trophäen zu versilbern.

Der gefallene Engel ging de' Medici nicht mehr aus dem Kopf. Was hatte er mit der wunderschönen Frau und ihrer Geschichte zu tun? Die Gedanken kreisten wirr in seinem Kopf. Und dann fällte er eine Entscheidung – um seinen Seelenfrieden wiederzufinden: Basta, er hatte genug von Gua Li gehört. Er hatte sie gewogen, bewertet und für gut befunden – und nun war der Moment gekommen zu handeln.

32

Rom, Palazzo Colonna, 29. Oktober 1497

»Lieber Freund, ich muss das Buch haben, lasst es Euch aushändigen.«

»Welches Buch?«

»Habt Acht, de Mola, leugnen bringt Euch gar nichts. Das Buch von Īsā – ich will es haben.«

Kardinal de' Medici hatte Gua Li unmissverständlich zu verstehen gegeben, dass er an diesem Tag nicht erschienen sei, um ihr zuzuhören, und gab Ferruccio einen Wink, näher zu kommen. Mit Freundlichkeit wäre es vielleicht einfacher gewesen, aber die Eile gebot eine härtere Gangart – immerhin waren Silvio und Carnesecchi bei ihm.

»Ihr hingegen solltet achtgeben, Monsignore, oder ich kann nicht mehr für mich garantieren. Meiner Person gegenüber habt Ihr nie ein Buch erwähnt, das weiß ich genau. Ich weiß nicht, worüber Ihr sprecht. Ihr habt mich lediglich nach einer Kopie der Thesen von Graf Mirandola gefragt. Und ich werde sie Euch übergeben, sobald ich Leonora wiederhabe, das schwöre ich. Aber treibt bitte keine Spielchen mit mir. Vielleicht bin ich auch wahnsinnig, mag sein, aber vergesst nicht, dass ein Wahnsinniger gefährlicher ist als ein Bösewicht.«

Beide starrten einander an und versuchten, eine vermeintliche Lüge in den Augen des anderen zu erkennen. Instinktiv hatte Ferruccio nach seinem Dolch gegriffen, der zwischen seinen Beinkleidern und dem Wams steckte. Augenblicklich zückte Silvio sein Kurzschwert und stieß es Ferruccio zwischen die Rippen – wenigstens ein paar Zentimeter, weiter kam er nicht: Das Handgelenk des jungen Novizen wurde von Ada Tas präzisem Stockschlag zertrümmert. Als der Orientale mit einem nächsten Schlag seinen Nacken und dann die Nieren traf, wurde Silvio ohnmächtig und sank – von Ada Ta aufgefangen – wie leblos zu Boden.

»Die Hände sind wie Zwillingsschmetterlinge, die sich teilen, den Baum berühren und davonfliegen.« Ada Ta neigte seinen Kopf zur Seite. »Bittet diesen jungen Mann um Verzeihung, wenn er wieder bei sich ist – aber es war notwendig. So wie die blinde Ehefrau zu Boden geworfen werden muss, weil sie den drohenden Abgrund nicht sieht, auf den sie zuläuft. Und den anderen Ritter«, fuhr Ada Ta fort, ohne sich zu Carnesecchi umzudrehen, »bitte ich, wie das edle Yak zu atmen, wenn es das Yarsagumba wiederkäut, den Stab der Glückseligkeit, der Frieden und Kraft in den Lenden verspricht.«

»Und wie atmet das edle Yak?«, fragte Carnesecchi, der keinerlei Anstalten machte, auch nur einen Finger zu rühren.

»Oh, so wie Ihr. Gleichmäßig und friedlich. Hättet Ihr mehr Fell – Ihr wärt ein vortreffliches Yak.«

Gua Li näherte sich Ferruccio, während der angsterfüllte Kardinal mit weit aufgerissenen Augen am Fenster lehnte. Carnesecchi reagierte nicht auf seinen hilfesuchenden Blick.

»Mir geht es gut«, flüsterte Ferruccio der jungen Frau kaum hörbar zu. »Ich glaube, ich bin nicht einmal verletzt.«

Sein Wams war zerrissen, und das Hemd darunter hatte sich rot gefärbt.

»Du blutest.« Gua Li holte aus ihrem Säckchen eine kleine Flasche. »Aber es ist nur ein oberflächlicher Schnitt.«

Während Ada Ta den Kardinal unverwandt anlächelte, reinigte Gua Li die Wunde und rieb sie mit einer rosafarbenen Salbe ein, die sie in einem Döschen unter ihren persönlichen Sachen aufbewahrte. Ferruccio kniff die Augen zusammen und biss sich auf die Lippen.

»Es brennt! Wie glühendes Eisen!«

»Halt still, nicht bewegen! Aber du hast ganz richtig gelegen. Es ist Eisenpulver, mit Silberstaub und Talg vermischt. Diese Salbe reinigt die Wunde und schließt sie. Sie ist nicht tief, und du wirst bald wieder gesund sein.«

»Es tut mir leid … ich wollte nicht …«

»Überlasse es Ada Ta, er *weiß*.«

»Gua Li …«

»Ja?«

»Der Kardinal hat über ein Buch gesprochen, das er haben will, und zwar von mir. Aber ich weiß von nichts. Ich möchte wissen, ob er die Wahrheit spricht oder ob es nur eine weitere seiner Lügen ist.«

»Du wirst alles erfahren, Ferruccio. Doch nun musst du ruhen.«

Zwischenzeitlich hatte der Mönch angefangen, eindringlich mit dem Kardinal zu konferieren, und Carnesecchi beobachtete verblüfft, wie sich die Rollen plötzlich verkehrt hatten: Der eine nickte respektvoll, während der andere ihn liebevoll zu ermahnen schien. Hätte der Orientale nicht so ärmlich ausgesehen und andere Gesichtszüge gehabt, so hätte man meinen können, den Papst mit einem seiner Sekretäre vor sich zu haben. In diesem Moment hatte Carnesecchi eine Vision: Er sah diesen Mann auf dem Thron Petri sitzend in Kleidern, die einem Diener des Herrn schicklicher waren als die Mode, die Alexander VI. trug: ein einfaches Gewand, ohne Pomp und Gloria, ohne Symbole des Ruhmes und der Herrlichkeit. So mochten die ersten Apostel ausgesehen haben, Männer des

Glaubens und bescheiden in ihrem Auftreten. In seiner Vision sah er auch eine Kirche voller einfacher Menschen vor sich, die fröhlich der Botschaft des Friedens und der Liebe lauschten. Doch dann verwandelte sie sich in eine Höllenvision – denn pünktlich zum Ende der Predigt stellten die Priester seiner Vorstellung wieder dieselben Forderungen wie die realen, und sie forderten denselben Obolus ein.

Carnesecchis Vision verschwand. Ada Ta holte nun eine Art Buch hervor, das eher eine Ansammlung einzelner Seiten war, die von zwei Holztafeln zusammengehalten wurden. Der Kardinal bedachte es mit gierigen Blicken. Erstaunt hob Ferruccio den Blick zu Gua Li, die ihm beruhigend zunickte. Das Buch existierte also wirklich. Und als er sich umdrehte, sah er, wie sich die gebeugte Gestalt von Giovanni de' Medici entfernte. Carnesecchi und Silvio gingen ihm voraus. Der junge Novize konnte kaum laufen, denn seine Arme waren unter der Kutte mit nassen Hanfseilen zusammengebunden worden – eine flinke Arbeit des Fesselungsartisten Gabriel. Sobald die Seile trockneten, würden sie nachgeben und Passerini sich selbst befreien können.

In dieser Nacht schlief nur Ferruccio, dem ein Aufguss aus Weidenblättern und Mohn in den Schlaf geholfen hatte, tief und fest. Am nächsten Tag hatte der Tramontanawind die Wolken der Nacht vertrieben. Die ersten Schwalben waren zu ihrer Reise gen Süden aufgebrochen, und die Luft war erfüllt von ihren Rufen.

»Die frische Morgenluft ist wie der Wurm, den die Nachtigall ihrer Brut bringt.«

Wie immer betrat Ada Ta, ohne anzuklopfen, Gua Lis Schlafzimmer. Ihrem weiblichen Instinkt folgend zog sie sich die Decke bis zum Kinn hoch. Ada Ta öffnete die Vorhänge, und sofort fiel grelles Licht auf Gua Lis blinzelnde Augen.

»Was hast du gesagt? Warum weckst du mich? Was ist geschehen?«

»Ein Weiser hätte nur die dritte Frage gestellt, um alle Antworten zu erhalten – und wenn die Natur uns schon zwei Ohren und nur einen Mund gab, so …«

»Ja, ich weiß: Man sollte mehr zuhören als reden. Ich höre dir ja zu.«

»Das heißt, dass du nun weiser bist als ich, denn jetzt spreche ich. Das erinnert mich daran, wie Lao-Tzu sagt …«

Wie zu Kinderzeiten, wenn die Sonne sommers genau auf das Kopfteil ihres Bettes schien, versenkte Gua Li ihr Gesicht in den weichen Daunenkissen und hielt sich die Ohren zu. Das mit den Sonnenstrahlen war ein Trick von Ada Ta, da war sie sich sicher.

»Nun kannst du mir viel über den Wurm am Morgen erzählen, ich höre dir gar nicht zu.«

»Über den Vogel wollte ich nur sagen, dass dieser am Morgen die dicksten Würmer fängt.«

»Also, Ada Ta …« Gua Li setzte sich auf. »… wie viele Geschichten über Würmer und Vögel muss ich mir noch anhören, um zu erfahren, was du mir eigentlich sagen willst?«

»Vielleicht nur noch, dass der arme Fischer den Fisch nur dank des Wurmes essen kann, der wiederum vom Kadaver eines Königs aß.«

»Und was hat das damit zu tun?«

»Nichts, nur dass es uns viel über den immer wiederkehrenden Kreislauf des Lebens lehrt und dass oben auch unten sein kann.« Zustimmend nickte der Mönch, offensichtlich zufrieden mit seinem Gedankengang. »Doch du hast recht, meine Kleine. An diesem Morgen hat mich der Sonnenaufgang dazu eingeladen, die frische Luft zu genießen. Das war sozusagen der erste Wurm. Ich habe mich auf einem Platz wiedergefunden, den diese Barbaren nutzen, um Menschen und

Tiere aufzuhängen oder zu zerstückeln. Eine Gruppe junger Männer, die mit Hippen und Schwertern bewaffnet waren, standen um eine alte Statue herum. Ich habe mich schnell unsichtbar gemacht, weil sie mich gut und gerne mit einem Feind verwechseln konnten. Und wenn das passiert wäre, hätten am Ende sie den Schaden genommen …«

»Du bist zu gütig, Ada Ta.«

»Danke, meine Eisblume.«

»Auf dem Eis wachsen keine Blumen.«

»Darum bist du ja auch so wertvoll für mich. Die jungen Männer gingen lachend davon und kamen an mir vorbei, ohne Notiz von mir zu nehmen. Da bemerkte ich, dass sie einen Zettel zu Füßen der Statue abgelegt hatten.«

»Ein Gebet?«

»Wenn das ein Gebet sein soll, dann haben sie eine merkwürdige Art zu beten«, lächelte Ada Ta. »Eine überaus heitere sogar. Auf dem Zettel stand geschrieben: *Der Sodomit aus der Toskana küsste dem Aubusson den Arsch, die Hände und das Haupt, und seit August wartet er auf die Rute, die ihm nur der Spanier zu geben vermag.*«

»Ich habe kein Wort verstanden, aber es gefällt mir nicht.«

»Mir auch nicht, und aus diesem Grund machte ich mich wieder sichtbar und hielt die Jünglinge an, von denen ich glaubte, sie hätten den Zettel geschrieben. Anfangs befürchteten sie, ich sei ein Spion des Mannes, der im weißen Gewand auf dem Throne Roms sitzt – und dass ich sie denunzieren würde. Große Angst ruft Zorn hervor.« Ada Ta schüttelte den Kopf. »Es tut mir leid, dass ich meinen Stock gegen ihre Schwerter gebrauchen musste. Der Elefant sollte seine Kraft nutzen, um Baumstämme zu heben, und nicht, um die Pferde scheu zu machen.«

»Ich glaube zu wissen, wer hier der Elefant war …«

»Doch dann, als sie nicht mehr ihre Schwerter hatten, haben sie wie die Vögelchen gesungen. Es war lehrreich zu erfahren, dass der Sodomit – ein Wort, das ich nicht kannte und das mich überaus zum Lachen brachte – der Fürst der Kirche, Giovanni de' Medici, ist und dass der Spanier der jetzige König der Kirche, Rodrigo Borgia, ist, der eben aus jenen Ländern der friedlichen Mauren stammt.«

»Ja und? Wo ist das Problem, Ada Ta?«

»Das Problem kennen, heißt nicht, eine Lösung zu haben. Erinnere dich, dass Zettel sprechen, wenn sie gelesen werden, und dieser Zettel spricht von August. Wenn de' Medici nun also seit zwei vollen Mondzyklen hier ist, warum besuchte er uns erst vor wenigen Wochen? Außerdem kam er zu uns wie ein Wolf, der am Lämmchen schnuppert. Die klare und reine Stimme des Volkes hingegen ist wie Quellwasser. Die Jünglinge berichteten außerdem, dass er seit einiger Zeit darauf wartet, vom Papst empfangen zu werden, der eigentlich sein Feind sein müsste. Wenn aber der Bauer mit dem Fuchs spricht, muss sich das Huhn Sorgen machen, und ich sehe bereits die ersten Federn.«

Selten – und seitdem sie hier waren, zum allerersten Mal – hatte Gua Li ihn so sorgenvoll gesehen. Die Sorge um den alten Mönch krampfte ihren Magen zusammen.

»Worüber habt ihr gestern gesprochen?«

»Über nichts, das er nicht schon wusste.«

Der Mönch fügte dem nichts hinzu. Gua Li betrachtete ihn, wie er den Hals hin und her drehte und sich mit den Armen half, die Atmung zu verlangsamen. Sie wusste, dass diese Bewegungen ihm zwar nicht halfen, den Schwierigkeiten zu entkommen, aber den Schlüssel für die Lösung zu finden.

»Ich werde es zulassen, dass meine Gedanken im ungestümen Galopp durch die Weiten der Möglichkeiten eilen«, sagte ihr Ada Ta. »Und ich werde versuchen, das dritte Auge zu öffnen, so wie es uns unser Meister Rimpoche lehrte. Sprich mit Ferruccio, aber kein Wort zu Gabriel oder Meister Leonardo! Bei Gabriel fürchte ich den Charakter des nervösen Marders und beim Zweiten einen Esel vor dem vollen Trog, der so in seine Gier versunken ist, dass er den Tiger erst bemerkt, wenn er schon auf seinem Rücken schmaust.«

Während Gua Li ihren Sari anzog, konnte sie spüren, wie sich ihr Meister darauf konzentrierte, den Geist mit Energie zu füllen und zu expandieren. Seine Aura wechselte von Indigo zu Violett. Vielleicht würde sich das dritte Auge öffnen und ihm die Lösung überstreifen.

Als sie Ferruccios Zimmer betrat, fing Gua Li mit ihrer Geschichte an, und es kümmerte sie nicht, ob er bei Bewusstsein war oder nicht.

»Vater?«

»Ja, mein Sohn?«

»Mama behandelt mich immer noch wie einen kleinen Jungen.«

Der Mann strich sich über seinen lichten schwarzen Bart, der schon hier und da ein paar weiße Strähnchen aufwies. Er schaute in den Himmel. Die leuchtenden Sterne tauchten die Bergspitzen und die schneebedeckten Hänge in ein bläuliches Licht. Die Dunkelheit ist zwar überall gleich, doch die eisige Luft ließ die Sterne hier viel heller leuchten als die, die er vor vielen Jahren am Ufer des Jordans betrachtet hatte. Er schaute wieder seinen Sohn an, der ihn Vater genannt hatte.

»Und du? Wie fühlst du dich?«

»Groß, mein Vater. Ich habe gelernt, die Haut der Büffel zu gerben und ihre blauen Augen in meinem Geiste zu bewahren. Ich kann Esel lenken und Hasen mit Pfeil und Bogen erlegen, so wie du es mich lehrtest. Ich töte Ziegen, ohne sie leiden zu lassen. Und die besten Elsterfallen sind meine, das sagte mir mein Bön-Meister.«

»Was hast du sonst in letzter Zeit noch von ihm gelernt?«

»Dass sowohl das weiße als auch das schwarze Licht von dem ersten Gott der Welt geschaffen wurden. Zuerst war jedoch das schwarze Licht da, das den Menschen Unglück und Krankheiten brachte. Erst dann kam das weiße Licht, das den Menschen das Gute und die Wahrheit brachte.«

Der Jüngling ließ es zu, dass sein Vater ihm zärtlich den Nacken streichelte, ließ sich jedoch nicht von seinen Gedankengängen ablenken.

»Es gibt allerdings etwas, das ich nicht verstehe. Warum hat Gott zuerst das Böse erschaffen? Findest du das gerecht?«

»Du hast vollkommen recht, mein Sohn, ich bin ganz deiner Meinung. Hast du darüber bereits mit dem Bön-Meister disputiert?«

»Nein, Vater, ich befürchtete, es könnte eine ketzerische und dumme Frage sein.«

»Nichts, was den Durst nach Wissen stillt, kann die Götter beleidigen, und nichts, was mit ihnen zu tun hat, kann dumm sein.«

Der Jüngling schaute ihm in die Augen und neigte dabei leicht den Kopf zur Seite. Seine schwarzen Augen schienen in einem eigenen Lichte zu erstrahlen.

»Du hast noch nicht meine Frage beantwortet, Vater.«

»Du hast mir keine Frage gestellt, Sohn.«

»Mama hat recht, wenn sie sagt, dass es unmöglich ist, mit dir zu disputieren«, sagte er lachend. »Du scheinst nämlich immer recht zu haben. Von dir habe ich gelernt, dass man nie aufgeben darf, wenn man gewinnen will.«

»Dann denke ich, dass ich dich das Richtige gelehrt habe.«

»Also, ich wollte dir sagen, dass …«

»Halt! Hast du es gesehen?«

»Nein, was denn?«

Der Jüngling drehte sich um. Der Vater legte ihm sanft den Finger unter das Kinn.

»Nein, schau nach oben, zwischen die beiden Bergkämme.«

»Zwischen den Höckern des Kamelgottes?«

»Ja, schau.«

Kurz darauf wanderten drei Lichter, eines nach dem anderen, genau durch diesen Himmelsabschnitt.

»Vater!«

Er hatte schon zuvor Sternschnuppen gesehen, aber noch nie war er von seinem Vater auf sie aufmerksam gemacht worden, bevor sie tatsächlich erschienen. Und nie waren sie so strahlend gewesen, so gleißend weiß und mit einem feuerroten Schweif.

»Vater!« Seine Augen waren vor Staunen weit aufgerissen. Er lächelte. »Wie konntest du das wissen? Dann hat Mutter also recht, wenn sie sagt, du wärst ein Zauberer!«

»Deine Mutter hat immer recht«, antwortete sein Vater und hob den rechten Zeigefinger, »doch dieses Mal erlaube ich mir, ihr zu widersprechen. Zauberer versuchen, den Lauf der Dinge zu ändern oder sie gar ihrem Willen zu unterwerfen. Ich hingegen beobachte nur die Kräfte der Natur. Mit ein bisschen Übung kann man sehr viel von ihnen lernen.«

»Unter anderem auch vorherzusehen, wann Sternschnuppen zu sehen sind«, grinste sein Sohn. »Werde ich das auch können, wenn ich groß bin, Vater?«

»Das hängt von dir ab, Yuehan. Doch erscheint es mir, dass wir wieder zu der Frage zurückkehren, die du mir immer noch nicht gestellt hast. Du sagtest, ›wenn ich groß bin‹ – das heißt also, dass du dich immer noch klein fühlst. Also scheint deine Mutter wieder einmal Recht zu behalten.«

Yuehan runzelte die Stirn und kreuzte die Arme vor der Brust. Er hatte es immer noch nicht geschafft, die Frage zu stellen, und sein Vater hatte ihm jede Möglichkeit genommen, eine Antwort darauf zu erhalten. Auch Schmollen würde nichts bringen, so gut kannte er seinen Vater schon. Die letzte Möglichkeit, die ihm blieb, war, die Behauptung seines Vaters ruhig und konzentriert zu wi-

derlegen. Noch wusste er allerdings nicht, wie. Von dem Felsen aus, auf dem sie saßen, konnte er Sayed sehen, der zu ihnen hinaufgestiegen kam und sich dabei auf seinen Stock aus Teakholz stützte. Bei jedem seiner Schritte schlug er mit seinem Stock kurz auf den steinigen Boden. Das war seine Art, sich anzukündigen und erkannt zu werden.

Es gab keine großen Gefahren da oben, doch ab und an erreichten auch sie Geschichten über die Raubzüge bewaffneter Banden des neuen Kaisers Guangwu. Sein Vorgänger, Kaiser Wang Mang, ein Weiser und Gerechter und Erster und Letzter der Xin-Dynastie, hatte die Lehren Īsās angenommen und die reichen Familien enteignet, um ihr Land den Bauern zu geben. Brach liegende Felder wurden dem Staat zugesprochen und die Preise für Lebensmittel kontrolliert, damit das Volk keinen Hunger mehr litt. Der alte Kaiser hatte auch verfügt, dass den Armen zinslose Darlehen gewährt werden sollten. Vor den Männern hatte Īsā keine Furcht. Wenn sie ihn als einen der engsten Vertrauten ihres ehemaligen Herrn erkannten, würden sie ihm kein Haar krümmen.

Doch die Zeiten hatten sich geändert. Seitdem der Kopf Wang Mangs aufgespießt auf einer Lanze tagelang vor dem kaiserlichen Palast in der Hauptstadt Luoyang ausgestellt worden war, konnten die Soldaten des neuen Kaisers Guangwu ungestraft grausame Verbrechen an denjenigen begehen, die Wang Mang unterstützt hatten. Seit einiger Zeit hörte man aus den weiter unten liegenden Tälern immer öfter von Überfällen auf ganze Dörfer und von grausamen Morden. Die Frauen der Dörfer wurden wiederholt vergewaltigt, damit sie schwanger wurden und die Kinder dann entführt und zu Sklaven gemacht.

»Rabbi! Rabbi!«

Sayeds keuchende Stimme unterbrach die Monotonie seiner Stockschläge.

»Sayed, ich bitte dich!«, rief Īsā aus. »Wie oft habe ich dir gesagt, du sollst mich nicht Rabbi nennen. Ich bin kein Meister.«

»Ja, Rabbi. Also, du willst nicht, dass ich dich Rabbi nenne – mittlerweile ist es jedoch gefährlich, dich Īsā oder Jesus zu nennen. Wie soll ich dich also rufen, damit du mir antwortest? Vielleicht mit dem Ruf des haarigen Yaks?«

»Nenne mich Freund. Ich habe sonst keinen, und daher werde ich wissen, dass du es bist.«

Sayed setzte sich und ließ sich von Yuehan umarmen, wuschelte ihm dabei durch die Haare und lächelte ihm zu.

»Lässt du mich einen Moment alleine mit deinem Vater sprechen?«

»Ja, in Ordnung. Solltest du ihn verstehen, dann bedeutet es, dass du auch ein großer Meister bist.«

Sayed wartete ab, bis sich der Jüngling entfernt hatte, und erst als er sah, dass er in die Hütte ging, wandte er sich an Īsā. Tiefe Sorgenfalten standen auf seiner Stirn.

»Es gibt schlechte Nachrichten. Unten in den Dörfern sind neue Gesichter aufgetaucht. Ich fürchte, es sind Spione von Guangwu. Und sie stellen Fragen über einen Fremden. Wer er sei und wo sie ihn finden könnten, um ihm ihre Bewunderung für seine Weisheit auszusprechen. Der neue Kaiser hat dir deine Freundschaft mit diesem verrückten Wang Mang nicht verziehen. Die Menschen sind nicht dumm, und sie lieben dich, aber nach einem Teller Suppe und einem Glas Mahuabier zu viel werden sie reden. Und dann werden die Soldaten kommen, Īsā, und sie würden sich überaus glücklich schätzen, Guangwu deinen Kopf bringen zu dürfen. Und nicht nur deinen, befürchte ich.«

Īsā erhob sich und betrachtete das blaue Licht, das sich auf den Gletschern widerspiegelte.

»Warst du bei Ong Pa?«

»Ja, bevor ich hierherkam. Die Mönche bereiten sich darauf vor, sie zu empfangen. Sie werden den schmalen Durchgang am Gönpa mit Steinen verschließen, damit jeweils nur ein einzelner Mann hindurchgehen kann. So wird es schwieriger werden, zu ihnen zu

gelangen. Zu ihrer Verteidigung werden sie dann die Bären herbeirufen. Du weißt ja, wie sie sind: nicht bösartig, aber wenn man sie angreift und sie Hunger haben, dann können sie eine ganze Armee auseinandertreiben. Eine letzte Sache noch: Ong Pa möchte, dass du mit Gaya, Yuehan und Gua Pa zu ihm kommst. Ich hingegen werde mich unter das Volk mischen. Ich habe das richtige Aussehen und werde Guangwu huldigen und den Soldaten zu trinken geben. So werde ich erfahren, wann sie wieder gehen und was sie vorhaben.«

»Ich würde es vorziehen, wenn du mit uns kämst.«

»Einer muss bleiben, um sie im Auge zu behalten, und das kann nur ich sein. Sayed weiß, wann der Moment gekommen ist, in dem man bezahlen muss. Er kann blitzschnell auftauchen und genauso schnell wieder verschwinden – wie ein Murmeltier in seinen Bau.«

Īsā ließ seinen Blick ins Tal schweifen. Die Pfade waren voller Staub, und aus der Wolke erhob sich das gelbe Banner mit dem roten Drachen der Han. Seine Augen verengten sich zu Schlitzen, und er schüttelte seinen Kopf. Das Kundalini, sein inneres Feuer, war in ihm erwacht und machte ihm die Gegenwart und die Zukunft bewusst. Eine Vorahnung breitete sich in seinem Geist aus, und er begann zu zittern.

»Mein Freund, ich fürchte, dass es zu spät ist, du süßes Murmeltier.« Īsā zeigte Sayed die herannahenden Pferde. »Vielleicht sind sie dir gefolgt, und vielleicht stand es irgendwo so geschrieben, dass sie dir folgen. Nur hast du es nicht gelesen.«

Gua Li beendete ihre Erzählung, die ihr nur noch flüsternd über die Lippen gekommen war. Ferruccio, den ihre Stimme eingelullt hatte, hatte nur wenige Sätze ihrer Erzählung wahrgenommen, und für sich alleine wollte sie die Geschichte nicht zu Ende erzählen – sie war zu grausam: In ihrem Geist sah sie das brennende Haus, den verzweifelt rennenden Jesus, den Anblick der Toten und Verletzten und die Lanze, die Mutter und Tochter zusammen durchbohrt hatte. Ein einziger Stoß für beide. Und Gaya – die schützend die kleine Gua Pa in einer letzten Umarmung umarmt hatte, um sie zu verteidigen. Und dann hörte sie den Schrei, die Stille und das Weinen. Dann spürte sie die absurde Freude, die Arme Yuehans zu spüren, die sich um ihn schlangen, und die Tränen, die Jesus über die Brust liefen.

Als Ferruccio erwachte, sah er verwundert, dass Gua Lis Augen rot glänzten, doch zugleich spürte er ihre Hand wie eine heilende Salbe auf seiner Stirn. Er tauchte tief ein in die schwarzen Pupillen dieser jungen Frau, er verlor sich in ihnen und wurde in eine Zeit ohne Zeit hineinkatapultiert. Gua Li atmete tief ein. Plötzlich erinnerte sie sich an Vergangenes und Gegenwärtiges und ahnte, dass eine neue Zeit des Todes angebrochen war.

33

Rom, in der Engelsburg, 31. Oktober 1497

»Was wollt Ihr von Uns, Medici? Habt Ihr eine so schwerwiegende Verfehlung zu beichten, dass nur der Pontifex Euch davon entbinden kann? Oder seid Ihr erschienen, um mir die Schlüssel von Florenz auszuhändigen, die Ihr Savonarola aus seinen Beinkleidern entwendet habt?«

»Eure Heiligkeit, ich würde es sehr zu schätzen wissen, mit Euch alleine zu sein.«

Alexander VI. schaute sich erstaunt um und tat so, als würde er niemanden im Raum sehen. Er breitete die Arme aus. Giovanni de' Medici stützte sich mit seinen Ellbogen auf die Sessellehne und verbarg seinen Kopf zwischen den Händen, um das Grinsen zu verbergen. Er stellte sich gerade vor, wie es wohl sein müsste, wenn er in der Haut des Sekretärs steckte, der vollkommen bewegungslos in der Ecke stand und sein kleines schwarzes Büchlein, von dem er sich nie trennte, umklammerte. Giovanni Burcardo zuckte kurz und verfiel augenblicklich wieder in Starre. Eines Tages würden ihm seine Notizen entweder das Leben retten oder für seinen Untergang sorgen. Er war ein Niemand – aber vielleicht hatte er ja genau deshalb vier Päpste überlebt. Er wartete und versuchte, noch unauffälliger zu atmen. In den letzten Jahren hatte er gelernt, nicht mit dem eigenen Kopf zu denken oder zu handeln, sondern nur das zu tun, was sein Dienstherr anordnete.

»Burcardo, bist du taub oder unsichtbar? Hast du nicht gehört, dass deine Präsenz dem Fürsten der Kirche Ungemach bereitet? Wer bist du, dass du dich seinem Willen widersetzt? Also verschwinde«, befahl Alexander VI., »und zwar hurtig. Und lausch nicht wieder an der Tür.«

Mit raschelnden Gewändern eilte Burcardo davon. Als die Tür hinter ihm ins Schloss gefallen war, wandelte sich der Gesichtsausdruck des Papstes.

»Der Freibrief, den Wir Euch erteilten, ist seit einer Woche abgelaufen, und doch seid Ihr noch hier. Ihr widersetzt Euch Unserer Autorität.«

»Ich erflehe Euer Wohlwollen«, korrigierte ihn der Kardinal. »Ich vertraue auf Eure Güte und Euer Interesse an der Heiligen Römischen Kirche.«

»Kommt zur Sache.«

Giovanni erhob sich und verschränkte seine Arme in den weiten Ärmeln seines purpurnen Gewandes. Er entfernte sich ein paar Schritte vom Pontifex und stellte sich mit dem Rücken ins Gegenlicht vor das Fenster, sodass der Papst zwar seinen Umriss erkennen konnte, aber nicht seinen Gesichtsausdruck – während er den Heiligen Vater sehr wohl beobachten konnte.

»Vor zehn Jahren konnte Euer Vorgänger einen zerstörerischen Angriff auf die Kirche, nämlich die Veröffentlichung der neunhundert Thesen des berühmten Grafen Mirandola, abwehren. Das Konzil, das der Edle Herr in Rom abhalten wollte …«

»Wir kennen die Geschichte besser als Ihr. Ihr wart damals noch ein Kind.«

»Ihr habt recht, doch die dunklen Kräfte der Unterwelt liegen noch immer auf der Lauer, und Erzengel Michael muss allzeit mit seinem Feuerschwert bereit sein.«

»*Perra tu madre!*« Alexander schlug mit der Faust auf den

Tisch. »Ich habe es Euch bereits gesagt, Medici, missbraucht nicht meine Geduld. Seht Ihr diese Uhr? Sie ist wertvoll, sie kommt direkt von den Meistern aus Genf, und sie ist ein Geschenk des Philipp von Savoyen. Sie misst unerbittlich die Zeit – genau wie der Tod. In exakt einer Stunde werdet Ihr diese Angelegenheit beendet haben oder so lange Gast der Engelsburg bleiben, bis Florenz Eure Sippe vergessen hat.«

»Ich komme auf den Punkt. In verschiedenen französischen Druckwerkstätten ist das Traktat *De falso credita et ementita Constantini donatione* des Dottore Valla für den Druck und die Verbreitung bereit. In dieser Schrift wird bewiesen, dass die Besitztümer der Heiligen Römischen Kirche …«

»Die Zeit läuft, Medici!«, unterbrach ihn der Papst eisig. »Auch das ist Uns bekannt. Allerdings fürchten Wir, dass die Stunde Eures Todes naht. Und Wir erinnern Euch daran, dass Lorenzo Valla sein Haupt vor der heiligen Inquisition beugte und ihm verziehen wurde. Doch das wird nicht ausreichen, denn die Kirche vergisst nie.«

»Das war nur eine Präambel, Eure Heiligkeit, und nun *introibo ad altarem dei,* nun nähere ich mich dem Altar Gottes.«

Die Stimme Giovannis de' Medici zitterte nicht einen Augenblick, während er dem Oberhaupt der Christenheit und des Hauses Borgia über seine Vereinbarung mit dem Sultan der Türken erzählte und über die beiden Personen berichtete, die er an seinem Hofe aufgenommen hatte. Er sprach ohne erkennbare Furcht über das Vermächtnis, das die Fremden überbracht hatten. Jenes erste Geheimnis, das von Giovanni Pico della Mirandola initiierte verfluchte Konzil, das die drei monotheistischen Religionen vereinen und die weibliche Essenz der Gottheit aufdecken sollte, war in Vergessenheit geraten und stellte mittlerweile keine Bedrohung mehr für die Kirche dar. Doch es gab noch ein zweites, weitaus schlimmeres Geheimnis. Ein Geheimnis, das nichts weniger als die

Lebensgeschichte des Gottessohnes betraf. Vielleicht würde das Volk nicht sofort verstehen; vielleicht würden erst einige Jahre ins Land gehen müssen, bevor die Gläubigen erkannten, dass man ihnen jene zwanzig Jahre aus der Biografie des Jesus von Nazareth unmöglich vorenthalten durfte, die die Kirche gestrichen hatte. Und wenn jene Schriftteile irgendwie auftauchten, würde irgendjemand davon profitieren, und garantiert würde auch irgendjemand ein neues Evangelium predigen. Ein neues Evangelium, das – kurz gesagt – der Wahrheit entsprach.

Dem einfachen Volke, so war die Meinung des Kardinals, würde die Menschlichkeit Jesu noch größer erscheinen, wenn sich herausstellte, dass er nicht der Sohn Gottes, sondern der Sohn irgendeines einfachen Mannes wäre. Dann würde ihn das Volk nicht länger als Angst einflößende Figur sehen, als fordernden, rächenden Sohn eines grausamen Gottes, der das Volk demütigte und unterwarf, sondern als einen der Ihren. Nicht länger als Gott auf Erden, sondern als Bruder, Freund und Befreier. So, wie es schon einmal geschehen war, vor eintausendfünfhundert Jahren. Und der Papst wusste so gut wie er, dass es jenseits der Alpen in den Kathedralen von Nürnberg, Köln, Freiburg, Trier und vielen anderen Freigeister gab, die zwar nichts Genaues wussten über das verstümmelte Evangelium, die aber ahnten, dass es mehr gab, und anfingen nachzudenken. Sie warteten auf denjenigen, der eine neue Geschichte erzählen würde, die besser, ehrlicher, liebevoller und spiritueller war. Ein neues Evangelium, das sich auf die Gerechtigkeit auf Erden stützte.

In den vergangenen Jahrhunderten waren solche Ideen im Keim erstickt worden. Doch der Instinkt von Männern wie Nestor und Pietro Valdo, den Kanonikern von Orleans aus der Gemeinschaft von Arras oder der Katarer selbst war immer noch die Glut, die unter der Asche weiterglühte, die von der Kirche verstreut worden war. Ein Luftzug, der vielleicht ein bisschen stärker als der vorherige war, würde reichen, um das Feuer erneut zu entfachen und jedes Dogma zu verbrennen.

Giovannis Worte entströmten seinem Mund wie ein Lavafluss: »Eure Heiligkeit, stellt Euch einen Christus vor, der erneut auf die Erde hinabsteigt und der zu jedem Volk in seiner eigenen Sprache spricht. Stellt Euch vor, Eure Heiligkeit, stellt Euch das nur vor: ein Volk, das endlich versteht und auf die Straße geht und verlangt, was ihm zusteht. Bauern, Handwerker, Händler – Menschen, die nicht mehr mit gesenktem Haupt beten und bettelnd die Hand öffnen, um die himmlischen Almosen zu empfangen. Die Zeit ist reif dafür, Eure Heiligkeit: Die Menschen wollen nicht mehr warten, dass ihnen ihre Würde, ihre Liebe und ihre Freiheit erst in einem weit entfernten Himmelreich zurückgegeben wird, dessen Existenz nicht einmal gewiss ist – nein, sie verlangen nun all das, was ihnen das Leben bisher vorenthalten hat.«

»In diesem Moment, Medici, habt Ihr Euer Todesurteil unterzeichnet«, antwortete ihm der Papst eisig. »Die Anklage lautet: Verrat, Häresie, Meineid und Gottesverleumdung. Wir werden Eure Zunge einbalsamieren und sie dem Volk zeigen als Warnung.«

Der Kardinal warf sich zu Füßen des Pontifex, umarmte seine Beine und legte seinen Kopf auf Alexanders Schoß. Fassungslos über diese Demutsgeste spürte der Papst, wie die Hände des Kardinals durch die edle Leinenalbe seine Schenkel streichelten. Abscheu erfasste ihn.

Als Giovanni de' Medici weitersprach, klang seine Stimme jedoch nicht flehend, sondern beinahe verschwörerisch.

»Nein, mein Vater«, fuhr er fort, »Ihr habt noch nicht verstanden. Es existiert nicht nur das Zeugnis derer, die seit Jahrhunderten die Erinnerung an diese Ereignisse hüten, sondern es gibt ein Buch. Geschrieben von dem, der über Jahre hinweg an der Seite des Gottessohnes weilte und auch noch nach seinem vermeintlichen Tod weiterlebte. Es existiert ein Buch, das erklärt, was wirklich geschah, und das jenes Geheimnis lüftet, das wir alle so dringend ignorieren wollen und das unsere Evangelien nicht erwähnen: die Jahre seiner Jugend, sein geistiger Weg und das Mannwerden, bevor Jesus nach Palästina zurückging. Und die Ereignisse danach, als er floh, von allen verfolgt und von vielen verraten, bis zu seiner Rückkehr in dieses ferne Land, in dem heute noch Tausende von Menschen an sein Grab gehen und beten.«

Giovanni erhob sich. Er breitete die Arme aus und starrte dem Papst in die Augen.

»Dieses Buch, mein Vater, befindet sich hier in Rom. Und ich möchte es Euch zum Geschenk machen.«

Er schloss die Augen, legte seine Hände an die Stirn und atmete tief ein. Der Pontifex sagte zunächst kein Wort und begann dann, als er realisierte, was Giovanni da gesagt hatte, wie dieser zu atmen: keuchend und schwer. Wie zwei Raubtiere standen die Männer sich gegenüber. Alexander fühlte sich wie früher vor seinem Lehrer, als er versuchte, die Worte, die zu ihm vordrangen, logisch zu sortieren, um ihnen einen Sinn – welchen auch immer – zu geben. Sein Lehrer war ein sanfter und verständnisvoller Mann gewesen, der vollkommen ungeeignet war, um die rebellische Natur seines Schülers zu beherrschen, dafür war es ihm jedoch stets gelungen, Alexander mit dem sanften Singsang seiner Stimme zu beruhigen. In diesen Momenten war Alexander immer überzeugt, nichts von dem verstanden zu haben, was ihm gerade erzählt worden war. Dass dem mitnichten so war, vergaß der junge Alexander regelmäßig. Die Worte seines Lehrers beschäftigten ihn selbst während der Lektionen im Schwertkampf, in denen ihm sein Waffenmeister, der aus einem ganz anderen Holz geschnitzt war, mit dem Übungsdegen Hiebe versetzte, die überall auf seinen Oberarmen schmerzhafte blaue Flecken hinterließen. Es kam vor, dass er genau dann verstand, was sein Lehrer ihm hatte sagen wollen. Auf die gleiche Art und Weise begann er nun, die Worte de' Medicis zu verstehen und das Ausmaß dieses ganzen Alptraums zu erahnen.

»Ein Buch über Jesus sagt Ihr?«

»Mehr als das, mein Vater, ein Buch *von* Jesus. Er selbst spricht. Es handelt sich um eine ganz besondere Reliquie, die hundertmal so wertvoll ist wie die fünfzig kleinen Finger des heiligen Petrus und die tausend Nägel aus dem heiligen Kreuz, die man mir just vor zwei Tagen auf dem Campo de' Fiori verkaufen wollte. Wichtiger als seine drei Leichentücher und all jene, die in den nächsten Jahrhunderten hergestellt werden.«

»Und was steht in diesem Buch geschrieben?«

»Die Wahrheit, mein Vater. Seine Lebensgeschichte. Nicht die, die von Männern erzählt wird, die Jesus gar nicht kannten. Nein, es sind Geschichten über ihn, die von denjenigen niedergeschrieben wurden, die ihm nahestanden. Auf Erden sind mehr Evangelien im Umlauf als Sterne am Firmament. Jedes einzelne Evangelium ist anders als alle anderen, und alle enthalten sie sich der absoluten Wahrheit. Sogar Matthäus, Lukas, Markus und Johannes unterscheiden sich voneinander.«

»Der heilige Irenäus sagte, dass die Evangelien vier an der Zahl sind, da es vier Winde und die vier Ecken der Erde gibt.«

»Und die vier Ritter der Apokalypse, die vier Jahreszeiten, die Zyklen des Mondes und die Briefe Adams, des ersten Menschen!« Giovanni blinzelte. »Wenn es also daran hängt, dann ist auch die Zahl der Schweine für das Volk …«

»Kommt auf den Punkt, Kardinal.«

»Wenn hier ein Prozess gegen einen Häretiker stattfände, wem würdet Ihr glauben, mein Vater? Den Erzählungen irgendeines Reisenden, der aus der Fremde kommt, oder einem heiligen Mann – einem Augenzeugen –, der Jesus am selben Morgen zuhörte, als der letzte Vorhang fiel? Versteht Ihr, mein Vater? Hier spricht er selbst, der Ketzer, und beichtet seine Sünden. Und es gibt eine Frau, die jedes noch so kleine in dem Buch geschilderte Ereignis auswendig kennt. Die Geschichten über Jesu Jugend wurden bewahrt und von Generation zu Generation weitergegeben, in den höchsten Bergen der Welt, von denen Marco Polo berichtete.«

»Bücher, immer diese Bücher. Verflucht sei der Tag, an dem die Schrift erfunden wurde!«, dachte der Papst bitter und wandte sich dann wieder an den Kardinal. »Habt Ihr dieses Buch gelesen?«

»Ich habe es mir nur flüchtig angesehen, mein Vater, aber es reichte, um mich erzittern zu lassen. Es wird an einem sicheren Ort aufbewahrt und ist in sicheren Händen!«

»Und Wir sollen also an die Existenz dieses ominösen Buches glauben, nicht wahr? Was aber, wenn es eine Fälschung wäre, oder besser noch, wenn es gar nicht existierte?«

Während der Papst mit dem Finger auf ihn zeigte, folgte er mit seinen Blicken den kleinen, hektischen Schritten des Kardinals.

»Glaubt mir, mein Vater, glaubt mir, ich flehe Euch an! Nur mit dem Glauben können tödliche Fehler vermieden werden.«

»Das sind die Sünden«, brummte Alexander VI.

»Das macht keinen Unterschied, Eure Heiligkeit. Thomas von Aquin sagt, dass Ignoranz eine schwere Schuld sei. Und wer durch versehentliches Ignorieren in Worten und Taten fehlt, der fehlt auch vorsätzlich. Das aber ist die schlimmste aller Sünden.«

»Ihr wollt mir doch nicht etwa theologische Lektionen erteilen?«

»Ich könnte es nie und würde es nie wagen. Ich wollte Euch nur die Großartigkeit dieser Geschichte verständlich machen und die außergewöhnliche Gelegenheit, die sich uns bietet, für mich und für Euch.«

»Ihr seid ein Medici«, Alexander erinnerte sich daran, dass er ein Borgia war. »Und obgleich Ihr noch jung seid, so tragt Ihr schon die Wundmale Eurer Familie.« Seine Stimme wurde leiser. »Also: Wir begehren zu wissen, hier und jetzt zu wissen, wo sich dieses angeblich so wichtige Buch befindet – wenn es denn existieren sollte. Wir wollen es holen lassen, es in Augenschein nehmen und erst dann entscheiden, ob es sich um einen göttlichen oder teuflischen und daher häretischen Akt handelt.«

Die letzten Worte hatte der Papst absichtlich mit spanischem Akzent deklamiert, der Sprache der heiligen Inquisition – als Mahnung und zur Erinnerung. Um zu signalisieren, dass er das Gespräch für beendet hielt, bot er dem Kardinal seinen Ring zum Kusse dar. Doch Giovanni drehte den Kopf weg, setzte sich vor den Papst und faltete seine Hände vor der Stirn, als würde er im Gebet versinken. Nachdem er sich geweigert hatte zu gehen, wusste er nur zu gut, dass das tödliche Duell zwischen dem Papst und ihm noch nicht ausgestanden war – die letzten Worte des Papstes klangen noch in seinen Ohren nach. Alexander hatte wie der Inquisitor Tomás de Torquemada selbst geklungen, dessen Name für Hass und Furcht stand.

Keine Armee der Welt wäre stark genug, um dem Papst die Stirn zu bieten, so viel war Giovanni klar. In Alexander hatte er einen Gegner, mit dem sich erst verhandeln ließ, wenn man ihm den giftigen Stachel gezogen hatte. Wie ein Skorpion würde der Heilige Vater auch zustechen, wenn man ihn in die Enge trieb. Um gegen diesen Feind zu bestehen, musste man umsichtig über den schmalen Grad zwischen Leben und Todesurteil balancieren und ihm immer wieder versichern, dass man ihn nicht angreifen, sondern – ganz im Gegenteil – schützen wolle. Man kreist nicht um einen Skorpion – man muss ihm in die Augen sehen. Nun lag es allein an ihm, die Bedingungen festzulegen und an sein Gegenüber zu appellieren. Seine nächsten Worte würden darüber entscheiden, ob der Papst der Allianz zustimmte oder ob er ihn bekämpfen wollte.

»Und nun möchte ich mich Euch – wie einem Beichtvater – anvertrauen«, setzte Giovanni vorsichtig an. »Allerdings bitte ich Eure Heiligkeit, das, was ich gleich sagen werde, den heiligen Sakramenten zu unterstellen und für Euch zu behalten. Ihr seid der klügste Kopf des heiligen Pluviales, und sich vor Euch zu verstellen wäre zwecklos. Außerdem bitte ich Eure Heiligkeit, mich weder als Einfaltspinsel noch als Giftbrocken oder als Opferlamm zu betrachten. Ihr lächelt, Eure Heiligkeit? Das erfreut mich, dann sind wir uns also einig. Und nun, bevor ich mit meiner Beichte beginne, segnet mich.«

Gedankenverloren erhob Alexander VI. seinen Arm, um den Segen zu erteilen, da lenkte ihn ein Geräusch ab: Der Wind hatte den Ast einer Platane abgerissen, der sich im Fallen in den Eisengittern des Fensters verfangen hatte. Das Blattwerk schlug mit Wucht gegen das wertvolle Fensterglas aus Chalzedon, doch das Bleigeflecht hielt stand. Plötzlich krachte jedoch ein ganz besonders dicker Zweig, von einer Windböe gepeitscht, so heftig gegen die Butzenscheiben, dass das Glas zerbrach. Kaum hatte er sein zerstörerisches Werk vollbracht, wehte der Zweig davon. Der Wind drängte ins Zimmer und wirbelte ein paar Pergamentblätter durcheinander, die auf dem Tisch lagen. Behände nahm Giovanni zwei Bernsteinbüsten, auf deren Rücken Porträts römischer Imperatoren abgebildet waren, und beschwerte damit die Papiere.

»*Sic transeat gloria mundi. So wird der Ruhm der Welt vergehen*«, bemerkte Giovanni. »Männer, die die Welt mit einem Fingerzeig erzittern ließen – werden zu Briefbeschwerern degradiert. Überaus wertvolle Briefbeschwerer zwar, aber eben Briefbeschwerer. Findet Ihr das nicht auch demütigend?«

»Ihr wart dabei zu beichten, Medici.«

»Ich beichte Gott dem Allmächtigen und Euch, Heiligster Vater.« Der Kardinal schlug sich ohne Bescheidenheit auf die Brust. »Ich beichte, dass meine Sünden mehr Gedanken als Taten sind und dass es zahllose sind, die ich bereuen muss. Ihr werdet über mich richten, Heiliger Vater, als Stellvertreter unseres Herrn, und ich begebe mich vertrauensvoll in Eure Obhut.«

Noch nie hatte sich Alexander VI. so nackt gefühlt, nicht einmal damals, als ihn sein Vorgänger ermahnt hatte, dass er seine Entscheidungen nicht von persönlichen Interessen lenken lassen dürfe. Was hatte er unter diesem Genueser gelitten, der sich trotz seines hohen Alters nicht entschließen wollte, endlich das Zeitliche zu segnen. Als ihre Allianz für die Nachfolge beendet war, ohne dass der Alte aus dem Leben geschieden wäre, hatte er sich gezwungen gesehen, ihn vor der Zeit zum Allmächtigen zu schicken – Arsen war immer ein ganz besonderes Werkzeug Gottes gewesen. Der Herr würde es ihm nachsehen – der Alte war schließlich nur ein Cibo gewesen, ein unbedeutendes kleines, ligurisches Licht unter den Adelsgeschlechtern. Dieser hier war ein Medici, und das war der gravierendste Unterschied. Ein alter Ziegenbock der eine, ein junger Stier der andere, wenngleich sein Temperament dem einer äsenden Kuh glich. Kein Vergleich zu ihm! Das Wappen der Medici, ein Stier, der stolz seine Testikel und sein Geschlechtsteil präsentierte, war nichts gegen das der Borgia. Leider hielt ihn der Kardinal mit seinen schlaffen Fingern aber just an diesen Eiern fest, mochten sie auch noch so groß sein. Giovanni hatte ihn in die Enge getrieben und dann schachmatt gesetzt. Dass er so schlau gewesen war, ihn nicht vollkommen wehrlos mit dem Rücken gegen die Wand zu treiben, in der Hoffnung, er beginge eine Verzweiflungstat, hatte ihm schließlich zum Triumph verholfen.

Nachdem der Kardinal seine Geschichte beendet hatte, begriff Alexander, dass alles, was Giovanni berichtet hatte, der Wahrheit entsprach und seine Prophezeiungen durch und durch logisch waren. Das Buch existierte wirklich. Medici war weder ein Wahnsinniger noch ein Dummkopf – und solange das Buch in seinem Besitz war, gab es eine Pattsituation. So ungern er dies zugab: So taktisch verhielten sich nur einflussreiche Familien wie die Borgia oder die Medici; ihre Geschichte verlangte es von ihnen, denn nur mit Allianzen konnte man seine Macht erhalten. Nun war es an ihm, den nächsten Schachzug auszuführen, den König zu befreien und notfalls auch ein Pferd dafür zu opfern. Eines hatte er schon vor ein paar Monaten geopfert: einen Rassehengst, der den Namen Juan trug, seinen Sohn. In diesem Fall würde er seine Ambitionen auf ein eigenes Königreich opfern, aber nicht auf ewig. Ewig war nur der Tod.

»Ihr wollt also …«

»… dass Ihr Papst bleibt, dass Ihr nicht König werdet und dass ich in Eurer Nähe sitze und in ferner Zukunft Euren Platz einnehme.«

Natürlich, Giovanni wollte einen Tauschhandel, ein *divide et impera sempeter*, wie es zwischen Regierenden üblich ist. Einen Tauschhandel, wie er ihn mit Innozenz eingegangen war. Im Kern geht es immer um die Sicherung der Privilegien, und nicht selten einigen sich Parteien, die einander den Krieg erklärt haben im Vorfeld, dass die Substanz der Dinge unantastbar sei.

An seinem rechten Ringfinger bewunderte Alexander den Fischerring. Die Tradition wollte es, dass er beim Ableben des Papstes zerstört werden würde. Wenn er sich jedoch das Königsamt sicherte, würde er ihn seinem Sohn weitergeben können. Alexander betrachtete das Symbol seiner Macht und dachte über seine Dynastie nach – allerdings nur kurz. Viel stärker beschäftigte ihn die Möglichkeit, dass er als erster Pontifex in die Geschichte eingehen könnte, der nach dem Königtum strebte und dabei von seinen Widersachern hinweggefegt worden war. Ohne noch einmal Luft zu holen, gab er seine Antwort.

»Wir müssten Cesare also zwingen, auf eine Dynastie der Borgia zu verzichten?«

»Sagt mir nicht, dass Ihr es allen Ernstes vorzieht, Majestät statt Heiliger Vater genannt zu werden! Als König seid Ihr nur einer unter den vielen Mächtigen auf dieser Erde, als Pontifex jedoch der Erste und Einzige, der alleinig Mächtige. Diese Bescheidenheit passt nicht zu Euch. Ich erinnere mich, was mein Vater sagte: Schau, mein Sohn, er ist ein Fürst, der nie König sein wird, und doch ist er mächtiger als alle Könige zusammen.«

»Euer Vater war ein einflussreicher und weiser Mann. Darum hatte er auch so viele Feinde«, bemerkte der Papst hämisch. »Sein einziger Fehler war, dass er Eure Schwester Magdalena mit diesem Idioten von Fränzchen vermählte.«

»Er war der Sohn eines Papstes und eine gute Partie, der gesellschaftlichen Stellung Magdalenas angemessen.«

»Nun, wie dem auch sei. Das soll weder Uns noch Euch interessieren«, unterbrach ihn der Papst. »Wärt Ihr eine Frau, so hätten Wir Euch Cesare zum Gemahl gegeben, und alle Probleme Unserer und Eurer Dynastie wären gelöst.«

»Glaubt mir, Eure Heiligkeit, nichts hätte mich glücklicher gemacht als das. Doch der gute Gott hat es anders gewollt.«

Ärgerlich bemerkte Alexander, dass de' Medici jeden seiner Schachzüge mit einem Gegenzug beantwortete. Sein Lehrer hatte ihn gelehrt, dass es in solchen Fällen besser war, ein Patt anzubieten, als unter allen Umständen das Schachmatt zu suchen und dabei zu riskieren, die gesamte Partie zu verlieren. Einen letzten Zug wollte Alexander allerdings noch versuchen und dabei eine zentrale Information aus Giovanni herauskitzeln, obwohl es mittlerweile nicht mehr so wichtig war.

Mit einem Lächeln auf den Lippen wandte er sich an den Kardinal. »Ich wage nicht, Euch zu fragen, wie Ihr zu diesen Informationen gekommen seid, an denen ich im Übrigen nicht zweifle. Um Unsere Familie vor großem Ungemach zu bewahren, lasst mich nachfragen: Ihr habt ausschließlich Unsere Familie über Eure Pläne in Kenntnis gesetzt, oder?«

»Eure Heiligkeit, man sagt, dass auch die Mauern Ohren haben und die Türen Münder.«

Die Stille, die auf die letzten Worte des Kardinals folgte, war lang. Es war der Papst, der sie als Erster unterbrach.

»Frieden, also.«

»Ich bin Euer ergebener Diener.«

»Dann dient Uns also und sagt Uns, wie Ihr zu agieren gedenkt.«

Giovanni de' Medici sprach noch lange mit Papst Alexander VI.; schließlich einigten sich die beiden Männer auf die weitere Vorgehensweise. Um jede Verbindung mit der Entführung zu vermeiden, riet der Papst, sich mit größter Diskretion Leonora de Molas zu entledigen. Bei Bedarf würde er dem Kardinal für diese Aufgabe einen treuen Gefolgsmann zur Verfügung stellen, der notfalls auch den Bewacher eliminieren würde – immerhin konnte man nicht vorsichtig genug sein.

Der Kardinal stimmte zu und schlug dem Papst seinerseits vor, den alten Orientalen und de Mola zu einer persönlichen Unterredung in die Engelsburg zu laden, um dann sicherzustellen, dass die beiden diese nie wieder verlassen würden. Er fügte hinzu, dass er die junge und gesprächige Gua Li dem türkischen Botschafter übergeben werde – als persönliches Geschenk an den Sultan.

Für ihn und den Papst war dies eine zusätzliche kleine Garantie, denn so blieben sie immer im Verborgenen. Wenn er eines Tages den Thron Petri besteigen würde, würde er das Buch mit eigenen Händen zerstören und einen Janitscharen auf die junge Frau ansetzen.

Alles musste mit größter Diskretion vonstattengehen, darüber waren die beiden Männer sich einig. De Mola war alles andere als schwerfällig und der Alte überaus geschwind mit dem Stock. Wichtig war, dass die beiden nicht mit Gewalt in die Festung verschleppt wurden – es galt, diplomatisch zu sein. Der Papst würde einen Geleitschutz für Giovanni entsenden, versprach er. Der Kardinal dankte ihm und erinnerte den Papst seinerseits daran, dass ein einzelner nasser Pflock zwei Marmorblöcke sprengen könne, weshalb er ihn bäte, die Pflöcke nach Möglichkeit nicht in unangebrachte Stellen zu rammen. Der Papst lobte sein Fachwissen über die Kunst der Marmorverarbeitung, worauf de' Medici ihn daran erinnerte, dass seine Familie viele Marmorbrüche besäße. Außerdem, und da waren sich beide vorbehaltlos einig, musste der Kardinal Bayezid II. weiterhin chiffrierte Nachrichten übermitteln und ihm versichern, dass sich ihre gemeinsame Allianz wie geplant entwickelte, so wie es die jeweiligen zeitlichen und örtlichen Umstände zuließen.

»Zur rechten Zeit werden wir handeln. Jetzt gilt es, die Ruhe zu bewahren. *Bene citoque dissentiunt*«, bemerkte Alexander VI. – durch Eile werden Fehler geboren.

»*Sero venientes, male sedentes*«, fügte de' Medici hinzu, wer zu spät kommt, den bestraft das Leben, und man durfte keine Gnade walten lassen.

»*Omnia fert aetas*«, antwortete Alexander VI., »die Zeit heilt alle Wunden.«

»*Veniam sicut fur*«, wagte sich de' Medici vor, »wenn der Tod kommt, ist nichts mehr zu machen.«

»*Omnia munda mundis. Den Reinen ist alles rein*«, endete der Papst und fasste sich ans Gemächt. Sollte der Sultan misstrauisch werden, so war das nicht sein Problem. Außerdem hatte niemand außer ihnen beiden ein Interesse daran, das Buch in seinen Besitz zu bringen.

Also legten sie gemeinsam fest, dass sie eine gewisse Zeit verstreichen lassen würden und Bayezid dann mitteilten, dass der Mönch bei einem Überfall unbekannter Feinde ums Leben gekommen war. De' Medici schlug vor, die Verantwortung dafür dem Vizekanzler Kardinal Ascanio Sforza in die Schuhe zu schieben. Der Papst dankte ihm für seinen Vorschlag und versprach, darüber nachzudenken. In der Tat war dies eine überaus nützliche Empfehlung, dachte Alexander zufrieden. Seitdem das Geld für die Wahlen aufgebraucht war, wendete Sforza sich nämlich gegen die Interessen und die Politik Roms – gemeinsam mit seinem Bruder, dem Herrscher von Mailand. Doch bevor er Sforza den Garaus machte, wollte er sich seiner noch einmal bedienen, und Alexander wusste auch schon, wie. Außerdem brannte ihm noch die Demütigung auf der Seele, denn er hatte Sforza vor seiner Wahl aufsuchen müssen, während dieser auf einem Leibstuhl saß und sich erleichterte. Und er, Don Rodrigo Borja y Doms, musste – als hätten die hunderttausend Scudi, die er ihm versprochen hatte, nicht schon gereicht – vor ihm niederknien und seine Füße küssen.

Vielleicht würde er auch erreichen, dass man ihm den Verlust seines Bruders durch ein großzügiges Geschenk versüßte – die Sabbioneta-Burg, die momentan ohne Herrschaft war zum Beispiel. Dann würde auch der Herrscher Mailands seine Zustimmung erteilen, de' Medici zum Vizekanzler zu machen. So würde eine wertvolle Allianz besiegelt werden – wenigstens bis zum Tode einer der beiden.

Das eigentliche Problem blieb Cesare. Da sein rebellischer Charakter ihn dazu verleitete, sich seinem Vater zu widersetzen, würde ihn Alexander über diese Allianz notgedrungen im Dunkeln lassen müssen. Doch er wusste bereits, wie er seinen ehrgeizigen Sohn kontrollieren konnte. Alexander vermutete, dass er an der französischen Krankheit, auch bekannt als Syphilis, litt. Die wiederholten Wutausbrüche sprachen jedenfalls dafür. Und Cesares geistige Aussetzer. Vor ein paar Tagen hatte er stundenlang gewütet und dabei italienische und spanische Satzfetzen durcheinandergebracht. Er hatte sich erst nach Stunden beruhigt und war wieder zu Sinnen gekommen, nur um dann erneut wutentbrannt und vage Drohungen gegen seinen eigenen Vater ausstoßend davonzulaufen.

Zugegebenerweise war die Pest eine hinterhältige Bestie, vor der man sich allzeit in Acht nehmen musste, doch Cesares Unbeherrschtheit hatte de' Medici sehr erstaunt und überaus betroffen gemacht. Es war ihm bereits mehrfach an verschiedenen europäischen Höfen zu Ohren gekommen, dass Cesare auf höchst unrühmliche Weise die Fassung verlor; einige dieser Auftritte hatte er auch mit eigenen Augen gesehen. Sie warfen kein gutes Licht auf den ältesten Sohn seiner Heiligkeit – andererseits war Cesare weiterhin der zuverlässigste Überbringer des päpstlichen Willens. Seinem Bruder, dem edlen Juan, brachte man hingegen große Wertschätzung entgegen. Der Papst betete jeden Tag um Gerechtigkeit – dass der Mörder seines Sohnes dafür mit dem eigenen Tod büßen möge.

Das Geraschel der Kardinalsgewänder war noch nicht in der engen Treppenflucht der Festung verhallt, da befahl Alexander seinem Diener Burcardo, ihm umgehend Sforza zu schicken. Eine Phrase, vielleicht nur ein Wort war der jungen Zunge des Medici entfleucht. Hätte er recht, würde genau dies der Pflock sein, der den Marmor sprengen würde, hinter dem er bereits die Türme von Florenz in seinen Händen sah. Sein persönlicher Pflock verspürte auch eine Regung: Wenn er mit Sforza fertig wäre, würde er sich die Mütze eines Hidalgos aufsetzen und in weitere – allerdings weichere und feuchtere – Mauern eindringen.

34

Die Wälder bei Cintoia, 6. November 1497

Der Nieselregen tauchte die Landschaft in glänzende ockerfarbene, braune und grüne Schattierungen. Durch das Fensterchen ihres Gefängnisses konnte Leonora beobachten, wie die Natur dem Wechsel der Jahreszeiten folgte. Auch die Veränderungen ihres Leibes schienen einem ewigen Plan zu folgen: Fett hatte sich um ihre Hüfte angesammelt und ließ ihren Körper runder erscheinen.

»Ich werde rund wie ein Ei«, sagte sie zu sich, »damit das Küken mehr Platz hat.«

Auch ihre Brüste hatten sich vergrößert, und bereits die Reibung ihres Gewandes auf den Brustwarzen reichte aus, dass sie anschwollen und hart wurden. Manchmal war das angenehm, manchmal auch nicht. Nachts, wenn sie wie so oft aus Angst vor den Zudringlichkeiten des Mönchs wach lag, verlor sie sich in süßen Träumen von kleinen Lippen, die an ihren Brüsten saugten. Dann tauchte auch Ferruccio in ihren Erinnerungen auf. Er hatte ganz andere Lippen, Lippen, die von einem Bart umrandet waren, der sie pikte. Sie erinnerte sich an seine Küsse, die ihr Kinn und die Wangen erröten ließen. Dann pochte ihr Schoß, und sie wünschte sich, dass ihre Lust durch die Schwangerschaft unterdrückt würde, aber das war leider ganz und gar nicht der Fall. Wenn die Lust und die Erinnerungen zu stark wurden, ließ sie ihre Hand zu ihrer weichen Scham hinabgleiten und versenkte ihre Finger zwischen den geschlossenen Schenkeln. Während sie sich langsam streichelte und ihrer jeweiligen Stimmung nachgab, hatte sie jedoch stets die Tür im Blick und achtete auf jedes Geräusch, und wenn ihre Lust den Höhepunkt erreichte, schrie sie lautlos und mit zusammengepressten Lippen, drehte sich dann auf die linke Seite, so wie die Nonnen es Frauen rieten, die ein Kind erwarteten, und sank dann befriedigt in den Schlaf.

Aus Stoffresten, die sie sich von Bruder Marcello erbettelt hatte, hatte Leonora sich ein Kissen genäht, das sie mit Hühnerdaunen und Stoffresten gefüllt hatte. Sie stopfte es sich in den Rücken, um die Schmerzen zu lindern, die ihr das Kind verursachte.

Wo immer es ihm möglich war, versuchte Marcello, sie zufriedenzustellen, und glaubte bald, das launenhafteste aller Weiber neben sich zu haben. Nach ihren Spaziergängen mit dem Halsband zwang Leonora ihn oft, ihr sein Hemd oder die Kutte oder die Hosen zum Waschen auszuhändigen – denn sie zöge es vor, sagte sie, ihm wie eine Magd die Kleider zu waschen, als seinen Gestank zu ertragen. Brummend gehorchte er ihr dann und warf ihr unwirsch seine Sachen zu, die sie geschickt mit nur einer Hand auffing, da sie mit der anderen ihren schmerzenden Rücken stützte.

Nachts jedoch, wenn alle Kerzen gelöscht waren, verfluchte Marcello seinen Respekt vor Frauen und seine Erziehung, die schwierigen Zeiten und die Mächtigen. Allerdings segnete er die Umstände, unter denen er diese Frau kennengelernt hatte. Wenn alles zu Ende gebracht war, würde er beim Kardinal eine Frau einfordern – eine Frau, wie viele Mönche und Eremiten sie von der Kirche zuerkannt bekamen: als Magd, als Konkubine und manchmal sogar als Eheweib. Er wollte aber nicht irgendeine: Er wollte *sie*.

Leonora schreckte auf, als sie hörte, wie ihr Name herausgeschrien wurde. Als im nächsten Moment das Türschloss aufsprang, hielt sie sich instinktiv die Hände vor den Leib. Marcello kam auf sie zugestürzt, eine Decke in den Händen. Hastig schob er sie beiseite und sammelte ihre noch feuchten Lumpen auf. Sie zitterte vor Kälte und lehnte sich mit bebenden Lippen an die Wand.

»Lauf weg!«, befahl er ihr. »Lauf weg, so schnell du kannst, und versteck dich im Wald. Aber nimm nicht den Weg!«

Die heisere, atemlose Stimme des Mönchs machte ihr mehr Angst als seine Worte.

»Du musst fort!«, wiederholte Marcello. »Sofort, jetzt! Drei Männer zu Pferd sind auf dem Weg zu uns – ich habe sie gesehen. Ob sie zu mir oder zu dir kommen, ist unwichtig.«

Leonora machte keine Bewegung. Da packte sie der Mönch an den Schultern. Sein Atem roch nach Wein. Die Verzweiflung in seinen Augen schien ehrlich zu sein.

»Verstehst du nicht?« Er schüttelte sie, und unwillkürlich schreckte Leonora vor ihm zurück. »Ich kenne sie nicht – und sie kommen direkt hierher! Du kannst nicht hierbleiben und warten, dass sie dir sagen, was sie wollen und wer sie schickt. Geh fort! Jetzt! Und sollten es Pilger sein, die Zuflucht suchen, komme ich und hole dich zurück. Um jeden Preis – und sollte ich dafür den leibhaftigen Satan anbeten müssen.«

Die Tür stand weit offen, der Schlüssel steckte noch im Schloss, und er wies ihr mit ausgestrecktem Arm den Weg in die Freiheit.

Leonora rannte an ihm vorbei. Als sie ins Freie trat, legte sie sich eine Decke um die Schultern, um sich vor dem strömenden Regen zu schützen. Hastig lief sie über den Hof und schlüpfte, ohne sich noch einmal umzusehen, in das Dickicht des Waldes. Ihre Pantoffeln waren sofort durchweicht, als sie über das nasse Blattwerk stolperte, und die Regentropfen vermischten sich mit ihren Tränen. Nach wenigen Schritten verfing sich die Decke in einem Ast, und Leonora musste anhalten, um sich zu befreien. Durch das Gebüsch konnte sie drei Reiter erkennen, die vor der Tür ihres Gefängnisses anhielten. Sie trugen Kapuzen und lange schwarze Umhänge. Sie sah auch Bruder Marcello, der vor die Tür getreten war. Er blieb vor ihnen stehen und hieß sie mit einer ausladenden Geste willkommen.

Regungslos auf dem Boden kauernd verharrte sie auf den Knien und legte sich unbewusst die Hand aufs Herz, als wolle sie ihm befehlen, leiser zu schlagen. Der auf die Blätter prasselnde Regen war zu laut, als dass sie verstehen konnte, was die vier Männer sprachen, doch ihre Gesten waren mehr als eindeutig. Während die Reiter den Mönch mit ihren Pferden umzingelten und heftig mit ihm zu diskutieren begannen, warf Marcello immer wieder die Arme in die Luft, schüttelte den Kopf und warf sich schließlich vor ihnen auf die Knie. Leonora beobachtete, wie einer der Reiter sein Pferd hinter den Mönch lenkte und diesem etwas um den Hals warf – ein Seil oder eine Peitsche, vermutete Leonora. Daraufhin gab der Reiter seinem Pferd die Sporen und begann, Marcellos Körper durch den spritzenden Schlamm zu ziehen.

Leonora schloss die Augen und hielt sich die Hand vor den Mund, um nicht zu schreien. Die anderen richteten sich in ihren Sätteln auf, um zu beobachten, wie ihr Kumpan den Mönch hinter sich herschleifte. Als dieser endlich zurückgeritten kam, zog er nur noch eine blutige Schlammmasse hinter sich her. Zum Abschluss ließen die Männer ihre Pferde noch auf Marcellos verletztem Körper herumtrampeln und galoppierten dann einfach davon.

Wortlos und mit gespitzten Ohren wartete Leonora lange und bange Minuten. Der Regen hatte aufgehört, und nur ab und an ließ der Wind noch ein paar Tropfen von den Blättern der Lorbeerbüsche, hinter denen sie sich versteckt hatte, heruntergefallen. Marcello war ihr Gefängniswärter gewesen; ihr Bewacher; derjenige, der sie Ferruccio entrissen hatte. Marcello hatte sie entführt in dieses Nichts, weit weg von allem – und er hatte versucht, ihr Gewalt anzutun. Doch trotz allem verspürte sie eine Mischung aus Mitleid und Entsetzen angesichts seines grausam zugerichteten Körpers.

»Einem Verletzten musst du helfen, auch wenn er dein Feind ist«, hatte ihre Großmutter immer die Märchen beendet, die sie ihr abends am Feuer vor dem Zubettgehen erzählte. »Und wenn du ihm hilfst, wird ein Wunder geschehen – denn das wahre Gebet ist eine gute Tat.«

Also kroch Leonora vorsichtig unter dem schützenden Gebüsch hervor. Das Gesicht des Mönchs glich einer blutigen Maske: Sein rechter Augapfel war aus der Höhle gerissen und nur noch mit einer einzigen Sehne mit ihr verbunden. Durch einen Riss in der Wange konnte sie in seine Mundhöhle sehen – die Zähne waren fast alle herausgebrochen. Ihre Augen füllten sich mit Tränen, und sie musste einen Würgereiz unterdrücken. Unter der bis zu den Lenden hochgerutschten Kutte des Sterbenden kamen seine zertrümmerten Beine zum Vorschein. Beine und Gesicht hatten den größten Schaden genommen. Sie sah, dass er noch atmete, und sprach ein stummes Dankgebet, holte Wasser aus ihrer Zelle und kehrte zu dem verwundeten Mönch zurück. Dann versuchte sie, seinen Kopf anzuheben und ihm etwas Wasser einzuflößen, aber er presste den Mund zusammen. Als er sprach, spürte sie, wie der Atem der zerrissenen Wange entwich.

»Danke. Doch nun geh fort. Sie könnten wiederkommen.«

»Marcello …«

Es war zum ersten Mal, dass sie ihn mit seinem Namen ansprach, und Leonora wusste auch, dass es das letzte Mal sein würde. Wenn der Schmerz den Körper verlässt, ist dies ein Zeichen dafür, dass er aufhört zu reagieren. Der Mönch weinte über die plötzliche Linderung seiner Schmerzen, denn nun wusste er, dass er seine Seele bald Gott übergeben würde – oder einer anderen Macht.

»Hör zu, wir haben keine Zeit. Sie suchten dich. Ich glaube, sie wollen dich ermorden – ob im Auftrag meines Herren oder eines anderen – das weiß ich nicht, aber es ist auch nicht wichtig.«

Um sein Flüstern zu hören, musste sich Leonora ganz nah zu ihm herunterbeugen. Dabei berührte sie fast die blutige Masse, die ihr bis vor ein paar Stunden noch Furcht und Hass eingeflößt hatte – jetzt aber nur noch Ekel und Mitleid in ihr auslöste.

»Schlag die Richtung ein, aus der sie kamen, nach einer Meile kommst du an eine Weggabelung. Halte dich links, dann müsstest du noch vor Abendeinbruch zum Pfarrhaus von Cintoia gelangen. Es befindet sich nahe einer Festung mit einem Turm. Dort ist mein Bruder Mariano. Frag nach ihm und gib ihm diesen eisernen Ring; er wird ihn erkennen, denn er hat den gleichen. Lass dich dann nach Florenz zu Bruder Savonarola bringen. Er ist der Einzige, der dich beschützen kann.«

»Ich kann nicht – ich habe das Kind … und dir geht es schlecht.«

»Geh!« Ein Atemhauch traf ihr Gesicht. »Bald wird es mir gut gehen, und eines Tages wird dein Sohn neben dir herspringen.«

»Du kannst geheilt werden, ich kenne Kräuter, die …«

»Weib, deine Kräuter werden Tote nicht mehr zum Leben erwecken, außer du bist eine Hexe, doch in diesem Falle hättest du mich schon längst getötet. Das hätte ich übrigens vorgezogen.«

Leonora zog ihre Hand zurück, die sie auf den Mönch gelegt hatte, und sah, dass sie voller Blut war. Ein langer Riss in der Kutte verriet eine große Wunde, aus der seine Gedärme quollen. Leonora verharrte in ihrer Position und hielt seine Hand. Nach einer Weile stand sie auf, nahm einen Stein, legte ihn unter den Kopf des Mönchs und nahm zwei kleine Äste, die sie wie ein Kreuz auf seine Brust legte. Zum ersten Mal spürte sie etwas, das sie in ihrem Leben noch oft erzählen würde: Ihr Sohn hatte sie getreten.

»Ja«, sagte sie. »Gehen wir.«

Bruder Marcello folgte ihr mit seinem intakten Auge. Da ihm das andere fehlte, konnte er am Horizont den Umriss der Frau nur noch schemenhaft sehen, und es schien ihm, dass sie sich langsam von ihm entfernte. Er versuchte sich aufzurichten, und als er erneut in ihre Richtung blickte, war Leonora verschwunden. Erleichtert lehnte er sich zurück, schloss die Augen, und endlich, nach vielen Jahren, wandte er sich wieder Gott zu.

35

Rom, 15. November 1497

Andächtig betrachtete Ferruccio das Objekt, das sein Leben so erschüttert hatte. Vorsichtig klappte er das Buch auf. Die Glocke des Abendgebets war schon seit geraumer Zeit verklungen, und Stille hatte sich über den Palazzo gelegt. Sie waren ungestört. Gabriel hatte es sich zur Angewohnheit gemacht, nachts mit den Soldaten des Fürsten umherzuziehen, und der florentinische Meister war, wie immer irgendetwas Unverständliches vor sich hin brummelnd, kurz nach dem Mittagstisch seiner eigenen Wege gegangen. Ferruccio blickte auf die erste Seite des Buches und versuchte, die runden Schriftzeichen zu entziffern, mit denen das ganze Blatt dicht beschrieben war.

»Diese Zeichen kann ich nicht lesen.«

»Es ist Pali.« Achtsam glitt Gua Li mit dem Zeigefinger von links nach rechts über die Zeilen. »Es ist die antike Sprache unserer Vorfahren.«

»Eine sehr robuste Sprache«, fügte Ada Ta hinzu, »denn seit Jahrhunderten liegt sie im Sterben, und doch ist sie noch am Leben. So wie ich Alter hier.«

»Du liegst nicht im Sterben, mein Vater. Du tust nur so. Genau wie der Dachs, der dann blitzschnell die Gunst der Stunde nutzt und die Schlange angreift.«

»Das ist also sein Tagebuch?«, fragte Ferruccio, der zwischen den Zeilen ein ihm bekanntes Zeichen zu finden hoffte. Etwas, das ihn davon überzeugen würde, dass das Buch wirklich das war, was Ada Ta und Gua Li behaupteten. »Diese Seiten hat also tatsächlich der Jesus, den ich kenne, mit eigener Hand geschrieben?«

»Dies ist eine Abschrift«, antwortete die junge Frau. »Sie wurde wenige Jahre nach seinem Tode angefertigt, während der Herrschaft der Kuninda-Dynastie. Beschützt von einer vier Finger dicken Glasplatte, ruht das Original nun in seinem Grab. Es trägt die Unterschrift von Al Sayed, der schwört, dass er nur die Worte von Jesus oder Īsā, wie sie ihn nannten, aufgeschrieben hat, die dieser ihm nach seiner Rückkehr nach Palästina diktierte. Obwohl Jesus es nie wollte, nannte er ihn ›Rabbi‹ oder ›Meister‹. Auch das erwähnt er.«

»Eines der wenigen hebräischen Worte, dessen Bedeutung ich kenne, ist das Wort ›Rabbi‹. Es bedeutet wohl wirklich ›Meister‹.« Ferruccio konnte seinen Blick nicht von dem Schriftstück wenden. »Wie wird es wohl in dieser Sprache geschrieben sein?«

»Schau.« Gua Li deutete auf ein Wort. »Hier steht es geschrieben. Dieses Wort liest sich *›aacariyassa‹* und bedeutet ›Rabbi‹.«

Ferruccio schüttelte den Kopf und wandte sich an Ada Ta, der ihm sanft über die Wange strich. Es war das erste Mal, dass er ihn berührte.

»Er wollte nicht Meister genannt werden«, sagte er lächelnd, »denn Meister behaupten zu wissen – und deshalb lehren sie ja auch. Er hingegen sagte, er sei ein Mann, der nichts wisse und stets auf der Suche nach dem Wissen sei. Dabei sei es aber gar nicht so wichtig, das Ziel zu erreichen, sondern vielmehr beim Suchen den richtigen Weg einzuschlagen.«

»Helft mir zu verstehen. Ich will verstehen. Ihr behauptet, dass Jesus in diesem Schriftstück sagt, er sei nicht der Sohn Gottes. Das ist absurd, versteht ihr?«

»Wir alle sind Kinder einer einzigen Essenz.« Ada Ta legte die Hände aneinander. »Und diese Essenz hat viele Namen. *Energie des Lebens* oder *Kundalini*, wie es die altehrwürdigen Gelehrten der Veda nennen. Der Same, dem meine Tochter entsprang, ist allerdings nicht der gleiche, der diese Ratte entstehen ließ, die gerade hier aus der Kammer entwischt ist.«

Gua Li machte eine Geste des Ekels.

»Dieser Mann, der eine zarte Seele und einen wachen Geist hatte, hat sich nie ›Gott‹ genannt«, fuhr Ada Ta fort. »Und es ist eher amüsant als absurd, dass in den Büchern, die ihr die *Evangelien* nennt, diese Tatsache behauptet und wiederholt wurde und dass niemand darüber nachgedacht hat. Wenn mich meine Erinnerung nicht täuscht, dann bezeichnet sich Jesus fast hundertmal als ›Sohn der Menschen‹ und nicht als ›Sohn Gottes‹. Und das Gleiche steht in anderen Evangelien, die davor oder danach verfasst worden sind. Du schüttelst den Kopf …«, seine Stimme wurde sanfter, »aber nicht, weil du dich weigerst zu glauben. Das verstehe ich. Und ich verstehe auch, dass du dich verwirrt fühlst. Du bist wie der Mann, der nach einem Jahr auf einem Schiff zum ersten Mal wieder festen Boden unter den Füßen hat. Er wird den Eindruck haben, dass die Erde schwankt.«

Ada Ta schien innezuhalten, um nachzudenken. »Ich hatte gesagt, *fast* niemand habe darüber nachgedacht, wie Jesus sich selbst bezeichnete. Einer aber schon – und das war dein Freund, der edle Giovanni Pico della Mirandola. Er hatte nämlich verstanden. Er hatte einen freien Geist, weil er viel las und wenig Zeit mit den Menschen verbrachte.«

»Er konnte diese Sprache verstehen.«

»Diese und noch viele andere. Ich sehe, dass die dunklen Wolken in deinem Geist vom Wind des Wissens vertrieben werden …«

»Wie hat er von der Existenz dieser Schrift erfahren?«

»Er wusste nichts davon, er war ja kein Schamane. Wie ein Jäger, der den abgebrochenen Zweigen in einem Wald folgt, war er nur einer Fährte gefolgt. Buchjäger haben in einigen unserer Gönpa nach Kopien von heiligen Schriften gefragt. Nach großen Mühen erfuhr Mirandola schließlich, dass auf der anderen Seite der Erde ein Mann dem Weg der Weisheit folgte, und er wurde neugierig. So kam er schließlich zu mir und sprach über die *Große Mutter* und ich mit ihm über den Sohn. Ganz einfach.«

»Ich verstehe …«

Ferruccio stand auf und ließ Gua Li das Buch zurück an seinen Aufbewahrungsort stecken. Er stand vor dem Kamin und betrachtete das züngelnde Feuer, das die feuchten Holzstämme zum Knistern brachte und weißen Rauch aus ihnen emporsteigen ließ. Er stemmte sich mit seinen Händen gegen die Wand.

»Dank ihm habe ich Leonora kennengelernt, und durch ihn habe ich sie verloren – für immer, fürchte ich. Ich habe euch nicht die ganze Wahrheit über mich erzählt.«

Ohne sich umzudrehen, erzählte Ferruccio dem alten Mönch und der jungen Frau über seine Begegnung mit Giovanni de' Medici, von dessen wahnsinnigen Plänen und der Entführung Leonoras. Mehr als einmal hatte Gua Li aufstehen wollen, Ada Ta hatte sie jedoch immer wieder mit strengen Blicken daran gehindert.

»Mittlerweile glaube ich nicht mehr, dass der Kardinal Wort hält, besonders nach unserem letzten Treffen«, endete Ferruccio. »Ich glaube vielmehr, dass ich mittlerweile allen zur Last geworden bin: ihm und euch. Und seit ich dich in Aktion sah, mein lieber Freund, glaube ich auch nicht mehr, dass du meinen Schutz brauchst, mein Freund. Das einzig Nützliche, was ich tun kann, ist, mich auf die Suche nach meiner Frau zu begeben – und wenn es das Letzte ist, das ich vollbringe. Bewahrt das Buch sorgfältig auf; es ist mehr wert als nur ein Leben, und traut niemandem, nicht einmal mir. Glaubt mir: Wenn es mir Leonora zurückbrächte – ich würde es verbrennen.«

Versteckt hinter einer Tür hatte Leonardo mit klopfendem Herzen alles mit angehört und sich während der letzten Worte Ferruccios lautlos entfernt. Um die Aufgabe zu erfüllen, mit der ihn sein Auftraggeber betraut hatte, wusste er bereits mehr als genug. Wie es zu allem gekommen war, war nicht wichtig. Für den, der ihn beauftragt hatte, stand viel auf dem Spiel, und sein Leben würde sich vollkommen verändern. Mit zitternden Beinen verließ er den Palazzo durch einen Seiteneingang und machte sich durch die Gassen davon. Die Ursache für sein Zittern schrieb er drei Gründen zu: der Angst, allein durch diese dunklen Gassen eilen zu müssen, in denen jede Begegnung ein böses Ende nehmen konnte. Der zweite Grund war, dass er nur allzu gut wusste, dass er gerade eine verabscheuungswürdige Tat beging, obwohl er die genauen Hintergründe dafür nicht kannte. Andererseits beruhigte er sein Gewissen, indem er sich sagte, dass er wohl kaum einem der mächtigsten Kardinäle der Kurie eine Gefälligkeit abschlagen konnte und dass diese Geste des Gehorsams seine Lebensbedingungen für immer verändern würde. Nach dem Tod seiner Mutter war er, um den Anklagen wegen Sodomie und allzu fordernden Kreditgebern zu entgehen, in ein erzwungenes Exil zu den Türken gegangen. Nichts erschien ihm deshalb wünschenswerter, als dass der Herzog ihm verzieh. Und dass er zur Belohnung für seine Dienste Weinberge und Häuser erhalten würde und wieder in sein geliebtes Mailand zurückkehren dürfte.

Der dritte und triftigste Grund für sein Zittern war jedoch zweifellos die unbequeme Körperhaltung, in die ihn seine Lauscherei gezwungen hatte. Um zu verstehen, was sich die Orientalen und Ferruccio erzählten, hatte er die Schenkelmuskel zu lange angespannt und die Wirbel des Rückgrats zu stark gebeugt. Diese anatomischen Besonderheiten würde er eines Tages genauer untersuchen, vielleicht gar in Mailand, und zwar in den Pausen zwischen den zahlreichen Aufträgen, die ihm der Herzog beschaffen würde. Außerdem würde er seine Kreditgeber befriedigen und – so der Himmel wollte – auch Mittel und Wege finden, um Tommaso daran zu hindern, weiter zu stehlen. Dieses verdammte Laster hatte sie schon mehrfach in Bedrängnis gebracht und sie genötigt, sich das Stillschweigen der Bestohlenen mit dem zehnfachen Wert der Beute zu erkaufen.

»Vermaledeit seist du, Tommaso Masini, und vermaledeit sei ich, der ich dich nicht aus meinem Herzen verjagen kann«, murmelte er.

Er schlich an den Mauern der Via Ripetta vorbei, und als er in die Via Recta einbog, stellte er mit Erleichterung fest, dass ein Wachtrupp des Pontifex seine Runde machte. Die Soldaten des Papstes ließen ihren inquisitorischen Eifer zwar öfter an den Schwächeren aus als an den spanischen Banden, die den Borgia gefolgt waren, er würde jedoch nichts zu befürchten haben. Sie hielten in den Armenvierteln das Heft in der Hand und forderten Schutzgeld von den Händlern und Prostituierten. Schließlich erreichte er die Kirche Santo Celso. Von hier aus konnte er bereits das apostolische Staatssekretariat sehen – den Wohnsitz von Ascanio Sforza, dem Vize-Kardinalstaatssekretär. Er blieb stehen und schaute sich um. Dann ging er auf das Haupttor zu.

Ein flinker Schatten verbarg sich hinter der Säule der nahen Santo-Biagio-Kirche, und als er vorsichtig wieder zum Vorschein kam, hatte Leonardo bereits die Schwelle des Palazzos überschritten. Gabriel gratulierte sich selbst. Es hatte sich also doch gelohnt, die Feuchtigkeit dieser Nacht zu ertragen. Das stetige Umherziehen mit Spionen, Huren und Spielern hatte ihn gelehrt, niemandem zu trauen. Das Verhalten des Sodomiten hatte sich verändert – der Florentiner war seit Tagen nervös und überaus einsilbig, was so gar nicht zu seiner sonstigen Art passte.

Gabriel kannte den Palazzo, denn er hatte sich mehr als einmal entweder für die Salviati, die Orsini oder die Colonna dort herumgetrieben, um Unruhe zu stiften. Dieser nächtliche Ausflug hatte einen bestimmten Grund, den er zwar nicht kannte, den sich aber Ferruccio oder die anderen beiden sicherlich zusammenreimen konnten. Mit seinem Herumspionieren würde der Florentiner bestimmt ein paar Kröten dazuverdienen, das war so sicher wie das Amen in der Kirche. Aber Leonardo musste auch auf seine Kosten lernen, dass er ihn nicht, wann immer es ihm in den Sinn kam, wie einen brünstigen Messdiener oder einen dummen Junge behandeln durfte und nur, weil Gabriel weder von edler Geburt noch so intelligent war wie er.

Derjenige, der sich in diesem Moment ganz besonders schlecht fühlte, war Leonardo, denn er wartete seit Stunden darauf, von Kardinal Sforza empfangen zu werden. Er war in ein kleines, fensterloses Studierzimmer geführt worden, dessen Schreibtisch und Stühle mit rotem Leder überzogen waren. Rot war auch der Wollteppich, der den gesamten Raum bedeckte. Das aufgeschlagene Geometriebuch auf dem Tisch hatte Leonardo sogleich eingehend studiert, es jedoch bald aufgegeben, die Anmerkungen neben den geometrischen Figuren zu lesen. Zum Glück hatte er sich die Stunden des Wartens mit dem Betrachten seines Antlitzes und seiner Figur in einem großen Spiegel neben der Tür vertreiben können. Sobald er seinen Körper dem Spiegel näherte oder sich von ihm entfernte, entdeckte Leonardo erstaunt, deformierte sich sein Spiegelbild, und die äußerlichen Körpermerkmale erschienen grotesk und monströs.

Vor einigen Jahren hatte er in Venedig einen jungen deutschen Maler kennengelernt, einen gewissen Türer oder Dürer. Stolz hatte ihm dieser ein frisch gedrucktes Büchlein mit dem geheimnisvollen Titel *Das Narrenschiff* vorgelegt und ihn gebeten, ihm seine Einschätzung über die Illustrationen mitzuteilen, die er gefertigt habe. Damals fand er die Bilder beunruhigend und ohne jedwede Qualität. Wie er sich nun so im Spiegel sah, kamen ihm wieder diese lächerlichen Porträts aus dem *Narrenschiff* in den Sinn. Das, was er da aber verzerrt in dem seltsamen Spiegel sah, würde er sich merken und dann mit Sicherheit besser zeichnen als dieser Dürer. Wenn er dem Grundmuster der Deformation folgte, könnte er noch so manche Karikatur fertigen. Sforza mit seiner Hakennase, dem hervorstehenden Kinn und dem angedeuteten Buckel wäre zum Beispiel ein wunderbares Modell. Geräuschlos und fast wie von selbst wurde die Tür geöffnet. Die schmächtige Figur des Kardinals tauchte auf und bot ihm seine behandschuhte Hand mit dem Ring zum Kuss dar.

»Habe ich Euch warten lassen?«

»Nein, Monsignore.« Leonardo verbeugte sich.

»Ich habe eben erst die Morgenmette beendet. Betet Ihr eigentlich, Leonardo?«

»Immerdar und mit viel Hingabe.«

»Damit rettet Ihr Eure Seele. Und nicht nur sie, wenn Ihr das Gebet mit der Tugend des Gehorsams vereint. Wollt Ihr beichten?«

Der Florentiner kniete nieder und beugte sein Haupt. Sforza vermied es, dass die verfilzte Haarmasse sein Purpurgewand berührte.

»Seit wann besucht Ihr keinen Barbier mehr?«

»Monsignore?«

Leonardo riss voller Erstaunen die Augen auf und schaute den Kardinal fragend an. Er hatte erwartet, über seine Sünden befragt zu werden und nicht über seine Haartracht. Als er mit der Linken an sein Haupt fasste, stellte er fest, dass die Haare seit seinem letzten Baderbesuch und trotz stolzer zehn Denar für den Haarschnitt überaus störrisch und schütterer als sonst nachgewachsen waren. Vielleicht wäre es besser und mit Sicherheit günstiger, sich in Zukunft den Schädel selbst zu rasieren und ihn dann mit einem Barett zu bedecken. In diesem Moment erschien ihm daher keine Antwort die beste Antwort zu sein.

»Setzt Euch nun, denn ich habe nicht viel Zeit, und erzählt mir, was ihr wisst – und geizt nicht mit Einzelheiten.«

Als er, mit vielen Details gespickt, jedes Wort berichtet hatte, rieb sich Kardinal Ascanio Sforza die Hände. Mit dem Zeigefinger strich er sich über sein Kinn und legte ihn dann auf Leonardos Lippen.

»Ihr seid nie hier gewesen. Ihr wartet die dritte Stunde ab, bis Ihr Euch den Euren wieder zeigt. Und dann erzählt, Ihr wärt auf der Piazza Navona auf dem Markt gewesen, um den Hundekampf zu sehen. Ihr zeigt Euch glücklich, denn Ihr habt auf den Mastiff Castrato gesetzt und zwanzig Denar gewonnen. Hier, das Geld – und sorgt Euch nicht, Castrato wird immer gewinnen. Was ist, Leonardo? Wollt Ihr noch mehr?«

»Nein, Monsignore.« Leonardo nahm den Geldbeutel voller Münzen entgegen, »aber Ihr demütigt mich. Ich fühle mich wie ein Judas.«

»Wenn Judas anstelle der 30 Denar 300 erhalten hätte, hätte er sich nicht erhängt. Und zwischen einem Trinkgelage und einem Fest hätte er auch unseren lieben Gott vergessen – und erst recht dessen Sohn. Dieses Geld werdet Ihr brauchen, um von hier bis nach Mailand zu reisen. Dort wird mein Bruder Ludovico Euch wie versprochen erwarten und zu allen Annehmlichkeiten führen, die Euch zugesagt sind: ein stolzes Anwesen, ein Weinberg und im Schloss ein Studierzimmer ganz für Euch allein sowie Diener und Dienerinnen zu Eurer Verfügung. Und wenn Ihr Eure Fertigkeiten in seinen Dienst zu stellen wisst – wenn Ihr also uneinnehmbare Brücken, mächtige Waffen und sonstige Teufeleien erfindet –, werden Euch die Sforza die Zuneigung entgegenbringen, die Ihr verdient. Ja, Ihr werdet gar Vorteile daraus ziehen, von denen der Bastard einer arabischen Magd nie in seinem Leben zu träumen gewagt hätte.«

»Ich habe just ein Kriegsschiff erdacht, das mit einem Bombardenrad ausgestattet ist. Allerdings bräuchte man eine gerade Anzahl Bombarden – dann könnte man in jede Richtung schießen.« Leonardo lächelte. »Und so ganz allein eine ganze Flotte angreifen. Außerdem ersann ich eine Kugel, die in ihrem Innern ein so mächtiges Pulver trägt, dass Mauern zerbersten und Dächer abheben, wenn sie in einem Hof explodiert. Die Erde wird erbeben mit meiner Erfindung und die Netze der Spinnen zu Boden fallen. Durch den Donner werden die schwangeren Frauen und tragenden Tiere ihre Nachkommen verlieren und sogar die Küken in den Eiern sterben.«

»Bravo, Leonardo, so gefallt Ihr mir. Und so werdet Ihr auch die Gunst meines Bruders, des Herzogs, genießen. Nun geht und tut, wie Euch geheißen. Morgen werdet Ihr nach Mailand abreisen.«

Die Beleidigung über seine Herkunft war in ein Ohr hineingeschlüpft und zum anderen wieder hinausgegangen, ohne sich in den Falten seines Gehirns festzusetzen. Leonardo tat, wie ihm geheißen, und war nur in einem Punkt nachlässig: Er hielt an, um im Kampfzwinger zwanzig Denar auf Castrato zu setzen. Problemlos gewann der Mastiff gegen seinen Gegner, einen Mischling, der aus einer spanischen Dogge eingekreuzt worden war. Der Mastiff schlug ihn mit seiner Pfote zu Boden, biss ihm in die Kehle und hielt ihn so lange fest, bis der spanische Mischling verblutet war. Während er sich über seinen zusätzlichen Gewinn freute und zum Palazzo Colonna zurückging, stellte Leonardo sich einen Karren mit einem mechanischen Kiefer vor, der durch die feindlichen Linien dringen konnte, indem er die Beine des Fußvolks durchtrennte. Gabriel hingegen stellte sich vor, wie er ihn am Hals packte, um zu erfahren, was er dem Vize-Kardinalstaatssekretär der Kirche erzählt hatte. Doch er konnte sich die Szene nicht bis zum Ende ausmalen, denn unversehens traf ihn selbst eine Klinge. Verwundert sah Gabriel an sich herab und sah die Waffe vor Blut glänzen – es war sein eigenes.

36

Rom, 16. November 1497

Die Wachen mussten so sehr lachen, dass sich einige von ihnen fast in die Hosen machten: Der hinkebeinige Krüppel hatte die johlende Truppe mit seinen Betteleien, dem unbeholfenen Auffangen der Münzen und den Kapriolen voller lustiger Grimassen überaus erheitert. Geschickt trug er mit zwei Krummsäbeln Scheinkämpfe gegen sich selbst aus – die täuschend echt aussehenden Klingen funkelten bedrohlich im tanzenden Licht der Fackeln und schlugen Funken, wenn sie sich kreuzten. Das Hinkebein überraschte die Wachen daher umso mehr, als er ihnen schließlich seinen Passierschein präsentierte, der ihn als Gesandten des türkischen Botschafters auswies. Als Nächstes gab er ihnen auch noch ihr Geld zurück. Mittlerweile waren die Milizen des Hauses Colonna also seine Freunde geworden – und wahrscheinlich würden sie ihm sogar Einlass in das Schlafgemach des Herzogs gewähren, wenn er sie darum bäte. Trotz alledem wollte sich der diensthabende Soldat in Abwesenheit seines Hauptmanns vergewissern, wer Osman war und was er genau machte. Der Soldat konnte kaum die normalen Passierscheine lesen und war deshalb froh, dass der Krüppel ihm zwischen all den unbekannten Schriftzeichen seinen Namen *Osman ibn* zeigte und noch dazu eine Zeichnung, die das Symbol der Hofnarren darstellte. Nach dieser gewissenhaften Überprüfung befahl der wachhabende Soldat, ihn durchzulassen – alles habe seine Richtigkeit, versicherte er. Und fügte in Gedanken hinzu: auch die Tatsache, dass ich einen Silberscudo als Obolus in der Tasche trage. Das war schon etwas anderes als die paar Heller, die er Osman hingeworfen hatte!

Nach den vorangegangenen Kapriolen und der ganzen Aufregung schaffte es Osman kaum noch die Stufen hinauf. Es war sehr einfach gewesen, die Wachen im Innern des Palazzos zu täuschen. Würde die Kampftruppe der Assassinen noch existieren, wäre es nicht einmal notwendig gewesen, die Pest zu verbreiten, um das Abendland zu erobern. Im Gegensatz zu ihnen waren die Charidschiten einfach nur Feiglinge, die die anderen vorschickten, während sie sich in ihren Höhlen versteckten. Sie waren nur fähig, wehrlose Menschen zu töten oder sie in den Selbstmord zu treiben – für den sie Belohnungen in Aussicht stellten, an die sie nicht einmal mehr selbst glaubten. Sie waren ausschließlich an Macht interessiert, die sie Gerechtigkeit nannten. Mit einem Faustschlag würden die Assassinen eines Tages alle christlichen Prinzipien hinwegfegen und nicht nur diese, auch der Papst würde dann in seiner Engelsburg nicht mehr sicher sein. Der rituelle Dolchstoß würde ihn lautlos ereilen, mörderisch und präzise wie der Biss einer Kobra. Auch Osman war eine Schlange, nein, schlimmer noch: Er war ein verführter Verführer, betört von einer mächtigen Zauberin, die ihm die Wunder des Paradieses gezeigt hatte und die ihre Machtgier unter dem Deckmantel der Gerechtigkeit versteckte.

Ihretwegen hatte er an einen grausamen, rachsüchtigen Gott geglaubt. Dieser Gott stand nicht auf der Seite der Unterdrückten und bestrafte diejenigen hart, die seine eisernen Regeln nicht befolgten. Dann, auf diesem Schiff hatte ihm eine Frau – ja, erneut eine Frau – den Gott gezeigt, den er in sich trug. Sie hatte ihn gelehrt, wie er sich aus der Sklaverei der Vergeltung und vom Dämon des Hasses befreien konnte.

So hatte er die Krankheit überlebt, die seinen Körper verwüstet hatte, nachdem man ihn vor langer Zeit seiner Seele beraubt hatte. Wie auch immer sein Schicksal aussehen würde, es würde sich durch die Worte Gua Lis manifestieren, die so einfach waren wie die seiner Mutter, die sie ihm zugeflüstert hatte, als sie ihn stillte. Dieser Īsā oder Jesus, auf den er lange Zeit wie auf das Götzenbild eines Feindes gespuckt hatte, war nun Mensch und nicht mehr ein Gott. Er war sein wahrer Erlöser und würde für immer seine Mutter sein.

»Osman! Bist du es wirklich …«

Gua Li lief ihm entgegen und umarmte ihn.

»Du hast gehalten, was du versprochen hattest!« Sie nahm ihn bei der Hand und führte ihn zu einer Bank in der Ecke. »Es ist wunderbar, dass du hier bist.«

»Die Schritte eines Hinkenden können die einer Gazelle überholen – wenn er den Weg weiß. Sei willkommen, Sohn, *salam alaikum*«, begrüßte ihn Ada Ta.

Der alte Mönch lächelte ihn an, und Osman, der seine Tränen nicht mehr zurückhalten konnte, stammelte ein *aleikum salam* zurück. In diesem Moment trat Ferruccio ein. Verwirrt nahm er wahr, wie Gua Li gerade ihren Arm um die Schultern eines kleinen Mannes legte, der einfach gekleidet war und ein offensichtlich verkrüppeltes Bein hatte. Es verdross ihn, aber er sagte nichts. Obwohl keine Gefahr im Verzug zu sein schien, ging er instinktiv in Habachtstellung.

»Das ist der Mann, der uns während der Reise über das Meer begleitete«, erklärte ihm Ada Ta, »und der die Geduld aufbrachte, Gua Li zuzuhören. Er hatte uns versprochen, es wieder zu tun, und nun ist er hier aufgetaucht – wie eine Schwalbe im Frühling.«

»Der Herbst ist weit vorangeschritten«, antwortete Ferruccio kühl. »Was bedeutet, dass er entweder viel zu spät oder viel zu früh ist.«

»Die Jahrzeiten hängen von der Seele ab. Wenn sie schwermütig ist, dann sind die Tage trist, und die Luft ist schwer, doch wenn das Herz sich erfreut, dann kann auch ein Schneesturm Quell der Freude sein.«

»Leonardo verlässt uns, er ist vom Herzog von Mailand abberufen worden.« Ferruccio hatte keine Lust, mit dem Mönch zu disputieren. »Nun, der eine kommt, und der andere geht.«

»Das ist der Lauf der Dinge«, beendete Gua Li den Disput. »Ferruccio, das ist Osman. Er ist ein guter Mann.«

»Nein!« Der Mann putzte sich mit seinem Ärmel die Nase und wischte sich die Tränen von den Wangen. »Ich bin kein guter Mann. Und ihr wisst auch, warum. Doch vorher möchte ich ... möchte ich noch einmal eine Geschichte hören. Wo ist Īsā? Was ist mit seiner Familie? Er ist ein Mann, der es verdient, glücklich zu sein.«

»Damit eine Frau ein Kind bekommt, muss sie durch Glück und Schmerz gehen. Im lächelnden Angesicht des Lebens heben sich diese zwei Zustände aber gegenseitig auf.«

»Es genügt, Ada Ta, Osman will etwas über Īsā erfahren und nicht eine deiner Metaphern hören.«

»Die Tochter, die ich mehr als meine alten Knochen liebe, schimpft mit mir. Wie ihr seht, gehen Freude und Schmerz über die Geburt hinaus und betreffen sowohl den Vater als auch die Mutter. Bitte, meine Tochter, ich ziehe mich zurück, um über Zufälle zu meditieren, die manchmal Zufälle sind und manchmal eben nicht.«

Gua Li holte Luft. Dieser Teil der Geschichte hatte ihr immer die Seele zerrissen.

Der Tod hat eine Farbe, und sie ist weiß. Wie die Furien hatten die kaiserlichen Han-Milizen gebrandschatzt und gemordet, und von dem Dorf waren nur noch rauchende Ruinen übrig geblieben.

Überall lagen mit Leintüchern bedeckte Tote; die Umrisse ihrer geschundenen Körper waren unter dem Stoff noch zu erahnen. Die Übriggebliebenen waren vor allem Männer, denn der Tod war über das Dorf gekommen, als sie auf den Feldern arbeiteten, die Ziegen hüteten oder im Tal auf den Märkten waren. Einige der Bön-Mönche berührten die Leintücher mit dem heiligen Khatvanga, dem Stab mit den drei Totenköpfen, die den Sieg des Geistes über einen scheinbaren Tod symbolisierten. Vor einem einzigen Tuch, unter dem in einer letzten Umarmung Gaya und ihre Tochter Gua Pa lagen, stand Īsā und hatte seinen Sohn Yuehan eng an sich gezogen. Er hatte die beiden nicht voneinander trennen wollen, denn so vereint, wie sie zu Lebzeiten gewesen waren, sollten sie auch im Tode sein.

»Wann gehst du?«, fragte ihn Sayed, ohne den Blick von dem Leichentuch zu wenden.

»Morgen oder einen Tag später«, antwortete ihm Īsā.

Yuehan umarmte seinen Vater noch inniger. Sie hatten die ganze Nacht miteinander gesprochen, und er hatte verstanden, dass alles einen Anfang und ein Ende hatte. In seinem Alter war Īsā seiner Familie entrissen worden, und nun war es an ihm, zu reifen und ein Mann zu werden. Sein Vater hatte sich vor vielen Jahren geschworen, in die Heimat seiner Familie zurückzukehren, und nun war der Moment dafür gekommen. Īsā ahnte, dass ihm das Schicksal die Erfüllung einer Aufgabe zuwies, die seit Jahren ruhte. Nur wenn er diese Aufgabe erfüllen und seine Vergangenheit damit endgültig hinter sich lassen würde, würde er seinen Weg, den der Schmerz unterbrochen hatte, wieder aufnehmen können. Während der Reise, hatte sein Vater erklärt, werde er über ihre Zukunft nachdenken, und wenn er eines schönen Tages zu ihm zurückkehrte, würde sie nichts mehr voneinander trennen können. In der Zwischenzeit würde Yuehan bei Sayed wohnen und seine Studien unter der Leitung Ong Pas und der anderen Mönche weiterverfolgen. Heute waren sie in ihren Herzen ver-

eint, und eines Tages würden sie auch ihre Seelen vereinen, mit einem offenen Geiste und größerem Wissen.

»Verlass mich nicht, Vater.«

»Du bist mein Sohn, und in deinen Adern fließt mein Blut. Wenn ich zurückkehre, bist du ein Mann, und ich werde derjenige sein, der dich bittet, mir beizustehen. Egal, wofür du dich dann entscheidest – du wirst immer frei sein, dahin zu fliegen, wohin du willst.«

»Ja, Vater, das verstehe ich. Doch ich bitte dich, verlass mich nicht.«

Sayed hatte den Wortwechsel mitverfolgt. Nun schaute der alte Freund Īsā aus den Augenwinkeln an, in der Hoffnung, einen Hauch von Zustimmung zu erhaschen. Oft hatte er ihm zugehört, wie er darüber gesprochen hatte, dass die toten Blätter in der Regenzeit abfallen und die Erde für einen neuen Lebenszyklus nähren.

»Ja«, beantwortete Īsā die stumme Frage, »es ist so, wie du denkst. Wissen heißt handeln und sich auf den richtigen Weg begeben. Ich kann mich meinen Gedanken nicht entziehen und meinen Pflichten genauso wenig. Das Leben gab mir viel und hat mir noch mehr genommen, aber nicht alles. Unsere Existenz ist eine Pacht auf Zeit – kein Besitz –, und daher ist es nur ehrenwert, dafür zu bezahlen.«

Īsā verließ die Berge Indiens und machte sich auf den Weg zurück, um dorthin zu gelangen, wo er geboren war und wo ihn sein Karma erwartete. Es war keine ungefährliche Reise, weder für seinen Körper noch für seinen Geist, und mehrmals war er versucht umzudrehen. Doch keinen Augenblick lang bereute er es, seinem Herzen anstelle seines Verstandes gefolgt zu sein, und jedes Mal, wenn er Yuehans Hand drückte, verstand er, wie viel wichtiger die Liebe als jedes Wissen war. Und darum bereute er es auch kein einziges Mal, dass er ihn doch mitgenommen hatte.

Oft reihte er sich in die Reihen der Karawanen ein, die ihn anfangs mit Misstrauen aufnahmen. Ein Mann und ein Jüngling ohne Familie und ohne Waren gaben Anlass für allerlei Verdächtigungen. Īsā hätte auch ein Räuber oder ein Spion sein können. Die anderen Reisenden fühlten sich bestätigt, als sie Kandhar, die wegen der angrenzenden Berge die Stadt der steinernen Mauern genannt wurde, hinter sich ließen. In jener Nacht wurden sie von einer berittenen und schwer bewaffneten Räuberbande aus der Wüste angegriffen. Während die Banditen die Karren plünderten, deren Seide und Gewürze für die Händler in Syrien bestimmt waren, war Īsā mit Yuehan regungslos sitzen geblieben. Als die Händler von den Räubern gezwungen wurden, sich auszuziehen und sich auf die übliche körperliche Schändung vorzubereiten, sahen sie, wie Īsā auf den Anführer der Räuberbande zuging und mit ihm sprach. Dieser hörte aufmerksam zu und erteilte seiner Horde schließlich den Befehl, sich wieder auf ihre Pferde zu schwingen und weiterzureiten. Sie nahmen nur ein Zehntel der Beute mit.

Als die Karawane sah, dass Īsā und der Jüngling nicht mit den Männern geflohen waren, verstanden sie, dass er auf geheimnisvolle Weise ihre Würde und ihren Besitz gerettet hatte.

»Wie konntest du die Räuber überzeugen?«, fragten sie ihn. »Bist du ein Zauberer oder der Sohn einer Gottheit?«

Īsā winkte bescheiden ab. Doch da sie auf einer Antwort beharrten, erklärte er ihnen, dass er nur angewandt habe, was er von seinen Meistern gelernt hätte.

»Die Stimme hat verschiedene Klänge. Der Klang, der eine Einheit mit der Atmung bildet, entspannt Körper und Geist. Er kann den Schlaf fördern, Schmerzen lindern und manchmal sogar Gedanken verwandeln. Und je sanfter er ist, desto schneller kann der Klang eine Veränderung des Gemüts herbeiführen. In dieser Beziehung sind Mensch und Tier gleich.«

»Dann könnte ich also auch meinem Esel befehlen, schneller zu laufen, wenn ich es nur sanft sage, meinst du?«

»Nur wenn deine Gedanken stärker als die des Esels sind«, antwortete ihm Īsā.

Und alle lachten; der Frager allerdings nicht.

Ein Jude, der auf dem großen Markt in Susa fünfzig Amphoren eingelegte Oliven verkauft und dafür Teppiche und Baumwollstoffe erstanden hatte, zeigte ihm seine silbernen Münzen und bat Īsā, sie in Gold zu verwandeln. Īsā, der mittlerweile wieder den Namen Jesus trug, gab dem Drängen des Händlers scheinbar nach und bat im Gegenzug um Nachrichten aus seiner Heimat. Voller Vorfreude auf den unerwarteten Reichtum breitete der Händler vor ihm aus, was sich in den letzten Jahren ereignet hatte: Die Römer hatten einen neuen Kaiser, Tiberius, der allem Anschein nach die Juden als seine Todfeinde betrachtete. Der Händler erzählte, dass sein Cousin in das Exil geschickt worden sei, nur weil er einer römischen Matrone Geld geliehen habe und deshalb des Wuchers bezichtigt worden sei. Und ohne einen Schekel in der Tasche sei er gezwungen worden, nach Jerusalem zurückzukehren.

»Wenn du angekommen bist, dann stelle dich dem Tetrarchen Herodes vor und nenne ihm meinen Namen. Er ist ein guter Freund, aber nimm dich vor dem Statthalter Pilatus in Acht: Er ist heimtückisch. Und nimm dich weiterhin vor den Galiläern in Acht«, fuhr der Händler fort, »sie sind ein grobschlächtiges und dummes Volk, Bauern ohne Hirn. Sie hassen uns Judäer wegen unserer Stellung und unserer Kultur.«

»Ich bin auch ein Judäer wie du«, antwortete Jesus.

»Wenn du Judäer bist, dann gewähre ich dir gerne Gastfreundschaft. Wenn du aber ein Galiläer bist, dann halte dich fern von mir.«

Seitdem sie das ewige Eis hinter sich gelassen hatten, waren sechs Monate vergangen. Die Erinnerung an den Scheiterhaufen, auf dem die Körper seiner Frau und seiner Tochter verbrannt worden waren, hatte sich tief in Jesu Seele eingebrannt. Jedes Mal, wenn er Yuehan ansah und ihn anlächelte, dachte er an Gaya und Gua Pa. Dann verschwammen Tod und Leben miteinander.

Jesus nahm die Gastfreundschaft des Juden nicht in Anspruch, und als er an die Ufer des Jordans kam, erkannte er die Palmen und Zedern und wandte sich nach links. Kurz darauf erblickte er die Stadt Gamla, die sich eng an die Golanhöhen schmiegte. Und als er mit dem Finger nach oben wies und seinem Sohn die Stadt zeigte, wurde Jesus wieder zum Knaben und sehnte sich nach seiner Mutter.

Osman öffnete seine Augen, die er während der Erzählung geschlossen hatte, und wartete, bis Gua Li Luft geholt hatte.

»Ich kann an meine Mutter nur mit Wut denken«, sagte er. »Mir wurden mehr Liebkosungen von ihren Liebhabern zuteil als von ihr. Sie hat mich nie geliebt, vielleicht weil sie einen ganzen Kerl als Sohn erwartete und dann nur einen Krüppel bekam.«

»Vielleicht war sie nie fähig, dir zu sagen, dass sie dich liebte«, antwortete ihm Gua Li. »Lieben zu können hängt nicht von uns ab. Es ist ein Geschenk. Doch es ist an uns, es zu zeigen, und das ist in der Tat nicht immer einfach. Wenn ich diesen alten Griesgram nicht besser kennen würde, der mich nicht zu hören scheint, weil er so tut, als würde er mit nach unten hängendem Kopf schlafen, dann würde auch ich sagen, dass er mich nicht liebt, ja mehr noch – ich würde fest davon ausgehen, dass er mich sogar hasst; immerhin hat er mich gequält, seit ich auf der Welt bin. Weil ich ihm aber mein Herz geöffnet habe, weiß ich, dass ich seine liebste Tochter bin.«

»Wie viele Kinder hat Ada Ta?«, mischte sich Ferruccio ein.

»Nur mich, doch das tut seiner Liebe keinen Abbruch.

Im Gegenteil: Er ist nicht einmal eifersüchtig, wenn ich mit Fremden spreche.«

Einen Moment lang trafen sich ihre Blicke, und Ferruccio schaute sofort weg. Vielleicht war es nur ihre ganz eigene Art gewesen, auf seinen Einwurf zu antworten, doch er musste Gua Li irgendwie recht geben. Sie behandelte Osman mit der gleichen Vertrautheit, die man für einen alten Freund empfindet. Und er war eifersüchtig – möglicherweise aus einer Art Besitzanspruch heraus. Sein Gefühl für Gua Li war dabei aber ein ganz anderes als das für Leonora. Leonora war die Seinige, und sie wohnte in einem Nest seines Herzens, in das niemand eindringen konnte und durfte. Was aber fühlte er dann für Gua Li? Vielleicht wollte er nur deshalb ihre ganze Aufmerksamkeit, weil sie seinen Panzer geöffnet hatte. Und er fühlte sich ihr und Ada Ta zugehörig, weshalb er niemanden in ihrer Nähe haben wollte – wie ein Kind, das ein Geschwister bekommt und am Anfang gezwungen wird, es zu lieben, aber eigentlich erst später wirklich dazu fähig ist. Er hörte nur noch die letzten Worte, mit denen Gua Li sich an Osman wandte.

»... wie hast du uns nur finden können? Und vor allen Dingen, wie bist du in dieses Gefängnis für Könige und Königinnen vorgedrungen? Uns fehlt es hier an nichts außer der Freiheit, doch ohne sie ist alles nichts.«

»Es war Allah«, flüsterte er, »oder eine andere himmlische Macht. Vielleicht waren es auch die Worte von Jesus, die mich durch deinen Mund vor der Pestilenz gerettet haben.«

Osman zeigte den Orientalen die schwarze, eiförmige Narbe an seiner Seite. »Die Seuche reiste mit uns auf dem Schiff.«

Irritiert schaute Gua Li zu Ada Ta. Dieser zog sorgenvoll die Augenbrauen hoch. Auf der ansonsten so glatten und alterslosen Stirn bildeten sich dicke Falten. Dieses Mal wusste er keine Antwort.

Augenblicklich dachte Ferruccio daran, was der Familie Serristori vor Monaten zugestoßen war, und erinnerte sich an die Begegnung mit ihrem Diener: Wie dieser sich ein letztes Mal im Schlamm aufgebäumt hatte und dann vor seinen Augen gestorben war. Instinktiv, einer Ahnung folgend, wollte er etwas sagen, als der wachhabende Hauptmann von Herzog Colonna, ohne zu klopfen, eintrat.

»Mein Ritter«, wandte er sich an ihn, »Euer Knappe – unten bei den Wachen; er hat eine böse Wunde und verlangt nach Euch.«

37

Rom, 17. November 1497

Gabriel lag auf einer dunklen Decke und hielt sich mit seiner blutigen Hand die rechte Seite. Seine Augen waren geschlossen, aber er schien nicht zu leiden. Ferruccio kniete sich über ihn und erkannte auf seinem Gesicht die Zeichen des nahen Todes.

»Wer hat dich so zugerichtet?«

»Wenn ich es wüsste, würde ich ihn sogleich in der Hölle aufsuchen«, stöhnte Gabriel. Sein Gesicht verzerrte sich nun doch vor Schmerz. »Der Feigling hat mich aus dem Hinterhalt erwischt!«

Er versuchte sich aufzurichten; Ferruccio half ihm dabei. Zwei dunkle Blutflecke unter dem Schulterblatt und unter dem rechten Rippenbogen zeigten, wo die Klinge das Leder durchbohrt, wo sie in den Körper eingedrungen und wo sie wieder ausgetreten war. Es konnte kein Dolch gewesen sein, schloss Ferruccio; wahrscheinlich ein Dussack. Um ihn zu führen, bedurfte es großer Kraft und noch größerer Geschicklichkeit. Also ein gedungener Meuchelmörder, kein Spitzbube aus der Gosse. Diese Klinge, schmal am Ansatz und mit breiter Spitze, war gnadenlos, denn sie verletzte die inneren Organe. Bereits beim Eindringen richtete sie mörderische Schäden an. Gabriel blieb nicht mehr viel Zeit. Um ihm Trost zu spenden, hob Ferruccio seinen Körper ein wenig an. Wenigstens würde er nicht alleine, sondern in den Armen eines anderen Menschen sterben. Lange verharrten sie in dieser Position. Gabriel schien wirklich zu schlafen. Ferruccio rechnete damit, dass Gabriel jeden Moment aufhören könnte zu atmen. Da öffnete er die Augen, und Ferruccio beugte sich zu ihm herunter.

»Herr …«

»Streng dich nicht an und nenne mich nicht so, das habe ich dir schon tausendmal gesagt!«

»Nehmt Euch vor Leonardo in Acht, er ist ein … Sodomit.«

»Ich werde die Arschbacken schon zusammenkneifen, mein Freund.«

»Nein … nicht deswegen. Sodomiten haben immer Geheimnisse …«

Gabriels Stimme war nur noch ein Flüstern, und Ferruccio musste das Ohr an seinen Mund halten. Was auch immer es war, das er ihm sagen wollte, es würden seine letzten Worte sein.

»Ich habe ihm nicht getraut … heute Nacht ist er verschwunden … er eilte zum Palazzo von Kardinal Sforza … ich bin ihm gefolgt, als er wieder herauskam, und habe gesehen, wie er dann am Campo de' Fiori auf die Hunde wettete und schließlich hierher zurückkam. Sie haben mich beim Pissen erwischt … hinterrücks … was für ein hässlicher Tod.«

»Der Tod ist immer hässlich, Gabriel. Vielleicht gibt es etwas danach, für das es wert war zu sterben.«

»Es hat keinen Sinn mehr, dass Ihr zu ihm sprecht, mein Ritter.« Der Kapitän der Wachen legte Ferruccio eine Hand auf die Schulter. »Er ist tot.«

Ohne ein Wort zu sagen, legte Ferruccio seinen treuen Kameraden auf der Decke ab und schloss ihm die Augenlider. Dabei verschwand der erstaunte und schmerzliche Ausdruck von Gabriels Antlitz. Ferruccios Gesicht verdunkelte sich.

»Habt Ihr die Abreise von Meister Leonardo gesehen?«

»Gott hat es so gewollt, ja, er bestach meine Männer.«

»Wann ist er abgereist?«

»Vor etwa einer Stunde. Es erwartete ihn eine Kutsche – einer dieser neuen Wagen mit den Riemen. Ich habe in meinem ganzen Leben erst ein paar von ihnen gesehen. Die Kutsche trug das Wappen des Herzogs Sforza. Als Geleitschutz waren sechs berittene Milizen abgestellt – und noch einer auf dem Wagen, ebenfalls bewaffnet. Ich rate Euch davon ab.«

»Wovon?«

»Ihm hinterherzureiten – das meint Ihr doch? Ich habe es in Euren Augen gelesen. Überlasst mir Euren Diener, ich werde mich um seine Bestattung kümmern.«

»Er war nicht mein Diener.«

»Das gereicht Euch zu Ehre, mein Ritter. Ihr seid ein Soldat wie ich – kein Herr. Und als Offizier sage ich Euch: Befolgt meinen Rat! Wenn Ihr könnt, dann geht fort von hier – seit ein paar Tagen gibt es hier Unruhen: fremde Gesichter, neue Geschichten, ein paar Worte hier und da.«

»Der Fürst garantierte uns …«

»Er ist es nicht. Colonna ist nicht unehrenhaft; er hält mehr auf sein Ehrenwort als auf sein eigenes Leben. Es steckt noch mehr dahinter, und wenn die Ratten das sinkende Schiff verlassen, so wie es der Florentiner tat, dann ist Gefahr im Verzug. *Hic sunt leones.*«

»Ihr seid der lateinischen Sprache mächtig …«, Ferruccio lächelte vorsichtig, »und habt mich in dieser Sprache gewarnt. Und wenn ich sie nicht verstanden hätte?«

»Lapo Britonio.« Er bot ihm die Hand zum Gruß. Ferruccio ergriff sie. »Es ist unmöglich, dass der Enkel von Paolo de Mola die lateinische Sprache nicht beherrscht.«

Als hätte er ein Gespenst erblickt, zog Ferruccio hastig die Hand zurück.

»Ich kannte Euren Großvater. Vor vielen Jahren habe ich für ihn in Giornico gekämpft. Wir verteidigten die Rechte der Schweizer gegen den Verrat Galeazzos, des älteren Bruders von Herzog Ludovico, und Kardinal Ascanios. Einer gegen zwanzig, und das mit nur wenigen Waffen. Wir kämpften für die Freiheit und beerdigten sie unter einem Haufen aus Steinen und Baumstämmen. Diese Niederlage brennt ihnen heute noch in der Seele, den Sforza.«

»Die Schlacht bei Giornico ... mein Großvater hat mir einige Male davon erzählt. Er erzählte auch, dass er diese Schlacht und noch so manche andere mit einigen alten Kameraden, Überlebenden des Templerordens, schlug, um für eine gerechte Sache zu kämpfen.«

»Er war ein ehrenwerter Mann, und manchmal ritten wir Seite an Seite, so wie es der Tradition entsprach. *Semel frater, semper frater*, Ferruccio de Mola. Einmal in die Bruderschaft der Templer aufgenommen, bleibt man für immer Templer. Ihr seid seiner würdig – seines Namens, den Ihr tragt. Denkt an mich und an ihn in Euren Gebeten, wenn es mich nicht mehr gibt. Und vertraut meinem Rat. Nach diesen Ereignissen ziehen dunkle Wolken auf – das sagt mir mein Instinkt, und darauf würde ich die einzige Gefährtin verwetten, mit der ich meine Schlafstatt teile.«

Der Kapitän schlug mit der Hand auf den Knauf seines Schwertes.

»Und nun geht und sprecht mit Euren Freunden. Es gibt einen Gang, der zu den Kellergewölben führt. Von dort könnt Ihr durch die Pforte der Kutscher entkommen. Gott sei mit Euch.«

»In diesen Zeiten fürchte ich mich sogar vor *Ihm*.«

Später sagte Ada Ta, dass er darüber meditieren wolle, wie lange ein Hühnerei brauche, um hart, aber nicht grün zu werden. Daumen, Zeigefinger und Mittelfinger seiner Hände waren das Dreigestirn, auf dem er seinen Körper in der Lotusposition hielt. Zum ersten Mal nahm Gua Li ein leichtes Zittern seines Körpers wahr, so als würde ihn diese Position ermüden, und das war neu für sie. Es war nicht der Gedanke, dass Ada Ta alt wurde, der sie beunruhigte, sondern sein Geruch nach modrigem Laub auf feuchter Erde. Es war ein Geruch der Veränderung, der Verwandlung und Erneuerung, den der alte Mann zum ersten Mal verströmte.

»Es ist nicht angebracht, dass sich der Bär und der Lachs alljährlich an ein und derselben Stelle am Fluss wiederfinden.« Ada Ta, der sich inzwischen auf Hände und Knie stützte und einen Katzbuckel machte, tat so, als würde er sich mit einem Tatzenhieb die Beute zum Mund führen. »Der Fisch ist nicht dumm, doch sein Schicksal ist, das Überleben des Bären zu sichern. Der Tod Gabriels, des Mannes mit den vielen Gesichtern, und die Ankunft Osmans, des Einbeinigen, sind kein Zufall.«

Gua Li war erleichtert, als der Mönch in den Lotussitz zurückkehrte und behände aufsprang.

»Die Chakren der Erde fließen schnell wie kräftige Winde, welche die Samen weit wegtragen. In den Himmelsgewölben steht alles kopf: Der Tag wird zur Nacht, der Tod zu Leben und die Gleichgültigkeit zu Liebe. Auch die gute Nahrung, die den Gaumen erfreut, wird Mist und der zu Dung, welcher wohlschmeckende Früchte hervorbringt.«

»Ada Ta …«, bat Gua Li.

»Oh, ja, meine Tochter. Du hast recht. Das lange Leben dieses Alten verlängert auch seine Gedankengänge – dabei müsste er doch wissen, dass die Zeit, die ihm noch bleibt, kurz ist und dass der in die Luft geworfene Kiesel erst langsam an Kraft verliert, dann aber mit der Geschwindigkeit eines Blitzes auf die Erde stürzt.«

»Ada Ta!«, unterbrach Gua Li ihn erneut. »Ich bitte dich, sage uns, was du denkst.«

»Ganz einfach: Das Buch Īsās und deine Worte hätten der Honig sein sollen, um eine neue Königin damit aufzuziehen. Die naschhaften Bären haben jedoch entschieden, ihn unter sich aufzuteilen.«

»Also?«, fragte Ferruccio. »Was schlägst du vor?«

»Der Kapitän der Wachen ist weise wie ein alter Elefant. Du und Gua Li geht mit Osman. Ich habe in sein Herz gesehen: Er hat noch viel zu sagen und zuzuhören und wird Eure Schiffe in einen sicheren Hafen lenken.«

»Und du?«

»Ich, meine Tochter, muss den Honig verstecken und einen Bären gegen den anderen ausspielen.«

»Das kommt nicht in Frage. Ich möchte nicht, dass du hier bist, wenn die Bären nach dem Honig suchen.«

»Wenn die Biene dem Bären ins Auge sticht, kann sie die Schlacht gewinnen.«

»Wenn sie dabei jedoch ihren Stachel verliert, stirbt sie.«

»Der weise Sun Tzu sagte: Manchmal muss man eine Schlacht verlieren, um den Krieg zu gewinnen.«

»Er sagte aber auch, dass die beste Schlacht diejenige ist, die wir nie austragen mussten.«

»Ich bitte Euch!«

Ferruccio war laut geworden und gebot den beiden mit erhobenen Händen Einhalt.

»Ich werde nicht hierbleiben, und ich werde nicht mit Osman gehen. Ich kehre nach Florenz zurück, und irgendjemand wird mir helfen, Leonora wiederzufinden – tot oder lebendig.«

Ada Ta näherte sich Ferruccio und legte ihm sanft die Hand auf die Schulter.

»Ich verstehe deinen Wunsch, den wir alle teilen. Doch um

als Erster auf die Spitze des Berges zu gelangen, darf man nicht den direkten Weg suchen, sondern muss die verschlungenen Pfade nehmen.«

Das, was Ferruccio zunächst wie eine zarte Berührung am Hals empfand, verwandelte sich plötzlich in einen eisernen Griff, und ihm wurde schwindlig. Er hatte keine Zeit mehr zu reagieren, und das Letzte, was er wahrnahm, bevor er das Bewusstsein verlor, waren Ada Tas Arme, die ihn auffingen.

»Was hast du mit ihm gemacht?«

Gua Li stürzte zu Ferruccio und presste seinen Kopf an ihre Brust. Ada Ta lächelte.

»Nichts Schlimmes, meine Tochter. Das mache ich auch mit dir, wenn du nicht einschlafen kannst. So, und nun hurtig: Erwärme Mohnsamen und lass ihn den aufsteigenden Duft einatmen. Heute Nacht nehmt ihr ihn mit. Wiederhole diese Behandlung drei Tage lang – aber keinen Tag mehr, hast du verstanden? Ich werde nachkommen. Falls mir das nicht gelingt, dann lass den Vogel aus dem Käfig und fliege mit ihm davon. Osman?«

»*Inshallah* …«

»Genau: So Gott will, wird es so geschehen.«

In dieser Nacht verließen ein alter Soldat, ein Krüppel und eine junge Frau den Palazzo Colonna durch eine Seitentür. Sie folgten verschlungenen Wegen durch enge Gassen, bevor sie zu einem Gebäude gelangten, das schon einmal bessere Zeiten gesehen hatte. Die nach Norden gerichtete Hausfront war mit Efeu überwuchert, dessen verzweigtes Netz aus Ästen die Mauern mit der Zeit befestigt hatte. Die beiden Männer trugen einen zusammengerollten Teppich auf ihren Schultern.

»Ich habe nicht mehr dieselbe Kraft wie früher.« Keuchend legte Kapitän Britonio den Teppich auf dem Boden ab. »Die Mutter meines Sohnes Girolamo hat recht, wenn sie sagt, dass ich zu nichts mehr zu gebrauchen bin, weder im Bett noch sonst wo.«

»Komm, eine letzte Anstrengung noch«, bat Osman und hob die Last wieder hoch. »Es sind noch drei Stockwerke.«

Das Geräusch herannahender Schritte ließ sie erschreckt innehalten. Ein Wachtrupp auf Streife kam um die Ecke marschiert. Fünf Männer insgesamt, vier davon mit Hellebarden. Ihr Anführer zog sofort sein Schwert, als er sie erblickte.

»Halt!«, befahl er. »Wer ist da, und was transportiert ihr?«

»Lieber Gott!«, rief Gua Li aus. »Meine Gebete sind erhört worden.«

»Für Gebete ist es zu spät oder zu früh, Weib«, fuhr der Anführer sie an. »Ich verwette zehn Denar, dass in diesem Teppich ein Mörder versteckt ist. Los! Ausrollen!«

»Ihr seid ein Hellseher!«, entfuhr es Gua Li. »Und Ihr habt recht. Bitte, meine Freunde, zeigt dem Kapitän den Kadaver.«

Britonio und Osman sahen einander beunruhigt an: Vielleicht hatte der Schock Gua Lis Geist vernebelt. Beide wussten, dass selbst die Tapfersten im Angesicht großer Angst zu Feiglingen werden konnten. Doch wie auch immer – nun blieb ihnen nichts anderes übrig, als den Teppich auf den Boden zu legen und ihn aufzurollen. Zum Vorschein kam ein Körper, der in blutigen Verbänden steckte. Der Hauptmann machte einen Satz nach hinten.

»Was ist das?«

»Das, was Ihr sagtet.« Gua Li näherte sich ihm, und der Hauptmann wich zurück. »Es ist ein Toter. Dahingestreckt von der Lepra. Ich bitte Euch: Helft uns, ihn diese steilen Stufen nach oben zu tragen. Der Herr wird Euch für Eure Mühen entlohnen.«

»Weiche von mir, Weib! Und auch ihr zwei, mit diesem Aussätzigen!«, rief der Hauptmann. Um sich zu schützen, kreuzten seine Männer instinktiv die Hellebarden. »Auf dass der Teufel ihn hole und Euch auch, Ihr Verdammten.«

Mann an Mann rauschte der Trupp davon und verschwand genauso schnell wieder hinter derselben Hauswand, hinter der die Soldaten aufgetaucht waren.

Erst als ihre Schritte verhallt waren, hievten die beiden Männer den Teppich wieder auf ihre Schultern und machten sich an den Aufstieg. Als sie endlich erschöpft auf der obersten Treppenstufe ankamen, zog Osman einen großen Eisenschlüssel hervor, mit dem er die Tür aufschloss. Gua Li erschrak zutiefst. Der Geruch des Todes drang brutal in ihre Nase, und sie musste sich die Hand vor den Mund halten, um sich nicht zu übergeben. Auch Britonio schnitt eine Grimasse, denn diesen Geruch kannte er nur zu gut.

»Welches Aas hast du hier verrotten lassen?«

»Ratten«, raunte Osman, »aber ich habe sie verbrannt, sowohl die lebenden als auch die toten.«

Der Kapitän stellte keine weiteren Fragen, und sie legten den Teppich wortlos auf ein Bett. Gua Li bat die beiden, zur Seite zu treten, damit sie die Verbände von Ferruccio entfernen konnte. Die junge Frau betrachtete sein Gesicht, das – von der Droge betäubt – überaus entspannt aussah: grau meliertes Haar, schwarzer Bart mit ein paar rötlichen Haaren am Kinn, markante Wangenknochen und stolze Lippen unter einer fein, beinahe feminin geschnittenen Nase. Sie dachte an den italienischen Prinzen, der die Fantasien ihrer Kindheit und dann ihre Jugend beflügelt hatte und dessen Freund Ferruccio gewesen war.

Mit ihrem Finger glitt sie über seine Wange und wurde rot, als Ferruccio leicht stöhnend die Lippen öffnete – ein Stöhnen, das auch ein Seufzer der Liebe hätte sein können. Sie war sich sicher, dass er träumte – und warum sollte sie ihm also keinen Moment der Freude schenken, einen Augenblick vollkommenen Glücks, wie es ihn nur in Träumen gibt? Sie streichelte ihn weiter, bis sie sich eingestehen musste, dass es nicht der Gedanke an den Prinzen war, der ihr Herz höher schlagen ließ, sondern ihre Liebkosungen auf Ferruccios Antlitz und ihre Macht, ihm damit Genuss zu bereiten.

Schnell stand sie auf. Britonio tauschte gerade mit Osman das Friedenszeichen aus und verabschiedete sich. Gua Li nickte ihm zu und ging in die Küche. Dort fegte sie den Kamin, aus dem kleine Knochen und Nägel stieben. Es war nicht der Moment, Fragen zu stellen, früher oder später würde sie dies oder jenes von Osman schon erfahren. Sie musste sich beeilen mit der Zubereitung des Sedativums, denn sie durfte nicht zulassen, dass Ferruccio zur Unzeit wieder zu sich kam.

Sie nahm trockenes Heu, machte ein kleines Nest daraus und rieb einen Kiesel so lange auf dem Feuerstein, bis der erste Rauch aufstieg. Sie fügte noch mehr Stroh hinzu und blies gleichmäßig, bis die erste Flamme aufzüngelte. Dann legte sie Holzscheite und Stofflappen dazu, die sie in einer Ecke gefunden hatte, und hängte ein Töpfchen über das Feuer. Als das Wasser mit den Mohnsamen kochte, hielt sie sich ein Taschentuch vor Mund und Nase und brachte den Aufguss zu Ferruccio, damit er den aufsteigenden Dampf inhalierte. Zufrieden beobachtete sie, wie seine Brust sich regelmäßig hob und senkte. Nun würde er für einige Stunden friedlich weiterschlafen.

Zurück in der Küche, nahm sie getrockneten Fisch und Pilze, zerstieß sie in einem Mörser und arbeitete Mehl ein, das sie in einem Trog gefunden hatte. *Körperliche Arbeit lenkt von unguten Gedanken ab*, pflegte Ada Ta immer zu sagen, und er hatte recht.

In der Zwischenzeit hatte sich Osman zum Gebet zurückgezogen und kniete auf demselben Teppich, in dem sie Ferruccio während ihrer Flucht eingewickelt hatten. Es war die Stunde des ersten der fünf Gebete, doch er suchte vergeblich die *Qibla*, die Richtung gen Mekka. Gott würde auch seine Bemühungen zu schätzen wissen, tröstete er sich, und als er die heiligen Worte *La Ilaha ill Allah* aussprach, die versicherten, dass es keinen weiteren Gott als den Herrgott gebe, fragte er sich, ob er wirklich betete. Er war sich nicht mehr sicher, ob Gott ihm wirklich befohlen hatte zu töten. Doch vor allem war er sich nicht mehr sicher, wie dieser Gott wirklich war. Hatte er sich in ihm getäuscht?

Als er das *Salât* beendet hatte, trat er in die Küche und beobachtete nachdenklich Gua Li, die das Essen zubereitete. Ihre Geschichte von Jesus ließ ihn nicht mehr los. Als sie den Fladen zubereitet hatte, drehte sich die junge Frau zu ihm um und lächelte einladend. Beide setzten sich, damit sie mit ihrer Erzählung fortfahren konnte.

38

Sie erreichten Gamla, als die Sonne bereits tief am Horizont stand, deren Licht sich in den sanften Wellen des Sees Genezareth spiegelte. Um diese Tageszeit waren nur noch wenige Menschen unterwegs, und aus vielen Dächern der Häuser stieg dunkler Rauch auf.

»Sie sieht wie eine tote Stadt aus.«

»Es könnte Erew-Schabbat sein, Yuehan.«

Sein Sohn schaute ihn verständnislos an, als hätte er zu ihm in einer fremden Sprache gesprochen. Jesus lächelte.

»Du hast ja recht, das kannst du nicht wissen. Der Erew-Schabbat ist der Vorabend des siebten Tages, an dem jede Arbeit verboten ist. Auch das Kochen.«

»Und warum ist es verboten?«

»Es ist ein altes Gesetz unserer Vorväter. Es erinnert an den Tag, an dem sich der Gott Abrahams von den Anstrengungen der Schöpfung ausruhte.«

»Ein Gott kann nicht müde werden, sonst wäre er keiner.«

»Das sagte auch deine Großmutter. Ich hoffe, dass du sie kennenlernen wirst. Sie hat mir das Denken beigebracht.«

Als er an sie dachte, schloss Jesus die Augen und atmete tief ein: Der warme Hefeduft frisch gebackener Challa stieg ihm in die Nase und der unverkennbare Geruch gegrillter Barsche mit Zwiebeln. Diesen Fisch hatte er nie gemocht, und seine Mutter Maria hatte ihm immer gut zureden müssen, damit er ihn aß. Manchmal war er am Erew-Schabbat davongelaufen, damit er ihn nicht es-

sen musste – wohl wissend, dass er früher oder später doch vor seinem Hunger kapitulieren würde. Und wenn er dann nach Hause zurückkam, fand er den Fisch lauwarm auf seinem Teller vor, und unter dem wohlwollenden Blick seiner Mutter aß er dann doch alles auf und lutschte sogar noch die Gräten ab.

Neben den Türen standen schon die Körbe voller Matzen, den dünnen, ungesäuerten Brotfladen, die am Schabbat mit Olivenöl, Oliven und Käse verzehrt würden. Der ein oder andere reiche Händler würde sich auch gefüllten Gänsehals dazu leisten können. Jesus seufzte. Diese Delikatesse hatte er nur einmal in seinem Leben gegessen, und es war unwahrscheinlich, dass er diesen Leckerbissen noch einmal genießen würde – es sei denn, seine Brüder hätten es zwischenzeitlich zu Reichtum gebracht.

Seit seiner Abreise hatte Jesus die Speisegesetze nicht mehr einhalten können, anfangs aus der Not heraus und dann aus Überzeugung. Für ihn war es nach längerem Nachdenken darüber nicht mehr logisch, dass er kein Fleisch von Huftieren oder Aal essen durfte, weil der Aal keine Flossen und Schuppen wie andere Fische hatte. Und weshalb durfte ein frommer Jude nur Kuhmilch, aber keine Eselsmilch trinken? Warum Leber, aber keine Nieren essen? Und weshalb musste er verschiedenes Geschirr für milchige und fleischige Speisen verwenden? Er erinnerte sich noch daran, wie er seinen Vater einmal vor dem Tempel gefragt hatte, warum die Bienen – aber nicht ihr Hönig – unrein seien und wie er unter den erzürnten Blicken der Schreiberlinge wegen seiner frevlerischen Frage getadelt wurde. In Wirklichkeit kannten auch sie die Antwort nicht.

Er blickte in die Augen einer Frau – wohl einer Dienerin –, die auf ihrem Haupt einen Korb Fische balancierte. Er fragte sie, ob sie das Haus von Josef, dem Zimmermann, kenne; statt einer Antwort streckte sie ihm und Yuehan aber nur die Zunge heraus. Erstaunt schaute Jesus seinen Sohn an. Nicht nur er, stellte er fest, auch das Dorf hatte sich während seiner achtzehnjährigen Abwe-

senheit verändert. Es war offensichtlich, dass die Römer den Sklavenhandel eingeführt hatten und dass das Dorf wohlhabender geworden war. Die Häuser waren solider gebaut, hatten alle Holztüren, viele davon waren sogar mit einem Schloss versehen. Nur die Angst verschließt Türen, dachte Jesus wehmütig. Aus demselben Grund war wohl direkt neben dem Tempel eine Art Festung errichtet worden; eine römische Garnison, schätzte Jesus. Auch die ungebührliche Frau war Zeichen einer Veränderung. Wahrscheinlich war sie es gewohnt, Vorteile aus der Begegnung mit Fremden zu ziehen, egal ob Soldaten oder Händler.

Jesus war sich nicht sicher, ob er den richtigen Weg eingeschlagen hatte, doch dann erkannte er an einer Kreuzung die zweireihig gepflanzten Olivenbäume wieder.

»Bleib hinter mir, und sprich nicht. Ich glaube, wir sind zu Hause«, flüsterte Jesus seinem Sohn zu.

»In deinem Zuhause, Vater, nicht in meinem.«

Die Häuser waren nun von Mauern umgeben, auf denen sperrig und stachelig Aloepflanzen wuchsen. Sein Elternhaus lag etwas abseits. Der weiße Kalk der Hauswand war an einigen Stellen abgeblättert und ließ den darunterliegenden roten Ton wie einen gemalten Sonnenuntergang durchschimmern. Mit dem Rücken zur Straße gewandt saßen einige Männer hinter ein paar Wacholderbüschen. Jesus blieb stehen, pflückte ein paar Beeren und sog den öligen, intensiven Duft ein.

»Was willst du?«

Einer der Männer war aufgestanden. Er hatte einen dünnen, rötlichen Bart und kam direkt auf Jesus zugestampft. Wie er mit geballten Fäusten und hochgezogenen Schultern vor Jesus stand, erkannte dieser sofort den lockigen Knaben aus seiner Kindheit wieder. Sie hatten so manchen Tag zusammen gespielt. Mit den anderen Knaben des Dorfes hatten sie Muscheln gegen Hauswände geworfen und die Treffer gezählt. Dieser hier war der jüngste gewesen, der lachte, wenn er gewann. Wenn er aber verlor, wurde er wütend, zog die Schultern hoch und ballte die Fäuste, bevor er in Tränen ausbrach. Deshalb hatte Jesus ihn immer gewinnen lassen.

»Judas?«

»Und wer bist du? Woher kennst du meinen Namen?«

Er war es, sein Bruder! Jesus war versucht, ihn zu umarmen, hielt aber rechtzeitig inne. Judas hätte diese Geste nicht verstanden, und so bat Jesus ihn freundlich um ein Gespräch unter vier Augen. Erstaunt folgte ihm Judas bis zu einem nahen Zitronenbaum, der voller Früchte hing.

»Sieh mich genau an und dann sag mir, ob du mich wiedererkennst.«

Judas schaute Jesus prüfend ins Gesicht, runzelte angestrengt die Stirn, schüttelte dann jedoch den Kopf.

»Ich bin dein Bruder, Judas. Jesus.«

»Was erlaubst du dir …«

Judas knirschte wutentbrannt mit den Zähnen und wollte ihm schon einen Faustschlag verpassen, als er sein Lächeln sah. Judas sah Jesus in die Augen – und erkannte den Ausdruck. Atemlos schlug er die Hände vor den Mund.

»Beim Barte Abrahams! Du … du bist es wirklich … ich … wir glaubten dich tot … stattdessen bist du zurückgekehrt …«

Sie umarmten sich stürmisch, lachten und weinten gleichzeitig, sahen einander an und umarmten sich von Neuem. Menschen, die vorbeikamen, lachten.

»Ich bin glücklich, Bruder.«

»Ich auch, mein Bruder.«

»Du musst mir alles erzählen. Wo bist du in all den Jahren gewesen?«

»Ich werde es dir erzählen. Doch erzähle du mir erst einmal von unserer Mutter.«

»Sie ist zu Hause und launenhafter als je zuvor. Warte aber einen Moment, bevor du gleich losstürmst – es wird besser sein, wenn ich sie auf euer Zusammentreffen vorbereite. Sie hat deinet-

wegen so viele Jahre geweint. Sie hat dir sogar ein Grab neben dem unseres Vaters errichten lassen.«

Jesus senkte den Kopf.

»Wann ist er …?«

»Es tut mir leid, aber es ist so viel Zeit vergangen, seitdem wir … und du … du konntest es nicht wissen.«

»Wann?«

»Es ist jetzt gut und gerne zehn Jahre her. Er ging auf den Markt von Sepphoris. Wir erwarteten ihn am nächsten Tag zurück, doch er ist nie wiedergekommen. Wir haben seinen Körper in Migdal am Ufer des Sees gefunden. Er schien zu schlafen. Dann haben wir ihn nach Sichem, seinem Geburtsort, gebracht. Dort liegt er nun. Und dort ist auch dein … dein Grab.«

»Begleitest du mich zu ihm?«

»Sicher, mein Bruder. Doch nun komm, du hast noch einen Bruder, erinnerst du dich nicht mehr?«

»Und ob! Er ist noch übermütiger als du«, lachte Jesus. »Der kleine Jakob.«

»Mittlerweile ist er der Größte von uns, und er ähnelt ganz unserem Vater.«

Yuehan war abseits stehen geblieben und hatte neugierig beobachtet, wie sein Vater und der junge Mann sich umarmten.

»Und …«, fragte Judas und zeigte auf den Jüngling, »wer ist das?«

»Dein Neffe«, antwortete Jesus lächelnd, »und ich glaube, es wird ihn freuen zu erfahren, dass er einen Onkel hat.«

»Dann hast du also doch geheiratet!«

Jesus antwortete ihm nicht, und Judas entschied, dass der Moment gekommen war, Mutter und Sohn wieder zu vereinen.

Als Maria verstand, wen sie da vor sich hatte, stieß sie einen Schrei aus, der in der ganzen Straße zu hören war. Ein Unglück befürchtend stürzten die Nachbarn herbei und wurden Zeugen des kleinen Wunders. Die Nachricht von Jesu Heimkehr verbreitete sich in Windeseile bei allen Tischlern in ganz Gamla, noch bevor der Schabbat begonnen hatte. Jesus entzog sich weder den Küssen noch den tausend Fragen seiner Mutter, und er stand ihr Rede und Antwort, bis das Sternzeichen des Orion am östlichen Teil des Golan aufging. Als Maria endlich von Jesus abließ, wandte sie sich Yuehan zu. Er bemühte sich redlich, den Wissensdurst seiner Großmutter zu stillen, erwähnte seine eigene Mutter jedoch mit keinem Wort.

»Du bist wunderschön, Yuehan, auch wenn du einen unaussprechlichen Namen trägst«, sagte Maria. »Hier wirst du Jochanan oder Johannes heißen – das kannst du dir aussuchen.«

Gequält lächelte der Jüngling, denn eigentlich gefiel ihm sein eigener Name Yuehan besser.

Maria nahm keine Notiz von Yuehans Unbehagen. »Weißt du was?«, plapperte Maria strahlend weiter, »du bist noch schöner als dein Vater. Und du hast die gleichen feurigen Augen wie er. Bleib bei mir, du wunderbarer Junge; ich verspreche dir, ich werde dich nicht langweilen. Und wenn doch, dann bring mich einfach zum Schweigen, geh auf den Markt und zeige dich den hübschen Mädchen. Ich sehe, dass du schon seit einiger Zeit das Spielen aufgegeben hast und reif für die Bar Mitzwa wärst.«

Jesus unterbrach sie. Auch sie hatte also die Reife Yuehans bemerkt – alle hatten es bemerkt, nur er nicht. Gaya hätte jetzt stolz gelächelt.

»Ich würde gerne ein Bad nehmen, Mutter, wenn es möglich ist.«

Erstaunt sahen ihn Maria und auch Jakob und Judas an, während Yuehan nickte.

»Ich habe mich seit Wochen nicht mehr gründlich reinigen können, und nichts täte mir jetzt besser.«

»Das Schofar ist schon dreimal erklungen; der Schabbat ist angebrochen«, sagte Jakob entschuldigend. »Du musst dich leider bis morgen Abend gedulden.«

»Nein«, antwortete Jesus entschieden. »Wenn es triftige Gründe wie Wassermangel gäbe, würde ich warten. Ein Gesetz, noch dazu von Menschen gemacht, hindert mich jedoch nicht.«

»Hast du unsere Religion vergessen?«, fragte Maria. »Es ist viel Zeit verstrichen …«

»Nein, Mutter. Ich glaube einfach, dass der Schabbat für den Menschen gemacht ist – und nicht der Mensch für den Schabbat. Mich juckt es am ganzen Körper, und ich stinke schlimmer als eine wilde Ziege. Und Yuehan genauso. Wir fühlen uns beide in unseren Körpern nicht mehr wohl. Wenn unsere Religion dich jedoch bindet, dann finde ich ein römisches Gasthaus für Yuehan und mich, wo es hier und jetzt ein wenig sauberes Wasser und Zedernessenz gibt.«

Maria war sprachlos, als sie Jesu Worte hörte. Doch bevor sie antworten konnte, schaltete sich Judas ein. Er verstand Jesus aus tiefstem Herzen und wollte keinen Disput über religiöse Riten befördern, die er insgeheim auch als überholt betrachtete.

»Ich kenne einen Ort, an dem sie dir für zwei Denar ein Zimmer und einen Bottich mit heißem Wasser geben, Met für mich bereitstellen – und uns beiden Feigen und Datteln kredenzen. Die Sünde ist nur im Herzen desjenigen, der sie begeht. Das pflegte unser Vater zu sagen, und du, Mutter, gabst du ihm nicht recht?« An Jesus gewandt, fuhr er fort: »Um den Jungen wird sich unsere Mutter kümmern, nicht wahr?«

Maria schnitt eine Grimasse und wuschelte Yuehan durch die Haare.

»Ja, ich glaube, dass er ein Bad wirklich bitter nötig hat. Und euch beide möchte ich daran erinnern, dass es zwar Tradition ist, dass ein Weib stets einer Meinung mit seinem Mann zu sein hat. Wenn sie aber immerzu und zu allem nur nickt, dann tut sie das nur, um ihn nicht zu demütigen. Und du, mein verlorener und auf wundersame Weise wiedergefundener Sohn – solltest du morgen meinen Fisch verweigern, dann wehe dir! Nun lass mich die

Lampen anzünden, ich habe schon eine Sünde begangen, und dieses Gesetz lässt sich leicht einhalten.«

Maria lächelte, und in diesem Moment erkannte Jesus seine Mutter und Lehrerin wieder: Die grauen Haare und die Falten in ihrem Gesicht waren nur ein Zeichen, dass zwar ihr Körper älter wurde, nicht aber ihr Geist. Und Judas ähnelte ihr in allem.

Die beiden Brüder durchwachten gemeinsam die Nacht und erzählten einander ihr Leben. Sie lachten und weinten mit dem anderen, und schließlich schliefen sie gemeinsam ein, eng umschlungen wie in Kindheitstagen.

Am nächsten Tag wurde Jesus vor seinem Haus von einer Menschenmenge empfangen, die ihn über Stunden hinweg mit Fragen belagerten. Maria konnte die Menge nur zerstreuen, indem sie den Leuten versprach, dass ihr Sohn am nächsten Tag wieder für sie da sein würde.

Als endlich alle Schaulustigen verschwunden waren, setzten sie sich an den Tisch, und Jesus aß den Barsch mit Zwiebeln und das ungesäuerte Brot mit Oliven und Käse mit großem Appetit. Nach dem Essen bewachte Maria Yuehans tiefen Schlaf, und Jesus setzte sich nach draußen, in den lichten Schatten einer Palme.

Es war mild, und eine leichte Brise stieg vom See empor. Mit Judas und Jakob nippte er an einem Getränk aus Hibiskusblüten, das ihn an das goldene Wasser der getrockneten Blätter der Tu erinnerte, das zwar nicht so süß, dafür aber kräftiger war.

»Wie lange wirst du bei uns bleiben, Bruder?«

»Ich weiß es nicht, Judas«, antwortete Jesus und lächelte. »Wenn es euch aber zu lange erscheint, dann sagt es mir, und ich reise früher ab.«

»Ich kann es noch nicht glauben, dass du hier bist! Alle sprechen bereits von dir, und ich wette, dass die Nachricht von deiner Ankunft schon bis nach Jerusalem gelangt ist.«

»Ich glaube nicht, dass ich so wichtig bin.«

»Da irrst du aber gewaltig! Die Leute glaubten dich tot, und du bist zurückgekehrt. Und dann auch noch von der anderen Seite der Erde, so als kämst du aus dem Himmel oder von den Sternen. Sie sehen in dir Elija, der mit seinem feurigen Wagen zurückkommt.«

»Frevle nicht«, warf Jakob ein.

»Aber sie schwärmen nun einmal von dir!«, fuhr Judas fort. »Als du zu ihnen gesprochen hast, sahst du ihre Gesichter nicht – ich hingegen schon. Als du von deinem Leben mit den Mönchen und ihrer Weisheit erzähltest, konnte ich das Leuchten in deinen Augen sehen. Und als du dann über den Frieden sprachst, der in deinen Bergen herrscht, und über die Freiheit, da strahltest du übers ganze Gesicht. Ich schwöre dir, dass viele von denen, die dich heute hören wollten, bereit gewesen wären, dir sofort zu folgen: Du hättest sie nur zu fragen brauchen.«

»Jesus möchte eine Zeitlang bei uns bleiben, Judas, also lass ihn in Frieden.«

Jakob stand auf. Er wusste von den Ideen seines Bruders Judas und den Risiken, denen er sich damit aussetzen würde und fürchtete um Judas' Leben. Die Römer und der Sanhedrin hatten einen Pakt geschlossen: Kein Jude würde in die Sklaverei geführt und nach Syrien oder Ägypten verschleppt – dafür würden sie jedoch ihren Zehnt abgeben und keine kritischen Fragen stellen.

»Verstehst du nicht, dass ein Mann wie er unserem Volk Hoffnung spenden könnte? Alle warten sie darauf – und dabei müssen sie nur noch wollen …«

Das war genau das, was Jakob befürchtet hatte. Er schüttelte den Kopf und ging davon.

»Mach dir keine Sorgen um ihn«, sagte Judas. »Er ist kein Angsthase, aber er sorgt sich um mich und unsere Mutter. Einmal haben sie mich zu dritt auf dem Markt von Tiberias angegriffen, und er hat sie ganz allein in die Flucht geschlagen. Trotzdem – denke an das, was ich dir gesagt habe: Über Frieden, Gerechtig-

keit und Liebe zu sprechen heißt nicht, Politik zu machen oder zu revoltieren. Genauso wissen wir aber alle beide, dass es ohne Freiheit nur leere Worte sind.«

Einige Tage lang sprachen sie nicht mehr darüber, doch Jesus dachte lange über diese Worte seines Bruders nach. Ong Pa pflegte immer zu sagen, dass Worte von Taten begleitet werden müssten, um fruchtbar zu sein – so wie die Begegnung zwischen dem männlichen und weiblichen Prinzip für den Fortbestand des Lebens notwendig sei. Bei diesem Gedanken durchströmte die Erinnerung an Gaya seine Lenden und stieg durch seinen Leib bis in seine Kehle auf.

»Sie fehlt dir sehr, nicht wahr?«

Judas war stets an seiner Seite, auch während der stillen Spaziergänge am Abend, gleich nach der Arbeit in der Tischlerei.

»Ich hoffte, dass die Reise mir helfen würde, meine Traurigkeit zu verarbeiten, und gleichzeitig wünschte ich mir, euch wiederzufinden, euch – meine Familie. Ich habe Gaya tausendmal geliebt, nur sie allein, und meine Trauer um sie ist beinahe noch größer als die um Gua Pa. Wenn sich Yin und Yang vereinigen, habe ich gelernt, bilden sie eine antike und perfekte Einheit. Und diese Einheit ist das größte Geschenk für den Menschen. Wenn sie aber zerbricht, ist der Schmerz umso größer, denn die Liebe entspringt nicht nur den Lenden, sondern auch unserem Bewusstsein.«

»Du hast Glück gehabt, Jesus – denn du hast einen Sohn, der dein Ebenbild ist.«

»Und du? Liebst du deine Frau etwa nicht?«

»Du bist gegangen, weil du nicht wolltest, dass man dir eine Frau aufzwingt. Ich bin nicht gegangen … Nun, Noa ist eine gehorsame und gute Frau, und sie liebt ihre Kinder.« Judas lächelte. »Wobei ich von ganzem Herzen hoffe, dass sie auch wirklich meine Kinder sind, denn sie sehen dem Kommandanten der römischen Garnison sehr ähnlich.« Nun wurde er ernst. »Hilf mir, Bruder! Lass unser Leben nicht umsonst gewesen sein! Geh und sprich zu

den Menschen. Ich werde mit dir kommen, und ich bin mir sicher, Jakob auch.«

»Ich habe den Samen, aber diese Felder liegen brach.«

»Nur für ein paar Monate. Dann kannst du wieder gehen, wenn du willst.«

»Es ist jungfräuliche Erde. Ich könnte es versuchen.«

»Sie werden dir zuhören, und wenn sie es nicht tun, was soll's? Dann sind wir wenigstens trotzdem zusammen gewesen. Wir drei wie in den glücklichen Zeiten, die es nie gab.«

»Und unsere Mutter?«

»Sie wird stolz auf dich sein, was glaubst denn du, und du wirst ihr ein zweites Leben schenken.«

»Und die Tischlerei?«

Judas stand auf und knuffte Jesus so fest, dass es ihn zu Boden warf. Dann lächelte er und hielt ihm den Arm hin, um ihm beim Aufstehen zu helfen. Kraftvoll packte Jesus zu und zog ihn zu sich herunter. Lachend rollten sie sich auf dem Boden, und als sie nach Hause kamen, schimpfte Maria mit ihnen über ihre schmutzigen Kleider.

Gua Li hielt inne: Sie war ganz im Bann der Erzählung, und als sie Osmans verträumten Blick sah, den er nicht einen Augenblick von ihr gelassen hatte, bemerkte sie, dass sie die Mohnsamen vergessen hatte. Rasch bereitete sie die Inhalation vor, doch als sie neben Ferruccio Platz nahm, packte er sie am Arm. Er tat ihr nicht weh, doch sie schaffte es nicht, ihn den Dampf einatmen zu lassen und gleichzeitig sich selbst davor zu schützen. Während der Mann langsam wieder in den künstlichen Schlaf sank, spürte Gua Li, wie sie eine warme Trägheit und ein nie gekanntes Glücksgefühl erfassten. Und so war es nur eine Ausrede, als sie Ferruccios sinnlose Worte, die er im Schlaf murmelte, mit ihren Lippen wegzuküssen suchte.

39

Rom, 18. November 1497

»Meine Lieben!«

Mit diesen Worten empfing der zweihundertvierzehnte Pontifex Rodrigo Borgia seine Kinder. Der Papst saß im Zentrum des Botschaftersaals der Basilika auf einem vergoldeten Thron und zeigte keine Reaktion, als er seine Kinder, eines nach dem anderen, eintreten sah: Lucrezia, Jofré und Cesare. Die drei wunderten sich über die eigenartige Anordnung des Mobiliars: Normalerweise stand der große Schreibtisch aus florentinischem Alabaster in einer Ecke, sodass Alexander immer im Halbschatten saß und die Regungen seiner ihm gegenübersitzenden Gesprächspartner besser beobachten konnte. Cesare erinnerte die Anordnung an den Galgen auf dem Campo de' Fiori: Er stand mitten auf der Piazza – damit ihn jeder sah und die Macht des Gesetzes fürchtete, die jeden verurteilen konnte: Juden, Hexen, Kriminelle oder säumige Schuldner. Beunruhigend fand Cesare außerdem die vier bereitgestellten Stühle – wo sie doch nur zu dritt waren.

Auf ein Zeichen ihres Vaters setzten sie sich. Zur Linken des Pontifex Cesare und Jofré nebeneinander; Lucrezia ließ einen Stuhl frei und nahm rechts von ihm Platz.

»Meine Lieben!«, wiederholte der Papst. »Habt Dank, dass ihr dem Ruf eures alten Vaters folgt und ihn besuchen kommt.«

»Konnten wir es denn ablehnen?«, stellte Cesare fest und streckte seine Beine unter dem Tisch aus.

Lächelnd ignorierte Alexander VI. diese Frechheit. Unter seinen drei Kindern war ihm Cesare charakterlich am ähnlichsten: Sein aufbrausendes Temperament und seine Arroganz machten ihn nachweislich zu seinem Sohn. Diesmal würde er ihm jedoch die Kunst der Diplomatie zeigen müssen, für die sein Sohn vollkommen blind war.

»Hier sind wir unter uns, und wenn wir mit leiser Stimme sprechen, wird uns hier in der Saalmitte niemand hören können …« Alexander hob seine Stimme und donnerte: »… nicht einmal Burcardo, der sich mit seinem schwarzen Büchlein wahrscheinlich hinter einer dieser Türen versteckt. Eines Tages werde ich seine Kritzeleien verbrennen und den Urheber gleich dazu. Habe ich recht, Burcardo?«

Augenblicklich hörte man schnelle Schritte, die sich so leise wie möglich entfernten.

»Ihr seid alle drei hier, weil ich euch vertraue«, fuhr der Pontifex mit seiner normalen Stimme fort. »In euch fließt mein Blut, und in einem von euch gar mehr.«

Cesare entging nicht der flüchtige Blick, den der Papst Lucrezia zuwarf, während Jofré finster dreinblickte. Er litt darunter, dass sich sein Vater hinsichtlich seiner Vaterschaft nicht sicher war, und er musste auch noch Sancha mit seinem Bruder teilen, während dieser nur Spott für ihn übrighatte.

»Zuallererst jedoch möchte ich gemeinsam mit euch ein Gebet für die Seele desjenigen sprechen, der auf diesem leeren Stuhl hätte sitzen müssen – euer Bruder Juan.«

Mit gebeugtem Haupt und zum Gebet gefalteten Händen beobachtete der Papst aus den Augenwinkeln heraus ihre Gesichter, doch sein Blick wurde nur von Cesare erwidert.

»Nun, da wir für ein Leben gebetet haben, das zu Ende ist, öffnen wir unsere Herzen für ein neues, das da kommen wird. Dieses Mal hat der liebe Herrgott mir beim Haupte seines Sohnes geschworen, dass weder eine Konjunktion der Sterne noch ein Engel oder ein Dämon und schon gar keine menschliche Hand diese Geburt verhindern werden.«

Cesare starrte seine Schwester an.

»Bist du also schon wieder guter Hoffnung, du Hündin! Und weiß man wenigstens dieses Mal, von wem der Bastard stammt?«

»Von mir, Cesare.«

Die große Glocke der Basilika schlug zur sechsten Stunde. Als wäre das Ende einer Epoche eingeläutet worden, herrschte während der zwölf Glockenschläge eine abwartende Stille im Saal. Mit gesenktem Blick wartete und hoffte Lucrezia, dass nach dieser vermeintlichen Ruhe endlich ein Unwetter losbrechen würde. Doch nichts geschah.

»Meinen Glückwunsch, Vater und Schwester«, Cesares Stimme zitterte kaum merklich. »Wann dürfen wir die frohe Neuigkeit verkünden?«

»Nie«, antwortete der Papst. »Mein Sohn wird ein echter Borgia mit allen Rechten sein – die dynastischen eingeschlossen. Verstehst du, was ich meine?«

Nein, Cesare verstand nichts. Seit Wochen war es das erste Mal, dass sein Vater diese Angelegenheit wieder aufgriff. Wollte er vielleicht sagen, dass dieses Kind der Erbe des Borgia-Throns sein würde? Das wäre ein offener Schlag ins Gesicht – und das passte nicht zu seinem Vater. Um ihm nicht zu zeigen, dass er nichts verstanden hatte, richtete Cesare seinen Blick auf die holzgetäfelte Decke, aus der ab und zu ein Stück herunterfiel. Alles zerfiel in dieser Basilika.

»Wir würfeln hier, Cesare. Wir verstecken uns nicht hinter den Karten. Und wenn man die Sechs würfelt, dann weiß man, dass die versteckte Zahl nur die Eins sein kann. Hast du verstanden, Jofré?«

Als er das unsichere Lächeln seiner Kinder sah, hob Alexander VI. seufzend seinen Blick gen Himmel, hievte seinen schweren Körper vom Thron und platzierte sich hinter seinen Kindern.

»Dieser Sohn ist eine Garantie für mich, falls Cesare vor der Zeit plant, König zu werden.«

»Wenn sie aber schwanger ist ...«, Jofré drehte sich zu seinem Vater um, »wie sollen wir dann die Ehe mit Giovanni Sforza wegen Impotenz annullieren lassen?«

»Sie wird sofort für ungültig erklärt, noch bevor man Lucrezia etwas ansieht. Der Kardinal, Giovannis Onkel, wird sich darum kümmern. In diesem Moment würde er alles tun, um sich bei mir einzuschmeicheln.«

»Da wir gerade beim Würfeln sind, *alea iacta est*, Vater. Du hast wie Julius Caesar gehandelt und meinen Namen vereinnahmt. Ich bitte daher um Erlaubnis, gehen zu dürfen.«

Cesare versuchte aufzustehen, doch die schwere Hand des Pontifex zwang ihn, sitzen zu bleiben.

»Ach, mein Sohn ... lieber Sohn ... ist es möglich, dass die Wut dir das Hirn vernebelt? Dies ist ein Familientreffen, und die Familie sind wir, wir alle – egal, was du denkst. Wir waren in Gefahr. Der Medici hätte sich mit den Colonna, Savelli, Orsini und sogar mit den Della Rovere verbünden können. Er ist jedoch zu mir gekommen und hat mir eine verbotene Frucht angeboten. Ich tat so, als würde ich seiner Erpressung nachgeben. Hast du es immer noch nicht verstanden, Cesare? Unser Plan ist nicht gestorben, er ist nur verschoben worden. Wir müssen an dieses vermaledeite Buch unseres Gottes gelangen, denn es ist ein Stolperstein, der uns zu Fall bringen könnte.«

Alexander stellte sich wieder vor seine Kinder. Mit gestreckten Armen stützte er sich mit den Fäusten auf den Tisch und musterte einen nach dem anderen.

»Ich werde König sein, der neue König von Rom und Florenz, von Urbino, von Parma und Modena und auch Neapel. Dann wirst du mir folgen, Cesare – allerdings nur, wenn du deine Instinkte im Zaum zu halten weißt –, und nach dir wird der andere Sohn gekrönt werden, der, den Lucrezia im Leibe trägt. Und sie wird Königinmutter sein!«

»Und ich, Vater?«

»Du wirst immer Prinz sein, Jofré, und alle Vorzüge deines Ranges genießen, ohne dich um das Regieren kümmern zu müssen. Und du wirst Vizekönig von Neapel, wo du mit dieser Hündin, die dein Weib ist, leben wirst und alle Prinzessinnen haben kannst, die du willst.«

Gesittet legte Jofré seine Hände in den Schoß. Vielleicht war er wirklich nicht sein Sohn, dachte Alexander, denn als Frucht seiner Lenden würde er ihm dafür die Kehle durchschneiden.

»Etwas verstehe ich nicht«, warf Cesare ein und biss sich auf die Lippen. »Sollten wir in den Besitz des Tagebuches von Christus gelangen – wenn es denn wirklich existiert –, dann hätten wir von den Medici nichts mehr zu befürchten.«

Vor wenigen Augenblicken war seine Welt zusammengestürzt, und hätte er ein Schwert und Micheletto an seiner Seite gehabt, dann hätte er Vater, Schwester und Bruder getötet, alle auf einmal. Er verfluchte seine Unbeherrschtheit, die ihn in Abhängigkeit von seinem Vater hielt, dessen Schläue er liebte und zugleich hasste.

»Das ist richtig, Cesare, bravo. Ich sehe, du beginnst zu verstehen. In der Tat darf er es nicht erfahren. Wenigstens solange er uns noch nützlich ist. Er wird mir helfen, mich von Savonarola zu befreien, und mir Florenz übergeben. Er geht davon aus, dass er mir auf den Thron des Petrus folgen wird.« Alexander kicherte. »Was er nicht weiß, ist, dass ich dann nicht mehr Pontifex sein werde, wenn ich erst König bin.«

Alexander VI. schlug mit der Faust auf den Tisch. »Ich werde Gott sein!«

Ada Ta warf einen letzten Blick auf den Palazzo des Fürsten Colonna, den er nie wiedersehen würde. Die Übungen für die Atmung und die Kontrolle über seine Energien hatten ihn erschöpft, doch es wäre unvorsichtig gewesen, in die Drachenhöhle zu gehen, ohne sich vorher Gedanken darüber gemacht zu haben, wie er wieder herauskommen würde. Seine erste Prüfung würde darin bestehen, den Palazzo durch das Haupttor zu verlassen, ohne dass der Kapitän der Wachen ihn bemerkte.

Kapitän Britonio vermeinte, ein Gespenst im Hof zu sehen, doch er gab seinen Augen die Schuld, die nicht mehr so scharf sahen wie früher. Dass ihm nun allerdings auch seine Nase Streiche spielte, war neu: Er wunderte sich über den plötzlichen Duft frischer Blumen. Keiner seiner Männer roch so, und die Kurtisanen, die aus irgendeinem Nest herauskamen, beträufelten sich schon gar nicht mit solch einer delikaten Essenz.

Als Ada Ta die Via della Pilotta hinunterging, beobachtete er im Vorbeigehen ein paar Jünglinge, die fröhlich Ball spielten, erreichte schließlich die Via dell'Amoratto und kam von dort auf die große Piazza mit dem Säulengang aus goldgelbem Marmor. Er stand unter einem Bogen und bewunderte einen imposanten römischen Tempel, als eine Frau mit rot bemalten Lippen zu ihm trat.

»Vier Denar, und ich zeige dir das Paradies«, raunte sie ihm zu und kehrte ihm kokett den Rücken zu.

»Das ist ein guter Preis für so viel Verheißung«, antwortete der Mönch.

Ruckartig drehte sie sich um, doch der Fremde war von einer Sekunde auf die andere verschwunden. Manchmal trieb der Wein üble Scherze mit ihr.

Der Fischgestank erreichte Ada Ta, noch bevor er den Tiber sah. Auf der Brücke der Engelsburg priesen die Fischer lauthals die Qualität ihrer Fische an. Auf behelfsmäßigen Karren lagen Karpfen, kleine Strömer, große Döbel und Meeräschen. Eine bunte Mischung aus Mägden und Nonnen tummelte sich auf der Brücke, um die Ware kritisch zu beäugen. Die Fischer machten Scherze mit ihren Aalen, die sich um ihre Handgelenke schlängelten, und liefen zweideutig lachend hinter den Frauen her.

Ada Ta überquerte die Brücke und gelangte schließlich an den Eingang der Engelsburg. Linker Hand erkannte er in unmittelbarer Nähe den Glockenturm der größten Kirche Roms. Sanft strich Ada Ta über Īsās Buch, das er in einer Schultertasche bei sich trug, und wandte sich der großen Treppe der Basilika zu. Dort wohnte der Papst, und dort waren seine Vorgänger beerdigt. Während sein Herzschlag immer ruhiger wurde, dachte er zufrieden daran, dass nun bereits der zweite Teil seines Plans erfolgreich umgesetzt war und nun der dritte auf ihn wartete. Manchmal erschienen die Geschichten der Menschen kompliziert, doch wenn man sie von oben betrachtete, waren sie nur ein Teil eines großen, einfachen Plans. Darum hatte er ein Leben in den Bergen gewählt.

Von dort oben hatte er gespürt, dass es kein Zufall gewesen war, dass er dem Grafen von Mirandola begegnet war und dass auch dessen Tod und die Übergabe des Geheimnisses an jenen stattlichen und starken Mann Teil eines größeren Plans war. Ein einziger Same, vom Wind verweht, kann am anderen Ende der Welt einen Wald erschaffen; und die Wolken über den Wassern des Ganges können mit denen über dem Tajo ineinanderfließen und eins werden. Alles würde sich wie in einem großen Schicksalskreis zusammenfügen; dann wären Anfang und Ende vereint. Und auch Gua Li war zu einem ganz bestimmten Zweck auf die Welt gekommen. Natürlich darf man nicht erwarten, dass die Ereignisse sich von selbst ereignen – und dass er jetzt die majestätische Treppe der Basilika erklomm, war ein kleiner Schritt, der sich harmonisch in den großen Plan des Lebens einfügte und zu seiner Erfüllung beitrug.

40

Florenz, Santa-Maria-Novella-Kirche, am gleichen Tag

Zum dritten Mal drangen die Schreie der Frau durch die dicken Mauern ihrer kleinen Zelle. Sie hallten über den Korridor und gingen durch die Klostermauern hindurch, bis sie zu den Ohren des alten della Robbia gelangten. Seine Beine zitterten. Die Schreie schienen direkt aus dem Inferno zu kommen, und beinahe wäre ihm der Heiligenschein des heiligen Franziskus vor Schreck auf den Kopf seines Gesellen gefallen, der die Leiter hielt. Die Lünette war ihm sehr wichtig, denn mit der Umarmung der beiden Heiligen Franziskus und Dominikus war er von Savonarola persönlich beauftragt worden. Für die Florentiner sollte sie den Frieden zwischen den beiden Orden symbolisieren und die Republik Christus weihen. Die Glasur hatte leichten Schaden genommen, und wie immer war er dem Ruf Bruder Girolamos unverzüglich gefolgt.

Die Schreie dieser Frau brachten ihn vollkommen aus der Ruhe – sie ließen seine Hände zittern, und er befürchtete, mit seiner Arbeit nicht vor Ankunft des heiligen Bruders fertig zu werden. Mutter Ludovica kam angelaufen, und er sah die Novizin kurz vor einer Nervenkrise.

»Heiliger Jesus!«

»Gelobt sei er, meine Tochter. Was geschieht denn noch?«

»Ich weiß es nicht, Mutter. Sie schreit und windet sich.« Die junge Novizin war kurz davor, in Tränen auszubrechen.

»Sie weint und klagt und schwitzt. Und ich bringe es nicht über mich, ihren Leib zu berühren. Oh, Mutter, und wenn sie gar von einem Dämon besessen wäre?«

»Sprich doch keine Dummheiten. Glaubst du etwa, der Bruder hätte sie aufgenommen, wenn sie eine Hexe wäre, die Satan den Hintern küsst?«

»Heilige Mutter!«

»Wenn du – außer deiner Seele – die ganze Welt retten möchtest, dann musst du noch einiges sehen und noch mehr hören, meine Tochter. Es wäre gut, wenn du dich alsbald daran gewöhnen könntest. Nun gehe zurück zu ihr und versuche, ihre Hand zu halten, auch wenn du dabei ihren Leib berühren musst. Damit begehst du keine Sünde. Und tue sonst nichts weiter. Bald kommt der Mönch und wird uns Anweisung geben, wie wir verfahren sollen.«

Von Mitbrüdern und ein paar bewaffneten Jünglingen umgeben, begrüßte Girolamo Savonarola den Glasmeister und nickte zufrieden, als er den vergoldeten Heiligenschein des heiligen Franziskus wieder glänzen sah.

»Gott segne Euch, Meister della Robbia.«

»Und Euch auch, auf ewiglich, Vater.«

Savonarola durchquerte das Kirchenschiff von Santa Maria Novella. Sein Blick verweilte dabei auf dem Kreuzgratgewölbe über sich. Er erreichte den Chorraum, der den Geistlichen vorbehalten war, und trat durch eine kleine Tür in den Korridor, den die Nonnen benutzten. Um der sündigen Versuchung nicht zu erliegen, deren Feuer ihn in seiner Jugend beinahe zerfressen hätte, bekreuzigte er sich und ließ sich von der Äbtissin die Hand küssen.

»Wie geht es unserem Bruder? Wie laufen die Geschäfte?«

»Gut, mit Gottes Hilfe«, antwortete die Äbtissin.

»Die Ricci sind immer gottesfürchtige Christen gewesen und haben sich nicht von den Schmeicheleien der Medici blenden lassen – auch als ihre Bank in Schwierigkeiten war. Überbringe ihnen meine Grüße und den Segen Gottes.«

»Seid gesegnet, Bruder Girolamo. Nun kommt, Eure Schutzbefohlene ist ganz unruhig. Nur Ihr werdet sie besänftigen können.«

»Nein, das kann nur der Herr.«

»Sein Wille geschehe.«

Als Savonarola die Zelle betrat, lief die Novizin schluchzend hinaus. Auch Leonora weinte. Es war ein sanftes Weinen, und nur aus der Nähe konnte man ihre Tränen sehen. Verschwitzte Haarsträhnen klebten auf ihrem Gesicht.

»Leonora, hast du geruht?«

In seiner Stimme war kein liebevolles Wohlwollen, und als müsse sie sich instinktiv gegen diese Härte verteidigen, erwachte die Frau aus ihrer Apathie. Sie riss die Augen auf, sah sich um und versuchte, sich ein wenig aufzurichten.

»Habt Dank, dass Ihr mich aufnahmt, Vater.«

»Das ist die Pflicht eines jeden Christen. Matthäus sagt, dass es nicht die Gesunden sind, die eines Arztes bedürfen, sondern die Kranken. Ich bin nicht gekommen, um die Rechtschaffenen zur Reue aufzurufen, sondern die Sünder.«

»Ich danke Euch im Namen meines Sohnes, denn ich glaube keine Sünde begangen zu haben, außer vielleicht, dass ich immer noch am Leben bin. Er aber, mein kleiner Sohn, muss leben.«

Verzweiflung und Würde waren aus ihrer Stimme zu hören. Sie klang wie jemand, der verloren, aber nicht aufgegeben hat.

»Das Leben gibt nur Gott. Nichtsdestotrotz möchte ich nicht mit dir disputieren, Leonora. Bruder Mariano erzählte mir, wie sehr du gelitten hast. Erinnere dich immer daran, dass sein Bruder deine Befreiung mit seinem Leben bezahlt hat, und vergelte es ihm mit Gebeten für seine Seele. Die

Kreatur, die du in deinem Leib trägst, ist hier sicher, wenn du die Regeln befolgst.«

»Und welche sind das?«

»Du wirst Mutter Ludovica Gehorsam leisten und diese Mauern nicht verlassen. Draußen ist es nicht mehr sicher für dich. Diejenigen, die dich ermorden wollten, werden es wieder versuchen. Ich werde dir nichts Weiteres auferlegen: Ich habe Eure Verbindung gesegnet und werde sie weiterhin beschützen. Der Mensch darf das heilige Band nicht zerreißen, das Gott geschaffen und geweiht hat. Das befiehlt die Bibel.«

»Wie es geschrieben steht: *Des Nachts auf meinem Lager suchte ich, den meine Seele liebt. Ich suchte; aber ich fand ihn nicht.*«

Die geflüsterten Worte ließen den Mönch an der Schwelle innehalten. Er drehte sich nicht um, blieb aber stehen, um ihnen zu lauschen.

»*Ich will aufstehen und in der Stadt umhergehen auf den Gassen und Straßen und suchen, den meine Seele liebt. Ich suchte; aber ich fand ihn nicht.* Auch dies steht in der Bibel, Girolamo.«

Aus Furcht und Respekt wagte es normalerweise niemand, ihn bei seinem Vornamen zu nennen – die Letzten, die dies getan hatten, waren Leonora und Ferruccio gewesen. Und vor ihnen waren es der Graf Mirandola und seine Mutter gewesen. Und Laudomia. Sie erschien ihm in all ihrer Schönheit, unnahbar und hochmütig. Ihr hatte er die herzzerreißenden Liebesverse aus dem Hohelied rezitiert, die Leonora gerade aufgesagt hatte. Savonarola kam auch das Gedicht in den Sinn, das er selbst verfasst hatte:

Ben vengo amore,
ti sento nel cuore.
Pensando la tua grazia di venir in me vile,
l'anima non si sazia di te, amor gentile.

Die Liebe fühlte ich in meinem Herzelein,
nur für dich ganz allein.
An deine Schönheit dacht' ich voller Schauer,
meine Holde, deine Liebe lebt in mir auf Dauer.

Später, als er erkannt hatte, dass Laudomia ihn nicht verdiente, hatte er sein Gedicht der Madonna gewidmet. Hässlich sei er, hatte sie ihm gesagt und ihn einen Plebejer genannt, als er ihr sein Herz offenbarte. Er hatte sie daraufhin einen weiblichen Bastard geschimpft. Und in der Tat: Beide hatten sie die Wahrheit gesagt. Er schluckte den Schmerz herunter. Mit hängenden Schultern zog er sich seine Kapuze über, ballte die Fäuste und drehte sich zu Leonora um.

»Ich werde Ferruccio suchen, und sollte er am Leben sein, dann werde ich ihn dir wiederbringen.«

In Rom

Leise betrat Osman das Zimmer, in dem Gua Li und Ferruccio ruhten. Der Kopf der jungen Frau lag auf Ferruccios Schulter, und sie hatte ihren Arm auf seine Brust gelegt. Er kannte die Wirkung des Mohns: In Schlachten verabreichten ihn die Chirurgen den Verwundeten vor einer Amputation. Er kannte den süßen Schwindel, der die Seele beruhigt und den Körper darauf einstimmt, verbotene Freuden zu genießen. Und er wusste um die aphrodisierende Wirkung des Mohns: Auch nachdem die Leidenschaft verbraucht ist, bleibt die Rute steif.

Er hatte den Gedanken verscheucht, sich zwischen die beiden zu legen, und wollte gerade die Tür schließen, als er Ferruccio stöhnen hörte. Er wandte sich um und beobachtete, wie Ferruccio sich Gua Li zuwandte. Auch sie bewegte sich und streckte ein Bein zwischen die muskulösen Schenkel des Mannes. Ihre Lippen fanden sich, und beide atmeten den Odem des anderen ein. Sofort wurde ihr Atmen heftiger und schneller, und sie pressten ihre Münder leidenschaftlich aneinander. Versteinert sah Osman zu, wie ihre beiden Körper sich suchten und wieder voneinander entfernten, um sich dann mit wachsender Leidenschaft erneut aneinanderzupressen.

Als Gua Li ihren Sari hochzog und ihre weißen Schenkel entblößte, um auf Ferruccio zu steigen, schloss Osman die Augen und lauschte ihren lauter werdenden Seufzern. So lange, bis er den leisen Schrei Gua Lis und Ferruccios heisere Antwort vernahm. Dann ging er leise aus dem Raum und schloss die Tür hinter sich.

Wie ein neugieriges Wiesel trieb sich Ada Ta zwischen den Säulen und Nischen der Basilika herum. Jedem, der sich ihm näherte, ob Wachen oder Bettler, wiederholte er ein hypnotisches Mantra. So glaubten die Angesprochenen an ein Missverständnis – hatten sie doch kein Wort verstanden – und blieben überaus verwirrt zurück.

Mit kleinen Schritten huschte der alte Mönch vollkommen lautlos über den Marmorboden.

In der Kirche war Gemurmel zu vernehmen wie das Zirpen Tausender Zikaden. Ab und an erhoben sich unvermittelt Gesänge und Wehklagen. Ada Ta fühlte sich wie ein Käfer, der ein Bienennest inspiziert. Auf seinem Weg entlang des linken Seitenschiffes zur Apsis blieb er stehen, um einen alten Mann und einen kräftigen Jüngling zu beobachten, die mühselig mit Hammer und Meißel ein monumentales Grabmal bearbeiteten. Für ihn war es bizarr, dass die Toten über und nicht unter der Erde bestattet wurden. Immerhin konnte er aber lesen, dass der Körper, der hier beigesetzt war, dem Papst gehörte, der den Überbringer des Lichts, den edlen Mirandola, verurteilt hatte. Ein breites Lächeln erschien auf Ada Tas Lippen. Wie durch ein Wunder hatte er etwas gefunden, wonach er nicht einmal zu suchen gewagt hatte. Der dritte Teil seines Plans ließ sich nun denkbar einfach ausführen.

»Wenige Tropfen des Öls, mit dem Ihr Eure Meißel schärft, reichen aus, um den Stein zu bewegen«, wandte Ada Ta sich an die beiden Männer.

Wortlos schauten sie ihn an; dann gossen sie etwas Öl auf die Grabplatte. Ada Ta modulierte einen Ton, der den Stein vibrieren ließ, sodass die beiden verschwitzten Männer ihn stöhnend so weit verschieben konnten, bis eine kleine Öffnung sichtbar wurde. Flink wie ein Äffchen ließ Ada Ta das Buch in den Sarkophag gleiten und wiederholte leise den Ton, der den beiden Männern half, die Steinplatte wieder an ihren ursprünglichen Platz zu schieben. Der Mönch legte die Hände aneinander, machte eine leichte Verbeugung und verschwand dann in der Menge, die auf die abendliche Vespermesse wartete.

»Meister Pollaiolo, ich fühle mich ganz wirr im Kopf«, flüsterte der Geselle.

Weißes Pulver stob in die Luft, als er sich am Kopf kratzte.

»Ich auch«, antwortete ihm sein Meister und fragte sich, warum er einen Meißel in der Hand hielt. »Vielleicht ist es ein Sonnenstich.«

»Ein Sonnenstich? Hier, in der Basilika? Und auch noch alle beide? Wie kann das möglich sein, Meister?«

»Kümmere dich lieber darum, dass wir hier fertig werden«, antwortete dieser barsch. »Seit sieben Jahren arbeite ich an Innozenz' Grab, und ich kann es nicht mehr sehen.« Unvermittelt wurde sein Ton jedoch friedlicher, als er sein Werk betrachtete. »Aber sieh nur, wie schön es geworden ist. Es sieht fast aus wie das Grab eines Heiligen.«

»Warum? Ist der Papst denn kein Heiliger?«

»Selbstverständlich ist er das, du Dummkopf, aber nur zu Lebzeiten.«

Zufrieden ging Ada Ta ins Atrium und blieb vor dem imposanten Pinienbrunnen aus Bronze stehen. Er erfreute sich an dem Wasserspiel, das ihn vom Staub der Basilika und den Gedanken befreite, die ihn manchmal von dem Weg der Gerechtigkeit abbrachten. In der Tat gab es Momente, in denen er Probleme lieber mit seinem Stock als mit seinem Verstand lösen würde. Doch das durfte er nicht laut sagen.

Nachdem Ada Ta sich von seinen lästerlichen Gedanken befreit hatte, fühlte er sich besser und bereit für die Begegnung. Er streckte und reckte sich und versenkte sich in die Meditation: Er stellte sich die Pinie als mächtigen Gegner vor; und erst, als der alte Mönch davon überzeugt war, dass er ihn schlagen würde, machte er sich zu den Gemächern des Papstes auf.

Im zweiten Stock saß Alexander VI. in seinem Studierzimmer. Hin und wieder blickte er zu Burcardo hoch, der vor ihm stand und ihm die Korrespondenz reichte. Manche Dokumente mussten nur gelesen, andere mit Unterschrift und Siegel versehen werden. Als der Zeremonienmeister mit einem Schreiben in der Hand, das die Unterschrift Ferdinands von Aragonien trug, wie eine Salzsäule vor ihm stand und weder etwas sagte noch es weiterreichte, verlor der Papst die Geduld.

»Burcardo, du Esel! Worauf wartest du? Auf die Posaunen der Gerechtigkeit?«

»Hei…ligkeit«, stotterte dieser, und ohne dem Weiteres hinzuzufügen, zeigte er mit dem Finger auf die gegenüberliegende Wand.

Alexander schaute auf seine Hand und folgte der Richtung des Zeigefingers, bis er im Halbschatten eine Art Gespenst oder etwas, das einer menschlichen Gestalt sehr ähnlich sah, erkennen konnte. Er riss die Augen auf: Dort war jemand, der da nicht hingehörte. Während Burcardo das unerträgliche Verlangen verspürte zu urinieren, trat der Papst auf ein Holzpedal im Boden. Zwei Stockwerke darunter erklang eine Glocke im Zimmer der Wachen. Ob dieses in eine rote Tunika gehüllte Wesen aus Fleisch und Blut oder ein Geist war – bald würde es mit den Kriegern seiner Heiligkeit Bekanntschaft machen.

Das Wesen stand auf. Burcardo machte sich in die Hosen, doch Alexander blieb ruhig sitzen und hielt sich mit Nachdruck an der Tischplatte seines wertvollen Schreibtisches fest.

»Ich bitte untertänigst um Verzeihung«, sagte Ada Ta mit gefalteten Händen. »Habe ich die Ehre, mit dem Bischof von Rom, dem Vikar von Jesus Christus, dem Nachfolger des Apostels Petrus, dem höchsten Pontifex der universellen Kirche, dem Erzbischof der römischen Provinz, dem Oberhaupt des Kirchenstaates und dem Diener der Diener Gottes zu sprechen? Ich hoffe, ich habe keinen Eurer Titel vergessen.«

»Das sind Wir.«

Ohne eine weiteres Wort zu sagen, strich sich der Pontifex mit dem Zeigefinger über seinen Nasenhöcker. Er hatte ohne zu zögern geantwortet. Ein wenig zu respektvoll zwar, wie er fand – andererseits: Musste man Verrückte nicht weitaus mehr fürchten als Bösewichte? Und das Einzige, was man tun konnte, wenn sie einen bedrängten, war, sie hinzuhalten, um Zeit zu gewinnen, bis Hilfe kam. Als er noch ein Jüngling war, hatte ihm sein Lehrer immer und immer wieder die Geschichte des römischen Konsuls Quinto Fabio Massimo Verrucoso erzählt, der Rom genau mit dieser Methode vor Hannibal gerettet hatte.

»Und wer seid Ihr?«

»Ich bin nur Ada Ta.«

Für einige Augenblicke schweifte Alexanders Blick ab. Er sah die orientalischen Gesichtszüge des Alten und wusste sofort, wen er vor sich hatte. Am Tag der Heiligen Peter und Paul, als deren würdiger Nachfolger er sich fühlte, hatte ihm Gott – sollte er denn wirklich existieren – eine Gnade gewährt, um die er nicht einmal gebeten hatte. Augenblicklich verschwand die Angst, und die Gier loderte in Alexanders Herz auf. Dieser Fremde war der Schlüssel – er musste ihn nur zum Sprechen bringen. Unter anderem interessierte ihn brennend, wo ihn der Kardinal wohl die ganze Zeit versteckt gehalten hatte.

»Seid willkommen. Doch sagt Uns: Wie habt Ihr es vollbracht, ohne Ankündigung einzutreten?«

»Ganz einfach. Ich habe gefragt, und alle Türen wurden mir geöffnet. So wie Euer Herr sagt: *Klopfet an, so wird euch aufgetan.*«

»Ich verstehe.«

In Wirklichkeit verstand der Pontifex jedoch überhaupt nichts. Er wusste zwar, dass er von Idioten umgeben war, aber bislang hatte er offensichtlich das Ausmaß der Dummheit unterschätzt.

Der Mönch machte einen Schritt auf ihn zu.

»Ich hätte es bedauert abzureisen, ohne Euch vorher kennengelernt zu haben.«

»Ja, das wäre in der Tat äußerst betrüblich gewesen. Burcardo, steh nicht da wie ein Ölgötze: Serviere uns einen Becher Vin Santo, ich denke, es gibt in diesem Moment nichts Passenderes.«

»Habt Dank, Eure Heiligkeit, aber nun muss ich wirklich gehen. Ich habe bereits das Vergnügen gehabt, mich von Eurem Freund Giovanni de' Medici zu verabschieden, dem ich – auf dass er mich in guter Erinnerung behalte – ein schönes Buch überließ. Auch für Euch habe ich ein Geschenk.«

»Welches Buch?«

»Oh nein, für Euch, der schon so viel weiß, habe ich kein Buch.«

»Welches Buch?«, fragte Alexander mit Nachdruck, bereit, den Feiertag wieder abzuschaffen. »Das von …«

»Ja, ich glaube, es ist das, was Ihr meint.« Ada Ta lächelte. »Überaus alt, überaus schön und überaus wahrhaftig.«

In diesem Moment wurde die Tür aufgerissen, und vier mit Schwertern und Knüppeln bewaffnete Männer stürmten in das Studierzimmer. Flink brachte sich Burcardo hinter dem Thron in Sicherheit.

»Verhaftet ihn!«, sagte der Papst seinen Wachmännern eisig, »aber bringt ihn nicht um.«

»Welch bizarre Gepflogenheiten!«, rief Ada Ta. »Sie verstoßen gegen das heilige Gebot der Gastfreundschaft.«

Auf ein Zeichen des Papstes gingen seine Männer mit gezückten Schwertern in der linken und Knüppeln in der rechten Hand drohend auf den Alten zu. Ada Ta lächelte. Es war falsch, eine Drohgebärde einzunehmen. Im Kampf braucht man keine Drohungen – man braucht nur den richtigen Winkel einzuhalten, um sein Ziel sicher zu treffen. Mit dem rechten Fuß machte Ada Ta also eine Drehung und fand das Gleichgewicht, während er mit dem nach unten baumelnden Stock Schwäche zu demonstrieren schien. Er bereitete sich auf den Angriff vor wie eine Schlange, die sich tot stellt, um die Beute anzulocken. Ein Soldat traf Ada Ta unter dem Kinn, während dieser den Mann an der Milz traf. Von seiner Schnelligkeit überrascht, wichen die anderen beiden erstaunten Gardisten zurück. Soweit es das Studierzimmer zuließ, gingen sie auf Distanz und warfen einen Stuhl nach dem Alten, der wie ein Derwisch zu tanzen schien: Sein Stock schlug unentwegt nach ihnen, und um sich erwehren zu können, mussten sie wohl oder übel in seine Nähe kommen.

»Tut etwas, bei Gott, Burcardo!«, schrie der Papst.

Durch den Ton seines Herren verängstigt, wollte Burcardo dem Mönch das schwere Tintenfass entgegenschleudern, zog aber augenblicklich seine schmerzlich getroffene Hand zurück – mit dem Ergebnis, dass sich die rote Tinte über die auf dem Tisch liegenden Papiere ergoss und zu allem Überfluss auch noch den wertvollen Hermelinumhang des Papstes besudelte.

Ada Ta vermied tödliche Schläge: Treffer an Schläfen, Mund, Magen oder zwischen die Augen. Er zielte ausschließlich auf Ellenbogen und Kniegelenke – was für die Getroffenen zwar überaus schmerzhaft war, aber keine bleibenden Schäden hinterließ. Der Papst trat erneut auf das in den Boden eingelassene Holzpedal, um weitere Wachen herbeizurufen. In der Zwischenzeit war der Alte mit einem Luftsprung hinter dem am weitesten entfernten Wachmann gelandet und hatte diesen mit einem Schlag auf den Rücken in die Knie gezwungen. Nun hatte Alexander Angst. Die orientalischen Gesichtszüge des Mönchs glichen einem glatzköpfigen Dämon, den irgendein Idiot als Fresko an die Wand der Sixtinischen Kapelle gemalt hatte.

Als Ada Ta innehielt, befürchtete der in die Knie gezwungene Soldat einen erneuten Angriff und wagte nicht mehr, sich aufzurichten. Die Ekstase, die Gua Li gerade erlebte, erreichte den Geist des alten Mönchs, der Freude und Schmerz zugleich empfand. Nun wusste er, dass auch der dritte Teil des großen Plans vollzogen war. Fehlte noch der vierte und letzte.

Ada Ta erwachte – nackt wie ein Wurm und in Ketten gelegt. Er fragte sich, wie viel Zeit wohl zwischen seinen letzten Gedanken und dem Erwachen in diesem feuchten, dunklen Käfig vergangen war. Momente oder ganze Monde? Er wusste es nicht.

41

Rom, 20. November 1497

Nach genau drei Tagen ersetzte Gua Li das Opium durch Bilsenkraut, wie Ada Ta sie angewiesen hatte. Langsam kam Ferruccio wieder zu sich. Während sie ihm half, wieder auf die Beine zu kommen, belog sie ihn: Die Wunde habe sich entzündet, erzählte sie ihm, und er habe drei Tage lang im Fieberdelirium verbracht. Sie befänden sich nun in Osmans Haus, weil der Palazzo – nach den Vorfällen mit Kardinal de' Medici – mittlerweile kein sicherer Ort mehr für sie sei. Ferruccio wirkte verwirrt und misstrauisch. Auch Gua Li plagten Zweifel – die Abwesenheit Ada Tas und die Sorge um ihn lastete wie ein schwerer Stein auf ihrer Brust.

An den darauffolgenden beiden Tagen war Ferruccio still und stellte auch keine Fragen mehr – resigniert hatte er jedoch nicht. Heimlich beobachtete ihn Gua Li und versuchte, seine Gedanken zu lesen. Sie meinte, dass er ihr durch kleine Gesten und geflüsterte Halbsätze zu verstehen geben wollte, dass er sich sehr wohl erinnere und dass er nur darauf wartete, endlich mit ihr allein zu sein, um ihr Vorwürfe machen zu können. Wenn sich ihre Blicke kreuzten, sah Gua Li deshalb schnell weg. Sie war so aufgewühlt, dass sie nicht einmal mehr fähig war, seinen Geruch wahrzunehmen. Sie liebte ihn nicht, sagte sie sich, und verspürte auch nicht mehr die körperliche Lust, der sie – durch das Opium – nicht hatte widerstehen können. Oder vielleicht war das aber doch nur ein Vorwand, um ihr Gewissen zu beruhigen? Um sich nicht eingestehen zu müssen, dass sie etwas Unrechtes getan hatte? Warum aber wollte sie Ferruccio für immer an ihrer Seite haben, um ihn vor sich selbst und der Welt zu schützen, wenn sie ihn doch nicht liebte?

In diesen Tagen war Osmans Hingabe ihr einziger Trost. Er sorgte für sie wie eine Mutter: kam jeder ihrer Bitten zuvor, ging ungefragt einkaufen und half ihr beim Kochen. Er hatte ihr sogar beigebracht, wie man süße, mit Haselnüssen, Pistazien und Walnüssen gefüllte Fladen machte.

»Erwärme etwas Wasser mit Honig und bringe das Gemisch dann mit dem Saft einer Zitrone samt ihrer rauen Schale zum Kochen. Rühre gut um, dann erhältst du einen vorzüglichen Sirup, mit dem du die gefüllte süße Speise bedeckst.«

Osman verströmte einen solch intensiven Duft der Vanilleblume, dass ihr seine Nähe Kopfschmerzen verursachte, ein Übel, unter dem sie üblicherweise nie litt. Gua Li stand vor dem Fenster und starrte geistesabwesend auf die mittlerweile kahle Platane vor dem Haus. Als sie einen Atemzug auf ihrer Haut spürte und den überwältigend traurigen Duft von Jasmin und Ringelblume roch, zuckte die junge Frau zusammen.

»Möchtest du?«

Er stand ganz nah bei ihr, berührte sie aber nicht und sah aus dem Fenster. Gua Lis Herz schlug schneller.

»Was?«

»Erzähle mir von Īsā. Ein letztes Mal.«

»Das werde ich tun. Wirst du mir dann helfen?«

»Ich muss gehen. Dringender denn je.«

Sie sahen einander an und erkannten in den Augen des anderen die Wahrheit.

»Ada Ta ist in Gefahr.«

»Leonora ebenso und ich mit ihr.«

Gua Li wollte ihm antworten, aber ihre Lippen bebten, und sie brachte kein Wort heraus. Ferruccios Blicke sagten ihr, dass sie die eigentliche Gefahr für ihn war. Sie würde ihm antworten, indem sie seiner Bitte Folge leistete.

Eine große Menschenmenge hatte sich an den Ufern des Sees von Tiberias versammelt. Viele waren aus reiner Neugier gekommen, um die Geschichten ihres Bruders zu hören, der bis ans andere Ende der Welt gegangen war und über die seit einiger Zeit jeder sprach. Doch für viele war das, was Jesus zu sagen hatte, mehr. Anfangs waren Jesu Worte nur geflüstert oder hinter vorgehaltener Hand weitererzählt worden; doch dann begannen sich seine Ideen wie die Samen der Pusteblume zu verbreiten, die die Kinder anpusten, um die Engel zu befreien. In ganz Galiläa und über die Provinzgrenzen hinaus waren seine Worte selbst bis zu den fahrenden Händlern und Reisenden vorgedrungen.

Denjenigen, die ihre Hoffnung auf ein würdevolles Leben verloren und sich den Ungerechtigkeiten gebeugt hatten, erschienen die Worte des Mannes, der sich Jesus nannte, verrückt, gefährlich und allzu schwärmerisch. Möglicherweise hörten sie ihm aber genau aus diesem Grund zu und begannen, seine Worte weiterzutragen. Es war, als würde jemand in einer dunklen Höhle Asche aufwirbeln und ihnen die letzte Feuerstelle zeigen, die sie noch hatten. Ein Funke reichte aus, um ihnen den Weg zu zeigen, der sie zurück ans Licht führte. Es war nur eine leise Hoffnung, doch es war die einzige, und sie klammerten sich daran wie Ertrinkende.

Doch seine Zuhörer waren nicht die Einzigen, die sich für diesen Juden, der dem Tode entronnen war und auf so wundersame Weise in seine Heimat zurückgekehrt war, interessierten: Als Erster nahm ihn Tazio Marone wahr, der Kommandant der römischen Garnison in Gamla. Er erstattete dem Statthalter von Jerusalem, Pontius Pilatus, unverzüglich Bericht. Dieser schickte daraufhin eine Depesche an Konsul Longino nach Damaskus, der ihm un-

gehalten antwortete, dass es sich bei diesem Jesus wahrscheinlich um einen der üblichen Aufrührer handele. Er solle wie üblich verfahren: ihn überwachen lassen und nur einschreiten, falls sich die guten Beziehungen zwischen dem römischen und jüdischen Volk, die dem Kaiser Tiberius so am Herzen lagen, zu verschlechtern drohten. Und er solle ihn nicht wegen solcher Kleinigkeiten belästigen! Tazio Marone konnte Pilatus mit der Überwachung nicht beauftragen, da der Galiläer nie lange am selben Ort verweilte. Deshalb schickte er dem Tetrarchen Herodes Antipas den Befehl, Tiberias unverzüglich zu verlassen und sich auf die Burg Antonia in Jerusalem zu begeben.

Von dreißig Würdenträgern des Hofes und einhundert berittenen Soldaten begleitet machte sich Herodes auf den Weg. Die Soldaten in seinem Gefolge sorgten dabei nicht nur für seine Sicherheit, sondern auch dafür, dass die Menschen in den Dörfern ihrem König huldigten. Und so brauchten sie für die neunzig Kilometer volle vierzig Tage, bevor sie endlich die Hauptstadt erreichten. Pilatus, der ihn nicht einmal in sein Triclinium zum Essen einlud, schickte Herodes umgehend zum Sanhedrin. Sein Vater hatte den Rat in der Hand gehabt, Herodes hingegen musste sich ihm beugen und bitten. Der Hohepriester Kaiphas begleitete ihn zu seinem Schwiegervater Hannas ben Seth, dem heimlichen Oberhaupt des Rates der Siebzig.

»Wenn er es ist, dann habe ich ihn vor vielen Jahren kennengelernt. Allerdings glaubte ich ihn tot.«

»Noch nicht«, sagte Herodes kühl, »aber was nicht ist, kann ja noch werden.«

»Was predigt der Galiläer?«

»Das Übliche.« Herodes zuckte mit den Schultern. »Freiheit, Gerechtigkeit, Liebe, Brüderlichkeit – nichts Neues scheinbar.«

»Spricht er über Gott? Oder gar über andere Götter?«

»Das weiß ich nicht, Hannas. Aus diesem Grunde bin ich ja hier – um mehr zu erfahren.«

»Wenn er über andere Götter spräche, wäre die Sache ganz einfach. Der Tanach befiehlt den Tod eines jeden Ungläubigen.«

»Die Römer wären damit Ungläubige.«

»Aber sie haben Waffen, Herodes. Und du wirst nur so lange Tetrarch sein, wie sie es wollen. Wie dem auch sei, ich habe einen schlauen Jüngling an der Hand, der ein geborener Spion ist. Er ist der Sohn von Sklaven, kommt aus Tarsus und will sich endlich von seiner Vergangenheit befreien.«

»Kann man ihm trauen?«

»Entscheide selbst.«

Während seiner Wartezeit wurden dem König Feigen und Datteln gereicht, die er in Honig und in mit Zimt gewürztes Weizenbier tunkte. Hannas naschte nur ein paar geschälte Lupinensamen, die nach römischer Mode gesalzen und mit Oregano gewürzt waren. Kurz darauf erschien ein kleiner, untersetzter Mann vor ihnen. Sein Haupthaar lichtete sich bereits, und Herodes wunderte sich unwillkürlich über seine zusammengewachsenen Augenbrauen.

»Ich hatte ihn mir anders vorgestellt.«

»Er ist intelligent wie ein Jude und schlau wie ein Römer. Wenn er uns gute Dienste erweist, werde ich ihn in den Sanhedrin aufnehmen«, bemerkte Hannas.

Nachdem sie ihm seine Aufgabe erklärt hatten, schlug sich der Mann mit der Faust auf die Brust und verbeugte sich ehrerbietig.

»Nun gut. Wie heißt du?«, fragte Herodes.

»Saulus, mein König, du kannst mich jedoch nennen, wie dir beliebt.«

»Du wirst mir allein Bericht erstatten, Saulus«, ermahnte ihn Hannas. »Und nun geh.«

Als sie wieder unter sich waren, wandte sich Hannas an Herodes.

»Sobald dieser Galiläer sich nach dem Gesetz versündigt – jedoch nicht vorher –, schreiten wir ein. Lassen wir ihn erst noch

bekannter werden. Die Menschen sollen an ihn glauben und die Römer anfangen, ihn zu fürchten. Erst dann werden wir ihn verhaften, anklagen und verurteilen. Die Römer werden es uns danken und …« Hannas faltete die Hände zum Gebet und hob den Kopf. »Das Volk wird vor der Macht des wahren Gottes auf die Knie fallen.«

»Seitdem hat sich nicht viel verändert.«

Gua Li erbebte, als sie den warmen und sanften Tonfall von Ferruccios Stimme hörte, die von weit her zu kommen schien. Sie deutete ein Lächeln an und fuhr mit ihrer Erzählung fort.

Jesus fürchtete sich vor diesem Moment. Bisher hatte er vor kleinen Grüppchen gesprochen, nun kamen die Menschen zu Hunderten, um ihn zu hören. Bisher hatte es ihn nicht weiter gestört, wenn seine Reden nicht jeden erreichten und das, was er sagen wollte, nur in den einfachsten Seelen Wurzeln schlug. Plötzlich spürte er jedoch die Verantwortung, die auf seinen Schultern lastete, da er diese bunt gemischte Menge aus allen gesellschaftlichen Schichten vor sich hatte: Schreiberlinge und Priester, römische Soldaten, Bauern, Händler und manchmal sogar Wächter mit ihren in Ketten liegenden Gefangenen; sogar Rosinen naschende, edle Herren kamen in vergoldeten Sänften, deren Leinenvorhänge sich in der sanften Brise, die vom See her wehte, bauschten.

Judas hatte Jesus ermuntert, die rhetorischen Techniken anzuwenden, die er von den Mönchen und Ong Pa gelernt hatte. Er müsse sich kleiner Tricks bedienen, hatte Judas ihn zu überzeugen versucht, immerhin würde er dies ja nicht aus Berechnung oder Arglist tun, sondern um die Menschen besser erreichen zu können; um ihr Gewissen wachzurütteln und sie zu verwirren, zu erstaunen und zu verzücken. Immerhin ginge es doch darum, dass die Bewegung Fuß fassen könne, selbst dann, wenn Jesus sie wie-

der verlassen sollte – von Gamla bis Akkon, von Kain bis Naîn, ja sogar von Jerusalem bis zum fernen Masada. Damit die Gerechtigkeit, die Freiheit und die Liebe, die Jesus predigte, endlich Früchte trügen.

Yuehan war voller Stolz auf seinen Vater und schlug Jesus vor, das Wunder zu wiederholen, das er vor einiger Zeit auf einer Hochzeit gewirkt hatte. Am Ende hatten die Gäste dem Gastgeber für den exzellenten Wein gedankt, der in Wirklichkeit nur Quellwasser gewesen war. Als Maria ihre Söhne auf dem Rückweg gefragt hatte, weshalb sie so lachten, hatte ihr Judas die Wahrheit erzählt. Zuerst hatte sie den Kopf geschüttelt und Jesus getadelt, doch als sie in die lachenden Gesichter ihrer Kinder und ihres Enkels geblickt hatte, hatte auch sie in ihr Lachen eingestimmt.

Anfangs hatte Jesus Schwierigkeiten, sich Gehör zu verschaffen, denn die Menschen verlangten grölend, dass er zu ihnen spräche, verstanden in dem Lärm jedoch nicht einmal ihr eigenes Wort. Deshalb begann Jesus zu flüstern. Das war laut Ong Pa die beste Methode, um sich Gehör zu verschaffen, wenn alle anderen schrien. Tatsächlich wurde die Menge leiser und verstummte schließlich ganz. In die vollkommene Stille hinein sprach Jesus schließlich mit erhobener Stimme, laut und deutlich zu ihnen.

Er sagte ihnen, dass alle gleich seien, Männer wie Frauen, ohne Ausnahme. Ein paar Zuhörer runzelten die Stirn. Er fügte hinzu, dass das Leben heilig sei und es niemandem, weder einem Mann noch einem König erlaubt sei, es zu nehmen. Er erklärte, dass es nicht ausreiche, nicht nur nichts Unrechtes zu tun, sondern dass man auch Gutes tun müsse, um als ehrenwert angesehen zu werden. Nur so verdiente man sich den Respekt der Lebenden und später einen Stein auf seinem Grab. Er behauptete, dass es richtig sei, sich gegen Ungerechtigkeit zu erheben, und dass es an der Zeit sei, eine Veränderung herbeizuführen.

Tosender Beifall erhob sich.

Maria war glücklich, und Judas hob seine geballten Fäuste gen Himmel, während Jakob gedankenvoll lächelte.

Viele Männer richteten Fragen an Jesus und nickten einander bei seinen Antworten zu. Auch eine Frau wagte es, sich Jesus zu nähern. Als sie an den anderen Zuhörern vorbeiging, begann ein aufgeregtes Tuscheln.

»Sie nennen mich Sünderin, denn ich wollte mich nicht mit dem Mann vermählen, den meine Eltern mir aussuchten«, eröffnete sie ihre Frage. »Ich wollte für meinen Ehemann Liebe empfinden, doch ich habe ihn nicht gefunden. Du, der du über Gerechtigkeit sprichst, sage mir: Warum bestraft mich Gott so hart, indem er mir keinen Mann schickt, der mich will und den ich will?«

Jesus sah ihr in die Augen. Er sah keinerlei Furcht darin. Ihre geölten, rabenschwarzen Haare, die sie offen trug, glänzten in der untergehenden Sonne.

»So wie ich es sehe, hast du weder eine Sünde begangen noch einen Fehler gemacht, als du die Ehe ausschlugst. Du bist vielmehr dem Weg deines Herzens und der Freiheit gefolgt. Das ist dein gutes Recht. Bleib, wie du bist. Niemand soll dich bestrafen – im Gegenteil: Deine Mitmenschen sollten dich eher bewundern und dich ansehen, wie all die Männer hier es taten, als sie seinen Worten lauschten. Derjenige, der dich verleumdet, tut es nur, weil er selbst von dir geliebt werden will.«

Stolz drehte sich die Frau um, lächelte mit ihren strahlend weißen Zähnen in die Menge und ging davon.

»Wer bist du, dass du so sprichst?«

Ein kleiner und untersetzter Mann kam auf Jesus zu, drehte sich zu der Menge um und wiederholte die Frage.

»Sie sagen, du seiest von weit her gekommen«, fuhr er fort. »Willst du die Religion unserer Väter verleugnen?«

»Wer bin ich, dass ich die Schriften verleugnete!«, antwortete Jesus. »Sie müssen mit Respekt behandelt werden, so wie alle alten Schriften, die Weisheit und Glaubensregeln überliefern. Aber die

Zeiten haben sich geändert: Wir leben nicht mehr wie Abrahams Zeitgenossen. Und man kann nicht das gleiche Gewand, das man im Sommer trägt, auch im Winter tragen. Das, was einmal richtig war, um Schande und Kriege oder Krankheiten abzuwenden, muss heute nicht mehr unbedingt richtig sein. Das Recht, frei zu entscheiden, ist heiliger als jedes Gesetz. Wir müssen unsere Gedanken verändern, nicht diese Frau ihre Entscheidung.«

Mit zusammengepressten Lippen breitete der Mann zustimmend die Arme aus und drehte sich einmal um sich selbst.

»Unser Jesus ist mehr als ein Meister«, schrie er dann in die Menge. »Er ist ein Zaddik, denn er ist fähig, die Sünden unserer Brüder für nichtig zu erklären und die unserer Schwestern auch. Worauf wartet ihr? Macht ihn zu Eurem Messias! Salbt ihn mit Öl, so wie es die Frau im Überfluss mit ihrer Haarpracht tat. Könnte er nicht der wahre Messias sein, auf den unser Volk schon so lange wartet und über den der Prophet Obadja in seinem Buch spricht? Schaut ihn euch an! Vielleicht ist er der Erlöser unseres Volkes!«

So sprach er und verschwand in der Menge.

Nur noch das sanfte Plätschern der Wellen des Sees und ein paar kleine Kinder, die weinend auf dem Arm ihrer Mütter saßen, begleiteten die darauffolgende Stille. Jesus sah sich um und schaute in die Gesichter der Menschen und auch in das von Judas und Jakob. Er las in ihnen die erwartungsvolle Spannung auf das, was er dem Mann antworten würde. Er wusste, wenn er sagen würde folgt mir – sie würden ihm folgen. Und er wusste, dass es kein Zurück mehr gäbe, wenn er sie spräche. Judas verstand ihn und kam näher.

»Lass sie warten. Jetzt ist der Moment gekommen, um sie fortzuschicken. Doch schicke sie zufrieden fort, so wie du es immer tust.«

Die leuchtenden Sterne begleiteten die Letzten, die sich entfernten und glücklich waren, dass sie gebackenen Fisch und warmes Brot *gekostet hatten. Niemand fragte sich, wie es möglich war, dass Jesus ihnen den Imbiss beschert hatte, gab es doch weder Töpfe noch Feuerstellen. Judas legte seinen Arm um die Schulter seines Bruders.*

»Alle haben sie es geglaubt. Ich weiß nicht, wie du das machst, aber wenn du nicht mein Bruder wärst, würde ich glauben, du seist ein Dämon. Und jetzt sag nicht, dass du sie hintergangen hättest. Du hast sie nur getröstet, und das war großmütig von dir und richtig.«

Jesus antwortete nicht. Er sah einen einsamen, letzten Schatten, der näher kam. Erst als sie kurz vor ihm stand, erkannte Jesus die Frau, mit der er vorher gesprochen hatte.

»Ich möchte dir nahe sein, und ich weiß, dass du meine Worte nicht missverstehen wirst. Du bist anders als die anderen«, sagte sie.

Dann lächelte sie Yuehan an, der ihren Gruß erwiderte, indem er seine Hände aneinanderlegte und den Kopf neigte. Sie tat es ihm gleich.

»Ich lebe mit meinem Sohn und meinen Brüdern, und ich habe kein Haus, in dem ich dich beherbergen könnte«, sprach Jesus.

»Ich verfüge über ausreichend Geld und gebe mich mit wenig zufrieden. Ich werde deiner Mutter dienen und ihr helfen.«

»Wie heißt du?«

»Maria, wie deine Mutter, und ich komme aus dem nahen Magdala.«

Ferruccio legte seine Hand auf Gua Lis Mund.

»Ich bitte dich: Hör auf! Ich will nichts mehr wissen. Ich glaube, deine Worte haben meine Wunden geheilt. Eine blutet vielleicht noch, doch ich bin bereit, dir zu helfen. Jesus meinte: Eintracht, nicht wahr? Mein Schwert ist zurückgekehrt, und wenn Ada Ta wieder unter uns weilt, dann wird mir sein Stock behilflich sein, Leonora wiederzufinden.«

Da trocknete sich Osman seine Tränen, humpelte langsam zu ihnen hinüber, und sie umfassten sich alle drei in einer einzigen innigen Umarmung. In diesem Moment stieg die Liebe Allahs zum ersten Mal tief in ihn hinab.

42

Rom, 23. November 1497, in der Engelsburg

Durch eine schiefe Tür kam ein bis auf die Knochen durchnässter Soldat in den Wachraum. Er nahm sich den Helm ab und steckte seine Hellebarde in den Lanzenständer. Das Wetter verfluchend stellte er sich vor das Kaminfeuer, stampfte mit den Füßen und ruderte mit den Armen, um sich aufzuwärmen. Dabei sah er sich um: Einige seiner Kumpanen schliefen, andere bereiteten sich auf eine verspätete Wachablösung vor und zogen sich ihre mit Wachs überzogenen Mäntel an, um sich vor dem Regen zu schützen, der seit drei Tagen unerbittlich niederprasselte. Die anderen waren am Würfeln.

»Wenn ich trocken bin, komme ich dran!«, schrie er. »Heute hole ich mir alles zurück, ihr dreckigen Falschspieler, ihr!« Vom Spieltisch kam ein Zinnbecher angeflogen, der ihn nur knapp verfehlte; Grimassen wurden geschnitten und vage Andeutungen über das Gewerbe seiner Mutter gemacht.

»Bevor du dein letztes Geld verlierst, geh und schau nach unserem Gast, beeil dich.«

Der Hauptmann der Wachen gab seinem Befehl Nachdruck, indem er mit seiner Armkachel krachend gegen die Tür schlug. Der Soldat gehorchte umgehend.

Im Kerker konnte man das bedrohliche Rauschen des Tibers hören, der bereits die erste Hochwasserstufe überschritten hatte. Er nahm eine Kupferlaterne und richtete ihren Lichtschein auf die erste der drei Zellen. Der Gefangene war immer noch dort, regungslos und nackt hockte er da wie die Statue des heiligen Sebastian. Etwas rieb sich an seinen Beinen.

»Sisto, was willst du?«

Der Kater maunzte inständig und strich ihm ein paar Mal um die Stiefel, rieb seinen Kopf an ihnen und schnurrte. Dann ging er mit hoch aufgerichtetem Schwanz davon, kam kurz darauf zurück und legte ihm eine Ratte mit durchgebissener Kehle zu Füßen.

»Gut gemacht, meine Bestie.«

Als der Soldat gegangen war, streckte Ada Ta seine Muskeln aus und widmete sich erneut seinen Betrachtungen. Der Papst war wütend geworden, als er ihm erzählt hatte, dass der Kardinal im Besitz des Buches war. Das war ein gutes Zeichen. Nun konnten zwei Dinge geschehen: Der Kardinal würde dem Pontifex die Wahrheit erzählen, also dass er nicht im Besitz des Buches sei. In diesem Fall würden sich die beiden Feinde vereinen, um sich an ihm zu rächen. Wenn der Kardinal den Pontifex jedoch in dem Glauben ließe, das Buch zu besitzen, würde ihm nur der Papst einen Besuch abstatten und ihm damit zu erkennen geben, dass sich die beiden in einem Wettstreit miteinander befanden. Würden sie sich jedoch vereinigen, um gemeinsam an das Buch zu kommen, so wäre es äußerst unwahrscheinlich, dass sie gerecht miteinander teilten. Er stimmte vollkommen mit dem überein, was Aristoteles sagte: Eine wahrscheinliche Unmöglichkeit ist immer einer wenig überzeugenden Möglichkeit vorzuziehen.

Leider gab es ein Problem bei dieser ganzen Sache: Er hatte bei seinen Überlegungen nicht einkalkuliert, dass er an einem Ort wie diesem landen könnte. Und dass er dadurch die mentale und physische Verbindung zu Gua Li verlieren könnte. Selbst wenn sie erspürt hatte, in welcher Lage er sich befand, und sich auf den Weg gemacht hatte, um ihm – wie auch immer – beizustehen, so wusste Ada Ta doch nur allzu gut, dass man ein Ziel zwar kennen, aber unterschiedliche Wege einschlagen kann. Und dass man sich auf diesen unterschiedlichen Wegen verlieren kann.

Schade, dass er dem italienischen Ritter nicht helfen konnte, der unwissentlich zum Spielball eines übergeordneten Plans geworden war – dass Gua Li den dritten Teil des großen Plans mit dessen Hilfe erfüllt hatte, wusste er intuitiv. Schade war auch, dass er nicht miterleben würde, wie sich der vierte und letzte Teil erfüllen würde. Der Weise Lao-Tzu sagte – völlig zu Recht – *Auch dein Selbst ist nur geliehen.* Damit meinte er, dass das Leben nur geliehen ist und dass man es früher oder später dem ewigen Himmel zurückgeben muss. Vielleicht würde er ja als Frau wiedergeboren werden oder als Bär – nein, besser als Frau, entschied Ada Ta, das würde die Paarungschancen enorm steigern. Er lachte so laut, dass die Soldaten in ihrem Wachraum aufmerksam wurden. Ein Soldat hielt im Wurf inne.

»Ich habe es Euch gesagt, Kapitän. Er lebt, obwohl er tot wirkt. Er ist ein Dämon. Man müsste einen Priester rufen, der ihn bewacht.«

»Den einzigen Dämon, den ihr fürchten müsst, ist der, der euch an den Füßen festhält, wenn ihr am Galgen hängt«, antwortete der Kapitän gleichgültig.

Zu Ada Ta hingegen kam der Dämon in Gestalt des Pontifex. Das war für ihn der Beweis, dass sich die beiden Feinde das Buch niemals teilen würden.

»Wir wollen Jesu Buch und Wir wollen auch die Frau, die die Geschichte auswendig kennt.«

»Ehrwürdiger Vater, auch das Feuer wollte das Wasser heiraten, doch jedes Mal, wenn es über das Wasser kommen wollte, erlosch es.«

»Tu nicht so, als wärst du wahnsinnig, Mönch. Das wird

dich nicht retten. Wir kennen euch Verrückte, und Wir wissen, dass ihr den Tod nicht fürchtet – wohl aber den körperlichen Schmerz. Rede! Wir versprechen dir nicht das Leben, aber einen schnellen Tod, wenn du sprichst.«

»Würdiger Vater, ich bin erfreut zu sehen, dass Ihr das Lotus-Sutra kennt und wisst, wie Schmerzen zum Nirwana werden können. Dafür bin ich Euch sehr dankbar.«

»Was redest du da, Alter?«

»Über den edlen Nichiren, Erleuchteter Vater. Indem Ihr mir Schmerzen zufügt, übertragt Ihr mir seinen Besitz, ohne dass ich darum bitten musste. So wie es der reiche Vater mit seinem heimgekehrten Sohn tat.«

»Was hat dein Geschwätz mit der Geschichte über den heimgekehrten Sohn zu tun?«

»Gesegneter Vater – Euer Gedächtnis ist wie das eines Elefanten, der ab und an vergisst, dass er größer ist als die Maus, die ihn stört. Das war der vierte Teil der altehrwürdigen Lotus-Sutra, Fleißiger Vater.«

Nachdem Alexander VI. kontrolliert hatte, dass der an dicke Ketten gefesselte Alte zu keiner Bewegung fähig war, ging er auf ihn zu und schlug ihm mit dem rechten Handrücken ins Gesicht. Der Ring hinterließ auf Ada Tas Wange den Abdruck eines Bootes mit einem Petrus, der die Netze auswarf.

»Ihr könnt kommen«, schrie er.

Flink wurde die kleine Zelle von ein paar Männern mit Tischen, Flaschenzügen, glühenden Kohlen, Eisen, Seilen und Zangen ausgestattet. Auch ein Priester erschien, der vor dem Pontifex niederkniete.

»Wir wünschen nicht, dass er stirbt, doch ansonsten überlassen Wir Euch die Entscheidung über Nachsicht und Bestrafung. Meldet Euch erst, wenn er bereit ist zu reden. Doch nehmt Euch in Acht, er könnte auch ein Hexer sein.«

Während der Papst sich entfernte, konnte er einen der Folterknechte hören, der den Priester eifrig darauf hinwies, dass sich auf der Schulter des Gefangenen ein eindeutiges Zeichen des Dämons befand, das man unverzüglich samt seiner Wurzeln herausreißen müsse.

Palazzo des Fürsten Colonna

Der Regen hatte aufgehört und der Tramontanawind die Wolken vertrieben, als Silvio Passerini zur sechsten Stunde mit lauter Stimme nach Kapitän Britonio rief, damit dieser dem Fürsten Colonna die Ankunft des Kardinals Giovanni de' Medici ankündigen möge.

»Es ist sinnlos, dass Ihr so herumbrüllt, Bruder.« Der Kapitän hielt Passerinis Pferd an den Zügeln fest. »Der Fürst ist noch nicht aus Neapel zurückgekehrt.«

»Wir haben hier ein Sendschreiben Seiner Heiligkeit, das den Überbringer bevollmächtigt, die Gäste des hochwohlgeborenen Fürsten in Empfang zu nehmen. Wollt Ihr Euch dem entgegenstellen?«

»Ihr könnt gerne eintreten, ich wüsste nur nicht, was es Euch brächte. Denn die Vögelchen sind aus dem Käfig entwischt, und das bereits seit vielen Tagen. Bittet den Himmel, dem Ihr so nah seid, dass er Euch helfen möge, sie aufzufinden. Mit den besten Wünschen des Fürsten Fabrizio!«

Die aufgerissenen Augen von Giovanni de' Medici blickten in den aufgerissenen Mund von Bruder Silvio.

Dann ging alles sehr schnell: Die Soldaten in de' Medicis Gefolge wurden entlassen und preschten gen Westen. Als sie Santo Ciriaco an den Mauern der alten Via Aurelia erreicht hatten, empfingen die Kartäusermönche sie wortlos und ohne Regung. Selbst über die fünf Silberscudo, die Silvio dem Prior zuwarf, verlor keiner eine Bemerkung. Dies war der einzige sichere Ort in Rom, nicht wegen der alten dicken Mauern, sondern aufgrund des dort herrschenden Schweigegelübdes.

In seiner kargen Zelle schlug Giovanni die Kapuze nach hinten und wickelte sich in einen Kardinalsumhang. Die Kälte machte das Denken schwer, deshalb befahl er Silvio, ein Kohlebecken aufzutreiben, dazu Papier und Schreibzeug. Und als sie sich endlich in der rußigen Wärme die Stiefel auszogen, hatten sie die knappe Luft in der Zelle innerhalb kürzester Zeit so verpestet, dass Silvio sich gezwungen sah, in eine Ecke zu kriechen und sich die Pferdedecken vor die Nase zu halten, deren Geruch immer noch angenehmer war als das Gekokel der Kohlen.

Heiligkeit, ich konnte erfahren, dass die Unseren nicht mehr Gäste des Fürsten sind. Ein unangenehmes Übel zwingt mich, das Bett zu hüten. Ich werde nicht säumen, Euch Neuigkeiten zu referieren, sobald unser lieber Gott mir die Genesung gewähren wird. Ich erbitte Euren Segen und werde auf immer Euer untertänigster Diener sein.

Joannes cardinalis.

Er gab Silvio das Schreiben und befahl ihm, es Burcardo auszuhändigen und die Antwort abzuwarten.

Noch am selben Abend kehrte Silvio mit der Antwort zurück.

»Sind sie dir gefolgt?«

»Niemandem würde dies gelingen, wenn ich es nicht will.«

Lieber Sohn,
Wir kennen bereits den fruchtlosen Ausgang des Unterfangens und beten für Eure baldige Genesung. Erinnert Euch, dass unser Medicus erfreut wäre, Euch Erleichterung zu verschaffen.

Ich kann mir auch ganz genau vorstellen, mit welchen Eisen, dachte Giovanni bei sich. Und las weiter.

Wir wünschen Uns, dass Ihr nicht nur Eure Gesundheit mit Sorgfalt behandelt, sondern auch Unser kleines Schätzelein. Wenn Ihr Euch dem guten Gott nahefühlt, so bezweifle ich nicht, dass Euch Eure edle Herkunft zu dem Verborgenen führen wird.
Alexander, pp VI.

Um die Bedeutung der Antwort zu verstehen, musste Giovanni fast einen ganzen Krug roten Gaglioppo-Wein leeren. Er hatte ihn von einem lächelnden Zellennachbarn erhalten, der ihm mit Gesten zu verstehen gegeben hatte, dass das Getränk Körper und Geist erwärme und nicht weniger als ein Geschenk Gottes sei. Ja, das war es in der Tat. Und nichts war verloren, im Gegenteil. Am nächsten Morgen überbrachte Silvio dem Zeremonienmeister einen weiteren Brief. Dieser war in einem ganz anderen Ton verfasst.

Lieber Vater,
dank Eurer Gebete hat der Heilige Geist den Körper geheilt. Ich teile Euren Gram ob der Flucht der Tauben und möchte unter Eurem wohlgesonnenen Schutz die Modi festlegen, um sie schnellstmöglich in den Taubenschlag zurückzuführen.
Johannes.

Die Antwort des Papstes ließ nicht lange auf sich warten.

Wir haben just die Falkner informiert, auf dass sie ihre Netze auswerfen. Wir erwarten Euch alsbald,
mein lieber Sohn.
Alexander, pp VI.

Das langsame Schaukeln auf dem Pferderücken verleitete Gua Li zum Meditieren. Der Gehorsam, zu dem sie sich Ada Ta gegenüber verpflichtet fühlte, war stärker gewesen als der Wunsch, in seiner Nähe zu bleiben. Wie leicht es ihr gefallen war aufzubrechen. Es hatte sich richtig angefühlt. Sie hatte auch nicht das Gefühl, Ada Ta verloren zu haben. Es war, als wäre er nach wie vor an ihrer Seite oder höchstens ein paar Schritte voraus. Vielleicht rührte ihr innerer Friede auch daher, dass Ferruccio für sie da war und sie beschützte – obwohl sich die Suche nach Leonora dadurch verzögerte. Oder weil sie die elterliche Fürsorge nicht missen musste – Ada Tas väterliche Liebe war durch die mütterliche Zärtlichkeit Osmans ersetzt worden. Die kleinen Aufmerksamkeiten und seine Hingabe waren in diesem Moment genau das, was sie am meisten brauchte – ein Bedürfnis, das einer Veränderung in ihr selbst entsprang. Sie war kein Mädchen mehr, sondern zur Frau geworden. Konnten diese neuen Gefühle nur aus ihrer Vereinigung mit Ferruccio entspringen? Die leichten, unkontrollierten Zuckungen, die ihren Schoß bei diesem Gedanken unkontrolliert durchströmten, und die plötzlichen Hitzewallungen erinnerten sie an die erotischen Freuden und erneuerten die Lust. Sie errötete.

Ferruccio hob den Arm und verlangsamte den Schritt: Um die Porta Portese ungehindert passieren zu können, reichten ein paar Münzen pro Kopf, aber ein ganzer Denar würde unangenehme Fragen vermeiden. Trotzdem würde es nicht ungefährlich sein, wenn sie erst einmal die Aurelianischen Mauern hinter sich gelassen hatten. Der Weg nach Florenz war weit, und die Vorstellung, dass Gua Li und Osman alleine nach Venedig weiterreisen würden, steckte wie eine Pfeilspitze in seiner Seite. Sie würden aber durchkommen, dessen war Ferruccio sich sicher. Die Kontakte zu den Piraten seines Landes würden dem Türken die Flucht nach Asien ermöglichen, und er würde die junge Frau heil in ihre Heimat zurückbringen. Er würde Gua Li nie wiedersehen, und das war gut so. Sie war in seinem Leben aufgetaucht wie der Komet, der ihm und seinem Großvater einmal auf den Hügeln von Bibbona erschienen war. Als er ihn damals sah, hatte er Angst bekommen – denn Kometen bringen Unglück, das wusste jeder. Sein Großvater hatte ihn getadelt und erklärt, dass Kometen ein Zeichen großer Veränderungen seien und daher Aufmerksamkeit und Respekt verdienten, aber keine Furcht.

Als Ferruccio sich zu seinen Reisegefährten umdrehte und ihnen bedeutete, ihren Blick auf den Boden zu richten und ihm die Verhandlungen für den Wegezoll zu überlassen, verschwamm Gua Lis Antlitz mit dem Leonoras, und er bekam Angst. Niemals würde er beide haben können, und er verfluchte sich, dass er – wenn auch nur für einen Augenblick – daran gedacht hatte, was geschehen wäre, wenn er entdeckt hätte, dass Leonora nicht mehr da war. Er dankte der Lanze, die auf ihn gerichtet wurde und seine düsteren Gedanken augenblicklich vertrieb. Langsam zog er drei Denare aus seinem Geldsäckel und neigte sich zu dem Soldaten herab.

»Lasst uns passieren, ich bitte Euch.«

»Die Denare sind echt.« Der Soldat biss auf die Münzen. »Doch Ihr müsst warten, bis Ihr an der Reihe seid.«

»Wir sind in Eile, ich habe Geschäfte in Tarquinia zu erledigen.«

»Ich nicht.« Der Soldat stützte sich auf seine Lanze, »und ich muss den Befehlen folgen. Bei zwei Personen muss der Kommandant kommen und sie in Augenschein nehmen. Es ist ein Kopfgeld von zehn Florinen auf ein flüchtiges Paar ausgesetzt worden. Ihr braucht jedoch keine Sorge zu haben.

Sie suchen einen wie Euch und eine Frau wie die dort, aber Ihr seid ja zu dritt.«

»Siehst du?«

Ohne einen Grund dafür zu haben, hatte Ferruccio die Worte viel zu laut herausgeschrien. Die Frau und der Türke drückten ihre Knie unwillkürlich gegen die Flanken ihrer Pferde und blickten noch starrer auf den Boden als zuvor. Der Soldat war nicht dumm, und als sich ihre Blicke kreuzten, erkannte er in Ferruccios blitzenden Augen die Panik. Dann ging alles sehr schnell: Ferruccios Brauner warf sich gegen die Brust des Soldaten, und Ferruccio stieß mit seinem Schwert über die Halskrause direkt in seine Kehle.

»Los, weg von hier!«, schrie er seinen Freunden zu.

Im wilden Galopp stürmten die Pferde durch das Tor und warfen dabei einen mit Orangen beladenen Karren um, der ihnen entgegenkam. Sie wandten sich nach links und nahmen einen kleinen Weg, der zu den Sümpfen führte und weniger genutzt wurde als die Straße Richtung Meer. Wie früher spürte Ferruccio in diesen Momenten seine Kraft und seinen Wagemut zurückkehren – Eigenschaften, die während der letzten Jahre zwar von der Vernunft beschwichtigt, jedoch nie ganz verloren gegangen waren. Geduckt schaute er hinter sich und sah Gua Lis ernstes Gesicht und dann Osman, der ganz eins mit seinem dahinpreschenden Tier die Nachhut bildete. Wenn sie erst einmal in Sicherheit waren, würde er Gua Li seine Tat erklären, und vielleicht auch sich selbst. Seit über zehn Jahren hatte er kein Leben mehr ausgelöscht.

Gua Li verurteilte ihn nicht für den Mord an dem Soldaten, denn Ferruccio hatte für sie, für sie alle, getötet. Trotz alledem hatte er aber ein Leben ausgelöscht, und das konnte sie nicht akzeptieren – nicht einmal Ada Ta hätte das gekonnt. Und ohne es zu wollen, wuchs ihr Groll gegen Ferruccio. Sie war überzeugt, dass dies eine Art Selbstschutz war. Auch wenn sie ihn nicht liebte, so fühlte sie sich auf ganz besondere Weise mit ihm verbunden – er war ihr erster Mann gewesen. Sie hatte ihn gewählt, weil sie ihn bewunderte und weil er nicht nur für seine Ideale kämpfte, sondern auch gegen die Menschen und Ideen, die ihm im Wege standen. Doch wenn sie seine Art zu leben akzeptierte, das spürte Gua Li genau, dann würde sie in einen Sog geraten, aus dem sie nicht wieder auftauchen würde. So hielt sie sich zurück, sprach zwar freundlich, aber ohne Hingabe mit ihm, und sobald sie konnte, flüchtete sie sich zu Osman. Dieser kümmerte sich um sie wie um ein kleines Mädchen, erzählte ihr die Wunder und Tragödien seines Lebens, des osmanischen Hofes und des Sultans, den sie selbst kennengelernt hatte.

Ferruccio verstand Gua Lis plötzliche Distanz nicht, die ihm auf der Seele brannte. Er hielt sie für undankbar, und im nächsten Moment suchte er nach einer Erklärung für ihr Verhalten. Immer wieder machte er die Unvereinbarkeit ihrer beider Kulturen dafür verantwortlich und redete sich ein, dass sie niemals zusammenleben könnten. Er wollte so denken, um zu vermeiden, dass die Gedanken der letzten Tage ihn wieder zu quälen begannen.

Drei Tage Flucht. Drei Tage in der Hölle der Gefühle. Ferruccio fragte sich immer wieder, wie betäubt er wirklich gewesen war, als er Leonora betrogen hatte.

Hinter den sicheren Mauern des Kamaldulenser Ordens konnten sie den Geruch der Toskana bereits riechen. Wenn sie heil über die Grenze kämen, wären sie fast am Ziel.

Als Gua Li nach einem Abendessen aus Brot und Zwiebeln Osmans Bitten erhörte und ihre Erzählung wieder aufnahm, erschienen ihm die Episoden allerdings eher auf sie beide bezogen als auf einen Mann namens Jesus.

43

Wenn er nicht in die Schule zu den Gelehrten ging, verbrachte Yuehan viel Zeit bei seiner Großmutter, die ihm süße, mit Honig bestrichene Fladen aus Mehl, Eiern und Rosinen zubereitete und Geschichten aus der Kindheit seines Vaters und dem Ursprung des Volkes, dem auch er angehörte, erzählte. Er sprach mit ihr über den Schnee, den sie nie gesehen hatte, über die Berge, die riesigen Bären und die Weisheit der Mönche. Ab und an beschwerte er sich über die Meister des Sanhedrins, die Regeln lehrten, ohne sie zu begründen und ihre Existenz mit der pauschalen Begründung rechtfertigten, dass sie der Wille Gottes seien und darum akzeptiert werden müssten. Maria lächelte, und wenn sie allein waren, gab sie ihrem Enkelsohn voll und ganz recht.

Eines Abends, als sie unter dem Portikus saßen, auf den der Regen niederprasselte, erzählte Yuehan zum ersten Mal von seiner Mutter und seiner Schwester. Erzählte, wie sein Vater jedes Mal beim Nachhausekommen seine Frau umarmte. Maria hörte ihm wortlos zu. Was sie am meisten rührte, war, dass Yuehan von seiner Mutter und seiner Schwester sprach, als seien sie noch am Leben. Das verlorene Glück, das sich in die Seele ihres Enkels eingeschrieben hatte und aus seinen Blicken sprach, schmerzte sie so sehr, dass sie unter einem Vorwand ins Haus ging, um sich ihre Tränen zu trocknen. In jener Nacht legte sie sich neben ihn und hielt ihn fest in ihren Armen.

Und so war Jesus nicht traurig, als Yuehan es vorzog, bei Maria zu bleiben und ihn nicht in die Oase von En Gedi zu begleiten, die sich in der Nähe des Toten Meeres befand. Dort würde Jesus sich mit einer Gruppe Judäer treffen, die sich ›Essener‹ – die Reinen – nannten. Sie lebten nach asketischen Regeln und strebten danach, sich vom römischen Joch zu befreien und sich gegen die schändliche Verhaltensweise des Großen Sanhedrins zu erheben, dessen Autorität sie nicht mehr anerkannten. Sie hatten sich an Jesus gewandt und ihn eingeladen, um mehr über seine Gedanken und seine Lehre zu erfahren.

»Ich habe dir doch prophezeit, dass du die Menschen überzeugen würdest«, sagte Judas immer wieder zu seinem Bruder. »Sie brauchten ein deutliches Zeichen von dir, um glauben zu können. Und nun hast du es geschafft: Viele glauben an dich, an uns und unsere Ideale, und es werden täglich mehr. Die Menschen haben ihr Bewusstsein dafür, wer wir sind und wohin wir gehören, zurückerobert und vielleicht auch die Hoffnung, wieder zu einem einzigen Volk zu werden.«

Über einen engen Pfad gelangten sie an einen Wasserfall, der zum Baden einlud, doch von all den Frauen war Maria Magdalena die Einzige, die unter den verdutzten Blicken der Männer heiter in das plätschernde Wasser stieg.

»Tadelst du mein Handeln?«, fragte sie Jesus, der noch am Ufer stand. »Habe ich etwa kein Recht darauf, mich an dem kühlenden Wasser zu erfreuen? Ich bin mit euch gegangen und habe das Brot, den Käse und die Mühen mit euch geteilt.«

»Die Sünde ist nur in den Augen derer, die dich betrachten. Wenn du es nicht getan hättest, dann hätte ich dich dazu aufgefordert, ein Bad zu nehmen.«

»Du gefällst mir, denn du bist weder heilig noch scheinheilig, sondern gerecht.«

Noch bevor Jesus ihr antworten konnte, tauchte Maria Magdalene schon in die Fluten ab und schwamm bis zum anderen Ufer. Kurz darauf erschienen aus den Höhlen, die über dem See lagen, viele weiß gekleidete Männer, die sich um die Quelle versammelten. Jesus stieg aus dem Wasser und ging ihnen entgegen; Judas folgte ihm wie sein eigener Schatten.

»Ich bin Ethan ben Avraham, Rechtsgelehrter. Wir haben viel über dich gehört, Jesus. Die Leute sagen, du hättest magische Kräfte – wir aber interessieren uns nur für das, was du zu sagen hast.«

»Ich sage nur das, was ich auch glaube und was ich gelernt habe. Dass man stets die Wahl zwischen Gut und Böse hat zum Beispiel und dass diese Wahlmöglichkeit den Menschen ausmacht.«

»Ich bin deiner Meinung: Bait *heißt ›Haus‹ in unserer Sprache. Gleichzeitig ist es auch das erste Gesetzeswort. Es ist von drei Seiten verschlossen, aber an der linken offen, um dem Bösen seine Existenz und dem Menschen die Wahl zu ermöglichen.«*

»Das versteht doch niemand!«, schnitt Maria Magdalena dem Essener das Wort ab. »Und eben weil es niemand versteht, wird nur wenigen dieses Wissen zuteil. Außerdem heißt Bait *auch ›Frau‹ – und doch haltet ihr eure Frauen von den Tempeln fern.«*

Ethan starrte Jesus an, der dem Blick des Rechtsgelehrten heiter standhielt, Maria Magdalena die Hand reichte und sie einlud, näher zu kommen.

»Wenn unsere Frauen alle so wären wie du«, antwortete Ethan, »dann hätten wir unsere Schlacht bereits gewonnen.«

Während der nächsten Stunden sprachen sie über die Rechte und Pflichten der Menschen, über die Gleichheit der Gebete unter dem gesamten Sternenhimmel und die Notwendigkeit, dass ihr Volk wieder frei und unabhängig werden müsse. Und über die Göttlichkeit, die jeder menschlichen Kreatur innewohnt. Sie waren sich nur über die Riten uneins, die Jesus als nutzlos, ja sogar als hinderlich erachtete, wenn man der Essenz des Geistes nahekommen wolle. Für Ethan waren sie jedoch notwendig, um dem Volk Ordnung und Struktur zu geben.

»Wenn du Gutes tust«, sagte Jesus, »dann bedarf es keiner weiterer Regeln, und man muss auch nicht wissen, wer sie macht.«

»Willst du damit sagen, dass Priester und Gelehrte abgeschafft gehören?«

»Nein, Ethan, ich möchte, dass alle Menschen Priester und Gelehrte sind, ohne dass es irgendeines Maßstabes bedarf. Das Göttliche, sein schöpferischer Funke, ist in uns allen. Niemand braucht sich zu erheben über die anderen. Ein guter Vater und eine gute Mutter hören die Gebete des Sohnes, wenn er mit ehrlicher Seele und guten Absichten spricht. Er braucht keine wertvollen Kleider oder einen Freund, dem er seine Worte in den Mund legt, um Beachtung von seinen Eltern zu bekommen.«

Ethan lachte und stimmte Jesus zu.

Die beiden Männer disputierten, bis der indigofarbene Himmel die Nacht ankündigte. Der Kreis ihrer Zuhörer war immer größer geworden; auch die Frauen der Essener hatten sich mit ihren Kindern zu ihnen gesellt. Sie teilten Wasser, Brot und Käse – denn Fleisch und Wein waren von den Tischen der Essener verbannt. Als die Sterne des Nachthimmels die Hälfte ihrer Wanderung vollbracht hatten und die Feuer ausgingen, wollte Jakob zu Jesus gehen, um ihm ein wenig Ruhe zu verschaffen. Judas hinderte ihn jedoch daran.

»Lass ihn«, sagte er leise.

Um sich vor der Feuchtigkeit zu schützen, legten sie eine Decke über die Zweige eines Olivenbaumes und eine auf den Boden. Wie Orientalen hockten sich Maria Magdalena und Jesus auf die Decke.

»Ich bin immer noch erstaunt, wie meine Worte aufgenommen werden, und das gibt mir Anlass, zu bleiben und weiterzumachen.«

»Du besitzt die Gabe, komplizierte Dinge auch mit einfachen Worten zu erklären und die Menschen besser zu machen.«

»Wenn alle so wie diese Menschen wären, dann wäre auch die Welt besser. Sie haben keine Angst und leben in Gerechtigkeit.«

»Darum haben die Römer und der Große Sanhedrin Angst vor ihnen, so wie sie auch Angst vor dir haben. Du musst dich in Acht nehmen.«

Ein Schatten erschien auf Jesu Antlitz. Er griff nach einer Olive, die auf dem Boden lag, und schleuderte sie weg.

»Ein zweites Mal wird es nicht passieren, denn nun ist Yuehan bei mir.«

»Aber uns andere gibt es auch noch – deine Brüder, deine Mutter … und mich.« Maria Magdalena erhob sich. »Ja, du hast Pflichten auch mir gegenüber. Achte darauf, dass du keine Frau zum Weinen bringst, denn Gott wird ihre Tränen zählen! Die Frau ist aus der Rippe des Mannes geformt worden – nicht aus seinen Füßen, um getreten zu werden, und nicht aus seinem Kopf, um über ihm zu stehen, sondern aus seiner Seite, um gleichberechtigt neben ihm durchs Leben zu gehen. Gerade ein wenig unterhalb seines Armes, um beschützt, und auf der Seite des Herzens, um geliebt zu werden. – Warum schaust du mich so an?« Sie lachte. »Erkennst du nicht die Worte der Weisen?«

Jesus versuchte, sie am Arm zu fassen, doch sie entwich ihm und versteckte sich hinter dem Baumstamm. Ihr Gelächter drang bis zu den Ohren Jakobs und Judas', die sich wieder schlafen legten.

In den darauffolgenden Tagen trafen sie weitere Grüppchen der Essener, und mittlerweile eilte Jesus, wohin er auch kam, der Ruf seiner Wunder voraus. Und wie es der menschlichen Natur innewohnt, wurden die Ereignisse in den Berichten immer unglaublicher und wundersamer, und ein einfaches Handauflegen, um ein kleines Übel zu kurieren, wurde in der Nacherzählung zur Wiederauferstehung eines Toten.

Trotzdem verstand Jesus in dieser Zeit auch, dass Ong Pas Lehren nicht einfache Tricks oder Täuschungen des Geistes waren: Die Verbindung zwischen Körper und Geist zu einer Einheit ließ die Menschen wirklich gesunden. Eine heitere Seele, hatte ihm sein Meister stets gesagt, produziere Lebensenergie, die sich sowohl ins Innere als auch auf das Äußere des Körpers übertrage. Man werde gesünder und schöner – aber natürlich nur bis zu einem gewissen Grad.

Maria Magdalena war heiter, weil sie für Jesus jeden Tag schöner wurde. Sie wich ihm nicht von der Seite, und wenn er zu den Menschen sprach, suchte er stets ihren Blick, sodass es sich anfühlte, als spräche er nur zu ihr. Jesus vertraute ihr auch seine Zweifel an, mehr noch als seinen Brüdern oder seiner Mutter, die ihre ganze Aufmerksamkeit Yuehan widmete, den er wie nie zuvor wachsen und gedeihen sah.

Die Trockenzeit neigte sich dem Ende zu, und der erste Regen kam. Eilig hatten sie Megiddo verlassen, wo Jesus mit zwei pharisäischen Rabbinern, Hillel und Schammai, aneinandergeraten war. Vor allem Schammai hatte ihn vor einer großen Menge beschuldigt, die Künste des Dämons auszuüben, weil Jesus einen Stummen geheilt hatte. Schammai hatte lauthals geschworen, ihn vor den Großen Sanhedrin zu bringen. Die Menge hatte sich daraufhin in zwei Lager gespalten, und einige, unter ihnen auch Judas, hatten Schwerter und Knüppel geschwungen. Um die aufgebrachte Menge zu beruhigen und zu verhindern, dass sich der Disput in einen blutigen Kampf verwandelte, hatte Jesus vor den beiden Rabbinern versprochen, dass er ihnen Gehorsam leisten und nie mehr Wunder vollbringen werde – obwohl aus dem Guten, wie etwa einer Heilung, niemals etwas Böses entspringen könne. Mittlerweile waren es viele, die seine Worte in ganz Palästina wiederholten, aber auch in Syrien und in Ägypten. Der Samen war gesät worden, und das war es, was zählte. Die Früchte würden andere ernten.

Ein Unwetter überraschte sie, und die Gruppe zerstreute sich hektisch. Die Blitze teilten den Himmel und erleuchteten in der Ferne den Berg Tabor, der wie eine gigantische Beule aus der Erde zu brechen schien.

»Bitte lass uns anhalten. Ich habe Angst!«, rief Maria Magdalena erschrocken.

Noch nie hatte Jesus sie so voller Furcht gesehen. In einer Schäferhütte aus Kalk und Schilf fanden sie Schutz vor dem Unwetter.

Maria zitterte am ganzen Leib und schlang die Arme um sich. Da sie nichts hatten, um das Heu anzuzünden, benutzte Jesus es, um sie trocken zu reiben. Er stellte sich jedoch so ungeschickt an, dass sie sich zu ihm umdrehte und ihn anlächelte.

»Man sieht, dass du ein Mann bist. Keine Frau würde das so machen. So werden wir nie trocken. Dreh dich um und zieh dich auch aus. Du bist nicht unsterblich, und wenn das Wasser auf deiner Haut erkaltet, wird der Husten dich in den nächsten Tagen von innen auffressen.«

Sie rieben sich gegenseitig trocken, und dabei wurde ihnen warm. Dankbar streichelten sie einander über die Wangen. Maria Magdalena hielt Jesu Hand, die er auf ihre Schulter gelegt hatte, in der ihren. Mit der freien Hand streichelte er über ihr nasses Haar, und sie strich ihm sanft mit ihrem Handrücken über den Bart. Ihre Herzen schlugen in einem einzigen Rhythmus und hielten im gleichen Moment unruhig inne. Dann fassten sie sich an den Händen, ihre Gesichter kamen sich ganz nah, und ihre Lippen berührten sich zum ersten Mal. Ungläubig ließ Jesus seinen Zeigefinger zwischen ihre Brüste gleiten und weiter hinab bis zu ihrer Leibesfalte. Maria streichelte seine Brust. Sie konnten ihre Blicke nicht voneinander abwenden, nicht als sie sich auf das Heubett niederließen und auch dann nicht, als sie sich ihren ersten innigen Kuss gaben, dem weitere folgten. Ihre Körper antworteten auf den Ruf ihrer Seelen; sie umklammerten einander, erschauerten und gaben sich dann ganz ihrer Erregung hin. Für einen Moment erschien in Jesu Seele der Geist Gayas. Sie sah, dass er glücklich war, entschwand lächelnd, und als er in Maria Magdalena glitt, war es so selbstverständlich wie die Liebe, die sie vereinte.

44

In den Kerkern der Engelsburg, 30. November 1497

Der Folterknecht verstand sein Geschäft, was Bruder Francesco sehr beruhigte. Er hoffte, dass der schmächtige Alte bald aufgeben würde. Er müsste nicht einmal gestehen – es würde schon reichen, wenn er sich bereit erklärte, mit dem Heiligen Vater zu sprechen. Der Gefangene musste eine wichtige Persönlichkeit sein, sonst hätte der Pontifex nicht solch ein Aufhebens um ihn gemacht. Vielleicht war er ein Botschafter aus Cathay, schloss Francesco aus seinen Gesichtszügen. Der Franziskanermönch nickte eifrig, als die Folterknechte ihm diejenigen Gerätschaften präsentierten, die sie einzusetzen gedachten, und kletterte höchstpersönlich auf die Folterbank, um sich von ihrer Robustheit zu überzeugen.

Seine Hoffnungen schwanden jedoch schnell: Als der Gefangene die Folterinstrumente sah, zeigte er mehr Neugierde als Furcht. Der Folterknecht war schließlich über die ganze Fragerei derart verärgert, dass er den Alten mit einem Faustschlag zum Schweigen brachte, noch bevor er überhaupt mit seinen Anwendungen begonnen hatte.

»Verzeiht mir, Bruder Francesco«, entschuldigte sich der Henker, »aber an solche Sachen bin ich nicht gewöhnt.«

Von diesem Moment an sagte der Alte kein einziges Wort mehr, fast so, als wäre er beleidigt. Leider stöhnte und schrie er auch nicht, und in den darauffolgenden fünf Tagen brachte der Mönch nicht den Mut auf, vor den Pontifex zu treten, denn er konnte leider keine erfreulichen Nachrichten überbringen. Er fürchtete sich vor einer strengen Bestrafung, wenn er berichten müsste, dass der Gefangene vollkommen teilnahmslos vier Umdrehungen auf dem Zahnrad der Streckbank absolviert und auch auf mehrmaliges Auskugeln der Schultergelenke mit Hilfe eines Flaschenzuges nicht reagiert hatte. Auch die vier Liter Essigwasser, die sie ihn zu trinken gezwungen hatten, hatte er schneller als ein Ave Maria oder Paternoster urinieren können. Auf der Streckbank hatte er sieben Nächte lang das Gewicht dreier Männer ertragen und war dabei sogar eingeschlafen. Als hätte er auf Daunenkissen geruht, dachte Francesco ärgerlich.

Mit Gefangenen, die nicht klein beigaben – starke Kerle oder ekstatische Eremiten –, machte der Henker kurzen Prozess. In einigen dieser Fälle hatte Francesco seine Großzügigkeit zu schätzen gewusst, wenn er zum Beispiel die Eiserne Jungfrau zu eng einstellte, sodass ihre eisernen Stacheln den Gefangenen auf der Stelle töteten. Manchmal waren sich die beiden auch ohne Worte einig. Manch junge Hexe oder Nonne hatten sie besonders hoch umherfliegen lassen, damit man ihr unter den Rock schauen konnte, bevor man sie erdrosselte. Francesco kannte den Charakter seines Folterknechtes nur zu gut und wusste, dass man sich auf keinen Fall über ihn lustig machen oder ihm gar ins Gesicht spucken durfte – denn dann bat er um die Erlaubnis, den bronzenen Stier benutzen zu dürfen. Im *Malleus Maleficarum* hatte der Mönch nachgelesen, dass der Grieche Perilles ihn erfunden hatte und dass er auch der Erste gewesen war, an dem die Funktionsfähigkeit getestet worden war. Das jedenfalls hatte Ovid überliefert: *neque enim lex aequior ulla, / Quam necis artifices arte perire sua – Das Gesetz ist billig, wie keines, /*

Dass Anstifter des Mords sterben durch eigene Kunst. Es war die göttliche Rache, die der Gerechtigkeit halber den Tod des Schöpfers der Höllenmaschine verlangt hatte. Der Bronzene Stier wäre auch die angemessene Bestrafung für diesen Alten, überlegte Francesco, obwohl ihm eigentlich der Gestank des verbrannten Fleisches – mehr noch als die Schreie der Gerösteten – unangenehm war.

Doch hier war der Papst kategorisch gewesen: Dieser Mann dürfe nicht sterben, hatte er befohlen – außerdem dürfe man ihm weder die Zunge herausreißen noch ihn blenden. Eigentlich müsste Seine Heiligkeit es besser wissen, dachte Francesco. Schließlich kann man nicht beides haben: den Rahm und die Butter!

»Bruder Francesco!«, unterbrach der Henker seine Gedanken. »Beim lieben Herrgott, den bring ich um!«

Wortlos hatte Ada Tag alles ertragen und sich im Geiste, soweit das angesichts der schlimmen Folter möglich war, immer wieder von seinem geschundenen Körper entfernt. Doch nun war er an seine Grenzen gelangt, und der Drache des Leidens hatte ihn fast erreicht. Diese Vorstellung tröstete ihn, und die Hoffnung darauf, dass es bald zu Ende sein würde, war das einzige Mittel gegen das Böse, da alles verloren schien. Einen letzten Trumpf hatte der alte Mönch noch. Jetzt war der Zeitpunkt gekommen, ihn zu spielen.

»Du darfst nicht, der Papst wünscht es nicht«, sagte Bruder Francesco. »Hab Geduld.«

»Schau dir nur seinen glückseligen Gesichtsausdruck an! Er scheint zu schlafen und – mit Respekt, Bruder Francesco – gar von einer Dirne zu träumen.«

»Wecke ihn auf, los! Tauche seinen Kopf unter Wasser.«

»Und wenn ich den Eisernen Stiefel nähme? Er ist danach zwar ein Krüppel, aber man braucht ja keine Beine, um zu reden.«

»Um Gottes willen! Ich kann das Geräusch zerberstender Knochen nicht ertragen. Los, nimm das Wasser.«

Der Henker gab dem Gefangenen einen Tritt, doch dieser regte sich nicht. Er trat noch einmal zu, und diesmal fiel der Gefangene von seinem Schemel vornüber auf den Boden.

»Der hat aber einen gesunden Schlaf«, kicherte Francesco.

»Von wegen Schlaf.« Der Henker kratzte sich am Kopf. »Der hier ist tot.«

Blitzschnell verschwand das Grinsen des Mönchs, und Schrecken machte sich auf seinem Gesicht breit. In heller Panik sprang er auf und stürzte zu dem Gefangenen. Er hielt ihm einen Silberspiegel vor den Mund und betete zu allen Märtyrern der Kirche, dass wenigstens der Hauch eines Odems den Spiegel beschlüge. Von den Märtyrern erhielt Francesco jedoch keine Antwort, und so wandte er sich an seinen heiligen Schutzpatron. Dieser antwortete ihm, dass nur der Sohn Gottes fähig sei, Tote wieder zum Leben zu erwecken. Bruder Francesco hielt sich die Hände vors Gesicht und schlug sich mit den Fäusten gegen die Schläfen.

»Manuzio« – es war lange her, dass er den Henker zuletzt beim Namen genannt hatte – »mein Freund, wir sind ruiniert.«

Der Henker hatte nicht nur die Verwünschungen seiner Opfer überlebt, sondern auch vier Päpste, und er hatte keinerlei Absichten, seine Karriere und sein Leben ausgerechnet jetzt zu beenden. Er hatte sich einen Hof in der Nähe von Castello dei Giubilei gekauft, und es waren sogar noch genügend Florinen übrig geblieben, um Rinder, Schweine und ein junges Weib zu kaufen. Wenn der Papst also zornig würde – und dem verzweifelten Gesichtsausdruck des Mönchs nach zu urteilen, würde er das ganz bestimmt –, dann würde er ihm seinen Hof und seine Florinen konfiszieren. Wahrscheinlich würde es ihm sogar gelingen, seine Haut zu retten – er würde jedoch als Verräter mit dem glühenden Eisen gebrandmarkt werden.

»Ich habe eine Idee«, sagte Manuzio plötzlich. Der Mönch sah ihn an, als wäre ihm die heilige Katherina in Ekstase erschienen. »Habt Ihr nicht erwähnt, dass der Papst glaubt, der Tote verfüge über magische Kräfte?«

»Ja, aber …«

»Hört mir zu. Heute Nacht stecken wir ihn in einen Sack, den wir mit Steinen füllen und mit Ketten zusammenschnüren. Dann werfen wir ihn in den Tiber. Und erzählen dem Pontifex, dass ein Licht erschienen sei und der Erzengel Gabriel persönlich ihn zu sich geholt hätte.«

»Wirklich, der Erzengel Gabriel?« Francesco schüttelte skeptisch den Kopf. »Können wir nicht sagen, dass es ein Dämon war?«

»Was macht das für einen Unterschied? Dann nehmen wir eben den Satan. Wichtig ist nur, dass wir dasselbe sagen. Wenn wir also den Teufel nehmen, brauchen wir ein schönes Feuer. Ich schlage vor, wir verbrennen das Heu. Das riecht dann schön verbrannt.«

Lange rieb sich Bruder Francesco die Hände und suchte nach einer anderen Lösung, doch er fand keine bessere.

»Also gut«, murmelte er schließlich. »Doch was machen wir mit denen?«

Er zeigte auf die drei Gehilfen von Manuzio, die wie Opferlämmer dicht aneinandergedrängt an der Wand standen.

»Das sind alles meine Söhne. Ich hatte noch einen, der war aber einmal zu viel ungehorsam.«

Während die Wachen schliefen, verließen in jener Nacht vier Gestalten – gefolgt von einer fünften – die Festung durch eine kleine Seitentür am Fluss. Sie schritten langsam in Richtung Sassia an den Ufern des Tibers entlang, dorthin, wo das Wasser am tiefsten war. Ein Fischer kam vorbei, und sofort stimmten sie das Miserere an. Der Fischer bekreuzigte sich und fuhr weiter. Als sie an eine kleine Bucht gelangten, hielten die Gestalten an, schwenkten den Sack hin und her und warfen ihn dann schwungvoll in die tiefen Wasser.

Am nächsten Morgen warf sich Francesco dem Papst zu Füßen, erflehte sein Erbarmen und beschrieb wortreich den flammenden Ziegenbock, der plötzlich im Kerker aufgetaucht sei, alles entzündet habe und dann in die Hölle zurückgefahren sei – mitsamt dem Gefangenen, der, wie ein Besessener lachend, über die Wände und das Deckengewölbe gekrochen sei. Es war nur dieses letzte kleine Detail, das beim Papst Zweifel über den Wahrheitsgehalt der Geschichte auslöste – denn genau diese Szene war ihm im Studierzimmer des Mönchs aufgefallen, als er ihn zum ersten Mal besucht hatte. Er erlaubte Bruder Francesco jedoch, sich unbeschadet zu empfehlen. An diesem Tag, genau einen Monat vor seinem Geburtstag, würde nichts seine Freude trüben können. Um ihn mit ihm zu feiern, war Giulia – hinter dem Rücken ihres Gatten – aus Bassanello gekommen. Sie brachte ihm eine Hermelinstola und rote Pantoffeln mit. Der Papst schenkte ihr im Gegenzug einen antiken Ring und zwei goldgefasste Perlenohrringe – um ihr zu zeigen, wie sehr er sich über ihren Besuch freute und um sie an die vergossenen Tränen während ihrer langen Abwesenheit zu erinnern.

Mit sechsundsechzig Jahren spürte er die Anstrengungen des Beischlafs und ordnete deshalb Kardinal d'Aubusson ab, um den ersten Adventssonntag zu zelebrieren. Auf ein Zeichen des Chormeisters stimmte die Ministrantengruppe das *Ad te levavi animam meam* an. Vor dem Altar schlief der Papst in seiner Sänfte. Hinter ihm saß – zwischen Giovanni de' Medici und Ascanio Sforza – sein Sohn Cesare. Neben ihnen auf der Bank hatte Burcardo Platz genommen, der wie immer eifrig Notizen in sein schwarzes Büchlein schrieb.

Am Ende der Messe wurde dem am Spendentisch vorbeidefilierenden Volk ein vollkommener Sündenerlass angeboten und den Kardinälen und Bischöfen das traditionelle Gastmahl. Im großen Saal wurde zuerst eine heiße Suppe mit Kichererbsen und Stockfisch aus Kantabrien serviert, dann Lammzünglein und Schweineohren. Ein Mittagsmahl ganz nach spanischer Tradition, um auch bei Tisch die Macht des Pontifex zu demonstrieren. Zum großen Bedauern des Kochs kostete Alexander nur ein kleines Stück von der mit Äpfeln gefüllten Gans. Der Geruch von Knoblauch überdeckte den Jerez, der auf den kürzlich zurückeroberten Weinbergen des Sultans Boabdil angebaut wurde und ein persönliches Geschenk von Isabella und Ferdinand war.

Jofré war sehr zuvorkommend zu Lucrezia. Er hatte sie bereits mehrfach gefragt, ob er ihren sich bereits sichtbar rundenden Leib berühren dürfe. Cesare wiederum schlug sich den Bauch mit Ochsenschwänzen voll und warf die Knochen den Hunden zu, während Giovanni sich von der Torte mit Feigen, Datteln und Honig überaus angetan zeigte. Als Alexander in seinem Tortenstück die getrocknete Erbse fand, spuckte er sie lachend auf seinen Teller, und alle bejubelten ihn wie einen König. Zufrieden schaute er den Medici an, den Burcardo nicht davon überzeugen konnte, dass es sich nur um ein altes Spiel handelte, in dem der Glückliche, der die versteckte Erbse fand, zum König des Festes ausgerufen wurde. Der florentinische Kardinal bewahrte jedoch ruhig Blut: Die wirkliche Überraschung würde noch kommen. Der Thron Petri war zum Greifen nahe, doch es war besser, noch nicht daran zu glauben, damit er den Neid der Götter nicht heraufbeschwor.

Mit einer Geste wies der Papst Ascanio Sforza an, die

Gäste hinauszubegleiten. Zum Schluss blieben nur noch die Hunde, Cesare und Kardinal Medici.

»Ihr seid Uns lieb und teuer wie ein Neffe, Giovanni. Wir haben Unsere Schicksale nunmehr vereint. Daher hören Wir Euch auch an, nicht wahr, mein Sohn?«

Cesare, der sich seine Fingernägel mit einem Dolch säuberte, blickte widerwillig auf. »Ich bin bereit, ihn Cousin zu nennen, mein Vater.«

»Eure Interessen sind die meinen und in gleichem Maße die Eures Sohnes …«, begann Giovanni. Doch dann hielt er inne und sagte nur ein einziges Wort: »Florenz.«

»Wir verstehen«, log der Papst und strich sich über seinen Nasenhöcker. »Doch was meint Ihr damit genau?«

»Ich muss es wiederhaben. Es wäre für uns beide von Vorteil.«

»Mein lieber Neffe, Savonarola hat es gewagt zu behaupten, dass seine Exkommunizierung, die ich aussprach, vor dem Angesicht Gottes ungültig sei, da sie auf falschen Behauptungen beruhe. Die Florentiner wollen ihn als Oberhaupt; die Stadt ist sein. Was könnte Eurer Meinung nach die Situation umkehren?«

Giovanni erhob sich, und obwohl er klein gewachsen war, bot er einen imposanten Anblick, und Alexander sah in seinen Augen die Pracht der Medici erstrahlen.

»Es gibt etwas, das der Mensch mehr fürchtet als die Errettung seiner Seele. Das ist der Mist, mit dem Satan jeden Willen lenkt.«

»Dieser Mist brachte Eurer Familie ihren Reichtum.«

»Allen Familien, Heiliger Vater, allen. Doch größer als die Freude, den Mist zu besitzen, ist die Angst, ihn wieder zu verlieren. Geld ist wie Blut: Wo es fließt, ist Leben; wo nicht, kommt der Tod!«

Er zeigte mit dem Finger auf Alexander. Empört rammte Cesare seinen Dolch in den Tisch, doch der Kardinal gab nicht klein bei. Das Schwert, das er in der Hand hielt, war größer.

»Schluss mit den Exkommunizierungen, Heiliger Vater«, fuhr Giovanni de' Medici fort. »Um Savonarola hinwegzufegen, bedarf es eines Interdikts. Ein Interdikt von Euch, das den Florentinern damit droht, all ihren Besitz außerhalb der Stadtgrenzen zu konfiszieren – sollten sie uns Savonarola nicht aushändigen. Die Reichen kennen keine schlimmere Furcht. Ihr werft die Fackel, Heiliger Vater, und ich befehle meinen wenigen Getreuen, das Feuer zu entzünden. Florenz wird ein riesiger Scheiterhaufen sein, auf dem der Mörder meines Vaters brennen wird.«

»War es nicht Lazarus aus Pavia, der Medicus der Sforza, der ihn vergiftete?«

»Eine Hand und viele Auftraggeber, das macht keinen Unterschied«, antwortete Giovanni ehrlich.

Alexander kratzte sich am Nasenhöcker. Ein Interdikt. Er konnte sich nicht erinnern, dass einer seiner Vorgänger es jemals gewagt hätte, diese drastische Strafe zu diesem Zwecke einzusetzen. Andererseits verbot es jedoch kein Gesetz explizit, und außerdem *war* er ja das Gesetz. Die Idee des Medici würde die Mauern von Florenz zum Einstürzen bringen, wie die Posaunen die Mauern von Jericho. Ja, er würde dem Rat des Medici folgen. Aber nicht jetzt. Eine sofortige Zusage würde ihm nur als Schwäche ausgelegt werden. Allianzen funktionieren nur, wenn beide Partner wissen, dass keiner von beiden der Stärkere ist.

»Wir werden sehen, hoffen, ausführlich darüber nachdenken und dann handeln. Und nun trinkt mit Uns Hypocras. Ihr erinnert Euch, Medici? Ein magisches Getränk, in der Tat, denn es führte Uns das erste Mal zusammen. Cesare, du weißt, wo es aufbewahrt wird. Mein lieber Sohn, serviere es Uns.«

Silvio Passerini hielt die Zügel des Pferdes fest, auf dem sein Herr saß, verwirrt und auf wackligen Beinen. Doch als er auf Giovannis Lippen das doppeldeutige Lächeln einer Dirne sah, verstand Silvio, dass er zur rechten Zeit und mit Gottes Hilfe Bischof werden würde.

45

Florenz, 20. und 21. Dezember 1497

Zebeide fiel fast in Ohnmacht, als sie ihn am Tor stehen sah. Sie stürzte hinaus, warf sich ihm zu Füßen und umklammerte seine Beine. Weinend dankte sie dem Sohn Gottes, der bald zurückkehren würde in diese sündige Welt, dass er ihre Gebete erhört hatte. Ferruccio strich ihr über das Haar und ließ sich, ohne zu murren, »mein Herr« nennen. Als Zebeide sich ihr verheultes Gesicht mit dem Schürzenzipfel abgewischt hatte, hob sie ihren Blick und bemerkte erst den Krüppel und dann die junge Frau. Ihr Gesicht verdunkelte sich, und sie blickte Ferruccio schief an.

»Und die Herrin?«

»Ich weiß es nicht. Aus diesem Grund bin ich zurückgekommen. Sie werden mir helfen, sie zu finden.«

Zebeide stand auf und deutete leicht säuerlich eine Verbeugung vor den beiden Fremden an. Wichtig war, dass die beiden von vorneherein wussten, wo ihr Platz war. Das hier war ein ehrenwertes Haus, und wenn sie ihrem Herrn helfen wollten, der es mit allen stets zu gut meinte, dann wären sie unter Umständen sogar willkommen. Doch sie würde aufpassen, sagte ihr Gesichtsausdruck – denn die seltsamen Begleiter ihres Herren sahen wie verkleidete Diebe aus. Und auch wenn der Mann mit seinem verkrüppelten Bein nicht weit kommen würde, so schienen doch die Augen der Frau zu sagen, dass sie bereit wäre, selbst das bisschen Silber, das da war, mitgehen zu lassen. Und außer Frage stand zudem, dass man selbst vor den besten Männern wie ihrem Herrn die Weiberröcke fernhalten muss, weil die Frauen bekanntlich dämonische Kunstfertigkeiten besitzen und die Männer schon gesündigt haben, bevor sie bis drei zählen können. Zebeide lächelte, denn auch sie war einmal jung gewesen, und mehr als ein Knecht hatte ihretwegen zur Beichte gehen müssen.

Es schien zwar kaum möglich, doch in Florenz war alles noch schlimmer geworden: Sobald die Wächter auftauchten, schlossen die Handwerkerstuben. Verzweifelt baten die alleinstehenden Frauen in den Häusern um Gastfreundschaft, und in jeder dunklen Seitenstraße lungerten mit Schwertern und Knüppeln bewaffnete Männer herum. Sie gehörten entweder den Piagnoni, den di Palleschi oder den Republikanern an, die von der Wiedereinführung der alten Traditionen träumten. In einem Klima, das von Misstrauen und Verrat vergiftet war, hatten alle drei Interessenparteien Hunderte von Toten zu verzeichnen, sowohl Bürger als auch Edelleute.

Als Ferruccio auf dem Heimweg von Hof zu Hof geritten war, hatte er erfahren, dass viele Adelige hingerichtet worden waren: die Ridolfi, die Pucci, die Tornabuoni und die Cambi. Sogar Bernardo del Nero war von Savonarola zum Tode verurteilt worden, und Ferruccio wusste, dass er dem Mönch überaus treu ergeben gewesen war. Florenz war nicht mehr die verborgene Republik von Jesus Christus, sondern hatte sich in ein Reich des Schreckens und des Terrors verwandelt.

Ferruccio betete, dass wenigstens noch Pierantonio Carnesecchi am Leben wäre. Seinetwegen war Ferruccio hierher zurückgekehrt, denn er stellte das einzige Bindeglied zu Leonora dar. Wenn er sich weigern würde, ihm zu helfen, würde Ferruccio ihn umbringen: Ein Toter mehr oder weniger würde in diesem wilden Treiben hier nicht weiter auffallen. Als er in Florenz ankam, hatte die Wut die Stelle des Schmerzes übernommen, und Hoffnungslosigkeit hatte sich breitgemacht. Mit diesem letzten Verlust war auch der Wunsch zu sterben in Ferruccio gekeimt. Ihm selbst war es egal, ob er überlebte oder nicht, und demgemäß zauderte er auch nicht, ganz offen an jeder Ecke nach dem Wohnort von Carnesecchi zu fragen. Und falls jemand es wagen sollte, nach dem Grund zu fragen, würde er ganz einfach seinen Umhang über die Schulter werfen und auf den Knauf seines Schwertes deuten. Mittlerweile fühlte Ferruccio sich wie ein Jäger – und wenn die Beute Angst bekam: Umso besser, dann würde sie vielleicht eher einen Fehler begehen und ihn seinem Ziel näherbringen.

In einem Haus hinter dem Pagliuzza-Turm würde er vielleicht Erfolg mit seiner Suche haben, hatte man ihm gesagt. Man hatte ihm auch geraten, auf der Hut zu sein. Die blinde Wut hatte Ferruccio jedoch einen Streich gespielt und ihn in den dunklen Hauseingang getrieben, und im Handumdrehen spürte er eine Klinge an der Kehle.

»Wen sucht Ihr?«, fragte eine Stimme hinter ihm.

»Jesus«, antwortete er sarkastisch. »Schon mein ganzes Leben lang.«

»Dann habt Ihr ihn jetzt gefunden. Nunmehr ist er auch bereit dazu, Euch in sein Reich zu führen.«

»Bevor ich mit ihm gehe, wünsche ich, Pierantonio de Francesco Carnesecchi zu treffen. Das ist wohl kein Verbrechen.«

Die Klinge wurde gesenkt, blieb jedoch weiter in bedrohlicher Nähe seines Halses. Aus der Dunkelheit tauchten ein Arm und dann ein unbekanntes Gesicht auf, das ihn musterte. Die Klinge verschwand.

»Ritter de Mola?«

Hektisch lief Zebeide die Treppen auf und ab und flehte alle Schutzgeister des Hauses an, die sie auf ihrer Liste hatte. Bevor sie das Haus verschloss, oblag es ihrer Verantwortung zu prüfen, ob alle Feuer gelöscht waren, die Vorräte vor den Ratten – obwohl sie seit einiger Zeit nicht mehr aufgetaucht waren – geschützt waren und die Wäsche, die steif vor Kälte auf dem Dachboden hing, trocken war. Als sie alles kontrolliert und für gut befunden hatte, hob Ferruccio die treue Dienerin hoch und hievte sie in den Sattel der robusten und geduldigen Stute. Es war nicht einfach und dauerte eine gewisse Zeit, bis er ihr erklärt hatte, wie sie sich am Sattelknauf festhalten solle und dass sie ihre Füße fest in den Steigbügeln halten müsse. Als er sie steif wie ein Brett auf dem Pferd sitzen sah, hatte Ferruccio beinahe Mitleid mit ihr. Von Savonarola oder vom Papst empfangen zu werden bedeutete für sie das Gleiche, so groß war der Ruhm des Mönchs und der Respekt und die Ehrfurcht, die er bei einfachen Seelen – und nicht nur bei ihnen – auslöste.

Der Befehl an die beiden edlen Herren, die ihm sein Leben geschenkt hatten, lautete, dass sie sowohl ihn selbst als auch seine Magd zu Savonarola bringen sollten. Die Gründe hierfür waren den Männern nicht bekannt – doch wenn sie je die Absicht gehabt hätten, sie umzubringen, hätten sie es bereits getan, dachte Ferruccio und versuchte, optimistisch zu sein. Mit einem Schwert in der Hand für eine gerechte Sache zu leben oder zu sterben war eigentlich gar nicht so schlecht, befand er weiterhin. Ganz im Gegenteil, so fühlte er sich halbwegs handlungsmächtig, was allemal besser war, als wehr- und tatenlos von Savonarola erfahren zu müssen, dass Leonora nicht mehr am Leben sei. Ferruccio zwang sich zu positiven Gedanken. Die Tatsache, dass eine Nachricht auf ihn wartete, könnte immerhin auch das Gegenteil bedeuten. Ein Hoffnungsschimmer glomm in ihm auf.

Der Mönch erwartete Ferruccio, Gua Li, Osman und Zebeide an seinem Schreibtisch sitzend, der so leer wie das ganze Zimmer war. Savonarolas nackte Füße waren vor Kälte rot angelaufen, doch der Mönch zitterte nicht. Er erhob sich auch nicht, um Ferruccio zu umarmen, so wie er es früher stets getan hatte. Stattdessen fragte er seine Leute leise, wer der andere Mann und die Frau seien, die mit Ferruccio und der Magd mitgekommen seien. Ferruccio verstand.

»Keiner von beiden ist ein Christ«, sagte er, an Savonarola gewandt. »Der Mann ist ein Sohn des Islam, und die Frau überbringt eine Botschaft der Liebe, die Ihr nur schwerlich verstehen würdet.«

»Ich sehe, du hast dich nicht verändert, Ferruccio«, antwortete Savonarola kühl. »Doch wo Liebe und Gerechtigkeit herrschen, da ist auch Gott. Lasst uns allein«, sagte er zu den beiden Männern, »und seid gesegnet.«

Der Mönch wartete, bis die Schritte im Kreuzgang des Klosters verhallt waren. Dann erhob er sich, verschränkte die Hände und ging zu dem einzigen Fenster im Raum, durch das gräuliches Licht ins Zimmer fiel. Als er seine Kapuze zurückschlug, fielen Ferruccio die ergrauten Haare und die ausgeprägte Tonsur auf. Savonarolas hohe Wangenknochen schienen durch seine eingefallenen Wangen noch prominenter, und die Nasenpartie bestand nur noch aus Haut und Knochen.

»Sie lebt«, sagte der Mönch unvermittelt. »Es geht ihr gut. Und sie ist hier, in Florenz.«

Ferruccio sackte auf einem Stuhl zusammen und presste seine geballten Fäuste gegen die Stirn. Gua Li streckte einen Arm nach ihm aus, zog ihn jedoch augenblicklich zurück, als sie Osmans Blick sah. Beide Gesten entgingen dem Mönch nicht.

»Habt Dank, Bruder Girolamo«, flüsterte Ferruccio. »Erzählt mir mehr, ich bitte Euch.«

Der Mönch kam näher und legte Ferruccio seine knochige Hand auf die Schulter.

»Bist du sicher, dass du es hören willst?«

»Was meint Ihr?« Ferruccio blickte zu ihm hoch. »Ihr habt gesagt, dass es ihr gut gehe.«

»Genau aus diesem Grund. Leonora hat sich beruhigt – mittlerweile zumindest –, und sie ist eine starke Frau. Zu stark – denn manchmal weiß sie nicht, wo ihr Platz ist. Aber was erzähle ich dir? Du kennst sie selbst ja am besten. Nach alledem, was sie erlebt und durchgemacht hat, konnte sie aber trotzdem ihren Frieden und ihre Ruhe wiederfinden. Wenn du ihr jetzt gegenüberträtest, könntest du sie betrüben oder ihr sogar Schaden zufügen. Halte inne und betrachte dich selbst im Spiegel deiner Seele.«

»Ich … verstehe nicht.«

Doch, er verstand sehr wohl, und es schmerzte ihn, sich eingestehen zu müssen, dass er den Schwur durch einen Akt des freien Willens gebrochen hatte und dass zwar ein Dunst die Erinnerung daran vernebelte, dass er jedoch niemals ausreichen würde, um die Erinnerung daran vollkommen auszulöschen. Der Mönch hatte ihn durchschaut. Er hatte die Türen zu seiner Seele aufgestoßen und seine Zweifel bloßgelegt. Es ging nicht darum, zwischen Gua Li und Leonora zu wählen, sondern darum herauszufinden, ob er derjenigen Frau, für die er sich entscheiden würde, treu sein könnte.

»Ihr seid schrecklich, Bruder Girolamo. Und ich verstehe diejenigen, die Euch rein im Geiste nennen und Euch dafür hassen.« Erneut blickte er zu ihm auf. »Ihr nehmt dem Gewissen seinen Schleier, hinter dem es sich zu verbergen sucht, und bringt den Frevler um seinen Schlaf. Auch Giovanni Pico tat das. Erinnert Ihr Euch? Er salbte das geschundene Gewissen jedoch mit Öl, Ihr hingegen mit Essig. Vielleicht ist dies ja der Unterschied zwischen einem Gerechten und einem Heiligen.«

Savonarola verschränkte die Arme vor der Brust und legte seine Hände um die Ellbogen.

»Nun?«

»Ich will sie sehen, und wenn es das Letzte wäre, was mir auf Erden vergönnt ist.«

»So sei es«, sagte der Mönch und läutete eine Glocke.

Ein junger Mönch betrat den Raum und bedeutete Ferruccio, ihm zu folgen. An seiner Seite war eine Frau, um Zebeide in Empfang zu nehmen. Osman starrte mit gebeugtem Haupt auf sein verkrüppeltes Bein, während Gua Li ruhig und vollkommen wortlos den Blicken des Mönchs standhielt. Lange hielten sie stumme Zwiesprache, bis ein vorsichtiges Klopfen ihren Dialog unterbrach. Schüchtern betrat ein Novize das Zimmer, um einen Kerzenleuchter zu bringen und die Kerzen zu entzünden. Dann huschte er wieder fort. Gua Li nahm an Savonarola einen vagen Duft nach getrockneten Bocksdornbeeren wahr – süß und bitter zugleich. Es war der Geruch des kämpfenden Kriegers, der sich nach nichts so sehr wie dem Frieden sehnt. Der Mönch saß am Schreibtisch und beugte sich vor.

»Was schmerzt Euch?«, fragte er Gua Li.

»Das Warten auf einen Menschen, der mir sehr nahesteht. Die Ungewissheit, wie es ihm wohl ergeht und seine Abwesenheit.«

»Die Antwort liegt in den Händen und dem Erbarmen Gottes, den Ihr verleugnet.«

»Wie könnte ich den Geist, in welcher Form auch immer er sich manifestiert, verleugnen, wenn er dem Menschen innewohnt?«

»Ich teile deine Meinung. Doch der Sohn Gottes kam auf die Welt, um die Menschen zu ihrem verlorenen Vater zurückzuführen.«

»Ich kenne eine andere Geschichte, und ich bin hierhergekommen, um die Worte der Liebe zu überbringen, die den Menschen in ein besseres Wesen verwandelt.«

»Dann werde ich Euch zuhören. Vielleicht verlaufen unsere Wege unterschiedlich, doch sie führen in die gleiche Richtung, wie mir scheint.«

»Das sagt auch Ada Ta.«

»Wer ist das?«

»Derjenige, der mir so sehr fehlt.«

Der Mönch faltete die Hände und stützte sein Kinn darauf. Die Stimme der Frau irritierte ihn. Mit dieser Stimme würde die Heilige Madonna zu ihm sprechen, wenn der Tag käme. Er trat mit dem kleinen Zeh an das Tischbein, um sich für diesen frevlerischen Gedanken zu bestrafen. Dieses Weib konnte genauso gut ein Teufel sein – manchmal war es schwer, die Grenze zwischen Wahn und Weisheit zu ziehen. Er musste ganz besonders auf Gott hören, dann würde dieser ihm diese Grenze weisen und ihm Klarheit verschaffen.

»Erzählt mir von dieser Botschaft der Liebe, deren Überbringerin Ihr seid.«

»Das ist eine sehr lange Geschichte.«

»Es reicht ein Zweig, um den Baum zu erkennen.«

Um nicht mit Jesu Mutter verwechselt zu werden, nannten viele Maria mittlerweile Magdalena. So sehr sie auch versuchte, Yuehans Zuneigung zu gewinnen – es wollte ihr nicht gelingen. Der Jüngling, der zwischenzeitlich viele Männer um Haupteslänge überragte, entzog sich ihr freundlich, aber bestimmt. Doch das war nicht das größte Problem: Die Beliebtheit von Jesus war inzwischen so gewaltig, dass ihn die Menschen, wo immer er auftauchte, den Wind der Wüste *nannten. Denn so wie Sandkörner in die engsten Ritzen der Häuser einzudringen vermögen, so drangen auch seine Worte bis zu den engstirnigsten Gemütern vor. Er wurde als der von Jesaja prophezeite Messias bejubelt: als vom göttli-*

chen Geist erfüllter Racheengel, der gekommen war, um das Volk Palästinas vom römischen Joch zu befreien. Jesus sprach oft mit Maria Magdalena über seine Zweifel und seine Ängste. Das Volk hatte noch nicht verstanden, dass es sein Ziel nur erreichen könnte, wenn es als Volk zusammenstand und geeint auftrat. Daran war jedoch nicht zu denken – denn alle waren sie untereinander zerstritten: Zeloten, Essener, Galiläer, Judäer. Jede Gruppierung hielt ihre Glaubensrichtung für die allein selig machende und rief Jesus als ihren Erlöser aus.

»Sie glauben an mich«, vertraute Jesus Magdalena an, »aber schuld sind nicht meine Worte, sondern meine Kunststücke, die sie Wunder nennen und die sie für die geplante Rebellion nutzen wollen. Dabei sollten sie mittlerweile wissen, dass ein Umsturz nur gelingt, wenn er von dem unbedingten Willen getragen ist, eine bessere Welt zu gestalten. Ich will kein Gesetz durch andere Gesetze ersetzen. Es ist weder richtig noch falsch, den Regeln unserer Väter zu folgen oder sie zu kritisieren. Es reicht schon aus, wenn man seine Meinung niemandem aufzwingt.«

»Sie brauchen einen Führer.«

»Wenn ein Volk nach einem Führer ruft, verzichtet es auf die Freiheit. Die Menschen sind vergänglich. Ich bin vergänglich. Nur das, woran ich glaube, bleibt. Die Gesetze ändern sich mit der Zeit – aber die Gerechtigkeit hat Bestand.«

»Das, was du da sagst, ist ketzerisch«, unterbrach Savonarola die Erzählung. »Die Ebioniten sind dafür verurteilt worden.«

»Ich kenne sie nicht, deine Ebioniten, und ich bin nur ein Jünger ohne Meister«, antwortete Gua Li. »Und macht denjenigen, den Ihr Ketzer nennt, nicht aus, dass er sich die Freiheit nimmt, seine eigenen Gedanken zu denken und seine eigenen Entscheidungen zu fällen? Doch ich möchte Euch nicht beleidigen. Wenn Ihr es wünscht, werde ich sofort einhalten und meine Erzählung abbrechen.«

»Fahre fort. Aus Liebe zu Gott muss man als Geistlicher auch die verwerflichsten Sünden anhören.«

Die Spione des Sanhedrins beobachteten Jesus seit geraumer Zeit. Beflissen notierten die Schreiberlinge jede Denunzierung und brachten sie den Altvorderen und Priestern zur Kenntnis. In der Öffentlichkeit bezichtigten sie Jesus der Scharlatanerie, doch innerhalb des Rates warnten sie vor ihm. In ihrem Inneren beneideten sie ihn jedoch für seinen Ruhm und die Macht, die er innerhalb so kurzer Zeit über das Volk erlangt hatte.

Die anderen Geistlichen saßen im Halbkreis um den ehrwürdigen Hohepriester Kaiphas herum und disputierten lebhaft. Kaiphas blickte zu seinem Schwiegervater hinüber und eröffnete auf dessen Nicken hin die Sitzung. Die beiden Sekretäre an seiner Seite zählten die anwesenden Mitglieder des Sanhedrins – sie waren mehr als dreiundzwanzig und damit beschlussfähig.

»Ich spreche auch im Namen anderer«, Nikodemus Ben-Gurion erhob sich von seinem Platz. »Dieser Mann hat bereits viele Zeichen gesetzt. Wenn wir ihn weitermachen lassen, werden am Ende alle an ihn glauben. Was dann folgt, liegt jedoch auf der Hand: Die Römer werden unsere Nation und alle heiligen Orte zerstören. Ohne Anklage können wir diesen Jesus allerdings nicht verurteilen. Doch sagt mir: Wessen sollen wir ihn beschuldigen? Alles, was man ihm zur Last legen kann, ist, dass er auf der Seite desjenigen Volkes steht, das wir repräsentieren.«

»Genug disputiert!« Kaiphas gab seinem Sekretär ein Zeichen. »Jetzt wird gehandelt! Wenn es kein Gesetz gibt, um ihn zu verurteilen, dann machen wir eines!«

»Nikodemus hat recht«, wandte ein Ratsmitglied ein.

»Ihr habt nichts verstanden!« Kaiphas' Stimme wurde schrill. »Es ist besser, eine einzelne Person zu opfern als eine ganze Nation.«

Josef von Arimatäa erhob sich und schüttelte ungehalten den

Staub von seiner schwarzen Tunika. »Der Sanhedrin kann keine Gesetze erlassen, sondern sie nur anwenden«, donnerte er.

Der Hohepriester wurde rot.

»Josef Kaiphas wollte damit sagen«, griff Hannas in die Diskussion ein, »dass Jesus verurteilt werden soll, weil er die heiligen Gesetze nicht achtet.«

»Wir sollen ihn einfach so verurteilen? Ohne ihm den Prozess zu machen? Ohne seine Verteidigung anzuhören? Das ist der Umsturz der Gesetze und all unserer Traditionen. So handeln Tyrannen.«

»Schluss damit, wir kennen deine Sympathien«, sagte Hannas zu Josef. »Wenn du nicht einverstanden bist, dann stimmst du eben dagegen.«

Als die Sekretäre die Stimmen der siebenundzwanzig Anwesenden ausgezählt hatten, erhob sich Gamaliel.

»Vierundzwanzig sind für eine Verurteilung, drei für Freispruch. Damit wird die Gefangennahme angeordnet.«

Auf der Heimreise nach Arimatäa haderte Josef, weil er kein Weib hatte, mit dem er über seine Zweifel sprechen konnte: Wäre es legitim gewesen, sich gegen ein ungerechtes Gesetz aufzulehnen, oder sollte man es stillschweigend hinnehmen – und möglicherweise gar achten? Diese Frage hatte sich auch der Grieche Platon gestellt, als er die Geschichte von Sokrates erzählte, der sich entschied, aus dem Schierlingsbecher zu trinken, obwohl er hätte fliehen können.

»Die Juden haben unseren Heilsbringer Jesus Christus ermordet. Diese Schuld wird immer auf ihnen lasten. Nichtsdestotrotz gäbe es ohne sein Opfer keine Erlösung und daher auch keine Errettung.«

Savonarola schien eher zu sich selbst als zu Gua Li zu sprechen.

»Um seinen Willen zu vollbringen«, fuhr der Mönch fort

und zeigte mit dem Finger gen Himmel, »hat Gott den Sanhedrin bewaffnet. Zum Wohl der Menschheit hat er seinen einzigen Sohn geopfert. So wie Abraham.«

»Eine Mutter würde ihren Sohn niemals opfern. Mein Meister sagt, dass das Leben heilig ist, dass es der Sinn der Existenz an sich ist und nicht zu anderen Zwecken dient. Und wenn Gott eine Mutter wäre, dann wäre vielleicht nicht …«

»Schweig sofort! Gott ist … Das ist ein … ein … Mysterium. Es ist uns nicht vergönnt, es zu erfahren. Nein, fahre fort, ich möchte noch mehr über deinen Jesus wissen. Deine Worte werden mein Büßergürtel sein.«

Die geheime Nachricht entwich dem Tempel und durchdrang wie eine nächtliche Nebelschwade lautlos die Mauern Jerusalems, breitete sich in den Niederungen aus, stieg bis auf den Berg Ephraim, glitt hinab bis nach Galilei und hinauf bis nach Gamla, wo Jesus sie aus den Mündern seiner Brüder erfuhr – noch bevor die Depesche mit dem Haftbefehl die römische Garnison erreichte.

»Du musst dich eine Zeit lang verstecken«, meinte Judas. »Wenigstens so lange, bis die Römer müde werden, dich zu suchen.«

»Ich glaube, das wird nichts bringen«, wandte Jesus ein. »Sonst werden sie euch holen – euch und meinen Sohn, unsere Mutter und Maria Magdalena. Ich muss mich ihnen stellen.«

»Und wie? Soweit wir wissen, haben sie dich bereits verurteilt. Der einzige Weg wäre vielleicht, das Volk zu deiner Verteidigung aufzurufen.«

»Nein«, sagte Jesus entschlossen. »Und nun hört mir zu. Wir wussten, dass es so kommen würde: Wenn man einen Hund reizt, wird er über kurz oder lang zubeißen. Ich bereue nichts. Die Samen, die ich gestreut habe, sind nicht verloren. Hass wird nicht mit Hass vergolten, zu keiner Zeit. Hass kann nur durch die Liebe ausgelöscht werden: Das ist das ewige Gesetz. Lasst es zu, dass sie mich holen. Ich werde mich schon zu verteidigen wissen.«

In dieser Nacht lenkte Jesus seine Gedanken zu Ong Pa und betete zu seinem Meister, dass er ihm helfen möge, stark zu sein, seine Ideale nicht zu verraten und seine Lieben zu beschützen.

Maria Magdalena flehte den Gott Abrahams an, dass er Jesus erretten möge. »Komm«, sagte sie dann und nahm ihren Liebsten bei der Hand.

Gemeinsam gingen sie den Pfad am See entlang. Unter dem dichten Blattwerk eines Maulbeerbaumes blieben sie stehen und betrachteten den schmalen Silberstreifen, der sich auf den ruhigen Wassern spiegelte. Maria Magdalena nahm sein Antlitz zwischen ihre Hände, schaute ihm in die Augen und sah die Zukunft zerbrechen. Jesus schien ihre Tränen nicht zu bemerken und war sanftmütig wie immer. Er lehnte sich an sie.

»Bin ich zu schwer für dich?«, fragte er schüchtern.

»Nein«, antwortete sie ihm und umarmte ihn. »Außer deinem Fleisch und deinen Knochen hast du nämlich eine überaus leichte Seele, die gerecht und gut ist.«

»Vielleicht ist sie ja deshalb so leicht, weil du mich zum Fliegen bringst.«

Sie küssten einander, erst zärtlich, dann leidenschaftlich und ließen ihre Körper ineinander verschmelzen.

»Blasphemie!«, schrie Savonarola. »Ihr wisst ja nicht, was Ihr da sagt!«

Der Mönch hielt sich die Ohren zu und presste die Lippen aufeinander. Vor lauter Erregung hielt er die Luft an, und erst als er sah, wie Osman und Gua Li aufstanden und leise den Raum verließen, atmete er wieder aus.

Er schloss die Tür ab, holte seine Lederpeitsche hervor und geißelte seinen Rücken so lange, bis er erschöpft auf die Knie fiel.

46

Die letzten Tage im Jahr 1497

Die Nonne bedeutete Ferruccio, draußen zu warten, und trat mit Zebeide in den Krankensaal. Die treue Dienerin ging unsicher zwei Schritte neben ihr und blieb mit hochgezogenen Schultern und ineinander verschränkten Fingern verunsichert stehen, als sie die langen Bettenreihen sah. Das gesamte Dormitorium war belegt. Von einem Eisengerüst an der Decke hingen schneeweiße Leinenvorhänge herab, die den Saal unterteilten und ein wenig Privatsphäre schafften. Während Zebeide der Nonne folgte, erspähte sie vage Schatten hinter den Leinentüchern. Zebeide stellte sich die gemarterten Körper mit ihren Wunden vor und bekreuzigte sich.

»Hier ist sie«, flüsterte ihr die Nonne zu. »Sei aber leise und störe die anderen nicht.«

Fragend zeigte Zebeide auf eine Tür und erhielt als Antwort ein Stirnrunzeln.

»Du kennst deine Herrin«, fuhr die Nonne eisig fort. »Du wirst ihr sagen, dass ihr Gatte hinter dieser Tür auf sie wartet, und dann wird sie entscheiden, ob sie sich ihm erneut zuwenden möchte – oder dem Herrn.«

Sie schob den Vorhang beiseite und stieß Zebeide zum Bett. Ihre Beine zitterten, als sie das blasse Antlitz ihrer Herrin sah. Es war von einem Baumwolltuch umrandet, das ihre Haare verdeckte, die Wangen und einen Teil der Stirn. Es schien, als habe Leonora ihre Entscheidung bereits gefällt.

Langsam hob und senkte sich ihre Brust – dies war jedoch das einzige Zeichen, dass sie noch am Leben war. Als Zebeides Blick an ihrer Herrin hinunterwanderte, sah sie eine runde Masse, die auf ihrem Leib lag, und geschockt hielt sie sich den Mund zu. Leise seufzend öffnete Leonora die Augen.

»Zebeide …«

Die Frau warf sich auf die Knie und nahm Leonoras Hand.

»Oh Herrin, meine Herrin! Gott sei gedankt, Ihr lebt!« Die Tränen liefen der treuen Dienerin über die geröteten Wangen. »Wie habe ich gelitten, weil ich nichts von Euch wusste. Welch ein Schmerz, welch ein Schmerz, Euch in diesem Zustand zu sehen! Oh, hätte der Herr dieses Leid doch für mich auserkoren!«

»Mir geht es gut, Zebeide, ich bin nur ein wenig müde.«

»Oh, Herrin, sagt das nicht. Leidet Ihr sehr?«

»Nein, Zebeide, das habe ich doch gerade gesagt. Wenn ich daran denke, was ich alles durchgemacht habe, geht es mir nun wirklich sehr gut. Und das Kind hat mir geholfen.«

»Welches Kind?«

Zebeide sah sich um, doch sie sah niemanden. Dann verstand sie: Ihre Herrin delirierte – das also hatte es mit der Krankheit auf sich! Wenn man anfing, Gespenster zu sehen, dann war das ein schlimmes Zeichen. Ziegen oder Pferde mit riesigen Nüstern, sagte man, seien Dämonen, die bereits die verbrannten Seelen genossen hätten. Engel hingegen seien die Schatten der toten Kinder, die am Ende eines Menschenlebens kämen, um den Sterbenden zum Heiligen Petrus zu begleiten. Die Herrin lag also im Sterben.

»Siehst du es nicht, Zebeide?«

»Nein, meine Herrin«, stammelte die weinende Dienerin. »Doch wenn Ihr es sagt, dann glaube ich es.«

»Mein Leib, liebe Freundin, schau auf meinen Leib. Das Kind ist dort drin.«

»Jesus Maria! Bei allen Heiligen! Dann geht es Euch also gut? Ist es schwer? Tritt es Euch? Zeigt mir Euren Bauch – ist es ein Spitzbauch? Dann wird das Kleine nie in den Krieg ziehen müssen.«

»Ich weiß es nicht. Ich weiß nur, dass es lebt und dass es ihm gut geht. Doch nun setz dich zu mir und erzähle mir. Wie hast du mich gefunden?«

Die Frau senkte ihren Blick und begann hektisch, die Falten auf dem Leintuch glatt zu streichen.

»Sprich, Zebeide«, Leonora richtete sich ein wenig auf. »Was ist los?«

»Der Herr … ist.«

»Der Herr … was?!«

Ein Stich in ihrem Leib ließ ihr den Atem stocken.

»Er ist hier, meine Herrin.«

Leonora schloss die Augen.

»Geht es ihm gut?«, fragte sie leise.

»Ja, Herrin, soweit ich es sehen konnte.«

»Und er ist hier … wo?«

»Hinter dieser Tür, meine Herrin. Ihr sollt selbst entscheiden, meinte die Schwester, ob Ihr ihn sehen wollt oder nicht.«

»Dummheiten.« Leonora fasste sich nervös ins Gesicht, als wolle sie sich zurechtmachen.

»Gewähre ihm Einlass.«

Als er seine Frau mit ihrem schwachen Lächeln und feuchten Augen sah, ging Ferruccio vor ihr auf die Knie. Er nahm ihre Hand und ließ sein Haupt auf ihre Brust sinken. Während sie ihm über sein Haupt strich, verweilte sein Blick auf ihrem Leib. Er verstand und legte eine Hand auf Leonoras Bauch. Tränenüberströmt schaute Ferruccio sie an und legte seine Lippen auf ihren Mund.

»Leonora, ich liebe dich.«

»Ich dich auch«, antwortete sie leise, »und sie oder ihn da drinnen auch. Ich glaube, das Kind hat deine Berührung gespürt. Du hast uns sehr gefehlt, doch nun ist alles vorüber.«

»Ja.«

Ein Schmerz durchzuckte ihr Antlitz, und sie riss die Augen auf.

»Leonora!«

»Das Kind! Es schmerzt! Hilf mir, ich habe Angst.«

Während sich Ferruccio auf das Bett stützte, um sich zu erheben, fühlte er die Nässe. Er steckte seine Hand unter die Decke, zog sie jedoch erschrocken zurück – das Laken war völlig durchnässt. Es schien Wasser zu sein, hatte aber einen beißenden, säuerlichen Geruch. Leonora schrie, als hätte sie einen Dolchstoß erhalten.

»Zebeide!«, brüllte Ferruccio. »Lauf und hole jemanden herbei, schnell!«

Die Frau prallte mit der Äbtissin zusammen, die, von den Schreien alarmiert, bereits herbeigeeilt kam.

»Was ist hier los? Hatte ich dir nicht gesagt, dass ihr leise sein sollt?«

»Der Herrin geht es schlecht; sie ist schwanger!«

Ein weiterer Schrei hallte durch den Saal, und erste Seufzer erhoben sich von den anderen Krankenlagern. Während die Äbtissin an Leonoras Bett kam, liefe Zebeide durch den Korridor und warf sich in die Arme Gua Lis.

»Gute Frau!« Zitternd fiel sie vor ihr auf die Knie. »Meine Herrin leidet und schreit. Ich bitte Euch, kommt und seht nach ihr!«

In der Zwischenzeit stand die Äbtissin am Fußende von Leonoras Bett und zog die Augenbrauen hoch.

»Ich werde die Hebamme rufen lassen, Euer Weib kommt nieder.«

Ferruccio hielt Leonoras Hand und spürte ihre Wehen, die

abzuklingen schienen. Leonora schwitzte. Ihre Schreie waren in leise Seufzer übergegangen. Ihr Atem ging flacher, und ihr Händedruck hatte nachgelassen. Obwohl ihn diese offensichtliche Verbesserung ihres Zustandes hätte beruhigen müssen, befürchtete Ferruccio doch, dass die Ursache hierfür eine größer werdende Schwäche war. Er bemerkte nicht einmal Gua Lis Anwesenheit, bis ihn eine Frau, die einen Lederschurz trug, unsanft zur Seite stieß.

»Geht weg, das hier sind Frauensachen.«

Die Frau krempelte sich die Ärmel hoch und riss grob die Decke und die Leintücher zur Seite. Leonoras Hemd aus Hanf war vollkommen durchgeschwitzt.

»Geht, habe ich gesagt! Das hier ist kein Spektakel für Männer. Frauen sind unrein, wisst Ihr das nicht?«

»Sie … sie ist mein Weib«, stotterte Ferruccio.

»Und wenn es Eure Mutter wäre: Raus hier!«

»Geh, Ferruccio.« Gua Li berührte seinen Arm. »Ich werde bei ihr bleiben.«

Mit hängenden Schultern schaute Ferruccio zuerst in Leonoras Antlitz, dann auf das Bett und wich schließlich zurück, bis er rücklings gegen die Tür stieß. Er öffnete sie und ließ eine Magd mit einer Schüssel warmem Wasser durch. Dann schloss er die Tür leise hinter sich und ließ sich erschöpft auf eine Bank fallen.

Zwei Nonnen hielten Leonora, die auf dem Bett stand, fest: Ihr Kopf hing herunter, ihre Arme baumelten leblos wie an einer Stoffpuppe herab. Nur die Beine standen steif und fest auf dem Bett, als wäre der ganze Wille aus dem bewusstlosen Geist in Leonoras untere Extremitäten gewandert.

»Sie schafft es nicht.«

Die Hebamme wischte sich mit dem Ärmel den Schweiß aus der Stirn, um die Hände dann wieder auf Leonoras Leib zu legen. Leise begann Gua Li zu beten.

Leonora öffnete in einem stillen Schrei ihren Mund, riss die Augen auf und starrte sie an.

»Da ist es!«, schrie die Hebamme. »Beim Haupte des San Cosmas, er hat Gnade gewährt! Haltet sie fest, um Gottes willen.«

Mit einem Blutschwall kam der Kopf des Kindes zum Vorschein. Die Frau wartete gerade so lange, dass sie ihn mit Kraft packen konnten, ohne ihn zu quetschen. Sie kannte ihr Metier. Mit einer leichten Drehung begleitete sie das Herausrutschen des Kindes, um es dann an den Schultern zu fassen und gänzlich aus Leonoras Schoß herausgleiten zu lassen. Sie biss die Nabenschnur durch, die das Kind noch mit der Mutter verband, spuckte das schleimige Blut auf den Boden und machte einen festen Knoten in die Nabelschnur.

»Es ist ein Junge, aber er ist zu klein, um zu leben.«

»Gebt ihn mir«, befahl die Äbtissin.

»Nein, ihr seid alt. Das Kind braucht Leben. Ich werde es ihr geben.«

Die Frau übergab das blutverschmierte Kind Gua Li, die es entgegennahm und in eine Schüssel mit lauwarmem Wasser tauchte. Die Äbtissin versuchte, sie aufzuhalten.

»Lasst sie machen«, ordnete die Hebamme an. »Sie weiß es besser als Ihr. Der Kleine ist so mager wie Christus am Kreuz. Wenn er überlebt, dann wird es ihr Verdienst sein. Und nun gebt mir meinen Lohn. Ich habe zwei Mäuler, die ich stopfen muss und die zu Hause auf mich warten.«

Gua Li hob den Jungen aus dem Wasser. Er hustete und gab eine Art Quieken von sich. Gua Li legte ihn auf eine saubere Ecke des Bettes und trocknete ihn mit einem Lappen ab. Eine Nonne reichte ihr eine Decke und ein Mützchen; und Gua Li dankte es ihr mit einem Lächeln.

Leonora saß von zwei Kissen gestützt auf ihrem Bett. Sie atmete kaum, doch als sie das Gesichtchen des Kindes auf ihren Brüsten spürte, schrak sie auf. Als Gua Li ihr die Brust entblößte, damit der Mund des Kindes die Brüste finden konnte, berührten sich ihre Hände. Leonora griff nach Gua Lis Fingern, um sie festzuhalten. Dann legte sie ihre Hände auf die Schultern jenes Sohnes, der vor der Zeit auf die Welt kommen wollte, als er die Berührung und die Stimme des Vaters gespürt hatte.

Mit gesenktem Haupt verließ die Äbtissin eilig den Raum und blieb vor Ferruccio stehen. Sie holte unter ihrer Kutte einen Rosenkranz aus Holz hervor und reichte ihn ihm. Als er sich weigerte, ihn entgegenzunehmen, warf sie ihm den Rosenkranz einfach auf den Schoß.

»Nehmt ihn an und betet für beide, Mutter und Kind. Sie haben nicht mehr lange zu leben.«

Ferruccio ergriff den Rosenkranz und ließ die Holzperlen durch seine Finger gleiten. Dann waren sie also am Leben. Er schloss die Augen, riss sie aber augenblicklich wieder auf, denn er hatte ganz vergessen, die Äbtissin zu fragen, ob das Kind ein Sohn oder eine Tochter war. Doch sie war schon weg, und die Frage zerschellte zwischen den Tränen, die ihm im Halse steckten.

Niemand freute sich. Außer Zebeide, die von der Äbtissin die Erlaubnis erhalten hatte, zu Füßen von Leonoras Bett schlafen zu dürfen. Die jungen Nonnen, die den kleinen Körper sahen, freuten sich nicht, sondern wurden von Mitleid ergriffen. Der Kleine würde das neue Jahr gewiss nicht mehr erleben. Die älteren blieben nicht einmal an der Wiege stehen – sie erkannten bei einem Säugling auf Anhieb die Zeichen des nahenden Todes. Savonarola betete für seine Seele.

Osman suchte den Kontakt zu Ferruccio, der das Kind nur zweimal am Tag sehen durfte und Leonora nur einmal, jeweils abends. Die beiden Männer hatten sich nie wirklich gemocht: Keiner war je in die Seele des anderen vorgedrungen, außer um zu entdecken, was den anderen mit Gua Li verband. Beide fühlten sich vor Gua Li als Verlierer, wenn auch aus verschiedenen Gründen, und beide hatten die Krankheit der Eifersucht zu spüren bekommen. Sowohl Osman als auch Ferruccio beneideten den anderen um dessen Nähe zu Gua Lis Seele, obwohl sie ihre Rollen nicht ändern konnten.

Am Morgen des Weihnachtstages machte Osman im Kreuzgang mühsam den ersten Schritt auf Ferruccio zu. Die Kälte setzte seinem verkrüppelten Bein zu, und Ferruccio ging mit ausgestreckter Hand auf ihn zu. Doch Osman reichte ihm nicht seine Hand, wie Ferruccio erwartet hatte, sondern legte ein kleines silbernes Objekt in seine Rechte.

»Nimm die Hand Fatimas, die Tochter des Propheten, geheiligt sei Sein Name, und lege sie in das Bettchen deines Sohnes. Sie wird ihn gegen Dämonen und andere böse Geister beschützen. Das Auge, das du auf der Hand Fatimas siehst, ist das Auge Gottes, das nicht zwischen uns unterscheidet und das sein ganzes Leben lang über ihn wachen wird.«

»Das werde ich tun, Osman, hab Dank.«

»Kennst du Fatimas Geschichte? Als sie ihren Mann Ali zurückkommen sah, zusammen mit einer schönen jungen Konkubine, war sie so verzweifelt und verwirrt, dass sie aus Versehen ihre Hand in kochende Hammelbrühe hielt. Allah sah es, verstand – und Fatima verbrühte sich nicht. Sie hatte keine Schuld, doch Ali wurde von der Gruppe, dessen Mitglied er war, ermordet.«

»Ich bin nicht Ali«, antwortete Ferruccio.

»Und ich bin kein Charidschite mehr. *Salam aleikum*, Ferruccio.«

»Friede sei mit dir, Osman.«

In der Ruhe des Dormitoriums verweilte Gua Li oft an Leonoras Bett. Heimlich gab sie ihr einen Tee aus Mohnsamen, damit sich die Wöchnerin entspannen und mehr Milch bilden konnte. Das Kind hingegen hatte ab dem dritten Tag keine Krämpfe mehr, und die faltigen Beinchen wurden kräftiger. Auch die schwarzen Haare auf seinem Rücken fielen aus, die ihn wie ein Äffchen hatten aussehen lassen.

Leonora hatte Gua Li sofort vertraut, und so war Gua Li auch die Einzige, die das Kind auf den Arm nehmen durfte, ohne dass Leonora Angst vor einem Missgeschick hatte oder allzu sehr litt, wenn es nicht in ihrer Nähe war. Sogar in der kurzen Zeit, in der Ferruccio sie zwischen all den Frauen besuchen durfte, fürchtete sie seine Unbeholfenheit. Auch das Kind schien sich in Gua Lis Armen am wohlsten zu fühlen. Wenn es weinte, beruhigte es der Klang ihrer Stimme.

»Was erzählst du ihm?«, fragte Leonora sie einmal. »Er scheint zu verstehen, was du ihm sagst.«

»Mein Meister sagte mir, dass Neugeborene sich an ihre vorherigen Leben erinnern, dass diese Erinnerung mit der Zeit jedoch verblasst. Sie verstehen alles.« Gua Li lächelte. »Viel mehr als wir. Und so erzähle ich ihm von einem guten und gerechten Mann, der die Liebe und das Wissen verstand und beides lehrte.«

»Dann erzähle auch mir von ihm, wenn du möchtest. Das, was einer reinen Seele guttut, kann auch allen anderen Freude bereiten.«

Der Monat Nisan war angebrochen, und aus der Erde stieg die erste heiße Luft empor. Ein Schwarm Kraniche befand sich auf dem Weg nach Anatolien. Jesus verfolgte ihren Flug, bis sie am Horizont verschwanden. Maria Magdalena erhob sich und warf ein Steinchen in den Wasserstrudel, an dem der Fluss Jordan in die ruhigen Wasser des Sees floss.

»Wenn du nicht zurückgekommen wärst, würdest du dich jetzt nicht in Gefahr befinden.«

»Das war mein Karma. Ich hatte alles verloren und musste meine Wurzeln wiederfinden.«

»Ich hoffte auf eine andere Antwort. Doch du hast recht – seinem Schicksal kann man nicht entfliehen. Genauso wie es mein Schicksal war, dich zu treffen.«

Jesus nahm ihre Hand und legte sie an seine Wange.

»Du hast die Leere meines Herzens gefüllt und mir neue Hoffnung gegeben, die der Samen des Lebens ist.«

»Ich habe Angst, dass sie dich umbringen und dass du mich verlassen wirst.«

»Ong Pa sagte einmal, dass der Tod nichts anderes sei als die Transformation in eine andere Form des Lebens.«

»Ja, ich verstehe.« Sanft nahm Maria Magdalena ihre Hand von seiner Wange. »Doch das ist nicht genug für mich. Ich will deine Worte, nicht die eines anderen.«

»Möchtest du mit mir gehen?«

Das war es nicht, was sie hatte hören wollen, und sie antwortete so schnell und so scharf, dass sie ihre Worte bereits im nächsten Moment bereute.

»Und wohin soll ich mitkommen? Zu den Mönchen? In deine Berge? Wozu soll das gut sein? Außerdem ist Yuehan erwachsen, er braucht keine Mutter mehr. Doch wenn ich dein Leben retten könnte, indem ich meines für deines gäbe, dann würde ich es tun. Du musst leben, denn du hast noch viele Samen auszusäen.« Maria Magdalena wandte ihren Blick von ihm ab. »Schau! Noch ein Schwarm Kraniche. Zähle sie und dann sag mir, warum sie immer in gerader Zahl unterwegs sind? Nun, weißt du es?«

»Nein, sag es mir.«

»Weil sie immer paarweise fliegen. Sie bleiben ihrem Partner ein Leben lang treu und brüten stets am selben Platz. Wenn einer der beiden stirbt, dann bleibt der andere und fliegt nicht mehr gen Süden.«

Jesus antwortete ihr nicht.

Langsam hob Leonora ihre Hand, und Gua Li hielt ein.

»Diese Maria, von der du erzählst, ist nicht seine Mutter, oder?«

»Nein, das ist Maria aus Magdala. Die Frau, die Jesus liebte.«

»Ich kenne diese Geschichte. Graf von Mirandola erzählte sie mir vor vielen Jahren und verpflichtete mich, sie geheim zu halten. Daran habe ich mich auch immer gehalten. Und ich bin mir sicher: Hätte ich in der Öffentlichkeit auch nur eine Andeutung gemacht, dass Jesus eine Liebste hatte, wäre ich als Hexe im Kerker gelandet. Der Graf erzählte mir, dass es noch viele unbekannte Geschichten über das Leben von Jesus gäbe, alle mit einem Quäntchen Wahrheit. Mirandola sagte, dass er erst die Wahrheit zu erahnen begonnen habe, als er auf die alten Schriften stieß. Seiner Meinung nach war es in der Tat unvorstellbar, dass ein Prophet wie Jesus der Menschheit kein Zeichen hinterlassen wollte.«

»Hast du ihn kennengelernt?«

»Wie der Zufall es wollte, habe einmal ich ihm geholfen und einmal er mir. Dank ihm habe ich Ferruccio kennengelernt, doch das ist eine andere Geschichte.«

»Und dank ihm habe ich dich kennengelernt«, sagte Gua Li lächelnd. »Doch auch das ist eine andere Geschichte.«

»Wenn es mir besser geht, dann werden wir über alles sprechen. Wir scheinen vieles gemeinsam zu haben, du und ich. Doch nun bitte ich dich fortzufahren.«

Gua Li schaute auf den Kleinen, der schlafend neben ihr lag, und streichelte sein Bäuchlein. Ja, sie würden miteinander reden, doch es gab ein Geheimnis, ein einziges, das immer zwischen ihnen stehen würde. Ein Geheimnis, das in ihren Träumen nur Ada Ta kannte, der sich darüber zu freuen schien.

Sie hatten keine Zeit mehr, um weiter darüber zu reden. Jesu Brüder erschienen, mit ein paar der engsten Freunde. Alle waren bewaffnet. Nachdem eine Flucht nicht in Betracht kam, war man sich einig, dass es – als Zeichen des Respekts und um die römischen Ketten zu umgehen – am besten gewesen wäre, dem Sanhedrin zuvorzukommen, und so machten sie sich auf den Weg nach Jerusalem. Nach zwei Tagen Fußmarsch hielten sie an der väterlichen Grabstätte in Sichem an, und alle seine Söhne legten einen Stein auf sein Grab, denn er war ein rechtschaffener Mann gewesen.

Als sie am Morgen des fünften Tages auf den Ölberg stiegen, blendete sie die mächtige Tempelmauer, auf der sich wie ein Monolith der Turm des Allerheiligsten, in dem die Bundeslade aufbewahrt wurde, gen Himmel erhob. Abends aßen sie alle gemeinsam in einem Gasthaus. Jesus wollte Yuehan auf der einen und Maria Magdalena auf der anderen Seite neben sich haben; dann bat er den weinenden Judas zu gehen und den Mitgliedern des Sanhedrins Nachricht zu überbringen, dass er sie erwarte.

47

Im neuen Jahr 1498, in Rom und Florenz

Als Könige mussten sich die Borgias auch dementsprechend verhalten; und das bedeutete, dass sie die Fürsten gegeneinander ausspielten. So hatte Alexander VI. die Orsini und die Colonna zu einer bösen Schlacht in Montecello getrieben und die Kirche des heiligen Vincenzo die Zeche dafür zahlen lassen – sie war im Kampfgetümmel vollkommen zerstört worden. Das Pontifikat war überaus erfreut über die Schlacht, denn sie schwächte beide Fraktionen. An der französischen Front steckte König Karl VIII. immer noch in großen finanziellen Schwierigkeiten und schaffte es nicht, ein Heer aufzustellen. Seine Schulden bei den Medici konnte er auch nicht begleichen. Außerdem wurde seine Position durch seinen dritten Sohn geschwächt, der kränklich auf die Welt gekommen war und wohl bald das Schicksal seiner beiden Brüder teilen würde, die ebenfalls vorzeitig das Zeitliche gesegnet hatten. Das waren positive Aussichten, fand Alexander VI. und rieb sich die Hände in dem kostbaren Muff aus Luchsfell – einem Geschenk der Medici. Mit einem geschwächten Frankreich konnte er die Möglichkeit erwägen, Cesare vom Purpur zu befreien und ihn mit Carlotta, Sanchas Cousine, zu verheiraten.

Auch für Lucrezia, die Alfonso immer noch begehrte, hatte er gute Neuigkeiten – wenn das Kind erst einmal auf der Welt war und die Hochzeit mit dem Sforza annulliert wäre, dann würde er ihr ihren Wunsch erfüllen. Mit drei Aragonesen in der Verwandtschaft hätte der Thron Neapels überaus gute Chancen, entweder das Papsttum oder die Borgia zu überleben, obwohl es nicht ein- und dasselbe war. Doch wenigstens würde er Cesares heißblütiges Temperament und seinen Ehrgeiz in ruhigere Bahnen lenken. Als König würde Cesare auch seinen Bruder Jofré unterwerfen, sollte Jofré tatsächlich sein Sohn sein, was es zu beweisen gälte.

Alexander VI. blieb am Fenster stehen und betrachtete das Gedränge auf dem Markt, der die Händler aus den umliegenden Dörfern jeden Dienstag anlockte. Eines Tages würde er – im Tausch gegen einen Palazzo oder Juwelen – von Vannozza verlangen, ihm die Wahrheit zu beichten. Eine andere Möglichkeit wäre, Jofrés Amt und sein Weib gleich mit dazu auf Cesare zu übertragen. Doch er bezweifelte, dass sich sein Sohn dazu bereit erklären würde, Sancha zu ehelichen, zumal dieses fröhliche Frauenzimmer die Gelüste sämtlicher männlicher Familienmitglieder längst befriedigte.

Mit dem Dogen Barbarigo kam er nicht zurande, doch Venedig war weit weg, und die Venezianer hatten ihre ganz eigenen Probleme.

Alexander seufzte. Vielleicht würden die Borgia eines Tages ja doch noch Könige werden. Doch ganz gewiss würde der erste ihrer Könige nicht Cesare heißen.

Mittlerweile war das schreckliche Jahr zu Ende. Den Vorhersagen des Astrologen Bigazzini nach würde Juans Geist ihm nicht mehr erscheinen, und Lucrezia würde einen Sohn gebären.

Nun fehlte ihm also nur noch Florenz, um seine Ränke zu vollenden. Dem Urteil des illustren Astrologen Gaurico zufolge standen die Chancen während des Fischezyklus am besten. Dann, wenn der Jupiter im Zeichen des Saturn stünde.

Also verfasste er an den *Gonfaloniere di compagnia,* Andrea de Pazzi, ein Sendschreiben. Seine Worte sollten den Händlern der Calimala, den Richtern, Kräutermischern, Kürschnern und Notaren, aber auch den Totengräbern, Wirten, Waffenmeistern, Stoffhändlern und Schmieden bis zu den Schneidern und Färbern zur Kenntnis gebracht werden. In seinem Schreiben wurden die Florentiner aufgefordert, dem langen Arm der Kirche den vormals exkommunizierten Bruder Domenico Savonarola unverzüglich auszuhändigen. Weiteres Beharren auf diesem Ungehorsam, ließ Seine Heiligkeit die Florentiner wissen, würde einer Sünde gleichkommen. Deshalb sähe er sich als Hirte der Christenheit gezwungen, ein Interdikt auszusprechen. Wer sich dieser Anordnung widersetze, verlöre alle seine Besitztümer und seine außerhalb der Stadtmauern offenen Kredite.

Medici ärgerte sich über den Adressaten: Andrea war der Cousin von Guglielmo und der Gatte seiner Tante Bianca. Er hatte seinen Onkel Giuliano umgebracht. Bei seinem treuen Passerini machte er seinem Unmut Luft.

»Das hat er mit Absicht getan, Silvio. Das ist ein Affront.«

»Signore, denkt lieber daran, dass Ihr den spanischen Stier mit einem stumpfen Schwert auf die Knie gezwungen habt.«

Giovanni hielt ihm seine Hand vor den Mund, denn er wusste nur zu gut, dass die Wände überall Ohren hatten: Die dicken Mauern und langen Korridore der vatikanischen Paläste konnten sich plötzlich in Abgründe verwandeln, mit Gräben und Tunneln, Labyrinthen und echten Türen hinter falschen Bücherregalen, hinter denen stets irgendjemand lauschte. Außerhalb seiner Gemächer, deren Fenster einen Blick auf die Kerker der Engelsburg zuließen, waren sie stets mit sechs Wachen unterwegs: zwei Wachen des Papstes, zu deren Bewachung wiederum zwei aus seinen Reihen – und schließlich zwei Soldaten zu seiner Sicherheit. Und dann natürlich Silvio, sein Schatten, Beichtvater, Liebhaber, wackerer Soldat und Leibwächter, der über drei Spannen groß und vier Sester Weizen schwer war.

»Solange die Zeugen am Leben sind, kann uns nicht einmal Gott Sicherheit geben.«

»Man muss ihnen die Münder stopfen, Monsignore. Wer könnte Interesse haben, Euer kleines Geheimnis zu enthüllen?«

»*Unser* Geheimnis, Silvio«, ermahnte ihn de' Medici und sah seinen Getreuen schief an. »Außerdem ist es nicht klein, unser Geheimnis. Die Frau ist verschwunden, und Ritter de Mola könnte sie und das Buch, das wir nicht haben, wiederfinden.«

»Auch wenn es so wäre: Niemand kann Euch angreifen. Es wäre besser, wir verschwänden auf der Stelle und hüllten uns in Schweigen. Wer würde ihnen schon Gehör schenken? Ohne Eure Stimme haben das Buch und seine Zeugen keinerlei Wert. Und auch wenn es so wäre, könntet Ihr dem Borgia immer noch sagen, Ihr hättet eine Kopie. Wenn er davon überzeugt ist, dass Ihr im Besitz des Originals seid, wird er es nicht riskieren, Euren Worten keinen Glauben zu schenken.«

»Irgendeinen Haken gibt es aber an dieser ganzen Geschichte, Silvio, dessen bin ich mir sicher. Ich finde ihn nur nicht. Oder ich will ihn nicht sehen.«

Der Mönch runzelte die Stirn, und der Kardinal bedeutete ihm, sich neben ihn zu setzen. Er schlug ihm mehrmals mit der Hand auf seine mächtigen Schenkel, die in rot-gelben Beinkleidern, den Farben der Medici, steckten.

»Du bist kaltblütig, Silvio, und ich noch mehr, doch vor den Borgia fürchte ich mich nach wie vor. Und doch – wenn er gewollt hätte, dann … Schluss jetzt, sag mir, was du von de Mola hältst. Hältst du es für wahrscheinlich, dass er sich rächen will?«

Silvio holte aus seinem Futteral das Geschenk seines Herrn hervor: einen wertvollen Dolch mit einem Griff aus Gold und Elfenbein. Wie er ihn spielerisch auf der Hand auf und ab wippen ließ, erschauerte Giovanni. Passerini bemerkte es, kniete vor ihm nieder und bot ihm den Dolch dar.

»Die natürliche Ordnung der Dinge kann nicht verändert werden.«

»Und was bedeutet das in Bezug auf de Mola?«

»Er ist kein Dummkopf, Monsignore, und auch wenn er ein Rebell ist, so weiß er doch, wo sein Platz ist. Er weiß, dass unsere Rache ihn und seine Lieben bis zur siebten Generation verfolgen wird – sollte er es denn je zu Nachkommen bringen.«

»Schön, das bedeutet, wenn er seine Frau fände …«

»… dass sie im Nirgendwo verschwinden würde, ganz genau.«

»Dann sollten wir ihm also helfen, sie wiederzufinden? Damit wir sie umgehend beseitigen können?«

»Besser nicht, Monsignore. Jedes Einschreiten unsererseits würde ihn nur misstrauisch machen. Ich würde es dem Herrn und seinem Willen überlassen. Er kennt den richtigen Weg, um zum Kern der Menschen, aber auch zu ihren Sorgen vorzudringen.«

»Du wärst ein hervorragender Bischof, Silvio.«

»Und ich sehe Euch vom Licht des Heiligen Geistes erhellt.«

»*Deus voleat*, mein Freund, so Gott will.«

»*Deus lo vult, Gott will es.*«

»Dann lassen wir also der Natur ihren Lauf. Und nun lass dich zur Belohnung für deinen Gehorsam von mir küssen.«

Der Virgiliustag machte Florenz alle Ehre. Die Bögen des Kreuzgangs von Santa Maria Novella hingen voller Eiszapfen, unter denen die Nonnen auf dem Weg zur Messe eilig dahinhuschten. Osman hatte ihr Vertrauen erobert, und da er ehrlich und umsichtig war, schickten sie ihn oft auf den Markt. Mittlerweile hatte sich Osman einen Namen gemacht, denn er war immer der Erste vor der *Colonna dell'Abbondanza* und feilschte nie um die Preise, bevor der Markt nicht eröffnet war. Und wenn ein betrügerischer Händler zur Strafe an der Colonna aufgehängt wurde, brachte er ihm anstelle von Hohn und Spott ein wenig Wasser.

Nach dem Gang zum Markt ging er oft zu den Ufern des Arno, wo die Handelsschiffe anlegten. Ohne ein Wort zu sagen, wartete Osman jeden Tag und ging dann still davon, während fliegende Händler und die Färber, die dort ihrem Tagwerk nachgingen, ihn mit obszönen Andeutungen bedachten, warum sein Weib wohl nicht zurückkäme. Bis er eines Tages einem riesigen Mohr entgegentrat, der von einem Schiff ging. Unter den erstaunten Blicken der Färber umarmten sich die beiden Männer.

»*Salam Aleikum*, Aruj Reis. Ich habe dich erwartet.«

»*Salam*, Bruder, ich nicht. Für uns bist du verschollen, und die Herrin hat die Fatwa über dich ausgesprochen. Eigentlich müsste ich dich jetzt töten.«

»Das wirst du nicht tun, denn du bist ein Sünder.« Osman zeigte auf die Tätowierung am Oberarm des Mohren. »Das ist ein *Haram*, eine Sünde. Ich bin erstaunt, dass sie dir nicht den Arm abgehackt haben dafür.«

Aruj Reis ließ seine Muskeln spielen, und die Hüften einer nackten Frau begannen auf seinem Arm zu tanzen.

»Sie leistet mir in meinen einsamen Matrosennächten Gesellschaft. Und wenn sie tanzt, dann erinnere ich mich an Allah, der nicht nur stinkende Kumpane erschaffen hat, sondern auch das Weib. Es wäre schlimmer, der anderen Versuchung anheimzufallen, findest du nicht auch?«

Sein dröhnendes Gelächter hallte über den Ankerplatz, und hastig begannen die Färber, ihre Waren einzupacken. An diesem Tag würden sie vorsorglich in ihren Werkstätten bleiben.

»Was willst du, Osman?«, fragt Aruj Reis wieder ernst. »Dass ich noch eine Ladung Ratten organisiere?«

»Nein, nicht mehr.«

»Dann ist es also ernster, als ich dachte.«

Er kratzte sich am Bart und zerquetschte eine Laus.

»Sprich mit deinem Bruder: Ich brauche eine Überfahrt bis nach Istanbul. Für zwei Personen … eine Frau kommt mit mir.«

Wie der Hammer eines Ambosses sauste Arujs Hand auf seine Schultern.

»Eine Frau! Der alte Osman! Nun verstehe ich. Aber … in Istanbul wirst du in Gefahr sein, die Fatwa kennt keine Gnade.«

»Ich werde zu Bayezid gehen und mich unter seinen Schutz begeben.«

Aruj Reis schaute Osman an, als wäre er bereits tot und in ein Leichentuch gehüllt.

»Ich weiß nicht, was du vorhast, doch mein Bruder wird dir helfen. Damit habe ich meine Schuld bei dir beglichen. Sollten wir uns wiedersehen, kann ich nicht mehr für dein Leben garantieren.«

»Wir werden uns nicht wiedersehen, Bruder. Wo und wann?«

»Am zweiten Dienstag des nächsten Monats. Er wird mit einer Ladung Felle im alten Flottenhafen in Ravenna ankern.«

»Nicht in Venedig?«

»Zu viele Soldaten aus der Hauptstadt. Außerdem liegt Ravenna näher.«

Osman nickte mehrmals.

»Gut dann. Khayr wird einen Tag auf dich warten, nicht länger. Die Lagune ist voller Briganten, und außerdem wechselt Venedig ständig die Zollmeister, und es ist nicht gesagt, dass er alle bezahlt hat.«

Osman entfernte sich zufrieden. Alles würde gut werden. Allah würde ihn erhören – das schuldete er ihm. Nun konnte er die letzten Erzählungen Gua Lis genießen; die Episoden kennenlernen, die er verpasst hatte, und erneut diejenigen anhören, die ihm am liebsten waren. Als er den Einkauf im Kloster abgeliefert hatte, bat er Mutter Ludovica, Leonoras Zelle betreten zu dürfen. Seine Bitte wurde ihm gewährt.

Leonora ging es immer besser, der Junge gedieh, und sein errechneter Geburtstermin kam immer näher. Die Nonnen nannten ihn Lazarus, den Auferstandenen, doch Leonora hatte sich mit Ferruccio beraten und sich für einen anderen Namen entschieden. Doch mit der Taufe ihres Sohnes wollten sie noch warten, bis sie endgültig genesen war.

Osman blieb in der Tür stehen und wartete, bis ihm Gua Li ein Zeichen gab, näher zu kommen. Er setzte sich neben die Matte, auf der Gua Li nächtens neben Leonora kauerte und sie umsorgte.

»Osman, hast du das Kind gesehen?« Leonora zeigte auf das Körbchen neben ihrem Bett. »Ist er nicht wunderschön? Sag es seinem Vater jedes Mal, wenn du ihn siehst. Ich habe so wenige Gelegenheiten, ihn zu sehen. Und sag ihm, dass sein Sohn wie ein kleiner Buddha aussieht.« Sie lachte.

»Dann wird er ihm bestimmt gefallen«, gab Osman lächelnd zurück. »Nicht wahr, Gua Li?«

»Das stimmt. Manchmal lächelt er wirklich wie ein Erleuchteter.«

»Und wenn er weint, meine Schwester?«

»Dann ahnt er wahrscheinlich, wie lange er noch leben

muss, bis er sich erneut mit dem Licht vereinigen darf.« Sie streichelte dem Baby über die Wangen. »So viel, wie er weint, wird er ein langes Leben haben.«

»Osman wollte deinen Erzählungen lauschen – und das tut auch mir und dem Kind gut. Was erzählst du uns heute, Gua Li?«

Die junge Frau versuchte zu lächeln, doch sie konnte ihre Tränen nicht mehr zurückhalten. Die besorgte Stimme Leonoras verstärkte ihre Traurigkeit jedoch noch zusätzlich.

»Es ist nichts Schlimmes. Es ist nur, dass ich seit einigen Tagen nicht mehr von Ada Ta träume«, flüsterte sie und sah Leonora an. »Schade, dass du ihn nicht kennengelernt hast.«

»Das tut auch mir leid, Gua Li. Und nun leg dich neben mich. Du hast dich die ganze Zeit wie eine Mutter um mich gekümmert. Jetzt lass dich von mir in den Armen halten.«

Die sechste Stunde ging vorbei, und als die neunte schlug, erschien eine Nonne mit dampfender Hühnersuppe, Brot und Käse. Leonora wunderte sich, dass Ferruccio heute Abend nicht erschienen war, und bekam Angst, zwang sich jedoch, sich dieser Angst nicht hinzugeben. Die Nonne sprach so viele Verbote aus – wer weiß, was sie Ferruccio heute erzählt hatte. Morgen würden sie darüber lachen.

Als sie die Mahlzeit miteinander geteilt hatten, gab Leonora dem Kleinen die Brust. Während Osman ihnen den Rücken zuwandte, scherzte Gua Li über Leonoras prall gefüllte Brüste, die das Baby im Übermaß nährten. Wenn es bei ihr so weit wäre, wünschte sich Gua Li, dass sie genauso viel Milch hätte. Doch sie durfte sich diesen Gedanken nicht hingeben – sie musste sich vielmehr sammeln, denn dieser Teil der Geschichte war der schlimmste und erzeugte eine derartige Wut in ihr, dass sie sich zusammenreißen musste, um nicht zu schreien. Sie konnte einfach nicht unparteiisch bleiben beim Erzählen.

48

»Kaiphas, es ist der im weißen Gewand. Das ist Jesus, der Galiläer.«

Der Hohepriester schaute ihn beleidigt an und biss sich auf die Lippen.

»Ich weiß selbst, wer der Schuldige ist«, antwortete er unwirsch. »Selbstverständlich ist es der in Ketten.«

Der Schreiber antwortete nicht und bedeutete dem römischen Offizier freundlich, den Gefangenen näher kommen zu lassen. Der Statthalter hatte Anweisung gegeben, dass kein Ungläubiger den Tempel betreten dürfe. Dieses Verbot erstreckte sich auf alle Nicht-Juden, aber auch auf Waffenträger, Kranke oder diejenigen, die gerade einen Toten gesehen und sich noch nicht gereinigt hatten. Verboten war es aber auch Krüppeln und Gelähmten und jedem, der eine so offensichtliche Behinderung hatte, dass sie die Vollkommenheit der Schöpfung vor den Augen des Herrn beleidigen würde. Und Josef Kaiphas hielt sich ohne Ausnahme an die Regeln. Die Gesetze waren alles – ohne sie würden Zerfall und Chaos Einzug halten –, und auch wenn sie ungerecht waren, so mussten sie doch respektiert werden.

Was Jesus betraf, so war seine Schuld in Kaiphas' Augen offensichtlich: Im Namen einer höheren Gerechtigkeit hetzte er das Volk gegen die Gesetze Gottes auf. Schon als Knabe sei dieser Mann gefährlich gewesen, hatte Hannas sich erinnert. Das Böse sei in ihm, denn er habe nicht nur Dinge überlebt, an denen Tausende gescheitert wären, nein, das Böse habe ihm sogar dazu verholfen zurückzukehren! Wie Satan, der Hiob all seinen Besitz, sein Weib und die Söhne nahm. Und das wollte auch Jesus: dem Volk seinen Besitz aberkennen – aber nicht, um seinen Glauben auf die Probe zu stellen. Nein, er wollte Gott sein auserwähltes Volk wegnehmen und an seiner statt König werden, um seinen Platz einzunehmen!

»Bringt den Gefangenen herbei!«, schrie er.

Während die Schreiber den Gefangenen in Empfang nahmen, drehte sich Kaiphas, von seinem eigenen schrillen Tonfall unangenehm berührt, um und ging zum Bogengang, wo er den Gefangenen befragen wollte. Jesus war in Ketten gelegt und kam doch furchtlos auf ihn zu. Der Hohepriester machte einen Schritt zurück und bemühte sich, wie sein Schwiegervater aufzutreten, der ihn genau in diesem Moment sicher heimlich beobachtete.

»So …« Sehr zu seinem Ärger musste Kaiphas sich räuspern, »… du bist also der König der Judäer.«

»Das sagst du, nicht ich«, antwortete Jesus heiter. »Ich bin nur ein einfacher Mann.«

Aus den Reihen des Sanhedrins drang ein missbilligendes Murmeln, doch Kaiphas war sich nicht sicher, ob es ihm oder den Worten des Galiläers galt.

»Deine Feinde sagen, du seiest ein Aufrührer. Und dass du dich zum Messias der Heiligen Schriften ausgerufen hast und dich für den Sohn Gottes hältst!«

»Sie sagen auch, dass dem Sanhedrin ein guter und gerechter Mann vorstehe.«

Diesmal lächelten einige Mitglieder des Sanhedrins, unter ihnen auch Josef von Arimatäa. Gamaliel, der neben ihm saß, wandte sich flüsternd an ihn.

»Das ist keine gute Taktik. Kaiphas kann sehr nachtragend sein.«

»Sie haben ihn schon verurteilt, und das weiß er auch.«

»Seine Anhänger werden versuchen, ihn zu befreien.«

»Das glaube ich nicht, denn er weiß nur zu gut, dass sich der Sanhedrin an seiner Familie rächen würde, falls er entkäme. Und das wird er nicht zulassen. Er wird die ganze Verantwortung übernehmen und sterben.«

Gamaliel kreuzte die Arme und schaute erneut zu Kaiphas und Jesus – ein Jäger mit Lanze und ein Löwe, der sich bewusst war, in Ketten zu liegen.

»Dann leugnest du also, der Sohn Gottes zu sein?«

»Ich leugne es nicht, ich bin es. Genau wie du und alle Anwesenden und die Männer vor den Toren des Tempels. Wir sind alle die Kinder Gottes.«

»Habt ihr das gehört?«, schrie Kaiphas. »Er hat Gott gelästert! Was brauchen wir noch weiter zu hören? Gotteslästerung wird mit der Steinigung geahndet.«

»Ich habe eine Frage.«

Die Stimme Josefs von Arimatäa erhob sich über die Anwesenden. Augenblicklich wurde es still.

»Die Anklage muss genauer formuliert sein, Kaiphas. Du hast ihn ›Aufrührer des Volkes‹ genannt. Doch wenn du es könntest – wärst du dann nicht der Erste, der unser Volk gegen das römische Joch aufhetzte? Für die Römer wärst du dann ein gefährlicher Unruhestifter, wir aber würden dich einen Helden nennen. Und ansonsten habe ich keine Gotteslästerungen gehört, die die Gesetze unserer Väter beleidigen sollten.«

Nach Zustimmung heischend schaute sich Kaiphas um, doch die Autorität Josefs und seine Argumente hatten schon viele Mitglieder des Rates dazu gebracht, lebhaft über diese Bemerkung zu disputieren.

»Frag ihn nach dem Schabbat«, ertönte eine Stimme von der Galerie. Alle schauten nach oben – der Sprecher war jedoch bereits verschwunden; man hörte nur noch langsame, schwerfällige Schritte, die sich entfernten. Von einem Diener gestützt kam Hannas mühsam die Treppe hinuntergestiegen. Sein Körper war

zwar durch das Gewicht der Jahre geschwächt, sein Geist strahlte jedoch nach wie vor Scharfsinn und Autorität aus. Er starrte Kaiphas mit den Augen einer alten Schildkröte an.

»Frag ihn nach dem Schabbat«, wiederholte er. »Wenn sich ein römischer Karren am Schabbat überschlüge, würde er dem Händler helfen, seine Ware zu bergen?«

Hannas ging zu den anderen Sanhedrin-Mitgliedern hinüber, die sich sogleich im Halbkreis um ihn scharten.

»Du hast gehört, was der edle Hannas gesagt hat. Antworte ihm.«

Jesus senkte den Blick. »Einem anderen Menschen zu helfen ist niemals eine Sünde, auch nicht am Schabbat.«

Kaiphas fasste sich an seine Tunika und riss die Bauchbinde ab, die um seine Hüften geschlungen war.

»Jetzt aber« – er zeigte mit dem Finger auf Josef von Arimatäa, »jetzt hat er wirklich Gott gelästert!«

»Und wer war sein Verteidiger?«, antwortete dieser und erwiderte Kaiphas' Geste. »Das Gesetz schreibt vor, dass ein Angeklagter sich verteidigen dürfe, und du hast es ihm nicht zugestanden!«

Josef sah sich Zustimmung heischend um, doch viele der Sanhedrin-Mitglieder schüttelten den Kopf. Daher wunderte er sich umso mehr, dass sich zu seiner Verteidigung ausgerechnet Hannas erhob, der wie ein Blitz in die Diskussion eingeschlagen hatte und nun der Gewinner zu sein schien.

»Josef hat recht«, sagte der Alte ernst. »Und auch wenn die Schuld des Angeklagten bewiesen ist, so hat er doch wenigstens das Recht, Einspruch zu erheben. Ich schlage vor, dass der Sanhedrin, nachdem er geurteilt hat, auch noch den Statthalter um seine Einschätzung bitten soll. Im Augenblick ist auch unser König bei ihm zu Gast. Die Autorität dieser großen Männer ist die beste Gewähr für ein gerechtes Verfahren.«

Josef sagte kein Wort. Er blickte kurz in Jesu Augen, las jedoch nur unendliche Resignation darin. Wortlos ging er mit Gamaliel davon, während die anderen Mitglieder des Sanhedrins ihre Stimmen abgaben.

Die Nachricht der Verhaftung des Galiläers hatte sich wie ein Lauffeuer in ganz Jerusalem verbreitet. In der Nacht stiegen Hunderte und schließlich Tausende auf den Tempelhügel. Als die Wachen kurz nach Sonnenaufgang die Tore öffneten, fanden sie eine gewaltige beunruhigte Menschenmenge vor. Als der in Ketten gelegte Galiläer von einer Gruppe Soldaten vorgeführt wurde, kam Bewegung in die Menschen. Ihre Rufe wurden lauter, die Stimmung heizte sich auf, und schon flogen die ersten Steine und sausten die Knüppel. Um weitere Unruhen zu verhindern, wurden die Stadttore umgehend geschlossen und eine ganze Kohorte römischer Legionäre am Wegrand aufgestellt, bevor Jesus in den Tempel der Antonia-Burg gebracht werden konnte. Dort erwarteten ihn der Statthalter Pontius Pilatus und König Herodes Antipas.

Die Sonne stand bereits hoch am Himmel, als die Kompanie mit Jesus in ihrer Mitte aus der Vorhalle hinaustrat. Lautes Stimmengewirr schlug ihnen entgegen; die Menge war aufgebracht, und die römischen Legionäre mussten von ihren Peitschen Gebrauch machen, um die Menschen in Schach zu halten.

»Hier ist er nun, endlich!«, rief Herodes aus. »Ich wollte ihn schon lange kennenlernen.«

Aufgeregt zitterten seine fetten Finger, und das Geklimper der vielen Goldringe, die mit Rubinen, Topazen und nubischen Smaragden verziert waren, irritierte den Statthalter nicht wenig. Dieser thronte hinter seinem Schreibpult. Seit ein paar Tagen zitterten seine Augenlider unkontrolliert, und der Medicus hatte ihm geraten, grelles Licht zu meiden. Langsam schritt Herodes Antipas einige Male um Jesus herum. Er beneidete ihn für seinen schlanken Körper und seine charismatische Ausstrahlung, die den Großteil des jüdischen Volkes so faszinierte und die auch er zu seinem Be-

dauern sofort spürte. Das war eine Gabe Gottes, der mit all seiner Weisheit – die manchmal an Wahnsinn grenzte – nicht verstand, wie falsch es war, sie einem Menschen ohne ersichtliche Logik zu gewähren. Diese Gabe in den Händen eines Mannes, der nicht an Macht gewöhnt war, konnte sich in eine heimtückische Waffe verwandeln und die natürliche Ordnung der Dinge stören. Genauso, wie es bei diesem Jesus geschehen war.

»Du bist nicht einer dieser Wanderprediger«, sagte Herodes nachdenklich. »Was ist dein Geheimnis?«

»Ich habe keine Geheimnisse«, antwortete Jesus. »Ich habe meinen Leuten nur gesagt, was ich denke, und ihnen ein paar Ratschläge gegeben.«

»Hörst du, Statthalter? ›Ratschläge‹ hat er gesagt, als wäre er ein Weiser.«

Pilatus antwortete mit einem unwirschen Brummen. Er wusste alles über diesen Mann und seine Anhänger. Zweifellos waren sie ausnahmslos Rebellen, aber wenigstens waren sie nicht gewalttätig. Wenn er ehrlich mit sich war, schadeten sie niemandem – im Gegenteil: Jesus und die Seinen sorgten mit ihrer Lehre für das Gleichgewicht zwischen Ordnung und Recht. Ihre Existenz rechtfertigte die Kontrollen auf den Straßen und Märkten, ohne dass die römische Besatzung dadurch allzu übermächtig erschien. Diese Männer waren wie offene Geschwüre, die zwar abstoßend waren, aber den Körper von unheilvollen Gedanken befreiten.

Diese dummen Juden mit ihrem Stolz, mit ihrem Neid und mit dieser absurden Hingabe an ihre Gesetze, als seien sie unveränderbar und ewiglich und nicht nur ein Instrument zur Machtausübung! Wenn man diesen Jesus verurteilte, würden seine Anhänger einen Märtyrer aus ihm machen. Pilatus erschrak, als ihm ein neuer Gedanke durch den Kopf schoss: Ob der Sanhedrin möglicherweise genau das beabsichtigte? Ob er Jesus als Vorwand nahm, um eine Revolte gegen Rom anzuzetteln? Eine Bitte von Herodes ließ ihn aufschrecken.

»Ich bitte dich, Jesus, warum zeigst du mir nicht eines deiner Wunder?«

»Was willst du von mir, Herodes? Sind dir deine Possenreißer nicht genug?«

Der Tetrarch biss sich auf die Lippen, während Pilatus sich ein Lächeln nicht verkneifen konnte.

»Du bist hochmütig, Galiläer. Ist dir nicht klar, dass du dich gut mit uns stellen solltest, weil ein einziges Wort dich wieder frei machte?«

»Ich danke dir, doch ich bin schon frei, auch wenn diese Ketten hier schwer wiegen. Nichtsdestotrotz bitte ich Euch nur darum, gehen zu dürfen. Und das zu gestatten, liegt in Euren Möglichkeiten. Der Sanhedrin hat bereits sein Urteil über mich gefällt.«

»Dann zeige mir eines deiner Wunder«, wiederholte Herodes, »und wenn du ein echter Magier bist, dann werde ich den Statthalter bitten, dich meinem Hofe anzuvertrauen.«

»Ich bin kein Magier«, sagte Jesus kopfschüttelnd. »Und du willst eigentlich auch gar nicht die Wahrheit wissen – du wünschst nur etwas Kurzweil.«

»Ich nicht«, sagte Pontius Pilatus und erhobt sich von seinem Schreibpult. »Bei allen Göttern! Ich möchte verstehen, warum du hier bist. Ich will dich kennenlernen.«

»Zuerst soll er ein Wunder an mir vollbringen«, sagte Herodes weinerlich. »Immerhin bin ich sein König!«

»Deine goldene Krone ist weniger wert als der Lorbeerkranz, den irgendein römischer General trägt«, brach es aus Pontius Pilatus heraus. »Dein einziger Triumph war, den Lenden deines Vaters Herodes zu entspringen. Sie nennen dich ›Fuchs‹, doch in Wirklichkeit bist du nur ein feister Esel.«

Herodes ließ die Schultern hängen und biss sich auf seine Fingerknöchel. Eines Tages, schwor er sich, würde er für diese Demütigung Rache nehmen. Er begann zu quengeln.

»Ich bin krank, Pilatus. Du weißt, ich leide an Wassersucht, und

wenn mich die Traurigkeit erfasst, dann kriechen sogar Würmer aus meinem Mund. Und mich quält der Schmerz über die Krankheit meines armen Sohnes, der mir eines Tages – so Caesar will – auf den Thron folgen wird. Und ob der vielen Tränen, die seine Mutter vergoss, hat sie gar ein Auge verloren. Wenn dieser Jesus wirklich Wunder vollbringen könnte, dann wäre das für meine arme Familie die Rettung, verstehst du?«

»Ich bin mir sicher, wenn er es könnte, dann würde Jesus dir helfen, nicht wahr, Galiläer?«

»Ich glaube, dass du aufrichtig bist – obwohl du Macht hast«, antwortete Jesus. »Deshalb sollst du die Wahrheit erfahren. Und sollte ich dadurch mich und meine Familie retten können, so wäre ich glücklich. Also wisse: Die Ereignisse, die für Menschen Wunder sind, sind es nur in ihren Augen, nicht in meinen. In dem Land, aus dem ich zurückgekommen bin, haben mir die Mönche beigebracht, dass die Energie, die in uns ist, eine außergewöhnliche Wirkung auf Menschen und Dinge haben kann. Man muss üben und viel Geduld aufbringen, dann kann man das wirken, was du als Wunder bezeichnest. Du könntest es auch.«

»Ich auch?«

»Schweig, Herodes, und lass diesen Mann ausreden.«

»Als ich hierher zurückkehrte, fand ich ein leidendes und verletztes Volk ohne Hoffnung vor. Ich habe mit den Menschen über Freiheit, Wahrheit, Rechtschaffenheit und Liebe gesprochen – über das, woran ich glaube. Und ich war erstaunt, dass mir diese einfachen Menschen zuhörten. Du glaubst, dass du einen Palast und wertvolle Insignien brauchst, um deine Macht zu demonstrieren. In Wirklichkeit würdest du diese Majestät jedoch auch ausstrahlen, wenn du sie nicht hättest. So war es auch bei mir. Ich habe nie behauptet, ein Gott zu sein, noch dass diese Wunder von einer göttlichen Macht kämen. Die Menschen waren blind und taub für diese Wahrheit, die nicht in ihr Konzept passte. Alles, was ich getan habe, war, ihnen die Augen und Ohren zu öffnen. Aber ich

habe auch gesagt, dass es keine Gerechtigkeit im Himmel gäbe, solange sie nicht auch auf Erden existiere.«

»Rom hat die Gerechtigkeit in die ganze Welt getragen – wenn auch mit Waffen.«

»Das kann ich nicht beurteilen, weil ich nicht an Waffen glaube. Es gibt keinen Gott – weder im Himmel noch auf Erden –, in dessen Namen es gerechtfertigt wäre, zu töten oder zu quälen oder anderen den eigenen Willen aufzuzwingen. Ich habe jedem, der mir zuhören wollte, gesagt, dass ich nicht von ihm verlange, dass er meine Ansichten teile. Vielmehr sollen sich die Menschen, die mir zuhören, ihrer Freiheit bewusst sein. Der Freiheit, frei wählen zu können. Damit ist die Entscheidung, den Gesetzen unserer Väter zu folgen, genauso falsch oder richtig wie die Entscheidung, sie zu kritisieren. Es reicht, wenn das eigene Gewissen uns lenkt. Ich habe niemanden gebeten, mir zu folgen. Jeder Mensch muss sich selbst folgen: dem Guten, das er in sich fühlt, seinem Gewissen und der Gerechtigkeit. Wem er nicht zu folgen braucht, sind die Gesetze.«

Jesus seufzte, und Herodes holte Luft, um etwas zu sagen, doch Pilatus gebot ihm mit einer Armbewegung Einhalt.

»Du bist weitaus gefährlicher, als es mir beschrieben wurde, Galiläer«, sagte der Statthalter mit scharfem Tonfall. »Doch das heißt deswegen noch nicht, dass du dich eines Verbrechens schuldig gemacht hast. Unsere Gesetze sind niedergeschrieben, und niemand, nicht einmal der Kaiser, kann sich über sie erheben. Und wenn nicht geschrieben steht, dass diese oder jene Tat ein Verbrechen sei, dann kann auch niemand dafür angeklagt und verurteilt werden. Ich habe dich, wie es mir meine Pflicht auferlegt, kontrollieren und beobachten lassen. Das Volk liebt dich – ohne dass du es je zu einem Umsturz aufgestachelt hättest. Und im Gegensatz zu anderen hast du die Menschen nie aufgerufen, die Waffen gegen Rom zu erheben. Manchmal zwingt die Politik uns, in diesen Fällen ein Auge zuzudrücken.«

Er drehte sich um und schaute zu Herodes, der wie versteinert dastand.

An Jesus gewandt fuhr Pontius Pilatus fort: »Daher bist du für Rom nicht schuldig. Weil wir denjenigen Völkern, die wir unterworfen haben, aber weiterhin gestatten, ihren Gesetzen zu folgen – wenigstens solange sie nicht im Widerspruch zu den unsrigen stehen –, bleibt dem Sanhedrin die letzte Entscheidung über dich vorbehalten. Der Rat beschuldigt dich, den Schabbat entweiht zu haben, was mir als Römer vollkommen gleichgültig ist, was ich in meiner Funktion als Statthalter andererseits jedoch nicht ignorieren kann. Ich muss dich zu ihnen schicken, außer …«

Pilatus strich sich über seinen Bart, und Jesus schaute ihn verständnislos an.

»Nur Juden müssen sich dem Sanhedrin unterwerfen. Wenn du willst, mache ich dich zu einem römischen Bürger – dann würdest du der jüdischen Gerichtsbarkeit nicht mehr unterliegen.«

Herodes biss sich vor Anspannung auf die Lippen, bis sie bluteten. Als er den süßlichen Geschmack seiner Nervosität verspürte, ging er von dannen. Nun waren sie allein: Jesus und Pilatus. Und das Unvorstellbare geschah: Mit gesenktem Blick schüttelte Jesus den Kopf.

»Es gibt eine Regel, die auf keiner Tafel geschrieben steht, die aber in meinem Geist und in meinem Herz eingemeißelt ist: Betrüge niemals denjenigen, den du liebst, und erst recht nicht denjenigen, der dir seine Seele schenkte. Ich danke dir, Pilatus, aber ich kann nicht – nicht einmal, wenn ich auch für meine Familie um die römische Staatsbürgerschaft bitten könnte.«

»Du weißt, was deine Weigerung für dich bedeutet?«

»Ja, ich weiß, und ich bin bereit dazu.«

»Dann mögen die Götter mit dir sein, Galiläer.«

»Das werden sie.« Jesus lächelte. »Sie sind in mir, seit dem Anbeginn der Welt, und mein Leben ist der einzige Grund für ihre Existenz.«

Es war der elfte Tag im Monat Nissan, kurz vor dem Pessach-Fest. Gott hatte seinem Volk geholfen, aus der ägyptischen Gefangenschaft auszubrechen. Gleichzeitig hatte er seinen Engel jedoch geschickt, um den Erstgeborenen einer jeden ägyptischen Familie zu töten. Sein Gott war ein grausamer Gott; ein Mörder, der Tausende unschuldige Kinder ermorden ließ. Ein Gott des Schreckens und des Todes. Und derselbe Gott teilte ihm nun durch Kaiphas mit, dass er an den Pranger gestellt und dann ans Kreuz genagelt werden würde. Eine jüdische Verurteilung mit römischer Bestrafung. Der Sanhedrin würde die Schuld den anderen geben, den Römern, und sich selbst keiner Schuld bewusst sein. Wie die Brahmanen, die mit der einen Hand das Feuer der heiligen Scheiterhaufen entzündeten und mit der anderen die Frauen bei lebendigem Leibe hineinstießen – nur weil ein Gott es scheinbar so verlangte. In Wirklichkeit ging es nicht um einen Gott, sondern um die Festigung ihrer Macht durch Schrecken und Terror. Nun konnte Jesus nur noch an Ong Pa und seine Lehren glauben.

»So wie du an die Worte Ada Tas glaubst, meine Schwester.«

Gua Li kannte die Geschichte, und sie war darauf vorbereitet gewesen, sie zu erzählen. Was sie jedoch nicht kalkuliert hatte, war das Fehlen ihres Vaters, ihres Meisters. Sie lehnte sich auf das Bett und ließ sich von Leonora tröstend über den Kopf streicheln.

49

Florenz, ab dem 15. Februar 1498

»Setz dich, Ferruccio.«

Die Vorladung hatte ihn überrascht – genauso wie die scheinbare Gleichgültigkeit Savonarolas angesichts der Geburt seines Sohnes. Seiner Meinung nach hätte er sich wenigstens freuen können, dass eine neue Kreatur Gottes auf die Welt gekommen war.

Als er nun so vor dem Mönch saß, schienen Jahre und nicht Wochen vergangen zu sein, seitdem sie sich das letzte Mal gesehen hatten. Savonarolas eingefallene, hagere Wangen, die an einen Totenschädel erinnerten; der immer deutlicher hervortretende Überbiss und die Wässrigkeit seiner Pupillen waren typische Zeichen der Vergreisung. Seine rechte Hand zitterte, als er Ferruccio ein zusammengerolltes Pergament überreichte.

»Es ist von der hochehrwürdigen Obersten Bruderschaft der Barmherzigkeit.«

Auch seine Stimme war alt geworden – sie war nicht mehr jenes klare, gewaltige Organ, das einst von der Kanzel zu den Gewölben emporgestiegen war und sich wie Blitz und Donner in das Bewusstsein der Zuhörer eingebrannt hatte. Jetzt klang sie heiser und schien aus dem Magen, statt aus dem Hals zu kommen.

»In ihrer unendlichen Güte bitten sie mich, mich auf das wohlverdiente Altenteil zu begeben. Ich werde aber erst ruhen, wenn ich tot bin. Sie laden mich ein, ihre Mitbrüder in Volterra zu besuchen, sie bräuchten tröstende Worte für die vielen Toten der letzten Hungersnot. Ich aber« – einen Augenblick strahlten seine Augen wie eh und je – »will zu den Lebenden sprechen! Das verfaulende Fleisch überlasse ich den Würmern …«

»Vater, dann geht nicht.«

»Lies dies und dies und dies.«

Savonarola räusperte sich und schob Ferruccio eine Reihe Briefe hinüber, einige gerollt, andere gefaltet. Ferruccio schaute auf die Absender: Die Zunft der Wollhändler, der Geldwechsler, der Richter und Notare hatte sich an Savonarola gewandt; sogar das Wappen des Priors der schönen Künste mit dem blauem Schild und dem Wort *libertas* in goldenen Lettern fand sich in dem Stapel. Fragend schaute Ferruccio den Mönch an, und auf dessen Zeichen hin begann er zu lesen. Alle baten den hochwohlgeborenen Bruder Girolamo Savonarola einstimmig und entweder flehend oder fordernd, dem Interdikt Seiner Heiligkeit Folge zu leisten und sich aus Florenz zu entfernen – um ihretwillen. Die Androhung der drakonischen Strafen hatte das Ihrige getan.

»Will er ganz Florenz exkommunizieren?«, fragte Ferruccio erstaunt.

»Pharisäer sind sie, allesamt. Pharisäer, die sich nicht um Gott scheren, sondern nur darum, wie sie ihren Reichtum mehren können! Verräter sind sie, wie Judas, der sich für dreißig Silberlinge an den Teufel verkaufte! Sie fürchten das Interdikt des Papstes, weil er damit ihren Besitz konfiszieren kann.«

Mittlerweile sprach Savonarola nur noch mit sich selbst und schenkte Ferruccio keine Beachtung mehr. Ferruccio wollte sich erheben, doch der Mönch hielt ihn mit seiner knochigen Hand zurück. Seine Augen, zu zwei Schlitzen verengt, starrten Ferruccio an, bis dieser sich wieder setzte.

»Du hasst eine bestimmte Person, die dir Leid zugefügt hat, aber du fürchtest sie auch.«

»Mein ganzes Leben lang werde ich diesen Namen verfluchen, doch mit dem Kriegführen habe ich abgeschlossen. Für mich zählen nur noch meine Frau und mein Kind.«

»Für dich! Aber ihm wird das Blut nicht reichen, das er gerade geleckt hat. Und du bist nicht stark genug, um ihm Paroli zu bieten.«

»Wir werden uns von ihm fernhalten.«

»Nicht, wenn er hierherkommt!«

Ferruccio sprang auf und suchte mit der Hand den Knauf seines Schwertes, griff aber ins Leere. Im Kloster trug man keine Waffen. Er ballte seine Faust.

»Möge Gott ihn verfluchen!«

»Das hat er bereits getan, Ferruccio. Seitdem er gezwungen ist, ein Gewand zu tragen, das ihm auf der Haut brennt. Doch nun höre mir zu: Meine Zeit neigt sich dem Ende zu. Und du und Leonora werdet mir nicht folgen.«

»Ihr habt Leonora und meinen Sohn gerettet – zum Dank werde auch ich Euch helfen.«

»Dort, wo ich hingehe, könnt ihr mir nicht helfen. Ich werde für viele Fehler – die gewiss zahlreicher sind als die deinen – büßen müssen. Noch lebe ich aber. Und bevor der Medici triumphierend und von den päpstlichen Posaunen begleitet in Florenz Einzug halten wird, werde ich weit weg sein. Das ist mein Wille.«

Ferruccio machte eine Grimasse.

»Wenn es zu irgendetwas gut wäre, würde ich ihn töten. Allerdings ist Italien dann nicht mehr sicher für uns.«

»Du hast recht, vielleicht wäre das nicht einmal Europa. Aber …« Der Mönch packte Ferruccio an beiden Händen. »Es gibt einen Ort, an dem ihr sicher wärt.«

Ferruccio meinte, den Wahnsinn in Savonarolas Augen aufblitzen zu sehen – aber der alte Mönch war auch ein Freund. Deshalb wich er nicht zurück.

»Der Türke, Ferruccio. Auch der Teufel fürchtet sich vor seiner Macht. Ich habe bereits mit Osman gesprochen«, sagte er kurz angebunden, »und ihr werdet in ein paar Tagen mit ihm abreisen.«

Mit diesen Worten beendete Savonarola das Gespräch, brüsk wie immer. Ferruccio legte die Hände ineinander und suchte den Blick des Mönchs, der mittlerweile wieder über seinen Papieren brütete. Die krummen Finger, die aus den einfachen Fingerlingen herausragten, kratzten über die Blätter, hielten ein und fuhren dann weiter, wie eine Spinne, die nach ihrem Opfer sucht.

»Vater?«

»Was ist? Geh zu deinem Weib und zu deinem Sohn. Und sprich diesen Abend mit Osman, er wird dir alle Einzelheiten geben.«

»Vater?«

»Was ist denn?« Savonarola legte die Hände auf den Tisch. »Was willst du noch?«

»Warum tut Ihr das?«

In Savonarolas Räuspern vermeinte Ferruccio den Anflug eines Lachens zu hören.

»Aus Liebe? Nein, mein Sohn. Das ist es nicht. Meine Liebe habe ich Gott gewidmet, und der beansprucht sie für sich allein. Er gibt nicht einmal ein Quäntchen für meine Mitbrüder hier auf Erden davon ab. Nein, es gibt einen anderen Grund, und der kommt aus Gott selbst. Als ich Leonora und dich durch die heiligen Sakramente der Ehe für immer und ewig verband, habe ich mir geschworen, dass nichts und niemand diese Ketten auf Erden jemals sprengen sollte – nur der Tod. Ich habe die heilige Pflicht, eure Verbindung zu schützen, vor wem auch immer, schlimmstenfalls sogar vor euch selbst. Schau mich an, Ferruccio! Fürchte dich mehr vor Seiner Barmherzigkeit als vor Seinem Zorn. Und nun geh, und lass mich allein, mit *Ihm*.«

Savonarolas Prophezeiungen ließen nicht lange auf sich warten. Die Truppen der Arrabbiati und allen voran die Medici-Schergen waren immer zahlreicher in Florenz unterwegs. Es verging kein Tag, an dem nicht irgendein Handwerker in seiner Werkstatt angegriffen wurde, nur weil er ein Getreuer der Republik Florenz war. Und es gab keine Richter, die man hätte anrufen können, denn sie alle zuckten nur mit der Schulter und warteten mit ihren Urteilsverkündungen ab, aus welcher Richtung der Wind nun wehen würde. Wer mit der Dominikanerkutte bekleidet auf die Straße ging, riskierte mittlerweile Leib und Leben – und verlor am Ende beides: Wenn er die Knüppelschläge überlebte, erledigten die eisigen Gewässer des Arno den Rest.

Nach ein paar Tagen, an denen sich die Schwalben bereits in die lauwarmen Wolken verliebt hatten, kam der Winter mit aller Macht zurück. Es schneite ungeahnte Mengen, und die Stimmung der Florentiner kippte auf den Nullpunkt. Die erzwungene Ruhe brachte sie außerdem zum Nachdenken und schürte die Befürchtungen der Zweifler. Das Schwert des Interdikts schwebte über ihren Häuptern, und so, wie die Schneemassen die Hausdächer zum Einbrechen brachten, so brachen auch die Reihen der Befürworter Savonarolas ein: Die Zahl der Piagnoni schrumpfte Tag für Tag. Und so auch die Hoffnung von Francesco Valori, ihrem Kapitän, der von Savonarola nach wie vor nicht die Freigabe erhielt, Söldner anzuheuern.

Selbst Osman war vorsichtiger geworden und ging seltener auf den Markt.

»Dann wusstest du also über alles Bescheid?«

Ferruccio hielt ihre Hände und war ungehalten über das Geheimnis, das seine Frau, Gua Li und selbst Zebeide miteinander teilten. Nur er wusste nichts. Gua Li verließ das Zimmer, um die beiden allein zu lassen.

»Wir hatten befürchtet, dass du damit nicht einverstanden sein würdest«, flehte Leonora, »und dass du dich den Medici stellen würdest.«

»Wie konntest du nur glauben, dass ich dich noch einmal alleine lassen würde?«

»Die Zeit verändert sogar die Umrisse der Berge und lässt die stärksten Bäume umfallen, Ferruccio. Ich hatte auch Angst. Du verlässt mich nicht mehr, nicht wahr?«

»Meine Liebste, nie wieder.«

Gedankenverloren blickte Ferruccio zum Fenster hinaus auf die Dächer von Florenz. Der Abschied würde ihm schwerfallen – aber er hatte noch eine Aufgabe. Eine Verpflichtung, der er sich niemals entziehen würde. Ein Schwur, den er drei Jahre zuvor am Totenbett Mirandolas geleistet hatte und der sie für immer miteinander verband. Wenigstens war sein Haus unversehrt. Er schob den großen Küchentisch beiseite, löste eine Kachel aus dem Boden und holte ein kleines Päckchen heraus, das in einen öligen Lappen gewickelt war. Er packte es aus und strich mit seinen Fingerspitzen über den Bucheinband aus rotem Ziegenleder. Es war das letzte Original der philosophischen Thesen des Giovanni Pico, des Grafen von Mirandola. Es waren die Thesen, die Ada Ta und Gua Li kannten. Für diese Thesen hatte sein einziger Freund sein Leben gelassen. Er musste das Buch bewahren und vor einer Welt beschützen, die für die Thesen noch nicht bereit war. Zusammen mit dem Buch Īsās könnte es, wenn die Zeit reif war, die Mächtigen blenden und die Türen zu einem irdischen Paradies öffnen.

Ferruccio kannte nur einen Mann, der es ohne weitere Fragen – und bis über den Tod hinaus – aufbewahren würde. Denn auch dieser Mann hatte Giovanni geliebt, wenn auch auf andere Weise. Zwischen der Strada delle Fornaci und dem Vico delle Santucce stand ein Wohnturm, in dessen zweiten Stock er hinaufstieg. Mit blau gefrorenen Fingern klopfte Ferruccio an die Holztür. Eine hagere Gestalt öffnete, musterte ihn misstrauisch und hielt eine Laterne hoch. Als die Gestalt ihn erkannte, fiel ihr beinahe das Licht aus der Hand.

»Der Freund eines Freundes ist mir stets willkommen. Tritt ein, doch störe dich nicht an der Armseligkeit meiner Behausung. Sie ist alles, was mir noch geblieben ist. Sie und die Erinnerungen. Und nun erzähle!«

Sie erzählten einander zwar keine Neuigkeiten, aber sie sprachen lange über den Grafen Mirandola. Über sein Leben, aber auch über das, was nach seinem Tod geschehen war, und das verband sie mehr als eine übliche Freundschaft. Die Nacht brach herein, und Girolamo Benivieni teilte mit Ferruccio Brot und Käse, Kohlblätter und ein wenig Wein.

»Du bist aber nicht hier, um dich von mir bewirten zu lassen, nehme ich an«, lächelte Benivieni.

»Das ist wahr. Ich schwöre dir bei meiner Ehre – ich würde dich niemals um diesen Gefallen bitten, wenn ich mich nicht dazu gezwungen sähe.« Ferruccio hielt sich die Hand aufs Herz.

»Ich erinnere mich an dein Ehrgefühl. Mirandola vertraute darauf, und gemeinsam befreitet ihr mich aus dem Nona-Kerker.«

»Die Anschuldigung war infam.«

»Nicht für mich. Den Gesetzen nach verdiente ich die Anklage und möglicherweise sogar die Verurteilung. Du weißt, wie sehr ich ihn geliebt habe. Und ich hätte mich niemals von den Reizen eines Jünglings verführen lassen sollen.«

»Ich habe dich nie verurteilt.«

»Ich weiß. Dann lass mich meine Schuld begleichen.«

»Du schuldest mir nichts, außer einem Gebet für ihn.«

Ferruccio holte das wertvolle Werk hervor und übergab es ihm. Die Finger Benivienis glitten langsam über die goldenen Lettern des Buchdeckels.

»Er zeigte es mir zum ersten Mal im Palazzo Rossi, als wir noch Hoffnung hatten. Das hier ist beides – sein Leben und sein Tod.«

»Ich habe mir und meinen Nachkommen geschworen, es zu bewahren. Doch die Reise, die ich antreten muss, ist zu gefährlich und mein Ziel nicht sicher genug.«

»Ich werde es mit meinem Leben schützen, Ferruccio, und es dir übergeben, sobald du wieder da bist. Und sollte ich vor deiner Rückkehr sterben, werde ich es mitnehmen. Den Poeten wird im Leben wenig zugestanden, doch als Tote können sie ihre Werke mitnehmen, denn sie werden ohnehin nie gelesen. Das Buch wird unter meinen Werken sein. Ich habe ein Grab in San Marco gekauft. Und dank meiner guten Beziehungen zu den Dominikanern werden sie es bewachen. Dort, an meinem Grab, werde ich eine Nachricht hinterlassen, die nur wir beide verstehen werden.«

»Gut. Denn niemand darf davon erfahren.«

»Wir werden die Feuerkugel nehmen, die bei seiner Geburt erschien, die Sonne. In seiner *Göttlichen Komödie* beschreibt Alighieri den Lauf der Sonne – wenn es im Spanien des Okzidents zur zwölften Mittagsstunde schlägt, schlägt es an der Antipode im Orient – am Ganges – zur zwölften Stunde in der Nacht. Lies die Göttliche Komödie sorgfältig, dann wirst du in einer Phrase die Worte ›Tejo‹, ›Ganges‹ und ›Antipode‹ finden. Orientiere dich an dem, was dann folgt. Und solltest du mich an dem angegebenen Ort nicht finden, dann wirst du dort zumindest auf die Thesen stoßen.«

Damit war alles besprochen. Während Ferruccio zum Kloster zurückritt, sah er bereits, was sich zusammenbraute. Abgeschlagene Köpfe am Wegesrand oder aufgespießt auf Lanzen, baumelnde Körper an improvisierten Galgen, Nonnen, die nach den Vergewaltigungen immer noch entblößt auf den Straßen lagen.

Es war Zeit zu gehen.

50

März 1498

Bruder Mariano aus Genazzano wusste, woher der Wind wehte. Durch seinen Bruder war er an Savonarola herangekommen und hatte das Leben dieser Frau gerettet, die für den Dominikaner aus welchen Gründen auch immer so wichtig zu sein schien. Durch seinen Tod hatte Marcello ihn davor bewahrt, dem Medici wegen des Verrats Rechenschaft ablegen zu müssen. Damit war ihrer beider Ungehorsam abgegolten. Und so kannte Mariano einerseits ein Geheimnis, das er als Pfand einsetzen konnte, andererseits war er sich sicher, dass niemand über diese Sache reden würde, außer dieser Leonora, die eigentlich sein Mitleid erregt hatte. Zur rechten Zeit würde er diese Frau aber schon mundtot zu machen wissen.

Nun war der Moment zum Handeln gekommen; mehr konnte man von Gott nicht verlangen. Mariano war überaus redegewandt, und zufälligerweise kam die päpstliche Drohung genau den Interessen von Kardinal Giovanni de' Medici entgegen. Das würde ihm helfen, sich eine bessere Zukunft aufzubauen. Die Zuwendungen aus Rom würden ihm ertragreiche Pfründe einbringen – vielleicht ein Kloster oder sogar ein Bistum! Und so begann Bruder Mariano Öl ins Feuer zu gießen, während Florenz die Idee ausbrütete, Savonarola ans Kreuz zu schlagen – dafür, dass er die göttliche Gerechtigkeit über weltliche Interessen stellte.

Er brauchte sich nicht einmal sonderlich zu bemühen – er fand sehr schnell wohlwollende Seelen, die bereitwillig lauschten, welcher Sünden Savonarola sich schuldig gemacht hatte, und die sich gerne in die Diskussion einbrachten, ob und wie man ihn verurteilen solle. In seinen vehementen Predigten gegen den Dominikaner beschuldigte ihn Bruder Mariano jeden denkbaren Frevels: des Hochmuts, für den Savonarola ja überaus bekannt war, und des Ketzertums. Er sei nicht umsonst exkommuniziert worden, wetterte Mariano, schließlich sei er ein abtrünniger Ketzer und falscher Prophet. Ja, mehr noch, er sei außerdem ein Wucherer und ein Sodomit – das habe er Seiner Heiligkeit, dem Papst, selbst gestanden. Bruder Marianos feurige Reden führten ihn durch zahllose Kirchenschiffe – von Santo Michele all'Orto und Santo Piero in Schiaraggio bis zu der neu erbauten, imposanten Santa-Croce-Kirche, wo sich Tausende Bürger drängten, um ihm zuzuhören. Die Piagnoni aber, von denen immer weniger in den Gassen unterwegs waren, hielten sich wohlweislich fern und sannen auf Rache. Wenigstens so lange, bis Bruder Francesco di Puglia, der sich mit Bruder Mariano bei den Predigten in Santa Croce abwechselte, sich erdreistete, den Dominikaner offen zu einer Feuerprobe herauszufordern.

»Ich bin mir sicher, dass ich dabei sterben werde«, rief er und hob die gefalteten Hände gen Himmel, »aber die christliche Barmherzigkeit fordert mich dazu auf, mein Leben zu geben, wenn dieses Opfer die Kirche von einem Ketzer befreit, der viele Seelen in das ewige Verderben führte und noch führen wird.«

Am darauffolgenden Tag kam diese Provokation Savonarola zu Ohren, doch es war zu spät, um die aufgebrachten Seelen zu beruhigen. Einer der inbrünstigsten Anhänger des Dominikaners, Domenico Buonvicini aus Pescia, hatte, durchdrungen vom göttlichen Geist, in die Menge geschrien, dass Gott –

vorausgesetzt, es sei sein Wille – durch klare und wundersame Zeichen bezeugen würde, auf welcher Seite er stünde.

Bruder Francesco wurde überrascht: Das Ordal war eigentlich nur als Provokation gedacht gewesen. Es war eines dieser Werkzeuge, die dem Pergament entsteigen, um die Gedanken des Geistes zu verstärken. Bereits einige Male hatte er den Allmächtigen angefleht, ihn mit einem Blitz hier und jetzt auf der hölzernen Kanzel zu erschlagen, und alle Zuhörer hatten erwartungsvoll nach oben geblickt. Doch diesmal konnte er keinen Rückzieher machen, denn die Gläubigen hatten ihn beim Wort genommen und malten sich bereits genüsslich die Feuerprobe aus.

Schließlich entsandte man aus dem römischen Kapitel einen Franziskanermönch, der Savonarola im Namen des Papstes anwies, den Fehdehandschuh aufzunehmen. Weil der Dominikaner selbst dann noch hartnäckig schwieg, als Buonvicini ihn erneut herausforderte, wurde anstelle Savonarolas ein dritter Gegenkandidat aus Florenz aufgetan: ein gewisser Giuliano Rondinelli – ein einfacher Franziskanermönch, den die Ereignisse einfach überrollten. Der Kanzler des städtischen Archivs hatte mittlerweile aus den alten Regelwerken das exakte Zeremoniell einer Feuerprobe zutage gefördert, und damit nahmen die Dinge ihren unvermeidbaren Lauf: Ein zwei Fuß breiter und achtzig Fuß langer Weg wurde mit glühenden Kohlen bedeckt und der gute Buonvicini entkleidet, da man befürchtete, er würde unter seiner Kutte irgendeine Zauberei verbergen, die ihm helfen würde, die Feuerprobe zu bestehen. Inmitten der johlenden Menge schritt der Dominikaner mit den heiligen Sakramenten in der Hand auf die glühenden Kohlen zu. Das Volk hielt die Luft an. Doch bevor der Mönch den Kohlenweg betreten konnte, intervenierten die Franziskaner – eine geweihte Hostie dürfe nicht verbrannt werden, riefen sie. Daraufhin verlangte Buonvicini, dass sein Gegner, wenn er schon die Hostie abgeben müsse, auch noch sein hölzernes Kreuz abzulegen habe. Im Mob begann es zu rumoren – die neuerliche Verzögerung gefiel dem Volk nicht. Als es dunkelte, ging ein Regenschauer nieder und löschte die glühenden Kohlen. So wurde die Angelegenheit beigelegt. Der enttäuschte Mob zerstreute sich langsam und tat sich in Ermangelung eines Besseren an dem unbewaffneten Francesco Valori gütlich: Der Kapitän der Piagnoni wurde kurzerhand mit Knüppeln totgeschlagen.

In anderen Stadtteilen brachen plötzlich weitere Tumulte aus, die mehrere Menschenleben kosteten: Die Frau des Bäckers starb, weil sie mit ihrem braunen Rock und der Kapuze mit einem Mönch verwechselt wurde. Die Wachmannschaften des Bargello-Palazzos entzweiten sich, da sie entweder dem einen oder dem anderen recht gaben, und an jenem Abend blieben viele Tore der Stadt unbewacht.

Aus einem dieser Tore, am Santo-Niccolo-Wachturm, konnte daher eine Kutsche, die von einem robusten Ross gezogen wurde, unkontrolliert passieren. Es war ein einfacher Einachser mit einem dunklen Lederdach. Auf dem Kutschbock saßen zwei Männer, und im Inneren befanden sich drei Frauen und ein schlafendes Neugeborenes in einem Weidenkörbchen. Als die Via Bolognese gen Fiesole anstieg, legte Ferruccio seinen Wollumhang ab.

»Der Hafen von Ravenna liegt fünf Tagesreisen entfernt.«

»Sechs«, antwortete Osman und starrte geradeaus. »Der Weg wird beschwerlich sein.«

»Das ist wahr, zu zweit wärt ihr schneller gewesen – und ich schulde dir das Leben meiner Familie«, antwortete Ferruccio hastig.

»Niemand schuldet mir irgendetwas«, der Türke schaute ihn an. »Wenn Ihr jemandem etwas schuldet, dann Gua Li.«

Osman ließ die Zügel locker auf den Widerrist seines robusten Bardigiano fallen, der den Hals schüttelte und seinen Trott beschleunigte. Schweigend drehte sich Ferruccio um, um ins Innere der Kutsche blicken zu können. Zebeide wiegte den Kleinen hin und her, während die anderen beiden Frauen miteinander lachten. Wie gerne hätte er jetzt Leonora in den Arm genommen, ihr den gemeinsamen Sohn gegeben, damit sie ihn an die Brust legen konnte und diese wiedergewonnene Intimität genossen. Doch in Wirklichkeit fühlte er sich einsam und senkte den Blick. Mit jeder Meile, die sie zurücklegten, verspürte er mehr und mehr die Last der Schuldgefühle, die sich mit der wachsenden Freundschaft zwischen den Frauen nur noch weiter verschlimmerten. War das die Sünde, über die Savonarola so oft gesprochen hatte? Doch es gab keinen Gott, der ihn von dieser Last befreien konnte. Das konnte, wenn überhaupt, nur Leonora – nur die Mutter in ihr, die aus Liebe alles verzieh und linderte und ihn von seiner Schuld befreite.

In Vaglia machten sie in der Poststation halt, die von einem dichten Eichenwald umgeben war, im Brosiana-Tal wurden sie von Mönchen in deren Abtei versorgt und im Borgo Marradi von Benediktinermönchen. Als sie nach Brisighella hinabstiegen, fühlte sich Gua Li so schlecht, dass die gesamte Gruppe zwei Tage in einer Taverne Rast einlegen musste.

»Nun ist es an mir, ihr zu helfen«, sagte Leonora zu Ferruccio, als sie mit einem Aufguss aus Lindenblüten und Ringelblumen an ihm vorbei in Gua Lis Krankenzimmer ging. Als Leonora seinen dankbaren Gesichtsausdruck sah, stellte sie die Tasse auf dem Treppenabsatz ab, streichelte ihm über die Wangen und huschte dann schnell davon.

Die Sümpfe signalisierten ihnen, dass sie mittlerweile das Herzogtum d'Este erreicht hatten, und der strömende Regen stellte ihr Lederdach auf eine harte Probe. Am siebten Tag erreichten sie endlich den Flottenhafen von Ravenna.

An den Ankerplätzen schaukelten schlanke Fischerboote und breite Barkassen neben den flachen Kähnen der Händler. Weil Sonntag war, lag der Hafen wie ausgestorben da. An der Kaimauer waren nur die Schreie der Möwen zu hören, und über den wenigen Netzflickern, die auch am Ruhetag ihrer Arbeit nachgingen, zog ein Kormoran seine einsamen Kreise.

In den folgenden beiden Nächten schliefen sie alle zusammen in der Kutsche, und die beiden Männer wechselten sich mit der Wache ab. Für Ferruccio war es das erste Mal, dass er für ein paar Stunden in Leonoras Nähe ausruhen konnte. Doch als er es endlich geschafft hatte, sie in den Arm zu nehmen und seine Augen zu schließen, wurde er bereits wieder von Osman zur Wachablösung geweckt.

Am dritten Tag zeigte der Türke im Nebel auf einen Mast mit roten Segeln, der höher als die anderen war.

»Das ist die Schebecke von Khayr al-Din.«

Osman zwängte sich eifrig in ein kleines Beiboot und schlängelte sich geschickt wie ein Aal zwischen den Schiffen hindurch, um dann in den Nebelschwaden, die nach Meer rochen, zu verschwinden.

»Aruj hat mir gesagt, dass er dir nichts mehr schuldet, du Krüppel«, begrüßte ihn Khayr al-Din, als Osman auf das Schiff gekrochen kam.

»So ist es, Rotbart, ich habe meine Rechnung beglichen.«

»Wage es nicht!«, polterte Khayr. »Nur meine Mutter nennt mich so und meine Feinde.«

»Ich bin weder deine Mutter noch dein Feind. Bring uns nach Istanbul, und du wirst mich nie wiedersehen.«

Mit zwei Matrosen von Rotbart im Rücken verkaufte Osman seinen Bardigiano und den Karren für fünfzehn große Silbermünzen und machte sogar ein halbwegs gutes Geschäft, denn der Händler hatte ihm anfangs nur zwölf geboten.

Als das Segelschiff die Segel setzte, zeigte Khay al-Din mit dem Finger auf Osman.

»Du verfluchter Abtrünniger! Aruj hat mir gesagt, ihr wärt zwei und nicht fünf. Und diese Hexe will ich nicht an Bord.«

»Für die anderen werde ich zahlen – und die Frau, die du eine Hexe nennst«, flüsterte ihm Osman ins Ohr, während er auf Gua Li zeigte, »ist gesegnet von Allah, denn ihr Name ist nun Fatima, die Beschützerin der Kinder. In der Sunna steht geschrieben, dass der Große Prophet, als er nach Medina kam, mit den zehn Kindern eines Mannes spielte. Als der Vater den Propheten so sah, grämte er sich, dass er seine Kinder nie umarmt hatte. Mohammed – gelobt seien seine Taten! – aber antwortete ihm, dass es ein Segen Allahs sei, Kinder zu lieben und sich um sie zu kümmern. Ich gebe dir eine Florine und auch eine für den, den du nicht siehst. Bayezid wird dir weitere hundert geben, sobald du uns sicher nach Istanbul gebracht hast.«

Khayr al-Din zuckte mit den Schultern.

»Mein Bruder hat dich zu mir geschickt, und nun stehe auch ich in seiner Schuld. Was ihr da von mir verlangt, wird mein Leben um Jahre verkürzen. Jeder Schuldner wünscht sich den Tod seines Gläubigers, und ich glaube, Aruj macht da keine Ausnahme.«

»Dein Bruder liebt dich, unabhängig davon, was du bist, so wie es in den Gesetzen geschrieben steht. In der Sunna steht geschrieben …«

»… dass man Gäste nicht quälen darf, ich weiß, ich weiß. Geh zu ihnen, Osman – aber lass sie nur an Deck kommen, um die Sterne zu betrachten.«

Die Schatten des Abends nahten aus dem Orient, als sich die zwölf Ruder an Steuerbord aus dem Wasser erhoben und die an Backbord unter Wasser gedrückt wurden. Wie eine Dame, die im Kreis tanzt, drehte sich die Schebecke und nahm Kurs auf das offene Meer. Dann wurde die Schebeckentakelung des Dreimasters heruntergelassen, die Ruder eingeholt, und das Schiff nahm mit dem Wind volle Fahrt auf.

Khayr al-Din stand neben dem Steuermann auf der Brücke und nahm die Witterung des bedrohlichen Westwindes auf. Es gefiel ihm, was seine Nase ihm sagte. Er rechnete fest damit, bereits in vier Tagen in der Goldenen Moschee ein Dankgebet sprechen zu können.

Mittlerweile zog Gua Li Osman ins Vertrauen, und der Mönch erschien ihr auch wieder in ihren Träumen. Das tröstete sie. Sie hängte eine Decke vor die Latrine und hob, vor fremden Blicken geschützt, ihren Sari hoch: Im Lichte der Öllampe betrachtete sie erstaunt ihre neuen Rundungen. Glücklich streichelte sie ihren Bauch und lachte lautlos, als sie sich nach diesen Berührungen erleichtern konnte.

Als Gua Li an Deck kam, sah sie im Dunkeln zwei weiße Augäpfel leuchten. Ein wildes Durcheinander von Gerüchen stürmte auf sie ein, als wären die Energieströme eines jeden allein auf ihre Nase gerichtet. Seit dem Tag der Empfängnis konnte sie Gerüche nicht mehr eindeutig zuordnen – ihr Körper war seitdem zu sehr mit anderem beschäftigt. Trotz alledem vermeinte Gua Li aber Leonoras zarten Duft nach Melisse und Zebeides starken Lavendelgeruch zu riechen. Und ganz in der Nähe nahm sie auch das Mandelaroma wahr, das zu Ferruccio gehörte – süß und bitter zugleich. Als sie ihren Blick in die Richtung wendete, aus der sie den Duft wahrzunehmen glaubte, fanden ihre Augen ihn auf Anhieb. Sie betrachtete ihn mit Freude und Trauer, mit Respekt und Dankbarkeit.

Osmans Geruch bereitete ihr allerdings Sorgen. Er verströmte den Geruch von Weihrauch, den Geruch von Trennung und Loslassen. Doch sein Herz war so rein wie das Lächeln von Leonoras Kind, das noch keinen Namen hatte und bis dahin wie sein Vorfahre, Paolo, genannt wurde. Der winzige Junge war der Einzige, der noch keinen eigenen Geruch hatte – vielleicht war Gua Li aber auch einfach nicht in der Lage, ihn von den anderen Düften an Bord zu unterscheiden.

»Du musst deine Erzählung zu Ende bringen, bevor wir ankommen. Bitte …« Leonora nahm ihre Hand. »Vorausgesetzt natürlich, du willst sie uns erzählen und es ist nicht zu schwer für dich, Schwester. Erzähle uns, wie es Jesus und seinen Lieben weiter erging. Seine Verfolger interessieren mich nicht. Ich fürchte mich vor deinen Worten, weil ich das Ende kenne, aber ich möchte sie trotzdem hören. Sprich zu uns, Gua Li.«

»Warst du schon so, bevor du Mutter wurdest, Leonora?«, seufzte Gua Li und lächelte. »Oder verändert das Muttersein auch die Seele? Und denkst du nicht, dass das Muttersein jeder Frau gleichsam als absolute Natur innewohnt? Einer Natur, die einer anderen Mutter, der Urmutter, entspringt?« Gua Li gab Leonora einen Kuss auf die Stirn, setzte sich und schob sich ein Kissen in den Rücken, das Osman Khayr al-Din entwendet hatte.

»Ich habe euch bereits erzählt, wie Jesus auf den Schädelberg geführt und gezwungen wurde, sein eigenes Kreuz zu tragen. Und auch wie Caio Cassius ihn verletzte – nicht um ihn umzubringen, sondern um den Sanhedrin glauben zu machen, er wäre bereits tot, damit sie ihm nicht die Beine zertrümmerten. In dieser Nacht ließ der römische Offizier seine Soldaten Gewürzwein trinken, und eine Gruppe Frauen und Männer holten Jesu Körper. Als er sah, wie sie sich entfernten, leerte Caio Cassius seine Amphore Wein und harrte seines Schicksals. Von nun ab wird die Geschichte freudig und traurig sein, es werden sich unvorhergesehene Ereignisse zutragen, und nicht immer werden das Gute und die Liebe siegen.«

»Wie im wahren Leben«, sagte Ferruccio, der es seit geraumer Zeit vermieden hatte, das Wort an sie zu richten. »Da hält das Schicksal auch immer Überraschungen bereit, für jeden von uns und im Guten wie im Schlechten. Wenn die Kraft in deinen Venen fließt, schickt es dir plötzlich eine Krankheit, und wenn der Sturm dich umzureißen droht, tritt plötzlich Ruhe ein.«

Leonora nahm sein Gesicht zwischen ihre Hände und presste es so sehr, dass sie ihm fast wehtat.

»Und wenn dir dein Weib aus ihrer Gefangenschaft einen Brief schickt und dir zwischen den Zeilen signalisiert, dass sie am Leben ist und du sie suchen sollst? Ja, womöglich sogar, wo du sie finden kannst, wenn du lange und zweimal um die Ecke denkst? Und du liest einfach nur die Worte und merkst gar nicht, dass sie dir auf solche Weise nie schreiben würde? Du fragst dich nicht nach dem Grund? Von wegen Schicksal!«

Leonora seufzte. »Obwohl du alles für mich bist – du bist eben auch nur ein Mensch.«

Ferruccio kniff die Augen zusammen. In seiner Erinnerung erschienen die wenigen Zeilen. Sie hatten ihm nur gesagt, dass seine Frau lebte. Den Rest hatte er nicht gesehen, obwohl, das stimmte, jene Worte im Rückblick wirklich nicht zu ihr passten. Er öffnete den Mund, um sie zu bitten, es ihm zu erklären und zu verzeihen, doch Leonora schüttelte den Kopf und legte ihm einen Finger auf die Lippen, damit Gua Li mit ihrer Geschichte beginnen konnte. Wenn der Libeccio nicht stärker würde oder plötzlich eine venezianische Galeere zwischen den griechischen Inseln auftauchte, dann würden sie am folgenden Tag die Eisenkette erreichen, die das goldene Horn verschloss.

51

Das flackernde Kerzenlicht warf zittrige Schatten an die weißen Kalkwände der Grotte. Aus einem der vielen Taubenschläge drang das gedämpfte Gurren der eng aneinandergedrängten Tiere, die für die Opferrituale gezüchtet wurden. So wie er es verlangt hatte, lag Jesus nun auf dem kühlen Steinboden, bedeckt von einem Leintuch, das nach Aloe und Myrrhe duftete. Mehrere kleine Feuerstellen verströmten den scharfen und beißenden Geruch von Terpentin-Pistazienharz. Seine Mutter hatte sich über ihn gebeugt. Auch ihre anderen Söhne waren bei ihr, während Yuehan mit zusammengeballten Fäusten in einer Ecke stand und mit den Tränen kämpfte. Maria Magdalena stand ihm gegenüber und starrte gebannt auf den regungslosen Körper.

»Es ist so weit«, sagte Judas. »Er müsste bereit sein.«

»Und wenn er nicht wieder aufwacht? Sein Atem ist nicht zu spüren.«

»Er stinkt nicht, Mutter. Wenn er tot wäre, würden wir das riechen; außerdem hätte er eine andere Farbe.«

»Diese ganzen Essenzen könnten uns verwirren …«

Judas kniete sich neben seine Mutter und betrachtete das Gesicht seines Bruders. Kein Zittern, kein Zucken der Augenlider verriet ein Lebenszeichen. Jesus hatte sie gebeten, Vertrauen zu haben, und sie daran erinnert, dass er gelernt hatte, seinen Herzschlag so zu verlangsamen, dass er stehen blieb und dass er damit auch seine Atmung zum Aussetzen bringen konnte. Das sei eine Übung, hat-

te er erklärt, die den Mönchen sehr vertraut sei und die vor allem nützlich war, wenn man auf Bären traf, denn sie fraßen keine Kadaver. Er hatte ihnen erklärt, wie sich dieser vermeintliche Todeszustand manifestieren würde. Und er hatte ihnen gesagt, dass sie sich keine Sorgen zu machen bräuchten: Sie müssten nur einige einfache Anweisungen befolgen, damit er wieder aufwachen und zu Kräften kommen könne. Die Schläge und das verlorene Blut hatten aber Jesu Körper und damit auch seinen Geist geschwächt, und Judas war sich nicht mehr ganz sicher, ob sein Bruder je wieder zu sich käme.

Bald würden sie es wissen. Seine Mutter gab ihm das Fläschchen mit dem geronnenen Blut, das mit Ziegenkot vermischt war. Dieser pestähnliche Gestank würde ihn wiedererwecken – so hatte er es jedenfalls gesagt. Mit einem Messer löste Judas die wächserne Versiegelung des Fläschchens, und sobald der Gestank der Essenz in seine Nase stieg, hielt er es sofort Jesus unter die Nase. Hustend wich Maria zurück und hielt sich den Zipfel ihrer Tunika vor die Nase. Jakob stürzte in eine Ecke und erbrach das bisschen Brot und Wasser, das er im Magen hatte. Maria Magdalena sah, wie Yuehan zusammenbrach, und eilte sofort zu ihm. Sie hielt ihm ein Tuch vor das Gesicht, das mit syrischem Nardenöl getränkt war.

Mehrere Male hielt Judas die Essenz unter die Nase seines Bruders, ohne dass dieser auch nur einen Muskel bewegte. Ratlos drehte er sich zu seiner Mutter um, die ihr Gesicht in den Händen barg und schluchzte.

Das war der Moment, in dem Jesus hustete. Einen Augenblick später fuchtelte er wild mit den Armen, als wolle er böse Geister vertreiben. Er sollte jedoch erst Stunden später vollends zu sich kommen – war dann jedoch der Alte: Zuerst verlangte er nach Wasser, und kaum waren seine Lippen benetzt, rief er auch schon seinen Sohn zu sich.

»Wir gehen nach Hause«, flüsterte er ihm zu. »Das verspreche ich dir.«

»Mir ist alles recht, Vater. Ich habe nur noch dich auf der Welt, und ich werde dir überallhin folgen. Diejenigen aber, die dir Leid zufügten, werden früher oder später dafür bezahlen, das schwöre ich dir.«

»Weine nicht und schwöre keine Rache«, seufzte Jesus. »Dafür haben deine Mutter und ich dir diesen Namen nicht gegeben. Dein Name ist eine Gabe des Geistes. Und du musst dich seiner würdig erweisen.«

Am dritten Tag nach seiner Auferstehung war Jesus wieder fähig, zu essen und zu trinken. Und er hatte fast alle normalen Körperfunktionen wieder aufgenommen, obwohl es ihm peinlich war, hierfür keine Intimität zu haben.

»Wenn ich es geschafft habe, meinen Darm in eurer Gegenwart zu entleeren«, scherzte er, »dann bin ich so gut wie zum Aufbruch bereit.«

Als Zeichen, dass sich in der Grotte eine Grabstätte befand, wurde nun ein Mühlstein vor den Eingang gerollt und mit Kalk und Sand versiegelt. In einer kleinen Höhle gleich neben dem Grab hielten sich Jesus und Yuehan versteckt, der zwischen dem Haus seiner Onkel und der Höhle hin und her pendelte. Jeden Tag brachte er seinem Vater frisches Malzbier, das mit Kokoshonig abgeschmeckt war, und allerlei Leckereien. Fleisch und Süßspeisen, die seine Großmutter unablässig zubereitete. Dann leistete Yuehan ihm Gesellschaft und hörte ihm zu. Manchmal schlief er vor Erschöpfung ein und umarmte seinen Vater, so wie er es damals als kleines Kind getan hatte, als er in das elterliche Bett gekrabbelt kam.

Innerhalb weniger Tage war Jesus wieder voll bei Kräften. Die Säfte der Aloe hatten seine Wunden verheilen lassen. Der Abreise stand nichts mehr im Weg. Diesmal, das wusste Jesus, würde es weder die Zeit noch die Möglichkeit für eine Rückkehr geben. Der Abschied von seiner Mutter und seinen Brüdern schmerzte ihn, und er genoss die letzten Treffen, die ihnen noch blieben. Trotz allem mussten sie nach wie vor aufpassen: Dieses häufige Kommen und Gehen vor dem Grab würde sowohl bei den Juden als auch bei den Römern nicht wenige Fragen aufwerfen, und in diesem gegenseitigen Misstrauen zwischen den beiden Völkern würden die Spione des Sanhedrins bald die Wahrheit entdecken.

Tatsächlich sickerte schließlich etwas durch. Vielleicht nur ein Wort zu viel, ein Lächeln anstelle von Tränen, eine harsche Antwort auf eine neugierige Frage ... Und plötzlich waren sich Menschen, die ihm nahestanden, sicher, dass sie Jesus wiedersehen würden – und schlugen ihre Zelte in der Nähe des Grabes auf. Nach wenigen Tagen wimmelte es nur so vor Zelten, doch zu Jesu Glück verwechselten seine Feinde das Zeltlager mit einer Versammlung der Kanaanäer, die einem bizarren, aber harmlosen Totenkult frönten.

Nur Maria Magdalena hatte sich seit der Grabversiegelung nicht mehr blicken lassen. Sie war es gewesen, die mit dem römischen Offizier verhandelt hatte. Als Prostituierte getarnt hatte sie das Gespräch zu ihm aufgenommen und ihm Geld dafür geboten, dass er nicht zu viele Fragen stellte. Sie war es auch gewesen, die den Körper von Jesus gemeinsam mit seinen Brüdern und seinem Sohn vom Kreuz abgenommen hatte. Sie hatte das Grüppchen in vollkommener Dunkelheit bis zur Grabstätte geführt und mehr über ihn gewacht als alle anderen. Doch um von Jesu Familie akzeptiert zu werden, hätte sie wenigstens die leibliche Mutter Yuehans sein müssen. So aber war sie eine doppelte Verliererin: Es war ihr nicht gelungen, die Zuneigung von Jesu Familie zu gewinnen, und nun schickte sich der Mann, den sie mehr als ihr eigenes Leben liebte, dieser gute, intelligente, schöne und liebevolle Mensch, der für seinen Sohn Vater und Mutter gleichzeitig war – nun schickte sich dieser Mann an, aus ihrem Leben zu verschwinden wie der Morgendunst, der sich in den Sonnenstrahlen auflöst.

Er liebte sie, dessen war Maria Magdalena sich sicher, doch nicht genug, um das Vollkommene zu erleben, das er bereits erlebt hatte, mit einer anderen Familie und seinem einzig überlebenden Sohn. Es gibt Männer – und Frauen –, die nur eine einzige Liebe in ihrem Leben haben. Sie lieben bedingungslos und über den Tod hinaus – aber nur ein einziges Mal. Und wenn einer der beiden stirbt, dann folgt ihm der andere. Jesus war solch ein Liebender. Er hatte ihre Hand genommen, gleich nach seiner Auferstehung, und sie freundlich angelächelt. Doch das war es nicht, was Maria wollte. Sie wollte kein Lächeln – sie wollte Leidenschaft; dieses überwältigende Gefühl, das an nichts anderes mehr denken lässt; sie wollte eine Zufriedenheit, die Frieden bringt; eine Zukunft, ohne die es keine Hoffnung gibt. Deshalb zog sie sich zurück.

Bis zum Tag seiner Abreise suchte Jesus nach Maria. Er fragte überall nach ihr, doch niemand konnte ihm sagen, wo sie war. Ohne seinem Vater etwas davon zu sagen, ging Yuehan zu den öffentlichen Waschhäusern, wartete vor den Tempeln auf die herausströmenden Frauen und suchte in den Tavernen und auf den Märkten, doch niemand kannte sie.

Was ursprünglich eine heimliche Flucht werden sollte, verwandelte sich in eine richtige Karawane mit Karren und Maultieren im Gefolge. Zu viele seiner Getreuen waren bereit, Jesus überallhin zu folgen. Judas war zufrieden, dass sein Bruder in dieser Menge nicht weiter auffiel. Als er jedoch Caio Cassius auftauchen sah, zückte er sein Messer. Sollte er noch mehr Geld fordern, dann würde er die Klinge zu spüren bekommen. Doch der Römer breitete die Arme aus und zeigte ihm, dass er seine Uniform nicht mehr trug. Der Regen rann ihm über das Gesicht.

»Jude, ich bin desertiert«, rief er glücklich, »und wenn du deinen Bruder liebst, dann lässt du mich mit ihm gehen. Ich will die letzten Jahre, die mir noch bleiben, in Frieden verbringen und

nicht mit Kämpfen. Ich weiß, dass er keine Waffen mag, doch dieser Dolch könnte nützlich sein – obwohl ich hoffe, ihn nur noch zum Schlachten eines Lammes in die Hand nehmen zu müssen. Und sag ihm, dass er sich beeilen soll aufzubrechen, denn nur die Schwerhörigen wissen noch nicht, dass Jesus am Leben ist.«

Judas steckte sein Messer wieder ein.

»Und das Geld, das dir die Frau gab?«

»Auch das wird ihm von Nutzen sein. Ich habe einen Brief von ihr. Er ist versiegelt, und sie bat mich, ihn nur Jesus persönlich auszuhändigen.«

»Er heißt Īsā. Nenn ihn nicht mehr so.«

Auf den nassen Straßen würden sie keinen Staub aufwirbeln, und so brach die Karawane schließlich auf. Bis zum See Genezareth würden sie alle gemeinsam gehen; dann würde sich die Familie für immer trennen. Als der Tempel nur noch schemenhaft am Horizont zu erkennen war, reichte Caio Cassius Jesus endlich die Hand.

»Ich habe das hier für dich, Īsā. Es ist von der Frau, die du kennst.«

Īsā hielt sich den Brief ganz nah vor die Augen, damit der Regen die Zeilen nicht fortwischen konnte. Seine Lippen wiederholten Wort für Wort.

Es tut mir sehr leid. Ich weiß, dass es dir wehtun wird, wenn du liest, dass ich dich verlasse. Doch der Schmerz, den ich empfinde, ist größer. Ich kann mir nicht vorstellen, auch nur einen Tag ohne dich zu leben, ich habe nicht den Willen dazu. Du hast mir während unseres Zusammenseins viele Geschenke gemacht. Und hier ist mein letztes für dich: Ich bitte dich, keine Gewissensbisse zu haben. So wie ich auch keine habe. Ich habe unser Miteinander genossen; du bist der sanfteste Mann, den ich je kennengelernt habe. Wie können Männer nicht verstehen, dass jede Frau Sanftheit statt

Zwang, Respekt statt Gewalt und Liebe statt Besitzdenken will?
Du hast aber auch deine Weisheit mit mir geteilt und mir die Fähigkeit gegeben, zu erkennen, wer ich wirklich bin. An deiner Seite habe ich mir zum ersten Mal in meinem Leben gefallen.
Diejenige, die vor mir da war, verzeih, dass ich ihren Namen nicht nennen will, hat dich voll und ganz gehabt. Ich habe deinen Schmerz gefühlt und sie dein Leben. Jede von uns hat dir das gegeben, was du in jenem Moment brauchtest, und du musst beiden dafür dankbar sein. Für dich, der so viele Dinge versteht, wird es daher nicht schwer sein zu verstehen, dass es mir nicht genügt, dich nur auf die andere Art zu haben und dich mit einer Toten teilen zu müssen. Darum, mein Lieber, Liebster, verlasse ich dich, bevor du es vielleicht tust und leiden musst. Ich wäre niemals mit dir gekommen, auch wenn du mich darum gebeten hättest. Dass du mich gefragt hättest, dessen bin ich mir übrigens sicher.
Damit ich meinen Entschluss nicht bereue und weil ich große Angst vor dem Tod habe, werde ich ihn so schnell und so schmerzlos wie möglich empfangen und mir die Pulsadern aufschneiden.

Leb wohl, Īsā, so werde ich dich ab jetzt nennen. Denn nun bist du Īsā – und ich war nur die Gefährtin von Jesus.
Deine Maria Magdalena

Leonora legte eine Hand auf Gua Lis Leib und wischte ihr mit der anderen die Tränen von den Wangen. Sie wusste von ihrem Geheimnis, obwohl Gua Li es ihr nie verraten hatte, und Leonora wünschte sich von ihr die Antwort, die sie sich während ihrer Gefangenschaft selbst gegeben hatte.

»Das hätte sie niemals getan, wenn sie ein Kind von ihm erwartet hätte, nicht wahr?«

Langsam schüttelte Gua Li den Kopf.

»Nein, ein Kind ist etwas Absolutes, und nur der Tod kann diese einzigartige Verbindung zwischen Mutter und Kind sprengen. Die Mutter und ihr Kind – alles andere zählt nicht mehr.«

Ein Knall und ein langer Pfiff ließen sie aufschrecken. Ferruccio, gefolgt von Osman, schaute aus der Luke und sah die glitzernden Lichter, die sich in den Wellen spiegelten.

»Ihr dürft an Deck kommen!«, schrie er. »Die Hand Allahs war stärker als der Fluch dieser Frau. Schaut und bewundert ihre Schönheit.«

Auf den gekräuselten Wassern des Marmarameeres zeigte die Bugspitze der Schebecke auf die Minarette Istanbuls und die glänzenden Goldkuppeln der Hagia Sophia.

»Es war nicht Allah«, sagte Osman leise zu Ferruccio, »sondern die Hand Fatimas, die uns lenkte. Bewahre sie auf, und du wirst deinen Sohn wachsen sehen.«

»Sollte ich eines Tages noch einen Sohn haben, dann nenne ich ihn dir zu Ehren Claudio, der Hinkende.«

Bayezid der Gerechte saß auf der Terrasse der Burg der Sieben Türme und betrachtete das kleine schnelle Schiff, das in voller Takelage mit aufgeblähten roten Segeln auf den Hafen zugeschossen kam. Dieser laute Knall bedeutete Neuigkeiten. Als wolle er nach dem Schiff greifen, beugte er sich mit gestreckter Hand nach vorn. In Richtung Mekka hingegen verbeugte er sich nicht, als aus dem Minarett der königliche Muezzin das dritte Gebet des Tages, das Salat al-Asr, erklingen ließ. In letzter Zeit war Allah nicht gut zu ihm gewesen. Bayezid wusste, dass er den Christen nicht trauen konnte, und das Schweigen von Kardinal de' Medici bestätigte seinen Verdacht. Wenigstens hatte er den Vertrag mit ihm eher zu seinem Vergnügen geschlossen und nie wirklich daran geglaubt, dass er einen Vorteil daraus ziehen könnte. Er kehrte in seine Gemächer zurück, und das Lachen von Amina erfreute ihn ebenso sehr wie sein Gast.

52

8. April 1498, Palast des Sultans

Bäuchlings lag Osman vor dem Sultan und beendete sein Geständnis. Wie es sich für einen Herrscher geziemt, der auf dem Thron der Vier Kalifen sitzt, ließ sich Bayezid seine Wut jedoch nicht anmerken. Während Osman weiter in seiner Position ausharrend von zwei treuen und zungenlosen Janitscharen streng bewacht wurde, verließ Bayezid den Saal für Privataudienzen. Er ging in ein kleines Nebenzimmer, in dem ein Gast auf ihn wartete, der durch ein Holzgitter jedes Wort mitgehört hatte.

»Ein Mann, der sich seiner Taten schämt, sollte belohnt werden«, meinte der Gast, »so, wie er für seine Taten bestraft werden muss. Vergebung und Gerechtigkeit aber miteinander zu vermengen wäre wie Kauen und Sprechen zugleich.«

»Du willst also, dass ich ihn zugleich belohne und bestrafe?«

»Nicht exakt. Eine milde Bestrafung ist keine wirkliche Bestrafung, und eine unangemessene Belohnung ist keine wirkliche Belohnung. In der Reihenfolge liegt die Lösung: zuerst die Bestrafung und dann die Belohnung, denn Erstere wird leichter zu ertragen sein, wenn es eine Aussicht auf eine Belohnung gibt.«

»Und wenn die Bestrafung das Abschlagen des Kopfes bedeutet? Dann könnte die Belohnung das Paradies mit seinen zweiundsiebzig Jungfrauen sein, die ihn erwarten.«

»Das könnte sein, doch wenn er in alle Ewigkeit mit den

Jungfrauen leben muss, dann würde die vermeintliche Belohnung irgendwann zur Strafe werden.«

Gegen seinen Willen musste Bayezid lachen. Jedem anderen hätte er für diese Interpretation der heiligen Sure über die Barmherzigkeit den Kopf abschlagen lassen.

»Nun, also?«, fragte Bayezid, der sich wieder gesammelt hatte. »Was schlägst du vor?«

»Die Bestrafung, sagst du, ist der Tod? Gibt es keine andere Lösung?«

»So lautet das Gesetz Gottes, und ich kann nichts anderes tun, als es anzuwenden.«

»Ich bin zwar dagegen, doch wenn es denn sein muss, dann musst du ihm nicht das geben, was für ihn die schönste Belohnung wäre – sondern, was *dir* am wichtigsten ist.«

»So werde auch ich bestraft.«

»Um Recht und Ordnung zu respektieren, war Abraham bereit, das zu opfern, was ihm am liebsten war: seinen Sohn Isaak. So steht es im Koran. Es ist das Gesetz Gottes, und du musst es anwenden.«

»So sei es«, sagte Bayezid. »Ja, mein Herz ist gerecht, aber deine Honigzunge ist gespalten wie die einer Schlange, du alter Ungläubiger – und dann erdreistest du dich noch, mir Koran-Stunden zu geben!«

Behände und ohne sich auf die Hände zu stützen, sprang der Mann aus seinem Lotussitz auf.

»Kann ich nun zu meiner Tochter gehen? Ich möchte mein schwaches Herz auf ihren Anblick vorbereiten.«

»Sie ist schon bereit. Und ich fand sie in guter Gesundheit vor. Sie erscheint mir allerdings ein bisschen runder zu sein.«

Ada Ta hob die Augenbrauen und strich sich über den Schädel. Wenn der Sultan nicht ganz geblendet war, war nunmehr auch die letzte Aufgabe erfüllt. Und all das in weniger als einem Jahr! Er lächelte zufrieden.

Langsam schritt Ada Ta in den Garten. Als er Gua Li erblickte, schlug sein Herz schneller.

»Ada Ta!«, schrie Gua Li, als sie des Alten gewahr wurde. Sie rannte ihm entgegen und umarmte seinen schmächtigen Körper. In ihrer Erinnerung war er wesentlich größer gewesen.

Lange hielten die beiden sich umarmt. Gua Li legte ihren Kopf auf seine Brust, um seinem Herzschlag zu lauschen. Sie genoss die Berührung seiner Hände, die ihr über das Haar strichen. Sanft legte er ihr schließlich seinen Arm um die Schulter.

Gua Li führte den alten Mönch zu ihren Freunden. Lächelnd begrüßte sie Ada Ta.

»Mein Freund Ferruccio …«, lächelte er, »… der Ritter mit den starken Armen und dem offenen Geist, der zu lernen wünscht und deshalb wahrlich scharfsinnig ist. Und du …« Ada Ta wandte sich an Leonora. »Du musst der Grund für seinen Kummer der letzten Monate sein. Er hat die Schale eines Granatapfels, doch ihm war die eine Hälfte abgetrennt worden, und jeder der süßen Kerne hatte sich in bitteres Blut verwandelt. Leonora, wie kann es sein, dass du noch schöner als in seinen Beschreibungen bist?«

Sie lächelte und ergriff Ferruccios Arm.

»Dir gebührt all meine Dankbarkeit. Denn du hast ihn gerettet und zur Vorsicht gemahnt. Ich weiß, dass mein Ehemann die Wut eines Stiers und das Herz eines Lamms besitzt.«

»Dann bist du aber eine gute Schäferin.«

Ada Ta drehte sich um. »Und wie ist es möglich, dass diese hübsche, junge Frau hier solch einen garstigen Schmerz im Rückgrat verspürt, dass sie sich nicht mehr aufrichten kann?«

Zebeide blickte auf und hielt den Kopf schief. Dann verstand sie. Die Magd richtete sich auf, verschränkte demonstrativ die Arme vor der Brust und warf dem Mönch einen abweisenden Blick zu.

»Eigentlich müsste ich mich jetzt verneigen vor diesem Respekt für mein Alter«, fuhr Ada Ta fort. »Wäre ich achtzig Jahre jünger, würde ich versuchen, Euch als meine Gefährtin für den heiligen *Tanz der Weißen Löwen* zu gewinnen.«

Der Mönch ließ Zebeide mit offenem Mund stehen und wandte sich dem Kind zu, das Leonora auf dem Arm hatte.

»Ich begrüße das Kind zum Schluss, denn der erste Bissen macht satt, während der letzte Freude bereitet.«

Sanft berührte er das Bäuchlein des Kindes mit seinem Finger, und Paolo gluckste zufrieden. Leonora gab ihn Ferruccio, dem für einen Moment die Luft wegblieb. Zum ersten Mal reichte sie ihm ihren Sohn. Er war so glücklich, dass er sich setzen musste und den Blick nicht von dem zufriedenen Lächeln seines Sohnes wenden konnte. Die anderen setzten sich um ihn herum.

An diesem Abend kredenzte ihnen Bayezid mit Reis gefüllte Weinblätter, Hummus und eine Suppe aus roten Linsen mit Paprika aus seinen persönlichen Gärten. Gua Li war eigentlich schon satt, konnte der Suppe jedoch nicht widerstehen. Dann wurde eine riesige Zahnbrasse in einer Kruste aus zypriotischem schwarzem Salz serviert. Der Sultan selbst schnitt den Fisch an, aus dessen Maul ein Hummer schaute. Die Bäckchen wurden zwischen den Frauen aufgeteilt, obwohl Zebeide, die sich kaum noch wachhalten konnte, keine große Freude daran hatte. Amina kümmerte sich rührend um den verwirrten Osman und servierte ihm die besten Leckerbissen. Ada Ta war schließlich der Einzige, der das zum Abschluss servierte Baklava noch genießen konnte, und Bayezid fragte sich, wie er so viel essen konnte und doch so dünn wie ein Hering war.

»Wenig Schlaf, viel nachdenken, vieles verzeihen.«

Der Sultan schnitt eine Grimasse und wandte sich an Gua Li, um mehr über ihren Gesundheitszustand zu erfahren. Leonora hatte sich das Kind mit einem Tuch um den Leib gewickelt und hielt während des ganzen Abends mit Ferruccio Händchen. Seitdem sie von Bord gegangen waren, erschien Ferruccio seine Frau verändert. Möglicherweise fühlte er sich ihr auch deshalb näher, weil er bemerkt hatte, dass Gua Li sich langsam, aber sicher von ihm entfernte.

An diesem Abend teilten sie zum ersten Mal nach all den Monaten das Bett, zwischen sich nur das Körbchen, in dem Paolo schlief. Sie hatten bereits die Kerzen gelöscht, als sie im Dunkeln seinen Namen flüsterte.

»Leonora?«

»Schlaf, mein Liebling, und denk an mich.«

Gua Li legte sich auf die rechte Seite und stopfte sich ein Kissen unter den Rücken.

»Es ist besser, auf der linken Seite zu schlafen«, sagte Ada Ta im Dunkeln. »Dort agiert das Phlegma und belastet deine Galle nicht. Wenn du dann noch in die Sterne siehst, wirkt der Nachthimmel harmonisch auf deinen Körper und deinen Geist.«

Gua Li richtete sich auf.

»Und warum?«

Ada Ta seufzte, blieb aber auf dem Rücken liegen und massierte sich weiter die Fußsohlen, während sein Kopf zwischen den Knien hervorlugte.

»Die Tochter dieses Alten denkt wohl, dass ihr Vater blind und noch dümmer geworden ist, nur weil so viel Zeit vergangen ist, seitdem sie sich das letzte Mal sahen. Er freut sich über ihre Rücksichtnahme, doch nach wie vor kann sie ihm nichts verbergen. Mmh, meine Tochter hat plötzlich eine andere Atmung – was ein Zeichen dafür ist, dass das Herz sich bereits verändert. An deiner Stelle würde ich meine Position verändern.«

»Ich … hätte schon noch mit dir gesprochen. Ich konnte es kaum erwarten, es dir zu erzählen, aber ich wusste nicht, wo ich anfangen sollte. Oh, Ada Ta, verzeih mir!«

»Es ist sehr einfach, nicht zu wissen, wo man anfangen soll, denn so kann man überall beginnen. Und außerdem – was sollte ich dir verzeihen? Du bist dem Lauf der Natur gefolgt. Ich hätte dich getadelt, wenn du es nicht getan hättest.«

»Er ist …«

»Ein Mann, ja, ich weiß. Du wirst auf ewig meine Tochter bleiben, egal, was du tust oder wofür du dich entscheidest.«

»Und woher weiß ich, dass er der Richtige ist?«

»Das kann niemand wissen. Der Mensch macht manchmal den Fehler, mit dem Geist, statt mit dem Körper zu kopulieren. Der Geist jedoch ist ein zweischneidiges Schwert. Damit sich die Energien von Yin und Yang ergänzen können, müssen sie in die tiefsten Gefilde des Körpers hinabsteigen – in den Schoß.«

»Ferruccio gehört aber einer anderen Frau, das weiß ich – und das sieht man auf den ersten Blick.«

»Niemand gehört einem anderen Menschen, und manchmal verliert man den Sinn des Lebens aus den Augen.«

»Du hast gut reden – du verlierst ja auch nichts.«

Gua Li konnte das sanfte Lächeln auf den Lippen des Mönchs nicht sehen. Ada Ta atmete tief ein.

»Ich bin nur ein Alter, der Glück hat. Und jetzt lass uns ruhen. Die Reise zurück wird kürzer und angenehmer sein, aber wie ich dir bereits erklärte, ist alles relativ.«

Einen Augenblick später hörte Gua Li tiefe Atemzüge. Sie beneidete Ada Ta um die Fähigkeit, auf Kommando einschlafen zu können. Vielleicht tat er aber auch nur so. Sie kannte ihren Vater zu gut, um zu wissen, dass er sie nicht hatte belehren wollen, sondern ihr durch die Blume etwas anderes sagen wollte. Also drehte sie sich auf die linke Seite, um das Phlegma zu stärken.

53

14. April 1498

Der bärtige Jüngling machte eine Verbeugung und verließ mit einem hochmütigen Grinsen den Saal. Seufzend rollte Giovanni de' Medici die Augen und blickte zu der holzgetäfelten Decke nach oben.

»Habt Geduld mit den Künstlern, lieber Freund«, sagte Papst Alexander VI. »Glaubt mir, obwohl er so arrogant ist, ist er doch überaus fähig. Ihr werdet noch mehr von Buonarotti hören. Der französische Botschafter hat sich bei uns verschuldet, um ihn mit seinem Grabmonument zu beauftragen. Allerdings sollte sich der Jüngling sputen, denn der Botschafter ist schon recht alt!«

»Ich bin der Meinung, dass Meister Donatello unübertroffen ist, seine Judith und Holfernes sind …«

»Wenn ich mich recht entsinne, dann wurde es deinem verdienstvollen Vater von diesem Mönch gestohlen. Dies und noch weitere Kunstwerke«, unterbrach ihn der Pontifex.

»Savonarola verlangte nach dem Palazzo – er bekam allerdings nur das Turmzimmer. Von dort oben wird er nur noch die Tauben belästigen können. Nun haben seine Räubereien ein Ende, Heiliger Vater, und das ist Euch zu verdanken.«

»Und der Furcht der Florentiner. Du hattest recht, sie würden sogar den Satan auf die Kanzel setzen und ihm lauschen, nur um nicht ihr Geld zu verlieren. Doch es ist noch nicht ausgestanden. Wir können erst dann behaupten, ihn auf ewiglich vernichtet zu haben, wenn wir seine Asche in den Arno streuen.«

»Sorgt Euch nicht, Eure Heiligkeit – im Schwanz sitzt bekanntlich das Gift.«

»Bald, Giovanni, bald wird es geschehen. Wir dachten an den dreiundzwanzigsten Tag im Monat der Jungfrau. Er ist dem Heiligen Desiderius gewidmet«, lächelte der Pontifex. »Aber nun sag mir: Warum kaufst du dir nicht diesen schönen Palazzo? Denn hat man jemals gehört …«, Alexander zwinkerte ihm zu, »… dass ein Kardinal, der Papst werden soll, einem Bischof Mietzins bezahlt – und dann auch noch in diesem unsäglichen Borgo von Chiusi.«

»Wie all Eure Ideen, ist auch diese eine sehr gute. Ich werde es also tun. Für Euch würde ich alles machen.«

Alexander lachte.

»Nun gut, dann sorgt dafür, dass Lucrezia Uns einen gesunden, kräftigen Jungen schenkt, dass Cesare diese Hure aus Neapel ehelicht, damit dieses Königreich unter die Herrschaft der Kirche fällt, und dass Florenz eine immerwährende Allianz mit Uns eingeht.«

»Ich werde dafür beten, mein guter Vater, dass sich alles nach Eurem Willen fügen möge.«

»Und dass du beim nächsten Mal als Weib auf die Welt kommst! Wir würden dich sogar ehelichen.«

»Ein Papst kann sich nicht verheiraten, Eure Heiligkeit.«

»Wir werden sehen, Giovanni, Wir werden sehen. Schließlich sind Wir die Vertreter Gottes auf Erden, und die Menschen müssen den Gesetzen folgen, die Wir verkünden. *Si volumus, deus vult – wir wollen, so Gott will* –, glaubst du nicht?«

Er nahm ihn am Arm, und einträchtig stiegen sie die Treppe hinunter. Bevor der Kardinal in die Kutsche stieg, küsste ihn der Papst dreimal. Zeremonienmeister Giovanni Burcardo erwartete ihn bereits, ließ sein schwarzes Büchlein flink in seinem Gewand verschwinden, als Seine Heiligkeit sich ihm zuwandte, und erklärte dem Papst sein Programm für den folgenden Tag: Die Basilika würde mit weißen Blumen geschmückt, und dem Zeremoniell folgend dürfe Seine Heiligkeit erst beim *Gloria in Excelsis Deo* die Arme gen Himmel erheben und den Ritus der Auferstehungsfeierlichkeiten eröffnen. Dann würden auch die Glocken einsetzen.

Die Zellentür wurde geöffnet und Savonarola unsanft hineingestoßen. Er kam derartig geschwächt aus den Folterkammern des Bargello-Kerkers, dass er stürzte. Er bemühte sich vergeblich aufzustehen. Bruder Domenico Buonvicini trat Bruder Silvestro Maruffi aus Versehen in den Rücken. Dieser stöhnte im Halbschlaf. So sehr er und Buonvicini auch versucht hatten, die Seele des Meisters zu brechen – mit glühenden Eisen, Seilwinden und der Streckbank –, so hatte doch nur der ausgemergelte Körper nachgegeben: Savonarolas Arme waren gebrochen und seine Kniescheiben zertrümmert. Doch trotz alledem versuchte Bruder Girolamo nach wie vor, die Herrschaft über seinen Körper zu behalten, so wie er es sein ganzes Leben lang getan hatte. Buonvicini sah die blutigen Brandspuren auf seiner Kutte und wusste, dass der Mönch das glühende Eisen ertragen hatte.

»Helft mir, Bruder Silvestro«, flüsterte Savonarola.

Durch das kleine Fensterchen wehte der frische Aprilwind, der nach Frühling roch und die verpestete Luft in der stinkenden Zelle erfrischte. Vorsichtig hievten Domenico und Silvestro Savonarola, dem dabei vor Schmerzen die Luft wegblieb, an den Achseln auf einen Schemel. Von seinen Gefährten gestützt konnte der Dominikaner durch die Gitterstäbe die Domkuppel und bis auf die Piazza della Signoria sehen. Die Kuppel erhob sich über den Dächern wie eine enorme Dreifaltigkeit, so wie er sie sich immer gewünscht hatte. Savonarola schaute über die Holzbrücke, und sein Blick blieb an einer großen runden Bühne aus Holz hängen, auf der bereits der Galgen thronte. Sie würden trockene Holzscheite auftürmen, die schneller brennen würden als die Eitelkeiten der Florentiner vor einem Jahr. Seine kategorische Strenge, was irdischen Besitz betraf, hatten sie ihm nie verziehen. Und nun kam er an die Reihe.

Er schloss die Augen und dachte an Domenico und vor allen Dingen an Silvestro, der so wehrlos und unschuldig war. Er war dazu verdammt worden, sein Los mit ihm zu teilen, obwohl sein einziges Vergehen war, an ihn zu glauben – wie ein Sohn an den Vater.

Unvermittelt wurde die Kerkertür aufgerissen. Vorsichtig legten ihn seine Zellengenossen auf den nackten Boden und setzten sich an seine Seite.

Ein Lichtstrahl fiel auf das Gesicht, das Savonarola auf den ersten Blick erkannte.

»Bist du erschienen, um mich um Verzeihung zu bitten, Francesco? Die habe ich dir bereits vor langer Zeit gewährt. Wenn du jedoch hier bist, um uns Trost zu spenden, dann sei willkommen.«

Um sich vor dem Licht zu schützen, hielt sich Francesco Mei, der Abt des Dominikanerordens San Gimignano, die Hand vor Augen und trat zur Seite, um die drei Körper, die bis auf die Knochen abgemagert waren, betrachten zu können.

»Ich überbringe Euch den Trost der Heiligen Beichte, da niemand von uns die Stunde kennt, in der uns der Herr zu sich rufen wird.«

»Wir danken dir«, antwortete ihm Savonarola, »aber die Beichte haben wir bereits untereinander abgelegt.«

Francesco Mei schlug die Kapuze nach hinten. Er ballte die linke Hand zur Faust, während er mit dem rechten Zeigefinger auf jeden Einzelnen der Zelleninsassen zeigte.

»Wenigstens Ihr, Bruder Girolamo, müsstet wissen, dass es eine Sünde ist, seinen Komplizen die Beichte abzunehmen und ihnen Absolution zu erteilen«, sagte Mei. Seine Augen hatten sich zu Schlitzen verengt. »Daher ist die Beichte nicht gültig.«

»Gott schaut mehr auf den Inhalt als auf die Form«, murmelte Savonarola.

»Ich bin nicht mehr als dreihundert Stufen emporgestiegen, um mir Eure Gotteslästereien anzuhören. Sie haben mich vor Eurem Hochmut gewarnt, der auch jetzt nicht gezähmt ist, denn Ihr bietet der Gnade Gottes noch immer die Stirn. Ich hätte niemals geglaubt, dass Ihr im Angesicht des Todes die heiligen Sakramente verweigern würdet. So weit habt Ihr Euch also schon von Gott entfernt!«

»Es war die Kirche, die sich von ihm entfernte, nicht ich.«

Nach diesen Worten, die Savonarola unter großen Anstrengungen geflüstert hatte, zog sich Francesco Mei die Kapuze über den Kopf und schaute die anderen beiden an. Buonvicini hielt seinem Blick stand, Maruffi nicht. Sie sagten keinen Ton. Als Mei sich zum Gehen anschickte, blieb er in der Tür stehen und drehte sich noch einmal um.

»Derjenige, der Zwist auf Erden bringt, wird nie das Paradies sehen.«

Erst als die Schritte auf den Treppen verhallt waren, legte Maruffi sein Gesicht auf Girolamo Savonarolas Brust und begann leise zu weinen.

»Ich möchte so gerne die Engel sehen, die bei unserem Herrn sind. Oh, guter Vater«, sagte er unter Tränen, »was ist das Paradies?«

Savonarola strich ihm sanft über die Tonsur.

»Das Paradies sind die Arme einer Mutter, die ihr Kind umarmt.«

»So etwas habe ich noch nie gehört«, bemerkte Buonvicini

überrascht. »Ich kann mich nicht erinnern, dass wir in unseren Predigten so etwas Ähnliches gesagt hätten.«

Savonarola lächelte! Buonvicini war nun doch gänzlich durcheinander und befürchtete zum ersten Mal, dass die Leiden den Geist seines Meisters vernebelt hätten.

»Mein lieber Freund«, antwortete Savonarola ihm ruhig, »die Wege des Herrn sind unergründlich, doch manches Mal sendet er uns Zeichen. Bevor er starb, übergab Christus seine Mutter symbolisch der Obhut des Johannes. Und weshalb? Weil sie die Mutter der Menschheit war. Und ihr wisst nur zu gut, dass jedes Wunder nur durch ihre persönliche Fürbitte geschieht. Mir wurde etwas Außergewöhnliches zuteil, und zwar in Gestalt einer Frau.«

Bruder Silvestro hob den Kopf und sah ihn wie ein kleines Kind an, das auf das Ende des Märchens wartet.

»Erzähle uns dieses Wunder, guter Vater.«

»Es ist eine lange Geschichte, doch wir haben Zeit. Höre auch du zu, Bruder Domenico, denn so werden wir eins sein, wenn wir uns unten auf dem Platz wiederfinden. Zu dritt, wie auf Golgatha. Nur dass diesmal die Verbrecher zuschauen werden, wie Gerechte sterben.«

Fünf schnelle Galeeren kämpften gegen die widrigen Strömungen des Bosporus. In jeder befanden sich hundert Ritter der blaublütigen Sturmtruppen der Akinci, deren Treue zum Sultan legendär war. Sie waren geschickte Bogenschützen, und mit ihren Krummsäbeln fielen sie wie grausame Dämonen über die Dörfer des Pontus her. In Horden zu dreißig, vierzig Mannen brandschatzten und mordeten sie, um dann so schnell zu verschwinden, wie sie gekommen waren.

Auf den Moscheen der Charidschiten war Salz gestreut und der Fluss Sakarya auf der Höhe des Dorfes Ukbali gestaut worden. Die unterirdischen Höhlen waren geflutet worden und hatten die letzten Flüchtigen, die es gewagt hatten, gegen Bayezid den Gerechten zu rebellieren, für immer begraben. Eine Spezialeinheit aus griechischen Söldnern teerte und räucherte die Festung aus, in der sie die Ratten gezüchtet hatten – und die Wärter gleich mit. Ein einziger Rattenkäfig wurde an einen geheimen Ort nach Phrygien überführt und dort einer Gruppe Leprakranker anvertraut, die in Felshöhlen hausten. Ihnen wurde Nahrung und Medizin versprochen, wenn sie die Tierchen am Leben erhielten. Dann wurde ein Söldner nach dem anderen vom Kommandanten, einem gläubigen Sunniten und Cousin Bayezids, persönlich umgebracht.

Die Wächterin des Berges, Faiza Valide, die Gemahlin des Sultans, wurde verschont. Wortlos wurde sie von ihrem persönlichen Eunuchen begleitet in den Turm von Galata gesperrt, wo sie für den Rest ihres Lebens den heiligen Koran studieren konnte – mit einer Gründlichkeit, wie es keine Frau vor ihr je getan hatte.

Der Serail wiederum wurde zwei Tage lang von den Schreien des Großwesirs Abdel el-Hashim erschüttert. Nachdem man ihm die Nase und die Ohren abgeschnitten hatte, hatte er sieben Tage lang die Möglichkeit, in einem Käfig, der vor dem Topkapi-Palast in der Sonne hing, über seinen Verrat nachzudenken. In den zwei darauffolgenden Tagen wurde ihm die Haut in Streifen abgezogen und das nackte Fleisch mit Salz bestreut. Als selbst das Meerwasser, das ihm eimerweise übergegossen wurde, el-Hashim nicht mehr zu erwecken vermochte, wurde er mit einer glühenden Beißzange kastriert und schließlich von vier robusten Pferden gevierteilt. So leid es den Folterern tat – nach diesen Strapazen war er einfach nicht mehr am Leben zu erhalten gewesen.

Osman wiederum lernte das Paradies kennen: Über einen Monat lang lebte er in einem Flügel des Palastes, der ihm von Bayezid zur Verfügung gestellt worden war, und genoss die Gesellschaft Aminas, die ihm – dem Willen des Sultans Gehorsam leistend – in der ersten Nacht ihre Jungfräulichkeit geschenkt hatte. Dieser ging jeden Abend seufzend an ihren Gemächern vorbei und verfluchte das Versprechen, zu dem ihn Ada Ta genötigt hatte.

Einen Tag vor Beginn des Ramadan, in dem es verboten war, Nahrung zu sich zu nehmen, sich von Zorn leiten zu lassen oder Geschlechtsverkehr zu haben, versicherte sich Bayezid, dass der Krummsäbel so scharf war, dass er mit seiner Klinge ein Haar spalten konnte. Dann wählte er den besten seiner Janitscharen aus, betete mit Osman und schaute dann regungslos zu, wie der Janitschare Osman den Kopf abschlug.

Für seine Gastfreundschaft und den Schutz, den er Leonora und Ferruccio gewährt hatte, verlangte Bayezid eine Gegenleistung. Sollten sie jemals eine Tochter haben, dann sollten sie ihr den Namen der großen Moschee Hagia Sophia geben. Als er sie fragte, welchen Glauben sie wählen würden, wenn sie sich frei entscheiden dürften, überraschte ihn die Antwort der Frau keineswegs.

»Den der Liebe, Bayezid.«

»Und den der Gerechtigkeit«, fügte Ferruccio hinzu, »die alle Völker vereint. Und wenn es dir Freude bereitet, dann werde ich dir eines Tages von einem Mann erzählen, der Muselmanen, Juden und Christen vereinen wollte, damit im Namen Gottes keine Kriege mehr geführt werden müssten.«

»Mit Sicherheit war er verrückt«, antwortete ihm der Sultan, »so verrückt wie die letzten Propheten Īsā und Mohammed. Gelobet seien die zukünftigen Jahrhunderte! Du wirst an meiner Tafel stets willkommen sein, Ritter de Mola.«

Ferruccio lächelte. Seinen Sohn auf dem Arm haltend setzte er sich auf ein Kissen und reichte Leonora seinen Arm.

In dem kleinen Stadthaus, das genau zwischen einer Kirche, einer Moschee, einer Synagoge und in unmittelbarer Nähe zum Sultanspalast lag, hatte sich Zebeide, nachdem sie die Küche erobert hatte, sofort eingelebt. Vom ersten Tag an war sie unerschrocken zum großen Markt gegangen, um unermüdlich die besten Preise für ihre Einkäufe auszuhandeln.

»Du bist die Summe aller Frauen«, sagte Ferruccio zu Leonora. Er hielt sein Kind hoch und lächelte, als ein wenig Spucke auf sein Gesicht tropfte.

»Ich liebe dich, Leonora. Nie mehr … nie mehr dürfen wir voneinander getrennt sein.«

Sie kam zu ihm und wischte mit einem Läppchen sein Gesicht ab.

»Genauso geht es mir. Warum also so ernst, mein Liebster? *Das Vergangene ist vergangen*, würde dein Freund Ada Ta sagen.«

»Nein, nicht ganz.« Er reichte ihr Paolo. »Leonora, ich …«

»Sag nichts.« Leonora sah ihn nicht an, sondern drückte das Kind nur ein wenig enger an sich. »Bewahre dieses einzige Geheimnis in deinem Herzen, genauso wie ich das meine bewahre.« Sie hob den Blick, und in Ferruccios unwissenden Augen sah sie die Rundungen von Gua Li. »Es sind die Schlüssel zu einer Kammer, die verschlossen bleibt und die keiner von uns beiden öffnen wird, solange wir uns lieben.«

Sie küsste Ferruccio, der gierig ihren Mund mit seinem suchte. Sie lächelte und gab sich dem Kuss hin. Während seine Arme noch nicht den Mut hatten, ihre Hüften zu umschlingen, spürte Ferruccio, wie er Schritt für Schritt die steilen Dünen seiner Erinnerungen hinabglitt und frisches und klares Wasser berührte, in das er nur noch tief eintauchen wollte.

Das war die Nacht, in der Sophia gezeugt wurde.

Auf einen Befehl ihres Kommandanten hielten die fünfzig Ritter an. Die Karakulschaffelle, die sie trugen, verliehen ihnen eher das Aussehen einer Räuberhorde als einer militärischen Einheit. Ihr Kommandant betrachtete prüfend den schmalen Pfad, der sich auf den Berg hinaufschlängelte, und gab seinem Pferd dann die Sporen. Dieses machte einen Satz nach vorne und stupste an Ada Tas Rücken. Der Mönch drehte sich um und gab dem Pferd einen Apfel.

»Von nun ab müssen wir die Pferde an den Zügeln führen.«

»Oder auf Yaks umsatteln.«

»Ich würde lieber meine Tage als Eunuch in einem Harem beenden als diese haarigen Rindviecher zu besteigen.«

»Du brauchst eine Frau, Ahmed«, lächelte ihn Ada Ta an. »Leider kann ich dir das nicht bieten.«

»Wenn ich zurückkomme, hat mir Bayezid zwei neue Ehefrauen versprochen. Ich kann abwarten. Es tut mir leid, aber wir müssen auch den Wagen abbauen.«

»Das kommt nicht in Frage!«

Mit einer Hand am Rücken und der anderen auf ihrem mächtigen Bauch kam Gua Li auf die beiden Männer zu.

»Wie soll ich in diesem Zustand bitte schön gehen können? Ich sehe wie eine fette Ente aus. Und dieses Kind tritt mich, als würde es von einem wilden Pferd abstammen!«

»Wir könnten eine Straße durch den Berg graben, aber ich glaube nicht, dass das Kind meiner Tochter inmitten von Schneestürmen auf die Welt kommen möchte.«

Die junge Frau drehte sich zu dem wippenden Wagen um. Er war perfekt abgefedert und ein Geschenk von Bayezid. In den letzten fünf langen Monaten hatte sie dieses sanfte Schaukeln aufs Angenehmste begleitet.

»Bevor es Abend wird, werden wir Euer Gönpa erreichen«, beruhigte sie Ahmed, »und diese Nacht kannst du noch einmal darin schlafen. Natürlich ohne Räder und Pferde.«

Gua Li wurde nun wie in einer Sänfte getragen. Die Luft war kühl, doch die Sonne stand bereits hoch, und ihr Licht reflektierte die verschneiten Bergspitzen. Es wurde warm. Ada Ta ging neben ihr und stützte sich dabei auf seinen Stock.

»Ada Ta, ist es normal, Angst vor der Geburt zu haben?«

»Die Ziege ist eher unvorbereitet als ängstlich. Zuerst meckert sie, doch wenn sie ihr Kleines saubergeleckt hat, dann hilft sie ihm aufzustehen, und sie kann es sofort säugen.«

»Ich bin keine Ziege.«

»Nein, meine Tochter, und dein Kind wird kein Lämmchen sein.«

»Ich glaube, es wird ein Junge.«

Hinter der Wegbiegung tauchten eng an den Berg geschmiegt die Mauern des Gönpa auf.

»Ada Ta?«

»Sprich, meine Tochter.«

»Wir sind wieder zu Hause, doch die Reise hat nichts gebracht.«

Verstohlen sah der Mönch zu ihr hinüber.

»Das glaube ich ganz und gar nicht.«

Vor den Mauern des Gönpa legten die Ritter ihre Waffen in einer Kate ab. Ihre Pferde wurden mit Decken, Wasser, Heu und Gojibeeren versorgt. Während des Abendmahls wurde getanzt und gesungen. Ahmed sang ein altes Gute-Nacht-Lied, dessen Bedeutung nur Ada Ta und Gua Li verstanden, doch allen gefiel die warme und liebevolle Melodie. Am Ende des Abends saß Gua Li im Schneidersitz auf ihrem neuen weichen Bett und ließ ihre Bürste langsam durch das lange schwarze Haar gleiten.

»Heute kannst du mir das erzählen, was du mir schon seit Längerem sagen willst, alter Vater. Auch ich kenne dich. Und seitdem wir abgereist sind, hütest du verborgene Gedanken.«

Sie lächelte Ada Ta an und sah zum ersten Mal den Schatten des Alters auf seinem Antlitz.

»Die Jahreszeiten folgen dem Firmament und werden nie alt, sondern erneuern sich stetig.« Es war, als würde er ihre Gedanken lesen, denn der alte Mönch nickte lächelnd. »So ist es auch mit dem Zyklus des Lebens, und das neue, das du nun in deinem Leibe trägst, wird auf das meine folgen.«

Gua Li erschrak.

»Du stirbst nicht, Vater. Du darfst mich nicht verlassen!«

»Oh, dafür ist noch viel Zeit. Solange ein Körper noch etwas zu geben hat, erhält ihn die Natur, und ich habe noch die ein oder andere kleine Lehrstunde für meinen Enkel eingeplant. Er muss seine Vergangenheit kennenlernen, damit er unbeschwert seine Zukunft leben kann.«

»Auch ich bin neugierig darauf, ihn kennenzulernen.«

»Ja, du hast recht. Und diese Nacht, in der die Sternschnuppen Teile des Himmelswissens zu uns bringen, ist die richtige dafür, sich über die Zukunft Gedanken zu machen. Hast du eigentlich bemerkt, dass wir den Weg Īsās rückwärts zurückgelegt haben, hast du das bemerkt?«

»Das ist wahr, Vater.«

»Und im Gegensatz zu ihm sind wir ausgeschwärmt, um Samen zu säen, und schau, was wir mit zurückgebracht haben.«

»Das war ein Zufall. Ich kannte Ferruccio nicht und hätte auch nie gedacht, dass …«

»Alles hat eine Ordnung und eine Bedeutung. Das, was uns wie ein Zufall erscheint, ist nur ein kompliziertes großes Ganzes.«

»Vater, was willst du mir sagen?«

»Seitdem du klein warst, hast du einen großen Mann bewundert, der den Samen der Gerechtigkeit, der Liebe und der Einheit in sich trug. Ich gestehe dir, dass ich hoffte, dass sich unsere Schicksale eines Tages – wie auch immer – miteinander vereinen würden. Denn auch du trägst diesen Samen in dir …«

»Welchen Samen? Ich kenne nur den, den du mir schenktest.«

»Warte, lass mich erst zu Ende erzählen. Das, was ich dir sagen möchte, fällt mir ausnahmsweise einmal schwer. Als der edle Graf starb, war ich sehr betrübt und verlor beinahe alle Hoffnung. Doch dann eilte mir der große General Sunzi zu Hilfe. Er sagte: ›Bist du umzingelt, verwende Kriegslist, und befindest du dich in einer hoffnungslosen Situation, kämpfe.‹«

»Willst du etwa damit sagen, dass wir die Reise nur angetreten haben, damit ich mit Ferruccio ein Kind zeuge? Ada Ta, du willst mich in die Irre führen!«

Still faltete der Mönch die Hände, um die richtigen Worte zu finden – er, der mit Worten so vertraut war, rang um jeden Satz. Die Liebe seiner Tochter stand auf dem Spiel, und sie war ihm wichtiger als all sein Wissen.

»Seit Jahrhunderten hat das Geschlecht der de Mola für die gerechte Sache gekämpft und gelitten. Der Vater deines Kindes nahm Ideen von Graf Mirandola als Erbe an. Niemand aus dem Abendland wäre würdiger gewesen, um sich mit deinem Geschlecht zu vereinen. Du trägst die Geschichte Īsās in dir: Es ist deine Geschichte. Doch es gibt noch mehr.« In Gua Lis unschuldigem Blick sah er die Angst vor dem Unbekannten und schwieg. Ada Ta schloss die Augen und atmete tief die reine Luft ein, die von den allwissenden ewigen Bergen kam. Der Moment war gekommen, um das Geheimnis zu lüften.

»Meine liebe Tochter«, fuhr er fort und nahm ihre Hände in die seinen, »du trägst in deinem Blute den Samen Īsās. Die Mönche des Gönpas haben jenes Geheimnis seit über dreißig Generationen gehütet. Und ich hatte zuletzt die Ehre und die

Freude, mich um deine Mutter Gua Pa und dich kümmern zu dürfen. Eines Tages werden deine Samen in eine Welt hinausgetragen werden, in der sich der Orient und der Okzident in einer einzigen Umarmung vereinen werden – so wie du und Ferruccio es getan habt. Ich wusste nicht, ob es mir gelingen würde, dich zu erziehen, doch die Große Mutter hat mir ihr Wohlwollen gezeigt, und ich bin ihr sehr dankbar dafür. Nun endet meine Aufgabe, und wenn du mir verziehen hast, kann ich in Frieden gehen.«

Stumm starrte Gua Li ihn an, während der alte Mönch mit gesenktem Haupt ihre Antwort erwartete.

Als die junge Frau schließlich aufstand und auf die Terrasse ging, folgte er ihr. Noch nie, schien ihr, war ihr der Himmel so nah gewesen. Sie nahm seine Hand und legte sie auf ihren Leib.

»Spürst du es? Das ist sein Arm, der nach dir greift. Wie könnte ich es ablehnen, wenn er deine Hand braucht?«

Und in den dunklen Wassern, die es umhüllten, öffnete das Kind die Augen und lächelte die Welt an.

Dramatis Personae

Der tibetanische Mönch **Ada Ta** erfand im XV. Jahrhundert die Kampfsportart Kung Fu. Er hatte ein langes Leben und verschwand unter geheimnisvollen Umständen, nachdem er sich für eine abgeschiedene Existenz in Meditation entschieden hatte. Einige sagen, er sei unsterblich, weil er die Formel des Lamas Bogod Zonkavy kenne. Sie basiert auf der Fähigkeit des Geistes, den Körper zu verlassen und nach langer Zeit wieder in ihn zurückzukehren. Andere wiederum halten ihn für den Urahn des Lamas Daschi-Dorscho Itigelow, dessen Mumie einem Bericht des gerichtsmedizinischen Institutes der Universität Moskau aus dem Jahr 2005 zufolge seit seiner Exhumierung im Jahre 1957 weiterhin an Gewicht zulegt. Wenn das Grab des Papstes bisher nicht entweiht wurde, dann befindet sich das Buch von Īsā immer noch dort, wo Ada Ta es versteckte.

Gua Li brachte in der Tat einen Jungen zur Welt, dem für die Dynastie Īsās jedoch keine herausragende Bedeutung zukam. Die Dynastie existiert bis heute fort – beschützt von den Mönchen, den Bären und dem ewigen Eis auf den Dächern der Welt.

Der 1858 geborene Spion und Journalist, Historiker und Abenteurer **Nicolai Notowitsch** war nicht der Einzige, der über die im Neuen Testament nicht überlieferten Lebensjahre des Mannes Jesus schrieb. Aber er war der Erste, der einen möglichen Schlüssel für das Geheimnis um Jesu Jugendjahre fand. Viele, die mit dem Buch zu tun hatten, sind auf geheimnisvolle Weise verschwunden – so auch er. Und ebenso der Vertraute von Papst Leo XIII., Monsignore **Luigi Rondelli**, ein junger Kardinal, der kaum Zeit hatte, das purpurne Gewand anzulegen. Im Auftrag des Papstes selbst hatte er versucht, die Veröffentlichung des Buches *Das unbekannte Leben Jesu* zu verhindern, das Notowitsch im Jahr 1894 drucken ließ. Mit der Veröffentlichung löste es einen Skandal aus, doch dann wurde es erneut still um das Buch. Die Beweise, die er behauptete zu besitzen, gelangten nie an die Öffentlichkeit – und wären sie doch zugänglich gemacht worden, hätte die Kirche sie für nichtig erklärt und umgehend wieder in der Versenkung verschwinden lassen. Was die Kirche jedoch nie unterdrücken können wird, sind die Fragen der kritischen Geister. Denn niemand, der nach Wissen dürstet, kann sich der Logik der Tatsachen verschließen, dass über die berühmteste historische Persönlichkeit auf Erden nur eine äußerst lückenhafte Biographie existiert.

Alexander VI., alias Rodrigo Borgia, starb am 18. August 1503 nach einem Gastmahl im Hause von Kardinal Adriano Cortellesi. Fatalerweise trank er einen mit Cantarellakraut vergifteten Wein – ob er ihm vom Kardinal aus Versehen oder mit Absicht kredenzt wurde, sei dahingestellt. Gründe, den Papst zu hassen, hatte Cortellesi allemal. Vor allem aber hatte der Kardinal Angst um seine Pfründen, die er sich erst vor kurzer Zeit gesichert hatte und die im Falle seines Todes automatisch der Kirche – und damit den Borgia – zufielen. Es ist jedoch wahrscheinlicher, dass der Mörder Alexanders VI. sein eigener Sohn Cesare war, denn entgegen seiner sonstigen

Trinkgewohnheiten hatte er an jenem Abend nur am Wein genippt. Das trug ihm zwar Bauchschmerzen ein, kostete ihn jedoch nicht das Leben.

Nachdem der dynastische Traum zerplatzt war, jagte **Cesare Borgia** sein ganzes restliches Leben lang dem Erwerb einer Krone hinterher. Von den Prinzessinnen der Königreiche Neapels und Aragoniens verschmäht, tröstete er sich schließlich mit Carlotta di Navarra, die er 1499 ehelichte, nachdem er des Purpurs enthoben worden war. 1500 wurde ihm eine Tochter geboren, Luisa, die ihn nicht interessierte und die er nie sah. Wenige Wochen nach dem Tod seines Vaters wurde er von Papst Julius II., alias Giuliano della Rovere, in den Kerker der Engelsburg geworfen. Das Pontifikat seines Nachfolgers, Pius III., dauerte nur einundzwanzig Tage – der neue Papst fiel einem Giftanschlag von Pandolfo Petrucci zum Opfer.

Nach drei Jahren Kerkerhaft gelang Cesare Borgia gemeinsam mit seinem Schwager Giovanni d'Albret, dem König von Navarra, die Flucht aus der Engelsburg. Cesare starb am 12. März 1507 in einer Schlacht um die Stadt Viarna zwischen den Königreichen Navarra und Kastilien.

Cesare Borgias liebster Auftragskiller, der Spanier **Micheletto de Corrella,** wurde, nachdem sein Herr in Ungnade gefallen war, für seine Verbrechen zum Tode verurteilt, konnte jedoch aus Rom fliehen. Im Januar 1508 geriet er in Mailand in einen Hinterhalt und wurde dort von seinen eigenen Landsleuten ermordet.

In die Geschichte ist er als Autor des Buches *De Principatibus* (*Der Fürst als Herrscher*) eingegangen, das sich an Cesare Borgia inspiriert und verschiedensten Herrschern gewidmet ist, in der Hoffnung, ihnen damit zu gefallen: Nicolo Machivegli, bekannt unter dem Namen **Niccolò Machiavelli,** schrieb es, nachdem er in den Diensten der Mächtigen jener Zeit gestanden hatte und offensichtlich nicht mehr gebraucht wurde. Er gab die Aussage Ciceros als die seine aus, nach der »ein guter Politiker die richtigen Beziehungen haben muss, Hände schütteln und sich elegant kleiden sollte sowie Vorteil bringende Freundschaften pflegen muss, um einen angemessenen Vorrat an Stimmen zu erzielen«. Seine Aktualität ist überaus schockierend.

Lucrezia Borgia war zunächst vor allem ein machtpolitisches Instrument für ihren Vater Rodrigo und ihren Bruder Cesare, die durch eine Verbindung mit ihr die Borgia-Dynastie stärken wollten. Sie hatte mindestens zwei Fehlgeburten, die wohl aus einer inzestuösen Verbindung mit ihrem Vater entstammten. Ihrem dritten Ehemann, Alfonso d'Este, gebar sie schließlich sechs Kinder. Nachdem sie sich von ihren Liebhabern Pietro Bembo und Francesco Gonzaga getrennt hatte, wurde sie am Hofe der Este eine vorbildliche Ehefrau. Sie starb im Jahr 1516 im Alter von neununddreißig Jahren, ohne ihren 1499 geborenen, von einem unbekannten Vater abstammenden Erstgeborenen je wiedergesehen zu haben. Möglicherweise handelte es sich bei diesem Sohn um ein Kind aus der Verbindung mit ihrem zweiten Ehemann Alfonso d'Aragona; als wahrscheinlicher gilt jedoch, dass er von Alexander VI., seinem eigenen Großvater, gezeugt wurde – schließlich trug der Infant den Namen Rodrigo.

Giovanni de' Medici, der Sohn von Lorenzo dem Prächtigen, wurde mit dreizehn Jahren Kardinal und im Jahr 1513, in seinem neununddreißigsten Lebensjahr, Papst. Der Erbfeind Papst Alexanders VI. tauchte nach mehrjähriger Abwesenheit im Jahr 1500 wieder in der Hauptstadt auf und wurde zum treuen Verbündeten des Papstes. Gebildet und vornehm, pervers und heimtückisch, exzentrisch und blasphemisch hat er während seines Pontifikats mit dem Orient und Okzident Allianzen geschmiedet und skrupellos wieder gebrochen. Eine seiner ersten Amtshandlungen war, seinen treuen Beichtvater, Soldaten und wahrscheinlich auch Liebhaber, Silvio Passerini, zum Kardinal zu ernennen. Giovanni de' Medici benutzte kein Gift, um sich seiner Feinde zu entledigen – er zog es vor, sie zu erdrosseln oder zu erdolchen –, wie etwa Kardinal Alfonso Petrucci, den Giftmörder von Pius III.. Giovanni de' Medici ging als Papst der protestantischen Reformation in die Geschichte ein. Unmittelbar nachdem er Martin Luther exkommuniziert hatte, verstarb er am 1. Dezember 1521 im Alter von nur sechsundvierzig Jahren. Ob er eines natürlichen Todes starb oder einem Giftanschlag zum Opfer fiel, ist nicht bekannt.

Der Ruf, ein fähiger Heerführer zu sein, begleitete den Fürsten **Fabrizio Colonna** bis zu seinem Tod im Jahr 1520 – er entschlief sechzigjährig friedlich in seinem Bett. Eine einzige Niederlage musste er in seiner Karriere hinnehmen: Im Jahr 1502 verlor Colonna die Schlacht um Capua und wurde von dem Franzosen d'Aubigny und einem seiner Kapitäne, Ferruccio dei Martigli, in Gefangenschaft genommen.

Es war **Hannas ben Seth**, vor dem der zwölfjährige Jesus kurz vor seinem Verschwinden im Sanhedrin gesprochen hatte. Dem Hohepriester folgte im Jahr 16 n. Chr. sein Sohn Eleazar ben Hannas und von 16 bis 36 n. Chr. sein Schwiegersohn **Josef bar Kaiphas**. Doch bis zur Zerstörung des Tempels im Jahr 70 n. Chr. hielt immer noch der alte Hannas die Fäden in der Hand. Im XXIII. Gesang der *Göttlichen Komödie* reiht Dante Alighieri Hannas ben Seth und Josef bar Kaiphas in die Gruppe der Heuchler ein, die in schweren vergoldeten Bleimänteln durch die Hölle schreiten.

Unter denen, die Jesus verurteilten, wurde **Pontius Pilatus** noch das glimpflichste Schicksal zuteil: Tiberius treu ergeben, fiel er unter Kaiser Caligula im Jahr 37 n. Chr. in Ungnade. Der römische Imperator setzte ihn als Statthalter von Judäa ab und schickte Pilatus nach Vienne in Gallien.

Die koptische Kirche verehrt ihn als Märtyrer.

Im selben Jahr, in dem Pilatus in Ungnade fiel, wurde der Tetrarch **Herodes Antipas** nach Rom zurückberufen. Dort bezichtigte ihn Caligula des Verrats und schickte ihn mit seiner Geliebten Herodias ins Exil nach Lyon in Gallien. Dort starb er drei Jahre später in Armut.

Über die Person **Paulus von Tarsus**, den Gründer des Urchristentums, wird seit einiger Zeit diskutiert, denn über sein Leben liegen nur unsichere bzw. widersprüchliche Aussagen vor. In den Jahren 30 n. Chr. bereiste er die halbe Welt, obwohl er an Epilepsie litt. Mehrmals wurde er von den Römern verhaftet, konnte sich jedoch jedes Mal retten. So auch vor den Verfolgungen des Sanhedrins. In seinem Brief an die Galater (1,11) behauptete er, die Verkündigung des Evangeliums direkt von Jesus erhalten zu haben – quasi als zweite Offenbarung. Im Jahr 57 n. Chr. sprach sich Paulus für Kaiser Nero aus und ergriff offen Partei für den Tyrannen. Er bezeichnete Nero als von Gott eingesetzte Autorität und rief die Christen dazu auf, ihm Gehorsam zu leisten. Ob Provokateur, römischer Offizier oder erleuchteter Prophet – Paulus von Tarsus gelang es, das Christentum in ganz Europa bekannt und aus der revolutionären kleinen Glaubensgruppe eine große Bewegung zu machen.

Der Dominikanermönch **Girolamo Savonarola** wurde von der römisch-katholischen Kirche der Ehrentitel *Ehrwürdiger Diener Gottes* zuerkannt. Das bedeutet, dass er (noch) nicht seliggesprochen wurde, aber als Mensch anerkannt wird, *der* sich durch »heroische Tugendhaftigkeit« auszeichnete.

Nachdem er in seiner Jugend von Laudomia Strozzi abgewiesen wurde, um deren Hand er angehalten hatte, legte Savonarola das Gelübde ab und widmete sich fortan dem Kampf gegen den Sittenverfall seiner Zeit. Nachdem er die Medici aus Florenz verjagt hatte, setzte er ein theokratisches Regime ein, das man heute als fundamentalistisch bezeichnen würde. Im Jahr 1497 triumphierte er mit seinem *Feuer der Eitelkeiten*: Hunderte von Luxusgegenständen wie Spiegel, Gewänder, Gemälde, Juwelen, Bücher und Musikinstrumente wurden verbrannt. Ein Jahr später nahte sein Ende. Er wurde von der Heiligen Römischen Kirche der Ketzerei angeklagt und beschuldigt, »neue Dinge« gepredigt zu haben. Nach langen Folterqualen wurde Savonarola im Alter von fünfundvierzig Jahren im Mai 1498 bei lebendigem Leibe verbrannt.

Die Dominikanermönche **Domenico Buonvicini** und **Silvestro Maruffi** verbrannten mit Girolamo Savonarola auf dem Scheiterhaufen. Buonvicini war einer seiner treuesten Anhänger und Protagonist des tragisch-komischen Gottesurteils, das Anfang 1498 in Florenz die beiden Gruppen der Arrabbiati und Piagnoni entzweite. Maruffi hingegen war nur ein einfacher Sympathisant Savonarolas und wurde gemeinsam mit dem Meister auf den Scheiterhaufen geschickt, obwohl das kirchliche Gericht keine belastenden Beweise gegen ihn gefunden hatte.

Einer von Savonarolas ältesten und schlimmsten Feinden war **Francesco Mei** gewesen, auch er ein Dominikanermönch. Er neidete Savonarola seine Popularität und scheute sich auch nicht vor falschen Anschuldigungen, um ihn im Namen von Alexander VI. öffentlich zu verurteilen. Auch war er unter denjenigen, die am eifrigsten auf die Notwendigkeit hinwiesen, dass die Asche der drei Mönche in den Arno gestreut werden müsse, um zu verhindern, dass Savonarolas Grab zum Wallfahrtsort würde.

Eine unerbittliche Schlacht, die Savonarolas ganzes Leben dauern sollte, waren seine Auseinandersetzungen mit **Lorenzo de' Medici**, genannt ***der Prächtige***.

Nachdem der Prächtige einige Giftanschläge überlebt hatte, verabreichte ihm der Medicus der Sforza-Familie Glaspulver, das innere Blutungen verursachte und im Jahr 1492 zu seinem Tode führte.

Im indischen Srinagar befindet sich neben der Grabstätte, die für den Orient seit Jahrhunderten das Grab Īsās ist, ein weiteres Grab: Es ist die letzte Ruhestätte von **Al Sayed Nasir-du-Din**. Um Grabschändungen zu vermeiden, wurden im Jahr 2010 die beiden Grabstätten für Touristen geschlossen.

In den Auseinandersetzungen zwischen den vier Parteien, die die Herrschaft über Florenz beanspruchten, starben viele eines gewaltsamen Todes. Wenige Wochen vor dem Mord an **Francesco Valori**, dem Hauptmann der Piagnoni, kam der Gonfaloniere von Florenz, **Bernardo del Nero**, tragisch ums Leben. Laut einem Historiker aus dem 17. Jahrhundert starb kurz darauf im August 1498 sein schlimmster Feind, Mariano da Genazzano, an »Herzschmerz«. Einer der wenigen, die den gewalttätigen Auseinandersetzungen zwischen Arrabbiati, Piagnoni, Republikanern und den Palleschi entkamen, war **Pierantonio Carnesecchi**. Er ließ sich rechtzeitig zum

Kommissär der Maremma ernennen und lebte dort bis zum Ende seiner Tage.

Bayezid II. war das Vorbild eines erleuchteten Herrschers. Während seines Sultanats lebten in Istanbul Christen, Juden und Muselmanen friedlich miteinander. So gewährte Bayezid dreitausend spanischen Juden, die vor den Pogromen in ihrem Land flohen, Asyl. Seine familiären Angelegenheiten waren komplexer und weniger erbaulich. Wahrscheinlich vergiftete er seinen Vater Mohammed II., genannt der Eroberer, und schob die Schuld hierfür einem venezianischen Spion in die Schuhe, der in den Diensten seines Bruders Cem stand, der seinerseits 1495 von Bayezid eliminiert wurde. Am 25. April 1512 wurde Bayezid selbst von seinem Sohn Selim abgesetzt und starb kaum einen Monat später unter ungeklärten Umständen.

Giovanni Burcardo war eigentlich Straßburger und hieß Johannes Burckhardt. Voller Stolz auf seine Heimatstadt, die im Volksmund Argentoratum (Silberburg) genannt wurde, unterschrieb er meist mit »Argentina«. Dementsprechend wurde der Turm seines Palazzos in der Via del Sudario in Rom auch Torre Argentina benannt. Trotz dieser Geheimnisse oder gerade wegen ihnen starb Burcardo nicht eines unnatürlichen Todes, sondern an Gicht, der Krankheit der Reichen.

Ständiger Begleiter Burcardos war sein *Diarium*. Er führte das kleine Notizbüchlein von 1484 – dem Jahr, in dem er Zeremonienmeister wurde – bis zum Jahr seines Todes, 1505. In dieser Position diente er fünf Päpsten, unter anderem zwei Della Rovere: Sixtus IV. und Julius II.

Er war einer der gefürchtetsten Piraten des sechzehnten Jahrhunderts, und es gab keinen Küstenort im Mittelmeer, der nicht Opfer seiner Überfälle wurde: Der Pirat **Khayr al-Din,** auch Barbarossa (Rotbart) genannt, unternahm bis zu seinem Tod bewaffnete Raubzüge. Als er in seinem achtzigsten Lebensjahr anno 1546 an der Ruhr starb, war sein Ruf bereits legendär.

Barbarossas Bruder, der Korsar **Aruj Reis**, bekannt auch unter dem Namen Baba Ruj, starb im Kampf gegen die Araber und Spanier während der Belagerung von Tlemcen in Algerien, einer kosmopolitischen Stadt, in der heute noch viele Türken und Andalusier leben.

Heraios war mehr als nur ein Stammesfürst in Baktrien, der heutigen Region zwischen dem Pamirgebirge und dem Hindukusch: Er war König, prägte eine eigene Geldwährung und regierte bis 30 n. Chr. Als Symbol seiner Macht wurde ihm als Kind ein Eisenreif um den Kopf gelegt, der die Stirn so deformierte, dass sein Kopf wie eine natürliche Krone aussah.

Der tibetanische Lama **Tenzing Ong Pa** führte Īsā in die Geheimnisse des Wissens ein: Er lehrte ihn die Macht der Energie, der Freiheit, der Gedanken und die Vereinigung von Ethik und Spiritualität. Seine Lehren wurden unter tibetanischen Mönchen lückenlos überliefert. Ong Pas besondere Fähigkeiten wurden von der westlichen Welt als Wunder wahrgenommen.

Girolamo Fracastoro gilt heute als Eklektiker und verkanntes Genie. Im Jahr 1521 verfasste er sein erstes Traktat über die Syphilis (*Syphilis sive de morbo gallico*). Er hatte verstanden, dass ansteckende Krankheiten – wie die Pest – nicht aufgrund stinkender Nebel oder astrologischer Konstellationen übertragen werden, sondern durch krank machende Keime. Er war der Leibarzt mehrerer Päpste, erfand das Fernglas (das dann von Galilei konstruiert wurde) und beeinflusste die Entdeckungen seines Freundes Kopernikus. Ein Mondkrater wurde nach ihm benannt.

Vannozza Cattanei blieb bis zu dessen Tod an Alexanders Seite. Allerdings musste sie den Tod all ihrer Kinder erleben, mit Ausnahme von Lucrezia (die sie allerdings nur um wenige Monate überlebte). Friedlich starb sie im Jahr 1518, steinreich und Witwe von vier Ehemännern. Ihr letzter Ehegatte, **Carlo Canale**, der bereits ein vielbeachteter Literat war, wurde zum Magistrat des Nona-Kerkers ernannt. Einige Monate nach der Ermordung von Juan, dem Herzog von Gandia und Sohn Alexanders VI., im Jahr 1498, verlieren sich seine Spuren. Ob die beiden Ereignisse in einem Zusammenhang stehen, lässt sich rückblickend nicht mehr sagen.

Sie wurde die Braut Christi genannt: **Giulia Farnese**, die auf Wunsch des Papstes von dem Maler **Pinturicchio** als Madonna in einem Saal der Engelsburg dargestellt wurde. Sie war insgesamt zweimal verwitwet und dreimal verheiratet.

Zehn Jahre nach ihrem Tod im Jahr 1524 wurde ihr geliebter Bruder Alexander, den sie vom Papst zum Kardinal hatte ernennen lassen, Pontifex. Unter dem Namen Paulus III. ließ er alle ihre Porträts zerstören – alle, bis auf eines: Im Mosaik der Santa-Pudentiana-Kirche in Rom ist ihr schönes Gesicht in den Gesichtszügen des vierten Apostels von links zu erkennen.

Ferruccio de Mola und **Leonora** lebten bis zum Tod Bayezids in Istanbul und bekamen drei Kinder.

Mit den Jahren schloss das Paar Frieden mit Giovanni de'

Medici, weigerte sich aber, zu seiner pompösen Amtseinführung als Papst nach Rom zu reisen.

Mit **Girolamo Benivieni** einigte sich Ferruccio auf das Versteck des Originals der neunundneunzig geheimen Thesen des Grafen Mirandola und die Codewörter, um das Versteck zu finden. Im Juli 2007 öffnete eine Gelehrtenkommission unter einem fadenscheinigen Vorwand und auf die Ignoranz der Menschen vertrauend Mirandolas Grabstätte. Anwesend waren Vertreter der wissenschaftlichen Spurensicherung der Carabinieri, einer Sondereinheit der Carabinieri, samt ihrem obersten Leiter. Was sie im Grabinneren vorfanden, werden wir nie erfahren.

Zebeide heiratete einen Janitscharen und kehrte nicht mit Ferruccio und Leonora nach Italien zurück.

Leonardo di ser Piero, aus Vinci, kehrte nach Mailand zurück und erhielt unter der Voraussetzung, dass er seine militärischen Studien und Projekte fortführte, von der Sforza-Familie nennenswerte finanzielle Zuwendungen. Er diente Cesare Borgia, Leone X. und den französischen Königen Ludwig XII. und Franz I.

Leonardo war ein eigenwilliger Charakter und erbitterter Feind von Michelangelo Buonarroti und Raffael. Sein ganzes Leben verfolgte ihn der Albtraum, eines Tages ohne Geld dazustehen – und das nicht ohne Grund: Sein engster Gehilfe und Geliebter **Tommaso Masini**, Zoroastro genannt, war ein Gewohnheitsverbrecher – und kein besonders geschickter: Nur dank des Einflusses und des Geldes seines Meisters entrann er dem Pranger, dem Kerker und dem Galgen.

Am 2. Mai 1519 ereilte Leonardo der Tod in Cloux. Er wurde in der San-Francesco-Kirche in Amboise beerdigt, die jedoch während der Revolution komplett zerstört wurde. Seine sterblichen Überreste sind verloren gegangen. Leonardos symbolische Grabstätte im Schloss von Amboise ist eine beliebte Touristenattraktion.

Obwohl er hinreichend im Roman »999 – Der letzte Wächter« beschrieben wurde, soll **Giovanni Pico della Mirandola** nichtsdestotrotz auch hier Erwähnung finden. Er steht zu Leonardo wie Griechenland zu Rom: Er markiert nicht nur die Überlegenheit des Denkens über das Handeln, sondern blieb auch bis zu seinem Tode konsequent und weigerte sich standhaft, sich den Mächtigen zu unterwerfen. Graf della Mirandola gab mehr als die Hälfte seines immensen Vermögens für Bücher aus, um die menschliche und göttliche Natur zu erforschen. Die Entdeckung ihrer Gleichheit kostete ihn sein Leben. Zahlreichen und übereinstimmenden Zeugenaussagen nach wurde er vergiftet. Wer sein Mörder war, konnte nie geklärt werden – denn viele seiner Zeitgenossen hatten ein Interesse daran, ihn zum Schweigen zu bringen. Einunddreißigjährig starb Mirandola im Jahr 1494.

Graf della Mirandola ist in San Marco in Florenz begraben, wo man seine Grabstätte noch besuchen und über die mysteriöse Inschrift nachdenken kann:

»Coetera norunt et Tagus et Ganges forsan at antipodes.« »Den Rest wissen der Tejo, der Ganges und vielleicht die Antipoden.«

Wie er nun genannt wurde – ob **Jesus**, Īsā, Jahwe oder ganz anders –, ist nicht wichtig. Und es ist eine Frage des Glaubens und der Religionen, ob man glaubt, dass er mit dreiunddreißig Jahren auferstand und erst Jahre später in Frieden starb. Viele haben sich seine Lehren zu eigen gemacht, so wie es auch mit vielen anderen großen Meistern geschehen ist, und haben seine Ideen für die eigenen Ziele verfälscht – in guter oder böser Absicht. Doch die herausragenden Eckpfeiler der Lehren dieser großen Meister sind tief im Bewusstsein der Menschen verwurzelt und können so die Lügen der Geschichte und der Menschen überwinden.

Schlusswort

Das größte Geheimnis auf dieser Erde befindet sich in einem kleinen Kloster, verborgen in einem kleinen Gönpa hinter den Bergen, weitab der Touristenrouten. In der ruhigen Jahreszeit weht hier zwischen den Felsen sanft der Wind und bringt den ewigen Schnee der Berge. Im Winter wird die Ruhe des Klosters von den Stürmen beschützt. Dort oben leben jeweils für die Dauer von zwanzig Jahren nur wenige Mönche, die danach in ihre jeweiligen Klöster zurückkehren.

Im Jahr 1887 versuchte ein gewisser Nicolai Notowitsch, den Frieden des Klosters zu stören. Der Unruhestifter war russischer Journalist und ein zum orthodoxen Glauben konvertierter Jude, der sich leidenschaftlich für Geschichtswissenschaften und Archäologie interessierte. Er reiste ins Ladakh-Tal, um von dort aus zu den Gönpas *Mulbekh* und *Himis* zu gelangen. Einige der Lamas, die Notowitsch aufsuchte, sprachen mit dem ungewöhnlichen Fremden. So erfuhr der Journalist Einzelheiten, die alle, die in dieser abgelegenen Bergwelt lebten, bereits wussten – aber eben nur jene.

Die Bergvölker kannten eine Geschichte, die sich neunzehn Jahrhunderte zuvor zugetragen hatte: Sie berichtet über einen herausragenden Mann, der aus Palästina in ihre Heimat gekommen war und dort zwischen seinem 15. und 30. Lebensjahr als einer von ihnen gelebt hatte, dann zu seinem Volk zurückgekehrt war und schließlich beschlossen hatte, sein Leben im Schatten der unendlichen Gipfel zu vollenden. Als er starb, wurde er an einem Ort namens Srinagar begraben. Seine Grabstätte existiert bis heute: Sie wird *Roza Bal* genannt, was auf Kashmiri »Grab des Propheten« bedeutet.

Nachdem Notowitsch die Geschichte gehört hatte, entwickelte er eine an Wahnsinn grenzende Gier, die Papiere, die diese Geschichte erzählten, in seinen Besitz zu bringen. Er war so hartnäckig, dass die alten Mönche – aus Angst um ihr Kloster – so taten, als würden sie seinem Ansinnen nachgeben. Schließlich händigten sie ihm jedoch eine Fälschung der Abschrift aus. Nicolai Notowitsch hielt sie für authentisch, obwohl sie auf Tibetanisch verfasst war: Seine nur oberflächliche Bildung und die Besitzgier verhinderten, dass er die Fälschung bemerkte. Wäre das Schriftstück authentisch gewesen, dann wäre es in Pali verfasst worden, der zweitausend Jahre zuvor gebräuchlichen Sprache …

Im Jahr 1894 veröffentlichte Notowitsch in Frankreich und den Vereinigten Staaten jene Schriften mit dem Titel *»Die Lücke im Leben Jesu«*.

Zu jener Zeit war es ein Welterfolg, und es schien, als seien plötzlich alle Intellektuellen aus dem Limbus ihres Bewusstseins erwacht. Denn bisher hatte niemand versucht, das große Geheimnis der Menschheit zu lüften: *Wo lebte der Mann, der Jesus genannt wurde, in den Jahren zwischen seinem 12. und 30. Lebensjahr?* Die vier Evangelien, die Gnostiker und die Apokryphen des Neuen Testaments erwähnen diese Jahre nicht. Auch Paulus von Tarsus und sämtliche Kirchenhistoriker schweigen darüber – ebenso wie Theologen und Schriftgelehrte.

Denjenigen, die über die Gründe für das Fehlen weiter Teile von Jesu Biographie nachgedacht haben, ist es offensichtlich, dass jemand verhindern will, dass darüber gesprochen wird. Dass derjenige alles tut, um die Angelegenheit in der Versenkung verschwinden zu lassen und sie aus dem Gedächtnis und den Herzen der Menschheit zu löschen. Das Unglaubliche ist, dass es ihm über zwanzig Jahrhunderte hinweg auch gelungen ist.

Einige Jahre nach der Veröffentlichung dieser außergewöhnlichen Geschichte versuchten einige seriöse Wissenschaftler, angeführt von Friedrich Max Müller, zu beweisen, dass Notowitsch alles nur erfunden hätte. Dieser wehrte sich dagegen, vielleicht, weil er von denjenigen, die seine Mission im Stillen unterstützt hatten, nun verlassen worden war. Er verriet also, dass er vor der Veröffentlichung des Buches mit dem orthodoxen Metropoliten von Kiev, Platon Rozhdestvenskij, dem berühmten katholischen Historiker und Autor des weltberühmten und viel diskutierten Buches »Das Leben Jesu« – Ernst Renan – sowie mit dem apostolischen Nuntius von Paris, Monsignore Luigi Rotelli, gesprochen habe. Außerdem, ließ er wissen, sei dem Heiligen Stuhl diese Geschichte bekannt und für wahr befunden worden. Und er verriet auch, dass ein hoher italienischer Prälat ihm eine große Summe geboten habe – wenn er das Buch nicht veröffentlichen würde.

In den darauffolgenden einhundert Jahren sind so manche Wissenschaftler und Abenteurer auf der Suche nach der Wahrheit in das Ladakh-Tal gereist, und alle haben Zeugenaussagen über die Anwesenheit Jesu während »des geheimen Zeitraums« an diesen Orten gesammelt. Doch obwohl sie unter Druck standen, haben es die Lamas geschafft, das Geheimnis zu bewahren, denn sie waren der Ansicht, dass bislang weder die Zeit noch der richtige Mensch gekommen wäre, um der Welt die Wahrheit zu enthüllen.

Neuere Untersuchungen belegen, dass Notowitsch ein Spion war, der zuerst von der Ochrana, dem russischen Geheimdienst, ausgebildet und dann fallen gelassen wurde. Die

Ochrana war von Zar Nicolaus II. Romanow persönlich gegründet worden, der sie einsetzte, um politische Rebellionen zu schwächen, die jedoch weniger dem System, sondern nur ihm allein galten. Aus dieser mächtigen und geheimen Organisation rekrutierte die Tscheka unter Lenin, der NKWD von Beria, der KGB von Andropow bis zum heutigen FSB, an dessen Spitze Wladimir Putin stand. Die Ochrana war eine Meisterin im Spurenverwischen und brachte Tausende falsche Dokumente in Umlauf. So zum Beispiel auch über die Existenz der *Bruderschaft vom Berg Zion*, die in zahlreichen Büchern als real bezeichnet wurde, allen voran der *Da Vinci Code.*

So viele Geheimnisse das Leben von Jesus in den Bergweiten Tibets und Indiens auch birgt, so gelten die Worte des berühmten Archäologen und Übersetzers des Monumentalwerkes über die buddhistische Religion »Blaue Annalen«, Juri Rjorich, noch immer: »Die Legende (über Jesus) ist sorgfältig aufbewahrt worden. Es ist kaum möglich, dass sie von den Lamas verraten wird, denn sie können mehr als jeder andere ein Geheimnis für sich behalten …. Nun ist jedoch die Zeit der Erleuchtung Asiens gekommen.« Es waren schwierige Zeiten, vielleicht sogar schwierigere als heute, und nachdem Rjorich die Erlaubnis erhalten hatte, in die Sowjetunion zurückzukehren, starb er unter mysteriösen Umständen. Ein ähnliches Schicksal wie das von Notowitsch.

In jenen Jahren sickerten jedoch Details des Geheimnisses aus der orientalischen Welt in die westliche: ein dünner roter Faden, der eine Suche vollendet, die bei Pico della Mirandola und seinen Thesen über die Einheit begann und bis in die heutige Zeit hineinreicht. Nicht umsonst schrieb Rjorich auch: »Die Schriften des Lama erinnern an die Art und Weise, wie Jesus die Frau, die Mutter der Welt, erhöht.« Zufall oder Logik: Dies ist der Inhalt der 99 geheimen Thesen des italienischen Philosophen. Vielleicht wurden sie bei der

Graböffnung am 26. Juli 2007 in der San Marco-Kirche in Florenz in Anwesenheit der wissenschaftlichen Sondereinheit der Carabinieri gefunden. Das Ergebnis der Untersuchung wurde nie bekannt gegeben.

Keiner der sogenannten Propheten hat sich bis heute als Sohn Gottes bezeichnet. Nicht einmal Jesus, kein einziges Mal, nicht einmal in den vier kanonischen Evangelien. Seit zweitausend Jahren erinnern sich mächtige Menschen von hoher Spiritualität, die keine besonderen religiösen Interessen hegen – Politiker wie Manager beispielsweise – daran, dass Īsā/Jesus in Srinagar begraben liegt, nachdem er dort die letzten Jahre seines Lebens verbracht hatte. Zweifel zu hegen ist nicht nur erlaubt, sondern auch die Pflicht jedes denkenden Menschen – nicht um zu zerstören, sondern um einem wunderbaren Mann Gerechtigkeit widerfahren zu lassen. Der Glaube braucht nicht die von Menschen verfasste Geschichte, und es ist nicht notwendig, am Kreuz zu sterben, um dem Wort Gewicht zu verleihen.

Und so ist Jesu Geschichte, wie sie die Evangelien des Neuen Testaments erzählen, die wahrscheinlichste Wahrheit, denn es ist die, die den Angriffen der Zeit und der Logik am besten widerstanden hat. Was die Wahrheit über Jesu Jugend anbetrifft, so glimmt ein Hoffnungsschimmer vom heiligen Berg Athos auf, dem Verbindungsring zwischen Orient und Okzident, denn es finden sich immer mehr Beweise und viele Indizien, die gewichtiger und schlüssiger sind, als es seit Jahrhunderten überliefert wird, dass Jesus tatsächlich Teile seines Lebens in Tibet und Indien verbrachte. Auch wenn wir niemals mit Sicherheit wissen werden, was geschehen ist, so ist es doch möglich, es zu erahnen. Eine liebevolle und beunruhigende Wahrheit, eine wunderschöne und tragische Geschichte, die weder vom Glauben noch von der Vernunft ignoriert werden kann.

IPSISSIMA VERBA

Sein Evangelium

ANTILIBRO

Vorwort

1. Ich, Al Sayed Nasir-du-Din, schwöre vor aller Welt, dass diese Worte nicht mehr und nicht weniger sind als das, was Jesus, genannt Īsā, mir erzählte, als er aus dem Land Palästina zurückkehrte, und dass ich nichts hinzugefügt oder weggelassen habe. Im Jahr 2671 des alten Kalenders und im neuen Kalender Xia im Jahr 52, als mein Meister 34 Lebensjahre zählte.

2. Er wollte Zeugnis über sein Leben ablegen – für diejenigen, die an ihn, seine Worte und sein Vorbild glaubten, genauso wie für all jene, die ihn verrieten oder sich für den falschen Glauben verkaufen werden, wenn er nicht mehr sein wird. Viele von denen, die ihn geliebt und verehrt haben, werden zu falschen Jüngern werden. Viele werden seine Taten verkennen und viele seine Botschaft der Liebe missbrauchen.

3. Gesegnet sei Īsā jetzt und immerdar – für die Liebe, die er seiner Familie und allen Menschen gab, die ihm begegneten, und die er auch mir zuteilwerden ließ, der ich das Privileg hatte, ihn zum Freund zu haben.

ERSTES BUCH
oder die Geschichte

1. Im Alter von zwölf Jahren wurde ich auf Befehl des Sanhedrins entführt und als Sklave in ferne Länder des Orients verschleppt. Von meinem zweiten Besitzer, der auch mein Freund wurde und dem ich mein Leben verdanke, auch wenn er nicht will, dass ich so spreche, wurde ich freigelassen.

2. Ich lernte viele Dinge, weil ich mich nicht mit den anderen gemein machte – denn nur dadurch, dass der Mensch sich selbst treu bleibt, kann er die anderen verstehen und unterscheiden zwischen Gut und Böse, zwischen Recht und Unrecht, zwischen Freud und Leid.

3. Ich habe viele Völker, ihre Gesetze und ihre heiligen Texte kennengelernt und studiert. Aus alldem habe ich gelernt, dass Wissen Macht bedeutet und zur Unterdrückung Schwächerer eingesetzt werden kann und dass allein die Weisheit Gutes bewirken kann.

4. Viele Jahre lebte ich mit den Mönchen in den Bergen. Meine Meister lehrten mich, mich selbst, jede andere Person und die Natur zu kennen und zu lieben. Ich verstand, dass alle Kreaturen von einer einzigen Energie durchdrungen sind. Ich verstand aber auch, wie sie gelenkt werden kann, um das Werden zu verbessern.

5. Eine Frau habe ich über alles geliebt. Sie war meine andere Hälfte, und nur zusammen bildeten wir ein Ganzes. Wir heirateten und bekamen zwei Kinder. Dann aber lernte ich in all meinem Glück die Grausamkeit kennen und verlor meine Tochter und meine Frau.

6. Ich verstand, dass auch zu viel Liebe töten kann, und um mich selbst zu finden und nicht gegen die natürliche Ordnung von Mutter Erde zu verstoßen, entschied ich mich schließlich, mein Leben rückwärts zu begehen. Ich nahm Yuehan, meinen geliebten Sohn, mit auf die Reise.

7. Bei meiner Rückkehr nach Palästina wurde ich freudig empfangen von meiner Mutter und meinen Brüdern und Schwestern. Obwohl neunzehn Jahre vergangen waren, seitdem sie mich zuletzt gesehen hatten, so erkannten sie mich doch augenblicklich wieder. Mein Vater war gestorben, und ich besuchte sein Grab in Sichem. Dort legte ich einen Stein auf sein Grab und weinte.

8. Als sich die Nachricht von meiner Ankunft verbreitet hatte, besuchten mich viele überraschte Verwandte, die mich tot geglaubt hatten, unter ihnen auch mein Vetter Johannes. An den Ufern des Jordans tauchte er mich in das reinigende Wasser.

9. Nachdem ich lange mit Judas, meinem leiblichen Bruder, gesprochen hatte, hielt ich es für meine Pflicht, meinem Volk Worte der Hoffnung und Erlösung zu bringen und ihm zu zeigen, dass jeder Mensch, und lebte er auch in Armut und Unterdrückung, die Wahl hat, sich frei zu entscheiden. Und dass jeder Mensch, und lebte er auch in Armut und Unterdrückung, für seine Ideale kämp-

fen muss. Doch niemals mit Waffen, deren Gebrauch ich verdamme.

10. Den Sanhedrin fand ich wie neunzehn Jahre zuvor unter dem Joch der römischen Unterdrückung vor, die das Volk Israels zu Sklaven gemacht hatte. Um ihre Macht zu erhalten, verlangten die Priester Unterwerfung und Aufopferung von ihrem Volk – als sei Verzicht der einzige Weg ins Paradies und nicht die Suche nach Gerechtigkeit auf Erden.

11. Ich versuchte die Pharisäer, Sadduzäer und Zeloten zu einen, doch jeder von ihnen beanspruchte die alleinige Wahrheit für sich.

Auch die Essener, mit denen ich das Brot und ihre Traditionen teilte, verlangten, dass ich ihre Vision von Gott als die richtige anerkannte und ihren Weg zum Heil als den allein seligmachenden.

12. Ich sprach aber auch mit den einfachen Menschen und Völkern. Ihnen erzählte ich, dass Freiheit nur aus Einheit erwächst und nicht aus Trennung; nur aus Liebe und nicht aus Reichtum; nur aus Vernunft und nicht aus Gewalt. Doch außer meinen Brüdern und meiner Mutter waren nur wenige bereit, mir zu glauben.

13. Ich war versucht, alles aufzugeben und in meine zweite Heimat, in der ich meine Frau und meine Tochter verloren hatte, zurückzukehren. Weil ich dort aber den wahren Sinn des Lebens zu erkennen gelernt hatte – dass alles Wissen nutzlos ist, wenn es nicht geteilt wird, entschied ich mich, bei meinem Volk zu bleiben.

14. Niemand wollte mich verstehen – bis ich meinen Worten durch sogenannte Wunder größere Bedeutung verlieh. Dass sie Werke Gottes seien, glaubte nur das Volk – ich wusste, dass sie meinem Wissen entsprangen, das mir im Orient geschenkt worden war. Auch dass ich der Messias sei und der Sohn Gottes, habe ich niemals gesagt.

15. Es war mein Bruder Judas, der mir am ähnlichsten ist und der mir half zu verstehen, wie ich zu meinem Volk sprechen müsste, damit meine Worte Gehör fänden. Während der Hochzeit meines Bruders Jakob wandte ich zum ersten Mal die Hypnose an, die ich von den Mönchen gelernt hatte: Alle tranken Wasser und glaubten, es sei Wein – selbst meine Mutter. Nur Judas wusste, dass es eine Illusion war, und freute sich darüber.

16. Von diesem Tag an schenkten mir viele Menschen meines Volkes ihre Aufmerksamkeit. Sie fürchteten und liebten mich gleichzeitig. Die Täuschung ihrer Sinne brachte sie dazu, mir zuzuhören, und endlich trug der Samen meiner Worte Früchte: Meine Predigten rüttelten ihr Gewissen auf und brachten sie zum Nachdenken. Dass ich magische Kräfte hätte, wie sie mir unterstellten, habe ich niemals behauptet, und ich antwortete jedem, der mich einen Zauberer nannte, dass ich nur ein Mensch wie alle anderen sei.

17. Denen, die mich nach den Wundern fragten, erklärte ich, dass diese Gabe ein Ausdruck der Liebe sei, die in jedem Menschen schlummere, und dass er sie nur zu beherrschen lernen müsse – dann könne er sie anwenden oder verschenken.

18. Ich blieb also für drei weitere Jahre in meinem Land, um meine Mission zu beenden. Ich wollte das lebendige Wort unter mein Volk bringen. So lernte ich die Freuden des Paradieses und die Qualen der Hölle kennen. Und die Erfahrungen des Lebens vollendeten mein Wissen auf dem Weg zur Weisheit.

ZWEITES BUCH
oder das Gute und das Böse

1. Im ersten Jahr unter dem Volke Israels wanderte ich von Dorf zu Dorf. Bauern, Schäfer und Handwerker waren die Ersten, die sich mir näherten und zuhörten. Ihre Seelen waren einfach, doch ihre Herzen rein – wie das meine. Ich wusste jedoch, dass auch eine einfache Seele von der Suche nach dem Guten abgelenkt werden kann auf die Straße des Bösen.

2. Ein Prophet, der zukünftigen Ereignissen vorgreift oder sie vorhersagt, ist ein Betrüger. Ein wahrer Prophet beschreibt das Gute oder das Böse, das den Menschen auf der Suche nach dem Guten oder dem Bösen ereilen kann. Ein Prophet gibt Hinweise darauf, wo der Stein fällt, aber nicht darauf, wer ihn in der Hand hält.

3. Man warf mir Gottlosigkeit vor, doch habe ich die Religion unserer Väter immer anerkannt. Ich sagte nur, dass sie im Laufe der Jahrhunderte hart und sperrig wie ein Felsblock geworden sei und dass sie an unsere Zeit angepasst werden müsse, um leb- und verstehbar zu bleiben. Vor allem aber, um nicht zum Zwang zu werden.

4. Es gibt keinen Gott, der einen unschuldigen Sohn ermordet, der uns zwingt zu hungern, nur um den Schabbat zu feiern. Und es gibt keinen Gott, der Kriege gegen andere Völker führt. Und doch haben unsere Väter uns dies ge-

lehrt. Das Wort aber kommt von den Menschen und nicht von Gott.

5. Die Priester wurden von keinem Gott, nicht einmal dem Gott Abrahams eingesetzt; das steht nirgendwo geschrieben. Kein Gott hat den Menschen die Riten vorgeschrieben, die uns die Priester auferlegen, um mit dem Allmächtigen in Kontakt zu treten. Kein Gott hat je das Opfern eines Menschen oder eines Tieres verlangt. Kein Gott war mit seinen eigenen Kindern zornig oder hat gar ihre Auslöschung verlangt.

6. Die Gebote jeder Gottheit – vom Orient bis zum Okzident – haben die gleichen Prinzipien und sagen dasselbe über die Liebe, die Freiheit sowie über Gleichheit und Gerechtigkeit. Die Mächtigen und die Tyrannen hingegen haben einen Gott nach ihrem Abbild geschaffen. Einen rachsüchtigen Richter und mörderischen Henker, der nur in der Auslöschung des Schuldigen Gnade gewährt. Ich aber sage euch: Die solche Botschaft predigen, werden am Ende ihrer Tage nach den Gesetzen verurteilt werden, die sie verkündeten.

7. Niemand, der bei klarem Verstand war, hat sich je zum Gott erklärt – außer er verfolgte böse Absichten. Derjenige, der behauptet, die Wahrheit zu kennen, ist ein Betrüger; derjenige aber, der auf der Suche nach der Wahrheit ist, ist ein ehrlicher Mann; derjenige, der Gutes predigt, aber dem Bösen folgt, ist ein Heuchler; derjenige, der fällt, aber wieder aufsteht, ist ein ehrlicher Mann; derjenige, der jemandem Böses tut, ist selbstsüchtig; derjenige aber, der Gutes tut, ist ein ehrlicher Mann.

DRITTES BUCH
oder die Gesetze

1. Es steht geschrieben: Du darfst nicht stehlen, und das ist richtig. Aber wenn der Arme seine Kinder nicht satt machen kann, während in den Palästen sogar die Hunde wohlgenährt sind?

2. Es steht geschrieben: Du darfst nicht töten, und dies gilt überall. Darum kann es keinen gerechten Krieg geben, und kein Priester kann jemals im Namen Gottes einen Soldaten segnen. Das Leben darf nur verletzt werden, wenn man das eigene oder das eines anderen verteidigen muss.

3. Es ist erlaubt, Tiere zu töten – aber nur, um den Hunger zu stillen und ohne sie dabei leiden zu lassen. Die Regeln des Schlachtens haben nichts mit Gott, sondern allein mit der Gesundheit des Menschen zu tun – und mit seiner Pflicht, seinen Körper und den der anderen vor Krankheit zu bewahren.

4. Es steht geschrieben: Am siebten Tage aber sollst du ruhen. Dieses Gebot ist von den Menschen gemacht. Gott muss sich nicht ausruhen.

5. Es steht geschrieben: Du sollst nicht die Ehe brechen. Denn wer Ehebruch begeht, sündigt gegen die Liebe. Ohne Liebe existiert kein Ehebruch, und ohne Liebe gäbe es kein Leben.

6. Es steht geschrieben: Du sollst nicht deines Nächsten Hab und Gut begehren. Wenn einem Mann jedoch alles fehlt – eine Familie, ein Heim, ein Feld und ein Tier, dann ist sein Begehren rechtmäßig. Und derjenige, der mehr besitzt, soll geben, auf dass alle Menschen seines Volkes ein Leben in Würde führen können.

7. Es steht geschrieben: Du sollt kein falsches Zeugnis ablegen. Das gilt nicht nur für Worte, sondern auch für Taten: Niemand darf über Gerechtigkeit sprechen und falsch handeln; niemand darf über Freiheit sprechen und sie den andern nehmen; niemand darf seinen Nachbarn anlächeln und ihm dann in den Rücken fallen; niemand darf Korn verkaufen und falsch wiegen; niemand darf wissen, was richtig ist, und doch das Falsche tun.

8. Es steht geschrieben: Du sollst dir kein Abbild Gottes machen, das ist richtig. Das Göttliche ist in jedem Menschen und in allem, was ihn umgibt. Das Göttliche ist seine Natur, so wie die Natur selbst. Das Göttliche ist Mutter und Vater; Tochter und Sohn; Schwester und Bruder; es ist das Leben, das uns umgibt.

9. Das höchste der Gebote aber ist: Du sollst deinen Nächsten lieben wie dich selbst. Die Liebe ist das Gute; wo die Liebe fehlt, ist das Böse. Von diesem Prinzip leitet sich jedes Gesetz ab.

10. Über das Gesetz: So wie die Priester im Dienste des Sanhedrins stehen, der die Gesetze nicht schreibt, sondern kommentiert und interpretiert, so steht das Gesetz im Dienst der Gerechtigkeit. Gesetze ändern sich mit Sitten und Zeiten; Gerechtigkeit aber ist unveränderbar.

VIERTES BUCH
oder die Erzählungen

1. Ich war noch nicht lange unterwegs in den Dörfern, um Zeugnis abzulegen, als ich an den Ufern des Sees Genezareth auf eine Gruppe Fischer mit halb leeren Netzen traf. Sie grämten sich, weil sie nicht genug gefangen hatten, um ihren Hunger zu stillen. Meine Brüder und Gefährten teilten unser Brot mit ihnen und die Fischer ihren Fang mit uns. Und die Menschen verstanden: Man muss teilen, um gut leben zu können. Denn wenn die Menschen teilen, haben sie alles, was sie brauchen, ohne sich gegenseitig etwas wegzunehmen oder unnötigen Ballast anzuhäufen. Brüderlichkeit bringt Reichtum und Freude; Habsucht aber macht arm und traurig.

2. In der Nähe von Nazareth trafen wir auf einen Mann, der vorgab zu hinken, um Almosen zu erbetteln. Judas beschimpfte ihn als Betrüger und wollte ihn fortjagen. Ich aber gab ihm einen römischen Silberling. Judas warf mir vor, dass ich zu gutgläubig sei, doch ich antwortete ihm, dass man nur sein Herz fragen soll, wenn man Almosen gibt und nicht, ob der Empfänger es verdient hat. Es ist nicht wichtig, ob er des Almosens würdig ist – er wird es mit seinem Gewissen ausmachen müssen. Es geht um den Akt des Gebens an sich und nicht um die Bedürftigkeit des Empfangenden.

3. In der Nähe von Kapernaum zeigte ein römischer Soldat mit seiner Lanze auf mich und rief: »Die Menschen sagen, du vollbringst Wunder. Verwandle diese Klinge in eine Ähre, und du wirst nicht sterben.« Ich befolgte die Lehren meiner Meister und konzentrierte meine Energien auf das Metall, das sich plötzlich wie ein Grashalm bog. Daraufhin fragte mich der Soldat, ob er meine Macht erlernen könne, um sie gegen seine Feinde einzusetzen.

»Folge mir«, sagte ich ihm, »und du wirst es erfahren.«

»Ich muss dem Kaiser folgen«, antwortete er, »ich kann nicht.«

Nicht zu wollen oder nicht zu können aber ist der Weg des Mangels und des Unglücks.

4. Oft wurde ich nach meinem Vater gefragt und ob ich das, was ich predigte, von ihm gelernt hätte. Ich antwortete, dass ich zwei Väter habe: einen hier und einen auf der anderen Seite der Welt – Josef, den Zimmermann und Ong Pa, den Mönch. Und ich sagte ihnen, dass es der Mönch war, der mich zu dem Menschen gemacht hat, der ich bin. Blutsverwandtschaft ist wichtig, doch die Seele ist wichtiger.

5. Auf dem Weg nach Jerusalem begleitete uns ein Pharisäer. Er beschwerte sich bei meinen Brüdern, dass ich Maria Magdalena nach ihrer Meinung und um ihren Rat fragte.

»In den heiligen Schriften«, sagte er, »wird weder ein weiblicher Prophet noch eine mächtige Frau erwähnt. Und selbst die Königin von Saba kam nur, um dem weisen Salomon zuzuhören.« Als mir das meine Brüder ein wenig verlegen erzählten, wandte ich mich direkt an ihn: »Das beweist, wie weit der Weg auf der Straße der Gleichheit noch ist.«

6. Ein Rabbiner aus Jeblaan lud mich ein, in einer Schule zu sprechen. Die Kinder waren so alt wie ich damals, als ich gewagt hatte, dem Sanhedrin zu antworten. Am Schluss fragte mich ein Kind, ob es wichtig sei, den Lehrern, Eltern und Gott Gehorsam zu leisten. Das Gewissen aber ist wichtiger als Gehorsam, und das Gewissen weist dem, der darauf hört, den rechten Weg.

7. Wenige Tage später traf ich auf eine Gruppe Kinder, und obwohl wir nach Samaria gehen mussten, hielt ich an und spielte lange mit ihnen. Des Wartens überdrüssig gesellten sich einer nach dem anderen zu uns: Maria Magdalena, meine Brüder und all unsere Gefährten. Wir spielten bis zum Einbruch der Dunkelheit. In jener Nacht schliefen wir mit Frieden in der Seele. Wer fähig ist, mit Kindern zu spielen, ohne sie dabei etwas lehren zu wollen, hat die Schönheiten des Lebens verstanden und ist auch fähig, seiner Frau oder seinem Mann Glück zu schenken und es doppelt zu empfangen. Wer nicht spielen kann und mit gerunzelter Stirn liebt, sollte zu den Kindern gehen.

8. In Jerusalem und im Hafen von Banyas finden die größten Wochenmärkte des Landes statt. Völker aus den Ebenen und den Bergen kamen dort zusammen, um ihre Waren feilzubieten und Neuigkeiten auszutauschen. Jedes Mal, wenn ich mich in Banyas befand, disputierte ich mit ihnen, obwohl es wegen der vielen Sprachen nicht einfach war zu kommunizieren. Lernen kann man aber nur von jemandem, der anders ist als man selbst. Je unterschiedlicher die verschiedenen Ansichten und Sitten sind, desto reicher wird die Seele. Wie die Strömungen zweier Flüsse, die durch ihre Vereinigung die Gewässer fruchtbarer und die Fische größer und stärker machen.

9. In Dora, im Grenzgebiet zwischen Samaria und Phönizien, kamen zwei Frauen zu mir und suchten meinen Rat. Sie waren verzweifelt, denn sie liebten denselben Mann, und dieser konnte sich nicht entscheiden, welcher von beiden er seine Liebe schenken sollte. Judas war der Meinung, dass die Frauen sich die Liebe des Mannes teilen sollten. Diejenige, die ihn zuerst kennengelernt hatte, sollte ihn an den ungeraden Tagen für sich haben und die zweite an den geraden Tagen. Maria Magdalena hingegen meinte, dass sich beide von ihm trennen sollten, denn er sei kein Mann, wenn er keine Entscheidung treffen könne.

10. Vor dem Haus meiner Mutter stieg ein Mann aus seiner Sänfte, der ein wertvolles, mit Gold- und Silberfäden durchwebtes Leinengewand trug. Er hatte seinen Sohn dabei und bat mich, ihn mitzunehmen und in meinem Geiste zu erziehen. »Ich liebe ihn«, sagte er, »und ich will nicht, dass er so wird wie ich.« Da nahm ich Lehm vom Boden auf und beschmutzte sein Gewand. »Verlass deinen Sohn nicht«, sagte ich ihm, »sondern zeige dich ihm, wie du bist. Sprich mit ihm über deine Schwächen, deine Zweifel und die Widersprüche in deinem Leben, und er wird viel mehr aus deiner Ehrlichkeit und deinem Vorbild lernen als durch meine Worte.« Da umarmte der Mann seinen Sohn, ohne sich darum zu kümmern, ob er ihn beschmutzte, und ging mit ihm zu Fuß davon.

11. Mehr als einmal fürchtete ich um mein Leben, wie in Nazareth, als sie mich in einen Abgrund stürzen wollten, oder in Jerusalem, als sie Steine nach mir warfen. Doch ich wollte nie, dass meine Brüder und Gefährten die Gewalt mit Gewalt beantworteten. Es ist richtig, sich zu verteidigen, aber falsch anzugreifen. Ein Junge in Bethanien

wies mich darauf hin, dass diese Worte im Widerspruch zu dem stünden, was ich über die gerechte Rebellion gesagt hatte. Ich erklärte ihm also den Unterschied zwischen Verteidigung und Vergeltung: Der Gegner ist besiegt, wenn er etwas Schlechtes tut, und nicht, wenn er übermannt wird.

»Wenn du darauf bestehst, den Knüppel zu schwingen, dann versuche, deinem Gegner den Knüppel aus der Hand zu reißen. Wenn dir das jedoch nicht gelingt, dann schlage ihm auf die Beine, wenn er ein Esel ist, und lauf davon, wenn er ein Löwe ist.« Und alle lachten. Die Grenze zwischen dem, der rebelliert, und dem, der Gewalt einsetzt, ist so verschwommen, dass sie nur von demjenigen erkannt werden kann, der mit den Augen der Seele sieht.

12. Kurz vor dem zweiten Pessachfest, das ich nach meiner Rückkehr in Palästina feierte, tadelten mich die Alten für die Leidenschaft, die ich in meine Reden legte, weil ich das Volk aufrührte, und geboten mir, Abbitte vor dem Herrn zu tun. Ich antwortete, dass diejenigen Frieden einfordern, die Gewalt ausüben, und dass der Dieb der Erste ist, der Gerechtigkeit fordert, nachdem er in der Höhle die Herde seines Nachbarn versteckt hat.

13. Falsche Demut ist eine Sünde, und der Friede, der aus dieser Demut erwächst, ist die Frucht der Tyrannei. Es existiert kein Friede im Himmel, wenn es keine Gerechtigkeit auf Erden gibt.

14. Man brachte mir Kranke, damit ich sie heilte. Doch nur die, die daran glaubten, fanden die Kräfte, um gesund zu werden. Manchmal reichte eine billige Heilsalbe, die Wunden schließen konnte; manchmal Wasser und Akazienöl.

Mehr noch als Krieg und Hunger ist das Unwissen die Ursache vieler vermeidbarer Krankheiten und Todesfälle. Die Reichen bezahlen einen Medicus, damit er sie heile, während die Armen sterben. Wenn das Wissen, wie Krankheiten vermieden werden können, geteilt würde, könnten alle Menschen in Frieden und Gesundheit existieren. Schulen braucht das Volk, keine Tempel und Paläste.

15. Ein Steuereintreiber aus Jericho kam zu mir. Er fürchtete, verjagt zu werden, da er Geld einsammelte, das als unrein galt. Als ich ihm eine Hand auf die Schulter legte und ihm anbot, sich zu uns zu setzen, brach er in Tränen aus. »Du bist der Erste, der mir etwas anbietet, ohne etwas dafür zu verlangen«, sagte er.

»Suche unter denen, die bedürftig sind«, antwortete ich ihm, »und biete ihm deine Unterstützung an. Dann gewinnst du einen Freund, der dir bis in den Tod treu ergeben sein wird. Wenn du ihm jedoch hilfst, ohne es ihn wissen zu lassen, gewinnst du einen wahren Freund.«

16. In der Nähe von Abrahams und Isaaks Grab bei Machpela fanden wir ein betendes Paar vor. Die beiden waren nicht mehr ganz jung und hofften auf einen Segen, um endlich Kinder zu bekommen. Sie waren traurig, denn es war bereits das dritte Mal, dass sie dort waren. Ich fragte sie, ob sie aus Liebe geheiratet hätten, und sie antworteten mit einem Ja. Ich fragte sie weiter, ob sie Unglück gehabt hätten, und sie antworteten mit einem Nein, außer, dass sie keine Kinder bekommen würden. Schließlich fragte ich sie, ob sie sich noch immer liebten, und statt zu antworten, sahen sie einander an und küssten sich innig.

»Liebt euch weiterhin«, bat ich sie, »ihr seid wie eng miteinander verschlungene Weinstöcke. Sie tragen die schönsten Blätter und manchmal auch die süßesten Früchte.« Im darauffolgenden Jahr brachten sie mir ihren Erstgeborenen, dem sie meinen Namen gegeben hatten. Sie versuchten, für das, was sie ein Wunder nannten, meine Hände zu küssen, doch das wahre Wunder hatte ihre bedingungslose Liebe vollbracht.

17. Zwei Schwestern aus Bethanien kamen zu mir und erzählten mir von dem plötzlichen Tod ihres Bruders, der seit Jahren an Epilepsie gelitten hatte. »Ein Dämon hat ihn fortgeholt«, sagten sie, »und wir haben ihn begraben.« Von den Mönchen hatte ich viel über diese Krankheit gelernt, und als ich erfuhr, dass sie ihn in einer Grotte begraben hatten, bat ich die beiden Frauen, mich sofort zu seiner Grabstätte zu bringen. Ich ließ die Steine, die den Eingang verschlossen, entfernen und fand ihn in Leinenbinden gewickelt, die nach Myrrhe rochen. Ich riss sie von seinem Gesicht und presste meine Finger an seine Schläfen und hielt ihm starken Essig unter die Nase, während ich mehrmals laut seinen Namen rief. Da öffnete Lazarus die Augen, wunderte sich über den Ort, an dem er sich befand, und umarmte seine Schwestern. Sie erzählten allen, dass er dank meines Zaubers und meiner Gebete aus dem Reich der Toten auferstanden sei. Judas flehte mich an, sie in diesem Glauben zu lassen, doch das einzige Wunder war mein Wissen über die Heilmittel für diese Krankheit.

18. Als ich vor den Sanhedrin gebracht wurde, wusste ich bereits, dass ich angeklagt und verurteilt würde. Der Hohepriester Kaiphas war nicht handlungsfähig, doch hinter ihm stand sein Schwiegervater Hannas, der wesentlich kaltblütiger und gut vorbereitet war. Sie beschuldigten mich der Gotteslästerung, doch als ich Kaiphas nach der

Bedeutung von *Elohim* fragte, dem Namen, den wir unserem Gott geben, antwortete er mir richtig: »Es bedeutet *Die, die aus dem Himmel kommen.*« »Welcher aber«, fragte ich ihn, »ist der Gott Abrahams, wenn das Buch der Gesetze selbst mehr als einen Gott nennt?« Auf sein Stillschweigen antwortete ich, dass Gott deshalb in der Mehrzahl ist, weil er in einem jeden von uns ist.

19. Im Angesicht des Todes hatte ich Angst und konnte meinen Geist nicht so weit über den Körper erheben, dass er keine Schmerzen und keine Angst vor dem vermeintlichen Tod verspürte. Ich verstand, dass ich noch viel von meinem Meister zu lernen hatte, und wandte mich an ihn. Seine Energie erreichte mich, und mir wurde geholfen. Mein Karma fand seine Erfüllung, als ich in jene Berge zurückkehrte, die meine zweite Heimat sind, denn mein Weg der Erkenntnis war noch nicht beendet und musste zusammen mit dem Samen der Liebe weiterwachsen und sich über die Erde verteilen. So erfuhr ich, dass sich ein Gedanke an das Morgen wendet, solange wir eine Aufgabe vollbringen oder ein Ziel erreichen müssen. Das Leben fließt in uns und bringt uns voran, bis unsere Seele in Millionen Atome zerplatzt, um dem Menschen neues Leben zu geben. Wer geliebt hat, wird meine Worte verstehen, und sein Geist wird sich erheben, bis er auf das Gute stößt, auf den Gott, der jedem von uns innewohnt.

Danksagungen

Dieser Roman sei meinem Vater mit Dank gewidmet, den ich vielleicht nicht genug geliebt habe, der mich aber als Erster zu diesem Werk inspirierte. Meiner Familie danke ich für den Raum, die Ruhe und den Trost, den sie mir bot, und für ihre Anteilnahme. Nur so konnte sich der Roman entwickeln. Meine Frau Giovanna unterstützte mich, die medizinischen Passagen flüssiger zu gestalten. Mein ganz besonderer Dank gilt jedoch Piergiorgio Nicolazzini. Mittlerweile ist er nicht nur mein Agent, sondern auch mein Freund, der mich antreibt, unterstützt und kritisiert. Ein treuer Freund in Zeiten der Schwierigkeiten und des Erfolgs. Giulia Carla de Carlo schulde ich Dank für ihre Unterstützung bei den Recherchearbeiten zu diesem Roman. Eine wertvolle Unterstützung waren auch die Ratschläge von Fabrizio Cocco, meinem unübertrefflichen Lektor, und Antonio Moro: Ihre Beiträge waren nicht nur das Ergebnis einer großen professionellen Anstrengung, sondern auch einer emotionalen. Den Verlag Longanesi lernte ich als einen Riesen mit Fingerspitzengefühl kennen.

Es gibt noch viele weitere Personen, die ihren Beitrag zur Realisierung dieses Buches – manchmal auch unwissentlich – geleistet haben: mit ihrer Lebenserfahrung, einer Bemerkung oder einem Treffen, über das ich nachdachte. Dieser Roman ist das Geschenk der Freiheit, das ich zuerst mir selbst machte und nun dem Leser übergebe. Lesen macht frei, und nur in Freiheit kann man bewusst Entscheidungen treffen. »*Airesis*« bedeutet im Griechischen »die Wahl« und »häretisch«, also ketzerisch zu sein, bedeutet einfach nur, sich dafür zu entscheiden, die Wahl zu haben. In einer Welt, wie ich sie mir wünsche, sollten alle Ketzer sein, jeder auf seine Weise.

Carlo A. Martigli

wurde in der Toskana geboren und entstammt einer traditionsreichen Familie von Musikern, deren Geschichte bis weit ins Zeitalter der Renaissance zurückreicht. Nachdem er bereits einige andere Bücher verfasst hatte, lag es daher für den Autor nahe, auch seine neuen Projekte dieser faszinierenden historischen Epoche zu widmen. Mit seinem ersten historischen Thriller, »999 – Der letzte Wächter«, stürmte Martigli in Italien auf Anhieb die Bestsellerlisten. »Das Vermächtnis des Ketzers« ist sein zweiter Roman in diesem Genre. Carlo A. Martigli lebt und arbeitet in Rapallo.
Weitere Informationen zum Autor finden Sie unter www.martigli.com.

Mehr von Carlo A. Martigli:

999 – Der letzte Wächter. Roman
(auch als E-Book erhältlich)

GOLDMANN
Lesen erleben